सामने का आसमान

(उपन्यास)

सामने का आसमान

मधुर कपिला

वाणी प्रकाशन ग्रुप

भारतीय ज्ञानपीठ

वाणी प्रकाशन : भारतीय ज्ञानपीठ की पुस्तकों के एकमात्र प्रकाशक एवं वितरक

सजिल्द पहला संस्करण : 2010
सजिल्द दूसरा संस्करण : 2024

लोकोदय ग्रन्थमाला : ग्रन्थांक 1055

प्रकाशक
वाणी प्रकाशन ग्रुप
4695, 21-ए, दरियागंज, नयी दिल्ली-110 002
फ़ोन : 011-23273167, 23275710
ईमेल : sales@vaniprakashan.in

ISBN : 978-93-6287-236-4

सामने का आसमान
(उपन्यास)
मधुर कपिला

SAMNE KA AASMAN
(Novel)
by Madhur Kapila

मुद्रक : आर. टेक ऑफ़सेट प्रिंटर्स, दिल्ली-110 032

आवरण-चित्र : राधेश्याम अग्रवाल

Price : INR. 750

कहने के लिए

एक छोटा-सा कण, एक छोटा-सा बिन्दु एक छोटी-सी बात, एक छोटी-सी घटना सृजन का कारण बन सकती है। यह कहना भी तब कठिन होता है, कि कब कोई कण, बिन्दु, बात, घटना आपके दिल में अपना घर बना लेगी और कब वह आपकी कल्पना के घोड़े का सारथी बन आप को दौड़ा ले जाएगी।

ऐसी ही कोई बात आपके जीवन से, आपके घर से, आपके परिवेश से या फिर पूरी व्यवस्था से निकलकर आपकी अपनी निजी बन, आपको उद्वेलित करती रहती है; और तब तक आपके पूरे वजूद को अपनी गिरफ्त में लिये रहती है, जब तक उसे कोई आकार नहीं मिल जाता।

कुछ ऐसा था जो कई वर्षों तक मुझे टीसता रहता था, बार-बार बाहर आने के लिए मचलता था। बेचैनी दिन-रात मेरे अन्दर सफ़र करती रही। उसे कोई भी नाम दीजिए, अर्जित विश्वासों और स्थापित सामाजिक मान्यताओं के पार उस भावबोध को आकार मिलता जा रहा था।

रास्ते की तरह रिश्ते भी असुविधाजनक परिस्थितियों और प्रश्नों को जन्म देने में सक्षम रहते हैं। ठीक कुछ इसी तरह के अन्तरंग सहज मानवीय सम्बन्धों की पर्तों के नाजुक पक्षों की मौजूदगी भी एहसास बराबर कराती है, जिन्हें अनदेखा नहीं किया जा सकता।

वर्षों से चली आ रही मेरी इस यात्रा ने स्वरूप इख़्तियार किया सन 1998 में, जाने कितने पड़ाव गुज़रे, कितने अन्तराल इस बीच आये लेकिन यात्रा निरन्तर चलती रही और विश्राम की स्थिति बनी 2003 में

लेकिन मन आश्वस्त नहीं हुआ। आज इसे पूर्ण विराम देने पर लगा कि इस रचना के पीछे जो छोटे कण, बिन्दु, बातें और घटनाएँ प्रेरणा के स्रोत रहे वो आकार रूप में इस उपन्यास में अब आपके सामने हैं। बहुत कुछ कहने पर भी बहुत कुछ कहने से रह गया है सम्भवतः वही शायद अगली रचना का प्रेरणास्रोत बने।

यदि किसी एक व्यक्ति को भी यह रचना अपने जीवन के साक्ष्य रूप में प्रतीत हो तो मुझे लगेगा कि मेरी यात्रा सफल हुई। यहाँ यह बात स्पष्ट करना भी आवश्यक है कि उपन्यास में निहित पात्रों को किसी व्यक्ति विशेष से जोड़ कर न देखा जाए, क्योंकि ये पात्र स्वयं में स्वतन्त्र इकाई हैं।

—मधुर कपिला

सामने का आसमान

कोई सेक्टर किसी शहर के लिए गाली हो सकता है क्या? मुझे यह सवाल अन्दर-ही-अन्दर सालता रहा है। इस ज़मीन पर कुछ सच है तो वह मौत ही है, और सच कभी गाली नहीं होता। जाने क्यों जब भी मैं कैम्पस से निकल कर 25 सेक्टर की ओर मुड़ता हूँ तब कुम्हार बस्ती के उस खुले मैदान को देख कर जिसे कुछ अर्सा पहले झुग्गी-झोपड़ियों ने अपनी गिरफ़्त में ले लिया था, सदा लगता रहा है कि तरक्कीयाफ़्ता गुलरुखों के, खुशनुमा इस शहर के फलक पर जैसे किसी ने थिगली लगाकर इसकी खूबसूरती पर सवालिया निशान लगा दिया हो। कभी लगता एक बड़े कैनवस की ग़ैर मामूली ढंग से खूबसूरत पेंटिंग पर किसी शरारती बच्चे ने स्याही के धब्बे डाल दिये हों और ऐसी अद्‌भुत सुन्दर पेंटिंग को देखकर आप खोजते रह जाएँ कि इस में कहाँ है वह खूबसूरती जिसका इतना ज़िक्र था। और जब मैं अपने दोस्तों से कहता हूँ कि चलो 25 सेक्टर तक घूमकर आते हैं तब दोस्त लोगों का यही जवाब होता कि 'यार गाली मत दे!'

दरअसल बात यह है कि इस शहर की पैदाइश के वक्त 25 सेक्टर ज़िन्दगी की आख़िरी आरामगाह के लिए महफूज़ कर दिया गया था। अब तो यह बात रही नहीं। जैसे जैसे चंडीगढ़ में लोगों के आने-जाने में इज़ाफा हो रहा है, वैसे-वैसे इसका दायरा भी बढ़ता जा रहा है और यदि इस शहर की गिनती चन्द दिनों में महानगरों में की जाने लगे तो मुझे हैरानी नहीं होगी। अब इस शहर के मकानों का जाल 25 सेक्टर तक बुना जाने लगा है और कौन जाने यह शहर कितने गाँवों को, कितनी सरसब्ज़ ज़मीन को निगल कर अपने आप को महानगर कहलाने का फख्र भी हासिल कर ले, तब कहाँ रह जाएगा यह सेक्टर किसी के लिए गाली? मेरे लिए तो यह पहले भी गाली नहीं था, क्योंकि मेरी चंडीगढ़ से पहली मुलाकात इसी सेक्टर से ही शुरू हुई थी। यह मैं भूला नहीं हूँ और न कभी भूल ही सकता हूँ क्योंकि इस सेक्टर में मेरा एक प्यारा दोस्त गहरी नींद में सोया हुआ है। उसके सफ़र-ए-आख़िरत में शामिल होने मैं पहली दफा इस शहर में आया था ताकि उसकी आख़िरी आरामगाह पर फतेहा पढ़ सकूँ।

25 सेक्टर घूमते-घूमते सदा उस ज़मीन की कशिश मुझे रही है जहाँ झुग्गियों

का एक जाल बिछा है, जिसके चारों तरफ गन्दगी के ढेर लगे रहते हैं। जहाँ सूअर और आदमी के रहने की एक ही जगह है और जहाँ आदमी के बच्चे का और सूअर का पेट एक ही जगह से भरता है, आदमी गन्दगी से काग़ज़ अथवा कुछ वह चीज़ें चुनता है जिसे बेचकर वह अपने बच्चों का या फिर अपनी दारू का इन्तज़ाम कर सकता है, जबकि सूअर को अपने जीने के लिए उसी ढेर में सब कुछ मिल जाता है। आदमी और सूअर दोनों के लिए ही कचरे के ढेर एक जैसी अहमियत रखते हैं। नंगे बदन लिए काग़ज़ बीनते बच्चों को देख कर मैं हमेशा हैरान हुआ हूँ और सदा ही मेरा दिल उनके बीच रहने के लिए मचला है और लगता रहा है, यही हैं वह बच्चे जिन की मुझे अपने नाट्य मंडल के लिए तलाश थी और फिर एक दिन सच में ही मैंने उस खुली ज़मीन को अपनी झुग्गी के लिए चुन लिया और उस पर खड़िया मिट्टी से एक बड़ा-सा दायरा बनाकर उस पर अपना क़ब्ज़ा जमा लिया। तब मेरे चाहने वालों को काफ़ी हैरत हुई थी यह सब जान कर। वह मुझे पागल का ख़िताब देकर ही उन्हें चैन मिला था।

मेरे यहाँ रहने पर यहाँ के बाशिन्दों ने थोड़ी चूं-चपड़ ज़रूर की थी लेकिन कुछ ही अर्से बाद वह सब चुप भी हो गये थे क्योंकि मैं इस दुनिया के पूरे दस्तूर से वाबस्ता था। यहाँ की ज़मीन बाँटने वाले दलाल को मैंने चन्द रुपये थमाये और एक बड़े ज़मीन के टुकड़े का मैं मालिक बन बैठा। ऐसे जो थोड़ा बहुत शोर पड़ा भी था वह जैसे शुरू हुआ था वैसे ही ख़तम भी हो गया। देखते ही देखते उन झुग्गियों में एक और झुग्गी का इज़ाफ़ा और हो गया।

बाहर से उन जैसी दिखने वाली मेरी झुग्गी भीतर से पूरे एक पक्के मकान की तरह की ही थी। तीन कमरों को घेरे था एक बरामदा और उसके तीनों ओर था सीमेंट का सेहन। फिर कुछ कच्ची ज़मीन जिस पर मख़मली घास का कारपेट बिछा था और उसके किनारों पर तरतीब से कटी थीं क्यारियाँ जिनमें उम्दा फूल खिले थे। ऐसी कुछ बातें मेरी झुग्गी के साथ जुड़ीं थीं— जैसे कि मेरी झुग्गी की छत तो टीन की चादर, बांस और फूस की ही थी लेकिन दीवारें ईंट गारे से चिनी गयी थीं, जो उसे दूसरी झुग्गियों से अलग करती थी। मसलन उस में पसरी रोशनी। मैंनें बाहर से गुज़रती हुई ख़ास बिजली की तार पर 'कुंडी' डालकर अपने घर के अन्दर जगमगाहट पैदा कर ली थी। सेहन के एक कोने में म्यूनिस्पिल कॉरपोरेशन का नल चीख-चीख कर मेरी दूर तक पहुँच के किस्से बाँच रहा था। अब वहाँ रहने वाले लोग मुझसे सहमने लगे थे। जब कि उन्हें डराने-धमकाने का मेरा कतई कोई इरादा नहीं था। मैं तो सिर्फ इतना उन्हें बतलाना चाहता था कि जो ज़रूरी है वह अगर नहीं मिल पा रहा है तो उसे हासिल करने का उन्हें पूरा हक है। उसके लिए कोई भी ज़रिया इख़्तियार करना ग़लत नहीं है। लेकिन मेरी सारी कोशिशों के बावजूद सभी ने मुझे अपने से बेहतर मान

लिया क्योंकि वह समझ रहे थे अगर मैं ऊँची पहुँच रखनेवाला आदमी नहीं हूँ तो क्या उनका सरगना यूँ हाथ पर हाथ धरे बैठा रहता? तब सबने मेरी ताक़त के आगे घुटने टेक दिये। मेरे बारे कुछ बातें यहाँ मशहूर हैं—

"मोहसिन खान निडर है।"

"मोहसिन खान जांबाज है।"

"मोहसिन खान दबंग है।"

"मोहसिन खान मेहनतकश है।"

"मोहसिन खान खतरनाक है।"

"मोहसिन खान हम सबके बीच का होकर भी हमसे अलग-थलग है।"

हाँ मैं ही हूँ मोहसिन खान। मैं लोगों के अपने बारे में जुड़े जज़्बात को जान-समझ कर एक तरह से खुश ही हुआ हूँ। क्योंकि अपने को कुछ अधिक-या फिर सब से ऊँचा साबित करने के लिए मुझे कोई मेहनत नहीं करनी पड़ी। मैं जान गया हूँ कि अब यहाँ रहकर कुछ भी कहना-करना मेरे लिए मुश्किल नहीं होगा।

मैंने अपनी झुग्गी को घर की शक्ल देने में कोई कोर-कसर नहीं छोड़ी। मैं अपनी झुग्गी में अब अकेला नहीं हूँ। और फिर क्या अकेले आदमी से कोई मकान, घर बन सकता है? इसलिए अपनी झुग्गी को घर का दर्जा दिलाने के लिए ही मैंने अपने साथ राजीव और बीरू को रख लिया है।

बीरू माने बृजेश कुमार लेकिन बीरू की बृजेश कुमार से कोई पहचान नहीं है, वह अपने को बीरू के रूप में ही पहचानता है। जबकि राजीव अपने माँ-बाप का बिगड़ैल बेटा है। बीरू का अपना कोई नहीं हैं। आज से पहले वह जिसके साथ रह रहा था, वह उसकी ख़ाला है लेकिन उसके साथ उसका कोई ख़ून का रिश्ता नहीं है एक ख़ामोश समझौता है उन दोनों के बीच, ख़ाला उसे अपनी झुग्गी में रहने देगी, जबकि बीरू रोज़ अपनी कमाई से उसे कुछ पैसे देगा। जबसे बीरू मेरे पास काम करने लगा है तब से वह यहीं का होकर रह गया है लेकिन अपनी मुँहबोली ख़ाला को वह भूला नहीं है बराबर अपनी कमाई से कुछ-न-कुछ पैसा उसे दे आता है।

राजीव तो एक सोचे समझे मन्सूबे के तहत मेरे पास रहने आया था। अब न तो वह ही यहाँ से जाना चाहता है और न अब मैं ही उसे छोड़ सकता हूँ। मुझे उसकी आदत-सी पड़ गयी है। शायद उसे भी मेरी।

राजीव! हाँ, राजीव! वह तो एक ऐसे चमन का फूल है जिसके इर्द-गिर्द बेतरतीब-सा झाड़-झंजाड़ उग आया हो जिस वजह से वह चमन का हिस्सा होते हुए भी उसका हिस्सा नहीं लगता। बस उसके इर्द-गिर्द जमा हुए उस झाड़-झंखाड़ को साफ कर उसे उस चमन का हिस्सा बनाना चाहता हूँ। लेकिन सिर्फ चाहने से क्या होता है? मैं उसे वह सब देना चाहता हूँ। जिसकी कमी वह महसूस करता है।

उसकी खोज प्यार है जो शायद उसे उसके घर से नसीब नहीं हुआ। ऐसा वह समझता है। बस मैं उस कमी को पूरा करने की पूरी कोशिश करता हूँ लेकिन अपनी कोशिशों में मैं नाक़ामयाब ही होता रहा हूँ क्योंकि उसकी ज़िन्दगी में इन दिनों एक और शख़्स आ गया है जिस का नाम शेखर है, जिसे मैं कतई पसन्द नहीं करता। राजीव उसकी जी-जान है शायद राजीव का भी वह। रोटी से लेकर बिस्तर तक की साँझ है उन दोनों में। जहाँ पहले हम दोनों एक ही बिस्तर पर पसर लेते थे, अब मेरी जगह शेखर ने ले ली है, मेरे इतने दिनों का साथ राजीव ने एक झटके से ख़तम कर दिया—यह सोचे समझे बिना ही कि इस बात से मुझे कितनी चोट पहुँचेगी।

मुझे रात के सन्नाटे में राजीव की कमी बेहद खलती है। लेकिन एक शातिर चोर की तरह शेखर ने मुझसे मेरी सब से प्यारी चीज़ चुरा ली और मैं देखता रह गया। राजीव अपने और शेखर के रिश्ते को लेकर बड़ा संजीदा है, कभी-कभार कहता भी है, ''यह उन दोनों की अपनी ज़ाती ज़िन्दगी है इससे किसी को भी क्या लेना देना।'' उसके ऐसा कहने के बाद, उसे कुछ भी कहने के लिए मेरे पास बचता भी क्या है? यूँ शेखर हमारे साथ नहीं रहता, लेकिन यह कहने भर की बात है वह अकसर यहाँ ही होता है। छुट्टी वाला दिन तो उसका यहाँ ही कटता है। कभी कभी मैं उसे कह भी देता हूँ कि— 'उसे अपने घर रहना चाहिए।' इस बारे वह तो चुप ही रहता है लेकिन राजीव चुप नहीं रह सकता उसका एक ही जवाब सदा मुझे मिलता रहा है कि— 'अगर राजीव को तुम अपने पास रखना चाहते हो तो शेखर को तो सहना ही पड़ेगा।' किसी नशे की तरह ही शेखर भी उसकी कमज़ोरी बनता जा रहा है। लेकिन इतना सब होने पर भी इन सबके बीच मेरी झुग्गी तो बस ही गयी। इसका अन्दाज़ा इस बात से हो ही जाएगा कि अब मेरे पास यहाँ के लोगों का आना-जाना शुरू हो गया है। लोग मुझे जानने लगे हैं। अब मैं उनके लिए अजनबी नहीं रह गया हूँ।

आसमान पर सुरमई रंग छाने लगा था और कहीं कहीं बादलों के बीच थोड़ा-सा सुर्ख रंग झाँक-झाँक कर बाहर गिर रहा था जो एहसास करा रहा था कि अभी सूर्य हम से रूठ कर पूरी तरह से छिपा नहीं है। मैं आसमान पर और रंगों को ढूँढ़ने की कोशिश कर रहा था। शायद कहीं पर मुझे इन्द्रधनुष दिखाई दे जाये। लेकिन यह मुमकिन न था। मेरे पास तो एक ऐसा साथी था जो दुख में लिपटा हुआ था। ऐसी हालत में क्या कोई और रंग ख़्वाब में भी आ सकता है। राजीव था कि वह किसी से कोई बात करना नहीं चाहता था क्योंकि कई दिनों से उसका दोस्त शेखर आया नहीं था।

मैं राजीव की ऐसी हालत देख नहीं पा रहा था। मेरे पास उसके उदास लम्हात को बटोरने की कोई तरकीब भी नहीं थी। वो बीते हुये लम्हात में जी रहा था मैं उसे आने वाले पलों में लेकर आना चाह रहा था। मेरी जुबान से लफ़्ज़ बह नहीं रहे थे

शायद मेरे ज़ेह्न से रूठ चुके थे। ऐसे ही लम्हे में बीरू चाय लेकर आया और मुझे मेरी बेचारगी से उसने निजात दिलाई। बीरू ने हम दोनों को चाय थमाई और हमारे पास आ कर बैठ गया। मैंने उससे पूछा, ''क्यों रे तू चाय नहीं पी रहा?'' मेरी बात के जवाब में वह चुप रहा लेकिन अपने अन्दर की सारी कड़वाहट अपने लफ़्ज़ों में घोल कर मेरी बात के उत्तर में यकायक राजीव बोल पड़ा, ''यह क्या चाय पिएगा।'' मैंने राजीव की बात ठेल दी और बीरू से पूछा, ''ऐसी क्या बात हो गयी, तू चाय क्यों नहीं पी रहा?'' बीरू फिर भी चुप रहा कुछ बोला नहीं। मैं ही फिर बोला, ''जा, जाकर अपने लिए चाय लेकर आ।'' मेरी बात सुनकर भी बीरू उठा नहीं, बैठा ही रहा। लेकिन राजीव के लबों पर बेमानी सी मुस्कराहट तैर गयी, जो बीरू की नज़रों से बच नहीं सकी, जिसे देख उसका चेहरा गुस्से से सुर्ख हो गया। मैंने उन दोनों की इस हरकत को देखते हुए भी नज़रअन्दाज़ कर दिया और बीरू को चाय लेकर आने के लिए दोबारा कहा साथ ही यह भी कह दिया कि हम भी तभी चाय पीएँगे जब तू भी हमारा साथ देगा। वह उठा और उसने राजीव की तरफ तेज़ नज़रें फेंकी। मुझे समझते देर नहीं लगी कि उन दोनों के बीच कुछ ज़रूर घटा है।

बीरू अपने लिए चाय ले आया, चाय की तरह ही हम तीनों के आस-पास भी थोड़ी गर्माहट फैल रही थी। जानें क्यों मैं वैसी ही घुटन अपने कमरे में महसूस कर रहा था जैसी बरसात के दिनों में पानी बरसने से पहले महसूस की जाती है। मन की बात न कहकर, मैं आस-पास घिर आयी झीनी-सी कारी बदली को अपनी हलकी-फुलकी बातों से उड़ा देना चाहता था इसलिए हँसते हुए बीरू की पीठ थपथपा कर बोला, ''अरे, बीरू! अब तक तो तुझे यहाँ के सब तौर-तरीके समझ में आ जाने चाहिए थे, यूँ मुँह लटका कर क्यों बैठा है अगर इसने तुझे कुछ कह दिया है तो तू भी कह दे इसे दो-चार कड़क बातें!'' इतना कहने के साथ ही मेरा दिल हुआ कि मै ज़ोर से हँस दूँ, जिस से यह छोटा सा कमरा मेरी हँसी से भर जाए और कुछ देर पहले जिन चील कौवों ने इस कमरे को घेर लिया था वह मेरी हँसी की आवाज़ सुनकर उड़ जाएँ। लेकिन मेरी बात ख़तम होते ही राजीव बोल पड़ा और मेरी हँसी मेरे अन्दर ही दफ़न हो गयी। राजीव कह रहा था—''ये...ह यह कहेगा मुझे कुछ? हुँ!!''

''अरे हुं, हुँ क्या करता है, कुछ दिन और ठहर जा तू, फिर देखना यह तेरे भी कान कतरेगा।''

''दा...दा!! कितना सिखाओगे इसे, यह कुछ सीखने वाला नहीं है, वह शक्लें और होती हैं, यह क्या काटेगा मेरे कान।''

''हाँ! हाँ!! वह शक्लें होती हैं तेरे जैसी।'' कहने के साथ ही बीरू हमारे बीच से उठकर अन्दर चला गया। मुझे उन दोनों की तनातनी अच्छी नहीं लगी। लेकिन मैं किसी एक की तरफ़दारी करना नहीं चाहता था। दोनों के चेहरे दहक रहे थे ताकि उन

से उठने वाली चिंगारियों से उनका प्रतियोगी खुद ही उसमें जल जाये। मैं उखड़-सा गया। उन दोनों के सलूक को देखकर। उन दोनों के बीच यह कैसी सर्द जंग छिड़ गयी है। मैं सोचने लगा कि क्या इन दोनों के झगड़े कभी ख़तम भी होंगे या फिर मुझे इनके झगड़े ख़तम करने के लिए मध्यस्त बनना पड़ेगा? मैं अपने ही सवालों के घेरे में उलझने लगा।

बीरू अपना गुस्सा बर्तनों पर निकाल रहा था जबकि राजीव चुपचाप ज़मीन कुरेद रहा था। रसोईघर से कुछ खनन की-सी आवाज़ आयी मानो जैसे कोई चीज़ टूट गयी हो। मेरी ख़ामोश नज़रें यूँ ही उधर उठ गयीं। मेरे कान बीरू की आवाज़ सुन रहे थे, वह कह रहा था—"लो आज फिर किसी एक का गला कट गया।" कोई और समय होता उसकी आवाज़ सुन मैं हँसे बिना न रहता, लेकिन आज बीरू की लावारिस आवाज़ हवा में तैरकर रह गयी, शायद बीरू को भी जवाब का इन्तज़ार नहीं था।

मैं राजीव के आगे इतना बेबस हो जाता हूँ कि उसे कभी कुछ कह नहीं पाता हूँ। जानते हुए भी कि वह ग़लत है, फिर भी। मेरे ऐसे रुख की ओर बीरू और केतकी कभी-कभी इशारा भी करते। लेकिन मैं क्या करूँ, मैं उसे इन्तिहाई गहरायों से प्यार करता हूँ। जाने मेरा उसके साथ कैसा रिश्ता है। मतभेद होने पर भी मैं उसे बेहद चाहता हूँ। यूँ मेरी और उसकी उम्र में पूरे दस बरस का फ़ासला है। राजीव की अभी मसें ही भींगी हैं जब कि मैं तो भरापूरा जवान हूँ। हम दोनों एक दूसरे के बिना रह ही नहीं सकते। मुझे लगने लगा था कि राजीव के बिना मेरा कोई वजूद ही नहीं है। मैं उसे इन्तिहाई गहराइयों से प्यार करता हूँ और उस पर इतना निर्भर हो गया हूँ कि अकेले अपने बारे मैं कोई ख़्वाब भी नहीं ले पाता। मेरे हर ख़्वाब में राजीव मेरे साथ होता, लेकिन अब उसकी ज़िन्दगी में मेरी जगह शेखर ने ले ली है ऐसा मुझे लगने लगा है क्योंकि जब से शेखर से उसकी दोस्ती हुई है तब से वह मुझसे दूर होता जा रहा है। मेरे लिए इस बात को सहन करना आसान नहीं है लेकिन मैं कर भी क्या सकता हूँ। उसके आगे मैं हमेशा ही लाचार हो जाता हूँ। शायद यही बात बीरू को नापसन्द हो।

मैं यह कभी जान नहीं पाया कि बीरू को किस बात का गुस्सा सदा घेरे रहता है और राजीव क्यों मग़रूर रहता है। लेकिन मैंने इतना ज़रूर किया कि उन दोनों के बीच जब कभी भी किसी बात को लेकर झगड़ा होता भी है तब मैं सदा ख़मोश रहता हूँ। क्योंकि दोनों ही मेरे अज़ीज़ हैं। मेरी इस चुप्पी को राजीव बर्दाश्त नहीं कर पाता और बृजेश तो यही समझता कि मैं राजीव की तरफ़दारी करता हूँ। ऐसे वक़्त मैं अपने में घुटन महसूस करने लगता हूँ। किसी से कुछ कहे बिना मैं वहाँ से उठ जाता हूँ। आज भी मैं उठा और कमरे से बाहर निकल खुली फिज़ा में आ गया। इस वक़्त आफ़ताब ने पूरी शक्ल अख़्तियार कर ली थी। लेकिन फ़िज़ाओं में अभी भी खुनकी बाकी थी।

उन दोनों का झगड़ा मुझे कुछ भी सोचने नहीं दे रहा था। मैंने जिस मंसूबे से इस जगह को लिया था लगता है वह शायद ही पूरा हो और फिर सारा दिन इसी उधेड़बुन में बीत गया। कुछ किये बिना ही।

अभी चिड़ियों का चहचहाना ही शुरू हुआ था। लेकिन मुझे चाय की तलब हो रही थी। रात भर मैं ठीक तरह से सो नहीं पाया था। सारी रात मैं बृजेश, शेखर और राजीव को लेकर सोचता रहा था। आज रात भी शेखर की राजीव के साथ ही कटी थी। इसे यूँ भी कहा जा सकता है कि रात भी राजीव ने शेखर के साथ ही गुज़ारी थी। दोनों का आपस में जैसा सम्बन्ध है उसे सेहतमन्द तो नहीं कहा जा सकता। मैं सोचने लगा कि मुझे दो सतह पर राजीव के साथ जंग लड़नी होगी, एक उसके नशे से, दूसरे इस शेखर से। लेकिन इससे भी बड़ा मसला था बृजेश और राजीव के बीच फैल रही कड़ुवाहट का।

मेरी चिन्ता इतनी ही नहीं थी और भी कई मसले थे जो मेरे सामने मुँह बाये खड़े थे। अभी तो शुरू किये हुए नाटक की रिहर्सल ही नहीं हो पा रही थी, रीडिंग हो चुकी थी लेकिन जबसे मैं 'रंग अभियान' से अलग हुआ था तब से कोई ठीक-सी जगह रिहर्सल के लिए हमें हासिल नहीं हुई थी। एक बेचैनी थी जो मेरे सारे शरीर का सफ़र करते हुए थकी नहीं थी। अब तो उसने मेरे ज़ेह्न पर भी अपना एक मज़बूत किला बना लिया था और निकलने के सारे दरवाज़े, खिड़कियाँ, रोशनदान मजबूती से बन्द कर दिये थे। कभी-कभार भूले-भटके अगर कोई आवारा पराग का एक ज़र्रा भी मेरे पास से गुज़र जाता तब वह मेरी आँखों में अपनी किरकिरी छोड़ जाता। करूँ भी तो क्या करूँ? कुछ समझ नहीं आ रहा है। सारी-सारी रात निकल जाती और नींद रूठे हुए महबूब की तरह आँखों के आगे से चुपचाप खिसक जाती।

इस समय भले ही मेरा मन चाय पीने का हो रहा है लेकिन मैं इतनी सुबह-सुबह बीरू को महज़ अपने लिए जगाना नहीं चाहता था। अभी मैं उठने की सोच ही रहा था कि चलूँ ख़ुद ही अपने लिए चाय बना लूँ कि तभी मैंने बीरू की आवाज़ सुनी, वह चाय के लिए ही पूछ रहा था। मुझे उसका जाग जाना अच्छा लगा, लेकिन मैं अपने मन की बात छिपा गया और अलसाया-सा ही बोला, ''तू उठ गया रे, कैसा जवान है तू? क्या तुझे नींद नहीं आती, तेरी उम्र में, मैं तो उठाने पर भी नहीं उठता था।'' मेरी बात सुनकर बीरू किसी तरह की भी मुख़ालफ़त किये बिना ही बोला, ''मुझे पता चल गया था कि आप उठ गये हैं। चाय ले आऊँ क्या!'' मैं कुछ कहता उसके पहले ही साथ वाले कमरे से सोये-सोये ही राजीव बोल पड़ा, ''साला पंजाबी। न ख़ुद सोता है न दूसरे को सोने देता है। राजीव की बात सुन मुझे लगा जैसे

सिन्थेटिक धागा सीने को चीरते हुए आर-पार निकल गया हो। मैंने अपने गुस्से को पीते हुए उसे कहा, ''चुप कर, क्या तू चैन से सो भी नहीं सकता। क्यों हर समय तू लड़ने जैसी बात करता रहता है? पंजाबी तो हम सभी हैं; तू, मैं, यहाँ रहने वाला हर कोई।'' राजीव एकदम अपने कमरे से निकला और हमारे पास आ गया जबकि शेखर अन्दर ही सोने का बहाना कर पड़ा रहा। मैंने महसूस किया कि राजीव नॉर्मल नहीं है। उसकी आँखें मेरे चेहरे पर जम-सी गयीं। वह मेरी ओर अँगुली तानते हुए बोला, ''देखिए दादा, गाली तो मत दीजिए!'' मेरी आँखें हैरानी से खुली-की-खुली रह गयीं और मैं उससे पूछ बैठा, ''कौन सी गाली दी मैंने तुझे हनी?''

''अब रहने भी दो दादा! गाली दे कर मीठा बोलना कोई आपसे सीखे।''

''पर बच्चे, मैंने तो ऐसा कुछ कहा ही नहीं।''

''अब बच्चे-बच्चे! तो आप मत कहें। अपने लिए बच्चा सुनना मुझे कतई अच्छा नहीं लगता, मैं बच्चा नहीं हूँ और न ही मैं पंजाबी हूँ। यह दोनों शब्द मेरे लिए गाली के समान ही हैं।''

''वाह! खूब बोल लेते हो तुम तो यार, क्या बढ़िया फलसफा है तुम्हारा! मैं कहूँ तो गाली, तुम कहो तो प्यार।''

''मैंने कब दी गाली, मैंने तो सच कहा है।''

''तो मैं क्या झूठ बोल रहा हूँ?''

''क्या जो व्यक्ति जैसा है उसे वही कहना गाली है तो मैंने गाली दी है। मैंने तो इसे पंजाबी कहा है और यह है भी पंजाबी।''

''तो तुम क्या पंजाबी नहीं हो, यह कहना चाहता है तू, बात करता है।''

''सच कहा दादा! मैं पंजाबी नहीं हूँ। मैं तो जाट हूँ जाट, वह भी खास हरियाणे का। यह तो रिफ्यूज़ी है। यह बता रहा था कि इसके पिता पाकिस्तान बनने के बाद इधर आये हैं, तो हुआ न पंजाबी?''

''छी! छी!! कैसी गन्दी बातें करते हो राजीव, मुझे तुमसे यह बात सुनकर अच्छा नहीं लगा कोई और कहता तो शायद मुझे इतना बुरा न लगता। थियेटर वालों के लिए तो पूरा मुल्क उनका अपना होता हैं। मुल्क के किसी एक हिस्से के होने से वह नहीं पहचाने जाते। अगर ऐसा कुछ हैं, तो तुम्हारी और बीरू की पहचान तो चंडीगढ़ से ही होगी न, क्योंकि तुम दोनों की ही यह जगहे-पैदाइश है इसलिए हम चंडीगढ़ से वाबस्ता हैं और यहीं से ही हम पहचाने जाएँगे। आगे से अगर मैंने तुम्हें इसे पंजाबी कह कर चिढ़ाते हुए सुना तो जान लो मुझे अच्छा नहीं लगेगा।'' कहने को तो मैं कह गया लेकिन मेरा दिल राजीव की ज़ेहनियत देख बुझ-सा गया। बन्द आँखों से हम जिस दुनिया को देखते हैं यह कतई ज़रूरी नहीं है कि खुली आँखें भी उसे वैसा ही देखें। कहाँ मैंने थियेटर से वाबस्ता लोगों को लेकर एक ख़्वाब पाल

रखा है दिल में कि हम सबकी सामूहिक तौर पर ज़िदगी बेहतर बने। थियेटर वालों की दुनिया में सब एक समान बेहतर ज़िन्दगी जीयें। मैं बन्द आखों से जाने कितनी बार उस दुनिया के ख़्वाब ले चुका हूँ, लेकिन मैं वह सब खुली आँखों से भोगना चाहता हूँ, यह कैसे मुमकिन हो सकता है?

मुझे लगा, कि सच में ही राजीव के हाथों आज मुझे शिकस्त मिली है। मेरे वह दाँव, वह जिहाद, जिसे मैं छेड़ना चाहता हूँ। उन लोगों को लेकर जो भटक गये हैं अपनी मंज़िल के बीच रास्ते से, जहाँ थियेटर उनके लिए जीने का सहारा बन जाऐ। ऐसा मैंने सोचा था। क्या मेरे वह सारे दावे खोखले निकलेंगे? राजीव ने मेरे इस खुशनुमा ख़्वाब को चकनाचूर कर दिया है कि थियेटर थैरेपी से वह सब कुछ मुमकिन है जिसे आज तक ग़ैरमुमकिन माना जाता रहा है। आज मेरी सारी मुश्किलें मेरे आगे मुँह बाए खड़ी हो गयी हैं। जितना मैं इनसे जूझने की कोशिश करता जा रहा हूँ यह उतनी ही और गहरी होती जा रही हैं। मैं अपने ही बुने जाल में फँसता चला जा रहा हूँ। मुझे ऐसा लगने लगा है कि मेरे इस अँधेरे बन्द कमरे में धुआँ-ही-धुआँ भरा पड़ा है जिससे मेरे अन्दर धीरे-धीरे कड़वाहट भरती जा रही है।

सेहन से किसी गौरैया के चहचहाने की आवाज़ आयी। उसने जैसे मेरे ख़्यालों में सेंध लगा दी हो, दो प्याले में चाय पड़ी-पड़ी पानी बन चुकी थी।

इस बीच दरवाज़े पर दस्तक हुई। मैं बीरू से कुछ कहता, उससे पहले ही वह उठ गया। बीरू के साथ जो शख़्स कमरे में दाखिल हुआ उसे देख, मेरा चौंक जाना कुदरती ही था। उसके अन्दर आते ही मेरे ख़्यालात को जैसे किसी ने बाँध बनाकर उन का बहाव मोड़ दिया हो और मैं एकदम उसमें बह गया और कह बैठा, ''इतनी सुबह-सुबह विमल तुम यहाँ कैसे?''

''काम था सर!''

''बोलो।''

''सर!! कुछ पैसे चाहिए थे।''

विमल की बात सुन मैं संजीदा हो गया। कुछ देर हम दोनों में ख़ामोशी का आलम रहा। मेरा यह सोच लेना ताज्जुब की बात नहीं थी कि कहीं इसने किसी के साथ किसी तरह की कोइ दुश्मनी तो नहीं मोल ले ली। या फिर किसी यार-दोस्त के साथ कोई झगड़ा तो नहीं कर बैठा, जो इसे बीच महीने में ही पैसे की ज़रूरत आ पड़ी। मैं थोड़ी देर के लिए ही सही बेकार से ख़्यालात में घिर गया। मैंने अपने ख़्याल को दरकिनार किया और विमल से बोला, ''क्या हुआ? पैसों की ज़रूरत क्यों आ पड़ी बीच महीने में?'' मेरी बात सुनकर विमल के चेहरे पर अजीब किस्म की मायूसी का तारी हो जाना कोई अजूबा नहीं था। वह उकताहट भरे अन्दाज़ से मुझे देखते हुए बोला, ''नहीं सर! ऐसी कोई बात नहीं है जिसका आपको डर है!''

"फिर कैसी बात है।"

"कुछ पैसा कैंटीन वाले का देना है और कुछ हॉस्टल का।"

"हॉस्टल और कैंटीन के बिल का तो भुगतान दिया गया था न शुरू की तारीख़ों में, क्या दिये नहीं थे वह बिल तुमने?"

"वह तो सर! सब हो गया था, परन्तु मैं अपनी नौकरी छोड़ आया हूँ।" विमल की बात सुन मुझे लगा कि मेरी देह की गति को विमल की बात अपने साथ उड़ाकर ले गयी हो, जड़-सी मेरी आँखें उसके चेहरे पर जम-सी गयीं। मैं उसके मुँह की ओर देखता रह गया, मुझे लगा कि जैसे मेरे ख़्यालात की रफ़्तार थम-सी गयी हो। कई लम्हे इसी तरह बीत गये। भले ही मैं यह भी जानता था कि आपस में मतभेद पैदा हो जाएँ तो ऐसे में काम करना मुहाल हो जाता है। फिर भी विमल का, काम को इस तरह से ख़ारिज करने का ढंग मेरे लिए हैरानी भरा है। ऐसा सितम बर्दाश्त से बाहर होता है। जिस तरह के वक़्त से हम गुज़र रहे हैं ऐसे में विमल का यह फ़ैसला मुझे सही नहीं लगता। मैं उसे वापस काम पर जाने के लिए भी नहीं कह सकता। अगर मैं कह भी देता हूँ तो इसका क्या सबूत है कि वह चला ही जाएगा? मैं इस नाउम्मीदी के एहसास से ही संजीदा हो गया।

मैं नहीं चाहता था कि हमारे इन मुश्किल दिनों में किसी किस्म की भी आपस में बदमज़गी पैदा हो, लेकिन किया क्या जाये सब की अपनी अपनी कुछ ख़्वाहिशें होती हैं और जब वह पूरी होती दिखाई नहीं देतीं तभी ऐसे वाक़यात होते हैं। जाने कितनी देर मेरी नज़रें कुछ न देखते हुए भी इधर-उधर भटकती रहीं लेकिन इतने में पास खड़े बीरू की आवाज़ ने मुझे वापस अपने-आप में लौटा दिया। वह कह रहा था, "पहली चाय तो ठंडी हो चुकी है सर! और ले आऊँ?"

"और तू कर भी क्या सकता है?" जवाब में राजीव बोला था। बृजेश मेरी ओर देखता रह गया। मैंने राजीव की बात को ठेल दिया और कहा, "हाँ, चाय की इस समय सख़्त ज़रूरत है, लेकिन चाय के साथ कुछ खाने को भी ले आना। लगता है विमल भूखा ही चला आया है।" इसके एकदम बाद मैं राजीव से बोला, "क्या तुम उठ गये हो कि अभी तुम्हें और सोना है?" राजीव नीमबाज़ आँखों से मेरी ओर देखते हुए बोला, "सोना चाहूँ भी, तब भी इस शोर में कहाँ सो पाऊँगा। जाने कैसे-कैसे लोग भरे पड़े हैं इस घर में, जिन्हें जीने का शऊर तक नहीं। सुबह की मस्त नींद चाय की चुस्कियों में पी जाते हैं। न ख़ुद सोते हैं न दूसरे को सोने देते हैं।" मैंने राजीव की बात की जानिब ग़ौर नहीं किया और विमल से ही पूछा, "होस्टल भी छोड़ रहे हो?"

"जी, छोड़ना ही पड़ेगा!"

"क्या हुआ, क्यों छोड़ रहे हो सब, क्या कुछ लफड़ा हो गया?"

"नहीं दादा कोई लफड़ा नहीं हुआ, यह 'रंग अभियान' तो एक बहाना है।"

''किस बात का बहाना?''

''आपने भी तो वहाँ काम किया है। आपको भी मालूम होगा, वह सब कुछ, जो आपने वहाँ झेला होगा। फिर आप मुझसे क्यों कुछ कहलवाना चाहते हैं? आप भली-भाँति जानते हैं कि वह लोग कैसे हैं!''

''मेरी बात छोड़, तू अपनी कह, क्यों और क्या हुआ यह सब जो तुम्हें काम छोड़ना पड़ा?''

''आप तो जानते ही हैं कि मैं कब से हूँ यहाँ, लगभग साल होने को आया अभी तक एक भी नाटक नहीं कर पाये हम। मैंने सोचा था जो नाटक शुरू किया है उसे मंचित करने के बाद ही मैं 'रंग अभियान' को सदा के लिए अलविदा कह दूँगा। लेकिन...''

''कैसी बातें करते हो, मैं हूँ न, आज आकर वहाँ बात करता हूँ 'रंग अभियान' को छोड़ने की क्या ज़रूरत है। बात कर लेते हैं और फिर अभी क्यों छोड़ रहा है? नाटक पूरा करने के बाद छोड़ देना।''

''उनके साथ क्या बात करेंगे दादा! और छोड़ने, न छोड़ने का तो अब प्रश्न ही पैदा नहीं होता, मेरी नौकरी तो उसी दिन समाप्त हो गयी थी, जब आप वहाँ से चले आये थे।''

''क्या बात करते हो? उस दिन तो तुम 'रंग अभियान' के सर्वेसर्वा हो गये थे।''

''बस समझ लीजिए, उसी दिन से ही मेरी मुसीबतें भी शुरू हो गयी थीं। वह समझते हैं कि बस चौदह सौ रुपये देकर मुझे उन्होंने खरीद लिया है, हुँ!!''

''थोड़ा सह जाओ, खबीस क्यों हो रहे हो? अभी वक्त नहीं आया है यूँ अकड़ दिखाने का, कोई दूसरा काम देख लो फिर इसे छोड़ देना।''

''नौकरी कहाँ है सर! मेरी जगह उन्होंने रवि को रख भी लिया है।''

''कब? यह सब कैसे हो गया तुमने मुझे पहले क्यों नहीं बताया? मुझे हैरानी ने घेर लिया। विमल मानो खुलासा करता हुआ बोला, ''क्या बताता सर! कि चौदह सौ रुपये में मैंने उनकी ग़ुलामी कबूल नहीं की। इसलिए मुझे 'रंग अभियान' में काम करने का कोई हक़ नहीं है, नाटक-वाटक तो जाए भाड़ में। सुबह पहले उनके बच्चों को स्कूल छोड़ने जाओ, दोपहर में लेने, घर के लिए सौदा-सुलफ का जुगाड़ करो और फिर शाम को बच्चों को स्वीमिंग के लिए लेकर जाओ। छी:, इस सारी दौड़ धूप में रिहर्सल कब हो? मैंने सिर्फ नाटक किया, बाकी सब काम छोड़ दिये, इसलिए मेरी नौकरी भी गयी।''

''अरे मरता था सब करते, ज़िन्दगी भी तो तेरी ही बननी थी।''

''मैं यहाँ, सर, घर के काम करने नहीं, थियेटर के लिए आया था, साल भर में एक नाटक भी तैयार नहीं हो पाया है। 'होली' और 'शून्य से शून्य तक' नाटकों की

रिहर्सल चल रही थी परन्तु रवि ने आते ही उन्हें ख़ारिज कर दिया और 'आधे अधूरे' का पाठ शुरू कर दिया। मैं अलग से 'होली' की रिहर्सल कर तो रहा हूँ लेकिन मैं नहीं समझता कि इन परिस्थितियों के चलते यह मंचित भी हो पाएगा।'

"कम किया क्या, एक नाटक तो करने जा रहे हो तुम।" मेरी आवाज़ कमरे से निकल कर बाहर इधर-उधर फैल गयी। विमल की खुली आँखें मेरे चेहरे पर फिसल रही थीं। थोड़ी देर के लिए मानो सब कुछ थम-सा गया हो। चुप्पी के लम्हे धीरे-धीरे आगे खिसक रहे थे। मेरे अन्दर ज़हर पल रहा था और विमल की आखों में शक़। मुझे उसकी आँखें उकसा रही थीं। मैं भड़क उठा, "स्साले नाटक करेंगे। थियेटर कोई जिस्मानी ख़्वाहिशात का ज़रिया नहीं है, इसके अलावा भी कुछ है। देख रहा हूँ कि अपने-आप को जो थियेटर के ख़िदमतगार समझ रहे हैं वह उन्हीं नाटकों को दोहरा रहे हैं जिन्हें खुद अपनी दौरे-तालीम में सीख कर आये हैं। उनमें भी वही ग़लतियाँ दोहराते जाएँगे जो पहली पेशकश में की थीं। अरे वही करो, जिसे आज तक करते आ रहे हो लेकिन कुछ खोज, कुछ नयापन तो हो नयी पेशकश में। हर नयी पेशकश में एक नये क्षितिज, मुख़्तलिफ़ अदवार को छूने की कोशिश तो हो। और जो तत्त्व पीछे छूट गये हैं उन्हें नयी पेशकश में लाने की कोशिश तो हो जिससे नाटक की सृजनशीलता बनी रहे। उसे बनाये रखने के लिए थोड़ी-सी ही सही कुछ कोशिश करनी तो सबके लिए लाजमी है। यदि नयी पेशकश में सृजन नदारद है, वही बासीपन है तो ऐसी नयी पेशकश को नया कैसे कहा जा सकता है?"

इतना कह मैं चुप हो गया थोड़ी देर कोई किसी से कुछ बोला नहीं। कुछ लम्हे बीत जाने के बाद मेरी नज़रें विमल की नज़रों में गड्ड-मड्ड हो गयीं, मुझे अपने जज़्बात पर क़ाबू रख पाने में मुश्किल पेश आयी और मैं फिर बोल पड़ा, "भले ही हम 'ओडीपस' कर रहें हों या फिर 'मैकबैथ', लेकिन तब तक ही करें जब तक वहाँ सृजन मौजूद है। क्या ख़ाक करेंगे हम। हम तो सिर्फ दोहराना ही जानते हैं। अरे कब तक तख़्लीक से जुड़े दर्द के डर से गोद लिये बच्चे से मन बहलाएँगे? हम नकलची हैं नकलची! हम बार-बार एक ही अर्श को छूकर इतमिनान कर लेते हैं। यदि ऐसा नहीं है, तो क्या हमारी तलाश जारी है? हमने और कितने क्षितिज तलाशे? क्या है हमारी तलाश? थियेटर वाले! माई फुट, यहाँ थियेटर की किसे फ़िक्र है। यहाँ सभी को अपनी-अपनी पड़ी है। तुम फ़िक्र मत करो विमल! अपना सामान उठाओ और यहाँ चले आओ। मैं कैम्पस आऊँगा और पैसा भी लेता आऊँगा। तुम्हें फ़िक्र करने की ज़रूरत नहीं है। अरे, कहाँ चल दिये? बीरू चाय लेकर आता ही होगा।"

विमल के जाने के बाद मेरा मन कसैला हो गया। मैं देर तलक वैसे ही बैठा रह गया। फिर बेचारगी में राजीव से बोला, "ऐसे कैसे चलेगा। न तो मैं तुम लोगों को छोड़ सकता हूँ और न कुछ बेहतर ही तुम लोगों के लिए कर पा रहा हूँ।

"दादा! क्यों चिन्ता करते हैं इतनी, सब ठीक हो जाएगा।" राजीव मुझे तसल्ली देता-सा बोला। उसी समय शेखर भी अपने कमरे से बाहर निकला और हमारे पास बैठ गया। मैं उनसे बेख़बर अपने ही ख़्यालात में खोया हुआ बोले जा रहा था, "ख़ाक ठीक हो जाएगा, एक मसला सुलझता नहीं कि दूसरा हाज़िर हो जाता है।"

"परन्तु चिन्ता करने से आज तक किसी का कुछ बना है क्या? जो हमारा बन जाएगा, जो होगा देखा जाएगा।" मेरी बात के जवाब में शेखर ने कहा मानो वह मुझे तसल्ली देने की कोशिश कर रहा हो। मैं सिर्फ इतना ही कह पाया, "हाँ, तुम्हारी बात ठीक हो सकती है शेखर।" कहने को तो मैं कह गया लेकिन फ़िक्र मेरे रोंये रोंये से बाहर गिर रही थी। शेखर की बात का मुझ पर कोई असर होता दिखाई नहीं दिया तो राजीव भी पीछे नहीं रहा, बोला, "दादा! अब चिन्ता करनी छोड़िए भी, आप तो मुझसे पीछा छुड़ाना चाहते थे क्या यह सम्भव हुआ? इसलिए कहता हूँ, जैसा चल रहा है चलने दो। यदि कुछ दिनों के लिए विमल यहाँ रहने के लिए आ ही गया तो कोई तूफ़ान नहीं आने वाला। अब तो शेखर भी यहाँ है। वह भी थियेटर से सक्रिय रूप से जुड़ना चाहता है। इसलिए पैसे की चिन्ता तो आप छोड़ ही दीजिए और शेखर यदि हमसे जुड़ना ही चाहता है तो हमारी सारी मजबूरियों और अच्छी-बुरी बातों से पहले ही दिन से परिचित हो जाता है तो इसमें बुरा ही क्या है?"

"क्या करूँ रे, तुम सब मुझे अपने-से लगने लगे हो। शायद उनसे भी कुछ ज़्यादा लगते हो, जो रिश्ते मेरी पैदाइश के साथ मुझसे जुड़े हैं, उन तमाम रिश्तों से अब मेरा कोई सरोकार नहीं है, वह सब मुझे झूठे लगते हैं। उन सब रिश्तों से बढ़कर मेरे लिए अब आप लोग हैं। मन की यह बन्दिश बहुत गहरी है रे! जाने तुम लोगों के साथ मेरा कैसा जुड़ाव है। न तुम्हें छोड़ सकता हूँ और न मेरे पास इतने साधन ही हैं कि मैं सबको अपने पास रख सकूँ। इतनी ताक़त मुझमें नहीं है। मेरी भी कुछ बन्दिशें हैं जिन्हें मैं बखूबी पहचानता हूँ लेकिन तुम लोग तो मेरे दिल में बसते हो। तुम लोगों ने तो मुझे जकड़ कर रख लिया है। मैं भागना चाहूँ, तो भी भाग नहीं सकूँगा। मैं क्या करूँ रे, मेरी समझ में कुछ नहीं आ रहा। रही बात शेखर की तो जैसे तुम हो मेरे लिए हो, वैसे ही शेखर भी है। लेकिन थियेटर से जुड़ने से पहले अपने मन को इसे पूरी तरह से जान-समझ लेना होगा। मैं नहीं चाहता कि हमारे ग्रुप 'अक्स' का कोई भी फनकार थियेटर को तफ़री करने की जगह समझे। अगर शेखर थियेटर से जुड़ना ही चाहता है तो इसे पूरी तरह से जुड़ना होगा। हम थियेटर के ज़रिये से जो पैग़ाम देना चाहते हैं उसे हर कोने में पहुँचाने के लिए इसे हमारी तरह ही जुटना होगा। अकेले बैठे अकसर जो लोग थियेटर की बात करते हैं उससे क्या हासिल होने वाला है?" कहने को तो मैं कह गया, लेकिन मैं नहीं चाहता था कि शेखर हमारे साथ जुड़े। मुझे लगने

लगा था कि जैसे उसने बड़ी चालाकी से राजीव को मुझसे चुरा लिया है। मैं राजीव को चाह कर भी यह बात समझा नहीं पा रहा हूँ कि उसकी शेखर से दोस्ती यहाँ, मेरे इस घर में, चल नहीं सकेगी। मुझे चुप हुआ जानकर राजीव ने शेखर को जाने के लिए कहा और मुझसे बोला, ''छोड़िए दादा इन सब बातों को, अब तो हमें यह देखना है कि हम कर क्या सकते हैं! रही शेखर की बात, यदि उसे इधर आना होगा तो वह पूरी ईमानदारी से ही यहाँ आएगा। नहीं तो वह इस ओर का रुख़ भी नहीं करेगा, इसकी गारंटी मैं देता हूँ।''

''ठीक है राजीव, मैं तो सिर्फ यही कहना चाहता हूँ और मेरी दिली ख़्वाहिश भी यही है कि हम लोग अपने अच्छे अख़लाक से थियेटर की ऐसी शम्मा रौशन कर दें, जिस से ऐसे आन्दोलन का आगाज़ हो, जो अँधेरे को मिटाने में सफल रहे। इनसानी दिमाग़ कभी भी आन्दोलनों से सन्तुष्ट नहीं होता इसलिए मैं चाहता हूँ कि 'अक्स' के ज़रिये हम इस तरह की शर्मिन्दगी से बच जाएँ।''

बीरू चाय लेकर आ गया और बोला, ''दादा आप तैयार हो जाइए, केतकी भी आती होगी।'' बीरू के आने से कमरे में फैली गम्भीर ख़ामोशी जो हमारे सिरों पर तैर रही थी हवा की तरह उड़ गयी। मैं संजीदा ही रहा और बोला, ''तुम तो जानते हो राजीव, किस मजबूरी में डाली थी मैंने यह झुग्गी, आज वैसा ही किस्सा फिर से दोहराया जा रहा है, जिसे विमल झेल रहा है। 'रंग अभियान' जिसे मैंने अपने ख़ून से हराभरा किया था, एक झटके में ही वहाँ मेरे सारे हक़ छीन लिये गये थे। क्योंकि मैं भी विमल की तरह जैसा राजपाल चाहता था, कर पाने के क़ाबिल नहीं था। ठीक मेरी ही तरह पहले उसे डिपार्टमैंट से अलग किया और उसके बाद 'रंग अभियान' से भी अलग कर दिया। स्सालो, तुम नहीं जानते मैं किस किस्म का आदमी हूँ। मैं तो ऐसा आदमी हूँ, इन्हीं की छाती पर मूंग दलूँगा। मैं नंगा हूँ और नंगा नाचता हूँ। मैंने अपनी सारी शर्म-हया बेच खायी है। यह स्साले मेरा क्या बिगाड़ लेंगे? इन सबको मैंने नंगा न नचाया तो मैं कैसा थियेटर वाला। अरे स्सालो! मेरे लिए तो यह सारी ज़मीन ही थियेटर है। राजपाल क्या समझता है अपने आप को? क्या किसी के पावों के नीचे से हरी-भरी ज़मीन खिसका कर उसे रेतीले मैदान में फेंका जा सकता है? अगर वह ऐसा समझता है, तो यह उसकी भूल है। एक दिन उसे इस बात का एहसास भी होगा। यह अलग बात है कि इन दिनों मेरा सारा काम उधार खाते से चल रहा है लेकिन वह दिन भी दूर नहीं जब मैं और मेरे सब साथी, राजपाल और उस जैसे दूसरे लोगों के वजूद के लिए एक चैलेंज बन जाएँगे। कितनों का हक़ मारेगा यह!''

''दादा! शान्त हो जाइए, हम सब हैं न, अब उठिए और तैयार हो जाइए।'' मैं राजीव की बात को अनसुना करते हुए अपनी ही रौ में ही कहता गया, ''मेरे जैसा कोई प्यार लेकर दिखाये। क्या पान वाला, क्या चाय वाला, क्या ढाबे वाला, इन

लोगों ने कभी मुझसे पैसा नहीं माँगा। बाप ने समझा था भूखा मरेगा तो अक़्ल ठिकाने आ जाएगी। अब तुम्हीं देखो राजीव, क्या मेरे चाहने वालों की कोई कमी है? रोटी-पानी से लेकर ज़रूरत का हर सामान मुझे मिल रहा है न। मेरा बाप समझता है कि उसके बेटे को थियेटर निगल गया। उस दिन मेरे साथ जो वह झगड़ कर गया उसके बाद से उसने मेरी कोई खोज-ख़बर नहीं ली...''

''दादा! भूल भी जाओ, ऐसे कब तक दुखी होते रहोगे?''

''ठीक कहता है रे तू, लेकिन मैं क्या करूँ। बार-बार जहाँ से ज़िन्दगी शुरू की थी वहीं पर अपने आप को खड़ा पाता हूँ। चलो छोड़ो यह सब बातें, चाय पीओ। तब तक मैं निपट लेता हूँ। केतकी आ जाये बाकी फिर देखा जाएगा।''

''अभी तक तैयार नहीं हुए,'' अन्दर आते हुए केतकी बोली। उसकी आवाज़ सुनकर मैं चौंका और सोचने लगा कि कैसी है यह केतकी, एक पल भी इधर-उधर नहीं होती। जो समय कहकर जाती है, जाने कैसे कहाँ से घड़ी की सूई की तरह पहुँच जाती है। मेरी आँखें हैरत से उसके चेहरे पर फिसलती रहीं। और उसकी पुरसुकून आँखों ने मानों मेरी सारी तल्ख़ी अपने में सोख ली हो। मैं उसकी खूबसूरती में बहने लगा।

माशाअल्ला! बला की हसीन नज़र आ रही थी वह। साउथकॉटन की चौड़े लाल किनारे और बीच से हरे रंग की साड़ी में वह किसी ख़्वाब की परी से कम नहीं लग रही थी। दुबले-पतले बदन और लम्बे चेहरे पर बड़ी-बड़ी नशीली आँखें। क्या कयामत ढा रही थीं, इससे वह तो बेख़बर ही थी। उसे देख कर अचानक मुझे ऐसा लगा, जैसे पहाड़ी पेंटिंग की कोई ख़ातून ज़िन्दा हो मेरे कमरे में हाज़िर हो गयी हो। मैं ठगा-सा उस खूबसूरती को जाने कितनी देर चुपचाप पीता रहा। मेरे बोलने की ताक़त उसके हुस्न में फँसकर रह गयी। मुझे मायूस देख केतकी फिर बोली, ''क्या हुआ, सुबह-सुबह चेहरा काठ की शक्ल में क्यों दिखाई दे रहा है?''

मैंने केतकी की बात का जवाब न देते हुये बृजेश से कहा कि वह उसके लिए भी चाय-नाश्ता ले आये जिसके लिए केतकी ने उसे रोक दिया और बोली, ''मेरे लिए कुछ मत लाना मैं नाश्ता कर के आ रही हूँ।'' केतकी की बात के जवाब में राजीव एकदम बोल पड़ा, ''केतकी खाने के लिए आने तो दो, हम जो बैठे हैं खाने के लिए, तुम मत खाना।'' केतकी राजीव की बात पर हँसती रही, और फिर मैंने भी उनकी बात में शामिल होते हुए कहा ''ठीक कहता है राजीव कि तुम खाना नहीं, बस पैसे दे देना और इतना कह मैंने जैसे अपनी सारी परेशानी केतकी की ओर धकेल दी हो। केतकी के चेहरे पर एक रौशन चौड़ी मुस्कान फैल गयी, जिससे वहाँ फैली मायूसी की झीनी-सी परत काफ़ूर हो गयी। कमरा रोशनियों से भर गया। केतकी मज़ाहिया लहज़े में बोली, ''तुम नहीं सुधरोगे। बोलो तुम्हें कितने पैसे चाहिए?''

''बोलता हूँ, बोलता हूँ! इतनी जल्दी भी क्या है।''

''जल्दी है मोह! मुझे जाना है, क्लास है मेरी।''

''मैंने तो नहीं कहा था इस समय आने के लिए।''

''हाँ, तुमने तो नहीं कहा था लेकिन मैंने कहा था कि मैं सुबह ही आ सकती हूँ, लेकिन आज मैं इसलिए इस समय आयी हूँ क्योंकि मैंने रिहर्सल के लिए एक जगह के लिए हाँ करवा ली है और सोच रही थी कि तुम लोग भी उसे देख लें तो बात पक्की कर ली जाए।''

''हमें जगह मिल गयी,'' लगभग ख़ुशी से चीख़ते हुए राजीव बोला।

केतकी संजीदगी से बोली, ''इतना खुश होने की भी बात नहीं है पहले जगह तो देख लो।''

''अरे जगह है, हमारे लिए इतना जान लेना ही काफी है खुश होने के लिए।''

''नहीं इतना जान लेना काफ़ी नहीं है मोह! एक खुला स्थान मिला है वह भी लड़-झगड़ कर।''

''क्या?'' मेरे इस छोटे से लफ़्ज़ में मेरे अन्दर का सारा दुख दर्द बह गया।

''हाँ, और रिहर्सल का समय भी शाम पाँच बजे से लेकर केवल आठ बजे तक।''

''यह क्या बात हुई भला? और जो ऑपन एयर थियेटर हैं जहाँ कभी चील कोवे भी नहीं झाँकने आते, उसके बारे में क्या फरमाया है उन्होंने।''

''कुछ नहीं।''

''उसे देने में उन्हें क्या अड़चन थी, केतकी! मैं अपने लिए तो कुछ माँग नहीं रहा था। नाटक की तैयारी के लिए ही तो यह सहूलियत चाही थी, मैंने अन्दर के स्टुडियो हाल की माँग तो नहीं की थी। जिसे दे सकना उनके लिए कतई आसान नहीं था। लेकिन बाहर की जगह के लिए उनका एतराज़ करना, कम-से-कम मेरी समझ के बाहर की बात है। मेरे अन्दर ज्वालामुखी दहकने लगा, मेरे लिए यह सारी चीज़ें उसी तरह हैं जिस तरह एक ड्रेस तैयार करने के लिए डिज़ाइनर को मशीन, धागा, कपड़े की दरकार होती है। माल नहीं होगा तो बेचारा डिज़ाइनर कैसे नयी ड्रेस डिज़ाइन कर पाएगा। यदि बुनियाद ही नहीं है तो महल कैसा? यदि किसी भी चीज़ का मूल ही नहीं है तो कैसे वह चीज़ अपना स्वरूप अख़्तियार कर सकती है। हम न तो रंगकर्म के लिए समर्पित ही हैं और न ही प्रतिबद्ध ही, जिसका हम दम भरते हैं, मेरा ज़र्रा-ज़र्रा जल रहा था, हम किस रचनात्मकता की बात करते हैं? हमारे पास वह ज़रिए ही कहाँ हैं जहाँ से शुरू हो सकती है थियेटर के लिए रचनात्मक कोशिश? जिन लोगों को जो सहूलियतें हासिल हैं वह लोग भी दूसरे से उन्हें बाँटना नहीं चाहते।

"बस निकल गया तुम्हारे दिल से गुब्बार, कि अभी कुछ और बाकी है? उसे अभी अपने दिल के किसी कोने में छिपाकर किसी और समय के लिए रख लो, तब भी कुछ कुरेदने के लिए होना तो चाहिए न। बस बस, अब और एक शब्द भी नहीं। इतना लम्बा भाषण जिसे मैंने कभी क्लास में भी नहीं सुना और तुम हो कि किसी प्राध्यापक की तरह बोलते ही जा रहे हो। हम तुम्हारे विद्यार्थी नहीं हैं। अब उठो और तैयार हो जाओ चलने के लिए।" केतकी ने बेइख़्तियार कहा और फिर ख़ामोश हो गयी। मैंने थोड़ी शर्मिन्दगी महसूस की और उसे छिपाने के लिए राजीव से उलझ गया। जिसे देखकर केतकी ही फिर बोली, "यह तेरा बँधुआ मजदूर है क्या, या फिर तेरी पतिपरायण बीवी? बता क्या लगता है यह तेरा? जो तू इसके साथ इस तरह पेश आता है?"

मैं केतकी की बात पर हँस नहीं सका। अलबत्ता मुझे उसकी बात सुनकर खेद ज़रूर हुआ। और मेरा लहू खौल उठा क्योंकि एक विश्वास के साथ हम सब आपस में जुड़े हैं। ज़ाहिर-सी बात है कि इस तरह की बातें तक़लीफ़ का ही सबब बनती हैं और कोई समय होता तो मेरी हँसी आसमान को छू लेती लेकिन मैं लाचार था और उदास भी। केतकी की बात सुनकर आया गुस्सा अभी जस-का-तस बना हुआ था। और आवेश में ही मैं केतकी से बोला, "इस राजीव से ही पूछ लो तुम, कि वह क्यों पड़ा है मेरे पास। पूछो उससे कि क्या मैंने इसे बाँधकर अपने पास रखा हुआ है? अगर यह यहाँ नहीं रहना चाहता तो चला जाए यहाँ से इसी समय, मैं इसे रोकने वाला कौन होता हूँ।"

"तुम हर समय इतने गुस्से में क्यों रहते हो? मैंने जो कहा वह सिर्फ मज़ाक था और कुछ नहीं।" केतकी लाचारी से एकदम बोल उठी।

"तो तुम भी सुन लो केतकी! कि मुझे ऐसा मज़ाक़ पसन्द नहीं।"

"देखो तुम मेरे इस अधिकार को छीनने की कोशिश भी मत करना। नहीं तो..." केतकी धमकी देती-सी बोली।

"...नहीं तो क्या केतकी! इस बहस को यहीं छोड़ो, क्योंकि मैं कहीं जाने वाला नहीं हूँ भले ही लोग कोई बात संजीदगी से करें या फिर मज़ाक़ में।"

शायद मेरी बात केतकी ने नहीं सुनी। बाहर से शेखर अन्दर आ रहा था। उसे देख केतकी की बड़ी-बड़ी आँखें और भी फैल गयीं और पूरा चेहरा बन गयीं, उनमें बैठी हैरानी बाहर गिर-गिर पड़ रही थी। मुझे भी ताज्जुब हो रहा था कि अभी यह शख़्स यहाँ से गया था। और अब यहाँ क्या लेने आ गया है। केतकी लगातार शेखर की ओर देखती रही। फिर मुझे देखकर बोली, "तो एक परिन्दा और पकड़ लाये हो तुम? कैसा लगता होगा इसे भी यहाँ। बेचारा यह भी परेशान हो रहा होगा। हम सबके बीच।" मैं केतकी की बात से सहमत नहीं हो सका। अलबत्ता मुझे उसकी

बात सुन कर अफ़सोस ज़रूर हुआ। क्योंकि एक ऐतबार के साथ हम सब वाबस्ता हैं। ज़ाहिर सी बात है कि इस तरह की बातचीत दुख का सबब ही बनती है। केतकी की बात के जवाब में जब मैं चुप ही रहा तब राजीव बोला, ''ओह केतकी, माफ कर दो मैं तुमसे इसका परिचय करवाना ही भूल गया। यह मेरा दोस्त शेखर है और कम्प्यूटर का इसका अपना छोटा-सा इंस्टीट्यूट है। शेखर तुम तो जान ही गये होगे कि इस शख़्स की जान केतकी है। और दादा!...'' राजीव अब मेरी ओर मुखातिब था। ''आपको अब ऐसी बातें सुनने की आदत डाल ही लेनी चाहिए, आज तो ऐसा केतकी कह रही है, कल कोई और भी कह सकता है। मैं आपके लिए क्या हूँ? या फिर मेरे लिए आप क्या हैं? यह हम दोनों के बीच की बात है। दूसरा कोई मुझे बँधुआ समझे या फिर कुछ और, हमारी सेहत पर इन बातों का असर ही क्यों हो।'' राजीव ने काफी गुस्से में यह बात कही। उसका चेहरा तमतमाया हुआ था। लेकिन केतकी सिर्फ हँसती रही, कुछ बोली नहीं। शेखर ने वक़्त का फ़ायदा उठाया और केतकी से बोला, ''मेरा मन बहुत दिनों से आपसे मिलने को था, लेकिन ऐसा सबब बन ही नहीं रहा था। आज भी कहाँ मिल पाता लेकिन एक काम याद आ गया इसलिए लौटना पड़ा। शायद आपसे मेरी मुलाकात होनी थी आज... लेकिन एक बात मैं आपको बताना चाहता हूँ कि मुझे यहाँ कोई परेशानी नहीं है। मैं तो बहुत मज़े में हूँ और चाहता हूँ कि मैं भी राजीव की तरह ही थियेटर को ही अपने जीवन का लक्ष्य बना लूँ।''

केतकी की बात से मुझमें आया गुस्सा जस-का-तस बना हुआ था। मैं अभी तक उससे बाहर नहीं निकल पाया था। इस उथल-पुथल की मन:स्थिति में ही केतकी से उलझ पड़ा, ''लो सुन लो इसकी भी बात तुम। चले हैं थियेटर करने। अरे क्या समझते हैं इस दुनिया को। क्या यह बच्चों का खेल है कि और कुछ नहीं हुआ तो चलो नाटक ही कर लो। अरे, यह खाला का खेल नहीं है। यह तो इबादत है इबादत... एक लगातार चलने वाला रियाज़। थियेटर करेंगे... हिश...!'' मैं कुछ और कहता कि इसी समय बीरू चाय लेकर आ गया बहस वहीं रुक गयी। केतकी अपने ही अन्दाज़ में फिर बोली, ''अब जल्दी से नाश्ता कर लो और चलो मेरे साथ, मुझे देर हो रही है।'' राजीव जैसे अपने जज़्बात पर क़ाबू पाते हुये बोला, ''दादा! आप चाय पीजिए, मैं तैयार हो कर आता हूँ।''

''क्या तुम लोग भी चल रहे हो हमारे साथ?'' मैंने हैरानी से राजीव की बात सुनकर कहा। राजीव मेरी ओर देखता रह गया और केतकी ने ज़ोर से कहकहा लगाया, फिर बोली, ''मैंने कहा था न, तुम कुछ भी कहो जितना भी शोर डालना चाहते हो डाल लो, यह तुम्हारी दुम है, पीछे कैसे रह सकता है, अब उठो और चलो।'' केतकी ने भले ही यह बात फ़िज़ा में रंग भरने के लिए ही की हो लेकिन फ़िज़ा में घुला

कसैलापन वैसे-का-वैसा ही बरकरार रहा। अलबत्ता इस समय केतकी किसी मास्टरानी से कम नहीं लग रही थी। जो चाबुक लेकर बच्चों को अपने वश में करने को सदा तैयार रहती है। उसका ऐसा अक्स देख मेरा सारा गुस्सा पिघल-सा गया। मेरा मन हुआ उससे कहूँ, 'जो हुक्म टीचर जी' लेकिन मैं कुछ बोला नहीं। अब हम चारों झुग्गी से बाहर थे।

मेरी परेशानी का कारण शेखर बनता जा रहा था। मैं नहीं चाहता था कि वह भी हमारे साथ चले। बाहर निकलकर मैं कुछ देर खड़ा रहा। शेखर अपनी गाड़ी की ओर बढ़ते हुए बोला, "आप लोग भी आइए, कैम्पस छोड़ देता हूँ।' मैं कुछ कहता, केतकी कार का दरवाज़ा खोलते हुए बोली, "मेरी समझ में यह बात बिलकुल नहीं आ रही थी कि तुमने किस ख़ुशी में यह झुग्गी डाली है।"

हालात का जुल्म देखिए, जिस शेखर को मैं बिलकुल भी पसन्द नहीं करता, न चाहते हुए भी हम सब उसकी ही गाड़ी में सवार हो गये। मुझे केतकी की बात अच्छी नहीं लगी थी। लेकिन मैंने उसकी बात के जवाब में इतना ही कहा, "तुम्हें समझने की जरूरत भी नहीं है।"

"क्यों! क्यों!! क्यों भला!!!"

"इसलिए कि तुम समझ नहीं सकोगी।"

"यह तुम कैसे कह सकते हो। मैं जो इतने दिनों से तुम्हारे साथ हूँ वह ऐसे ही हूँ। तुम्हें जाने-समझे बिना ही? अरे मैं तो इतना तुम्हें जानती हूँ जितना तुम भी अपने आप को नहीं पहचानते होगे।"

"फिर क्यों पूछती हो कुछ, लेकिन तुम इस ख़ुशफ़हमी में मत रहो। तुम मेरे बारे सब कुछ जान चुकी हो। यूँ भी सारी ज़िन्दगी साथ रहने पर भी दूसरे को नहीं समझा जा सकता और तुम पल-दो-पल मेरे साथ रहने भर से मुझे जानने का दम भर रही हो। वाह!"

"तुम कुछ भी कह लो लेकिन तुम्हारे जैसे आदमी को समझना क्या मुश्किल है, तुम तो वह किताब हो जिसके मैले होने के डर से उस पर काग़ज़ की ज़िल्द चढ़ा दी जाती है। उसे उतार फेंकने भर से उसकी सही तसवीर तुम्हारे सामने आ जाती है। कितनी देर लगती है जिल्द को उतारने में, पल-दो-पल ही न?"

"तब भी उसे जाना तो नहीं जा सकता कि उसके अन्दर क्या है? वह किताब हमें क्या कहना चाहती है, वह तो पढ़ने के बाद ही पता चल सकता है न।"

"हम तो वह शै हैं जो बन्द किताब में छपी इबारत को उसके टाइटल से ही पहचान जाते हैं। अब तुम हमारे प्रश्न को इधर-उधर मत करो, सीधे से बता दो कि यह झुग्गी तुमने कैसे मारी।"

केतकी के चेहरे से शरारत टपक रही थी। मैं फ़िदा था उस पर, और मैं उस जलवे

में इस कदर डूब गया कि पिछली सारी तनातनी भूल गया। यूँ भी मैं केतकी के साथ ज़्यादा देर तक गुस्सा नहीं रह सकता। राजीव का चेहरा अभी भी तना हुआ था। मैं भी अब चाहने लगा था कि आपस में ज़हरीले लफ़्ज़ों की अब तक जो वाही- तबाही हुई है उसे घर के भीतर ही छोड़ दिया जाये। लेकिन राजीव के लिए शायद यह ऐसी चोट थी जिसका भरना भी मुमकिन नहीं था।

इस समय मुझ पर केतकी की ख़ूबसूरती का जादू सिर पर चढ़ रहा था और मैं कहना चाहता था कि केतकी आज क्या बात है तुम इतनी ख़ूबसूरत क्यों लग रही हो। लेकिन अपने जज़्बात को अपने अन्दर ही दफ़न कर उसकी बात को अहमियत देते हुए बोला, ''मारी का क्या मतलब, इतना जान लो कि यह झुग्गी ऐसे ही नहीं मिली है मुझे। पूरे दस हज़ार देने पड़े थे तब कहीं मैं इसे अपनी कह सका।''

''सिर्फ दस हज़ार? और तुम इसे झुग्गी कहते हो, अच्छा-खासा घर है यह तो। चलो छोड़ो इस बात को लेकिन मुझे एक बात बताओ तुम्हारे पास इतने पैसे आये कहाँ से?''

''काले चोर से। तुम्हें क्या लेना देना है इस बात से। तुम अपने काम से काम रखो''

''मेरा काम!! मेरा कौन-सा काम? मैं तो तुम्हारे ही काम करती फिरती हूँ।''

''तो मत करो न मेरा काम भी, क्यों करती हो?''

''तुम बहुत नाशुकरे हो मोह! कभी हमारी याद आएगी तुम्हें भी, अभी तो जो मुँह में आ रहा है, कहे जा रहे हो, जब हमारी याद आएगी तो पछताओगे अपनी बातें याद करके।''

केतकी की बात सुन मैं बेसाख़्ता हँसता चला गया। हँसी के बीच ही मैंने कहा, ''केतकी, कहने और सोचने के लिए यह ख़्याल अच्छा है।'' इतने में शेखर ने एक झटके से कार रोक दी। थियेटर डिपार्टमेंट सामने था। हमारे उतरने के साथ ही शेखर भी उतरने लगा तो मैंने उसे वहीं रोक दिया और बोला, ''ठीक है शेखर, यहाँ हमें जाने कितनी देर लगे, तुम हमारे साथ रहकर क्या करोगे!'' शेखर ने मेरी बात का कोई जवाब नहीं दिया और कार स्टार्ट कर दी। जवाब में केतकी बोली, ''तुम खासे जालिम किस्म के आदमी हो।'' मैं बुलबुला कर हँसा और बोला, ''वह तो मैं हूँ ही।'' मेरी बात पर ग़ौर किये बिना ही केतकी फिर बोली, ''ठीक है मोह, मेरी क्लास है। मैं जा रही हूँ। बस यही है वह स्थान जिसे दिखाने मैं तुम्हें यहाँ तक ले आयी हूँ। अब तुमने इसे देख लिया है। आगे की बात तुम अपने आप कर लो।''

''किससे मैं बात कर लूँ... उस राजपाल से, वह भी इस खुली जगह के लिए? तुम वहीं बता देती कि मेहरबानी इस एक मैदान के लिए हुई है। अरे बाबा यह मैदान क्या हमें भूला हुआ है और केतकी इसे दिखाने तुम हमें यहाँ तक ले आयीं। क्या तुम

नहीं जानतीं कि इस खुले में रिहर्सल होनी क्या सम्भव है? मैं कहीं नहीं जानेवाला। मैं जा रहा हूँ विमल को पैसे देने, राजीव है तुम्हारे पास जो कुछ कहना-कहाना, सुनना-सुनाना, है वह तुम लोग ख़ुद निपट लो।''

''अब मोह! मैं तुम्हें मारूँगी।''

''वाह केतकी, यह तुम जो बात-बात पर मारने की धमकी देती रहती हो न, इससे अच्छा है कि तुम एक बार मार ही लो। लेकिन इतना तो बताओ कि इस वक़्त क्यों मारोगी, क्या कसूर किया है मैंने, तुम्हारी इस जगह को लेने से इनकार ही किया है न, और तो कुछ नहीं कहा मैंने।''

''हाँ, ठीक है। यदि तुम यह समझते हो कि तुमने अभी कुछ कहा ही नहीं है तो यह भी बता दो कहना क्या होता है? वैसे तुम्हें चाय की तलब हो रही है तो बोलो, ऐसी बातें तभी करता है आदमी।''

''आ...दमी! हूँ-!!! चलो केतकी तुमने मुझे आदमी तो समझा, मुझे गुस्सा तो इन थोथे थियेटर वालों पर आता है, मन करता है इन्हें गोली से उड़ा दूँ। यह लोग मिली हुई अपनी सहूलियत को दूसरों से बाँट सकने का ख़्वाब तक नहीं ले सकते, ख़ाक हैं यह थियेटर वाले। यह क्या हमारे हमसफ़र बनेंगे, स्साले दोगले!''

''तुम समझने की कोशिश नहीं कर रहे हो मोह! कैम्पस में तुम इतने साल रहे हो, क्या तुम नहीं जानते कि सर कुछ नहीं कर सकते, यहाँ के नियम ही कुछ ऐसे हैं।''

''ठीक है केतकी, तुम अपना काम करो, हम देख लेंगे कि हमें क्या करना है।'' कहने को तो मैं केतकी से कह गया लेकिन मैं जानता था कि कुछ होने वाला नहीं है क्योंकि न तो कोई हमें जगह मिल पा रही थी और न ही हमारे पास वो जरिये ही हैं जिससे हम रिहर्सल के लिए हासिल जगह ले सकें। जितनी भी ऐसी जगह हैं जहाँ हम रिहर्सल कर सकते हैं, उन्हें लेना क्या हमारे लिए आसान बात है? क्या करें, न हमारे पास पैसा है और न कोई सहूलियत। इसलिए हर रोज़ कहाँ से देंगे हम हाल का किराया। यहाँ तो चाय भी कलाकारों को कभी-कभी ही नसीब होती है। मैं सोच-सोच कर पागल हो रहा था कि कैसे होगा यह सब। जगह के न होने से हमारे लिए नाटक पेश करना कैसे मुमकिन हो सकेगा? आज मेरी बुरी तरह शिकस्त हुई है, ऐसा महसूस कर रहा था।

शाम पड़े ही हम घर लौटे थे। घर के बाहर शेखर की गाड़ी खड़ी देख मुझे कोफ़्त हुई। यूँ भी मेरे दिल में ग़ुबार भरा पड़ा था। जिस जगह को लेकर केतकी जोश से भरी हुई थी, उसी को देख मुझ पर गुस्सा तारी हो गया था। और अब शेखर की गाड़ी ने उसे और बढ़ा दिया।

हमें देखते ही बीरू पूछ बैठा, ''क्या हुआ दादा?''

"होना क्या था, ख़ाक हुआ, कुछ नहीं हुआ। एक खुली जगह थी जहाँ हमारे नाटक की रिहर्सल नहीं हो सकती थी। देख लूँगा एक-एक को, वह खुली जगह दे कर मुझ पर क्या एहसान कर रहे थे, स्साले! बनते हैं थियेटर वाले। वही जब हमारी दिक्कतें नहीं समझेंगे तो और कौन समझेगा!" मेरी परेशानी में शामिल होता हुआ बीरू एकदम बोल पड़ा, "अब क्या होगा दादा?"

"होना क्या है, क्या किसी काले चोर ने कहा है कि थियेटर करो। जाओ, कुछ भी करो चोरी करो, डाका डालो, जिस-तिस की जेब काटो या फिर भीख माँगो, क्यों पड़े हो मोहसिन खान के डेरे पर।"

"दादा! कैसी बातें कर रहे हो, नाटक तो होगा ही चाहे हमें रिहर्सल के लिए अपनी इस जगह का ही इस्तेमाल क्यों न करना पड़े।" राजीव मेरी बात के जवाब में बोल पड़ा।

मेरी खुली आँखें थोड़ी देर के लिए राजीव का चेहरा बन गयीं। मैं कुछ नहीं बोल सका। मेरे अन्दर कसमसाहट थी और मैं नहीं समझता था कि मेरे पास भी कोई ऐसा सलाहकार है जो मुझे सही रास्ता दिखा सके। लेकिन मेरी तहज़ीब भी मुझे किसी के आगे हाथ फैलाने से रोकती रही है। मैं नहीं समझ पा रहा था कि मतभेद होने पर भी कैसे बीच का रास्ता निकाला जा सकता है। मैं आज का सारा दृश्य देख अफ़सुर्दा हो गया था, लेकिन मैं इस सारे वाक़ेआत पर बहस-मुबाहिसा करना नहीं चाहता था। इसलिए मैं कुछ बोला नहीं लेकिन राजीव की बात से मैंने थोड़ी राहत ज़रूर महसूस की। मुझे चुप हुआ देख शेखर बोला, "क्यों आप लोग चिन्ता करते हैं। मेरे पास जो पैसा है उससे यदि थोड़ा काम चलता है तो मुझे खुशी होगी। इस समय भी मेरे पास कुछ पैसा है। आप किराये की कोई भी जगह बुक करवा लीजिए पैसे की चिन्ता आप बिलकुल न करें।" शेखर की बात सुन मैंने उससे कहा, "तुम और कितने दिन यहाँ रहने वाले हो शेखर?" हैरान हुआ शेखर मेरी ओर देखता रहा जैसे किसी ने उसे मझधार में छोड़कर नाव किसी ओर बढ़ा दी हो। जवाब में राजीव बोला, "ऐसा क्यों कह रहे हैं आप, जबकि आप को जो ऑफर दी है शेखर ने, उसका आपने कोई जवाब नहीं दिया?"

"ऐसा इसलिए पूछ रहा हूँ राजीव कि यह घर है, हॉस्टल नहीं। फिर कौन जाने इस के घर वालों को पता भी है कि यह यहाँ हमारे पास रहता है या कहीं और...।" मैं अपनी बात पूरी कर पाता उसके पहले ही राजीव बोल पड़ा "रुकिए दादा! पहली बात तो यह है कि शेखर यहाँ अकेला रहता है। दूसरे, यह घर मेरा भी है इसलिए मेरे मिलने वाले भी यहाँ आ सकते हैं।"

"बेशक आ सकते हैं। मैंने ऐसा कब कहा कि यहाँ कोई दूसरा नहीं आ सकता, लेकिन यहाँ हर कोई रह नहीं सकता।"

"ठीक है सर! मैं भी यहाँ रहने नहीं आया। कुछ दिनों में चला जाऊँगा। मेरे घर की लीज़ समाप्त हो गयी थी, दूसरा कोई घर मिला नहीं। अब सुना है सोलह सेक्टर में कोई अपने घर पेईंग गेस्ट रखता है। वहीं यदि मेरा जुगाड़ हो गया तो कल यहाँ से चला जाऊँगा।" शेखर सफाई देता-सा बोला।

"हाँ यही ठीक है।"

रात काफी बीत चुकी थी। विमल तो खाना खाकर ही सोने चला गया था। और उसके थोड़ी देर बाद ही बीरू और शेखर भी चले गये। जबकि मैं और राजीव अपने अपने विचारों के स्वीमिंग पूल में तैर रहे थे।

काफी देर से मैं राजीव को आँखों ही आँखों से पी रहा था और सोच रहा था कि कभी-कभी माँ-बाप की अनदेखी कितनी बड़ी मुसीबतों को दावत दे बैठती है, जिनका इल्म उन्हें ताउम्र नहीं हो पाता। अब इसी राजीव को देखो, अच्छे-भले खाते-पीते घर का लड़का नशेड़ी बन गया, और भी जाने क्या-क्या ऐब इसने पाल रखे हैं। कोई कमी नहीं है इसमें। लेकिन घर में प्यार न मिलने की वजह से ही इस ने ग़लत रास्ता इख़्तियार कर लिया, जहाँ साँसों से गिरने वाली बू के साथ गिरता है उनके अन्दर की ज़िन्दगी का सुर्ख रंग, और बचा रह जाता है उनके पास काला स्याह धुआँ जो धीरे-धीरे बड़ी साजिश से इन्हें अपने में लपेटता जाता है। फिर यह उसी कसैलेपन से प्यार करने लग जाते हैं और इन्हें यह भी पता नहीं चलता कि धुआँ कहाँ से उठ रहा है। मैं अनजाने में अपने ही विचारों के एक-एक फूल को चुन-चुन कर उनकी माला गूँथ रहा था और उसी में बिंध रहा था, ऐसे समय में राजीव की आवाज़ मेरे कानों से टकराई, जैसे फूल गूँथते हुए सूई अचानक अँगुली में चुभ जाए, मुझे लगा मानों राजीव ने मेरी चोरी पकड़ ली। वह कह रहा था, "दादा! आपने यह अच्छा नहीं किया।"

"क्या अच्छा नहीं किया?"

"आप को शेखर से इस तरह नहीं कहना चाहिए था।"

"नहीं राजीव तू नहीं समझेगा इस बात को।"

"लेकिन दादा उसका बिजनेस है और हमारी कई दिक़्क़तें उसके यहाँ रहने से दूर हो सकती हैं।"

"ऐसा नहीं हो सकता राजीव! अपनी परेशानियाँ खुद अपने को ही दूर करनी होती हैं, दूसरा आदमी कितनी देर दूसरे की परेशानियाँ अपने सिर लेता रहेगा।"

"दादा! शेखर ऐसा आदमी नहीं है। वह सच में ही हमारी मदद करना चाहता है।"

"ठीक है, अब इस बात को हम सुबह करेंगे। तू जा और सो जा।"

"और आप? क्या आप को नींद आ रही है?"

''नहीं रे, तू सो जा मैं भी सोने की कोशिश कर रहा हूँ, कमबख़्त नींद को हम पसन्द ही नहीं आ रहे। हम से कोसों दूर भाग रही है।'' मैंने राजीव का गाल थपथपाते हुए कहा। मेरी बात को अनसुनी करते हुए राजीव ने कहा, ''दादा! मैंने जो सोचा है हमारे लिए यही ठीक रहेगा।''

''क्या सोचा है तुमने?''

''दादा! एक बात यह समझने की है कि वर्तमान स्थिति में जबकि हमारे पास न पैसा है और न ही हमें मन-मुताबिक कोई जगह ही उपलब्ध हो रही है, ऐसे में क्या यह उचित नहीं है जो हमारे पास है उसी में काम चलाया जाए।''

''तुम्हारी बात तो ठीक है लेकिन मैं नहीं समझता कि हमारे पास वह सारे साधन हैं जिन के चलते एक नाटक मंचित किया जा सके।''

''साधन तो पैदा किये जा सकते हैं। ऐसे सोचने से तो कुछ उपलब्ध नहीं होता। शेखर की मदद तुम लेना नहीं चाहते, और कोई हमारी मदद करना नहीं चाहता। ऐसे में एक ही रास्ता मुझे नज़र आ रहा है।''

''कैसा रास्ता?''

''यहाँ... अपने ही घर में रिहर्सल शुरू कर लेते हैं।''

''यहाँ! तुम समझते हो यहाँ ठीक रहेगा?''

''क्यों नहीं ठीक रहेगा, हम सब यहाँ आस-पास के ही तो हैं। एक केतकी ही है बाहर की, उसे ही आना पड़ेगा। मेरे ख़्याल से उसे भी कोई दिक़्क़त नहीं होगी यहाँ आने में, यूँ भी तो वह आती ही रहती है।''

''हाँ, सोचा जा सकता है, देखते हैं केतकी क्या कहती है, अब तू जा अपने कमरे में, रात बहुत हो गयी है।'' इतना कह मैं चुप हो गया लेकिन राजीव अपने कमरे में जाने के बजाय मेरे बिस्तर पर ही पसर गया, कुछ ही देर बाद मेरे कानों में राजीव की तेज़ साँसें टकराने लगीं। मेरी नज़रें उसके गदराये चेहरे पर फिसल रही थीं। पूरे चाँद की रात में खिड़की से छनकर आती दूधिया चाँदनी की रोशनी में राजीव एक बच्चे की मानिन्द दिखाई दे रहा था। ख़ामोश पल गुज़र रहे थे उसे देखते हुए कि जाने कैसे इन ख़ामोश पलों में सेंध लगाते से मेरे लफ़्ज़ बह गये, ''बच्चा तो बच्चा ही होता है, न अच्छा न बुरा!'' जैसे सेंध लगाते हुए हथौड़े-छेनी की आवाज़ से घर के मालिक की नींद उड़ गयी हो, राजीव चौंक कर बैठ गया और बोला, ''क्या हुआ दादा?''

''कुछ नहीं रे, मैं सोच रहा था कि अब तुम ठीक-ठाक हो। अपना अच्छा-बुरा पहचानने लगे हो। अब तुम्हें अपने घर लौट जाना चाहिए।''

''आप भी दादा औरों की तरह सोचने लगे, क्या कह रहे हैं आप, मेरी समझ में कुछ नहीं आ रहा। लेकिन आप यह जान लें, मैं अब यहाँ से जाने वाला नहीं हूँ, आप

चाहे लाख कोशिश कर लें। और फिर अपने घर तो कतई नहीं। वहाँ न जाने की मेरे पास ठोस वजह भी है।''

''क्या वजह है, ज़रा मैं भी तो सुनूँ!''

''बात यह है दादा कि अब मैं थियेटर से बँध गया हूँ। इसे छोड़ नहीं सकता और घर वालों को तो आप समझ ही चुके हैं कि वह किस तरह की सोच के मालिक हैं। आप क्या समझते हैं कि वह मुझे यहाँ आप के पास आने देंगे? वह कभी मुझे वापिस आप के पास आने नहीं देंगे। उनके लिए तो नाटक करना भाँडों का काम है या फिर नौटंकी। सोच लीजिए, मैं वहाँ चला जाता हूँ तो मैं यहाँ आप के पास आने से रहा, मैं आना भी चाहूँ तब भी वह आने नहीं देंगे। फिर क्या होगा? मेरे अन्दर धीरे-धीरे तनाव ही बढ़ेगा न और जिस का परिणाम होगा कि मैं फिर नशे की ओर बढ़ने लगूँगा। क्या आप चाहेंगे कि जो सफ़र मैं तय कर आया हूँ फिर वहीं लौट जाऊँ जहाँ से शुरू किया था। मैं नहीं जाने वाला अब यहाँ से।''

''वाह भाई खूब बोल लेते हो तुम तो। नशा क्यों करोगे। जैसे तुम नशा पाने के लिए कहीं भी जा सकते हो, वैसे ही थियेटर के लिए भी तो आ सकते हो। एक बात और तुम समझ लो। थियेटर घर से भागना नहीं सिखाता। तुम हालात से भागकर कुछ नहीं कर सकते। अलहदा हालात को भी अपने मुआफ़िक बनाओ भाई! आज तक हालात से भागकर किसी का कुछ बना है क्या? जो तुम्हारा बन जाएगा।''

''मैं परिस्थितियों से भाग नहीं रहा दादा! आप मुझे घर जाने के लिए मत कहो। उस घर में मैं कभी नहीं जाऊँगा। आप लाख कहें तब भी नहीं। यह बात दादा सम्भव ही नहीं है। मैं यहाँ से जाने की बात सोच भी नहीं सकता।''

''अच्छा तो तुम्हारा एक नशा छूटा तो दूसरे नशे की लत लग गयी, ख़ाक सुधरा रे तू!''

''दादा! आप कुछ भी कहिए, अब न तो मैं थियेटर ही छोड़ सकता हूँ और न मैं आप को ही छोड़ सकता हूँ। जिस प्यार की तलाश मैं घर में करता रहा था वह प्यार मुझे आपने दिया। कैसे मैं आप को छोड़ सकता हूँ? और क्यों जाऊँ उस घर में जहाँ मेरी ज़रूरत ही नहीं है।'' राजीव ने अपना एकतरफा फ़ैसला सुना दिया। जाने क्या था उसके लफ़्ज़ों में जो मेरे दिल के अन्दर खुब-सा गया। मैं कितनी देर उसके मासूम चेहरे की ओर देखता रह गया। पेड़ों से फिसलते हुए खिड़की से आते ख़ुशबूओं से भरे हवा के झोंके हमें छू-छू कर लौट रहे थे। पत्तों का आपस में बगलगीर होना या आपस में टकराना और फिर उस टकराहट से छनकर बहने वाली मौसिक़ी रात को मदहोश करने के लिए काफी थी।

सुबह जब मेरी आँख खुली तब राजीव को अपने पास न पाकर थोड़ी हैरानी ज़रूर हुई कि आज वह जल्दी कैसे उठ गया लेकिन बाहर की तरफ जाते हुए मेरी

नज़र शेखर के कमरे की तरफ यूँ ही उठ गयी। मैं यह देखकर परेशान हो गया कि राजीव शेखर की बगल में बेसुध-सा पड़ा है। मैं उन दोनों के बारे में ही सोच रहा था कि बृजेश की आवाज़ मेरे कानों से टकराई। वह कह रहा था, "तुम सुबह-सुबह ही क्यों आती हो केतकी?" उसकी बात के जवाब में केतकी बोली, "क्यों तुम्हें मेरा आना अच्छा नहीं लगता?"

"नहीं, ऐसी कोई बात नहीं है लेकिन सर अभी जागे नहीं हैं।" बीरू की बात सुनते ही मेरे पाँव वहीं रुक गये और मैं बोला, "बीरू! केतकी को अन्दर भेज दो। मैं जाग गया हूँ।" केतकी को देखते ही मैं भी बृजेश के अन्दाज़ में कह उठा, "वैसे केतकी सच कहो, क्या तुम्हें नींद नहीं आती, तुम इतनी सुबह कैसे निकल लेती हो घर से?"

'जैसा चेला, वैसा ही गुरु! क्या चेला पाया है तुमने बिलकुल अपने गुरु की कॉपी।" कह केतकी ने एक फर्शी कहकहा लगाया। और उसकी आँखों में शरारती कन्दीलें रोशन हो गयीं। फिर बोली, "जानते हो दस बज चुके हैं।"

"अरे, बाप रे बाप! इतना वक़्त..." और मैंने भी उसी की तरह एक फर्शी कहकहा लगा दिया जिसने कमरे को अपनी गिरफ्त में ले लिया। ख़रामा-ख़रामा अपने पर क़ाबू रखते हुए मैं फिर बोला, "तो मोहतरमा अपनी शादी तय होने की मिठाई खिलाने इतनी सुबह-सुबह पधारी हैं। अरे थोड़ा रुक जातीं, न हम भागे जा रहे थे और न यह मिठाई।" केतकी कुछ कहती कि साथ वाले कमरे से राजीव चिल्लाया, "किसकी शादी है?" राजीव की बात केतकी के लिए उसी तरह साबित हुई जैसे कम्प्यूटर पर काम करते हुए अचानक डिलीट 'की' दब गयी हो और लिखी इबारत 'सेव' किये बिना ही उड़ गयी हो। पिछली बात सब भूल गयी और बोली, "तेरे दादा की..."

"अच्छा हमें तो पता ही नहीं चला।"

राजीव और कुछ कहता उसके कहने से पहले ही मैं बोल पड़ा, "माशाअल्लाह चश्मेबद्दूर! ख़ुदा सुबह-सुबह झूठ न बुलवाए, तुम ग़ुस्से में बला की हसीन दिखाई देती हो।"

"इसमें क्या शक़ है सर!" इतना कहते हुए राजीव अपने कमरे से बाहर निकलकर हमारे पास आ गया।

"तू भी राजीव इस झूठे से मिल गया!"

"क्या कहा, कौन झूठा है मैं, या मेरे मौला! कैसे-कैसे लोग भरे पड़े हैं मेरे इर्द गिर्द। मैं वारी जाऊँ... इनके सदके।"

"क्या है यह सब मोह! तुम्हारी इन बेतुकी बातों से मिठाई लाने का सारा मज़ा ही किरकिरा हो गया, अरे पूछा तो होता यह मिठाई लायी क्यों गयी है।"

"अच्छा! अब बताओ क्यों लायी गयी है यह मिठाई, और तुम्हारा इसे लाने का कैसे सारा मज़ा किरकिरा हो गया, ज़रा हम भी तो सुनें, जब कि यह मिठाई खिलाने के मेरे हक़ को तुमने मुझसे छीना है, मैं जानता हूँ, यह मिठाई क्यों लायी गयी है।"

"अच्छा तुम जानते हो तो बताओ क्यों लायी गयी है?"

"अपना भोला पास जो हो गया है।"

"तुम पहले से कैसे जान लेते हो सब कुछ, और यदि तुम जान भी लेते हो तो चुप क्यों नहीं रहते, सदा पहले सूचना देने का हक़ तुम दूसरे से छीन कर, क्या साबित करने की कोशिश में रहते हो?"

केतकी का चेहरा मुरझाये गुलाब-सा बन गया, मैंने थोड़ी शर्मिन्दगी महसूस करते हुए अपने दोनों कान पकड़ते हुए कहा, "मेरी तौबा, आगे से कभी ऐसी ग़लती नहीं होगी, आज के लिए मैं माफ़ी चाहता हूँ।"

मानो ठंडे पानी की कुछ बूँदें पड़ने से ही मुर्झाया चेहरा गुलो-गुलज़ार हो गया, खुश होते हुए केतकी बोली, "आज क्या बात है, बड़े अच्छे मूड में हो।"

"आज क्यों नहीं हम सब खुश होंगे, आज है ही हमारी खुशी का दिन, आज हमें अपने दोनों मोर्चों पर क़ामयाबी हासिल हुई है।"

"हाँ! पर इसके आगे क्या होगा, एक भोला और दूसरा यह तुम्हारा स्वीटी भाई राजीव, सही रास्ते पर आ पाये हैं। तो क्या तुम यह समझ रहे हो कि इतने से काम से सब ठीक हो गया? बस हमारी इतनी-सी ही दौड़ थी? क्या इसके आगे हम कुछ करना नहीं चाहते हैं? यदि चाहते भी हैं तो क्या पैसे के बिना हमारी सभी योजनाएँ अधर में नहीं लटकी रह जाएँगी? इस पर भी कभी तुम ने ग़ौर किया है?" केतकी कहे जा रही थी, और मेरे चेहर पर मायूसी छाती जा रही थी। अपने अन्दर को बाहर गिरने से बचाते हुए मैं बोला, "जानता हूँ केतकी! जिस काम को करने का ज़िम्मा हमने उठाया है वह इतना आसान नहीं है, परन्तु नाउम्मीद होने से तो कुछ काम होने वाला नहीं है। जैसे-जैसे पैसा आता जाएगा वैसे-वैसे हम अपना काम भी करते जाएँगे। यह अलग बात है कि इस तरह काम करना मुश्किल ज़रूर है। नशे की लत इतनी आसानी से तो जा नहीं सकती। 'कांग्रेस ग्रास' की तरह इसकी जड़ें भी बहुत मजबूत हैं। इसे उखाड़ फेंकना भी उतना ही मुश्किल है जितना 'कांग्रेस ग्रास' को फैलने से रोक पाना। इसके लिए भी सभी को कोशिश करनी होगी। यह काम भी किसी एक के करने से होने वाला नहीं है। इसे तो घर-घर से शुरू करना होगा। वालदेन को बच्चों के साथ गहरे ताल्लुकात बनाने होंगे। उन्हें बच्चों के मसलों को जानना समझना होगा। दोनों के बीच बातचीत का सिलसिला जारी होना बहुत ज़रूरी है। फिर कैसे आ सकती है यह नौबत, कि छोटे-छोटे बच्चे नशे की गिरफ़्त में आ जाएँ, राजीव की तरह!" कहने के साथ ही मैंने राजीव की ओर देखा। उसका चेहरा

शर्मिन्दगी से सुर्ख़ हो गया था, और आँखें झुकी हुईं थीं। लेकिन मैंने उस तरफ़ ज़्यादा ध्यान नहीं दिया और अपनी बात कहता चला गया। लेकिन राजीव को कौन समझाये कि इसे अब अपने घर चले जाना चाहिए। जिस वजह से मैं इसे अपने पास रखे हुआ था वह बात भी सही ढंग से पूरी हो गयी है। लेकिन यह है कि यहाँ से जाने का नाम ही नहीं ले रहा। मैं कुछ और कहने वाला ही था कि उसके पहले ही केतकी बोल पड़ी, ''अरे! अरे!! चुप हो जाओ खान! अब और कुछ मत बोलो, तुम्हें तो बोलने का मौका मिलना चाहिए कि बस शुरू हो जाते हो।''

''क्या करूँ केतकी, मेरी बातों को समझने और सुनने वाला तुम्हारे सिवा है ही कौन! तुम्हें नहीं बताऊँगा तो और किसे बताऊँगा? मैं तो यहाँ तक सोचता हूँ कि हमें वालदेन के साथ भी हफ्ते में नहीं तो महीने में एक-दो बार मुलाकात करनी चाहिए। वह भी बच्चों के मामलात में शरीक हो सकें, ताकि नशे के मसले का सही हल निकाला जा सके। कानून बना देने से कुछ नहीं होता केतकी! तब्दीली तो अन्दर से होने की ज़रूरत होती है। इस तरह की तब्दीली आपसी बातचीत से ही मुमकिन हो सकती है। पर क्या करूँ, मेरे अन्दर तकलीफ़ होती है। तुम्हीं बताओ बुनियादी सहूलियतों के बिना यह सब करना कैसे मुमकिन हो सकता है? फिर भी हम सब एक ही तरह की तकलीफ़ों के बीच रहते हुए भी आज बहुत सकून से जी तो रहे हैं। मेरे साथ जुड़ने वाले सभी लोग जानते हैं कि हमारे पास जितने और जैसे जराये हैं उनके रहते हम कुछ तो काम कर पा रहे हैं। भले ही यह काम खेत में एक छोटा पैकट खाद डालने जैसा ही है, पर है तो। हम यह सब जानते-बूझते हुए हाथ-पर-हाथ धरे बैठे तो नहीं है न...?'' थोड़ी देर चुप ही रहा मैं, क्योंकि मुझे लगने लगा था कि मैं कुछ ज़्यादा ही बोल गया हूँ। कहीं-न-कहीं केतकी की बात भी मेरे अन्दर हलचल मचा रही थी। मैंने अपने पर काबू पाते हुए सिलसिला-ए-वाकियात को ख़त्म करने की गर्ज से कहा, ''यह बीरू कहाँ मर गया, अभी तक चाय ही नहीं आयी!''

''मैं देखता हूँ दादा! राजीव ने भी शायद हमारे बीच से भागने में ही अपनी भलाई समझी, और उसके पीछे पीछे शेखर भी उठकर चल दिया। उन दोनों के जाते ही केतकी शायद कमरे में फैले बोझिलपन को अपने दामन में समेटने की नाकाम कोशिश करती हुई बोली, ''चलो उठो मोह! मैं तुम्हें लेने आयी हूँ, जब तक चाय आती है तुम तैयार हो जाओ।''

''क्यों?''

''वैसे ही।''

''कहाँ ले जाना चाहती हो केतकी! क्या फिर कोई नयी जगह देखी है हमारे लिए?''

''नहीं ऐसी कोई बात नहीं है, तुम्हें डिपार्टमेंट बुलाया गया है।''

"ज़रा सुनें तो हम भी कि हमें क्यों बुलाया गया है, अब क्या हो गया जो हमारी ज़रूरत आन पड़ी।"

"समझो तो ज़रूरत है, न समझो तो तुम्हारे लिए थोड़ा काम है।"

"बोलो क्या काम है?"

"नये नाटक की प्रकाश-व्यवस्था के लिए उन्हें तुम्हारी ज़रूरत है। देखो ना मत करना, तुम तो जानते ही हो यह काम तुम्हारे सिवा विभाग में और कोई अच्छी तरह से निभा नहीं सकता।"

"नहीं केतकी, मोहसिन खान एक बार छोड़े हुए रास्ते पर दोबारा कदम नहीं रखता। जिसे छोड़ दिया बस छोड़ दिया।"

"देखो मोह, मेरे लिए! हाँ कर दो न, यूँ काम तो उन लोगों का हो ही जाना है परन्तु मैं चाहती थी कि कोई दूसरा क्यों पैसा ले जाए फिर तुम क्यों नहीं?" मिन्नत करती-सी केतकी बोली।

"तुम अपना वास्ता तो मत दो केतकी! तुम ऐसा जुल्म कैसे कर सकती हो मुझ पर क्योंकि तुम जानती हो, मैं तुम्हें इनकार नहीं कर सकता। यह भी सच है कि काम कभी नहीं किसी का रुकता लेकिन मुझे अब डिपार्टमेंट से कुछ लेना देना नहीं है, तुम मेरे लिए परेशान क्यों होती हो... मेरे लिए परेशान होना छोड़ दो।"

"कैसे छोड़ दूँ, मोहसिन खान! क्या मैं जानती नहीं कि घर का एक कोना ऐसा है जहाँ सन्नाटा पसरा पड़ा है।"

"लेकिन पूरा घर तो कहकहों से गूँज रहा है न।"

"हाँ ऐसी हँसी की लहरें वहाँ बह रहीं हैं जिनके पीछे की आहट बता रही है कि वहाँ कुछ ऐसा है जो उसमें शामिल नहीं है। उसे अपनी खुशी में शामिल करने के लिए ही जो मिल रहा..."

"क्या देना चाह रही हो केतकी तुम मुझे..." मैंने केतकी की बात को बीच में ही काटते हुए कहा। मैंने अपने आप पर काबू रखने की तहेदिल से कोशिश भी की, उत्तेजना मुझ पर हावी थी और मेरी आवाज़ भी तेज़ थी। मैं तेज़ी से ही बोले जा रहा था, "बताओ मुझे कि यह कहाँ का दस्तूर है कि पहले परोसी हुई थाली आगे से उठा लो फिर एक टुकड़ा फेंक दो और चाहो कि सामने वाला कुत्ते की तरह दुम हिलाता हुआ उस पर झपट पड़े। मुझसे यह उम्मीद न रखो केतकी! मैं ऐसा हरगिज़ नहीं कर सकता, यह मेरी फ़ितरत के ख़िलाफ़ है।" केतकी नाउम्मीदी के एहसास और इस बात की वजह से उदास ज़रूर हो गयी। बेचारगी से मेरी ओर देखती हुई बोली, "तो मरो, कुछ लोगों को भलाई रास नहीं आती।"

"अच्छा! तो तुम मेरी यह भलाई कर रही थी, वाह, क्या भलाई है इसमें, ज़रा मैं भी तो सुनूँ।"

"तुम कुछ भी कहो मोह! जब तुम और तुम्हारे इन सो कॉल्ड बच्चों के लिए कुछ भी खाने को नहीं होता तो कैसी ग्लानि आती है अपने आप पर। यह सब तुम नहीं जान पाओगे क्योंकि तुम अपने आप में इतने केन्द्रित हो कि तुम्हारे पास दूसरों को जानने-समझने का कोई समय ही नहीं है। इसलिए तुम हर बात बिना सोचे-समझे कर देते हो। तुम यह भी नहीं समझते कि तुम्हारी ऐसी बातें मुझे कितनी तकलीफ़ पहुँचाती हैं।"

"इस तरह उदास होने की कोई वजह नहीं है केतकी! इतमिनान रखो, मैं बिना सोचे-समझे एक लफ़्ज़ भी नहीं बोलता। यह बात उसूली तौर पर भी मुमकिन नहीं कही जा सकती। तुम भी अगर निष्पक्ष होकर सोचती तो यह पैग़ाम मुझ तक न लातीं।"

"तुम कब सुधरोगे?"

"अच्छा तो यह मुझे सुधारा जा रहा है।"

"सुधारने की बात नहीं है मोह! तुम मेरे कहने से ही होने वाले नाटक में काम कर लेते तो क्या बुरा था। तुम सच में कुछ जानना-समझना ही नहीं चाहते?"

"मैं क्या नहीं जानना-समझना चाहता केतकी! लेकिन तुम्हारा यह पैग़ाम न्यायपूर्ण नहीं है। तुम इतना जान लो कि अभी मेरा ज़मीर बिका नहीं है और न मैं मरा ही हूँ,। यह बच्चे मेरे हैं, इन की फ़िक्र मेरी फ़िक्र है। यह सब भूल जाओ कि मोहसिन खान के साथ यह सब चल सकता है, कि जब चाहा, मुझे निकाल बाहर फेंक दिया जाये और जब चाहें बुला लें। ऐसा किसी और के साथ भले ही चले लेकिन मेरे साथ तो ख़्वाब में भी ऐसा नहीं हो सकता। जाओ केतकी मैं तुम्हारी यह बात नहीं मान सकता। मैं तुम्हारे साथ जाने वाला नहीं।" केतकी की बड़ी-बड़ी आँखों में झीनी-सी बदली छा गयी। उसका पानी तो मेरी तल्ख़ बयानी ने सोख ही लिया था। मुझे केतकी की बेचारगी पर तरस ज़रूर आया। मैं गुलाब की बेल की तरह थोड़ा झुका ज़रूर लेकिन इतना सँभला कि मेरे लफ़्ज़ों के फूल ही उसे छुएँ वहाँ उगे काँटे उसे न चुभें। मैंने केतकी के आगे अपना हाल बयान करते हुए कहा, " देखो केतकी! तुम समझदार हो, इसलिए कह रहा हूँ कि मैंने अपनी ज़िन्दगी में बहुत धोखे खाये हैं। मेरी कामयाबियाँ, मेरी ख़ुशियाँ, मेरी चाहतें, मेरा तबस्सुम सब अँधेरे में गुम हो चुका है। मैं जब भी उन्हें तलाशने की कोशिश करता हूँ तो मेरे हाथ नाकामयाबी के सिवा कुछ भी नहीं लगता। लेकिन एक बात मैं तुम्हें साफ तौर पर कहे देता हूँ कि मुझे कामयाबी के लिए जो भी मेहनत करनी होगी, वह मैं ख़ुद ही करूँगा। उसके लिए मुझे किसी के कन्धों की ज़रूरत नहीं है, ख़ासकर तुम्हारे तो कतई नहीं, केतकी! मैं अपनी कामयाबी देखना चाहता हूँ और उसकी खुशी भी। लेकिन इसका हरगिज़-हरगिज़ यह मतलब मत निकाल लेना कि मुझे अब सहारों की ज़रूरत आ पड़ी है। मैं

बैसाखियों पर कब तक चलता रहूँगा? मेरी ज़िन्दगी की रफ़्तार तो 'रंग अभियान' ने मोड़ ही दी है। मैं बीता हुआ कल नहीं बनना चाहता। मैं आज हूँ और आज ही रहना चाहता हूँ केतकी! तुम मुझे मेरे हाल पर छोड़ दो, क्यों मुझे कल में फिर से ले जाने की कोशिश कर रही हो? मैं न किसी दूसरे का हक़ छीनने का इरादा रखता हूँ और न मैं अपना हक़ किसी दूसरे से तकसीम ही करता हूँ। मैं जिन लकीरों को छोड़ आया हूँ उन्हें दोबारा उकेरना मेरी फ़ितरत में शामिल नहीं है और न ही मैं ऐसा कुछ करना ही चाहता हूँ।''

''हम कब कहते हैं कि तुम उस धूल को साफ करो जो तुम्हारी उन लकीरों पर पड़ चुकी है जिन्हें तुम अर्सा पहले उकेर कर छोड़ आये थे। हम तो चाहते हैं कि नया कुछ ऐसा पैदा करो जहाँ नये आने वाले लोगों को उसे देखकर उन्हें भी नया कुछ करने की इच्छा पैदा हो।''

''देखने-सुनने में यह बातें बड़ी भली लगती हैं केतकी! पर मौजूदा दौर में इन बातों की कोई अहमियत नहीं है। कौन याद रखता है, किसने क्या किया?''

आज केतकी के आने से मैं उस तरह खुश नहीं रह सका, जैसे मेरे साथ हमेशा होता आया था। यूँ तो उसके रुखे-रौशन से हमेशा ही मेरा कमरा रोशनियों से सराबोर हो जाता था, लेकिन आज मुझे लगा कि मेरे कमरे में फैली जो थोड़ी-सी रोशनी थी वह भी अँधेरे में बदलती जा रही है और मैं आहिस्ता-आहिस्ता उसमें लिपटता जा रहा हूँ। केतकी चुप थी। उसने मेरी बात का जवाब नहीं दिया था। लेकिन उसका चेहरा बुझ-सा गया था। मुझे उस पर तरस भी आ रहा था और गुस्सा भी, मेरी समझ में कुछ नहीं आ रहा था कि मैं केतकी से क्या कहूँ जिससे उसकी बात भी रह जाये और मुझे डिपार्टमेंट जाना भी न पड़े। मैं अपने में ही खोया हुआ था कि तभी बीरू, राजीव और उसके पीछे-पीछे शेखर, चाय लेकर आ पहुँचे, और आते ही राजीव बोला, ''लो चाय पीओ दादा! समस्याएँ तो खड़ी ही रहेंगी जब तक हम जिन्दा हैं, उन्हें कुछ समय के लिए किसी कोने में छिपा दो और फिर किसी समय निकाल लेना। अभी तो चाय हाज़िर है।'' राजीव शायद उस घुटे हुए माहौल को खुशनुमा बनाना चाहता था। लेकिन मैं उनकी बातें सुन नहीं रहा था। उन्हें अनसुना करते हुए मैं फिर बोला, ''केतकी, तुम अपने रेशमी बुर्के की जालीदार खिड़कियों से दुनिया देखती रहो, जहाँ से तुम्हें दुनिया बहुत हसीन दिखाई देगी। तुम जैसा देखना चाहोगी सब तुम्हें वैसा ही दिखाई देगा। बुरा कुछ दिखेगा ही नहीं। तुमने अपनी आँखें खुशनुमा वादियों में खोंलीं हैं। इस लिए तुम्हें चारों ओर सरसब्ज़ ज़मीन ही दिखाई देगी। लेकिन हक़ीकत में ऐसा नहीं है। इस सरसब्ज़ ज़मीन का एक कोना ऐसा भी है जहाँ तुम्हारी आँखें दूर-दूर तक फैले हुए उस रेतीले दरिया में भटकती रह जाती हैं जहाँ न पानी है और न हरियाली। बस ऐसा ही है थियेटर का रास्ता भी। यहाँ ऐसे-ऐसे पुख़्ता और संजीदा

चैलेंज हैं जिनका सामना करना तुम्हारे बस की बात नहीं। छोड़ दो इस दुनिया को और लौट जाओ अपने घर। तुम थियेटर के लिए बनी ही नहीं हो। तुम शादी करो, एक दो बच्चे पैदा करो और जैसे सारी दुनिया रहती है वैसे ही तुम भी रहो। मेरी चिन्ता करनी छोड़ दो! मैंने 'रंग अभियान' को छोड़ा है, थियेटर को नहीं। मैं अभी अपना वजूद बनाए रखने के काबिल हूँ। 'मैं हूँ' अभी मरा नहीं हूँ। मुझे बाँधा नहीं जा सकता, अगर कोई ऐसा समझता है कि मुझे बाँध कर अपने पास रखा जा सकता है तो यह उसकी भूल ही साबित होगी। एक दिन, जिस तरह रेत से भरी-भराई, बँधी-बँधाई मुट्ठियाँ कोई इशारा दिये बिना ही खाली हो जाती हैं वैसा ही पाएँगे वह मुझे, मैं आज़ाद परिन्दा हूँ। मुझे परवाज़ के लिए खुला आसमान चाहिए जो मेरे पास है, उसे मत छीनो केतकी! तुम भी यह जान लो कि थियेटर मेरे लिए और मैं थियेटर के लिए, हम दोनों एक दूसरे के लिए बने हैं। मेरी सारी जद्दोजहद थियेटर को लेकर ही है और रहेगी। मेरा एतबार करो केतकी! कि मैं जो कुछ करूँगा वह थियेटर से जुड़े तमाम लोगों की ज़िन्दगी को बेहतर बनाने के लिए ही करूँगा, क्या तुम नहीं जानती कि पिछले दिनों जो सिलसिला-ए-वाकियात हुए थे उनके चलते क्या मुझे उस ओर रुख भी करना चाहिए? तुम जाओ केतकी आगे से ऐसे काम के लिए मेरे पास कभी मत आना, जाओ और अपना काम देखो, क्या कर रही हो वहाँ, हाँ! कास्ट्यूम डिज़ाइन! ...हाँ! ...हाँ ...वही करो उन बनी-बनाई बरसों से चली आ रही पोशाकों पर पैबन्द लगाओ। और बना दो किसी दूसरे किरदार की पोशाक। किसने देखा है 'हीर', 'सस्सी' क्या पहनती थी? कौन छानबीन करता है इन सब बातों की, मनमानी चल रही है जिसमें तुम भी बराबर की हिस्सेदार हो, थियेटर करने चले हैं। हिश!''

''तुम इतना चिल्लाते क्यों हो? और अपनी यह बेतुकी बातें करके क्या साबित करना चाहते हो तुम? तुम्हारी बातें, तुम्हारे अन्दर की कुंठाओं का खुलासा मात्र हैं। तुम्हारे जो जी में आये वही करो। अब मैं कुछ कहने-सुनने नहीं आऊँगी, यह तो सर— !''

''हाँ ...आँ! सर— वही तो, अब समझा— !''

''खाक समझे, तुम कुछ नहीं समझे। तुम केवल बोलना जानते हो, मैं यहाँ तुम्हारी बक-बक सुनने नहीं आयी। तुम्हें चलना है तो चलो, नहीं तो तुम्हारी इच्छा। मैं तो बच्चों के बारे में सोच रही थी और समझती हूँ कि जहाँ से जो मिलता है वहीं ले लेना चाहिए। तुम जाने क्या सोचते हो। हम लोगों ने सोचा था कि डिपार्टमेंट में इस समय प्रकाश-व्यवस्था करने-सिखाने वाला कोई है नहीं। तुम पार्ट-टाईम ही यह काम कर देते तो तुम्हारा हर्ज ही क्या था? हम लोग थियेटर में एक तरह का आन्दोलन छेड़ना चाहते हैं जिसमें बराबर की हिस्सेदारी होगी 'रंग अभियान' की भी। जिसके ज़रिये हम हर महीने एक नाटक मंचित कर पाने में सफल हो सकेंगे। इसमें

हम तुम्हारी बराबर की भागीदारी चाहते हैं।''

''रहने दो केतकी, जिनके लिए तुम 'हम' का इस्तेमाल कर रही हो पहले तो वह लोग 'हम' नहीं हैं। वह सब लोग तो केवल 'मैं' ही हैं, क्योंकि वहाँ हर व्यक्ति केवल अपने बारे में ही सोचता है। वे लोग क्या छेड़ेंगे थियेटर के लिए जिहाद। इस लिए जाओ केतकी, यहाँ मेरे और तुम्हारे जो लफ़्ज़ हैं वह हवा में तैरते रह जाएँगे। क्योंकि हमारे बीच का जो वायरलेस सिस्टम था वह कब का ख़त्म हो चुका है। इस लिए कहने-सुनने का अब कोई मकसद ही नहीं रह गया हम दोनों के बीच।''

केतकी बड़े ठसके से आयी थी मुझे लेने। उसने मेरे जज़्बात को छेदने के लिए अपने तरकश के सारे तीर मेरे सीने में घोंप दिये जिनसे मैं लहूलुहान भी हुआ और उदास भी। लेकिन केतकी को अपनी उदासी में मेरे ज़ख़्म दिखाई नहीं दे रहे थे। जब कि मुझे उसके रुखे-रौशन पर मौसमे-खिज़ा साफ नज़र आ रही थी। उसकी आँखों के कटोरे पानी से लबालब भर चुके थे जो अब छलकने ही वाले थे। बस उसका अनजाने में छोड़ा गया यह तीर मेरे जिस्म के उस हिस्से को दाग गया जहाँ अर्से से उसके लिए नाजुक जज़्बात सँभाल कर रखे हुए थे। मैं सिहर गया और एकदम बोल पड़ा, ''चलता हूँ केतकी! अब यह रोना-धोना बन्द करो।'' केतकी सुबकती रही। मैं ही फिर बोला, ''मैं चल रहा हूँ न तुम्हारे साथ केतकी! इसलिए अब मुस्करा दो। लेकिन एक बात मैं तुम्हें कहे दे रहा हूँ कि इसका यह मतलब कतई नहीं तुम लगा लेना कि मैं वहाँ काम करने जा रहा हूँ। यह मैं तुम्हें पहले कहे देता हूँ मैं वहाँ काम करने वाला नहीं हूँ, वहाँ तुम्हारी इस रोनी सूरत का भी मुझ पर कोई असर होने वाला नहीं हैं। मैं तो सिर्फ तुम्हारी बात को रखने के लिए चल रहा हूँ।''

मेरे चलने की बात सुन केतकी के चेहरे पर कई-कई नरगिसी फूल एक साथ खिल उठे, वह मुस्कराई और उसकी मुस्कराहट से मेरा पूरा कमरा गुलो-गुलज़ार हो गया। फिर लगभग वह मुझे खींचते हुए बोली, ''अब चलो तो, वहाँ तुम्हें कम से कम मैं कुछ नहीं कहूँगी।'' मैं उसकी मुस्कराहट का कायल हो गया और उसके चेहरे को पीता रहा कई पल। फिर मैं उसके साथ जाने के लिए उठा कि बीरू ने कहा, ''यह चाय तो पड़ी-पड़ी ठंडी हो गयी होगी। मैं और लेकर आता हूँ। नाश्ता करके ही जाना। आप तो नहाए भी नहीं, ऐसे ही चल देंगे क्या?'' बीरू की बात का जवाब केतकी ने दिया, ''तुम लोग नाश्ता करो बीरू, मैं तुम्हारे दादा का ध्यान रख लूँगी।'' अब हम कमरे से बाहर थे। पीछे से बीरू की आवाज़ मेरे कानों में पड़ी। वह कह रहा था— 'दादा बिना नहाय ही चल दिये।' मैंने उसकी बात को सुनकर भी अनसुना कर दिया। थोड़ी देर बाद मैंने देखा राजीव मेरे पीछे था और शेखर हमें अपनी कार में चलने की दावत दे रहा था। जिसे हमने भी किसी हील-ओ-हुज्जत किये बिना कबूल कर लिया।

डिपार्टमेन्ट में घुसते ही मेरी मुलाकात सब से पहले रवि से ही हुई। रवि को देखते ही केतकी चहकी, "लो संभालो इसे 'रंग अभियान' से उड़ा हुआ परिन्दा मैं पकड़ लाई हूँ। अब तुम इसका जो जी में आये, जैसा मर्जी चाहे इस्तेमाल करो। चाहो तो इस के पर कतर दो, या फिर इसे खुले आसमान में उड़ने के लिए खुला छोड़ दो। लेकिन उसके कदम वहाँ रुके नहीं राजपाल के कमरे की ओर मुड़ गये। मुझे देख रवि के होठों पर एक तिरछी मुस्कुराहट फैल गयी। मैं उसे देखकर भी अनदेखा कर गया और केतकी के कदमों से आगे कदम बढ़ाता हुआ निकल गया। मैंने अपने कानों ने सुना केतकी राजपाल से कह रही थी—"इसे मैं ले तो आयी हूँ लेकिन अब यह यहाँ काम करने वाला नहीं है।"

राजपाल मुस्कुराया और केतकी की बात के जवाब में बोला, "इसके आगे की चिन्ता मेरी है केतकी।" फिर मेरी ओर एक फातेहा की तरह देखता हुआ बोला, "कहो मोहसिन खान! कैसे हो? यूँ तो मैं यह जानता हूँ कि तुम नाराज़ हो, लेकिन मैं यह भी जानता हूँ कि तुम रंगमंच के एक समर्पित सिपाही हो। इस समय हम मुश्किल में हैं। मैं तुमसे अनुरोध करता हूँ कि इस बार तुम मेरी मुश्किल समझ लो और हमारे साथ काम करने के लिए हामी भर दो। यदि तुम नाटक का निर्देशन ही करना चाहते हो तो वही सही। लेकिन मैं चाहता हूँ कि इस समय तुम 'रंग अभियान' में रवि का साथ दो और डिपार्टमेंट के होने वाले नाटक के लिए लाईटिंग... आगे तुम्हारी मर्जी कोई ज़बरदस्ती नहीं है।" कहते हुए राजपाल उठ गया और कमरे से बाहर आ गया। मैं भी यह कहते हुए बाहर आ गया कि— "इन दिनों मेरे पास समय ही नहीं है कि मैं किसी और काम को अपने हाथ में लूँ। मेरे अपने नाटक की रिहर्सल चल रही है। लेकिन यह भी उतनी ही सही बात है कि मैं वक़्त की कमी की वजह से यहाँ काम नहीं कर सकता।"

"यह बात सच नहीं है मोहसिन खान। मैं यह जानता हूँ कि जिस काम को करने के लिए हमारा मन नहीं मानता उस समय हम वक़्त का बहाना बनाने लगते हैं। तुम जैसा आदमी यह कहे तो बात ठीक नहीं लगती।" इतना कह राजपाल केतकी की ओर देखते हुए बोला, "केतकी तुम लोग अभी रवि के पास चले जाओ और मोहसिन खान मैं तुम्हारी हाँ ही सुनना चाहता हूँ," कहकर क्लास रूम में चला गया और हम लोग रवि के पास।

रवि ने एक फतेहा की तरह मुझे देखा, फिर बोला, "चलो अब कुछ ठीक से काम हो सकेगा।"

"लेकिन रवि भाई, इधर तो कुछ भी ठीक नहीं चल रहा। कम से कम चाय तो ठीक से चलनी ही चाहिए।" रोहित ने यह बात कहकर वहाँ फैले कड़वे कसैले धुएँ को छाँटना चाहा और फिर अपनी ही बात पर हो-हो-हो कर हँस पड़ा। मैंने रोहित की

बात से राहत महसूस की। लेकिन अन्य किसी ने भी उसका साथ नहीं दिया। वह थोड़ा मायूस ज़रूर हुआ लेकिन उसकी हालत देखकर विनय बोला, ''बच्चे, अभी तुमने इस दुनिया में आँखें ही खोली हैं। अभी से सब कुछ जान लेना चाहते हो। यह कतई सम्भव नहीं है प्यारे! कुछ साँस लो। धीरे-धीरे तुम इस डगर पर चलने लायक़ बन जाओगे, जल्दी की तो हो सकता है औंधे मुँह गिर जाओ।'' उसने कुछ मज़ाहिया लहजे में कहा फिर दरवाज़े की ओर देखते हुए बोला, ''लो हसन के साथ चाय भी आ गयी।'' सब की नज़रें अब आते हुए कैंटीन के छोकरे पर टिक गयीं जो एक हाथ में एक बड़ी अल्मूनियम की केतली और दूसरे हाथ में चार-पाँच कप के कुंडों को अंगुलियों में फँसाकर चला आ रहा था और उसके पीछे हँसता हुआ हसन आ रहा था। उसे देखते हुए विनय फिर बोला, ''आ भाई छोटू मोटू! तेरी बहुत ज़रूरत थी।'' छोटू ने चुपचाप अंगुलियों से कप के कुंडे निकाले और उनमें चाय उड़ेलने लगा, जिसे देख श्याम चिल्लाया, ''क्या छोटू तू भी बस ऐसे ही है, क्या कर रहा है दस लोगों के लिए पाँच कप, क्या हम लोग आधा-आधा कप पीएँगे?''

''नहीं सर, अभी और लेकर आता हूँ।''

''फिर ले आ, जल्दी कर, अभी चाय क्यों डाल रहा है पहले और कप लेकर आ फिर चाय देना सबको एक साथ।'' रवि बोला।

''क्या रवि भाई, इसे और चाय के लिए भी तो बोलो न, यह तो कम पड़ेगी।''

''मरता है, एक चक्कर और लगा लेगा, जा छोटू और कप लेकर आ।'' छोटू जैसे ही मुड़ा विनय बोला, ''रवि भाई, अपने शम्भू के रोल में पूरा फिट बैठेगा यह छोटू। वह भी केवल मात्र चाय ही लेकर आता है। और इस जैसी ऐंट्री तो हमारा कोई ऐक्टर मार ही नहीं सकता,'' श्याम ने हँसते हुए कहा।

''अरे श्याम कभी तो सीरियस हुआ कर, क्यों फ़ालतू बोलता है!'' केतकी बोली। उनकी बातचीत में शामिल होते हुए हसन ने कहा, ''यूँ तो बहुत कुछ है केतकी कहने के लिए, यह अलग बात है कि तुम रोनी सूरत बनाकर काम करते हुए दिखा सकती हो कि तुम बड़ी व्यस्त हो और तुम्हारे पास ढेरों काम हैं। हम लोग ढेरों काम के बीच थोड़ा हँसी मज़ाक कर लेते हैं। बस इतना ही फ़र्क है हमारे और तुम्हारे बीच।'' केतकी का मिज़ाज बिगड़ गया। मायूसी उसके चेहरे से टपकने लगी। अपने को सँभालते हुए उसने कहा, ''अच्छा, क्या कहने तुम लोगों के, मैं नहीं जानती थी कि यहाँ हम और तुम— दो पार्टियाँ काम करती हैं।''

''हँस लो, केतकी! तुम बखूबी समझ रही हो मैं क्या कहना चाह रहा हूँ।'' इस बीच छोटू और चाय लेकर आ गया और रवि हसन से बोला, ''फ़ालतू की बातें छोड़ो, चाय पीयो और फिर रिहर्सल शुरू करते हैं।'' रवि की बात सुनकर विनय बोला, ''रवि भाई! तुम्हारी 'हिरोइन' तो आज भी नहीं आयी।'' उसने हिरोइन लफ़्ज़ पर

कुछ ज़्यादा ही ज़ोर दिया।

विनय की बात ख़तम होते ही रोहित बोला, ''क्या विनय, तुम भी कैसी घिसी-पिटी बात कर रहे हो। हिरोइन तो गुज़रे ज़माने की बात हो गयी। आज कहो कि तुम्हारे इस नाटक की मुख्यपात्र कहाँ है। फिर मेरे भाई कुछ तो सीनियारिटी का भी ध्यान रखना होता है कि नहीं, कैसे बोल रहा है तू?'' रोहित की बात को ठेलते हुए श्याम बोला, ''अरे क्या हुआ साक्षी नहीं आयी तो हमारे पास केतकी तो है।'' और वह बेशर्मी से हँस दिया। मेरा मन हुआ उसे एक नंगी गाली दूँ लेकिन मैं चुप ही रहा। उत्तर में रवि ही बोला, ''क्यों बेतुकी बातें किए जा रहे हो। अन्य किसी का नहीं तो बड़े बुज़ुर्गों का तो ध्यान रख लो। जो मुँह में आ रहा है बके जा रहे हो।'' उसका इशारा मेरी ओर था। उस वक़्त रवि मुझे लोमड़ी लगने लगा और कोई समय होता तो मैं उसे अपने बुज़ुर्ग होने का एहसास करा देता लेकिन आज मैं बोलने के मूड में नहीं था। इसलिए चुपचाप बेइज़्ज़ती बर्दाश्त कर गया। दूर से अभय और दीपक को आते देख रवि फिर बोला, ''लो अभय और दीपक आ रहे हैं, शायद साक्षी भी आ जाए, हम लोग तब तक नाटक की रीडिंग ही कर लेते हैं।'' पास आते हुए दीपक के कानों में उसकी बात पड़ी तो वह हड़बड़ा कर बोल पड़ा, ''आज भी रीडिंग ही, कब तक हम यहीं पर टिके रहेंगे?''

''जब तक नाटक की हिरोइन नहीं आती।''

''तू चुप नहीं रह सकता विनय।''

''क्यों चुप रहूँ बता तो केतकी?''

''स्थिति को और जटिल तो न करो।''

''हम जटिल कर रहे हैं केतकी? तुम्हें नहीं लगता कि जब से इस नाटक की रिहर्सल शुरू हुई है तब से लेकर आज तक इस रोल के लिए लड़की का मिलना कठिन से कठिनतर होता जा रहा है। दो दिन काम करने के बाद जाने क्या होता है कि फिर उसके दर्शन दुर्लभ हो जाते हैं।'' यह विनय कह रहा था।

''कैसे कोई यहाँ आएगा, यहाँ किसी बात का कोई ठिकाना नहीं है। किसके पास इतना समय है कि वह उसे यूँ ही बरबाद कर दे। बाहर से आये किसी भी रंगकर्मी को यह सहज ही अनुमान हो जाता है कि यहाँ काम के सिवा और सब कुछ चलता है। मैं भी बस आज का दिन देखूँगा। यदि यही सब होता रहा तो कल से मेरा आना भी मुश्किल होगा।''

''वाह! रोहित किस दुनिया के जीव हो तुम! अगर तुमने रंगकर्म को चुना है तो इसकी सारी चुनौतियों के साथ ही रहना होगा। यह तो कोई बात नहीं है कि ऐसी स्थिति को नकार दिया जाये, जो आपके अनुकूल न हो, मुझे समझ नहीं आयी तुम्हारी बात।''

"तुम ठीक कह रही हो केतकी! किन्तु तुम भी तो स्थिति को समझ नहीं रही हो, तुम क्यों नहीं कर लेती सावित्री का रोल?" विनय की बात पर चौंकते हुए केतकी बोली, "अरे क्या हुआ, यह सावित्री कहाँ से आ गयी बीच में? हम तो 'शून्य से शून्य तक' नाटक करने वाले थे न, इतने दिनों से तो उसी का पाठ चल रहा था।"

"ठीक है केतकी, तुम्हें नहीं मालूम हो सकता कि पिछले दिनों जब तुम नहीं आ रही थीं तभी तय हो गया था कि पहले 'आधे-अधूरे' को मंचित किया जाएगा। उसके बाद किसी नये नाटक के बारे में सोचेंगे।" विनय की बात सुनकर मेरे होठों पर न चाहते हुए भी एक मुस्कान फैल गयी। लेकिन मैंने अपने आप को जल्द ही सँभाल लिया लेकिन मैं इसे केतकी की आँखों में कैद होने से नहीं बचा पाया। केतकी विनय की बात के जवाब में कह रही थी, "अच्छा इस बात का इल्म मुझे नहीं था, कल मैं आयी थी तब भी मुझे कुछ नहीं बताया गया, मेरा तो सारा काम ही चौपट हो गया मैंने तो 'शून्य से शून्य तक' के कास्ट्यूम डिज़ाइन किये हैं अब ...।"

"अब क्या... केतकी तुमने कौन से कास्ट्यूम बना ही लिए थे, अभी तो उनके स्कैच ही तैयार किये हैं तुमने तो क्या हुआ, अब 'आधे अधूरे' के लिए जुट जाओ। तुम्हें तो काम करना अच्छा लगता है।" कह कर विनय फिर 'हो हो' कर हँस पड़ा।

"लेकिन कल रिहर्सल कब हुई थी जो कोई बात होती इस विषय पर!" दीपक भी विनय के स्वर में स्वर मिलाते हुए बोला। लेकिन रवि ने इन बातों को हवा नहीं दी और बोला, " बेकार की बातें छोड़ो और शुरू करो पढ़ना।" मैंने आज उस सुख को महसूस किया जो दूर खड़े हो कर हालात को बाँचने से मिलता है। मुझे उनकी बातों से एक तरह की ख़ुशी ही मिल रही थी और रवि की बेचारगी से गहरी तसल्ली महसूस की थी मैंने, और सोचने लगा, साला अब फँसा है। इसे फँसने दो। क्या ही अच्छा हो अगर केतकी रोल करने से इनकार कर दे। मुझे इस बात को सोच कर अच्छा लगा कि मैं उनके दरम्यान नहीं हूँ। किसी और के लिए खाई खोदी जाए तो इसकी क्या गारंटी है कि वही उसमें गिरेगा। यह भी तो हो सकता है कि खोदने वाला ही उसमें जा गिरे। यही तो हो रहा है अब रवि के साथ। इस समय विमल को यहाँ होना चाहिए था। वह भी यह मंज़र देख लेता। मैं अपने ही ख़्यालात में डूबा हुआ था कि मैंने सुना रवि कह रहा था— "क्यों भाई पढ़ना क्यों नहीं शुरू कर रहे?" सब एक दूसरे का मुँह देखने लगे। न किसी ने पढ़ना शुरू किया और न कोई बोला ही। रवि ही फिर बोला, "देखो जब तक साक्षी नहीं आती तब तक हम रीडिंग ही तो कर सकते हैं। रिहर्सल तो उसके आने पर ही हो सकेगी यदि केतकी भी यह रोल करती है तब भी रीडिंग तो करनी ही पड़ेगी।" रवि की बात के उत्तर में हसन बोला, "रवि भाई, दीपक ठीक ही कह रहा है कि सावित्री का रोल केतकी को ही दे दो। तुम क्यों

उस साक्षी के पीछे लगे हो जो आती ही नहीं है। तुम्हें केतकी को रोल देने में दिक़्क़त क्या है मेरी समझ में यह बात नहीं आ रही।''

''मुझे तो कोई दिक़्क़त नहीं है। केतकी से भी पूछ लो वह क्या चाहती है। लेकिन रीडिंग तो होगी ही। इन दिनों तो केतकी भी ग़ैरहाज़िर ही रही।'' रवि ने बेचारगी से कहा।

''अब बताओ केतकी तुम क्या कहती हो?'' यह विनय था। केतकी जैसे उन की बातें सुनकर उखड़-सी गयी, ''मुझे ऐसा ही महसूस हुआ। उसे देखकर मुझे लगा कि मानो वह छोटी होती जा रही हो और उसके लफ़्ज़ उसका साथ न दे रहे हों। जैसे उसके कहने की सारी ताक़त जाती रही हो और वह छोटी होते-होते इतनी छोटी हो गयी हो कि वह कबूतरी दिखाई देने लगी और गुटरगूं करने लगी हो, वह मरियल-सी आवाज़ में कह रही थी, ''मैं क्या बताऊँ, तुम सब लोग तो जानते हो वस्त्र-विन्यास के साथ-साथ अब मुझे प्रकाश-प्रबन्ध भी देखना है। इसके साथ मैं कैसे कोई भूमिका निभा सकती हूँ।''

''दूसरे काम किसी और को भी तो दिये जा सकते हैं क्यों रवि साहिब?''

''हाँ विनय तुम ठीक कह रहे हो परन्तु 'प्रकाश-व्यवस्था' या तो केतकी देख सकती है या फिर मोहसिन खान देख सकता है। अब मोहसिन खान तो हमारा तमाशा देखना चाहता है।''

''रवि यार, क्यों तोहमत लगाते हो, मेरे पास सच में ही समय नहीं है।'' मैं एक दम से बोल पड़ा।

''क्यों केतकी तुम क्या कहती हो? क्या सच में ही इसके पास समय नहीं है या फिर यह बन रहा है?''

''मैं क्या कहूँ रवि! मेरा काम था इसे तुम्हारे पास लाने का, वह मैंने कर दिया। अब इसके पास समय है या नहीं इस बारे में मैं क्या कह सकती हूँ।''

''और क्या तुम मंच पीछे ही रहना चाहती हो? मंच पर आने का तुम्हारा कोई इरादा नहीं?'' यह विनय था।

''नहीं ऐसी कोई बात नहीं, सारी बात रवि पर है वह जो फ़ैसला करे मेरे लिए तो वही ठीक है।''

''यह हुई न बात। इसे कहते हैं रंगकर्म को समर्पित जीवन।'' रोहित ने चुटकी ली, मुझे बुरा लगा। मैं कुछ कहता उसके पहले ही विनय ऊपरी गुस्सा दिखाते हुए बोला—''अच्छा चुप रह, तुझे बहुत बोलना आता है। यदि मैंने कुछ कह दिया तो...।'' उसकी बात बीच में ही काटते हुए रोहित बोल पड़ा—''पहले तो विनय मैंने तुझे कुछ कहा नहीं। फिर भी तेरा कुछ कहने को मन हो रहा है तो तू भी कह ले। तेरे मन में नहीं रहना चाहिए कुछ।'' इससे पहले कोई और कुछ कहता रवि ने माहौल को

बिगड़ने से बचाते हुए कहा, ''क्यों आपस में झगड़ रहे हो। कुछ न कुछ तो करना ही पड़ेगा, यही ठीक है। साक्षी के स्थान पर केतकी ही मुख्य पात्र की भूमिका निभाएगी। क्यों भाई श्याम तुम्हें तो कोई एतराज़ नहीं? 'प्रकाश-व्यवस्था' तो मैं देख लूँगा।'' कहने के साथ ही रवि ने सबकी ओर नज़रें फेंकीं। कोई कुछ नहीं बोला। सबकी नज़रें एक दूसरे के चेहरे पर फिसलती रहीं। थोड़ी देर वहाँ चुप्पी का आलम रहा। रवि ने ही फिर इस चुप्पी में सेंध लगाई और बोला—''क्यों भाई श्याम तुमने मेरी बात का जवाब नहीं दिया।'' जवाब में विनय बोला—''इसे क्या इतराज़ हो सकता है? केतकी समय पर आती है, चेहरा-मोहरा भी ठीक-ठाक ही है, उच्चारण कइयों से बेहतर है पर...।''

''पर क्या...?'' रवि ने पूछा।

''पर यह कि इससे एक्टिंग कौन करवाएगा।'' कहने के साथ ही वह बेशर्मी से हँस दिया।

केतकी ने थोड़ा गुस्सा दिखाते हुए कहा—''तू सँभल जा विनय।'' विनय कुछ कहता उसके पहले ही अभय बोला—''केतकीजी मानती हैं तो सर एक्टिग तो किसी से भी करवा सकते हैं।'' अभय की बात सुन सभी मुस्करा दिये। दीपक फुसफुसाया—''स्साला चप्पौ!'' उसकी बात पर किसी ने कोई ध्यान नहीं दिया। रवि ने गम्भीरता से कहा, ''चलो-चलो अपनी-अपनी स्क्रिप्ट निकालो ताकि काम शुरू किया जा सके।''

''नहीं रवि आज नहीं। मैं आज कुछ नहीं कर पाऊँगी क्योंकि मेरी डांस क्लास का समय हो गया है, मैं तो जा रही हूँ।'' केतकी ने अपनी मजबूरी बयान कर दी।

''कोई बात नहीं केतकी! आज तुम जाओ परन्तु यह तय रहा कि मुख्य पात्र की भूमिका में तुम ही हो।''

''हम तो डटे हैं रवि साहब! यानि कि केतकी तो काम करेगी ही। काम कोई भी हो ए बी सी उसे कोई फ़र्क नहीं पड़ेगा। रवि भाई, हमें तो तुम्हारा ही भरोसा नहीं है। साक्षी की तरह ही कहीं कल तुम्हारे साथ कोई और नयी छमकछल्लो न आ जाए।'' विनय की बात पर सब चुप रहे किसी ने भी कोई प्रतिक्रिया नहीं की। थोड़ी देर बाद केतकी ही बोली, ''रवि तुम चिन्ता मत करो। मैं कल समय पर पहुँच जाऊँगी। तुम मेरे साथ चल रहे हो मोहसिन खान कि तुम्हें यहाँ ठहरना है?''

''ठीक है केतकी, फिर कल का पक्का रहा। मैं भी चलता हूँ। कल सब समय पर आ जाना।'' और रवि हाथ हिलाता हुआ चला गया। जब मैं उठने लगा तो विनय बोला, ''जाने दो न मोहसिन खान इन व्यस्त लोगों को, तुम कुछ समय हम लोगों के साथ भी रहो। केतकी तो जा रही है अपनी डांस क्लास में, तुम क्या बाहर खड़े होकर उसका पहरा दोगे? बैठो यार, कुछ अपनी कहो कुछ हमारी सुनो, यदि आ ही गये हो

यहाँ तो...।''

''हाँ यार! बैठो कुछ यहाँ के हाल भी सुनते जाओ।'' हसन ने मेरा हाथ पकड़ कर बिठाते हुए कहा। मैं न चाहते हुए भी बैठ गया। केतकी मेरी ओर देखती हुई चली गयी। उसे शायद मेरा वहाँ रुक जाना अच्छा नहीं लगा था। और मुझे भी विनय की बात अच्छी नहीं लगी थी लेकिन मैं उसे पी गया। मुझे पेशोपेश में खड़े देख दीपक ने कहा, ''हाँ हाँ मोहसिन खान बैठो! तुम्हारे और विमल के जाने के बाद यहाँ के हाल तो बद से बदतर होते जा रहे हैं, यहाँ का आलम यह है कि विमल के जाने के बाद से लेकर आज तक रीडिंग ही रीडिंग हो रही है, नाटक भले ही कोई हो रहा हो।''

''विमल ने तो रिहर्सल करवानी शुरू कर दी थी ऐसा वह कह रहा था फिर क्या हुआ कि उसे बन्द कर दूसरे नाटक का चुनाव करना पड़ा?''

''तुम ठीक कह रहे हो मोहसिन खान। जब से विमल गया है तब से कोई दिन ऐसा नहीं गया जब किसी एक लड़की ने दिल लगाकर यहाँ काम किया हो। रोज़ ही एक नयी लड़की को पकड़ लाता है यह रवि। विमल के समय रोज़ी थी। अच्छा-भला काम कर रही थी पर रवि साहब को उसका काम पसन्द नहीं आया और उसे 'रंग अभियान' से ही अलग कर दिया। फिर आयी मनप्रीत। एक सप्ताह उसके साथ रीडिंग हुई फिर वह भी ग़ायब हो गयी।''

''यह भी तो बताओ विनय कि विमल का शुरू किया गया नाटक 'शून्य से शून्य तक' लगभग तैयार ही था। लेकिन रवि ने उसे ख़ारिज करते हुए 'आधे अधूरे' शुरू करवा दिया। ऐसे में विमल के सारे किये-धरे काम पर तो मिट्टी पड़ गयी न। तिस पर अब जाने कहाँ से पकड़ लाया है इस साक्षी को। उसी ने कहा था कि वह यदि किसी नाटक के लिए काम करेगी वह 'आधे अधूरे' होगा और वह उसमें सावित्री का किरदार निभाएगी। इसीलिए नाटक बदला गया। ऐसे ही चल रहा है यहाँ कभी किसी नाटक की रीडिंग होने लगती है, कभी किसी की। रवि भी क्या करे, वह तो साक्षी का गुलाम होता जा रहा है जैसा वह कहती है वैसा यह करता है और साक्षी क्या किसी के हाथ आने वाली शै है? सुना है इस साक्षी का आजकल राजपाल से कुछ चक्कर-वक्कर भी चल रहा है। और यहाँ रवि साहब भी फँसे हुए हैं।''

''कुछ भी कहो विनय तुम, साक्षी है गज़ब की चीज़!'' ऐसा कह मानो श्याम ने मुँह में रसगुल्ला रख लिया हो। श्याम की बात का रस लेते हुए, उसी अन्दाज़ में दीपक, जो बड़ी देर से चुप बैठा था बोला—''इसका पति निरा उल्लू रहा होगा जिसने इतनी खूबसूरत बीवी को छोड़ दिया।''

''अरे! यह परित्यक्ता है?'' रोहित ने परित्यक्ता लफ़्ज़ पर ज़्यादा ही ज़ोर देते

हुए हैरानी से लबालब भर कर कहा।

"हाँ परित्यक्ता, वह भी करोड़पति की छोड़ी हुई।"

"हाय अमीर पति को छोड़ कर इस कंगले के पास आ गयी।"

"किसने किसको छोड़ा यह तो नहीं कहा जा सकता पर राजपाल के साथ तो इसका पुराना इश्क है। वही अब फिर से तारी हो गया लगता है।"

"अच्छा, यह पहले से राजपाल को जानती है?"

"क्यों बनता है स्साले! जैसे तू कुछ जानता ही नहीं। सभी जानते हैं इसकी कहानी।"

अभय को शायद कुछ अटपटा लग रहा था, बोला—"तुम लोग कुछ और बातें नहीं कर सकते?"

"मुन्ना! तुम हमारी बातें नहीं समझ पाओगे,अभी तो तुम्हारे दूध के दाँत भी नहीं टूटे। इसलिए चुपचाप हमारी बातें सुनते रहो और कुछ बोलो नहीं।" फिर मेरी ओर मुखातिब होकर बोला, "खान भाई! तुम भी कुछ सुनाओ आजकल तो तुम्हारे नाट्य मंडल, क्या नाम है उसका हाँ, 'अक्स' ठीक है न, यही नाम है न तुम्हारे नाट्य मंडल का, बड़े चर्चे हैं! आजकल किस नाटक पर काम कर रहे हो?"

मुझे उनकी बातों में कोई दिलचस्पी नहीं थी। केतकी मुझे यहाँ फँसा न गयी होती तो मैं क्या आने वाला था? अब मैं उनकी बहस का हिस्सा तो कतई बनना नहीं चाहता। इसलिए मैंने बड़ी बेदिली से कहा, "क्या और कैसा नाटक? हम तो बस कुछ करना है इसलिए कुछ न कुछ करते रहते हैं।"

"खान भाई! हमें भी शामिल कर लो न अपने 'रंग मंडल' में यहाँ का हाल तो तुम देख ही रहे हो।" हसन बोला।

हसन की बात के जवाब में विनय बोला, "ठीक है पढ़ाई-लिखाई छोड़ और चला जा इसके पास। वहाँ पढ़े-लिखों के लिए कोई स्थान नहीं है।"

भले ही उनकी तूलबयानी मुझ पर गिरां गुज़री। लेकिन मैं उनकी तंगनज़री बातों को रद्द करता हुआ अपेक्षा के विपरीत चुप ही रहा। अब ज़्यादा देर वहाँ बैठना मेरे लिए मुश्किल हो रहा था। लेकिन उनसे मतभेद होने पर भी जितनी देर भी मैं वहाँ रहा, शदीद कशमकश से गुज़रता रहा। करता भी क्या! मैं उन पर यह ज़ाहिर नहीं होने देना चाहता था कि उनके तयशुदा ख़यालात मुझे प्रभावित कर रहे हैं। मैं मायूस था। लेकिन विनय की बात को ख़ारिज करते हुए दीपक ने कहा, "देखो विनय बात को दूसरी ओर मत मोड़ो।" "मैं साक्षी की बात कर रहा था। मैं वाकई कुछ नहीं जानता उसके बारे में।"

"हमारे साथ रहोगे प्यारे! तब सब कुछ जान जाओगे जो है वह भी और जो नहीं है वह भी।" इतना कहने के साथ ही रोहित ज़ोर से हँस दिया और उसकी हँसी में

सभी शरीक हो गये। उन सब की हँसी छोटे-से दायरे को तोड़ कर पेड़-पौधों का छूती हुई आसमान तक फैल गयी। दीपक सहम गया। अपनी हँसी पर काबू पाते हुए रोहित फिर बोला, ''हाँ, तो विनय तुम क्या कह रहे थे कि साक्षी आजकल बिना पति के है और राजपाल के साथ रह रही है?''

''वही तो कहने जा रहा था मैं। सुन तो, ऐसे ही मत बोल, यह राजपाल के साथ रहती नहीं है। इसका तो अपना बहुत बड़ा फार्म हाउस है। यह भला क्यों रहेगी राजपाल के साथ, वही उसके घर पड़ा रहता है। यह और इसकी बेटी दो जन ही उस बड़े फार्महाउस में रहते हैं।

''विनय, इसकी लड़की के बारे में बता, वह क्या चीज़ है?''

''क्या बताऊँ यार, वह तो अभी बच्ची है।''

''खुद तो बड़ी चीज़ है साली! क्या देहयष्टि है, देखकर तो किसी के भी मुँह में पानी आ जाए।''

''हाय, क्या कहा देहयष्टि। अरे भाई रोहित तेरी तो हिन्दी बड़ी कमाल की है और खान भाई की उर्दू। दोनों की बातें मेरे तो सिर के ऊपर से ही गुज़र जाती हैं।'' विनय ने मायूसी से कहा।

''क्या विनय भाई! तू फिर बात को गोल कर रहा है मुझे तो साक्षी की देह-गन्ध ने पागल किया हुआ है।''

''तू कब उससे हमबिस्तर हो आया?''

''क्या बात करता है विनय, अगर मेरा उससे इस प्रकार का नाता होता तो मैं तुझसे उसके बारे में जानना चाहता। बात करता है। यार! मुझे तो उसके शरीर सौष्ठव ने चकाचौंध कर रखा है।''

''देखो रोहित मेरे हिसाब से देह का भूगोल तो शायद थोड़े-बहुत फेर-बदल के बाद सभी औरतों का एक जैसा ही होता है क्योंकि मूल बनावट में क्या अन्तर हो सकता है, लेकिन अन्तर तो यदि कहीं कुछ होता है तो वह होता है, ढलान और चढ़ाई का।''

''अरे क्या बात की! सच कह रहे हो विनय। यह तो सच है कि सभी औरतें एक जैसी ही होती हैं। इस सर्वमान्य सत्य को कहे बिना भी साक्षी की तो कुछ और ही बात है। यार विनय, यही ढलान और चढ़ाई ही तो है जो आदमी को मदहोश कर देती है। नहीं तो औरत के बारे जो कहा गया है वह सौ पैसा ठीक है कि औरत यूँ तो बेअक़्ल ही होती है, ऐसी बात मैंने कहीं पढ़ी थी।

''तू आज पढ़ी हुई बातें ही तो बोल रहा है, देहयष्टि... हाँ! चल और भी कह जो केवल तूने ही पढ़ा हो हम न जानते हों बोल..।''

''तू तो बात का स्वाद ही ख़त्म कर देता है।''

"अब कहाँ बात का स्वाद ख़त्म हुआ बोल न, क्या कहना चाहता था।"

"मैं कह रहा था कि यूँ तो सारी औरतें अधिकतर भावुक और बेवकूफ़ ही होती हैं, परन्तु साक्षी भावुक भी है और बेवकूफ़ भी, परन्तु वह दूसरी औरतों से डैफिनेटली डिफरैंट है। बेवकूफ़ न होती तो क्या अपने इतने अमीर पति को छोड़ देती। यार कभी हमें भी मिला...।"

"अच्छा! यूँ मैं तेरी बात से सहमत नहीं हूँ। वह बेवकूफ़ बिलकुल नहीं है। अच्छा-खासा पैसा लेकर उसने अपने पति की जान को छोड़ा है। पर तू बता तेरे मुँह में पानी क्यों आ रहा है। देखना श्याम उससे बच कर रहना, वह साबुत आदमी को जिन्दा निगल जाती है।"

मेरा दिल वहाँ ऊबने लगा था। दिल हो रहा था कि यहाँ से उठकर कहीं भी चला जाऊँ। लेकिन मैं मजबूरी में फिर भी वहीं बैठा रहा। मेरे कान सुन रहे थे। दीपक कह रहा था—"तू कुछ भी कह विनय, वह हमारे विभाग के लिए खुशनुमा झोंके की तरह है, जब आती है तो बहार आ जाती है परन्तु हाय! साली आती ही कभी-कभार है।"

"कैसे रोज़ आ सकती है। एक विज्ञापन कम्पनी की मालिक है। वह खाली नहीं है कि यहाँ आकर फ़ालतू अपना समय नष्ट करे।"

"अच्छा, फिर यहाँ कैसे फँस गयी?"

"तू नहीं जानता क्या, उसे यहाँ लाने का श्रेय भी राजपाल को ही जाता है। एक दिन राजपाल को कहीं मिल गयी थी। बस पुराने इश्क ने ज़ोर मारा और वह उसे यहाँ ले आया। सुना तो यह भी गया था कि राजपाल इसे 'रंग अभियान' की अध्यक्ष बनाने की फिराक में था, परन्तु वह बन नहीं सकी। यूँ विभाग से इसका कोई लेना-देना नहीं है।"

"तुम कुछ और बात नहीं कर सकते। कब से बेकार की बातें किये जा रहे हो।" अभय एक बार फिर अनुनय-विनय करता हुआ बोला।

"चौप बे स्साला चापलूस कहीं का! बता तू किस का चमचा है राजपाल का, रवि का या फिर इस साक्षी का?" उन पर उसकी प्रार्थना का कोई असर नहीं हुआ किसी पर। अलबत्ता दीपक ने उसका मज़ाक उड़ाते हुए ऐसा कहा। अभय रोने को हो गया उसकी आँखें इस उस के चेहरे पर फिसलने लगीं।

कैम्पस से निकलकर मैं 15 सेक्टर की मार्किट में आ गया। वहाँ रवि और साक्षी को एक साथ खड़े देख मुझे थोड़ा आश्चर्य हुआ। मैं वहाँ से खिसक लेना चाहता था। परन्तु साक्षी की नज़र मुझ पर पड़ गयी और उसने मुझे आवाज़ दी और रोक लिया वह

कह रही थी— "भागे कहाँ जा रहे हो मोहसिन खान! इधर-उधर भी देख लो, रास्ते में कौन खड़ा है।" मैंने साफ झूठ बोलते हुए कहा, "अरे साक्षी तुम! मैंने देखा ही नहीं तुम्हें, कैसी हो?"

"ठीक हूँ, तुम्हें कहीं जाने की जल्दी है क्या? नहीं तो मेरे साथ चलो, थोड़ा इसे ठीक करना है।"

"नहीं साक्षी, आज नहीं चल सकता। मैं सुबह से निकला हूँ अभी और नहीं ठहर पाऊँगा।"

"मेरे लिए चलो मोहसिन खान! कुछ ज़रूरी काम है। मैं तो कब से तुम्हें ढूँढ़ रही थी! क्या तुम्हें मेरा कोई मैसेज नहीं मिला?" उसे शायद मेरा जवाब नहीं चाहिए था। वह फिर रवि की ओर इशारा करती हुई बोली, "इसके मन में खलबली मची हुई थी कि साक्षी घर से तो रिहर्सल के लिए निकली है फिर गयी कहाँ। आजकल यह मेरा अभिभावक बना हुआ है। इसलिए मेरी हर समय इसे चिन्ता सताती रहती है। इसके लिए मैं अभी भी सोलह बरस की हूँ।" और कहकहा लगाकर हँस पड़ी।

मेरे पेट की माँग साक्षी के इसरार से अधिक ताकतवर थी इसलिए मैं अपनी बात पर अड़ा रहा लेकिन साक्षी मेरा हाथ पकड़कर लगभग मुझे खींचते हुए अपनी गाड़ी की ओर ले गयी और फिर रवि से बोली, "हम घर चल रहे हैं। तुम आ जाना, वहाँ दत्त भी आ रहा है।" रवि को मेरी हाज़िरी अच्छी नहीं लग रही थी। इसे मैं महसूस कर रहा था, जिसे शायद साक्षी महसूस करना नहीं चाहती थी। कार स्टार्ट करते हुए साक्षी ने कहा, "इस रवि का दिमाग खराब हो गया है, इसकी समझ से बाहर की बात है कि इसके नाटक के सिवा भी दुनिया में और भी बहुत से काम हैं। मुझे ब्रेक मिला है मोहसिन खान! एक टीवी सीरियल की प्रमुख भूमिका के लिए मेरा चुनाव हुआ है। यह छोटी-सी बात इसकी समझ में नहीं आ रही। उन्हें एक नये लड़के के चेहरे की तलाश है, मैंने रवि से कहा है, अब देखते हैं, यह मानता है कि नहीं।

"मानेगा क्यों नहीं? ऐसे मौके बार-बार तो मिलते नहीं।"

"ठीक कह रहे हो मोहसिन खान तुम! परन्तु यह बात उसकी खोपड़ी में नहीं घुस रही। मैंने ही दत्त को रोका था। वह तो विज्ञापन दे रहा था, नये चेहरे की तलाश के लिए। मैंने उसे कहा कि पहले वह मेरी पहचान के लड़कों को देख ले, पसन्द न आने पर विज्ञापन या फिर उसके दिल में जो आये वह करे।"

मैं साक्षी के साथ कार में बैठ तो गया और कार मध्यमार्ग से होती हुई किशनगढ़ की तरफ भागने लगी लेकिन मेरी चिन्ता दूसरी ही थी कि लौट कर वहाँ से आऊँगा कैसे। जेब में केवल दो रुपये थे और बस से लौटने के लिए भी कम से कम पाँच रुपये तो चाहिए ही थे।

किशनगढ़ जब हम पहुँचे तो दो बज चुके थे। कार से उतरकर साक्षी और मैं

बाहर खड़े रहे ताकि रवि आ जाए तभी अन्दर चला जाए। मेरा मन हुआ मैं साक्षी से कहूँ कि क्या वह पहले कभी तुम्हारे घर नहीं आया? लेकिन मैं कुछ नहीं बोला और चुपचाप उसके साथ बाहर खड़ा हो गया जब कि मेरी टाँगें जवाब दे रही थीं। भूख से यूँ भी मेरा बुरा हाल हो रहा था। लेकिन मरता क्या न करता। उस बड़े-बड़े पेड़ों से घिरे फार्म हाउस में, जहाँ भी नज़र दौड़ाओ तो केवल फूल-पौधे ही दिखाई दे रहे थे। उनसे छन कर आती हवा में तैरती खुशबू पेड़ों पर लदे-फदे फलों का एहसास कराने के लिए काफी थी। मौसमी फूल माहौल को और खुशनुमा बना रहे थे। लेकिन गमलों में कुछ ऐसे पौधे सज रहे थे जिनसे मैं पहली बार रूबरू हो रहा था। इन सबके बीच पेड़ों से छन कर आती अमरूद और अन्य फलों की महक मेरी भूख को और भी चमका रही थी। मैं इस खुशबू से सराबोर होते हुए साक्षी के घर के बाहरी तामझाम में उलझ रहा था कि इसी बीच अन्दर से एक आदमी आया। शायद वह वहाँ काम करने वाला रहा हो। उसने आकर बताया कि काफी देर से कोई साहब अन्दर प्रतीक्षा में बैठे हैं। उसकी बात सुन साक्षी बेइख़्तियार होकर बोली, "तो इसका मतलब है दत्त हम से पहले ही आ गया है।" इतना कह वह ख़ामोश होकर अन्दर की ओर भागने ही वाली थी कि रवि भी आ गया उसे देखते ही साक्षी हड़बड़ी में बोली, "अब देखो रवि, अन्दर दत्त आया हुआ है। तुम कोई गड़बड़ मत करना। तुम दोनों चुपचाप अन्दर आ जाओ, कुछ कहने-सुनने की ज़रूरत नहीं है।" साक्षी जाने लगी। उसे रोकते हुए रवि बोला, "देखो साक्षी, तुम भी कोई गड़बड़ मत करना। मैं रंग अभियान के लिए जो नाटक तैयार कर रहा हूँ उसके मंचन से पहले और कोई काम करना नहीं चाहता। तुम तीन दिन से रिहर्सल पर नहीं आ रही हो, ऐसे कब तक चलेगा और अब यह दत्त बीच में कहाँ से आ गया, ज़रा कहो तो तुम्हारा इरादा क्या है?"

"मेरा इरादा साफ है। इसे रवि तुम अच्छी तरह से जानते हो और इस गलतफ़हमी में तो मत रहो कि मैं रोज़-रोज़ रिहर्सल के लिए आऊँगी। रीडिंग मैंने कर ली है और मुझे अपना रोल समझ भी आ गया है। तुम बाकी सबको तैयार कर लो फिर मैं अन्तिम एक दो रिहर्सल के रहते आप लोगों को ज्वॉयन कर लूँगी। मुझे तो दो-एक रिहर्सल ही चाहिए होंगी आपस में तारतम्य बिठाने के लिए। अभी तो देखते हैं दत्त कहता क्या है। आओ तुम भी जल्दी से अन्दर।"

"रुको साक्षी! तुम यह कैसी बात कर रही हो। मेरी कुछ समझ में नही आ रही तुम्हारी बात। एक अनुशासन होता है प्रत्येक काम का और मैं अपनी तरह से ही काम करता हूँ, मेरे साथ तुम्हें काम करना है तो मेरी तरह से ही करना होगा। रिहर्सल के लिए तो रोज़ ही आना पड़ेगा तुम्हें।"

"अपनी बात अब तुम बाद में समझाना, पहले अन्दर चलो। जाने कब से दत्त बैठा है और इतना इतमिनान रखो कि मेरी वजह से तुम्हारा नाटक ख़राब नहीं होगा।"

उन दोनों के बीच मैं अपने आपको फ़ालतू-सी चीज़ समझने लगा था। मन के एक कोने से यह भी आवाज़ आयी— मोहसिन खान तू बेकार ही इन लोगों में घुस आया है।

अन्दर पहुँचते ही साक्षी ने दत्त से क्षमा माँगी अपने देर से पहुँचने के लिए। दत्त कुर्सी पर अधलेटा था। वह उसी तरह ही बैठा रहा। मुझे वह देखने से कहीं से भी ऐसा नहीं लग रहा था कि वह किसी रचनात्मक काम से जुड़ा होगा। वह मुझे एक मोटे बैंगन की तरह ही लग रहा था, या फिर मानो किसी परचून की दुकान का मालिक। मैंने मेज़ से एक मैगज़ीन उठाई और एक कोने की कुर्सी पर बैठ उसके पन्ने पलटने लगा। वह एक सिने मैगज़ीन थी। अचानक एक फोटो देख मैं हैरान रह गया। वह दत्त की ही फोटो थी। मैं उस मजमून को पढ़ना चाह रहा था लेकिन मेरा सारा ध्यान उस कमरे में चल रही बहस पर था। मैगज़ीन तो एक बहाना था उस समय मेरे लिए।

मेरे कानों ने सुना दत्त फरमा रहा था, "...नहीं शायद मैं ही कुछ जल्दी आ गया।" साक्षी बड़ी आज़िज़ी से दत्त को खाने के लिए कह रही थी। लेकिन दत्त खाने के लिए इनकार कर रहा था। उस पर साक्षी की दरख़्वास्त का कोई असर नहीं हो रहा था। वह कुछ कुछ बेरुखी से ही फ़रमा रहा था कि अब खाना खाने का समय नहीं रहा उसके पास। आख़िर में जो बात उसने कही वह शायद साक्षी को सदमा दे गयी हो, ऐसा मैंने सोचा। वह बता रहा था कि उसने कुछ लड़के-लड़कियाँ अपने होटल में बुलावा रखे हैं, तुम लोग भी अब वहीं आ जाओ, वहीं सारी बातें तय हो जाएँगी। चाय तो मैं तुम्हारी ग़ैरहाज़िरी में ही पी चुका हूँ, अब मैं चलूँगा।"

"दत्त मैंने तुम्हें कहा था न, कि पहले मेरी पहचान के लोगों से मिल लो, यदि उनसे तुम्हारा काम न चले तो फिर बाहर से किसी को भी बुला लेना, फिर क्यों वहाँ भीड़ इकठ्ठी कर ली तुमने?" साक्षी ने ख़फ़गी से कहा और फिर वह यकायक ख़ामोश हो गयी। मैंने मैगज़ीन को थोड़ा नीचे सरकाया ताकि मुझे साक्षी का चेहरा नज़र आ जाए। अब मेरी नज़र उन दोनों पर थी। दत्त अपेक्षा के विपरीत साक्षी की शुस्ता ज़ुबान सुनकर भी बड़ी नफ़ासत और प्यार भरे अन्दाज़ से उसकी तरफ देखते हुए फरमा रहा था, "मेरी जान फ़िक्र क्यों करती हो? होगा तो सब तुम्हारी मर्ज़ी के मुताबिक ही। क्या हुआ वहाँ यदि कुछ लोग जमा हो भी रहे हैं तो, तुम जिस पर अंगुली रखोगी उसी का ही चुनाव होगा। तुम मेरी तकलीफ़ भी समझो। मेरे पास इतना समय ही कहाँ है कि दो-दो बार लोगों को बुला पाऊँ। कल तो हर हाल में मुझे यहाँ से जाना ही है। साक्षी की साँसें तेज़ चलने लगी थीं। उसकी मांसपेशियाँ तनाव से खिंच गयी थीं जिससे उसका नाजुक बदन तन सा गया था। सुर्ख़ चेहरा उसे और भी खूबसूरत बना रहा था। और दत्त मुझे ज़रूरत से भी ज्यादा कांइयाँ लग रहा था।

साक्षी को शायद दत्त की बात पर विश्वास नहीं आया था। शायद उसे ऐसा लग रहा था कि आज उसकी इच्छा का ख़ात्मा हुआ चाहता है। उसके हाथ आया यह सुनहरा मौका छिन रहा है। वह कभी रवि और कभी दत्त की ओर लाचारी से देख रही थी। दत्त साक्षी का कन्धा थपथपाते हुए बोला, "अच्छा मैं चलता हूँ और हाँ, साक्षी तुम भी अपने लोगों को वहाँ बुला लो, वहाँ मैं देख लूँगा उन्हें भी। ऑडिशन तो सब की हो जाने दो। रखूँगा उसे ही जिसे तुम कहोगी। कम-से-कम आज यह काम हो जाना चाहिए।" दत्त के इतना भरोसा दिलाने पर भी साक्षी के चेहरे पर नाउम्मीदी के बादल छा गये, उसने तेज़ नज़रों से रवि की ओर देखा और दत्त से बोली, "दत्त साहब! मैं रवि को लायी थी..." दत्त अब तक कमरे से बाहर निकल गया था। साक्षी उसके पीछे जैसे भाग रही हो। रवि अपनी जगह पर ही खड़ा रहा। दत्त एक लम्हे के लिए रुका और बोला, "मैंने कहा न साक्षी कि तुम लोग भी वहीं आ जाओ।" फिर मेरी ओर देखते हुए बोला, "अरे भाई क्या नाम है तुम्हारा... हाँ खान! तुम भी चले आना।" वह किसी भी बात के जवाब का इन्तज़ार किये बिना तेज़ कदमों से अपनी गाड़ी की ओर बढ़ गया।

मेरा इस ग़ैररोमानी और बोझिल माहौल में दम घुटने लगा था। और मैं वहाँ से भागने का रास्ता तलाशने लगा कि तभी दत्त को छोड़ साक्षी कमरे में लौट आयी और रवि से भिड़ गयी। मैंने एक बार फिर अपना चेहरा मैगज़ीन के पीछे कुछ उसी तरह से छिपा लिया जैसे दत्त के रहते मैं बैठा हुआ था।

खाना मेज़ पर लग चुका था शायद साक्षी को इस बात का भी रंज था कि दत्त खाये बिना ही चला गया। ख़ैर अपन का पेट रोटी माँग रहा था जब कि साक्षी और रवि के दरमियान गुपचुप जंग छिड़ी हुई थी। साक्षी तेज़ नज़रों से रवि को देख रही थी। मेरे पेट को रोटी की और मेरे ज़हन को नाटक को लेकर फ़िक्र थी। मैं साक्षी का ध्यान अपनी ओर खींचना चाहता था, लेकिन कर कुछ भी न सका। मेरे सब्र का ख़ात्मा हुआ चाहता था और उन दोनों का झगड़ा बदस्तूर जारी था। रवि कह रहा था, "अरे भाई बिगड़ती क्यों हो। जा तो रही हो उसके पास, हिरोइन का ना भी सही कैसा भी—कोई भी छोटा-मोटा रोल वह तुम्हारी झोली में डाल ही देगा, चिन्ता क्यों करती हो।"

"रवि! बाज आओ।"

"मान गये साक्षी हम तुम्हें भी," रवि साक्षी को अब खींच रहा था। फिर मेरी ओर मुखातिब होकर बोला, "क्यों मोहसिन खान! है न मेरी बात ठीक, कि सभी को अपनी मूरत को टीवी पर देखने की चाह होती है।"

"तो क्या तुम्हें नहीं है?" मेरे बोलने से पहले ही साक्षी बोल पड़ी।

"मुझे भी है साक्षी, मैं भी फिल्मों और टीवी में जाना चाहता हूँ परन्तु तुम्हारी

तरह मैं पागल नहीं हुआ हूँ। जो काम कर रहा हूँ उसके एवज़ में तो कभी नहीं। तुम्हारी तरह नाटक को बीच में छोड़ कर मैं किसी सीरियल में जाने की सोच भी नहीं सकता। और न ही कभी तुम्हारी तरह किसी भी रोल के लिए भीख माँगूगा।'' रवि सिर हिलाता हुआ बोला।

''तो तुम क्या समझते हो मैं दत्त से भीख माँगती फिर रही हूँ?''

मुझे एक हद तक रवि की बातों में दम लग रहा था। ऐसा तो कभी कोई नहीं करता जैसे साक्षी कर रही है। अरे शक्ल सूरत अच्छी है, प्रतिभा की भी कोई कमी नहीं है, अच्छे रसूख भी रखती हैं। फिर क्यों इस तरह कर रही है, मेरी समझ से बाहर की बात थी यह। फिर यूँ हाथ में लिए हुए काम में दिलचस्पी न लेकर यह कभी किसी के पीछे घूमने लगती है कभी किसी के। यह भी हो सकता है कि कभी कोई इसे घेर लेता है, कभी यह ख़ुद ही लोगों से घिर जाती हो।

मेज़ पर रखा खाना ठंडा होने लगा था। साक्षी का उस ओर ध्यान भी नहीं था वह अपने सिर को दोनों हाथों में थामे बड़े सोफे पर बैठ गयी थी। रवि उसके सामने उस सिपाही की तरह बैठा था जो जंग में बुरी तरह से पिट कर आया हो।

मैं साक्षी से जाने के लिए इजाज़त लेना चाहता था। उनके बीच चल रही जंग मेरी बरदाश्त के बाहर हो रही थी, क्योंकि न तो मुझे उनकी बातों में कोई दिलचस्पी ही थी और न ही मेरा उन बातों से कोई वास्ता ही था। परन्तु साक्षी ने यह कह कर मुझे रोक़ लिया कि खाना खा कर दत्त से मिल कर ही अब तुम जाना। न चाहते हुए भी मैं उन दोनों के बीच बना रहा। रवि और साक्षी में तनातनी जारी थी। यह अलग बात है कि साक्षी और रवि में मतभेद होने पर भी साक्षी उसके साथ काम करना चाहती है। और चाहती है कि दत्त उसके साथ रवि को ही ले। यह दीगर बात है कि उसका यह ख्वाब पूरा होता भी है। यूँ यह जरूरी भी नहीं है कि दत्त रवि को रख ही ले।

आज मैं कह सकता हूँ कि कैम्पस में साक्षी को लेकर जो भी अफवाहें फैलाई जाती रही हैं या फिर फैली हुई हैं उनकी कोई बुनियाद नहीं है। कई बार नज़रें धोखा दे जाती हैं। कई बार सुनी गयी बातों में सच्चाई वैसी नहीं होती जैसी समझी जाती है। लोग क्या कहते हैं यह बात मायने नहीं रखती, असल बात है कि हम अपने लिए क्या सोचते हैं, क्या समझते हैं और क्या चाहते हैं।

सामाजिक दबावों में घिर कर तो आदमी कुछ अलग हट कर बेहतर नहीं कर सकता। यूँ भी समाज का जितना हम पर हक़ है उतना उसे लौटाना भी तो हमारा फ़र्ज बनता है। लेकिन यह कहीं नहीं लिखा कि उसके लिए अपनी इच्छाओं को ही दाँव पर लगा दो।

किसी का भी क्या हक़ बनता है यह पूछने का या फिर यह जानने का, कि कौन क्या करता है? किसके साथ किसके क्या रिश्ते हैं? कौन कहाँ जाता है, किसके पास

कौन आता है? इसका हिसाब-किताब रखने वाले हम होते कौन हैं।

साक्षी का राजपाल से जायज़-नाजायज़ किस्म का कोई रिश्ता है भी, तो यह साक्षी का निजी मसला है कि उसे किसके साथ क्या और कैसा रिश्ता कायम करना है या फिर रखना है। दूसरा कैसे कह सकता है कि फलां रिश्ता पाक है औ फलां नहीं। किसी को भी किसी की ज़िन्दगी में ताक-झाँक करने की क्या ज़रूरत होती है यह बात मेरी समझ में आज तक नहीं आयी। हम क्यों हरेक के गार्जियन बन नसीहतें देते फिरते हैं। हर आदमी ने अपने लिए कोई न कोई मंज़िल तय की होती है जिसे वह पाना चाहता है। कोई क्यों गुमनामी की ज़िन्दगी बसर करे।

साक्षी अपनी कोई पहचान चाहती होगी। उसके लिए रास्ता साफ करने के बजाय उसके रास्ते में हम क्यों काँटे बो रहे हैं। वह जिस ज़िन्दगी को अर्सा पहले छोड़ आयी है, उसे वहीं क्यों सब देखना चाहते हैं। यह बात मेरी समझ से बाहर है। और यह रवि साक्षी से प्यार करने का दम भरता है क्या दे पाएगा उसे वह सब, जो वह चाहती है। वह दे भी क्या सकता है? किसी एक नाटक में कोई महत्त्वपूर्ण भूमिका! नहीं रवि साहब! वह भी तुम्हारे हाथ में नहीं है। साक्षी चाहे तो एक क्षण में तुम सड़क पर आ सकते हो। आदमी कितनी जल्दी अपनी औकात भूल जाता है। हरेक आदमी अपने लिए आज़ाद क्यों नहीं हो सकता?

साक्षी और रवि के बीच बातों का सिलसिला जारी था। मैं एक फालतू पत्थर की तरह वहाँ पड़ा अपने ख़्यालात का मक़बरा बनाने में जुटा था। मुझे लगने लगा था कि मैं यहाँ बिलकुल उस तरह ही पड़ा हुआ हूँ जैसे मकान बन जाने के बाद का कचरा, जिसे उठा कर बाहर फेंक दिया जाता है।

मैंने अपने जज़्बात पर क़ाबू पाया और माहौल का जायज़ा लेने के लिए साक्षी की ओर देखा कि खाने में अब क्या देरी है। मेरे पेट की दीवारों को भूख के छेनी हथौड़े उसी तरह तोड़ रहे थे जैसे किसी खस्ता हालत मकान को तोड़ा जा रहा हो।

मैंने देखा और मेरे कानों ने सुना कि रवि सलाहकार बनकर साक्षी को कुछ समझाने में मशगूल है। उन दोनों के लफ़्ज़ों में तल्खी आई हुई थी। रवि के मन में जो आ रहा था वह कहे जा रहा था जिसे सुनना शायद किसी को भी गँवारा न होता। साक्षी ने अब थोड़ी कड़वाहट से उसकी जानिब देखते हुए कहा, "देखो रवि मुझे तुम्हारी नसीहतों की ज़रूरत नहीं है। मुझे मालूम है मुझे क्या करना है।"

"पर मेरी एक बात का ध्यान रखना, कभी-कभी बहुत कुछ पाने के लिए बहुत कुछ गँवाना भी पड़ जाता है। ज़िन्दगी में कभी तुम्हें मेरी ज़रूरत पड़े तो मैं सदा हाज़िर हूँ।" कह कर रवि उठ खड़ा हुआ।

साक्षी उसे रोकते हुए बोली, "जा कहाँ रहे हो, खाना लग गया है खाकर जाना। फिर दत्त के पास भी तो जाना है।" साक्षी की बात सुनने रवि वहाँ खड़ा नहीं रहा।

मैंने भी जाने की इजाज़त चाही तो साक्षी बोली, "तुम कैसे जा सकते हो बैठो। खाना खाकर दत्त के पास साथ-साथ चलते हैं। देखते हैं हमारी किस्मत में क्या है! और क्या सच में ही दत्त हमें कुछ देना चाहता है या उसकी कोरी बातें ही हैं।" मैं चुपचाप वहाँ बैठ गया, क्योंकि मैं पेट की दीवारों की हिफ़ाज़त करना चाहता था।

मैं जब से साक्षी के घर से लौटा हूँ तब से बेचैन हूँ। दत्त मुझे और साक्षी दोनों को अपने नये सीरियल के लिए लेना चाहता है। मैं सोचता हूँ अगर मैं चला गया तो इन बच्चों का क्या होगा, मेरे मन में कई तरह के ख़्याल कौंध रहे थे। मैं कुछ भी फ़ैसला ले पाने में अपने को नाक़ाबिल पा रहा था। मैं अब यह भी जान गया था कि हर एक कामयाबी के पीछे पैसे का कितना बड़ा रोल है।

मेरा जो मिशन है जिस पर मैंने अभी पहला कदम ही रखा है, उसे कैसे बीच में छोड़कर जा सकता हूँ। एक दिन मैं अपने इस ख़्वाब को साकार होते देखना चाहता हूँ। जाने कब तक मैं अपने ही जज़्बात का गुलूकन्द खाता रहता कि राजीव मेरे पास आकर बोला, "क्या बात है दादा! आपने बताया ही नहीं कि वहाँ क्या हुआ, क्या आपने वहाँ काम करना स्वीकार कर लिया? क्या हुआ वहाँ, कुछ बताइये भी?"

"कुछ नहीं हुआ वहाँ, हुईं तो केवल बातें ही हुईं।" इतना कह मैंने विमल के बारे में उससे पूछा, "क्या वह चला गया?" उसने बताया कि वह वापिस कब आएगा?"

"नहीं कुछ भी कह कर नहीं गया, परन्तु चला गया है। कल उसका इंटरव्यू है।"

"चलो उसका काम बन जाए, यही दुआ है। कभी-कभी कुछ फ़ैसले करने बड़े ही मुश्किल हो जाते हैं।"

राजीव मेरे मुँह की ओर देखता रह गया।

राजीव जब कभी हैरान होता है तो उसके चेहरे पर बच्चों जैसी मासूमियत छा जाती है। वह मासूम-सा लगने लगता है। ऐसे लम्हात में मैं उसे अपनी बाहों की गिरफ़्त ले लेना चाहता हूँ और मन उसे दुआ देने लगता है।

मैं इसी कशमकश में था कि राजीव को साक्षी के घर में हुई बात कहूँ या नहीं? जाने क्या सोचेगा राजीव। बस इस बात के डर से मैं उसे कुछ कहने में अपने आप को नाक़ाबिल पा रहा था। ख़्याल आता कि अगर मैं चला गया तो यहाँ का काम कैसे चलेगा और कभी ख़्याल आता कि मेरे सब अज़ीज़ मेरे बारे में कुछ ग़लत न सोच लें।

जाने कितनी देर मैं इस ग़ैरयक़ीनी हालत में रहा फिर मैंने मरदाना वार करते हुए राजीव से दिल की बात कह ही दी। राजीव ने बड़े इतमिनान से मेरी बात सुनी और मुझे हिम्मत दी। उसका कहना था कि इधर का सारा काम वह देख लेगा। पैसा कहीं

से भी आये, हमारे लिए वही ठीक है।

अब मुझे एहसास हो रहा था कि मैं अकेला नहीं हूँ मेरे साथ और भी हैं जो मेरी तरह ही सोचते हैं। राजीव ने मुझे यह कहकर सुर्खरू कर दिया था कि वह यहाँ का काम देख लेगा।

मेरे सेहन में जब आफ़ताब अपने को समेट रहा होता है और जब उसके साथ ही धीरे-धीरे चारों ओर सुरमई रंग छाने की तैयारी में होता है तब कई लम्बे होते साये मेरे सेहन में घिरने लगते हैं। यह लम्बे होते साये जब आपस में बतियाते हैं तो लगता है जैसे ढेरों चिड़ियाँ इक्कठा हो कर कोई गीत गा रही हों, उनके इस चहचहाने को कोई शोर का नाम भी दे सकता है। लेकिन मुझे लगता है जैसे बहुत ही कोमल सुरों का कोई मीठा संगीत चल रहो हो। मुझे हौले-हौले सूरज का रोशनी को निगलता हुआ सुरमई रंग बेहद पसन्द है। मेरे सेहन में पहुँचने के साथ ही बृजेश चाय ले आता है और राजेश नाटक की स्क्रिप्ट।

फिर शुरू हो जाता है एक नयी दुनिया का सृजन। मेरे लिए यह रचनात्मक कोशिश उस हकीकत से परिचित करवाती है जिससे आज तक मैं आँखें चुराता आ रहा था। उस सच को जानने का मतलब आज मेरे लिए शायद उतना नावाकिफ़ नहीं रहा था। दिन भर काम करने के बाद यह छोटे-छोटे बच्चे घर न जाकर मेरे सेहन में आ जुटते हैं। यह वह बच्चे हैं जो दिन भर बूट पॉलिश करते हैं—या फिर इसी तरह का कोई दूसरा काम करते हैं। मेरी झुग्गी के आस-पास बसने वाले यह बच्चे, किसी बड़े आदमी की तरह ही घर की ज़रूरतों की फ़िक्र करते हैं। बचपन क्या होता है शायद उनके नसीब में वह अलमस्ती ख़ुदा लिखना भूल गया है। लेकिन जब से मेरे साथ इन्होंने काम करना शुरू किया है, तब से इनके चेहरे उस तरह मुर्झाये हुए नहीं दिखाई देते, जैसे पहले दिखाई देते थे।

लगभग दो महीनों से चल रही नाटक की रिहर्सल का आज पहला शो है। और आज यह बच्चे काम पर ही नहीं गये। सुबह से तैयारी में लगे हैं और बहुत ही ख़ुश हैं, थियेटर के बारे में उनकी लगन देखकर ताज्जुब होता है। इसके पीछे का जज़्बा कुछ भी हो सकता है लेकिन यह क्या कम बात है कि थियेटर का नशा इन बच्चों पर छाने लगा है।

लेकिन कभी-कभी एक फ़िक्र ख़त्म होते ही दूसरी फ़िक्र चिपक जाती है। आज मेरा भी वही हाल हो रहा था। जब इस बात से मैं आज़ाद हुआ कि मेरे जाने पर

यहाँ सब ठीक-ठाक ही रहेगा तो मुझे आज के शो की फ़िक्र सताने लगी। जो हम कुछ ही देर में सेक्टर सत्रह के प्लाज़ा में करने वाले हैं। यह हमारे 'अक्स. का पहला शो है। हम चाहते हैं कि शो ऐसा जाए ताकि पहले शो से ही हमारे ग्रुप को वह पहचान मिल जाए जो हमें चाहिए। मैं अपने ख़्यालात में इतना खोया हुआ था कि मुझे एहसास ही नहीं हुआ कि आफ़ताब हमारे सिर से ऊपर जाकर हमें इशारा कर रहा है कि अब यहाँ से चलना चाहिए। मैं हड़बड़ी में बोल पड़ा, "सब तैयारी हो गयी क्या?" राजीव पास से गुज़रते हुए मेरी बात सुन कर हँस पड़ा। उसके हँसने की क्या वजह है, मैं नहीं समझ पाया और बोला, "हँस क्यों रहा है तू, मैं क्या पूछ रहा हूँ..." राजीव उसी तरह हँसता रहा। उसकी इस हरकत को देखकर मुझे गुस्सा आ रहा था। मुझे लग रहा था कि सब भूले हुए हैं कि आज शो है। राजीव ने हँसते हुए ही कहा, "दादा आप कर रहे हैं सीरियल में काम, हम नहीं। आप उठिए और चलिए! बच्चे कब के जा चुके हैं। मैं तो आपके लिए ही यहाँ रुका हुआ हूँ। केतकी बच्चों के साथ चली गयी है।"

मैं उखड़ा हुआ ही बोला, "ढोल वग़ैरा सब रख लिये थे न?" मेरी बात के जवाब में राजीव ने इतना ही कहा, "सिर्फ आपको ही लेकर जाना है, बाकी सारा सामान पहुँचा दिया है।" उसके कहने का अन्दाज़ कुछ-कुछ इस तरह का था मानो मैं भी एक असबाब ही हूँ उसके लिए। मैंने उसकी बात सुनकर मज़ाक करते हुए कहा, "अच्छा तो तुम अब मुझे असबाब समझने लगे हो?" मेरी बात सुन वह हँस दिया, बोला कुछ नहीं।

जब हम प्लाज़ा पहुँचे तब ढोलक की थाप हमें लालबत्ती पर ही सुनाई दे गयी जिससे पता चल रहा था कि केतकी ने माहौल को गरमाने का काम शुरू कर दिया है। एक बड़ा-सा दायरा बनाकर काफी लोग खड़े थे। वहाँ काफी भीड़ जुटी हुई थी। हमें गोल दायरे को तोड़ कर अन्दर घुसने में दिक्कत पेश आ रही थी। लोग समझ रहे थे कि हम भी तमाशा देखने के लिए ही आगे बढ़ना चाह रहे हैं। ऐसे में उन्हें कौन यकीन दिलाता कि हम दर्शक नहीं बल्कि नाटक के क़िरदार ही हैं।

बृजेश ढोलक बजाने में मस्त था और पास खड़े बच्चे इशारे के इन्तज़ार में थे कि कब इशारा हो और वह नाटक शुरू करें। मैंने चारों ओर नज़र उठा कर देखा तो टीवी कैमरा के साथ एक मोहतरमा दायरे को तोड़ कर अन्दर आने के लिए घुसपैठ कर रही थीं। उसके साथ ही कुछ अखबारनवीस भी मुझे दिखाई दिये। हम सबमें एक हौसला-सा आ गया। मुझे केतकी की तरफ से की जाने वाली कोशिशों ने उम्मीद की एक नयी रौशनी दी।

नाटक की पहली प्रस्तुति उम्मीद से कहीं अच्छी गयी। मैं अपनी और 'अक्स' की इस कामयाबी को देखकर खुश था। और केतकी मुझसे भी ज़्यादा।

हमारी पहली पेशकश देखकर कोई नहीं कह सकता था कि बच्चे पढ़े-लिखे नहीं हैं। हम सभी बहुत खुश थे क्योंकि अन्दाज़े से कहीं ज़्यादा पैसा इकट्ठा हुआ था। नशेड़ी और झुग्गी झोंपडी के बच्चों को लेकर मेरा यह पहला कामयाब तजुर्बा था।

मैंने तब यह फैसला लिया कि नाटक से इकट्ठा हुआ यह पैसा बच्चों में तक्सीम करने के बजाय इससे बच्चों को कुछ कपड़े या फिर उनकी ज़रूरत की चीज़ें ही उन्हें लेकर दी जाएँ।

नाटक के ख़त्म होने पर हमने बच्चों को नाश्ता वग़ैरा करवाकर बृजेश के साथ घर भेज दिया था। हम तीनों यानि कि मैं, केतकी और राजीव बाज़ार निकल गये। लगभग दो घंटों में हमने सब बच्चों के लिए कुछ न कुछ ले लिया था। मुझे चाय की तलब हो रही थी, इसलिए किसी को कुछ कहे बिना ही मैं पेड़ के नीचे बैठे चाय वाले के पास खड़ा हो गया मेरे पीछे आती हुई केतकी बोली, ''क्या बात है मोहन प्यारे! आज तो तुम्हारी खुशी...'' ''रुको! रुको!! केतकी पहले मुझे यह बताओ तुम मेरा और कितना नाम बिगाड़ोगी?'' मैं उसकी बात के बीच ही बोल पड़ा।

''चलो कुछ तो बोले, मेरे साथ दोस्ती रखोगे तो तुम्हारा नाम तो बिगड़ेगा ही।''

''क्यों! क्यों!! क्यों!!! भाई क्यों बिगड़ेगा नाम?''

''क्यों नहीं बिगड़ेगा भला? इतना लम्बा नाम है तुम्हारा मोहसिन खान! इसे लेते-लेते तो आधा युग बीत जाए। आज से तुम मेरे लिए बस हुए मोहन प्यारे।''

''देख रहा हूँ केतकी तुम पर फिल्मों का बहुत असर हो रहा है। तुम्हारा जो जी में आए वही कहो लेकिन इतना तुम जान लो मैं जो कुछ हूँ वही रहूँगा, मेरी पहचान को तुम मिटा नहीं सकतीं।''

''क्या कह रहे हो खान! मैं तो मज़ाक कर रही थी, तुम तो नाराज़ ही हो गये?''

''केतकी। कमाल की हो तुम और तुम्हारी बॉडी लैंग्वेज़! पूरी की पूरी सवालिया निशान की तरह खड़ी दिखाई दे रही हो। सीधी हो जाओ यह घर का डाइनिंग रूम नहीं, बाज़ार का एक कोना है।'' इतना कहने के साथ ही मैंने गला फाड़ एक फर्शी कहकहा लगाया उसमें भीगते हुए केतकी बोली, ''कैसे हँस रहे हो, यह तुम्हारा घर नहीं, बाज़ार है।'' केतकी ने एक लम्हा भी नहीं गुज़रने दिया मेरी बात मुझी को लौटाने में।

अभी चाय आने में देर थी। हम इन्तज़ार कर रहे थे कि सामने से शेखर आता हुआ दिखाई दे गया और राजीव हमसे कुछ कहे बिना ही उसके पास चला गया। केतकी ने हैरानी से उसकी तरफ देखा लेकिन मेरा मन उखड़-सा गया। मैं केतकी को क्या कहता। चाय आ चुकी थी, हम दोनों चुपचाप चाय पी रहे थे कि राजीव अपने साथ शेखर को लेकर आ गया। उसे देखकर बेसाख़्ता मेरे मुँह से निकल

गया—"शेखर तुम यहाँ 'प्ले' देखने क्यों नहीं आये?" मेरी बात के जवाब में शेखर मुझे ताज्जुब से देखते हुए बोला, " आश्चर्य है, आपने मुझे वहाँ नहीं देखा, मैं वहीं से तो आ रहा हूँ।"

घर पहुँचते-पहुँचते रात हो गयी थी। लेकिन मुझे हैरानी यह देखकर हुई कि सब बच्चे हमारे इन्तज़ार में बैठे हुए थे। मुझे देखते ही बृजेश बोला, "दादा! माँ जी आयी हैं।" मैं कुछ कहता उसके पहले ही राजीव ने शेखर को इशारा किया और वह दोनों वहाँ से एकदम उठकर चले गये। मुझसे कुछ कहे बिना ही। मैंने हैरानी से बृजेश से पूछा, "कौन माँ जी?"

"तेरी अम्मी," अम्मी ने कमरे से बाहर निकलते हँसते हुए कहा और चुप हो गयीं। मैं हैरतज़दा था अम्मी को देखकर। मुझसे कुछ कहते न बना। मैं उनकी तरफ बस देखता रह गया। अम्मी के सफेद-झक्क तराशे हुए बालों को देखकर मुझे उनके उम्ररसीदा होने का एहसास हुआ और लगा कि मैं एक अर्से के बाद अम्मी को देख रहा हूँ। अम्मी भी चुपचाप मुझे देखती रहीं। थोड़ी देर हम दोनों के दरम्यिान चुप्पी का आलम रहा। फिर अम्मी ने जाने कैसी नज़रें मेरी ओर डालीं कि मैं सिहर गया। वह कुछ-कुछ ख़फ़गी से कह रही थीं, "कमबख़्त! तू नहीं जानता कि तुमने मुझे न मालूम कितनी नाकाबिले-बयान तकलीफ़ दी है। बताया तो होता कि तुम इस गन्दगी में रह रहे हो। मै तो हैरतज़दा हूँ कि तुमसे मिलना भी मुहाल हो गया। मैं तुम्हारे इस तरह से गायब होने को अपनी बदनसीबी न कहूँ तो और क्या कहूँ? कि अपना ही बच्चा हम से पीछा छुड़ाना चाहता है।"

मैंने अम्मी की बात को पीते हुए बृजेश से पूछा, "अम्मी को चाय-वाय पिलाई या...?" जवाब अम्मी ने ही दिया, "वह सब तो हो चुका है। उसकी तुम अब फ़िक्र न ही करो तो अच्छा है, लेकिन तुम मुझे यह बताओ कि तुम यहाँ इस जगह किस इरादे को लेकर आये हो और यहाँ इस माहौल में क्या करना चाहते हो?"

मैं अम्मी की तकलीफ़ को महसूस तो कर रहा था लेकिन मैं ज़ाहिरा तौर पर पुरसुकून ही रहा और बोला, "अम्मी! आप आराम करें। इन लोगों से निपट लूँ, फिर आप से बात करता हूँ। लेकिन आप अकेली और बिना बताए कैसे यहाँ तक पहुँचीं? तमाम रास्ते की तकलीफ़ों के लिए मैं माफी चाहता हूँ। एक बार मुझसे कहा तो होता। मैं आपके हजूर मे हाज़िर न हो जाता। आपको कैसे मालूम हुआ कि मैं यहाँ हूँ, इतनी परेशानी उठाने की क्या ज़रूरत थी?"

"दुरुस्त फ़रमा रहे हो बिटुआ! मैं तुमसे मुतास्सिर हुई, खूब बोलना सीख गये हो। क्या बात है, जो तुमने हमारे साथ किया है, क्या हक़ीकत में क़ाबिले-ज़िक्र है? बोलो तो लख़्ते-जिगर! कहाँ लिखती तुम्हें, कहाँ बतलाती अपनी तकलीफ़!! तुम अपने गिरेबान में झाँक कर तो देखो कि तुम जो बोल रहे हो उसमें कितनी सच्चाई है।

आज पूछ रहा है कि कैसे मैं यहाँ तक पहुँच गयी? अरे, तुझे मेरी फ़िक्र होती तो बच्चुआ, तू मुझे ख़त न लिखता। तेरी अम्मी हूँ न, इसलिए तुझ तक पहुँच ही गयी जैसे-तैसे कर के। अब यह पूछने का हक तो तू खो ही बैठा है कि पूछे कि मैं यहाँ तक सही सलामत कैसे पहुँच गयी। ख़ैर, जो हुआ सो हुआ। अब तो तू अपना काम निपटा ले फिर ही मैं तेरे साथ बात करती हूँ।'' अम्मी ने तल्ख़ी से कहा और एकदम पीछे मुड़ी, कमरे में जाने के लिए। मैंने देखा वह अपनी ओढ़नी से आँखें पोंछ रही थीं। मैंने अपने दिल के अन्दर दर्द की चमक को महसूस किया लेकिन मैंने अपने ज़ेहन में नक्श की तरह छप चुके इस दर्द को अन्दर ही अन्दर दफ़न करते हुए बीरू से कहा, ''जाओ बीरू हम सबके लिए चाय तो ले आओ,'' क्योंकि मैं अपने दिल पर अभी अभी बरपे इस दर्द को किसी को भी दिखाना नहीं चाहता था। फिर केतकी को तो कतई नहीं। मैं उसी तरह दिखना चाहता था जैसे कुछ हुआ ही न हो। इसलिए मैंने हर रोज़ की तरह पेश आते हुए केतकी से कहा, ''मैं सोचता हूँ कि अब बाकी का सारा काम कल देख लेंगे। अभी वक़्त भी बहुत हो गया है। यह सामान अभी तुम रख दो, कल बच्चों में बाँट देंगे। अभी तो अम्मी को देखता हूँ। जाने वह अकेली यहाँ तक कैसे पहुँच पाई होंगी?''

केतकी ने सामान समेट कर एक तरफ रखते हुए कहा, ''ठीक है जैसा तुम सही समझो। लेकिन एक बात मेरी समझ में नहीं आयी कि यह लोग क्यों इस तरह भाग गये।''

''कौन लोग?''

''राजीव और शेखर।''

''मुझे भी इस बात का कोई इल्म नहीं है। चलो केतकी यह सब बातें फिर हो जाएँगी। आज अगर हम बच्चों को चीज़ें तकसीम कर पाते तो उन्हें ज़्यादा खुशी होती, लेकिन यह हो नहीं सकता।''

''मेरी समझ में तुम्हारी यह बात भी नहीं आ पा रही है कि तुम इन बच्चों को पैसा न देकर यह चीज़ें क्यों दे रहे हो। जबकि तुमने तो वहाँ बहुत चिल्ला-चिल्ला कर कहा था कि इन बच्चों को तालियों की नहीं, पैसे की ज़रूरत है। तालियों के स्थान पर इनके हाथ पर यदि आप थोड़े से भी पैसे रखेंगे, तो इन्हें अधिक खुशी मिलेगी। अब वह बातें कहाँ गयीं?''

मैं केतकी की बात सुनकर हैरान रह गया। क्योंकि मैं ऐसा सोच भी नहीं सकता था कि केतकी को भी मुझे कुछ बताना पड़ सकता है। लेकिन मैंने अपने पर क़ाबू रख कर कहा, ''क्या तुम नहीं जानती कि अगर इन बच्चों को पैसा दिया तो इनके सारे पैसे दारू में बदलते कितनी देर लगेगी! जो बाप अपनी दारू के लिए इनसे काम करवाता है और इनकी कमाई पर सिर्फ अपना ही हक़ समझता है, वह क्या इस पैसे

को जिस पर केवल इन बच्चों का अपना ही हक़ है, वह पैसा भी क्या इनके पास रहने देगा? यह झुग्गियाँ हैं केतकी! यहाँ का दस्तूर वह नहीं है जिसे हमने जाना-समझा है।''

''ठीक कह रहे हो तुम, लेकिन हर तरह की गन्दगी भी तो यहीं है।''

''केतकी! अगर दुनिया का हर गुनाह यहाँ पलता है, तो उसकी ठोस वजह भी है। दारू से लेकर जुआ, चोरी-चकारी, जिस्मफ़रोशी करना इनके रोज़मर्रा के जीवन में यदि शामिल हैं तो क्या कभी उसे जानने-समझने की कोशिश भी की है किसी ने? यदि संजीदा होकर इनकी तकलीफ़ों को देखा जाए तो इनकी सारी वह वजहें जो आमतौर पर दिखाई नहीं देतीं ख़ुद-ब-ख़ुद सामने आती जाएँगी और उन सारी वजहों के इतने पुख़्ता वजुहात दिखाई दे जाएँगे जिन्हें आज तक किसी ने कभी सोचा भी नहीं होगा। यहाँ लोगों को अपना, अपने बच्चों का पेट पालने के लिए क्या-क्या नहीं करना पड़ता? इनकी दिक्कतों को जान लिया जाए तो एक लुकमा निगलना भी मुश्किल हो जाए। जो यह सब झेलते हैं उसके एवज में हम इन्हें देते क्या हैं, नफ़रत? भूखा आदमी क्या कुछ नहीं कर सकता? यह बच्चे जिन्हें स्कूल में होना चहिए, वह स्कूल के बाहर हमउम्र बच्चों के जूते चमकाते हैं। उनके दिल पर क्या गुज़रती होगी? क्या कभी किसी ने महसूस करने की कोशिश की है? शाम को घर लौटने पर दिन भर की मेहनत की कमाई जब बाप के हाथ में रखते हैं और बाप बेदर्दी से उस मेहनत के पैसे को दारू में बदलता है और कम पैसा लाने पर उतनी ही बेदर्दी से पीटता भी है, कभी इन बातों पर किसी ने ग़ौर किया है? यह बच्चे बाप के बँधुआ मज़दूर नहीं हैं तो और क्या हैं? गुलाम पैदा करते हैं यह लोग अपने लिए। क्या किसी को भी नहीं लगता कि गुलामों से बदतर है इन बच्चों की ज़िन्दगी! इन्होंने कभी नया कपड़ा नहीं पहना है, उतरन ही इनके लिए नये कपड़े हैं। मैं इन्हें थोड़ी-सी खुशी देना चाहता हूँ। यह कहते-कहाते थियेटर को चाहने वाले लोग कमीन कहीं के, स्साले सभी मुफ़्तख़ोर हैं। कभी पैसा खर्च कर नाटक नहीं देखेंगे, और दम भरते हैं कि वह थियेटर से प्यार करते हैं। तालियों की गूँज किसे खुशी नहीं देती? लेकिन क्या वह पेट में लगी आग को बुझा सकती है? इन बच्चों की ट्रेजडी यह है केतकी कि यह बच्चे नहीं जानते कि थियेटर भी रोटी नहीं दे सकता।''

मैं थोड़ी देर के लिए चुप हुआ तो केतकी ने मेरी बात पकड़ते हुए मुझसे कहा, ''यह जानते हुए भी कि थियेटर रोटी नहीं दे सकता, तो क्या तुम इन बच्चों को गुमराह नहीं कर रहे?''

''केतकी! मैं भी यह सवाल कई बार अपने से कर चुका हूँ। और जब-जब यह सवाल मैं अपने आप से करता हूँ तब-तब मुझे इस बात से राहत मिलती है कि अगर थियेटर के सही मायने समझ लिये जाएँ और सही मायनों में और सही दिशा में मेहनत

की जाए तो थियेटर पर लगे इस लांछन को धोया भी जा सकता है कि थियेटर में पैसा नहीं है। यह सच है कि मैं इनके पेट भरने का ज़रिया नहीं बन पा रहा हूँ जबकि इन बच्चों की पहली ज़रूरत तो भूख से लड़ने की ही है। जानते-बूझते भी जब मैं यह काम कर रहा हूँ तब मुझे इतना ही यह सब करने में सुकून मिलता है कि मेरे ज़रिये इन मासूमों के चेहरे खुशियों से खिल जाते हैं बस। लेकिन केतकी, मैं यह भी तो जानता हूँ कि मैं इन्हें गुमराह नहीं कर रहा हूँ। मैं इन्हें बेहतर ज़िन्दगी देने की कोशिश कर रहा हूँ। थियेटर इनके लिए वह सहारा हो सकता है जिसके ज़रिये यह अपने को आदमी समझें और अपने साथ होती आयी बेइन्साफ़ी का मुकाबला कर सकें।''

''बस, बस खान अब चुप हो जाओ। बोलने लगते हो फिर तुम चुप होने का नाम ही नहीं लेते।'' केतकी कुछ बेरुखी से बोली।

''देखो केतकी तुम चुप रह सकती हो लेकिन इनसानी ज़ेहन गुमराही में कभी भी सन्तुष्ट नहीं हो सकता और मेरी तलाश इन्हें इनके हक़ तक पहुँचाने की है, जिन्हें अभी यह जानते तक नहीं हैं। और भले ही इनकी पहली शर्त भूख से निपटने की है लेकिन केतकी भूख भी आदमी के अन्दर कई तरह की होती है। मेरे अन्दर भी है। मेरे सिर में भी भूख है, मेरे दिल में भी भूख है, और मेरे पेट की भूख से यह दोनों भूखें कहीं ज़्यादा ताकतवर हैं, तुम ही नहीं कोई भी यह नहीं समझ सकता कि मेरे बेज़ार होने की वजह क्या है!

''मैं समझता हूँ कि हमने थियेटर के जो आज तक दर्शक बनाये हैं वह नकली हैं, जेनुइन नहीं हैं, क्योंकि वह नाटक देखने नहीं तफ़रीह करने आते हैं। उसके लिए नाटक देखना सिर्फ तफ़रीह है। उससे आगे भी नाटक हमें कुछ देता है, वह इसे जानना-समझना ही नहीं चाहते। बस मेरी दिली ख़्वाहिश है कि थियेटर के ऐसे दर्शक तैयार हों जो जेनुइन हों। मुझे इस बात की तसल्ली है कि बच्चों को समझ आने लगी है कि दुनिया वही नहीं है जितनी इन्होंने देखी-सुनी है। उसके आगे भी बहुत कुछ है जो बहुत खुला है, एक आसमान ऐसा है जिसे वह छूना चाहते हैं लेकिन जैसे-जैसे इनकी समझ बढ़ती जा रही है वैसे-वैसे मैं अपने आप को अन्दर ही अन्दर इनका गुनाहगार भी मानने लगा हूँ। और केतकी फिर तुम्हारी बात भी मुझे सही लगने लगती है कि इन्हें अभी रोटी की ज़रूरत है, अभी इनकी ज़रूरत थियेटर नहीं है।

''लेकिन इस फ़िक्र को मैं अपने ऊपर हावी होने नहीं देना चाहता, क्योंकि जब तक यह अपनी इस ज़रूरत से ऊपर नहीं उठ जाते तब तक यह कभी तरक्कीयाफ़्ता ज़िन्दगी बसर नहीं कर सकते। जब इनके दिलोदिमाग़ में थियेटर का कीड़ा घुस जाएगा तब थियेटर इन्हें वह ज़िन्दगी देगा, जिसकी इन्हें चाह है। ऐसा मेरा यकीन है। अभी तो यह मेरे लिए नाटक करते हैं, जिस दिन थियेटर इनकी ज़रूरत बन जाएगा उस दिन, यह बेहतर जिन्दगी जीने की तरफ मुड़ जाएँगे। मेरा मन्सूबा कुछ

अलग ज़रूर हैं। मैं इन्हें क़ाबिल बनाना चाहता हूँ। उसके लिए कोशिश भी जारी है। देखें कब मेरा सपना पूरा होता है।''

केतकी कपड़े सँभाल चुकी थी। जैसे मेरी बातों को ख़ारिज करते हुए ही बोली, ''तुम इतना क्यों बोलते हो यह कभी मेरी समझ में नहीं आया। और यह बृजेश किस काम में उलझ गया है। चाय की क्या आवश्यकता है! अभी तो हम पी कर चले आ रहे हैं।'' केतकी को बिठाते हुए मैंने कहा, ''बैठो केतकी! हमने चाय पी है, बच्चों ने तो नहीं पी न। बस आता ही होगा बीरू, घर में न चाय पत्ती है, न दूध है और न ही है गैस। उसे समाप्त हुए तो चार-पाँच दिन हो गये। जब पैसा ही नहीं है तो कोई भी चीज़ कैसे आ सकती है। कुछ दिन हमारे साथ बिताओ केतकी! ताकि जान सको ज़िन्दगी किस बला का नाम है। उन आरामदेह गद्दों पर बैठ कर ज़िन्दगी की किताब नहीं पढ़ी जा सकती, तुम्हें जो सब तरफ सरसब्ज़ ज़मीन दिखाई देती है, तो यह भी जान लो कि सारी ज़मीन सब्ज़ नहीं है। यहाँ रेगिस्तान भी है। हाँ, बीरू बाज़ार से चाय लेने गया है तो वक्त तो लगेगा ही।''

''मोह! क्यों सोचते हो इतना। सब ठीक हो जाएगा। जब तुम हॉस्टल में थे, उस समय जो स्थितियाँ थीं, वह अब नहीं हैं। कुछ समय बाद यह स्थितियाँ भी नहीं रहने वाली हैं। तुम अपने बुने जाल से बाहर कब निकलोगे? दुनिया को अपनी नज़रों से ही मत देखो, कभी इन आँखों से भी देखने की कोशिश करो।'' इतना कहने के साथ ही केतकी ने अपनी अंगुली उठा कर आँखों के आगे रख ली और फिर बोली, ''जब तुम इन आँखों से दुनिया देखोगे तो तुम्हें वह इतनी बुरी नहीं दिखाई देगी जितनी अब दिखाई दे रही है।''

''हाँ! वही तो... वही तो! मैं भी यही कह रहा हूँ कि तुम मेरी आँखों से देखो इस दुनिया को। तब तुम जान पाओगी कि असलियत क्या है जो कुछ आज तक अपनी इन बड़ी-बड़ी आँखों से देखती आ रही हो उसे ही मेरी इन छोटी-छोटी आँखों से देखो तब तुम्हें सब साफ-साफ दिखाई देगा मेमसाहब! कि असल में सिदक क्या है? जब तक तुम्हरा दिमाग़ बन्द रहेगा तब तक जो तुम देखना चाहती हो वही दिखाई देगा। क्योंकि जितनी तुमने दुनिया देखी है वही सारी दुनिया नहीं है। लेकिन छोड़ो यह सब बातें, केतकी! तुममें वह जज़्बा कैसे आएगा जिसकी यहाँ ज़रूरत है। इस सोच के साथ तुम्हारे लिए थियेटर करना मुहाल है। इसलिए मैं कहता हूँ तुम शादी-वादी करो, दो-चार बच्चे पैदा करो और घर-बार चलाओ, कहाँ थियेटर में फँस गयीं?''

''मैंने तुम से सलाह नहीं माँगी है। अब दे ही दी है तो उसके लिए धन्यवाद भी स्वीकार कर लो। अकसर मुझे शक़ होता है कि जिस व्यक्ति को सुना जा रहा है, क्या सच में वही मोहसिन खान है? तुम एक ही समय में दो उल्टी बातें कैसे सोच लेते

हो? सोचती हूँ कहीं सच में ही तुम कहीं दोगले तो नहीं हो।''

''शुक्रिया केतकी! तुम्हारे इस फतवे का। तो मैं दोगला हूँ? तब तो तुम्हें वाकई ही मेरे साथ काम नहीं करना चाहिए। लेकिन आज तुमने मुझे जो दर्द दिया है क्या उसकी दवा मुझे ताउम्र नहीं मिल पाएगी!'' मेरी बात का केतकी कोई जवाब देती उसी समय खाली हाथ लटकाये बीरू मेरे सामने आकर खड़ा हो गया। उसे खाली हाथ आया देख मेरा हैरान होना कुदरती था। मैंने उसकी तरफ देखते हुए पूछा, ''चाय का क्या हुआ?'' बीरू के मुँह से इतना ही निकला, ''सर ...''

''कुछ कहो भी।''

''अब रहने दो खान चाय, मेरी बातों ने तुम्हें आन्तरिक पीड़ा पहुँचाई है उसके लिए तो मैं माफी ही माँग सकती हूँ, । यूँ मेरा मन तुम्हें दुख पहुँचाने का नहीं था। यह तो केवल मज़ाक की ही बात थी। अब मैं चलती हूँ, देर हो रही है, मुझे घर जाना है और तुम भी अपनी अम्मी को देखो।''

''बैठो केतकी, चाय तो बच्चों के लिए है। और सुनो, आगे से कभी ऐसा मज़ाक किसी से भी न करना कि सुनने वाले का कलेजा ही ज़ख़्मी हो जाय। और बीरू तुम क्या खड़े ही रहोगे कि कुछ कहोगे भी, चाय क्यों नहीं ला रहे?''

''सर ...''

''अरे भाई कुछ बोलोगे भी, यह सर, सर क्या लगा रखी है। राजीव कहाँ है?''

''बाहर बैठा हुआ है।''

''उसे अन्दर भेजो, बाहर क्यों बैठा हुआ है?''

''सर! समझा करो।''

''क्या समझूँ?'' बीरू फिर भी कुछ बोला नहीं टुकर-टुकर मेरी तरफ देखता रहा। जवाब में केतकी बोली, ''पैसा चाहिए,'' और उसने पर्स से 50 रुपये का नोट निकाल कर उसे देना चाहा परन्तु वह चुपचाप खड़ा रहा। मैं उसकी पशोपेश समझ गया और बोला, ''यह बोलो न कि उसने उधार देने से इनकार कर दिया है, बोल कितना पैसा है उसका जो हमें देना है?''

''चार सौ पचपन रुपये बनते हैं आज तक के।''

''यह ले पाँच सौ रुपये! चिन्ता मत कर, अभी दो दिन हम सब भर पेट खाना खा सकते हैं इतना पैसा है हमारे पास। अब जा और जल्दी से चाय लेकर आ।'' बृजेश फिर और वक़्त बरबाद किये बिना वहाँ से चला गया। मैंने केतकी से कहा, ''केतकी एक बात बहुत दिनों से कहना चाह रहा था लेकिन कह नहीं पा रहा हूँ। आज जब झगड़ा हमारे बीच जारी हो ही गया है तो मैं समझता हूँ वह बात भी अब कह ही दूँ।''

''कैसा झगड़ा? मुझे नहीं मालूम कि हमारे बीच कोई झगड़ा-वगड़ा भी चल

रहा है। मैं तो समझ रही थी कि हम तो अपने-अपने फंडे क्लियर कर रहे हैं। रही बात मुझे कुछ कहने की, तो उसके लिए तो तुम्हें इतना सोचने की ज़रूरत नहीं होनी चाहिए। कहो क्या कहना चाहते हो?''

''मेरे ख़्याल में साक्षी जो क़िरदार निभा रही है उसे तुम्हें नहीं हथियाना चाहिए था।''

''पहली बात तो यह है मोहसिन खान कि मैंने किसी का कुछ हथियाया नहीं है। तुम्हें ऐसा क्यों लगा, मैं नहीं जानती, लेकिन इतना तो तुम जानते हो कि वह लगातार कई दिनों से आ ही नहीं रही इसलिए ऐसा फेरबदल हुआ है।''

''कुछ भी हो लेकिन तुम्हें ऐसा सहयोग किसी को नहीं देना चाहिए जिससे दूसरे को चोट पहुँचे।''

''तुम क्या चाहते हो?''

''मैं क्या चाहता हूँ यह बाद की बात है। तुम्हें पहले यह तय करना होगा कि तुम्हें जाना किधर है। मेरे ख़्याल से तुम्हारा थियेटर में काम करने का फ़ैसला ही ग़लत है। लेकिन जब तुमने यह फ़ैसला ले ही लिया है, तो तुम्हें अब बैक स्टेज के काम में ही महारत हासिल करनी चाहिए और तुम ख़ुद भी तो यही चाहती हो। ऐसा मैं समझता हूँ। तो बस वही करो न। सब तरफ हाथ डालोगी तो कुछ भी तुम्हें हासिल नहीं होगा। तुम कास्ट्यूम में परफेक्ट हो जाओ और इसके साथ-साथ लाइटिंग करना भी जान लो, इसी फील्ड में क़ामयाबी हासिल करने की कोशिश करो। यही तुम्हारे लिए मुनासिब होगा।''

''यह तुम्हारी सलाह है या हुक्म समझूँ।''

''कुछ भी समझ लो।''

''ठीक है मैं तुम्हारी बात पर ग़ौर करूँगी। अभी मैं चलती हूँ, कल तय करेंगे कि अब हमें कौन-सा नया नाटक करना है।''

''नहीं, इसका आज ही फ़ैसला हो जाना चाहिए,'' अन्दर आते हुए राजीव बोला।

''ठीक है अभी तो चाय पीयो, आज और कुछ नहीं होगा। अम्मी आयी हुई हैं। मुझे उन्हें भी तो देखना है।''

साक्षी सभी के दिलों पर राज करने वाली एक ऐसी तितली है जो किसी के भी हाथ नहीं आती। और एक शाख़ से दूसरी शाख़ पर बैठना उसके लिए मामूली-सी बात है। आज के अख़बार में उसका इंटरव्यू छपा है। वह जानती है मीडिया में कैसे अपना ज़िक्र जारी रखा जा सकता है। उसे मालूम है कि कैसे लोगों को अपने वश में

किया जा सकता है। मैंने न रवि की और न ही केतकी की बात मानी थी लेकिन जाने किस अन्दाज़ से साक्षी ने मुझसे वो काम करवा लिया जिसे मैं यूँ कभी न करता। उसने मुझसे वायदा ले लिया था कि मैं 'रंग अभियान' में इस समय चल रहे नाटक में लाइटिंग का काम, या जो भी वह कहेगी वह मैं सँभाल लूँगा। इसलिए मुझे आज कैम्पस जाना ही था।

मैं जब 'रंगअभियान' के हाल में पहुँचा तो मुझे यह देख कर हैरानी नहीं हुई कि साक्षी मुझे बुला कर ख़ुद वहाँ नहीं थी। मैं जानता था कि आज साक्षी किसी भी सूरत में मुझे यहाँ नहीं मिल सकती। लेकिन मैं फिर भी अपने वायदे के मुताबिक यहाँ पहुँच गया। मुझे यह देखकर भी हैरानी नहीं हुई कि यहाँ साक्षी को लेकर ही चर्चा चल रही थी। रवि से लेकर जितने भी लोग वहाँ मौजूद थे सभी को इस बात से काफी तकलीफ़ थी कि साक्षी पर मीडिया इतना मेहरबान क्यों रहता है। उसकी इतनी चर्चा कैसे होती रहती है अखबारों में। क्या उसमें हम सबसे अलग या फिर बेहतर टैलेंट है? जबकि वह तो लगातार नाटक भी नहीं करती। ऐसा तो नहीं कि वो खुद-बखुद ऐसी स्थितियाँ पैदा कर लेती है जिससे उसे लेकर ही कुछ-न-कुछ अखबारों में छपता ही रहता है। किसी को भी यह बात कबूल नहीं थी कि साक्षी बहुत ही सोच समझ कर कदम उठाती है। यह उन्हीं क़दमों का ही कमाल है। वह जानती है कि किन लोगों से दोस्ती करने का कौन-सा, कैसा लाभ उठाया जा सकता है।

मेरी समझ में यह बात बिलकुल नहीं आ रही थी कि यहाँ सब क्यों उससे इस तरह पेश आते हैं? यह लोग क्यों नहीं वह सब बातें अख़्तियार कर लेते जो साक्षी कर लेती है। सब लोग साक्षी को लेकर एक से बढ़ कर एक बातें किये जा रहे थे, ऐसे ही समय में वहाँ चल रही बात से बेख़बर साक्षी ने कमरे का दरवाज़ा खोला और हवा के झोंके की तरह कमरे में दाख़िल हुई और आते ही रवि से मुख़ातिब होकर बोली, "अब कहिए रवि साहब कब शुरू कर रहे हो रिहर्सल या फिर यहाँ बातें ही होतीं रहेंगी। और मैं आज फिर कह रही हूँ कि मैं अब रोज़-रोज़ नहीं आ पाऊँगी। मुझे वैसे भी मालूम है कि मुझे करना क्या है। अब जब सब तैयार हो जाएँ तभी मुझे बुलाना। यूँ समय बरबाद करने का मेरे पास समय नहीं है।" फिर मेरी जानिब देखते हुए बोली, "अच्छा लगा तुम्हें यहाँ देखकर।"

"तुमने कहा था साक्षी! इसीलिए मैं नफे-नुकसान की परवाह किये बिना और न चाहते हुए भी मैं यहाँ चला आया। लेकिन तुम्हरा यहाँ आना मुझे अच्छा लगा।" फिर मैंने उन लोगों की ओर देखते हुए कहा, "तुम्हारे आने से यहाँ की फ़िज़ा ज़रूर बदल जाएगी।" साक्षी के होठों पर उदास-सी मुस्कराहट फैल गयी और उसी लहजे में बोली, "लगता है खान तुमने मेरी बात सुनी नहीं। मैं यहाँ रोज़-रोज़ आने वाली नहीं हूँ। जबकि तुम्हें तो रोज़ ही इन सबकी बकबक सुननी पड़ेगी।" साक्षी की बात

सुनकर मैं तो ख़ामोश रह गया लेकिन उसकी बात का जवाब दिया रवि ने— "अच्छा तो हम यहाँ सब बकवास करने आते हैं, जान कर खुशी हुई लेकिन मेरे नाटक में जो भी काम कर रहा है उसे तो रोज़ ही आना पड़ेगा।"

साक्षी की बात तो मुझे भी सही नहीं लगी थी। रिहर्सल पर रोज़ न आकर कैसे काम चल सकता था। लेकिन अब थियेटर उसके लिए पहली पसन्द नहीं रहा, तो कैसे यह सोच लिया जाए कि साक्षी आज भी उतना ही वक्त थियेटर को दे पाएगी जितना पहले दे सकती थी। इसके साथ ही जो दूसरी बात थी जिसकी तरफ रवि ध्यान देना ही नहीं चाहता। वह यह है कि साक्षी हो या फिर कोई और हो, जिस तरह रिहर्सल के वक्त फ़ालतू बातों से वक्त की बरबादी यहाँ होती है, उसे कोई क्यों बरदाशत करे। इसीलिए आज साक्षी ने कह ही दिया कि पहले सभी को तैयार कर लो वह दो-तीन रिहर्सल में ही क्वार्डिनेट कर लेगी। तभी रनथ्रू भी हो जाएगा, और ड्रेस रिहर्सल भी कर ली जाएगी। साक्षी का कहना भी ठीक था। असल में न साक्षी और न ही रवि दोनों में से कोई भी इस बात को समझने की कोशिश कर रहा था कि थियेटर के लिए की जाने वाली हर तरह की कोशिश बिना सबके सहयोग के मुमकिन नहीं है। रवि ने जिस तरह 'आधे अधूरे' के बारे में सोचा है उसके लिए सभी के सहयोग की निहायत ज़रूरत है। नहीं तो उसकी सोच पूरी तरह क़ामयाब नहीं हो सकती, जो उसे दरकार है। थियेटर अकेले का काम तो है नहीं, जिसे कोई भी अकेला मंज़िल तक पहुँचा दे। थियेटर की दुनिया को अगर असलियत से जोड़ने में कहीं भी, कैसी भी कोई चूक हो गयी तो क्षितिज को छूने वाले इस 'आधे अधूरे' नाटक की नयी पेशकश का न तो कोई मक़सद रह जाएगा और न उसे वह आसमान ही मिल पाएगा जिसकी उसे तलाश है। मेरे विचार में तो जब तक किसी भी नाटक को देखने से अगर दिमाग़ी रोशनी के साथ-साथ जज़्बात की शिद्दत एक जैसी नहीं हो पाती, उस हालत में नयी पेशकश की ज़रूरत ही क्या है? किसी भी नाटक की नयी पेशकश को पोज़टिव शक्ल देने में सभी फनकारों की बराबर की हिस्सेदारी चाहिए, तभी वाजिब मुकाम हासिल किया जा सकता है। मैं वहाँ बैठा-बैठा यही सोच रहा था। मैं जिस जज़्बात की शिद्दत और दिमाग़ की रौशनी की बात सोच रहा हूँ वह तो बहुत बाद की बात है। लेकिन मैं यहाँ देख रहा हूँ कि यहाँ तो अभी तक लोगों को अपना रोल तक याद नहीं हुआ।"

मैं अपने ख़्यालों में ही खोया हुआ था कि साक्षी मुझसे मुखातिब होकर बोली, "देखो न खान! इसे मेरी बात समझ में नहीं आ रही। मैं इसे अपनी स्थिति स्पष्ट कर रही हूँ। मैं फिर वही बात कहती हूँ कि रवि जैसा स्वरूप अपने प्रस्तुत नाटक को देना चाहते हैं दे लें, मैं मंचन की तारीख से दो-तीन दिन पहले आ जाऊँगी क्योंकि मैंने संवाद और अपने पात्र को पूरी तरह से आत्मसात कर लिया है। बस मुझे तो रवि की

कल्पना उसे देनी है। मेरे लिए यह मुश्किल काम नहीं है। मैं पहले भी बता चुकी हूँ कि इन्हीं दिनों मेरे सीरियल की डेटस् हैं, अब उन्हें तो मैं नहीं छोड़ सकती न और न मेरे कहने से वह डेट ही बदल सकती हैं। अब रवि को ही नाटक की तारीख़ में फेर-बदल करना होगा। परन्तु इसके दिमाग़ में मेरी यह बात घुस ही नहीं रही। तुम ही इसे समझाओ खान!''

साक्षी की बात के जवाब में मैं कुछ कहता कि मेरे बोलने से पहले ही विनय एकदम से बोला पड़ा—''रवि भाई! साक्षी पैसा कमाना चाहती है तो तुम क्यों बाधक बन रहे हो। फिर यह कहाँ लिखा है कि रंगकर्म से जुड़े लोगों की किस्मत में कंगाली ही है।'' इतना कह विनय ने साक्षी की तरफ तेज़ नज़रों से देखा। उसकी बात से प्रभावित हुए बिना ही साक्षी बोली, '''तुम लोग आज मुझे कुछ भी कहो, परन्तु एक दिन तुम सभी को, जो मैं अभी कर रही हूँ, वही करना है। यह चांस की बात है कि मेरे पास आज काम है, हम सभी को अपने-अपने अस्तित्व को बचाए रखने के लिए प्रयत्न तो स्वयं ही करना होगा न, और रवि! जिस समाज के परिवर्तन की तुम बात कर रहे हो वह इस तरह कभी सम्भव होने वाला नहीं। यहाँ हम सब को अपने-अपने अस्तित्व को बचा कर रख पाना ही कठिन हो रहा है। भविष्य में अपना नाम या फिर अपनी पहचान पाने जैसे सरोकारों से कैसे रू-ब-रू हुआ जा सकता है?'' साक्षी की बात सुन रवि थोड़ी देर चुप रहा, फिर अपनी बात पर ज़ोर देते हुआ बोला, ''साक्षी, तुम क्या कहना चाह रही हो? मैं कुछ समझ नहीं पा रहा हूँ, मुझे तुम्हारे सीरियल में काम करने पर क्या आपत्ति हो सकती है! परन्तु मुझे इस बात पर एतराज़ है कि तुम थियेटर का इस्तेमाल उस सीढ़ी की तरह कर रही हो जिसके जरिये फिल्मों या फिर टेलीविज़न में घुसा जा सकता है।''

मैं वहाँ बैठा-बैठा यही सोच रहा था कि 'रंग अभियान' का यह नाटक पूरा होगा भी कभी क्या? यूँ साक्षी ने अपने लिए जो रास्ता चुना है वह उसके लिए सही है अगर रवि की समझ में कुछ नहीं आ रहा तो यह साक्षी का तो सिरदर्द नहीं है। यूँ भी साक्षी अपने को हमेशा सबसे अलग-थलग समझती रही है। मेरे विचार से सावित्री के क़िरदार में तो साक्षी ही फिट बैठती है, मुझे लगता रहा है कि साक्षी के लिए ही यह क़िरदार लिखा गया हो। साक्षी सही मायने में इस क़िरदार को सही मुकाम दिला सकेगी। आज तक सावित्री के साथ न्याय ही कहाँ हो पाया है यहाँ! साक्षी बनाम सावित्री, सावित्री बनाम साक्षी। बस दोनों एक-दूसरे के बदल हैं। यूँ ही केतकी को यह लोग यहाँ फँसा रहे हैं। लेकिन साक्षी यह क्यों नहीं समझ पा रही कि उसका रोज़ आना क्यों ज़रूरी है।

रवि शायद साक्षी की बात से निराश-सा हो गया था। वह साक्षी से कह रहा था ''ठीक है साक्षी, तुम्हारे पास समय नहीं है तो कोई बात नहीं, केतकी है न हमारे

पास। उसी को सहमत कर लेंगे सावित्री के रोल के लिए। अब तुम्हें चिन्ता करने की आवश्यकता नहीं है। तुम अब सीरियल ही करो।''

रवि की आवाज़ में उसके अन्दर पल रहा गुस्सा बाहर गिर पड़ा। साक्षी लापरवाही से बोली, ''रवि इसमें गुस्सा करने की आवश्यकता नहीं। मैंने तुम्हें अपनी परिस्थिति से परिचित बहुत पहले ही करवा दिया था।''

''साक्षी! मैं और गुस्सा!! वह भी तुम्हारे साथ, मेरी क्या मजाल। मैं तुमसे गुस्सा कैसे हो सकता हूँ और फिर तुम्हारे लिए कोई ज़रूरी भी नहीं है यहाँ काम करना। देखो मैं बड़े ठंडे दिमाग़ से बात कर रहा हूँ। तुम उसे उसी तरह लोगी, ऐसा मैं विश्वास करता हूँ। मैं इस नाटक को स्टेज तक लेकर जाना चाहता हूँ। और चाहता हूँ सब मेरे मुताबिक ही काम करें। इसलिए मैंने अब सावित्री का रोल केतकी को देने का फैसला कर लिया है। फिर न तो मैं इसकी डेट बदल सकता हूँ और न ही मैं यह इजाज़त किसी को दे सकता हूँ कि कोई भी कलाकार अपनी मर्ज़ी से यहाँ आये-जाये।'' कहते हुए रवि ने साक्षी को बात करने का मौका दिये बिना ही सब से कहा, ''चलो तैयार हो जाओ रिहर्सल के लिए। अपना सारा ध्यान स्क्रिप्ट पर लगा दो।''

साक्षी चुपचाप वहाँ से चली गयी। कुछ देर वहाँ ख़ामोशी का आलम रहा। मुझे रवि पर रहम हो आया। मैं भी इस बात का शिकार हो चुका हूँ कि वक़्त पर न आने से और लगातार क़िरदारों में फेर-बदल करने से कैसी-कैसी अड़चनें आती हैं। यह सोच कर कि उसकी तकलीफ़ों में और इजाफ़ा न हो, मैंने रवि से कहा, ''रवि भाई! तुम चिन्ता न करो, मैं लाइट्स देख लूँगा।'' मेरी बात का अभी रवि ने उत्तर भी नहीं दिया था कि सुमेधा चहकते हुए बोली, ''बिन्नी के रोल में तो कुछ करने-धरने को है नहीं रवि भाई, अब तो आप दे सकते हैं मुझे सावित्री का रोल? अब यह रोल साक्षी तो कर नहीं रही, तो वह मुझे दे दिया जाए। केतकी के पास तो आगे ही बहुत से काम हैं।''

सुमेधा की बात की तरफ रवि ने ध्यान नहीं दिया बस देखता रहा फिर बोला, ''एक बार जो तय हो गया सो हो गया, और वही सबके लिए ठीक है। अब तो यही अच्छा है कि सब लोग अपने-अपने पात्र को जीने की कोशिश करें। किसी भी कलाकार की, सफलता इस बात में होती है कि वह कितनी ईमानदारी से अपने पात्र को जीता है। यदि कलाकार एक छोटे से पात्र में जान फूँक दे तो देखने वाला सालोंसाल उस कलाकार को नहीं भूलता।'' इतना कह रवि ने फिर अपना ध्यान स्क्रिप्ट पर केन्द्रित कर दिया और थोड़ी देर चुप रहने के बाद बोला, ''हाँ, अब बोलो सुमेधा!''

''तो मैंने भी कहा है न, कि मैं बिन्नी का रोल कतई नहीं करूँगी, मुझे तो चुनौती पूर्ण रोल चाहिए। बिन्नी की लाइनें मैं नहीं बोलूँगी।''

"लगता है तुम्हारे खाने में मेरी बात नहीं पड़ी मेधा! सभी रोल चुनौती पूर्ण होते हैं। यह तो करने वाले पर निर्भर होता है कि वह उसे कैसे निभाता है।"

"रवि तुम किसे समझा रहे हो? मैं एक सजग अभिनेत्री हूँ। परन्तु जब मैं बिन्नी के क़िरदार से अपने आप को जोड़ ही नहीं पा रही हूँ तब मैं उसे जीवन्त कैसे कर पाऊँगी? मुझे यही लगता रहेगा कि मैं मंच पर फुदक रही हूँ और अभिनय नहीं, नकल कर रही हूँ। जिस पात्र के साथ मैं जुड़ ही नहीं पा रही हूँ उसे मैं सजीव कैसे कर सकती हूँ, यह बात तुम समझते क्यों नहीं?"

"देखो मेधा! सृजन के तत्त्व तो रंगकर्म में सभी स्थानों पर बिखरे पड़े हैं और अभिनेता का ब्रेन तो कम्प्यूटर की तरह होना चाहिए कि 'की' दबी नहीं कि फटाक से वो मैटर बाहर आ गया। मेधा तुम जिस तरह कह रही हो मुझे उसे सुनना अच्छा नहीं लग रहा क्योंकि मैं तुम्हें एक समझदार अभिनेत्री के रूप में देख रहा हूँ। मैंने तुम्हें बिन्नी का रोल कुछ समझ कर ही दिया है। अब तुम्हें इसी किरदार को जीवन्त करना है। ऐसे ही तुम्हें अपनी प्रतिभा का पता चलेगा कि अपनी इच्छा के विपरीत मिले पात्र में कैसे तुमने जान फूँक दी।"

"इन बातों का मुझ पर कोई असर नहीं होने वाला रवि साहब! जो चीज़ मुझे पसन्द ही नहीं है उसके लिए मैं कम्प्रोमाईज़ क्यों करूँ। यह लो,अपनी स्क्रिप्ट और मैं भी चली। तुम जिस तरह अपनी मनमानी करना चाहते हो ऐसे मैं काम नहीं कर सकती।"

"तुम्हारी इच्छा है मेधा! और भी कोई जाना चाहता है तो अभी चला जाए परन्तु एक बात सोच ले उसके बाद उसे 'रंग अभियान' को भी छोड़ना होगा।"

"क्या देता है तुम्हारा यह 'रंग अभियान' हमें? उससे अधिक मैं बाहर रहकर पैसा अर्जित कर सकती हूँ।" और मेधा तेज़ी से बाहर निकल गयी। यह 'रंग अभियान' को दूसरा झटका था। मुझे अच्छा नहीं लगा, मैं सोचने को मजबूर हो गया कि क्या कभी 'रंग अभियान' के परचम तले कोई नाटक खेला भी जाएगा या नहीं। मैं अपने विचारों में खोया हुआ था कि विनय बोला, "लो रवि भाई एक और मुसीबत, अभी सावित्री की प्रॉब्लम सॉल्व हुई नहीं थी कि अब बिन्नी की भी प्रॉब्लम आ गयी। अब तू बता किन्नी, तू कब जाएगी छोड़ कर?"

"मैं क्यों जाऊँगी छोड़ कर। मेरा रोल तो चुनौतियों से भरा पड़ा है।" सीमा बोली।

" चलो चलो... बातें नहीं काम करो। क्यों हरलीन, तुम्हें तो कोई आपत्ति नहीं है बिन्नी के किरदार को निभाने में?"

"रवि इसे क्या आपत्ति हो सकती है। यह तो थैंक्स करे सुमेधा का, कि वह गयी और इसे अपने जौहर दिखाने का मौका दे गयी।"

"चलो मुझे मौका मिला तो सही। तुम अपनी कहो दीपक, तुम्हें कौन मौका दे रहा है?"

"तुम्हें नहीं मालूम मुझे तो रवि ने ही मौका दे रखा है।" सीमा हैरान थी और बोली, "तुम क्या अशोक बने हो?"

"नहीं।"

"फिर।"

"मैं जुनेजा हूँ।"

"क्या?"

उन दोनों की बातों से अनजान बनते हुए रवि ने सीमा को स्क्रिप्ट देते हुए कहा, "लो, और कल ठीक से तुम्हें सब याद होना चाहिए। चलो शुरू करो दीपक।" दीपक मुस्कुराया और बोला, " रवि साहब, क्या फिट बैठती है मेरी बात हमारे मंचन पर!"

"क्यों क्या हुआ अब, कौन सी बात?"

दीपक बड़े नाटकीय अन्दाज़ में बोला, "सुनिए मेहरबान कदरदान! जिस नाटक को हम करने जा रहे हैं ..."

"दीपक यह क्या मज़ाक है।" रवि बीच में ही बोल पड़ा आपनी लाइनें बोलो। आगे ही बहुत देर हो गयी है।"

लेकिन फिर उस दिन रिहर्सल का जो एक बार तार टूटा फिर जुड़ नहीं पाया।

रात जम कर पानी बरसा था। ग़नीमत इतनी थी कि पानी मेरी झुग्गी के अन्दर नहीं घुसा था। लेकिन उसने झुग्गी के चारों तरफ लक्ष्मण रेखा ज़रूर बना दी थी जिससे झुग्गी से अन्दर और बाहर निकलना कठिन था। मै बरामदे में खड़ा इस बात का जायज़ा ले रहा था कि घर के अन्दर और बाहर निकलने का कैसे रास्ता बनाया जाए। इसी दौरान मेरी नज़र दूर खड़ी केतकी पर पड़ी जो नाक पर रूमाल रखे जाने कब से वहाँ खड़ी घर तक घुसने का शायद रास्ता तलाश रही थी। कम्बख़्त पानी ने थोड़ी-सी भी जगह ऐसी नहीं छोड़ी थी जहाँ केतकी पाँव रखे और पानी उन्हें चूम न ले। मैं उसे देखता रह गया। मैंने अन्दाज़ा लगाया कि वह शायद यह तय नहीं कर पा रही है कि वह वापिस घर चली जाए या फिर शेर के मुँह में जाने को तैयार हो जाए। मैंने बीरू को आवाज़ दी और कहा कि वह कुछ ऐसा करे ताकि घर से बाहर और अन्दर आना-जाना मुमकिन हो सके।

"केतकी ने अन्दर आते ही एक लम्बी साँस ली और बोली, "बाप रे बाप!

किस कम्बख़त ने तुम्हें यहाँ रहने की सलाह दी थी?''

''साँस तो ले लो केतकी! फिर बात करना। तुम्हें देखकर तो ऐसा लग रहा है जैसे कोई जंग फ़तेह करके आ रही हो। कौन-सी जंग फतेह करके आयी हो, पानीपत की या फिर कलिंग की?''

''बारिश में तुम्हारे घर के अन्दर आना किसी कलिंग विजय से कम है क्या? मेरा तो सिर ही चकरा गया इतनी गन्दगी में, तुम कैसे रह लेते हो?''

मुझे केतकी की बात सुनकर अच्छा नहीं लगा। क्या वह यह कहना चाहती है कि यहाँ जो लोग रहते हैं वह आदमी नहीं हैं। मेरा दिल बुझ-सा गया और मैं चाहने लगा कि केतकी से पूछूँ कि इतनी नफ़रत करने का हक़ तुम्हें किसने दिया? क्या समझती है वह अपने आप को, मुझे दोहरी मानसिकता रखने वाले लोगों से नफ़रत है। लेकिन केतकी से तो मैं नफ़रत भी नहीं कर सकता। मैं चाहता हूँ वह लोग आएँ यहाँ, जिन्हें डर लगता है कि ऐसी बस्तियों के पास से गुज़रने से भी कि वह किसी बीमारी की चपेट में आ जाएँगे। मैंने कभी नहीं सोचा था कि केतकी के अन्दर भी इन लोगों के लिए उतनी ही नफ़रत है जैसे एक विशेष तबके के लोगों में रहती है। लेकिन मैं केतकी को कुछ कह नहीं सका, इतना ही बोला, ''जैसे यह लोग रहते हैं उसी तरह मैं भी रह लेता हूँ।''

''उन्हें तो इस गन्द में रहने की आदत पड़ चुकी है।''

''मुझे भी आदत पड़ जाएगी और मेरे पास आने वालों को भी।''

''उनकी तो मजबूरी है यहाँ रहने की। तुम्हारी कौन-सी मजबूरी है यहाँ रहने की जरा सुनूँ तो?'' अम्मी चाय ला रही थी, केतकी की बात सुनकर वहीं से बोली, ''हाँ समझा इसे बेटी! इतने गन्द में रहकर क्या यह बीमार नहीं पड़ जाएगा?'' केतकी ने अम्मी के हाथ से चाय लेते हुए कहा, ''आप क्यों लायीं चाय? बीरू कहाँ गया, अभी तो था यहाँ?'' मैं केतकी की इस बात का क्या जवाब देता कि बृजेश क्यों नहीं है यहाँ? अम्मी उसे रसोई में घुसने दे तब न। मैं कुछ नहीं बोला। मेरी मुश्किल भी अम्मी ने ही हल कर दी यह कहकर कि ''है क्यों नहीं बेटी! लेकिन सारा दिन खाली रहना भी तो मुश्किल है। फिर आज उसे घर भी जाना है। उसके घर में पानी घुस आया है और एक दीवार भी गिर गयी है।'' कहने के साथ ही अम्मी हमारे पास ही बैठ गयीं। हम तीनों ख़ामोशी से चाय पीते रहे। हमारे बीच लफ़्ज़ों को बहने के लिए शायद कोई रास्ता नहीं मिल रहा था इसलिए हमारे बीच ख़ामोशी पसरी रही। वक़्त था कि कोई आहट किये बिना ही हमारे बीच से खिसक रहा था। जाने कितनी देर हम एक-दूसरे को देखते रहे, एक भी लफ़्ज़ हमारे बीच तैरा नहीं। और चाय के प्याले खाली भी हो गये। ख़ामोशी का आलम यह था कि उसे खोलने वाली जो चाबी थी मानो वह ही कहीं गुम हो गयी हो। जब कुछ लोग एक साथ बैठे हों और उनके बीच

लफ़्ज़ों का दरिया न बहता हो तो जानिये ऐसे वक़्त को झेलना कितना मुश्किल होता है। ऐसे वक़्त को हम तीनों झेल रहे थे। इसी बीच कुछ कहे बिना ही अम्मी ने खाली हुए प्याले उठा लिये और केतकी को बात करने का वह ज़रिया मिल गया जो हमारे हाथों से खिसक चुका था। वह बोली, ''अम्मी, आप रहने दीजिए मैं रख आती हूँ।''

''बैठ बेटी तू! यह सब तो होता ही रहेगा, बेटी, पहले मुझे यह बताओ कि क्या तुम भी तमाशा ही दिखाती हो?''

हैरान हो गयी केतकी अम्मी की बात सुनकर। हैरानी भरे अन्दाज़ में ही बोली, ''कैसा तमाशा अम्मी?'' केतकी की बात के जवाब में मैंने मायूसी से कहा, ''कुछ नहीं केतकी! अम्मी थियेटर की बात कर रही हैं।'' केतकी हँसी और बेसाख़्ता कहकहे लगाती रही। अम्मी हैरानी भरी परेशानी से खड़ी उसे देखती रह गयीं। फिर हाथ में लिये प्याले एक ओर रख दिये और बोली, ''ऐसी क्या बात कह दी बेटी मैंने जिससे तेरी हँसी अपने क़ाबू में नहीं आ रही?'' मैंने अम्मी की जानिब देखा। अम्मी केतकी को ही देखे जा रही थीं। फिर बोलीं, ''देख बेटी! तू भी तो देख ही रही है न, कैसे गन्द में यह रह रहा है। जानती है तू कि बरेली में कितना बड़ा घर है इसका और कितने मुलाज़िम काम कर रहे हैं इसकी फैक्टरी में, दूसरों को रिजक देने वाला, ख़ुद भूखों मरे, यह कभी सुना है तुमने?'' केतकी क्या कहती, चुप ही रही। अम्मी फिर बोलीं, ''यह तो घर से यहाँ पढ़ने आया था। यहाँ यह किन तमाशों में पड़ गया, हमें क्या मालूम? हम तो यही समझते रहे कि अभी उसकी पढ़ाई ही चल रही है। तू ही बता बेटी कि इतने फैले हुए बिजनेस को इसके वालिद अकेले कैसे सँभाल पाते होंगे? अपनी उम्र में बहुत किया, अब तो इसे उनका सहारा बनना चाहिए न। इसी लिए तो बेटा चाहता है आदमी। तुम ही कहो बेटी! मैं तो इसे लेने आयी हूँ। बहुत हो गयी, इसकी तालीम। अब और क्या करेगा पढ़कर! यह तो अब अपना कारोबार सँभाले, हमारे लिए यही ठीक है। बिटिया तू दोस्त है इसकी, तू ही इसे समझा इसे, घर लौट जाने के लिए कह।'' अम्मी इतना कह चुप हो गयीं। लेकिन वह इतनी ग़मगीन हो गयीं कि बात करते-करते लगता था कि अभी रो देंगी। मैंने उन्हें तसल्ली देते हुए कहा, ''अम्मीजानी! क्यों चिन्ता करती हो इतनी। मैं वहाँ नहीं भी हूँ तो क्या हुआ, फिरदौस तो है न वहाँ, वह सब सँभाल लेगी।''

''फिरदौस, कितने दिन और रहेगी? लड़का मिलते ही उसका निकाह हो जाएगा। उसके बाद भी तो तू आएगा, फिर अभी क्यों नहीं चल सकता।''

''क्या अम्मी आप भी, उसे अपने ही घर रख लेना, ऐसा लड़का देखो न उसके लिए।''

''यह सब बाद की बातें हैं, यह बता तू क्यों नहीं चल सकता? तू यहाँ इस गन्दगी में बैठ कर कौन से इन्कलाब लाने की बात कर रहा है। तू क्या समझता है कि

इस तरह गन्दगी में रहने से ही तू यहाँ के बाशिन्दों का भला कर सकता है? अगर तू ऐसा सोचता है तो यह सरासर ग़लत सोच है तेरी। मुझे इस बात का कोई इल्म नहीं है कि यहाँ तू क्या और कैसा थियेटर कर रहा है लेकिन मैं इतना ज़रूर जानती हूँ जिस रास्ते को तुमने इख़्तियार किया है उससे कुछ होने वाला नहीं। फिर तुझे थियेटर ही करना है तो यह काम तो बरेली रहकर यहाँ से ज़्यादा अच्छा किया जा सकता है। इन कंगलों को हर महीने कुछ रुपया दान कर। जब से यहाँ आयी हूँ, यही सुन रही हूँ पैसा नहीं है, पैसा नहीं है। चल वहाँ, तेरे वालिद को भी चैन और तुझे भी। और जितना चाहे थियेटर वालों को रुपया दान कर, कोई रोकने वाला नहीं होगा।'' अम्मी ने बड़े दुख-भरे अन्दाज़ से कहा।

मैं अम्मी को क्या कहता। अम्मी मेरी कोई बात सुनने के लिए क्या तैयार हो पातीं? मैं अम्मी से इतना भर ही कह पाया, ''अम्मी अब बहुत हो गया, अपनी बातों से केतकी को क्यों परेशान कर रही हो, रही बात थियेटर की तो इतना आप जान लें थियेटर वाले भिखमंगे नहीं हैं।'' अम्मी को मेरी बात अच्छी नहीं लगी। वह जाने को हुईं कि केतकी एकदम बोल पड़ी, ''नहीं नहीं अम्मी! आप बैठें, मैं आपकी बातों से परेशान नहीं हो रही हूँ।'' केतकी फिर मेरी ओर देखती हुई बोली, ''क्या है मोह! बैठने दो न अम्मी को यहाँ, क्यों उन्हें तंग कर रहे हो?''

''ख़ुदा तुम पर फ़ज़ल करे, कुछ अक्ल इसे भी दे! देख बिटिया मैं नहीं जानती तुम्हारी दोस्ती कितनी गहरी है, लेकिन मैं एक बात तुमसे पूछती हूँ, क्या यह अच्छा कर रहा है कि किसी के बच्चे को अपने घर में इस तरह पनाह देकर? और फिर भरे-पूरे घर को छोड़ इसका इस तंगहाली में रहना क्या अच्छा है?''

''बताओ ज़रा, केतकी, अम्मी को कि मैंने किसी को बाँध कर अपने पास नहीं रखा हुआ है। यहाँ जो भी रह रहा है अपनी मर्ज़ी से रह रहा है। लेकिन छोड़ो केतकी इस बात को, मुझे किसी को भी कैफ़ियत देने की ज़रूरत ही क्या है।''

''किसी को नहीं, लेकिन अम्मी को अपने हाल से वाकिफ़ कराने की ज़रूरत है तुम्हें। कहो केतकी! कि यह राजीव से कहे कि वह अपने घर चला जाए।'' अम्मी की बात कमरे में आते हुए राजीव के कानों को छू गयी। वह भीतर आते ही एकदम बोल पड़ा, ''क्यों अम्मीजान! मैं आपको इतना बुरा लगता हूँ कि आप मुझे घर से निकाल देना चाहती हैं।''

''नहीं बेटा! लेकिन तुम्हें अपने घर रहना चहिए।'' अम्मी बोलीं। केतकी बात का रुख बदलना चाहती थी शायद इसलिए उसने राजीव का ध्यान अपनी ओर करने के लिए कहा, ''क्या तुम अब उठे हो सो कर?''

''नहीं केतकी! विमल आया हुआ था उसे ही छोड़ने गया था।''

''आया और चला भी गया?''

"हाँ रात ही आया था, उसका 'नेशनल स्कूल ऑफ ड्रामा' में एडमीशन हो गया है।"

"यह तो बहुत बढ़िया बात हो गयी खान! यह बात तो सबसे पहले मुझे बतानी चहिए थी न।"

"हाँ! बस एक उलझन थी, उसी में उलझा रहा, ख़ैर, राजीव तुम अपने कमरे में जाओ और अपनी पढ़ाई करो।"

अम्मी ने बात का रुख़ बदलने नहीं दिया। वह उसी ज़मीन को पकड़े रहीं और राजीव से बोलीं, "देखो पढ़ाई वग़ैरा सब बातें अपने ही घर में अच्छी लगती हैं बेटा!" मुझे अब अम्मी पर गुस्सा आ रहा था। राजीव अम्मी की बात सुनकर भी चुप ही रहा, कुछ बोला नहीं। मैंने अम्मी से कहा, "अम्मीजान! आप कुछ नहीं जानतीं इसलिए हमारे मामलात् में आप कुछ न कहें यही बेहतर होगा।" मेरे लफ़्ज़ों की तेज़ी शायद अम्मी को दाग़ गयी। बोलीं, "मैं क्यों कुछ कहने लगी? मेरा क्या रिश्ता है तुम्हारे साथ? तुमने तो सारे रिश्ते पहले से ही ख़तम कर दिये हैं, तभी तो यहाँ बैठे हो।" मुझे अब अम्मी पर और ज़्यादा गुस्सा आया, लेकिन मैंने अपने पर क़ाबू रखा और अम्मी को दिलासा देता-सा बोला, "क्यों सोचती हो ऐसा अम्मी! जैसा तुम कहोगी वैसा ही होगा। बस एक ज़िद छोड़ दीजिए और हमें हमारे हाल में रहने दीजिए।" ऐसा कहकर मैंने अम्मी को तसल्ली देने की कोशिश की। मैं नहीं चाहता था कि अम्मी मुझे अपने साथ ले जाने की ज़िद पर अड़ी रहें। लेकिन अम्मी मेरी किसी भी बात को सुनने के लिए तैयार ही नहीं थीं। मेरी बात को टालती हुई बोलीं, "मैं कौन-सी ज़िद किये हूँ बेटा! मैं तो यही चाहती हूँ कि तुम सुखी रहो। यहाँ इस गन्द में तुम्हें रहते देख मेरा कलेजा मुँह को आता है।"

"अम्मी! आप फ़िक्र न करें, कुछ दिनों की ही बात है। मैं सदा यहाँ थोड़े ही रहने वाला हूँ।"

"खुश रहो बेटा।" अम्मी के बोल गले में ही अटक कर रह गये। कुछ देर चुप्पी का आलम रहा। फिर केतकी की ओर मुख़ातिब होकर बोलीं, "देख बिटिया, यह तो अपनी ज़िद पर अड़ा है। जब तक यह मेरी बात मान नहीं लेता तब तक मेरा यहाँ से जाना हो नहीं पाएगा लेकिन यहाँ इस कोठरी में जिसे यह घर कहता है पड़े-पड़े मेरा दम घुटने लगा है। काम-धाम तो यहाँ है नहीं और न कहीं मेरा यहाँ किसी से कोई राबता ही है। ले-दे के एक खाला हैं वह भी अपनी तबीयत की मालिक हैं। इसे तो अपनी अम्मी की कोई फ़िक्र नहीं है। तू ही मेरे लिए पढ़ने को कोई भी कहीं से मिल जाये तो उर्दू का रसाला या फिर कोई किताब ही ला देना। न हो तो जो ड्रामा तुम लोग खेलने जा रहे हो उसे ही मुझे पढ़ने के लिए देना। ऐसे तो दिन निकालना मुश्किल है।"

कुछ लम्हे केतकी चुप रही फिर मेरी तरफ गुस्सैल नज़रें फेंकते हुए अम्मी से बोली, "अम्मी, मैं ज़रूर कोशिश करूँगी किसी भी उर्दू रसाले को लाने की क्योंकि नहीं जानती हमारी लाइब्रेरी में उर्दू का कोई रसाला आता भी है या नहीं।"

"लेकिन बिटिया! मैं हिन्दी भी कुछ कुछ पढ़ लेती हूँ। फिर लाइब्रेरी क्यों बाज़ार से खरीद लो ना, कुछ भी लाना उर्दू अख़बार आता तो है लेकिन सारा दिन उससे नहीं निकल पाता।" इतना कह अम्मी उठने को हुईं। मैंने उन्हे बिठाते हुए कहा, "अम्मीजानी! बैठिए, एक-एक कप और हो जाए चाय?" अम्मी बैठी नहीं, बोलीं, "मुझे अब और चाय नही चाहिए, तुम लोग पीयो।" इतना कह वह तेज़ी से कमरे से बाहर चली गयीं। अम्मी के जाने के बाद केतकी बोली, "क्यों सताते हो माँ को। तुम उन्हें किताबें भी ला कर नहीं दे सकते, कैसे बेटे हो। वह जो कहती हैं मान क्यों नहीं लेते?"

"फिर जाता हूँ मैं बरेली। मेरी आपको ज़रूरत नहीं लगती।" मेरी बात के जवाब में बोला राजीव, "ठीक है दादा! हम अब भी थियेटर करते हैं फिर भी करते रहेंगे, अन्तर केवल इतना-सा ही होगा कि आप नहीं होंगे हमारे बीच।"

"'तो दूँ अम्मी को आवाज़ कि मैं चल रहा हूँ आपके साथ...।" केतकी अम्मी के दर्द से मायूस हो रही थी। वह मुझे एक फिलॉस्फर की तरह समझाने की कोशिश कर रही थी या फिर मुझे इमोशनल ब्लैकमेल करना चाहती थी। लेकिन वह यह नहीं समझ पा रही थी कि मैं अगर अम्मी की बात मान कर यहाँ से चला जाता हूँ तो इस में नुकसान तो मेरा ही होगा न। मै थियेटर के सिवा और कुछ कर भी तो नहीं सकता। व्यापार किस चिड़िया का नाम है मैं नहीं जानता, क्या करूँगा मैं अम्मी के साथ जा कर। मेरी बात सुनकर केतकी इस बात को जाने-समझे बिना जैसे मुझे सारी ऊँच-नीच से वाकिफ़ कराने की कोशिश कर रही हो। बोली, "विमल के जाने से तुम पर कितनी उदासी छायी हुई है। फिर राजीव को भी तुम किसी भी हालत में छोड़ नहीं सकते। उसी तरह अम्मी तुम्हारे लिए उदास हैं। तो उनकी उदासी बेमानी तो नहीं है न? तुम हो तो उन्हीं के कारण न, तुम्हारे बड़े होने तक जाने कितने कष्ट सहे होंगे उन्होनें। कितनी तुम्हारी मीठी, कड़वी और आनन्ददायी हरकतें या फिर शरारतें वह अपने आँचल में समेटे होंगी। आज उन्हें तुम्हारी बातें सुनकर लगा होगा कि जिन स्मृतियों को वह कब से अपने आँचल में सँजो कर, सबसे छिपा कर अपनी निजी सम्पत्ति की तरह रखे हुए थीं उस सम्पत्ति के सारे सिक्के खोटे निकले। ऐसी सोच क्या उनके लिए सुखदायी होगी?"

केतकी की बात का मैं क्या जवाब देता। चुप ही रहा। लेकिन उसकी बात में राजीव हाँ में हाँ मिलाता जा रहा था। वह मेरे सारे काम को नकारता-सा बड़े इतमिनान से कहने लगा, "यहाँ भी आप कौन से बड़े तीर मार रहे हो। छोटे-छोटे

नुक्कड़ नाटक करने को आप थियेटर करना कहते हो तो भूल जाओ कि ऐसे थियेटर से कुछ होने वाला है।''

केतकी अपना-सा लेक्चर मुझे पिला कर चली गयी। उसके जाने के बाद मैं जाने कितने लम्हे उसी हालत में रहा क्योंकि मैं राजीव और केतकी की बातें सुन हैरान रह गया और मैं सोचने को मजबूर-सा हो गया कि मुझे करना क्या चाहिए। मैं अपने को लेकर, अम्मी को लेकर और केतकी-राजीव को लेकर परेशान हो गया। आज मुझे लगा कि क्या सच में मैंने अपनी ज़िन्दगी के लिए जो रास्ता चुना है वह ग़लत है?

देर रात तक मैं सो नहीं सका। राजीव मेरी बगल के कमरे में शेखर के साथ था। जबकि अम्मी राजीव के यहाँ रहने की कितनें दिनों से मुख़ालफत करती आ रही थीं। वह गाहेबगाहे यह कहने से भी नहीं चूकती कि राजीव को अपने घर चले जाना चाहिए।

इस समय मैं अपने कमरे की खिड़की से उन्हें देख रहा था। दोनों हमकिनार थे, इस बात से बेख़बर कि कोई उन्हें देख भी सकता है। मैं ख़ौफज़दा था इस मंजर को देखकर। अगर राजीव और शेखर को इस हालत में अम्मी ने देख लिया तो जाने कैसा कहर बरपेगा।

कहाँ मैं राजीव को नुमाया बनाने की कोशिश में था और कहाँ राजीव की यह तस्वीर देख रहा था इससे जहाँ मुझे ज़ेहनी कोफ़्त हुई वहीं मुझे ख़्याल आया कि मैं और मेरा थियेटर राजीव के बिना क्या कुछ कर भी पाएगा? मेरा सारा दारोमदार तो राजीव पर ही है। मेरे लिए तो सब कुछ वही है। उसके बिना भी मेरी कोई ज़िन्दगी हो सकती है, मैं यह सोच भी नहीं सकता। लेकिन अम्मी कहती है कि मैं इसे इसके घर जाने दूँ। और अब मैं भी यही सोचता हूँ कि यही ठीक है।

सुबह उठने पर भी रात की उदासी मुझ पर उसी तरह तारी रही। मैं किसी से भी मुलाकात करने के मूड में नहीं था। बीरू भी मुझे सुबह की चाय देने के बाद से ग़ायब था। मैं अपनी सोच की गिरफ़्त से बाहर नहीं निकल पा रहा था। राजीव और शेखर का यह रिश्ता जाने क्या गुल खिलाएगा!

इन दिनों मेरी परेशानी बढ़ती जा रही है, इसे कोई नहीं जान पा रहा। राजीव और केतकी भी मुझे ठीक से समझ नहीं पा रहे हैं। बहुत-सी परेशानियों से घिरा मैं ख़ुद इस समय कुछ तय नहीं कर पा रहा हूँ कि मुझे करना क्या है। कई दिनों से केतकी और राजीव 'फुललैंग्थ प्ले' करने के लिए मेरे पीछे पड़े हुए हैं। उनका कहना है कि अब नुक्कड़ नाटकों के साथ-साथ 'फुललैंग्थ प्ले' की ओर भी हमें ध्यान देना

चाहिए। और मैं इस बात के लिए तैयार नहीं हो पा रहा हूँ। जिससे उन दोनों ने अन्दाज़ा लगा लिया कि मैं 'फुललैंग्थ प्ले' करने से घबराता हूँ। मैं भी बहुत कुछ करना चाहता हूँ। मैं भी 'अक्स' के परचम तले बड़ा स्तरीय नाटक करना चाहता हूँ। लेकिन मेरे पास न करने की भी बहुत-सी वजहें हैं। मैं क्यों कतराता हूँ इसकी भी मेरे पास पुख़्ता वजहें हैं। मैं अपनी बन्दिशें और हदों को बखूबी पहचानता हूँ और मैं वही करना चाहता हूँ जिसकी मेरी हदें मुझे इजाज़त देती हैं। यह लोग क्यों नहीं समझते कि हमारी सबसे बड़ी और पहली वजह तो यही है कि अभी हमारी माली हालत उतनी अच्छी नहीं जितनी होनी चाहिए, जिससे सोचा जा सके कि हम दो-ढाई महीने की रिहर्सल के बाद स्टेज प्रॉपर्टी और कास्ट्यूम का खर्चा उठा सकें। दूसरी बड़ी मुश्किल अपने ग्रुप की है। अभी तो 'अक्स' के क़िरदारों को थोड़ा-सा ही याद करवाना पड़ता है, जबकि इन्हें अभी छोटे-छोटे संवाद ही याद करने में दिक्कत पेश आती है, फिर यहाँ तो इम्प्रोवाईजेशन की गुंजाइश रहती है जिसे यह बखूबी निभा लेते हैं, किसी को कुछ पता नहीं चलता। लेकिन किसी भी स्तरीय नाटक के लिए तो यह मुमकिन नहीं है न और फिर अदाकारों का चुनाव भी तो उसी स्तर पर होना चाहिए न, जैसी नाटक की डिमांड हो। मेरी भी ज़बरदस्त ख़्वाहिश है कि मैं एक बड़ा स्तरीय नाटक करूँ लेकिन ऐसे नाटक के लिए पढ़े-लिखे एक्टर हों तो उनके साथ काम करने में कोई मुश्किल पेश नहीं आती। मैं यह भी चाहता हूँ कि 'अक्स' के परचम तले जो नाटक पेश हो लोग उसे तफरी के लिए न समझें।

मैं अपनी ज़ेहनी लड़ाई में मशगूल था कि केतकी कमरे में दाख़िल हुई। उसके रुखे-रौशन से मेरा कमरा जगमगा उठा। मैं केतकी को देखकर भावुक होने लगा। वह आज बला की हसीन दिखाई दे रही थी। उसने नाभि से नीचे और नितम्बों से थोड़ी ऊपर की जीन्स और नाभि को दिखाता हुआ छोटा-सा टॉप पहना हुआ था। जिस तरह उसने अपनी कमर और नाभि को ज़ाहिर कर रखा था, वह मुझे उकसा रहा था। पिंडलियों से ऊपर की कसी हुई जीन्स और टॉप में उसके शरीर की सारी गोलाइयाँ दिखाई दे रही थीं। उसकी लकदक खूबसूरती मुझे बेहाल कर रही थी। मैं उसकी खूबसूरती की फ़िज़ाओं में तैरने लगा। मेरी सारी समझ किसी कोने में दुबक गयी। मानो मेरी उदासी को केतकी के जलवे ने अपने में कैद कर लिया हो। यह कैसी मेरी ज़ेहनी हालत हो रही थी, मैं समझ नहीं पा रहा था। केतकी मुझे अपने मोहजाल में ही फँसा रही थी। मैं सोचने लगा कि क्या मैं उसे चाहने लगा हूँ? लेकिन यह सवाल मैं अपने से करते हुए डर रहा था। यह मेरा कैसा जज़्बा है। मुझे केतकी की चाह क्यों हो रही है? यह कैसी मुहब्बत मेरे दिल में पैदा हो रही है! मेरा दिल क़ाबू से बाहर हो रहा था। मैं उसकी पतली कमर में गुम होने लगा था। आज ऐसा पहली बार नहीं हुआ था मेरे साथ। कई बार मैंने अपने दिल पर काबू पाया था। कभी सोचता कि क्या इस

जज़्बे को ही मुहब्बत कहा जाता है? यदि ऐसा है तो क्या सच में ही मुझे केतकी से मुहब्बत हो गयी है?

मैं डर रहा था अपने-आप से और सोच रहा था कि मेरे अन्दर यह जो जज़्बा पैदा हो रहा है यदि यह मुहब्बत नहीं है तो यह क्या है? लेकिन केतकी के लिए मेरे अन्दर जो जज़्बा है वह मेरे अन्दर एक ताक़त पैदा करता है जिससे मुझे लगता है कि मैं सारी दुनिया को फ़तह कर सकता हूँ। मैं क्या करूँ, क्या न करूँ, या मेरे मौला! मुझे रास्ता दिखा।

मैंने अपने पर, अपने जज़्बात पर बड़ी मुश्किल से क़ाबू पाया। फिर जाने किस फिज़ा ने मेरी चुप्पी में सेंध लगा दी और मेरे अपने दायरे में बँधे लफ़्ज़ सभी दायरों को तोड़कर चुपचाप मेरे लबों का सफ़र तय करने लगे और मैं केतकी के बोलने से पहले ही बोल पड़ा, "आओ केतकी! लेकिन कुछ कहने से पहले तुम मेरी बात सुन लो, तुम मुझे रवि के साथ काम करने के लिए नहीं कहोगी। इसका जवाब मैं पहले भी दे चुका हूँ। मैं उसके साथ काम करने वाला नहीं हूँ। तुम्हारे और साक्षी के कहने से मैं एक-दो बार वहाँ जा आया हूँ। अब और नहीं होगा मुझसे। न ही उनकी तरफ से तुम्हारी वकालत करना मुझे अच्छा लगता है।"

"तुम इतने डरपोक हो मोह! मैं नहीं जानती थी।"

उसके मुलायम और गुदाज हाथों को हसरत भरी निगाहों से देखता भर रहा लेकिन मैं अपनी ख़्वाहिशों की गोयाई अता नहीं कर सका। सिर्फ इतना कहकर चुप हो गया— "अगर जानती तो क्या करतीं?"

"कुछ भी करती लेकिन अब मैं इतना अवश्य जान गयी हूँ कि तुम सुधरने वाली शै नहीं हो। अरे यह तो पूछा होता कि मैं यहाँ क्यों और क्या कहने आती हूँ?"

"सब जानता हूँ केतकी! कि तुम यहाँ क्यों आयी हो। फिर क्या मैं यह सुनूँ कि तुम्हारा क्लासिक नाटक 'आधे अधूरे', अधूरा ही रह गया। तुम्हारे रवि साहब नाटक को बीच में ही छोड़कर हीरो बनने के चक्कर में मुम्बई भागे हुए हैं, यही कहने आयी थी न!"

"तुम्हें बीच में बोलने की क्या बीमारी है मोह! तुम कुछ नहीं जानते कि नाटक अधूरा क्यों रह गया।"

केतकी की बात सुन मैं हैरान रह गया, क्या सच ही अँधेरे में छोड़ा गया तीर निशाने पर लग गया। मैं उसी हैरानी में डूबा हुआ बोल गया, "क्या सच में ही रवि चला गया है, मैं तो यूँ ही बोल रहा था।"

"हाँ, चला तो गया है।"

"पर कारण वह नहीं है जो तुम समझ रहे हो।"

"फिर क्या हुआ बताओगी तभी जानूँगा।"

"क्या सच में तुम कुछ नहीं जानते? तुम तो कह रहे थे कि तुम सब कुछ जानते हो।"

"नहीं केतकी! मैंने तो यही समझा था कि तुम मुझे फिर से डिपार्टमेंट ले जाने के लिए ही आयी हो। सच में रवि के बारे में मैं कुछ नहीं जानता। फिर तुम तो यह अच्छी तरह से समझती हो कि मैं जिस राह को छोड़ देता हूँ उसका फिर रास्ता भी नहीं पूछता। और यह भी सच है कि सारी सड़कें तुम्हारी नहीं होतीं। कुछ सड़कें तुम्हारे साथ चलती हैं और मंज़िल दिखाती हैं, कुछ सड़कें बीच रास्ते में ही ख़तम हो जाती हैं। कैम्पस की सड़कें अब मेरे लिए बहुत छोटी हो गयी हैं। उन सड़कों पर मुझे जितना चलना था चल लिया। मुझे अब उस सड़क की तलाश करनी है जो मुझे मेरी मंज़िल तक ले जा सके।"

"तुम्हारी यह बात एक हद तक ठीक है ख़ान! मेरे लिए अभी वह समय नहीं आया जब मैं समझूँ कि कैम्पस की सड़कें अब मेरे लिए छोटी पड़ गयी हैं। अभी मेरे पाँव के नीचे वही ज़मीन है और रहेगी। शायद मेरी मंज़िल तक मुझे यही सड़क पहुँचा दे। परन्तु इस बात पर भी अविश्वास करने के कई कारण हैं मेरे पास। जिन लोगों का हाथ पकड़ कर मैं उन सड़कों पर दौड़ना चाहती थी, वह हाथ तो जाने कहाँ खो गये हैं। जो पीछे रह गये थे उनको पकड़ने के लिए सचेत प्रयत्न करने की आवश्यकता है। वह कैसे सम्भव हो सकता है, कहा नहीं जा सकता। मेरी मंज़िल दूर से दूर होती जा रही है। कहाँ मैं सोचती थी कि मेरे नृत्य के प्रदर्शन के साथ-साथ ही 'आधे अधूरे' नाटक का प्रदर्शन भी हो जाएगा। फिर मैं कुछ नया करने की सोच सकती थी। अब 'आधे अधूरे' का सफर तो अधूरा ही रह गया।

"क्यों क्या हुआ? क्यों तुम इस तरह सोच रही हो?"

"तुम बन रहे हो या फिर सच में ही कुछ नहीं जानते?"

"मैंने बताया न सच में मैं कुछ नहीं जानता।"

"बात सिर्फ इतनी-सी है ख़ान कि 'रंग अभियान' को ही बन्द कर दिया गया है।"

"क्या कह रही हो केतकी?"

"सच कह रही हूँ। मैं समझ रही थी कि तुम सब जानते होगे।"

"सच! केतकी मैं कुछ नहीं जानता। लेकिन इतना जानता हूँ कि यह एक अच्छी शुरुआत थी। दस पन्द्रह लोग इस 'रंग अभियान' से जुड़े थे, इसे छोटी बात तो नहीं कहा जा सकता। यूँ भी थियेटर की डिग्री हासिल कर लेने पर भी कौन-सी नौकरी मिल जाती है। क्या यह बात तुम नहीं जानती? राजपाल ने यह एक ऐसा काम किया था कि पास करते ही कुछ स्टूडेंट्स को वहाँ काम मिल जाता था। तो क्या यह बुरी बात थी? फिर थियेटर से जुड़े रह कर रोटी का जुगाड़ कर लेना क्या सब लोगों के

बस की बात है? उसी का वसीला बनाया था राजपाल ने 'रंगअभियान' को शुरू कर के। तुम्हीं कहो टीवी और सिनेमा में भी घुस पाना क्या इतना आसान है?" मेरी बात अभी ख़तम नहीं हुई थी कि एकदम अन्दर आते हुए राजीव बोल पड़ा, "आसान तो कुछ भी नहीं होता दादा! लेकिन आप लोग यहाँ किस बहस में पड़े हो?"

मैंने तेज़ नज़रों से राजीव की जानिब देखा और उतनी ही तेज़ी कहा भी कि— "फिर तुम छोड़ आये शेखर को?" राजीव ने मेरी बात का कोई जवाब नहीं दिया और नज़रें झुका ली। उस ओर ध्यान दिये बिना ही केतकी बोली , "हम राजपाल की बात कर रहे थे।" केतकी की बात सुन राजीव को इतमिनान हुआ और वह सहज होते हुए बोला, "यह तो एक दिन होना ही था, तुम शायद नहीं जानती केतकी! यह राजपाल कितना दुष्ट प्रकृति का आदमी है। दादा ने अपनी जान लड़ा दी थी इस 'रंग अभियान' पर और फिर विमल, इन दोनों को ही छोड़ना पड़ा न 'रंग अभियान', क्यों? इस सवाल का दादा उत्तर देना नहीं चाहेंगे और न भी दें, लेकिन कौन नहीं जानता कि बीच की बात क्या थी।" राजीव की बात सुन मुझे अच्छा नहीं लगा। लेकिन मैंने अपने जज़्बात को क़ाबू में रखते हुए इतना ही कहा— "क्या ज़रूरत है पिछली बातें दोहराने की। और वह भी ऐसी बातें जो खुशगवार न हों, उन्हें छोड़ना ही बेहतर होता है।"

"ख़ैर! राजपाल की बात छोड़ो, 'रंग अभियान' से भी हमें कुछ लेना देना नहीं है। फिर हम क्यों अपना उस पर समय नष्ट करें, परन्तु मुझे तुम यह बताओ कि दत्त ने तो तुम्हें अनुबन्धित किया था फिर रवि कैसे चला गया?" केतकी ने एकदम बात को पलटते हुए कहा।

"सीधी-सी बात है यह तो, किस्मत ने उसका साथ दिया, मेरा नहीं।"

"यह तो कोई बात न हुई।"

"मेरे लिए यह बहुत मामूली बातें हैं केतकी! ज़िन्दगी में ऐसी बातें जैसे पैदा होतीं है उसी तरह मर भी जाती हैं, इन सब की ओर इतना ध्यान देने की ज़रूरत नहीं होती। तुम यह बताओ तुम्हारी डांस की प्रैक्टिस कैसी चल रही है। क्या बना तुम्हारे डांस शो का जो होने जा रहा था?"

"अरे, वही तो बताने आयी थी मैं। यहाँ आने पर सब कुछ भूल ही गयी। हमारा शो स्पांसर हो गया है। पाँच शो मिले हैं चंडीगढ़ के अतिरिक्त, शिमला, जालन्धर, कुरुक्षेत्र और अन्तिम दिल्ली में। अब मैं अपने इस कार्यक्रम के बाद ही और कुछ काम कर सकूँगी। परन्तु मोह! मेरी समझ में यह बात नहीं आ रही कि तुम 'फुललैंग्थ प्ले' करने से क्यों कतराते हो?"

"मैं एलीट लोगों के लिए काम नहीं करता।" मैंने केतकी की बात का इतना ही जवाब दिया।

"एलीट लोगों से क्या मतलब है तुम्हारा? मैं नहीं समझी। हम लोग एक बड़ा नाटक करना चाहते हैं बस।"

"हाँ तुम ठीक कह रही हो केतकी! लेकिन मैं तुम्हारी बात का जवाब देना चाहता हूँ। मेरे लिए एलीट लोग वह हैं जो सिर्फ थियेटर हाल में तफरी करने आते हैं। और कुर्सी से उठते ही जो देखा उसे वहीं छोड़कर घर चले जाते हैं। मेरी भी दिली ख़्वाहिश है कि मैं भी स्तरीय नाटक करूँ लेकिन बहुत-सी वजहें हैं जिनके चलते ऐसा करना मेरे लिए आसान नहीं है। ऐसे नाटक के लिए पढ़े-लिखे समझदार अदाकार हों तो उनके साथ काम करने में कोई दुश्वारी पेश नहीं आती। फिर मेरे स्तरीय नाटक न करने की सबसे बड़ी वजह तो यही है कि हम अभी माली एतिबार से महफ़ूज़ नहीं हैं और न ही हमारे अदाकार सब कुछ छोड़कर थियेटर से मुहब्बत करने वाले हैं। मेरी भी दिली ख़्वाहिश है कि मैं जो नाटक स्टेज करूँ वह आम लोगों की ज़िन्दगी की पेचीदगियों और उनकी खुशियों से जुड़ा हो ताकि वह दर्शक जिसे तुम्हारी भाषा में बोलूँ तो आम दर्शक देर तक याद रख सकें। ऐसे नाटकों को मैं करने की तमन्ना रखता हूँ, उनकी लम्बी लिस्ट है मेरे पास।"

"फिर करते क्यों नहीं, ज़रा मैं भी तो सुनूँ तुम्हारी लिस्ट में कौन-कौन से नाटक शामिल हैं?" केतकी संजीदगी से बोली।

"क्या करोगी सुनकर, मैं कर तो कुछ सकता नहीं, सोचने भर से क्या होता है केतकी! यह भी जानता हूँ कि कोई चमत्कार तो होने वाला नहीं है जिससे हमारे सारे ख़्वाब पूरे हो जाएँ।"

"क्या मालूम कोई चमत्कार हो ही जाए, सपने लेंगे तभी वह पूरे होंगे न, कहो तुम कौन-सा नाटक करना चाहते हो?"

बहुत से नाटक हैं लेकिन जो मेरे ज़ेहन में पहले नम्बर पर आता है वह है असगर वजाहत का लिखा नाटक 'जिस लाहौर नईं वेख्या ओ जम्मया ई नईं', लेकिन वक़्त के साथ-साथ यह लिस्ट बढ़ती जा रही है। और फिर उसी के साथ ही धीरे-धीरे यह लिस्ट धुँधली भी होती जा रही। आज तो मैं वक़्त का ग़ुलाम होता जा रहा हूँ। मेरी सारी सोच का समन्दर सूखता चला जा रहा है क्योंकि किसी भी स्तरीय नाटक के लिए हमारे अक्स' में से क़िरदारों को चुनने की मुश्किल पेश आ सकती है। इससे इनकार नहीं किया जा सकता। तुम लोगों के बीच जब मैं रहता हूँ तब मेरे इर्द-गिर्द एक जोशीला माहौल बना रहता है लेकिन जैसे ही मैं अकेला हो जाता हूँ और अपने से रूबरू होता हूँ तब मैं डर जाता हूँ क्योंकि मुझे कोई सीधी-साफ़ सड़क दिखाई नहीं देती। मैं हालात की नुक्ताचीनी नहीं कर रहा लेकिन मेरे अन्दर का अकेलापन इतना ठंडा कभी नहीं था जितना आज है। मुझे मेरे भीतर के रास्ते बेहद घुमावदार दिखाई दे रहे हैं। इस समय मेरे अन्दर बह रही ख़्यालों की नदी की रफ्तार इतनी धीमी

है कि उससे मैं स्वयं डर जाता हूँ।'' मैंने संजीदा होते हुए कहा।

''क्यों बेकार परेशान हो रहे हो! समझो सूखाग्रस्त इलाके में सरकार ने राहत कार्य आरम्भ कर दिया है और उसकी पहली खेप के अधिकारी भी तुम्हीं बने हो। पैसे से लेकर इस बीच आने वाली सारी अड़चनें तुम मेरे कन्धे पर डालते जाओ और निश्चिन्त होकर 'जिन लाहौर नईं वेख्या...' नाटक को शुरू कर डालो। अपनी इस उदासी को दूर कहीं फेंक आओ और जो भी तुम्हें चाहिए वह सब तुम्हें मिलेगा। यहाँ तक कि बाहर से किसी ऐक्टर को तुम लेना चाहो वह भी हाज़िर हो जाएँगे, तुम करने वाले तो बनो।'' केतकी की बात समाप्त होते-होते अन्दर से अम्मी ने आवाज़ दी खाने के लिए, केतकी ने खाने से इनकार करते हुए कहा, ''खाना तो नहीं, हाँ एक चाय और ली जा सकती है।'' उत्तर में राजीव बोला, ''चाय बाहर से ले आता हूँ। रसोई में तो अम्मी हैं।''

''फिर रहने दो राजीव! मुझे भी बहुत देर हो गयी है। मैं भी अब चलूँगी।''

''नहीं केतकी, चाय तो पी ही जा सकती है।'' मैं अम्मी को आवाज़ देने ही वाला था कि बाहर से बृजेश को आया देख चुप हो गया और उससे मैंने पूछा, ''क्या काम ख़तम हो गया?''

''नहीं दादा! काम तो अभी नहीं हुआ।''

''फिर क्या कुछ चाहिए?''

''नहीं दादा! एक काम की बात पता चली थी उसे ही दिखाने आया था,'' और उसने एक मुड़ा-तुड़ा अख़बार मेरे सामने रखते हुए कहा, ''इसे देखिए।'' मैंने अख़बार खोलते हुए कहा, ''क्या है इसमें?'' और साथ ही मेरी नज़र उस ख़बर पर पड़ी जिस पर लाल पेन से निशान लगा था। मैंने हैरानी भरी नज़रों से बीरू की ओर देखा और उससे पूछा, ''तुम्हें किसने दिया यह अख़बार?''

''यह अख़बार मुझे बुआ के पड़ोस में जो राम खिलावन रहता है उसके बड़े बेटे ने दिया है जो स्कूल पढ़ने जाता है, कह रहा था कि इसे मैं आपको दिखा दूँ।''

मेरी नज़रें केतकी की नज़रों से मिलीं और फिर वही बोली, ''मुझे नहीं दिखाई दी यह ख़बर, सुबह पेपर तो मैं भी पढ़कर आयी हूँ।''

''फिर क्या ख़्याल है?''

''एंट्रीफार्म भेजने में हर्ज़ ही क्या है, मिलना, न मिलना किस्मत पर छोड़ो।''

''क्या है दादा इसमें?'' केतकी की बात सुन राजीव बोला।

''सांस्कृतिक केन्द्र दिल्ली ने उन लागों से प्रविष्टियाँ मँगवायी हैं जो लोग झुग्गी-झोंपड़ी के बच्चों के साथ मिलकर थियेटर कर रहे हैं। मैं आज ही इसकी प्रोजेक्ट रिपोर्ट तैयार करती हूँ। यह तो हमारे लिए अच्छी ख़बर है। अब चाय हो ही जाए।'' मेरे बोलने से पहले ही केतकी बोल पड़ी।

"चल तो बीरू, दुकान से चाय तो ले आ। उसी समय अन्दर से बाहर आती हुई अम्मी बोली "बाहर से क्यों?" अम्मी के हाथ में चाय की ट्रे थी।

केतकी के सारे डांस शो बढ़िया गये थे। इसलिए अगर इन दिनों उसके चेहरे पर नरगिसी फूल खिले रहते हैं तो इसमें किसी किस्म की उल्टी बात को सोचने का सबब ही क्या है! यह एक बड़ी सीधी-सी बात है। कोई भी उसकी जगह होता तो उसकी हालत बिलकुल केतकी की तरह की ही होती। फिर बात सिर्फ इतनी-सी ही नहीं है। इन दिनों शहर में नेशनल लेवल पर होने वाली डॉक्टरों की मीटिंग में जो डॉक्टर हिस्सा लेने आये हैं उनकी तफरी के लिए किए जा रहे कल्चरल प्रोग्राम में केतकी के पूरे ग्रुप से अकेली केतकी को ही बुलाया गया है। उसका तैयार किया गया डांस 'उर्मिला का विरह' ही प्रबन्धकों को पसन्द आया है। इसलिए इसके तीन शो उसे और मिल गये। इस बात से केतकी का खुश होना कोई बेतुकी या फिर अनहोनी बात नहीं थी।

इन्हीं दिनों दिल्ली के कल्चरल मामलों के महकमे से हमें बुलावा आ गया। मुझे काफी हैरानी भी हुई कि इतनी जल्दी कैसे यह काम हो गया। क्या इन दिनों सरकारी मुलाज़िम भी काम करने लगे हैं? हमें- नहीं मुझे तो बिलकुल भी उम्मीद नहीं थी कि हमें बुलाया भी जाएगा और वह भी इतनी जल्दी। अब पन्द्रह दिनों में हमें अपना एक शो उन्हें दिखाना है जबकि हमने अभी तक यह तय ही नहीं किया है कि नाटक कौन-सा किया जाएगा। यूँ तो कई नुक्कड़ नाटक तैयार हैं। मैं परेशान हो गया। पन्द्रह दिन तो बहुत ही कम थे हमारे लिए। इन दिनों 'जिन लाहौर नईं वेख्या ओ जम्मया ई नईं' नाटक की तैयारी में हम जुटे थे। उसकी रीडिंग चल रही है, लेकिन उन्हें तो झुग्गी-झोंपड़ी वाले बच्चों के साथ किये हुए नाटकों को ही देखना है। और फिर आजकल केतकी के पास बिलकुल भी समय नहीं था। अकेला राजीव क्या कर सकता था। मैं थका देने वाली दिमाग़ी परेशानी में फँसा हुआ था। फिर सरकारी कामों का क्या भरोसा। काम अच्छा होने पर भी क्या गारंटी है कि शो हमें ही मिल जाएँगे। हमारा कौन-सा वहाँ गॉडफादर बैठा है जो हमें यह शो दिला देगा। केतकी तो कुछ समझती ही नहीं न। सरकारी काम ऐसे थोड़े ही हो जाते हैं। मुझे उदास देख राजीव ने पूछा, "क्या हुआ दादा?" मैं क्या बताता उसे, केवल इतना ही कह पाया कि कल्चरल सेंटर 'फुललेंग्थ प्ले' को ही स्पांसर करेगा, नुक्कड़ नाटक को नहीं, लेकिन उस प्ले की भी कुछ झलकियाँ देखने के बाद।"

"फिर इसमें दिक़्क़त क्या है?"

"हमारे पास कौन-सा बड़ा नाटक तैयार है?"

"क्यों 'कंजूस व्यापारी' है तो। भले ही वह नुक्कड़ नाटक है, उसमें थोड़ा हेरफेर करके उसे बड़े नाटक में तब्दील किया जा सकता है। एक-दो रिहर्सल ही चाहिए होंगी, उसे ताज़ा करने के लिए।"

"हाँ रे, उसे 'फुललेंग्थ प्ले' में बदला जा सकता है। हमने इसके जो सीन काट कर इसे नुक्कड़ नाटक में तब्दील कर दिया था, उन्हें फिर से इसमें जोड़कर इसे पूरे दो घंटे का नाटक बनाया जा सकता है। मेरे ज़ेहन से तो यह नाटक निकल ही गया था। यह ठीक रहेगा क्या?"

"क्यों नहीं।"

"तुम इसे ठीक समझते हो तो फिर उसकी तैयारी शुरू करवा दी जाए और 'जिन लाहौर नईं वेख्या...' की तैयारी को अभी रोक दिया जाए।"

"क्या बात करते हैं दादा आप भी। 'कंजूस व्यापारी' में वह बच्चे कहाँ होंगे जिन्हें 'जिन लाहौर नईं...' में लिया जाएगा। फिर अभी तो उसके सारे क़िरदार ही पूरे नहीं हुए। 'जिन लाहौर...' का सफ़र तो शुरू करने में भी अभी काफी वक़्त लगेगा।"

"तुम जो कह रहे हो वह सही है।"

"परन्तु दादा! आप क्या समझते हैं कि 'जिन लाहौर नईं...' को आप यहाँ के बच्चों के साथ कर पाने में वह सफलता हासिल कर लोगे जिसकी आप कल्पना कर रहे हैं?"

"यह तुम अच्छी तरह से जान लो राजीव कि अदाकार की शिरकत एक हद तक ही मायने रखती है। वह पूरे नाटक की क़ामयाबी के अकेले ही ज़िम्मेदार नहीं होते। यदि मुझमें दम है तो इन्हीं बच्चों को लेकर मैं वह क़ामयाबी हासिल कर सकता हूँ जिसके हम इच्छुक हैं। मैं अपने इस ख़्याल के तहत यह बात भी मानता हूँ कि मैं इन्हीं बच्चों को साथ लेकर ही स्तरीय थियेटर करने में क़ामयाबी हासिल करूँगा। इस लिए 'जिन लाहौर नईं...' के मौजूं अदाकार यहीं से लिये जाएँगे और यदि कास्ट करते समय लगा कि यह कास्ट मौजूं नहीं हैं तभी कुछ अदाकार पेशेवर भी लिये जा सकते हैं। फिर इनके साथ काम करने में हमें कोई मुश्किल पेश नहीं आएगी।"

जिस दिन से बच्चों को पता चला कि सांस्कृतिक केन्द्र की ओर से 'अक्स' को बुलावा आया है, उस दिन से उनके चेहरे खिले-खिले दिखाई देने लगे हैं। लेकिन जहाँ एक ओर इस बात की हमें भी बेहद खुशी थी तो दूसरी ओर उतने ही हम फ़िक्रमन्द भी हुए। एक अरसा पहले खेले गये नाटक 'कंजूस व्यापारी' के जुमले बच्चों को याद नहीं रहे थे। हमारे पास समय की कमी थी, जिसके चलते मुझे नहीं लगता था कि नाटक को बच्चे पूरी तरह से तैयार कर पाएँगे। लेकिन बच्चों की आँखों

में एक ऐसा ख़्वाब तैरने लगा था जिसे कोई भी देख सकता था। वहाँ थी आज़ाद परिन्दे जैसी परवाज़ की बेक़रारी और आने वाले वक़्त के सुनहरे ख़्वाब। उन आँखों को देख मैं ख़ौफज़दा हो जाता हूँ। यह एक मुकाबला है कौन इसमें जीतेगा, किसकी हार होगी, इसे कौन जानता है। मेरे इन सारी बेमतलब फ़िक्रों को केतकी अपनी उम्मीदों भरी कश्ती में बिठा कर कहीं दूर भगा ले जाती और मैं फिर एक नवजात शिशु की तरह हो जाता हूँ।

जहाँ हम बच्चों का नाटक 'कंजूस व्यापारी' की पूरी तैयारी बड़ी ईमानदारी और जोर-शोर से कर रहे थे वहीं 'जिन लाहौर नईं वेख्या...' नाटक ने भी अब एक शक्ल अख़्तियार कर ली थी। उसकी मौसीक़ी की ज़िम्मेदारी शहर के उस अदाकार पर थी जिसे थियेटर की दुनिया में मौसीक़ी का बादशाह कहा जाता है। सिमरजीत जैसा मौसीक़ी को तरतीब देने वाला उत्तरी हिन्दोस्तान में कोई दूसरा था ही नहीं। केतकी की कोशिशों से यह सब मुमकिन हो सका था। नहीं तो हम लोगों का तो उनके पास पहुँचना भी मुश्किल था। हम जोश से लबालब भरे हुए थे। जहाँ एक ओर केतकी सीख रही थी लाहौर की पंजाबी, वहीं राजीव बच्चों को जुमले रटा रहा था। जबकि छोटी लड़की संगीता को लखनवी तहज़ीब सिखाने में दिक़्क़त पेश आ रही थी। एक तो वह बिलकुल भी पढ़ी-लिखी नहीं थी, दूसरे न ही वह सहज हो पा रही थी। ऊपर से उसका पंजाबी लहज़ा किसी भी सूरते-हाल में ठीक नहीं हो रहा था। इसके साथ ही 'कंजूस व्यापारी' की तैयारी भी करनी थी। किस्साकोताह यह कि हमने जंगी सतह पर तैयारी शुरू कर दी थी। सुबह और शाम का समय 'कंजूस व्यापारी' की रिहर्सल के लिए मुकर्रर कर दिया गया था। सिमरजीत का नाम हमारे ग्रुप 'अक्स' के साथ जुड़ना हमारे लिए फ़ख्र की बात थी लेकिन अपेक्षा के विपरीत केतकी के लिए यह दिन बहुत ही मेहनत के थे। एक ओर वह अपने डांस की तैयारी में जुटी थी, दूसरी तरफ वह बच्चों को 'कंजूस व्यापारी' की तैयारी भी करवा रही थी। और 'जिन लाहौर...' के लिए वह अपने को तैयार कर रही थी। इन सारी बातों के बीच वह किस काम को प्रॉयरटी देगी? मुझे नहीं मालूम था। मैं इसी उलझन में था कि केतकी ने आते ही एक खुशख़बरी दी कि उसी संस्था ने जिसने उसको डांस प्रोग्राम दिये थे उन्होने ही 'जिन लाहौर को...' स्पांसर करने का वायदा किया है और वह कर भी देंगे, ऐसा केतकी को यक़ीन भी है। अब हमें थोड़ी उम्मीद हो गयी थी कि यदि हमारा पहला शो ठीक-ठाक गया तो हमें और शो भी मिल सकते हैं।

हम लोग रिहर्सल शुरू करने ही वाले थे कि मुझे सन्देशा मिला कि सिमरजीत मुझे याद कर रहा है। मुझे हैरानी हुई। मैंने केतकी और राजेश को रिहर्सल लेने के लिए कहा और स्वयं सिमरजीत से मिलने चला गया। मुझे देखते ही वह बोले, "ओय किन्हें केहा सी मेरा नां इश्तहार विच लिखण वास्ते, जेड़ा तू अपणे इश्तहार विच छाप

ल्या है।'' मैंने समझा सिमरजीत मज़ाक के मूड में है परन्तु उनका चेहरा मुझे जून के सूरज की गर्मी दे रहा था। मैं थोड़ी देर में ही उसकी गर्मी से झुलसने लगा। उनके लफ़्ज़ अंगारे बन मेरे पास पहुँच रहे थे और मेरे जिस्म में अपने नक्श बनाते जा रहे थे। मेरी नज़रें सिमरजीत के चेहरे को पीती रहीं। जाने क्यों उनसे निकलते आग के गोलों से मैं जलता तो गया लेकिन उनमें इतनी ताक़त नहीं थी कि वह मेरे अन्दर आग भड़का सकते। यदि ऐसा हो जाता तो जाने मेरे हाथों आज क्या हो जाता। सिमरजीत के लफ़्ज़ मेरे कानों में पड़ रहे थे। वह कहे जा रहे थे— ''किदी इजाजत लिती सी मेरे नाम नूं छापण वास्ते, ओये की समझदा ऐं तू अपणे आप नूं, मेरा नां ऐन्हा कागजा च किवें छापवाया।'' कुछ देर मेरी नज़रें उसके चेहरे पर फिसलती रहीं, फिर लौट आयीं। मैं देर तक सिमरजीत की बात के पीछे के डर को जानने की कोशिश करता रहा। मेरे हाथ ऐसा कोई ज़रिया नहीं आया जिससे मुझे अपनी ग़लती का एहसास हो पाता। सिमरजीत अभी चुप नहीं हुआ था। वह कह रहा था— ''तू की समझदा ऐं कि ऐस नाल तूं मेरे नां नूं कैश कर लैवेंगा। ओय जा एथों चल पैंदें नें अगा पिछा वेखे बिना ई।'' मैं हैरान-सा हो गया। लेकिन मैंने खुद को सँभाला और सिमरजीत की तरफ अर्थपूर्ण नज़रों से देखा। उससे मुझे जो उम्मीद थी वह पाश पाश होती दिखाई दे रही थी। सिमरजीत की बात करने का अन्दाज़ मेरी समझ से बाहर की बात थी क्योंकि उसका बर्ताव दोस्ताना नहीं था। इस वक़्त मैं किसी किस्म का झगड़ा करने के मूड मे नहीं था। लेकिन मौसमे-ख़िज़ा मेरी रूह पर तारी थी। मैं अपने जज़्बात के बरक्स सिमरजीत से नर्मी से ही पेश आया। भले ही उसकी सारी बातें मेरी उम्मीदों के उलट ही थीं। लेकिन उस वक़्त इतना ज़रूर हुआ कि मेरे ज़ेहन में उसका जो दराज़ कद था, वह पारा पारा हो गया। मैं आसमान से ज़मीन पर आ गिरा लेकिन गिरते ही मेरे पैरों ने ज़मीन को चूम लिया। कुछ देर के लिए ही सही मैंने आसमान में परवाज़ भरने का जो ख़्वाब लिया था, वह मेरी आँखों के अलस्सुबह खुलने से और आफ़ताब की फैलती रोशनी के साथ धुँधला हो गया। मेरी आँखें अब पूरी तरह खुली थीं। रात की स्याही वहाँ से छट चुकी थी। अब ख़्वाब का हक़ीकत से वही रिश्ता रह गया था जो नदी के दो किनारों का होता है। लगता है बस थोड़ा आगे जाकर दोनों किनारे मिल जाएँगे। पर कहाँ होता है यह मिलन? मेरे सामने अब सिमरजीत का वजूद न के बराबर रह गया था। मेरा दिल हुआ कि मैं एक फर्शी कहकहा लगा दूँ ताकि उसमें सिमरजीत की कही गयी सारी बातें दफ़्न हो जाएँ। लेकिन मैं ऐसा कर नहीं पाया, मेरे लिए सिमरजीत एक आम आदमी से ज़्यादा अब कुछ नहीं रह गया था। करने और कहने की उसकी और मेरी दुनिया अलग-अलग थी। यूँ भी थियेटर बच्चों का खेल तो है नहीं। सिमरजीत को अभी जवान होने में दिन लगेंगे, फिर बच्चों से क्या गिला-क्या शिकवा?

वापिस आने पर केतकी और राजीव ने पूछा कि क्या कहा सिमरजीत ने। मैं उन की बातों का क्या जवाब देता। सिमरजीत की बातें मेरे दिल में दर्द भरा सुरूर घोल रही थीं। लेकिन मैं कैसे यह कह देता कि वह समझ रहा है हम लोग उसका 'नाम कैश' कर रहे हैं। मैं ऐसा कुछ कहना नहीं चाहता था जिससे वह दोनों भी उसी दर्द से गुज़रें जिस दर्द को मैं महसूस कर रहा हूँ। मुझसे कुछ कहते नहीं बन पा रहा था इसलिए मैं चुपचाप बैठ गया। बीरू चाय ले आया था। रिहर्सल सिमट चुकी थी। इस समय केतकी पूरी रजनीगन्धा बनी खड़ी थी। इस समय उसका जलवा देखने लायक था। उसे देख अपने साथ हुई सिमरजीत की सरकंडी बातों की खरोचें लगा कहीं गुम हो गयीं। मेरी खुली आँखें उसका पूरा शरीर बन गयीं। मैं उसके शरीर से निकल रही भीनी भीनी गन्ध से सराबोर होता रहा। मेरे कानों ने उसकी आवाज़ को सुना, जिसे सुनकर मेरी आँखें वापिस अपनी जगह लौट आयीं। केतकी ने जो कास्ट्यूम 'जिन लाहौर...' नाटक के लिए तैयार करने थे उनके वह स्कैच दिखा रही थी। लेकिन मेरी तवज्जो उनकी ओर नहीं थी। मैं तो भटक गया था केतकी की निस्वानी आज़ा के बीच।

जब से अम्मी मेरे पास आयी हैं तब से मैं दोहरा जीवन जीने लगा हूँ। आज कल अम्मी उदास रहती हैं और उदास क्षणों में गुल नहीं खिला करते। सुबह की ताज़ी हवा में घुली शीरीं मौसीक़ी के सुरों की मदमस्ती कहीं उदास सुरों में बदल जाती है, परिन्दे परवाज़ करना भूल जाते हैं और परवाज़ की कोशिश में जब उनके डैने फड़फड़ाते हैं तो उनकी उदासी इधर-उधर गिरने लगती है, जो किसी को भी उदास कर जाए। खुशियाँ भरने वाले यह परिन्दे उदास क्षणों में दाना चुगना भूल जाते हैं। गुलों का रंग फीका पड़ जाता है। ऐसे क्षणों में मेरे आँगन के हरेक कोने से निकलती उदासी मुझे डसने लगती है और मैं सोचने लगता हूँ कि क्यों अम्मी अब अपनी बाहों से मुझे बड़ा समझने लगी हैं। मैं तो अब भी उनकी गोद में दुबक कर रोना चाहता हूँ। और चाहता हूँ वह मुझे उसी तरह दुलार करें जैसे बचपन में किया करती थीं, पर ऐसा कभी हुआ नहीं। अम्मी आजकल मुझसे रूठी रहती हैं और मैं अपने आप से लड़ते-लड़ते हार गया हूँ। हर बार मैंने अपने जज़्बात से हार खायी है। अम्मी कुछ समझती नहीं, बस मुझसे गुस्सा रहती हैं। मेरी लाचार आँखें उस अम्मी को ढूँढ़ती रहती हैं जो मुझे मारने के बाद गोद में बिठा घंटों दुलारती रहती थीं। मेरी वह प्यारी अम्मी कहीं खो गयी हैं।

अम्मी शायद अपनी बात मुझसे कह-कह कर थक चुकी हैं। अब उनके लबों पर मुझे ले जाने वाले लफ़्ज़ ख़ामोश हो चुके हैं। लेकिन उन की पुरनम ख़ामोश नज़रें

मेरा पीछा करती रहती हैं। आँखों से गिरने वाली इस ख़ामोशी से मैं बार-बार भीगता रहा हूँ। अम्मी का यह समझना कि मैं भटक गया हूँ, उनकी नज़र से सही हो सकता होगा परन्तु मैं कैसे इस बात को कबूल कर सकता हूँ। इन दिनों मेरे अन्दर कशमकश चल रही है और इस कशमकश के बीच के नाज़ुक पड़ाव को चाह कर भी मैं पकड़ नहीं पा रहा हूँ।

अम्मी गाहेबगाहे उस बेसुरी मौसीक़ी की याद ताज़ा करवाने की पूरी कोशिश करती रहती हैं जिसे मैं कब का पीछे छोड़ आया हूँ। मेरी यादों के कैनवस पर वह रंग कभी नहीं लगा जिसकी याद अम्मी ताज़ा करवाना चाहती हैं कि अमुक समय में मैंने सुर्ख़ रंग से कैनवस रँगा था और अमुक समय ज़र्द रंग का। जाने इस बहाने अम्मी मुझे क्या कहना चाहती है, मैं समझ नहीं पा रहा हूँ। मेरी कैनवस पर तो सदा से दो ही रंग रहे हैं स्याह और सफेद। इन दो रंगों के सिवा मेरी किसी दूसरे रंग के साथ कोई पहचान ही नहीं है। अम्मी के लिए इस समय सब से बड़ा मुद्दा यही है कि मैं उनके साथ बरेली जाकर फैक्टरी का काम अपने ज़िम्मे ले लूँ। वह नहीं जानती इससे भी अहम मुद्दे और भी हो सकते हैं।

इस समय थियेटर में एक तरह के ठहराव के जो हालात है और कभी-कभार कहीं से कम-ज़्यादा थियेटर के जो सुर सुनाई भी पड़ते हैं वह सुर कहीं से भी आम आदमी के सुरों से मेल नहीं खाते। वह तो सब एलीट लोगों के सुरों से मेल खाते हैं। मैं चाहता हूँ कि ठंडे बन्द हॉल से निकलकर थियेटर आम लोगों के बीच आये। इसलिए क्या ही अच्छा हो अगर इस समय एक ज़लज़ला आये, एक झटका लगे, एक तूफान आये और उसमें थियेटर में आया यह ठहराव बह जाए। और फिर से वह माहौल बन जाये जहाँ केवल थियेटर की बात हो उसके नाम का छलावा न हो।

आज अम्मी की वजह से मैं जिस परेशानी से गुज़र रहा हूँ उसे कोई नहीं पहचान पा रहा, अम्मी भी नहीं। उनका इस तरह सख़्त होना मेरी समझ से बाहर की बात है। मैं अँधेरे में घिरता जा रहा हूँ और इसके साथ ही मेरे साथ जो सिलसिला-ए-वाकियात हो रहे हैं, वह भी कोई खुशगवार नहीं हैं। ऐसे में मेरा जीना मुहाल हो गया है। अम्मी पर मेरी इलतिजा का भी कोई असर होता दिखाई नहीं देता। वह इतनी संगदिल कैसे हो गयीं? मैं अपने ख़्वाबो को मुक्कमल होते देखना चाहता हूँ। मेरे जज़्बात को अम्मी ही नहीं समझ पा रही हैं तो और कौन समझेगा! लेकिन मैं अपने फ़ैसले को बदलने वाला नहीं हूँ, भले ही कोई कितनी भी कोशिशें करता फिरे, फिर वह अम्मी ही क्यों न हों।

आजकल मैं मुजरिमाना एहसास से परेशान हूँ। यूँ मैं समझता हूँ कि अम्मी का मुझे इस तरह कहना एहसास के बिना नहीं है। वह भी ज़ेहनी कोफ़्त से गुज़र रही हैं। उनके सुलूक को देखकर मैं अपनी ही नज़रों में बहुत छोटा हो जाता हूँ। न मैं अम्मी

के लिए ही कुछ कर सका, न इन बच्चों के भविष्य को ही सुरक्षित कर पा रहा हूँ, और न ही मैं खुशियाँ ही बाँट पाया। लेकिन अपने उदास लम्हात में बड़ी आसानी से सबको शामिल कर लेना मेरे लिए कुदरती-सी बात हो गयी है। मैं अपने उदास लम्हात को सब ओर बिखेर देने में ही अपनी क़ामयाबी मानने लगा हूँ। या मेरे मौला! मैं कैसी कशमकश में फँस गया हूँ।

मैं अपने ही ख़्यालात में ग्रस्त था, इसलिए नहीं जान सका कि केतकी कमरे के अन्दर आ चुकी है। लेकिन केतकी ने मेरे लफ़्ज़ों को पकड़ लिया और बोली, ''क्यों, क्या हो गया, जो आज फिर सोये हुए अल्लाह को डिस्टर्ब कर रहे हो?'' केतकी की आवाज़ ने मेरी नीमख़्वाबी में सेंध लगा दी। मैं उस चोर का कैसे ख़ैर-मकदम कर सकता था जो गहरी रात के वक़्त घर में घुसने की कोशिश कर रहा हो, मेरे ज़ेहन में जाने कैसा बवाल मचा है। मेरे अन्दर चल रही हलचल को पहचानने में केतकी ने एक पल भी नहीं खोया और बोली, ''क्या मैं ग़लत समय पर आ गयी?'' यह उसकी मुझे शह देते हुए शतरंज के घोड़े की चाल थी। मै अपने बचाव के लिए प्यादे को ही आगे कर सकता था, बोला, ''नहीं बैठो।'' ''मैं फिर आ जाऊँगी।'' यह रानी की चाल थी। मैंने बादशाह आगे कर शह दी, ''अब आ ही गयी हो तो बैठ जाओ।'' केतकी किसी तरह की चूं-चपड़ किये बिना बैठ गयी, मानो उसने कुछ सोचे-समझे बिना ही अपनी मात कबूल कर ली हो। मैं उसके जानिब कई पलों तक देखता रहा। उसकी ख़मशुदा ज़ुल्फ़ें मुझ पर कहर ढा रही थीं और ग़ज़ालचश्म मुझमें जिन्सी ख़्वाहिश पैदा कर रही थी। मेरा दिल चाह रहा था कि उसके गले में अपने बाजू डाल दूँ। मैं जानता था कि मेरी यह ख़्वाहिश एक छलावा ही है। लेकिन उसकी चाह मुझमें दर्द भरा सुरूर घोल रही थी। मैं उसकी नज़दीकी ही नहीं चाह रहा था बल्कि मैं जिस्मानी तौर पर उससे वाबस्ता भी होना चाहता था। लेकिन मैंने अपनी इस ख़्वाहिश को दबाते हुए इतना ही कहा, ''कैसे आना हुआ केतकी इस समय?'' केतकी ने कुछ अनमने से अन्दाज़ में इतना ही कहा, ''कुछ नहीं वैसे ही आ गयी। मुझे नहीं पता था आजकल मेरा किसी काम के बिना यहाँ आना वर्जित है।'' केतकी की बात सुन मैं हैरान हो गया और मैं अपनी सफाई देता सा बोला, ''क्या मैं तुम्हारे अदब में कुछ ग़लत कह गया?'' एक चौड़ी रौशन मुस्कराहट केतकी के लबों पर फिसली और बोली, ''क्या हुआ? तुम्हारा मूड तो ठीक है न, मैंने तो कुछ समझा ही नहीं है।'' ख़्यालों में केतकी पर मुहब्बत लुटाने वाला शख़्स उसकी मौजूदगी में हरजाई हुआ जा रहा था। मैंने दिल में उठ रही ख़्वाहिशों को झटका और केतकी के जानिब उसी तरह मुखातिब हुआ जैसे हमेशा होता रहा हूँ। मैंने कहा, ''हूँ!! मूड, मूड क्या होता है केतकी? सारी बात तो पैसे की है। मूड वग़ैरा तो बहुत बाद की बातें हैं।''

"तुम नाटक करना छोड़ो, सच बताओ क्या हुआ है तुम्हें। अब कौन-सा पहाड़ टूट पड़ा जिस ने तुम्हें निराशा की चादर में फिर से लपेट लिया है। किस बात से तुम इतने परेशान दिखाई दे रहे हो?"

मैं केतकी से कैसे कहूँ कि इस वक्त मेरी अन्दरूनी ख़्वाहिश तुम्हें हासिल करने की है। तुम्हारी यह आवारा जिन्सी आँखें मुझे उकसा रहीं हैं। मैं जिस्मानी तौर पर तुम से वाबस्ता होना चाहता हूँ। और इस समय मैं और कुछ नहीं सोच रहा केवल तुम ही हो जिसमें मैं जज़्ब हुआ जा रहा हूँ।

मैंने अपने जज़्बात को ज़ाहिर होने से रोका। मै डरा हुआ था कि कहीं केतकी मेरे दिल की ख्वाहिश जान न ले, इसलिए मैंने उसकी जानिब न देख कर ख़ला में देखते हुए कहा, "केतकी! मुझे लगता है कि हम लोग कल्चरल मामलात के महकमे को अपना नाटक नहीं दिखा पाएँगे। बच्चों को अभी जुमले ही याद नहीं हो पाये हैं। मैं समझता हूँ कि 'जिन लाहौर.. ' नाटक के जिस एक शो को स्पांसर करने की बात हुई है वही सही ढंग से निपट जाए, वही हमारे लिए बेहतर होगा।"

"क्यों अब क्या हुआ? वहाँ तो कुछ ही सीन दिखाने है न, कुछ तो तैयार ही है। मेरी समझ में नहीं आता कि तुम्हें बीच-बीच में हो क्या जाता है। तुम क्यों इस तरह का नाटक मेरे साथ खेलने लग जाते हो, मोह! क्यों सताते हो मुझे, ऐसी क्या मुझसे गुस्ताख़ी हो गयी है जिसे तुम हज़म नहीं कर पा रहे हो?" केतकी ने बेसाख़्ता कहा और चुप हो गयी। उसके चेहरे पर कई तरह के रंगों को एक साथ इस वक़्त देखा जा सकता था लेकिन इन रंगों को किसी एक रंग का नाम नहीं दिया जा सकता और न ही इन्हें इन्द्रधनुष के रंग ही कहा जा सकता है।

मेरे अन्दर बेचैन समन्दर की तरह का हड़कम्प मच गया। क्या करूँ, क्या कहूँ, कैसे कहूँ कि जो कशमकश मेरे अन्दर चलने लगी है उसकी वजह भी तुम ही हो। लेकिन ऐसा कह कर मैं केतकी को उदास नहीं कर सकता था। मैं यह भी जानता हूँ कि मेरी केतकी के प्यार को पाने की तमन्ना सिर्फ ख़्वाब ही है। लेकिन मैं क्या करूं अपने जज़बात को कैसे काबू में रख सकता हूँ। जज़्बात तो बहना चाहते हैं। फिर भी अपने ख़्यालों के बरक्स मैं वो सारी बातें उगल गया जो पिछले कल सिमरजीत से हुई थी जिसे सुन केतकी ठंडी कपूर हँसी हँसती हुई बोली, " बस इतनी-सी बात पर यह रोनी सूरत बनी हुई है, उतार फेंको इस निराशा की चादर को, तुम्हारे साथ केतकी है न, फिर चिन्ता क्यों कर रहे हो, परन्तु एक बात मेरी समझ में नहीं आ रही है कि सिमरजीत ने मुझसे वायदा किया था कि वह यह काम करेगा फिर अब क्या हो गया?"

"बड़ी सीधी-सी बात है केतकी! वह तुम्हारे सामने इनकार नहीं कर सका होगा और फिर बाद में उसे ख़याल आया होगा कि हमारा नया ग्रुप है और जिसका अभी

कोई नाम नहीं है। होगा भी या नहीं होगा, इस की भी कोई गारंटी नहीं है। वह ठहरा नामी गिरामी म्यूज़ीशियन। अगर हमारा शो फलॉप हो जाता है ऐसी सूरत में उसका नाम भी तो ख़राब हो सकता है, बस यही सोचा होगा उसने।''

''यह बात है तो तुम चिन्ता मत करो। हमारे बच्चे तैयार हैं और 'जिन लाहौर...' नाटक की भी तुम चिन्ता मत करो। सब ठीक हो जाएगा, अब नाटक तो होगा ही। बच्चों का भी और 'जिन लाहौर नईं...' का भी। इसके संगीत की भी कोई प्रॉब्लम नहीं है। सिमरजीत को भी एहसास हो जाएगा कि वही अन्तिम पर्याय नहीं हैं हमारे लिए। उसके बिना भी काम हो सकता है। तुम देखते रहना हमारा नाटक हिट जाएगा, मायूस होने की आवश्यकता नहीं है। इतना कहने के साथ उसके होंठो पर एक गुँथी हुई मुस्कान फैल गयी।''

केतकी अपनी जगह ठीक है लेकिन मैं अपने जज़्बात की वजह से परेशान हूँ। मेरे ज़ेहन में जो ख़्यालात की नशीली धुन्ध छाई हुई है मैं नहीं चाहता कि यह धुन्ध फैलते-फैलते केतकी को भी अपनी गिरफ़्त में ले ले। वह नहीं जानती कि मैं किस उलझन में उलझा हुआ हूँ। उसे मैं वह सब कैसे बता सकता हूँ कि इस समय मेरी अहम-तरीन ख़्वाहिश क्या है! जहाँ मुझे इस बात को लेकर भी परेशानी है कि मैं पहला 'फुललेंग्थ प्ले' कर रहा हूँ, कहीं फिसल गया तो फिर ताउम्र सँभल पाना मेरे लिए मुश्किल होगा। मैं यह भी समझता हूँ कि क़ामयाबी और नाक़ामयाबी तो उस अल्लाह के हाथ में है, हमें तो केवल काम करना है और वह हम कर भी रहे हैं। लेकिन इसके बरक्स भी मेरे ज़ेहन में जो चल रहा है उसकी वजह से भी मायूसी मेरा पीछा नहीं छोड़ रही जिसे केतकी कभी जान नहीं पाएगी। मैं तहे-दिल से उसकी इज़्ज़त करता हूँ इसलिए मैं अपनी इच्छा भी नहीं बता सकता। वह मेरे दिल में महफ़ूस रहेंगी मेरी मौत तक। मुझे चुप हुआ देख केतकी बोली, ''देखो खान! इस तरह चुप्पी साध लेने से तो काम नहीं चलेगा। तुम ऐसा करो कि जो बातें हमें कमज़ोर बनाती हैं उनकी एक पोटली बाँधो और उन्हें लेक में फेंक आओ।''

''लेक को प्रदूषित करने का हमें कोई हक़ नहीं है।'' मैंने केतकी की बात को मज़ाक में लेते हुए कहा।

''ठीक है तो मत फेंको और करते रहो अपने आप को प्रदूषित। परन्तु क्या हम अब कोई काम की बात कर सकते हैं, बोलो?'' केतकी ने ख़फ़गी से कहा। मेरी हालत और भी खस्ता हो गयी। आज केतकी ने पीले रंग की चन्देरी साड़ी के सीधे पल्ले को दायें कन्धे पर जिस तरह से डाला हुआ था उससे उसके लो कट ब्लाउज़ के गले से दिखाई दे रहे पर्वतों की गोलाइयों को न चाहते हुए भी मेरी नज़रें छूने को बेताब हो रही थीं। और बार-बार उन पर फिसल रही थीं। उसका बला का संगमरमरी रंग बाहर गिर-गिर पड़ रहा था। मुझे अपने पर क़ाबू रख पाना आज मुश्किल हो रहा

था। फिर भी मैनें अपने ख़्यालात से बाहर न निकालने की कोशिश करते हुए कहा, ''हाँ कहो क्या कहने आयी हो?''

''कुछ ख़ास नहीं,'' कहते हुए जिस तरह केतकी ने अपनी नज़रें झुकाईं उससे मुझे ऐसे लगा कि मुमकिन है उसने मेरी चोरी पकड़ ली हो। लेकिन फिर भी कुछ देर मेरी नज़रें उसके गुलाबी चेहरे पर फिसलती रहीं। मैं नहीं चाहता था कि मेरी कोई भी कमज़ोरी केतकी के हाथ आ जाए। इसलिए मैं अपनी आवाज़ को संजीदा करते हुए बोला, ''जो आम है वही कहो?''

''मोह, क्या हुआ है तुम्हें?''

''मुझे क्या होना है , अच्छा भला तो हूँ!'' कहने को तो मैं कह गया लेकिन मैं अन्दर तक काँप गया। यूँ भी मैं अपनी इस दोहरी ज़ेहनी कोफ़्त से ख़ौफज़दा हूँ। जितनी शिद्दत से मैं थियेटर में एक सिपाही की तरह काम करना चाहता हूँ उतनी ही शिद्दत से मैं केतकी को भी पाना चाहता हूँ। या ख़ुदाया! मुझे इस ज़ेहनी कोफ़्त से बचा। मैं अभी तक केतकी के ख़्यालात की गिरफ्त में था और चाहने पर भी उनसे आज़ाद नहीं हो पा रहा था। लेकिन जब मैंने आँखें उठाकर केतकी की ओर देखा तो पाया कि केतकी की नज़रें अभी तक उसी तरह मेरे चेहरे का सफर कर रही हैं। उन्हें देख कर मुझे थोड़ी तसल्ली हुई और मैंने सोचने में थोड़ी सी भी देर नहीं लगाई कि हो सकता है कि शायद केतकी के दिल में भी मेरी तरह से ही कुछ चल रहा हो, इस चुप्पी के आलम में उसकी नज़रें मुझे और भी अधिक आकर्षित कर रही थीं। मेरी नज़रें जब उसकी नज़रों से टकराईं तब मैं उनकी ताज़गी और उस हुस्न से और भी मुतास्सिर हुआ। लेकिन उस समय मैं कुछ बोलने की हालत में अपने को नहीं पा रहा था। चुपचाप उसकी ओर देखता रहा।

जब केतकी को लगा कि मैं अब कुछ कहने वाला नहीं हूँ तो मुझे आगाह करते हुए बोली, ''क्या हुआ है तुम्हें, तुम इतने चुप क्यों हो, मैं देख रहीं हूँ कितनी देर से। कहने को तो तुमने कह दिया कि तुम ठीक हो, परन्तु मैं जानती हूँ कि तुम कितने ठीक हो!'' इतना कह केतकी की नज़रें पूरे कमरे का चक्कर लगाकर फिर मेरे चेहरे पर चिपक गयीं। उसने जिस तरह मेरी ओर देखा उन नज़रों से जब मेरी नज़रें टकरायीं तो एकबारगी मैं काँप ही गया। कैसे कहूँ कि मेरी जो हक़ीक़त है उसका कोई बदल नहीं है। फिर भी मैंने अपने को सँभाला और अपने दिल की बात को अपने अन्दर ही कैद करते हुए बोला, ''मैं तो नाटक को लेकर ही फ़िक्रमन्द हूँ केतकी! तुमने क्या समझा? लेकिन मेरे सामने और कोई भी मसला नहीं है। मेरी बात को सुनकर केतकी तल्ख हो गयी। उसकी मासूमियत एक झटके में ही ग़ायब हो गयी और हुमककर बोली, ''तुम मोह! कभी भी झूठ नहीं बोल सकते फिर क्यों झूठ बोलने की कोशिश करतें हो? रही नाटक की बात तो मैं तुम्हें कैसे समझाऊँ कि उसकी तुम्हें अब चिन्ता

नहीं करनी चाहिए। इसे अब छोड़ दो नहीं तो उसे मेरे कन्धों पर डाल कर तुम उन्मुक्त हो जाओ। रही बच्चों के नाटक की तो उसे लेकर तुम्हें किसी प्रकार की परेशानी नहीं होनी चाहिए। उसके कास्ट्यूम से लेकर बाकी सारी मंच सामग्री तक हम ने तैयार कर ली है। रही 'जिन लाहौर..' की बात तो वह भी ठीक ही चल रहा है। यह मैं जानती हूँ कि तुम्हें भी यह सब मालूम है लेकिन तुम्हें जो चिन्ता खाये जा रही है वह नाटक को लेकर नहीं है। इतना तो मैं जानती हूँ। बताओगे नहीं और अन्दर ही अन्दर घुलते रहोगे तो उसका तो किसी के पास कोई तोड़ नहीं है। लेकिन यदि तुम कुछ नहीं बताना चाहते हो तो मत बताओ। परन्तु यह भी जान लो कि अब हमारे पास फ़ालतू की परेशानियाँ पाल लेने का वक़्त नहीं है। इन्हें अब छोड़ो और यह बताओ कैसे लगे है तुम्हें 'जिन लाहौर..' नाटक के लिए किये गये मेरे वस्त्र-विन्यास के स्कैच और स्टेज की परिकल्पना?''

मैंने केतकी की बात सुन राहत की साँस ली। मुझे इस तरह लगा जैसे कातिल पुलिस की नज़रों से बच कर भाग गया हो। मैंने इतमिनान की साँस लेते हुए कहा ''तुम्हारी परिकल्पना तो बहुत अच्छी है परन्तु हम उसे अपना नहीं पाएँगे। यह सब बहुत खरचीला है।''

''और फिर यहाँ वही ढाक के तीन पात। तुम हर समय पैसे का रोना लेकर क्यों बैठ जाते हो। एक बार कहा न कि सब ठीक हो जाएगा। तो हो जाएगा सब ठीक। तुम्हारी इस रोनी सूरत से कुछ नहीं होने वाला। इतमिनान रखो और बताओ कि तुम्हें कैसे लगी मेरी की हुई मंच-परिकल्पना और वस्त्र-विन्यास के स्कैच?'' केतकी ने बड़ी मासूमियत से कहा।

'अच्छे तो हैं केतकी, लेकिन हमारे लिए वह ठीक नहीं है। हमारा 'अक्स' इतना अमीर नहीं है जो इन कास्ट्यूम डिज़ाइन और स्टेज डिज़ाइन के खर्चे का बोझ उठा सके।''

''वह सब छोड़ो, कहा न मैंने, तुम केवल यह बताओ कि मंच-परिकल्पना हमारे नाटक के अनुकूल है या नहीं?

''वह तो है लेकिन...।''

''लेकिन-वेकिन कुछ नहीं, तुम देखते जाओ मैं खर्चे कैसे पूरे करती हूँ।'' केतकी ने लापरवाही से कहा।

''चलो मैं तुम्हारी बात मान कर चलता हूँ कि तुम चाहे काले चोर से पैसा लेकर आओ इसका खर्चा निकाल दोगी। रही बात तुम्हारे इस स्टेज डिज़ाइन की, यूँ तो सब ठीक है लेकिन तुमने यह जो दीवारों पर ब्राउन रंग दिया है उसे प्लाई पर कैसे लेकर आओगी?''

''बहुत आसान है, प्लाई पर इस रंग का कपड़ा चढ़ाया जाएगा। उस पर कले

सफेद रंग की लाइन देकर ईंटों का डिज़ाइन बना दिया जाएगा इस तरह...'' केतकी ने सफेद पेन्सिल से निशान लगाकर बताया और फिर बोली, ''यह जो मस्जिद का गुम्बद दिखाई दे रहा है न, इसे सफेद रंग से रँगा जाएगा और यह है हवेली के अन्दर की ओर खुलने वाला दरवाज़ा जिसका रंग कत्थई होगा। यह रही हवेली की सीढ़ियाँ, इनके कटाव के बीच से ही मस्जिद का गुम्बद दिखाई देगा और यह जो लाइन दिखाई दे रही है न, यह है बरामदे का प्लेटफार्म और बाकी के दरवाज़े।''

''केतकी! तुम्हारे सैट डिज़ाइन की परिकल्पना तो बड़ी ज़बरदस्त है। एक शानदार हवेली का इससे पता चल रहा है। लेकिन मैं फिर वही बात दोहरा कर कहता हूँ कि इस डिज़ाइन पर जितना खर्चा आएगा उससे तो एक और पूरा ड्रामा स्टेज किया जा सकता है।'' इतना कह मैं चुप हो गया। लेकिन मैंने महसूस किया कि केतकी की बात में दम है कि जो स्टेज डिज़ाइन उसने तैयार किया है उसके साथ नाटक को एक नया आयाम मिल सकता है। लेकिन हर एक ग्रुप की अपनी अपनी हदें होती हैं, हमारी भी हैं। जितना खर्च केतकी नाटक पर करना चाहती है उतना पैसा आएगा कहाँ से। मैंने थोड़ी देर चुप रहकर फिर कहा, ''मैं तो यह तजुर्बा करना चाह रहा था केतकी कि क्या हम कम बजट में भी एक स्तरीय नाटक स्टेज कर सकते हैं। मैं तुम्हारे इस ख़्याल को दुरुस्त नहीं मानता कि एक ही पेशकश पर इतना अधिक खर्च कर दिया जाये कि दूसरा नाटक करने की हिम्मत ही ख़तम हो जाये। फिर मैं तो एक मिसाल क़ायम करना चाहता हूँ कि बिना स्टेज प्रॉपर्टी के सीधे-साधे मंच पर किसी भी स्तरीय नाटक को मंचित किया जा सकता है और अदाकार अपनी ऐक्टिंग से ही उसे उस मुकाम तक पहुँचा सकते हैं, जो ऐसे नाटकों के लिए दरकार है। यहाँ तुमने तो स्टेज डिज़ाइन के साथ-साथ खर्चीले कास्ट्यूम तक की कल्पना कर रखी है। इतना अधिक खर्च कैसे किया जा सकता है? मैं यह सब सोच-सोचकर सिहर जाता हूँ। बात फिर वही है कि कौन उठाएगा यह सारा बोझ? लेकिन मैं तुम्हें यह भी नहीं कह सकता कि कोई दूसरा डिज़ाइन ही तैयार कर लो।'' इतना बोलकर जाने मैं कितनी देर अपने ख़्यालों में ग्रस्त रहा। कुछ देर गर्दो-पेश में उदासी का आलम छाया रहा। हम दोनों अपने-अपने ख़्यालों की नदी में बहते रहे। यूँ तो मैं केतकी की ज़ेह्नी हालत से वाकिफ़ था। और यह भी जानता था कि वह ज़िद्दी किसम की खूबसूरत खातून है।

आखिरकार मैंने ही फिर इस चुप्पी के आलम को तोड़ा और बोला, ''केतकी मैं तुम्हारी परिकल्पना की कदर करता हूँ। तुम्हारी यह सारी बातें जायज़ भी हैं। अगर मैं निष्पक्ष होकर बात करूँ तो जिस तरह से मैं एक स्तरीय नाटक पेश करना चाहता हूँ उससे तुम्हारे इस डिज़ाइन का मेरी कल्पना से कोई राबता नहीं बैठता।'' केतकी नाउम्मीदी के एहसास से संजीदा हो गयी। लेकिन थोड़ी देर के बाद भरपूर उत्साह से बोली, ''देख लेना तुम भी खान! इस नाटक का सारा खर्चा भी निकल जाएगा और

कुछ पैसा बच भी जाएगा। तुम्हें चिन्ता करने की आदत है, तुम करते रहो। लेकिन एक बात तुम जान लो, इस नाटक को तुम पहली बार स्टेज पर नहीं ले जा रहे हो। तुम से पहले कई सुलझे हुए, और जिन्हें मैं दिग्गज मानती हूँ, ऐसे निर्देशक इसे मँझे हुए कलाकारों के साथ बिना स्टेज प्रॉपर्टी के बिलकुल सादा स्टेज पर सफल मंचन कर चुके हैं और तुम जिन कलाकारों को साथ लेकर इस नाटक को साकार करने जा रहे हो उनमें से एक-दो को छोड़कर बाकी सारे कलाकार एम्यचौर हैं। तुम जो ख़्वाब देख रहे हो उसके लिए तुम्हारे कलाकार फिट नहीं बैठ रहे हैं। हाँ, यह मैं मानती हूँ कि कुछ समय बाद यह उस लक्ष्य को प्राप्त कर लेंगे जिसकी तुम अपेक्षा इनसे कर रहे हो, लेकिन अभी नहीं। दर्शक को आकर्षित करने के लिए कुछ तो चाहिए... तुम्हारे क़िरदारों की कमी को यह स्टेज डिज़ाइन पूरा करेगा।''

''तब तो मुझे अभी यह नाटक करना ही नहीं चाहिए।''

''मैंने ऐसा कब कहा? मैं तो यह कहना चाह रही हूँ कि अभी जो इनमें कच्चापन है, उसे ही पूरा करेगी यह स्टेज प्रॉपर्टी।''

मैं मायूस होकर बोला, ''क्या कहूँ मैं केतकी! तुम्हारी बात सच हो सकती है। तुम ऐसा सोच भी सकती हो। लेकिन तुम्हारे यह उम्दा स्कैच हमारे लिए किसी भी हालत में काम नहीं आ सकते क्योंकि इनके मुताबिक हम प्रैक्टिकली कुछ नहीं कर सकते। मैं इनकी तारीफ़ तो कर सकता हूँ लेकिन इस पर अमल नहीं कर सकता क्योंकि मेरे दर्शक बुर्जुआ नहीं आम आदमी हैं। मैं उस आम दर्शक को उन्हीं की ज़मीन का ड्रामा दिखाना चाहता हूँ, मैं नहीं चाहता जैसा कि आज के दौर में चल रहा है कि कुछ एलीट किसम के लोगों के लिए ही ड्रामे खेले जा रहे हैं और उसका क्या फ़ायदा कि उस भीड़ में मैं भी वैसा ही एक नाटक पेश कर दूँ। क्या फ़ायदा होगा ऐसा नाटक पेश करके? तुम भी इस पर थोड़ा ख्याल करो। मैं ज़मीन से जुड़ने की कोशिश कर रहा हूँ, उसे तुम क्यों नहीं समझ रही।''

''मेरी समझ में तुम्हारी बात नहीं आ रही है, खान। मुझे नहीं लगता कि मेरे डिज़ाइन में ऐसा कुछ है जो एलीट लोगों के लिए ही हो। यह भेद मेरी समझ के बाहर की बात है। हम जो नाटक पेश करने जा रहे हैं वह आम आदमी की ज़िन्दगी का ही नाटक है और तुम यह कैसे कह सकते हो कि इस डिज़ाइन के रहते यह नाटक एलीट दर्शक के लिए ही रह जायेगा, आम दर्शक तक नहीं पहुँच पाएगा। मैं तुम्हारी इस बात से सहमत नहीं हो सकती।''

मैं केतकी की बात सुनकर आजिज़-सा होकर बोला, ''जेब खाली हो तो सब कुछ ग़लत ही लगता है। यदि इस नाटक का चुनाव कर ही लिया गया है तो कहीं और से भी तो कट लग सकती है सैट डिज़ाइन सादा भी तो हो सकता है।''

''होने को तो बहुत कुछ हो सकता है, मोहसिन खान! परन्तु सवाल यहाँ यह है

कि सही और सटीक क्या है। महत्व की बात यह है मैंने जो इस नाटक के लिए मंच-परिकल्पना की है, वह मेरी दृष्टि से सही और सटीक है। मैं एक बात जानती हूँ कि मैंने यहाँ निरर्थक कुछ नहीं रखा है और न ही यहाँ कोई ऐसा अवरोध है जहाँ कलाकारों की गति में मेरी मंच-परिकल्पना बाधक बन रही हो। तुम किस आधार पर कह रहे हो कि मेरी मंच-परिकल्पना अच्छी नहीं है।''

''मैंने ऐसा कब कहा केतकी कि तुम्हारे सैट डिज़ाइन की परिकल्पना अच्छी नहीं है। मेरी सारी बात का रुख पैसा और मेरे अपने थियेटर के सपने हैं। मैं अपने ही धरातल पर उन्हें साकार करना चाहता हूँ। बस बात यहाँ आकर ख़त्म हो जाती है। जैसा मैं थियेटर करना चाहता हूँ, यह सब तामझाम मेरे लिए उचित नहीं हैं।''

''तुम जिस तरह का रंगचंच चाहते हो वह इस आधुनिक कहे जाने वाले चंडीगढ़ शहर में तो नहीं ही कर सकते। यहाँ यूँ ही दर्शक नाटक देखने नहीं आता। फिर तुम जैसा सोच रहे हो वैसे नाटक देखने कौन आएगा! अरे भाई, दर्शक हर तरफ से सन्तुष्ट होकर थियेटर हॉल से बाहर जाये, मैं यही चाहती हूँ। यूँ तुम्हें रोते रहने की आदत है, तुम रोते ही रहोगे। परन्तु मेरी बात ध्यान से सुनो, रोने वालों के हाथ सदा खाली रहते हैं।''

''मेरी समझ में तुम्हारी बातें नहीं आ रही हैं केतकी!''

''समझ में आ जाये मेरी बात तो तुम यहाँ न होकर कहीं और होते। मैं फिर कहती हूँ कि तुम सब चिन्ताएँ मुझे सौंप दो और काम शुरू कर दो और इतना तुम जान लो कि इस नाटक का तब तक वांछित प्रभाव नहीं पड़ सकता जब तक इसकी मंच परिकल्पना में वह भव्यता न दिखाई जाये जिसे लेखक ने शब्दों द्वारा व्यक्त किया है, बस मैंने अपने डिज़ाइन में लेखक की परिकल्पना को ही पकड़ा है और उसे साकार करने की कोशिश की है।''

''लेकिन केतकी यह सारी बातें ऐक्टिंग के ज़रिये भी तो दिखाई जा सकती हैं। मैं यह चाहता हूँ कि क्या मैं उन बुलन्दियों को मंच सामग्री के बिना भी छू सकता हूँ जो इस नाटक में दरकार है। मैं यह दिखा देना चाहता हूँ कि बड़े-बड़े सैट लगाने से ही नाटक कामयाब नहीं हो जाते, उसके लिए तो और भी बहुत कुछ चाहिए।''

''मै जानती हूँ मोहसिन खान! और मैं यह भी जानती हूँ कि तुम्हारे पास वह परिकल्पना है जिसके चलते किसी भी नाट्य प्रस्तुति को वांछित सफलता मिल सकती है। परन्तु सोचो एक सशक्त नाट्य कृति को सटीक निर्देशन और मंझे हुए कलाकारों के साथ यदि उपयुक्त मंच-सज्जा और वस्त्र-विन्यास के साथ-साथ प्रकाश-प्रबन्ध भी सही मिल जाये तब उसका प्रभाव दर्शक पर कैसा पड़ेगा, इसकी कल्पना ही रोमांच पैदा करने के लिए काफी है। जाने क्यों तुम इस बात को समझना नहीं चाहते और एक ही राग अलापते जा रहे हो। हालाँकि तुम्हारे कलाकार अभी उतने

मँझे हुए भी नहीं हैं जो इस नाटक को सही आयाम अपने अभिनय से दे पाएँ। मेरा सुझाव तो तुम्हें यही है कि सारे फ़ालतू ख़्याल छोड़ कर काम पर जुट जाओ और यदि तुम्हें यह लगता है कि मेरे यह डिज़ाइन उपयुक्त और सटीक हैं तो और किसी विचार को आड़े मत आने दो। बस अब और बात नहीं केवल काम...।''

''कैसे काम शुरू कर दूँ केतकी! तुम भी कमाल करती हो। जैसा मैं थियेटर करना चाहता हूँ यह सब तामझाम मेरे लिए उपयुक्त नहीं हैं।''

''फिर वही पुरानी बात है। सुनो खान! यदि हम विवेक से काम लें तो सब कुछ सम्भव हो सकता है,यदि हम तर्क-कुतर्क में ही पड़े रहे तब हम जो हासिल कर सकते हैं वह भी हमें नसीब नहीं होगा। इस समय हमें विवेक से काम लेना होगा।''

''केतकी यहीं तो तुम मार खा गयी न, यह अच्छे और बुरे की तमीज़ ही तो है जो मुझे बा-दलील बना रही है।''

''तुम नाटक कर रहे हो कि घास खोद रहे हो। पैसा तुम खर्च करना नहीं चाहते, तो ऐसा नाटक करने की इच्छा ही क्यों रखते हो जो तुम्हारी हिम्मत से बाहर का है। इस नाटक को मंचित करने का ख़्याल मन से निकाल दो। और भी कोई नाटक किया जा सकता है, ऐसे बहुत से नाटक हैं जो सादा मंच पर किए जा सकते हैं। न हो तो तुम खुद ही लिख लो कोई नाटक, और फिर उसी को मंचित भी कर लो। लेकिन मेरी कल्पना की भ्रूणहत्या मत करो।'' केतकी इतना कह अपनी फाइल ज़मीन पर पटक कर उठने लगी। एक पल के लिए मैं भौंचक-सा उसे देखता रहा। मैं केतकी की नाराज़गी सहन नहीं कर सका। इसलिए बड़ी नम्रता से बोला, ''नाराज़ मत हो मेरे आका! मैं तो अपने हालात की नुक्ताचींनी और अपनी जेब की खानातलाशी कर रहा था। ख़ैर, मेरी बात छोड़ो! तुम जो-जैसा कहोगी वैसा ही होगा और अब बैठ जाओ और गुस्से को बाहर भगा दो।'' मेरी बात सुनकर केतकी के लबों पर एक चौड़ी मुस्कान फैल गयी। उसके चेहरे पर फिर रौशनी लौट आयी। अपनी फाइल उठाते हुए बोली, ''यह हुई न बात। अब मैं चलती हूँ।''

इतने में राजीव कमरे में दाख़िल हुआ। वह रिहर्सल से लौटा था। आते ही सिर थाम कर ज़मीन पर ही बैठ गया, उसकी ऐसी हालत देख मेरा फ़िक्रमन्द हो जाना नॉर्मल-सी बात थी। मैंने प्यार से उसके सिर पर हाथ फेरा, थोड़ी-सी हमदर्दी पा कर वह पिघल-सा गया। उसकी आँखों में जो समन्दर कुछ देर पहले हिलोरें ले रहा था उसकी लहरें ख़ामोश होकर वहीं थम गयीं। पूछने पर बोला, ''दादा! पहले तुम इन सब को पढ़ाने का इन्तज़ाम करो, फिर ख़्वाब लेना किसी नाटक को मंचित करने का। मैं तो उन्हें संवाद रटाते-रटाते जड़ हो गया हूँ। इन सबके लिए तो नुक्कड़ नाटक करना ही बेहतर है। वहाँ भूलने का प्रश्न ही पैदा नहीं होता। भूल भी जाते हैं तो नया कुछ खुद जोड़ भी लेते हैं। यहाँ उनकी समझ में ही कुछ नहीं आ रहा और न ही वह रट

ही पा रहे हैं।''

राजीव की बात के उत्तर में केतकी जो जाने के लिए खड़ी हो चुकी थी, बैठ गयी और बोली, ''तुम किस नाटक की बात कर रहे हो? 'कंजूस व्यापारी' की तो मैं रिहर्सल लेकर आ रही हूँ, वह तो ठीक-ठाक चल रहा है।''

''मैं उसकी बात नहीं कर रहा, मैं तो 'जिन लाहौर ...' की बात कर रहा हूँ।'' राजीव थके हुए लहजे में बोला।

''अरे बाबा, उसमें यहाँ के दो-तीन ही तो लोग हैं। बाकी सारी कास्ट तो बाहर की है। उसमें इतना परेशान होने की क्या ज़रूरत है। मेरी बात सुन लो मोहसिन खान, मेरा कहा मानो 'जिन लाहौर...' नाटक को मंचित करने का ख़्याल मन से निकाल दो, यही ठीक रहेगा तुम्हारे लिए और इससे तुम्हारी सेहत भी ठीक रहेगी और इस राजीव की भी।'' केतकी खीज भरे लहज़े में बोली।

''हाँ यही ठीक रहेगा दादा! इस नाटक को छोड़ ही दिया जाए। अभी तो तीन ही क़िरदार यहाँ के हैं, वही मेरा दिमाग़ चाट गये।'' केतकी की बात सुनकर राजीव उत्साह से बोला। मैं कुछ कहता उसके पहले ही अम्मी चाय लेकर आ गयीं और बोलीं, ''मैं जानती थी कि बच्चा थका-हारा आया है इसलिए चाय ले आयी। फुर्ती से चाय की ट्रे अम्मी के हाथों से लेती हुई केतकी बोली, ''अम्मीजान! एक आवाज़ तो दी होती, मैं आ जाती।''

''क्या हो गया बिटिया, तुम भी तो मसरूफ़ थी। मैं तो खाली ही बैठी थी। मैं कितनी बार कह चुकी हूँ मोहसिन खान से कि क्यों बच्चे को इसके घर से अलग कर अपने पास रखे हुए है? क्या इस वजह से इसके वालदेन परेशान नहीं होते होंगे? अपने बच्चों से वालदेन को बड़ी आस होती है। यह अलग बात है कि यहाँ रहकर इसे गन्दी बातों से छुटकारा मिल गया है, लेकिन अब तो यह ठीक हो गया है तो क्या इसे अपने घर नहीं चले जाना चाहिए? मैं मानती हूँ कि यह काम मोहसिन ने अच्छा किया है लेकिन सूद-ओ-जिया और अखलाख से किया गया काम ही आदमी को निशात बख़्शता है। उसके ऐवज में कुछ ले लेना क्या सुकून देगा? इसने तो उनका बच्चा ही हथिया लिया। मेरी समझ में यह बात नहीं आयी। क्या यह अच्छी बात है? न....न इतना कुफ्र ! लाहौलविला कुव्वत! इसे दोजख़ में भी पनाह नहीं मिलेगी।''

मैंने कहकहा लगाते हुए अम्मी की बात को वहीं ख़तम करने के लिए कहा, ''न मिले दोजख़ में पनाह फिर हमसे कोई जन्नत नहीं छीन पाएगा। एक जगह तो हमारे लिए महफूज़ होगी ही न।'' अम्मी इसके बाद कुछ नहीं बोलीं। राजीव का रुख भी सख़्त ही रहा। हम चारों के बीच केवल सन्नाटा पसरा रहा। ऐसा सन्नाटा जो कोलाहल की बुनियाद पर टिका होता है। राजीव ने भी अपना फ़ैसला अम्मी को सुना

ही दिया कि वह कभी इस घर से नहीं जाएगा और अगर अम्मी को उसका यहाँ रहना ठीक नहीं लग रहा तो इसकी भी उसे परवाह नहीं है। मैं इस बात से परेशान हो गया था क्योंकि मैं जानता हूँ कि राजीव अपने दिल में जिस बात को बिठा लेता है उससे उसे बाहर निकालना फिर दूसरे के लिए मुहाल हो जाता है। इस बातचीत के बाद सब संजीदा हो गये। राजीव की बात सुन कुछ देर अम्मी चुप रहीं फिर बोलीं, ''तुम्हारा यहाँ रहना मुझे क्यों बुरा लगेगा। तुम मेरा क्या लेते हो? जिसे लेना चाहिए वही मेरे से कुछ नहीं लेना चाहता। इतना कहते-कहते अम्मी ग़मगीन हो गयीं। मैंने उन्हें तसल्ली देते हुए कहा, ''भले ही मैं आपकी राय से सहमत नहीं हूँ फिर भी अम्मीजान! आप ऐसा क्यों सोचती हैं। कुछ देकर तो देखिए तो आपका यह नालायक़ बच्चा वह सब लेता है कि नहीं?'' अम्मी अपने ही ख्यालों में थीं। मेरी बात को अनसुना करती हुई बोलीं, ''बिटिया तुम्हीं सोचो, मैं और कितने दिन यहाँ रह पाऊँगी। इसे समझाओ,'' मैंने अम्मी को अपनी बात पूरी नहीं करने दी। बीच में ही बोल पड़ा, ''अम्मी बस भी करो बहुत हो गया, यह किस्सा, तुम भी जान गयी हो कि अब मैं यहाँ से जाने वाला नहीं हूँ। तब क्या फ़ायदा बार-बार उन्हीं बातों को दोहराने का।'' मेरी आवाज़ तल्ख़ और गुस्सैल थी, जिसे सुन अम्मी सहम जरूर गयीं। केतकी की तेज़ नज़रें मेरे चेहरे का सफ़र करने लगीं। मेरा मन बेक़रार-सा हो गया। मैं सोचने लगा अम्मी मेरी बात समझने से इनकार क्यों कर रही हैं। लेकिन अम्मी की बात के जवाब में केतकी ही बोली, ''तुम भी खान! कैसी बातें करते हो। यदि तुम कुछ दिनों के लिए अम्मी के साथ चले जाओगे तो यहाँ पहाड़ नहीं टूट जाएगा? यहाँ कुछ बिगड़ने वाला नहीं है। हाँ अम्मी, आपकी चाय कहाँ है? क्या आप चाय नहीं पीएँगी? मैं कप लेकर आती हूँ। आप चिन्ता न करें! आपके बेटे को मैं आपके साथ जाने के लिए राजी कर लूँगी।'' अम्मी केतकी की बल्लैयां लेती हुई बोलीं, ''बैठ केतकी! मुझे चाय नहीं पीनी है। तू ही है जो इसे समझा सकती है। इसे कह कि यह मेरी बात पर ग़ौर करे। कहते हुए अम्मी कमरे से बाहर चली गयीं।

'जिन लाहौर नईं वेख्या...' नाटक को लेकर मेरी फ़िक्र बढ़ती ही जा रही है। कोई स्पांसर मिल ही नहीं रहा है और पैसे के नाम से हमारा 'अक्स' बिलकुल खाली है। जैसे-जैसे नाटक स्टेज होने का दिन नज़दीक आता जा रहा है वैसे-वैसे मेरी फ़िक्र और परेशानी बढ़ती जा रही है जिसके चलते रात-रात भर मैं सो नहीं पाता हूँ। राजपाल के साथ मेरी कभी अंडरस्टैंडिग बनी ही नहीं है और न बनने के कुछ आसार ही हैं। इस वजह से उससे किसी किसम के सहयोग की उम्मीद रखना सरासर बेवकूफ़ी के सिवा और कुछ नहीं कहा जा सकता।

केतकी इन दिनों डिपार्टमेंट में हो रहे नाटक के कास्ट्यूम डिज़ाइन कर रही है

ज़ाहिर है वह अपने काम में काफी मसरूफ़ है। राजीव इन दिनों उदास है। उसका थियेटर डिपार्टमेंट में दाख़िला नहीं हुआ। इस बात को वह अपने ज़ेह्न से निकाल नहीं पा रहा है और यह बात उसको चैन नहीं लेने देती। इतना वक़्त बीत जाने के बाद भी वह इस ग़म से निकल नहीं पाया है और केतकी इसका कसूरवार भी मुझे ही ठहराती है। वह समझती है कि राजपाल से मेरा झगड़ा ही राजीव के दाख़िले में आड़े आया है। मैं चाहता था कि राजीव किसी दूसरे मजमून में ही दाख़िला ले लेता। लेकिन राजीव ने मेरी बात को एहमियत नही दी। और इधर अम्मी मुझे अपने साथ ले जाने की ज़िद पर अड़ी हुई हैं। उन्हें अब कौन समझाये। भले ही वह कुछ कहती नहीं हैं, लेकिन उनकी ख़ामोश नजरें सब कुछ बयान कर जाती हैं। मैं हर वक्त उनसे बचने की कोशिश करता रहता हूँ ।

कल्चरल मामलात के महकमे को 'कंजूस व्यापारी' नाटक के अंश दिखाने का समय नज़दीक आ रहा था। मैं सोच रहा था कि अगर यह शो अच्छा न गया तो वह हमें स्पांसर करने से रहे। बीरू दो दिन से बीमार पड़ा है, हमारा क्या होगा ख़ुदा ही जाने। मैं कितनी देर से अपने ख़यालों में उलझा रहा कि कमरे के अन्दर आते हुए राजीव ने बताया कि केतकी शाम को म्यूज़िक की प्रैक्टिस करवाएगी और वह 'कंजूस व्यापारी' नाटक के उन हिस्सों की रिहर्सल लेगा जो सांस्कृतिक केन्द्र के सामने पेश करने हैं। भले ही बच्चों का यह नाटक लगभग पूरी तरह से तैयार है। उसकी पेशकश में किसी किसम की दिक़्क़त भी नहीं आने वाली, फिर भी उसकी फ़िक्र भी मुझे खाए जा रही है क्योंकि उसके सारे शो हमें मिल जाते हैं तो हमारा कुछ खर्चा तो उसी से पूरा हो जाएगा। मुझे राजीव की बात ने थोड़ी राहत दी और मैं खुली आँखों से कितनी देर उसकी तरफ देखता रहा। वह फिर बोला, "ऐसे क्या देख रहे हैं उठिए और तैयारी कीजिए, यूँ बैठे-बैठे कुछ मिलने वाला नहीं है।"

राजीव की बात सुन मैं जैसे सोते से जागा और एकदम बोल पड़ा, "अगर शाम को केतकी म्यूज़िक देख रही है तो मुझे वहाँ क्या करना है?"

"भूल गये दादा! केतकी संगीत का दायित्व यदि ले रही है तो क्या आपको रिहर्सल नहीं लेनी होगी। केतकी तो डांस क्लास के बाद सीधा यहीं आने वाली है लेकिन उसके आने से पहले आप रिहर्सल तो शुरू करवा ही सकते हो।"

जाने मुझे क्या होता जा रहा था कि मैं अपने आप को नकारा समझने लगा था। मेरी टैंशन इतनी बढ़ गयी थी कि मैं कुछ करने लायक ही अपने को नहीं पा रहा था। एक ही बात जाने कितनी बार कह बैठता था। मुझे फिर भी चुपचाप बैठे हुए देख राजीव फिर बोला, "देखिए दादा आप बिलकुल चिन्ता न करें, पैसे से लेकर बाकी हमारे सब काम भी भली-भाँति हो जाएँगे। भगवान पर विश्वास रखें, सब ठीक ही होगा। फिर मैंने और केतकी ने 'अक्स' के लिए एक चार्ट बनाया है यदि हम उस पर

काम करते हैं तो सफलता हमारे कदम चूमेगी।''

''अच्छा!! क्या है वह मुझे भी बताओ?''

''सुनिए दादा! हमने अपने 'अक्स' के लिए जो चार्ट बनाया है, उसका लाभ यह हो सकता है भले ही हमें कोई प्रायोजित करे या न करे परन्तु हम उतना पैसा जुटा पाने में समर्थ होंगे जिससे हम किसी झंझट के बिना, किसी भी कठिनाई के बावजूद नाटक कर पाने की स्थिति में हो जाएँगे।''

''ऐसा क्या प्रोग्राम बना लिया तुम लोगों ने जिसकी मुझे ख़बर तक नहीं है।''

''देखते जाइए, यदि आप इसी तरह सुस्त रहे तो आप यह मत समझिए कि रंगकर्म होगा ही नहीं। अब हमारे काम में कोई कठिनाई-कोई बाधा नहीं आ पाएगी।''

''आमीन, लेकिन मुझे भी बताओ तुम लोग कैसा इन्कलाब लाने वाले हो?''

''यह तो मैंने नहीं कहा कि हम कोई क्रान्ति लाने वाले हैं। बस इतना ही है कि हम अपने आप नाटक कर पाने में समर्थ हो जाएँगे। भविष्य में हमें किसी प्रायोजक का मुँह नहीं जोहना पड़ेगा ।

''अगर सच में ऐसा हो जाता है तो इससे बड़ी और कोई हमारी कामयाबी नहीं होगी।''

''क्यों नहीं होगा, हमने तो इस ओर काम करना भी शुरू कर दिया है। आज ही इस ओर हमने पहला कदम बढ़ाया है।''

राजीव का जोश देख मुझे अच्छा लगा। लेकिन यह दिन हमारे लिए मुश्किलों भरे दिन साबित हो रहे हैं। केतकी भी उदास है क्योंकि उसके डिपार्टमेंट में होने वाले नाटक के लिए डिजाइन किये हुए कास्ट्यूम राजपाल ने यह कहकर खारिज कर दिये कि यह महाभारत काल से मेल नहीं खाते। जबकि केतकी ने महाभारत काल की पूरी खोजबीन करने के बाद ही वह स्कैच बनाये थे। फिर केतकी को दूसरा मौका दिये बिना ही उसने वह काम विभाग की ही एक दूसरी लड़की को सौंप दिया।

जैसे-जैसे 'जिन लाहौर नईं वेख्या...' नाटक के प्रदर्शन की स्पांसर हुई तारीख़ नज़दीक आ रही थी वैसे-वैसे मेरी बर्दाश्त की ताक़त कम होती जा रही थी। केतकी को जाने कैसी-कैसी उम्मीदें थीं इस नाटक से। मुझे तो अपनी लुटिया डूबती-सी दिखाई दे रही थी। राजीव और केतकी ने मेहनत कर 'अक्स' के कुछ मेम्बर बना लिए थे, परन्तु वह इतने ज़्यादा भी नहीं थे कि उससे बाकी के सारे खर्चे निकल पाते।

कल्चरल मामलात के महकमे ने हमारे नाटक 'कंजूस व्यापारी' को स्पांसर नहीं

किया। नाटक उन्हें पसन्द आया लेकिन उन्हें हमारे 'अक्स' के बच्चे झुग्गी-झोंपड़ी में रहने वाले बच्चे ही दिखाई नहीं दिये। उनका कहना था कि हम औसत दर्जे के घरों में रहने वाले बच्चों को ही झुग्गी-झोंपड़ी के बच्चों का नाम दे रहे हैं। उनकी दलील थी कि यह फंड केवल उन बच्चों के लिए है जो गरीबी की रेखा से कहीं नीचे की ज़िन्दगी बसर कर रहे हैं। मेरे लाख कहने पर भी उन्होंने अपने किसी आदमी को भी पच्चीस सेक्टर की कुम्हार कॉलोनी में हमारे काम को देखने के लिए नहीं भेजा, फिर मैं उन्हें कैसे यकीन दिलाता कि यह बच्चे कौन हैं? कहाँ से आये हैं? और कैसे हैं? यह बच्चे ही नहीं मैं खुद भी वहीं इन्हीं के साथ झुग्गी में ही रहने वाला हूँ। हमारी ग़लती यही थी कि देखने में हमारे यह बच्चे पढ़े-लिखे, थोड़े साफ़-सुथरे, सभ्य और औसत से थोड़ी ज़्यादा अक्ल के मालिक दिखाई दे रहे थे। हम तहजीब वाले थे, यही हमारी बदकिस्मती भी थी। हम जलील क्यों नहीं दिखाई दे रहे थे, हम आपस में गाली-गलौज क्यों नहीं कर रहे थे, हमारे कपड़े गन्दे क्यों नहीं थे? यह मैं जानता हूँ कि अकसर लोग इस ख़्याल से ग्रस्त हैं कि जो गरीब है वह या तो निकृष्ट होते हैं, या फिर तहज़ीब से कोरे। वह इस बात का ख़्याल ही नहीं कर सकते कि झुग्गी झोंपड़ी वाले बच्चे भी तहजीब वाले या फिर बुद्धि वाले हो सकते हैं।

सब कुछ उल्टा-पुल्टा हो गया। मुझे ऐसा लगा हमारी यह कल्पना ठीक नहीं थी शायद मैं यह सोचने को मजबूर हो गया। इस हादसे के बाद जो एक और हमें सदमा लगा वह था कल्चरल मामलात के महकमे ने 'जिन लाहौर नहीं...' को जो एक शो देने का वायदा किया था वह भी नहीं दिया। हम बेकार ही इन्तज़ार करते रहे। हमारे लिए एक और दरवाज़ा बन्द हो गया। मैं अन्दर तक सिहर गया। सांस्कृतिक महकमे की दलील सुनकर। उनका कहना था कि ड्रामे का नाम ही ठीक नहीं है अगर इसके नाम को हम बदल दें तब शायद एक-दो शो हमें वह दे सकते हैं। कैसी बेहूदा बात थी। मैं सोचने को मजबूर हो गया कि कैसे-कैसे लोग हमारे कल्चरल प्रोग्रामों के रखवाले हैं। उनकी अक्ल की मैं क्या बात करूँ जो दिमाग़ी तौर पर इतने कंगाल हैं। जो अपने देश के फनकारों तक की मालूमात नहीं रखते, उनसे और क्या उम्मीद रखी जा सकती है? उन्हें यह ड्रामा हिन्दुस्तान के लेखक का नहीं, पाकिस्तान के अदीब का लिखा लगता है। लेकिन शायद वह यह नहीं जानते कि अदीब किसी एक मुल्क का तो नहीं होता, वह तो सारी दुनिया का रहनुमा होता है। ऐसी हालत में मैं क्या कहता उन्हें, जो अपने देश के फनकारों से ही वाबस्ता नहीं हैं। उन पर गुस्सा करूँ या फिर तरस खाऊँ। मेरे पास वहाँ से वापिस आने के सिवा और कोई चारा ही क्या बचा था। आज मैं अपनी शिकस्त महसूस कर रहा हूँ और उदास हूँ। केतकी और राजीव में सब से बड़ी सिफत यही है कि वे अपने जज़्बात पर काबू पाना जानते हैं। वह अपने को और अपने हालात को अलग-अलग रखने में माहिर हैं, जबकि मैं हालात में

बहता चला जाता हूँ और कई-कई दिनों तक उस हालात से बाहर नहीं निकल पाता। लेकिन आज तो कोई भी किसी से कुछ नहीं कह पाएगा। जब उन्हें यह सब बातें मालूम पड़ेंगी। आज केतकी के भरोसे को दोहरी चोट पहुँचेगी। जब उसे यह मालूम पड़ेगा कि हमारे हाथ कुछ नहीं लगा है। राजीव यह कभी सोच भी नहीं सकता कि हमें कल्चरल विभाग वाले इस तरह इनकार कर देंगे।

शाम को जब सब रिहर्सल के लिए जुटे तो सबके पास एक ही सवाल था—'क्या हुआ?' मैंने एक लम्हा खोये बिना वह सब उगल दिया जो बातें मुझसे वहाँ हुई थीं। सबकी ख़ामोश नज़रें एक दूसरे के चेहरे पर फिसलती रही थीं, जब उन्हें वे सारी बातें मालूम हुईं। कोई किसी से कुछ कह नहीं पाया। मैं तो वैसे ही टूट चुका हूँ, यह सोच-सोचकर कि अब कैसे हमारी नाव पार लगेगी। सब चुप थे।

इस कब्रिस्तान जैसी ख़ामोशी को तोड़ने का साहस केतकी ने ही किया और बोली, "हम सब इस तरह उदास क्यों हो रहे हैं? क्या हुआ जो सांस्कृतिक केन्द्र ने हमें कोई शो नहीं दिया, हम उनके सहयोग के बिना क्या नाटक मंचित नहीं कर सकते? नाटक तो अब मंचित होगा ही, फिर रोटरी क्लब ने तो एक शो स्पांसर करने का वायदा भी किया है, वह तो है ही न। लेकिन तुम भूलते बड़ी जल्दी हो खान। मैंने कहा था न कि हमने एक अभियान चलाया है वह कामयाब रहेगा। हमें पैसे की कोई कमी नहीं आने वाली है। बस हमारी नियत साफ होनी चाहिए।" कहने के साथ ही केतकी ने अपनी नज़रें मेरे चेहरे पर टिका दीं। मैं अपने ही ग़म में डूबा हुआ बोल पड़ा, "कैसे होगा मंचित हमारा यह नाटक केतकी! हम कहाँ से लाएँगे इस पर खर्च होने वाला पैसा? हमारा क्या होगा? अगर हमने बच्चों का नाटक नहीं किया तो उनके दिल पर क्या गुज़रेगी। हमारे सभी कामों के आड़े पैसा ही आ जाता है। रोटरी क्लब का भी वायदा ही है, क्या वह नहीं मुकर सकते कल्चरल विभाग की तरह?" केतकी हँसी और बोली, "कुत्ते की दुम कभी सीधी नहीं होती। इतना कुछ कहने के बाद भी तुम वहीं के वहीं हो। अब तुम ऐसा करो चुपचाप अपना काम करते जाओ और सब बातों की चिन्ता छोड़ो। हमारा कुछ तो होगा ही चिन्ता से तो कुछ होने से रहा। हम बच्चों का यह नाटक करेंगे भले ही हमें निर्धारित शो नहीं मिल पाये परन्तु हम एक शो करने का दम-खम रखते हैं।"

"केतकी! मेरी तो बच्चों के नाटक की स्पांसरशिप पर बहुत-सी बातें टिकी हुई थीं। मैं आस लगाए बैठा था कि इससे जो पैसा आएगा वह 'जिन लाहौर ...' के पैसे की कमी को पूरा कर देगा। अब मैं तो उस समय को कोस रहा हूँ जब मैंने 'जिन लाहौर ...' नाटक का चुनाव किया था। जाने क्या होगा हमारे साथ।" मैं दुखी था। मुझे यह लगने लगा था कि मेरे चारों ओर अँधेरा ही अँधेरा है। राजीव जो सिर झुकाये काफी देर से बैठा था मेरी बात सुनकर एकदम बोल पड़ा, "दादा, ख़ैर इतना सोचने

की भी बात नहीं है और न ही निराश होने की बात है। नाटक तो दोनों होंगे ही, चाहे हम कहीं से भी पैसा लाएँ।''

मैं राजीव की बात सुनकर कुछ नहीं बोला क्योंकि मैं जानता हूँ कि नाटक मंचित करना बच्चों का खेल नहीं है और यहाँ अभी तक टिकट खरीद कर नाटक देखने की कोई रिवायत ही नहीं बन पायी है और यह बात केतकी और राजीव से बढ़कर और कौन जान सकता है। राजीव के पास बैठा शेखर राजीव की बात सुनकर बोला, ''देखिए खान भाई! आप बच्चों के नाटक की तो चिन्ता ही न करें। उसे मैं स्पांसर करता हूँ। बस आप फैसला कीजिए कि उसे कब आप मंचित करना चाहते हैं।''

शेखर की बात का मैंने कोई जवाब नहीं दिया। आदमी कैसे हालात से शिकस्त खाता है। कहाँ मैं शेखर से किसी किसम की मदद नहीं लेना चाहता था और कहाँ आज मुझे लग रहा था कि शायद मुझे उसकी बात ही माननी पड़ेगी। मैं उसकी बात मानने के लिए मजबूर था जिसकी मदद मैं ख़्वाब में भी लेना नहीं चाहता था हक़ीकत में शायद वही हमारा सहारा बनेगा। शेखर की बात सुनकर केतकी ने मेरी ओर देखा। मैंने शर्मिन्दगी महसूस करते हुए कहा, ''लाचार आदमी कुछ भी करने के लिए तैयार हो जाता है केतकी। मेरे साथ इससे बुरा और क्या हो सकता है।''

''अच्छा तो हो सकता है तुम लोगों के साथ अगर तुम लोग मेरी बात मानो तब न।'' अम्मी दबे पाँव कमरे में दाख़िल हुईं और हम में से किसी को महसूस तक नहीं हुआ कि वह हमारे बीच हैं। मुझे ऐसे लगा कि अम्मी हमारे बीच उसी तरह आ विराजी हैं जैसे कोई चालाक शिकारी थोड़ा-सा दाना डाल आज़ाद परिन्दों को अपने जाल में फँसा लेता है। अम्मी भी जब-तब चाय लिये हाज़िर हो जाती हैं। उनके हाथ हमारी यह कमज़ोरी जो आ गयी है कि हमें किसी भी वक़्त कभी भी चाय पिलाई जा सकती है। अम्मी के हाथों में चाय देख मुझे बुरा लगा और मैं एकदम ही बोल पड़ा, ''अम्मी आप क्या समझती हैं कि हमें हर समय चाय की तलब रहती है। केतकी को देखते ही आप चाय लिये हाज़िर हो जाती हो।'' मेरी आवाज़ मेरे अन्दर का सारा गुस्सा और बेज़ारी अपने साथ लेकर बह गयी। उसका एक झोंका अम्मी को भी छू गया।

''क्या कह रहे हो मोहसिन खान! मुझे तुम्हारी बात समझ नहीं आयी, यह समय तो चाय का ही है, मैं बेवक़्त कहाँ चाय लेकर आयी हूँ? रही बात तुम्हारे माँगने से पहले ले आयी, यह मेरी ग़लती है।''

अम्मी की आवाज़ दुख से लबरेज़ थी। मैंने अपने में शर्मिन्दगी महसूस की। मैं कुछ कहता उसके पहले ही केतकी ने चाय उनके हाथ से लेकर एक-एक प्याली सबको थमा दी। फिर अम्मी से बोली, ''अम्मीजानी, आप क्यों दुखी हो रही हैं? आपके बेटे की तो आदत ही कुछ-न-कुछ उल्टा-सीधा कहने की है।'' अम्मी ने

बड़ी चतुराई से अपने पर क़ाबू पा लिया था और बोलीं, ''मोहसिन तुम भी सुन लो। मैं क्यों ऐसा समझने लगी कि तुम लोगों को हर समय चाय की तलब रहती है। हाँ, आज थोड़ी अलग बात है, मैं तुम लोगों से कुछ बात करना चाह रही थी। मैं तुम लोगों से जानना चाहती हूँ कि तुम लोग ज़िन्दगी से चाहते क्या हो? तुम्हारी इच्छाएँ क्या हैं? उन्हें मैं आख़िरी हद तक जान लेना चाहती हूँ।''

अम्मी की बात सुनकर मैं अजीब-सी उलझन में पड़ गया। जाने क्यों अम्मी मेरी ज़िन्दगी में घुसपैठ करती रहती हैं। लेकिन वह इस समय ऐसी बात करेगीं इसका मुझे रत्ती भर भी गुमान नहीं था। मैं उसी तनाव में लिपटा हुआ ही बोल पड़ा, ''क्यों अम्मी, अब ऐसी क्या बात हो गयी जिसे जानना आपके लिए ज़रूरी हो गया। मैं कहीं भागा नहीं जा रहा हूँ और न आप ही कहीं जा रही हैं। फिर क्या बात है जिसे जानना आपके लिए अभी इसी समय ज़रूरी हो गया?'' अम्मी की आँखें कुछ देर मेरे चेहरे पर फिसलीं, फिर लौट गयीं अपने चेहरे पर। लेकिन मैं उन आखों की जुबाँ को पढ़ना नहीं चाहता था, कमरे में हम तीनों की साँसें एक दूसरे को चूम कर लौट रही थीं और आँखों का सफ़र यहाँ-वहाँ रुकते-रुकाते जारी था। केतकी की नज़रें कभी मेरे चेहरे का सफ़र करतीं, कभी अम्मी के चेहरे पर चली जातीं और मेरी नज़रें केतकी की नज़रों का पीछा करती रहीं। लेकिन अम्मी की नज़रें सिर्फ मेरे चेहरे पर सुस्ता रही थीं।

कमरे में ख़ामोशी का आलम था जिसे अम्मी की चाय की चुस्कियाँ तोड़ रही थीं। हम तीनों अपने-अपने एहसासों के बीच तैर रहे थे। राजीव, शेखर और बृजेश मौका देख अपनी चाय उठा बाहर चले गये थे। केतकी कुछ अनमनी हो रही थी लेकिन मेरे और अम्मी के बीच ऐसे बेजुबान लम्हे इन दिनों कई-कई बार पसर चुके थे। ऐसे लम्हात की जुबान को हम दोनों बखूबी पढ़ना भी जान गये हैं। अम्मी की चाय ख़तम हो गयी थी और केतकी की प्याली पर सिर्फ उसके होठों के अक्स ही थे। प्याली वैसी की वैसी भरी हुई थी, जिसे देख अम्मी बोली, '' क्यों बिटिया, चाय अच्छी नहीं बनी?''

केतकी की जैसे चोरी पकड़ी गयी हो। उसने हड़बड़ा कर चाय लबों के हवाले कर दी। वह ऐसे सिकुड़ गयी जैसे अचानक छुईमुई के पत्तों को किसी ने छू दिया हो। उसने एक ही साँस में चाय को अपने हलक़ के नीचे उतार लिया। मैं उसे भरपूर नज़रों से देखता जा रहा था और चाहने लगा था कि अम्मी यहाँ से अब चली जाएँ। मेरी बेरुखी उन्हें इस हद तक छू जाए कि हमारे पास ज़्यादा देर तक वह रुक ही न पाएँ। लेकिन ऐसा होता दिखाई नहीं दिया। फिर मुझे ही कहना पड़ा, ''अम्मीजान! आप जो भी कहना चाहती हैं, मैं सब सुनूँ। हम बाद में भी तो बात कर सकते हैं। इस वक़्त मैं और केतकी किसी मुश्किल का हल ढूँढ़ने में लगे हुए हैं।'' अम्मी मेरी बात को ठेलती हुई बोलीं, ''मैं उसी मुश्किल का हल लेकर तो यहाँ आयी हूँ।'' मेरी और

केतकी दोनों की नज़रें एक बार टकराईं। हम दोनों हैरान से अम्मी को देखते रह गये। अम्मी एक फतेहा की तरह गरदन ताने बैठी थीं। उनकी आँखों में एक अजीब किस्म की कैफ़ियत तारी थी। अम्मी की ऐसी शख़्सियत को मैंने पहले कभी नहीं देख पाया था। मेरे अन्दर एक ऐसे ख़ौफ़ की लहर दौड़ गयी जो मुझे कमज़ोर करने की हद तक अपना असर मेरे अन्दर छोड़ गयी। मैं पागलों की तरह अम्मी को देखे जा रहा था।

कुछ देर हमारे आस-पास ख़ामोशी छाई रहीं। फिर अपनी आवाज़ को अम्मी कुछ इस अन्दाज़ में उभारते हुए बोलीं जिसे सुनकर दुश्मन कुछ कहने से पहले हज़ार बार सोचता है, मेरा हैरान होना लाज़मी था वह कह रही थीं, ''तुम अपने नाटक की स्पांसरशिप चाहते हो? बोलो किस बुनियाद पर अपना नाटक स्पांसर करवाना चाहते हो?''

मैं हैरान-सा उनकी ओर देखता रहा कुछ भी बोल नहीं पाया। अम्मी ही फिर बोली, ''क्या नाम है तुम्हारे नाटक के लेखक का? यही न असगर वजाहत। और तुम्हारा नाम क्या है मोहसिन खान! तुम्हें नहीं लगता यह नाम एक से ही हैं। फिर भी ऐसा सोचते हो कि यह सामन्तवादी मठाधीश तुम्हारे नाटक को स्पांसर करेंगे? अगर तुम ऐसा सोचते हो तो ग़लत सोचते हो, क्योंकि जिस समाज में तुम रह रहे हो वहाँ रूढ़िवादी ख़्यालात के चलते और बुनियादी लड़ाई लड़े बिना ही वह सब कुछ हासिल कर लोगे जो एक ख़ास तबके के लोगों को हासिल है, तो तुम्हारी सोच बिलकुल ग़लत है। तुम उतनी आसानी से इस नाटक के लिए पैसा नहीं जुटा सकते, जितनी आसानी से किसी दूसरे थियेटर वालों को यहाँ पैसा मिल सकता है। तुम्हारे लिए यह रास्ता मुश्किल और लम्बा है। यहाँ अभी वह ख़्यालात पैदा नहीं हुए हैं जहाँ तुम और तुम्हारे इस नाटक का लेखक जिस जमात में पैदा हुए हैं जिसे यह कहते-कहाते सभ्य लोग नफ़रत की निगाह से देखने के आदी हैं। उसे भूलकर वह तुम्हें देखे, तुम्हें परखे और तुम्हें वह एक थियेटर वाले की निगाह से देखें, अगर तुम ऐसा सोचते हो तो यह भी तुम्हारी ग़लती है। भूल जाओ वह सब कुछ जो तुम्हें जम्हूरियत को समझने से रोक रहा है। यहाँ पिछड़ा हुआ सदा पिछड़ा हुआ ही रहेगा भले ही वह कहीं भी पहुँचने का ख़्वाब देखता हो। तुम क्या हो, कौन हो, यह बात कभी तुम्हारा पीछा नहीं छोड़ेगी।''

मैं और केतकी अम्मी की जुबान सुनकर सकते में आ गये। अम्मी आज कैसी बातें कर रही थीं। मुझे उनकी ख़्यालबन्दी पर ताज्जुब हो रहा था। उनकी बातों में यह कैसी अलगाव की-सी बू आ रही थी। क्या अम्मी मुझे भड़का रही थीं? मै सोचने लगा था कि इन बातों के पीछे अम्मी का कौन-सा और कैसा मक़सद छिपा है। अम्मी कुछ देर चुप रहीं फिर कुछ सोचते हुए बोली, ''देखो मोहसिन खान! मैं तुम्हें गुमराह नहीं करना चाहती। मैं समझ सकती हूँ कि तुमने कैसी मजबूरी में यह झुग्गी डाली

होगी। तुम्हारे लिए आसान नहीं है किराये का घर लेना। यह मैं समझ सकती हूँ। क्या तुम नहीं जानते जिस तादाद में इस देश में मुसलमान रह रहे हैं क्या उनकी तरक्की के रास्ते उतने आसान हैं जितने किसी भी दूसरी कौम के लिए हैं? आज भी अधिकतर मुसलमान गुरबत की ज़िन्दगी जी रहा है। उसके लिए तरक्की के रास्ते कहाँ हैं? इसे तुम भी जानो और समझो।''

इतना कह अम्मी कुछ देर के लिए चुप हो गयीं लेकिन हम सबके बीच पसरी चुप्पी वैसे ही बनी रही। मैं और केतकी अम्मी की जानिब देखते रह गये। अम्मी आज कैसी बातें कर रही थीं, मुझे सुनकर अच्छा नहीं लग रहा था। क्या अम्मी मुझे भड़का रही थीं? मै साचने लगा था कि इन बातों के पीछे अम्मी का कौन-सा और कैसा मक़सद छिपा है।

अम्मी हमारी चुप्पी में सेंध लगाते हुए भेद भरी नज़रों से मेरी ओर देखते हुए बोलीं, ''मैं तुम्हें इस नाटक को खेलने के लिए पूरा पैसा दे सकती हूँ लेकिन मेरी एक शर्त है। बोलो बाँधते हो शर्त?''

अम्मी का इतना कहना मेरे लिए काफी था। मुझे समझते देर नहीं लगी कि अम्मी क्या कहना चाहती हैं इसलिए मैं सँभला और बोला, ''अम्मी, मैं शर्त बाँध कर कोई काम नहीं करता, यह बात भी तुम्हारी ही सिखाई हुई है। लेकिन अम्मीजानी! एक बात मैं साफ़-साफ़ देख रहा हूँ कि आप भी किसी सामन्तवादी हाकिम से कम नहीं हो। तुम मदद भी करना चाहती हो लेकिन उसमें अपना कुछ मतलब रखकर। अगर तुम हमारी मदद करना ही चाहती हो तो बिना शर्त बाँधे करो न। मुझे तुम्हारे लफ़्ज़ों में अवसरवादी की तरह की बू क्यों आ रही है?''

मेरी बात से अम्मी के चेहरे की मांसपेशियाँ थोड़ी-सी हिलीं जैसे रेशमी फैबरिक बदन को छूते हुए खिसक जाये और उसकी सरसराहट को बदन कितनी देर महसूसता रहे। अम्मी चुप थीं। उनके चेहरे के पल-पल बदल रहे जज़्बात को जानना अब मेरे लिए आसान नहीं था क्योंकि आज मैं अम्मी के किसी दूसरे ही रूप से रू-ब-रू हो रहा था। मैं चुपचाप अपने सवाल का जवाब पाना चाह रहा था। केतकी बिलकुल चुप और हैरान थी। अम्मी थोड़ी देर बाद अपने एक-एक लफ़्ज़ को तोलते हुए बोलीं, ''ठीक है तुम शर्त बाँध कर मेरी बात मानते हो तो मैं तुम्हारे नाटक के लिए पूरा पैसा देती हूँ। लेकिन जब तुम शर्त ही नहीं बाँधना चाहते, तब नाटक पर आने वाले खर्च का मैं आधा हिस्सा देने को तैयार हूँ।'' अम्मी की बात सुन केतकी का चेहरा गुलो-गुलज़ार हो गया। उसकी आँखों में खुशियों की कन्दीलें रौशन हो गयीं। लेकिन मेरे अन्दर अम्मी की बातों ने हलचल मचा दी। मैं बोला, ''अम्मी, तुमने मुझे किस इम्तिहान में डाल दिया। सच बताओ, तुम मुझसे चाहती क्या हो? क्यों शर्त बाँध कर ही मेरी मदद करना चाहती हो?''

"अब मैं क्या बताऊँ, जब तुम्हें मेरी शर्त ही क़बूल नहीं की, तो अब क्यों पूछ रहे हो? लेकिन तुम जानना चाहते हो तो मेरा मक़सद इतना ही है कि तुम सुकून से रहो।"

"मै तो पहले भी सुकून से था अम्मी! आपको वहम है कि मैं सुकून से नहीं हूँ। और आप न भी पैसा दें तो भी मैं सुकून से ही रहूँगा और अगर मेरी दिली ख़्वाहिश तुम जानना ही चाहती हो तो मैं आपसे पैसा लेना ही नहीं चाहता क्योंकि आप बिना किसी मक़सद के किसी की भी मदद नहीं करती, फिर मेरी क्यों करोगी। बताओ अम्मी अब पैसा देकर मुझसे कौन-सा अपना मतलब पूरा करना चाहती हैं आप? यहाँ आपकी किसी भी बात का कोई असर होने वाला नहीं।"

"मेरा कोई मक़सद नहीं है। मैं तुम्हें दुखी नहीं देख सकती बस! इतना कह अम्मी कमरे से बाहर चली गयीं। उनके जाते ही केतकी बोली, "तुम्हें अम्मी से ऐसे नहीं बोलना चाहिए था, उनकी शर्त तो सुन लेते।"

"क्या सुन लेता केतकी कि मैं बस यही एक ड्रामा स्टेज करूँगा, उसके बाद मैं उनके साथ बरेली चला जाऊँगा। और मेरी तौबा! मैं फिर कभी कोई नाटक-वाटक नहीं खेलूँगा। सिर्फ फैक्टरी का कारोबार देखूँगा। बोलो कह देता यह सब?" मैंने देखा अम्मी वज़ू कर रही थीं। उनकी नमाज़ का वक़्त हो गया था।

केतकी! हाँ, केतकी!! कितना जानता हूँ मैं उसे, इतना ही भर न कि हम दोनों एक साथ थियेटर डिपार्टमेंट में थे। कुछ सालों की दोस्ती है हमारी। साथ-साथ कई नाटकों के किरदारों को जिया है हमने। शायद ज़िन्दगी के कुछ अहम फ़ैसले भी हमने एक साथ लिये हैं। मैं पास करने के बाद 'रंग अभियान' में आ गया और केतकी रिसर्च में जुट गयी। जाने किसने उसके दिमाग़ में डाल दिया कि वह कास्ट्यूम डिज़ाइन पर रिसर्च करे। वह भी ले बैठी यह मजमून कि 'थियेटर में कास्ट्यूम डिज़ाइन की एहमियत।' उसने अभी किया ही क्या है? जिस रफ़्तार से वह चल रही है, उस हिसाब से तो जाने कितना वक़्त लग जाएगा उसे रिसर्च को पूरा करने के लिए। फिर राजपाल पूरा करवाएगा इसकी भी क्या गारंटी है? लेकिन मैं यह सब क्यों सोच रहा हूँ। मेरा ताल्लुक ही क्या है केतकी से? हम नाटक साथ-साथ स्टेज करते हैं इतना ही भर न! फिर क्यों हर वक्त ज़ेह्नी तौर पर उसकी याद में ग्रस्त रहता हूँ? क्या मेरे ज़ेह्न में उसकी चाह है?

आजकल मेरी दिली ख़्वाहिश यही रहती है कि मैं कैसे केतकी की नज़दीकी हासिल करूँ। यूँ ऐसी कोई वजह नहीं है सोचने के लिए। लेकिन मैं क्या करूँ अपने दिल को कैसे समझाऊँ ? जो वक़्त के ख़िलाफ़ उसकी याद में ग्रस्त रहता है। मैं

निहायत खबीस हो गया हूँ। यह तो उसकी मेह्रबानी है कि वह मेरी किसी बात का बुरा नहीं मानती। लेकिन मैं क्या करूँ मैं अपने आप को उससे जुड़ा हुआ पाता हूँ। मेरा दुख ही यह है कि मैं अपने एकान्त के लम्हात में उसके ख़्याल में बहता रहता हूँ। मैं क्या करूँ ? शायद मैं उससे बेइन्तहा मुहब्बत में डूब चुका हूँ। या फिर कहीं मैं जिन्सी ख़्वाहिश से ग्रस्त हो गया हूँ? यह साफ़ नहीं है, लेकिन इतना तो मैं जानता ही हूँ कि वह मेरी प्यारी दोस्त ज़रूर है। मेरा यह भी कयास है कि एक-न-एक दिन वह भी मुझसे मुहब्बत का इज़हार ज़रूर करेगी। उसकी याद मुझे ताज़गी से भर देती है। मेरे इश्क के कच्चे धागे की डोर तो केतकी से बँधने को तैयार है लेकिन उसकी... ?

मैं अपने-आप को इन ख़्यालात से जितना दूर रखने की कोशिश करता हूँ, उतने ही यह मुझ पर हावी होते जा रहे हैं। जब-जब मैं अपने को टटोलने की कोशिश करता हूँ, तब-तब मैं अपने को केतकी की गिरफ़्त में पाता हूँ। लेकिन नउम्मीदी के बायस संजीदा भी हो जाता हूँ। मैं यह भी जानता हूँ कि मुझे इन दिनों ऐसे ख़्वाब लेने की फ़ुर्सत भी नहीं होनी चाहिए क्योंकि इन दिनों हमारे नाटक की रिहर्सल जोर-शोर से चल रही है, भले ही अम्मी ने आधा बोझ तो हमारा अपने कन्धों पर लेकर हमें हमारे सभी तरह की फिक्र से आज़ाद कर दिया है। फिर भी केतकी और राजीव घर-घर जाकर अपने थियेटर ग्रुप 'अक्स' के लिए मेम्बर बनाने में जुटे हैं। देखते हैं उन्हें कितनी क़ामयाबी मिलती है। मैं तो इतना जानता हूँ कि अगर दो मेम्बर भी बन गये तो यह हमारी क़ामयाबी ही पहली सीढ़ी होगी।

दो दिन से बृजेश को बुखार आ रहा है, उस दिन बारिश में भीग गया था। कल तक अगर वह ठीक न हुआ तो कैसे कर पाएगा काम? कल तो स्टेज रिहर्सल है, कैसे होगा यह सब? इधर केतकी के लिए जो जज़्बा मेरे दिल में पल रहा है, उसका क्या? मैं अपने ही ख़्यालों में खोया हुआ था कि भागी हुई नन्दिता आयी और आते ही बोली, ''दादा! दादा!! बीरू नू पुलिस पकड़ के लै गयी।''

''क्या कह रही हो नन्दिता, उसे तो बुखार था।''

''हाँ, दादा! बुखार च ई लै गयी।''

''पर क्यों?''

''ऐ तां पता नईं पर लोकी कैहदें ने कि ओने कोई चोरी कीत्ती ऐ।''

''स्साले नाली के कीड़े! जितना चाहे सुधार का काम कर लो, तुम लोग वहीं के वहीं रहोगे। स्सालो मैंने अपनी जवानी तुम लोगों के हवाले कर दी और तुम लोग वहीं के वहीं रहे।''

''पर दादा! ओस दा तां ऐ कैणा ऐ कि ओस ने तां चोरी कीत्ती ई नईं।''

''चोरी की नहीं, तो पुलिस पकड़ कर कैसे ले गयी?''

"दादा! ऐ तां मैनूं कुज नहीं पता। मैं तां आप्पई आ गयी थुआनूं दसण लई। बीरू दा तां रो रो के बुरा हाल हो गया ऐ।"

"तुम चलो नन्दिता! मैं आता हूँ।" नन्दिता चली गयी। मैं सोचने को मजबूर हो गया कि हमारी मुश्किलों का कोई अन्त भी है या हम इन छोटी-छोटी बातों में ही फँसे रहेगे। मैं सोच रहा था कि अब बृजेश को पुलिस के चंगुल से कैसे बचाया जाये कि राजीव की आवाज़ ने मुझे चौंका दिया। राजीव और केतकी बहुत खुश दिखाई दे रहे थे। राजीव बच्चों की तरह चहकता हुआ बोला, "दादा! अनुमान लगाओ, हमने आज कितने सदस्य बनाये?" केतकी बेक़रारी से मेरी ओर देख रही थी। मैं सोचने का ड्रामा करते हुए बोला, "बीस।"

"नहीं इतने नहीं एक और गेस लगाओ।"

"पन्द्रह।"

"नहीं दादा इतने भी नहीं"

"तो फिर कितने?"

"दस।"

"अच्छा! खुश तो तुम लोग ऐसे थे जैसे दुनिया जीत कर आये हो।"

"हमें खुशी इस बात की नहीं है कि हमें कितनी सफलता मिली। हमें खुशी इस बात की है मोह कि हमारे साथ लोग जुड़ना चाहते हैं।" केतकी की बात ने मेरे अन्दर ऐतबार की एक छोटी-सी लहर पैदा कर दी। लेकिन दूसरे ही लम्हें मेरे अन्दर घनघोर काले बादलों का घटाटोप छा गया। जो समाज बीरू जैसे ग़ैर मुजरिम को मुजरिम बनाने की साजिश रचता है, उसका साथ क्या? यह तो सिर्फ छलावा ही है। मैं कितनी देर केतकी के चेहरे को एहसास के बिना देखता-सा रह गया। मुझे अपनी तरफ देखता पा, केतकी फिर बोली, "क्या हुआ ऐसे क्यों देख रहे हो?"

"कैसे देख रहा हूँ?"

"अब बनो मत!"

"नहीं केतकी मेरी हैसियत ही कहाँ है कि मैं बनकर कुछ कहूँ।"

"तुम्हें क्या हो गया है मोह! क्या तुम खुश होना ही भूल गये। हमने जो सोचा उस ओर हम जब बढ़े, तो थोड़ी ही सही हमें कुछ तो सफलता मिली ही है। परन्तु मैं देख रही हूँ कि तुम खुश नहीं हुए। इस बीच कुछ हुआ है क्या? जिस वजह से तुम परेशान दिखाई दे रहे हो? कुछ बताओगे नहीं, तो मैं कैसे समझूँगी कि तुम किस बात से जूझ रहे हो।"

"कुछ बातें ऐसी होती हैं केतकी! जिन्हें खुद-ब-खुद समझना होता है। कोई किसी को समझा नहीं सकता, अगर समझाने से ऐसी बातें समझ आ जातीं, तो जुर्म की गिनती क्या इतनी ज़्यादा होती, जितनी आज दिखाई दे रही है?"

“तुम कैसी बहकी-बहकी बातें कर रहे हो मोह!”

“क्या करूँ मैं केतकी! मेरी कुछ समझ में नहीं आ रहा। मैं जितना सोचता हूँ उतना उलझता जा रहा हूँ। रात शहर में कहीं कोई चोरी हो गयी।”

“चोरियाँ तो आये दिन होती रहती हैं। इसमें बड़ी बात क्या है?” केतकी बोली।

“तुम ठीक कह रही हो केतकी! आज सभी की सोच इस तरह की हो गयी है एहसास तो लोगों में आज मर ही चुके हैं, कोई किसी के ग़म से ग़मगीन नहीं होता। लेकिन आज हमारे साथ बड़ी बात हुई है। पुलिस अपने बीरू को ही पकड़ कर ले गयी चोरी के इल्ज़ाम में। अब वह नहीं भी चोर था तो अब बन जाएगा। यह पुलिस ही बनाएगी उसे चोर।”

हैरान होती केतकी बोली, “वह बीमार-सा बच्चा क्या चोरी करेगा, पुलिस भी बिना किसी वजह के कैसे उसे पकड़ सकती है?”

“पकड़ सकती नहीं, पकड़ कर ले गयी है।”

“कोई तो वजह होगी उनके पास।”

“बहुत बड़ी वजह है केतकी उसे पकड़ने के लिए। यह क्या कम वजह है कि वह इन झुग्गियों में रहता है। यही वजह काफी है उसे पकड़ने के लिए। यूँ पता नहीं केतकी सच क्या है, फ़िलहाल तो मैं पुलिस चौकी जा रहा हूँ। वहाँ जाकर ही कुछ पता चल सकता है कि हुआ क्या है। आज रिहर्सल तुम ले लेना।” मैं केतकी के कन्धों पर आज की रिहर्सल का बोझ डाल ख़ुद पुलिस चौकी चला गया।

दो दिन से केतकी रिहर्सल पर नहीं आयी। चिन्ता का होना तो लाज़मी ही था। आज राजीव गया था उसके घर, तब कहीं जाकर पता चला कि उसकी माँ बीमार है। इतना तो उसे बताना चाहिये था न कि माँ बीमार है। मैं किसी को उसके पास भेज देता अकेली ने ही अस्पताल के चक्कर काटे होंगे। आज भी केतकी नहीं आ पाएगी उसके बिना मेरा कुछ भी करने को मन नहीं करता, आज भी रिहर्सल राजीव ही ले रहा है।

इन दिनों अम्मी में एक तब्दीली देख रहा हूँ। हर वक़्त उनके चेहरे पर बैठी रहने वाली मायूसी कहीं छिप-सी गयी है, ऐसी अम्मी कितनी प्यारी लगती हैं। इस तब्दीली का मतलब भी मैं खूब अच्छी तरह पहचानता हूँ। वह शायद समझ रही है कि मैं उनके साथ अब बरेली जाने के लिए तैयार हो जाऊँगा। उनके ख़्याल में मेरी ख़्वाहिश बस एक क़ामयाब ड्रामा करने की ही है। मैं चुप हूँ। अम्मी इस शक को पाले रहें, इसी में हम लोगों की भलाई है।

अम्मी मुझे क्यों अपने साथ लेकर जाना चाहती हैं, यह भी मैं अच्छी तरह से जानता हूँ। वह नहीं चाहतीं कि मुफ़्त में फिरदौस ही पूरी फैक्टरी पर अपना क़ब्ज़ा जमा ले। लेकिन मैं वहाँ क्यों जाऊँ! मुझे उस फैक्टरी से क्या लेना-देना, जहाँ आदमी को आदमी ही नहीं समझा जाता। अब्बा हुजूर मुझे बाग़ी करार दे ही चुके हैं। वह कभी मेरी तरह नहीं सोच सकते और मैं उनकी तरह नहीं। अम्मी समझती ही नहीं हैं कि मेरा वहाँ किसी को कोई इन्तज़ार नहीं है। अब्बा, फिरदौस, यह दोनों तो शुरू से ही चाहते थे कि मैं उनके किसी भी, कैसे भी मन्सूबे में दख़लअन्दाज़ी न करूँ और कहीं दूर चला जाऊँ। वह मुझसे ख़ौफज़दा थे। वह समझते थे जिस तरह से मैं फैक्ट्री चलाना चाहता हूँ उस तरह तो फैक्ट्री चौपट हो ही जाएगी, जिसे उन्होंने खून-पसीना एक करके इस मंज़िल तक पहुँचाया है। मैं यह जानता हूँ कि उसमें किसका खून-पसीना एक हुआ है, हिश! उस समय मेरी एक भी बात मानी गयी होती तो क्या मैं वहाँ से यहाँ चला आता? यह तो अच्छा ही हुआ, नहीं तो मैं आज भी उसी दलदल में फँसा होता..."

"किस सोच में डूबे हुए हो मोह! मैं कब से आयी हूँ तुम्हें कुछ पता ही नहीं है।" मैं जाने कितनी देर हैरान-सा केतकी को देखता रह गया। केतकी ही फिर बोली, "तुम तो जानते हो माँ ठीक नहीं थी, इसलिए मैं आ नहीं सकी। मुझे मालूम है यह दिन हमारी परीक्षा के दिन है परन्तु मोह! माँ भी तो फिर नहीं मिल सकती।" मैं एकदम बौखला-सा गया केतकी की बात सुनकर। उसकी आवाज़ भीगी हुई थी और लफ़्ज़ लरज रहे थे जिन्हें सुन मैं हड़बड़ाहट में बोल गया, "मैंने तो कुछ कहा ही नहीं है केतकी! जिससे तुम्हें इस क़दर चोट पहुँची हो। कुछ कहा है तो माफ़ी चाहता हूँ। माँ का क्या हाल है, कैसी है उनकी तबीयत?"

"ठीक नहीं है।"

"फिर तुम्हें नहीं आना चाहिए था केतकी!"

"क्या करती यहाँ की भी तो चिन्ता है मुझे, और उनकी जो बीमारी है वह एक-दो दिन की नहीं है। अब तो सब काम उनकी बीमारी के साथ ही करने होंगे मुझे।"

"इस वक़्त उनके पास कौन है?"

"अभी तो वह अस्पताल में ही हैं। कुछ लोग आये हैं उनकी देखभाल के लिए।"

"जाने कैसे वक़्त इस नाटक की हमने शुरुआत की है कि एक के बाद एक अड़चने आती ही जा रही हैं। बृजेश का मामला अभी तक उलझा हुआ ही है। उसे रोज़ ही पुलिस चौकी जाना पड़ता है हाज़िरी देने। क्या यह ट्रेजिक बात नहीं है? केतकी, जिसने जो जुर्म किया ही नहीं, उसकी वह सज़ा पा रहा है। तुम्हें नहीं लगता जैसे एक अच्छे शहरी को चोर बनाने की यह साजिश रची जा रही हो? मैं अपने तजुर्बे

से कहता हूँ केतकी! कि ऐसी ही बातें है जो आदमी को खुदगर्ज़ बना देती हैं या फिर आतंकवादी। जाने बृजेश क्या सोचता होगा। आजकल वह रिहर्सल के लिए भी नहीं आ रहा। उसकी ज़ेह्नी हालत को मैं अच्छी तरह से समझ सकता हूँ। जब वह पुलिस चौकी हाज़िरी देने जाता होगा तो जाने उसके दिल पर क्या गुज़रती होगी।''

''यह तो बहुत बुरा हुआ खान! हमने कड़ी मेहनत की है इन बच्चों पर। एक ही झटके में वह सब क्या बिखर नहीं जाएगा कुछ ऐसा तुम नहीं कर सकते कि उसे वहाँ न जाना पड़े?''

''इस बात की ही कोशिश कर रहा हूँ केतकी! लेकिन अगर सोचा जाये तो पुलिस का यह काम इन्साफ पर तो टिका हुआ तो नहीं कहा जा सकता न। सिर्फ इस लिए बृजेश पर यह इल्ज़ामात लगाने की उनकी हिम्मत हो गयी कि उसके पास बुनियादी सहूलियात नहीं हैं। अगर ऐसे ही सिलसिला-ए-वाकियात होते रहे तो केतकी यह जो मुठ्ठी भर लोग हैं जो अब अपने हकूक के लिए जद्दोजहद करने की हिम्मत जुटा रहे हैं, वे कब उम्मीद के ख़िलाफ़ कुछ ऐसा कर जाएँ जिसका हमें गुमान भी न हो।''

''ठीक कह रहे हो खान!''

''यह पुलिस वाले साले सबके सब हरामख़ोर, इन सालों की जब तक माँ-बहन एक न कर दो तब तक साले खुद चोर ...।''

''बस भी करो मोह! क्यों जुबान गन्दी कर रहे हो।''

''क्या करूँ, केतकी! खून खौलता है यह सब देख-सुनकर। आज जब इन बच्चों में सब कुछ जानने-समझने का जज़्बा पैदा हुआ है तभी इन्हें अँधेरे कुएँ में धकेलने जैसी बात बृजेश के साथ फिर से दोहराई गयी है। वह तो बग़ावत करेगा ही न, और इस बार वह क्या कर जाये, इसका क्या भरोसा।''

''बात शायद तुम्हारी ठीक हो, परन्तु सन्तुलन तो हमें ही बना कर रखना होगा न।''

''तुम किस सन्तुलन की बात कर रही हो केतकी? क्या तुमने कभी इनकी तक़लीफ़ों को जानने-समझने की कोशिश की है कि यह लोग जो यहाँ रहते हैं उनकी क्या और कैसी-कैसी तक़लीफ़ें हैं, यह लोग कैसी-कैसी ज़ेह्नी कोफ़्त सहते हैं। आधुनिक और सुरक्षित कहलाने वाले इस शहर में एक जगह ऐसी भी है जहाँ बसने वाले लोगों को पानी के लिए जद्दोजहद करनी पड़ती है। जिनके घरों में पखाना तक नहीं है, और जिनके बच्चों की हिफ़ाज़त करने वाला भी कोई नहीं है। उन्हें जब चाहे किसी भी जुर्म के तहत पुलिस पकड़ सकती है।''

''क्यों अपने को दुख देते हो खान! तुम भी भली-भाँति जानते हो कि इस बस्ती को तो यहाँ होना ही नहीं चाहिए था। फिर कैसे यहाँ सारी सुविधाएँ उपलब्ध

करवाई जा सकती हैं?''

''तुम ऐसा कह सकती हो केतकी क्योंकि इन्हें देखते ही तुम्हारी नाक अचानक ही रूमाल से ढँक जाती है। तुम्हें इनसे बदबू आती है। सोचो, यह लोग अगर यहाँ नहीं रहें, तो कहाँ जाएँ? इनके लिए क्या है? कौन-सी जगह सुरक्षित रखी गयी है इनके लिए?''

''मुझे नफ़रत है इन लोगों से, सरकार घर बना कर देती है इन लोगों को। और कुछ दिनों बाद फिर यहीं देख लो इन्हें।''

''केतकी! मैं नहीं समझता था कि तुम ऐसा सोच सकती हो इनके बारे में। तुम तो अच्छी तरह इन्हें समझती हो, क्या तुम नहीं जानती, इन झुग्गियों की राजनीति को, कि यह लोग क्यों बार-बार यहाँ आकर इस गन्दगी में रहने के लिए मजबूर हो जाते हैं, इनकी तक़दीर ऐसी नहीं है। यह तो तुम जैसे लोगों की बड़ी सेाची-समझी घिनौनी चाल है जिसमें यह फँसते चले जा रहे हैं। जो इन्हें यहाँ से उठने नहीं देना चाहती। क्या तुम नहीं जानती कि बृजेश की बुआ को कितनी बार घर मिला है? क्या नाम है उसका... सिन्हा... जिसके घर में वह काम करती है। जो झुग्गियों के बदले घर अलॉट करता है साला कमीन। जिस झुग्गी में यह रह रही है यह इसकी नहीं है, इस झुग्गी का मालिक तो सिन्हा है। और सोचो इस झुग्गी के बदले जो घर मिलेगा वह किसका होगा? उसी का न, बस इसे जो घर मिला था उसमें बैठा हुआ है उसका आदमी। जाने कितने ऐसे घरों का वह मालिक बना हुआ है। तुम क्या जानो उसके घर के कुत्ते तक के पास घर है। मुझे तो एक सिन्हा का ही मालूम है, जाने ऐसे कितने सिन्हा होंगे जो अपनी रोटी इनके तवे पर सेंक रहे होंगे। तुम कुछ नहीं जानतीं केतकी। जिस दिन सब जान जाओगी उस दिन तुम एक गस्सा नहीं निगल पाओगी। दर्द होता है यहाँ मेरे अन्दर, एक आग दहक रही है। मन करता है इन सबको जला कर ख़ाक कर दूँ। ऐसे लोगों के नकाब खींच लूँ और इन्हें भरे बाज़ार में चौराहे पर खड़ा कर नंगा कर दूँ। हमारे 'अक्स' से एक ऐसा तूफ़ान आये-एक ऐसा ज़लज़ला आये जिसमें यह कहते-कहाते ऐसे तहज़ीब वाले लोग तहस-नहस हो जाएँ। और यह सब इतना चुपचाप हो कि किसी को कानों-कान ख़बर तक न हो और उसमें सब बह जाएँ। केतकी देखना जिस दिन इनमें, इन झुग्गी वालों में, जिन्हें तुम भी हिकारत भरी निगाह से देखती हो, बेदारी आ जाएगी, जिसे अब आने में अब बहुत देर नहीं है, मशाल जल चुकी है, देखना तब...।

''बाबा माफ कर दो मैंने कुछ ग़लत कहा है तो शान्त हो जाओ और उठो रिहर्सल के लिए। सभी को बुलवाओ मेरे पास समय बहुत नहीं है।'' केतकी ने मेरी बात आधी ही सुनी और बीच में ही बोल पड़ी। लेकिन मैं भी कहाँ चुप रहने वाला था बोला, ''अमन नहीं चाहिए केतकी, एक मुकाबले की ज़रूरत है इस वक़्त। जब तक

इन लोगों को अलग से देखने की आदत ख़तम नहीं हो जाती तब तक किसी को भी पुरसुकून होकर बैठने का कोई हक़ नहीं है। आज क्या ख़ाक रिहर्सल होगी, राजीव यहाँ है नहीं और बृजेश को अभी चौकी जाना है हाज़िरी देने।''

''ठीक है और कुछ नहीं तो केवल संगीत वालों को ही बुलवा लो मेरे पास थोड़ा समय है।''

''बृजेश आता ही होगा उसे कहता हूँ कि वह जाने से पहले बच्चों को यहाँ भेजता जाये।''

''आज क्या चाय पिलाने का तुम्हारा इरादा नहीं है या फिर केवल बातों से ही पेट भरना चाहते हो।'' कहने के साथ ही केतकी की हँसी पूरे कमरे में भर गयी।

''अम्मी तो गयी हैं, बृजेश ही आकर चाय देगा।''

''अम्मी चली गयीं, अरे मुझसे मिले बिना ही। दो दिन मैं क्या नहीं आयी, यहाँ तो दुनिया ही बदल गयी।''

''क्या कह रही हो केतकी! क्या तुम समझती हो अम्मी इतनी आसानी से हमें छोड़ देंगी और नाटक की तैयारी के बीच में ही चली जाएँगी जिसे उन्होंने स्पांसर किया है। क्या उसका अंजाम देखना नहीं चाहेंगी वह, अरे यह पैसे वाले सभी लोग एक ही मिट्टी के बने होते हैं, इनसे कुछ भी उम्मीद करना बड़ी बेकार और बेतुकी-सी बात है। मैं अम्मी की हमारे नाटक को स्पांसर करने के पीछे की चाल को बहुत अच्छी तरह समझता हूँ।''

''तुम कुछ भी समझो, मुझे अम्मी से कुछ बात करनी है।''

''ऐसी क्या बात है जो हमें नहीं बताई जा सकती।''

''बताने तो तुम्हें ही आयी थी, पर लगता है कि लोअर कोर्ट में मेरे केस की सुनवाई नहीं हो सकती इसलिए क्यों न हाई कोर्ट में ही सीधे याचिका दायर करूँ।''

''शायद तुम नहीं जानती कि लोअर कोर्ट में हारने के बाद ही तुम हाई कोर्ट जा सकती हो।''

''अब क्या हो गया जो तुम्हें कोर्ट-कचहरी जाने की नौबत आ गयी? क्या किया है मोहसिन तुमने। अभी बीरू का मसला सुलझा नहीं क्या?'' अम्मी ने कमरे में आते हुए कहा। शायद उन्होंने हमारी आख़िरी बात ही सुनी। मैंने अम्मी को बिठाते हुए कहा, ''आप कब आयीं अम्मी, हमें पता ही नहीं चला, कुछ ऐसी-वैसी बात नहीं है, यूँ ही मज़ाक चल रहा था।''

''तू चुप कर मोहसिन! कोई यह भी मज़ाक की बात है। तू ही बता बिटिया इसने अब कौन-सा झगड़ा मोल लिया है?''

''नहीं अम्मीजान! सच में कोई बात नहीं है आपस में यों ही मज़ाक चल रहा था। आप बैठिए मैं चाय लाती हूँ।'' केतकी ने बात को सँभालने की कोशिश की।

अम्मी ने केतकी से कहा, "नहीं बिटिया, चाय की मुझे ज़रूरत नहीं है, अभी पी कर ही चली आ रही हूँ।" अम्मी की बात सुन मैं एकदम बोल पड़ा, "पर मुझे तो ज़रूरत है।"

"तो तू ख़ुद ही क्यों नहीं बना लेता।"

"अम्मी! क्या बात कह दी, सिखाया होता हमें भी यह सब तो हम भी कुछ कर गुज़रते। आपकी तो सारी तवज्जो फिरदौस पर ही रहती थी, अब कैसे हो यह सब।"

"तुझे ज़्यादा ही बातें बनानी आती हैं, तुम लोग बैठो मैं लाती हूँ।" अम्मी उठने को हुईं तो केतकी उन्हें बिठाते हुई बोली, "आप अभी-अभी बाहर से आयी हैं, आप बैठिए। आज आप केतकी के हाथ की चाय पी कर देखिए। अम्मी ने केतकी की बात ख़ारिज करते हुए कहा, "नहीं बिटिया! कहीं दूर थोड़े ही गयी थी। तू बैठ मैं अभी आयी।" केतकी चुप रही। अम्मी के भीतर जाते ही मैंने केतकी से कहा, "तुम तो कोई मुकदमा दायर करने वाली थी न फिर क्या हुआ?"

"हाँ, करना तो चाहती थी, पर कर नहीं सकी। अब सोचती हूँ कि उसे पहले लोअर कोर्ट में ही दायर क्यों न कर दूँ।"

"तो करो न बन्दा हाज़िर है।"

"आज नहीं होगा मुझसे मोह! फिर कभी सही। मुकदमा खड़ा है। आज सिर्फ इतना ही जानना तुम्हारे लिए काफी है कि कोई मुकदमा तुम्हारे पास आने वाला है।"

"और मै घुलता रहूँ जब तक तुम्हारा वह 'फिर कभी' न आ जाए।"

"हाँ इतनी सज़ा तो तुम्हें भी भुगतनी ही पड़ेगी।"

"तुम्हें भी, का क्या मतलब और कौन है?"

"मैं ख़ुद और कौन हो सकता है।"

"फिर तो तुम्हें देर नहीं करनी चाहिए, एकदम से इस मुकदमे को दायर कर देना चाहिए।"

"परन्तु मैं यह नहीं जानती कि फ़ैसला किसके हक़ में होगा।"

"फ़ैसला तो केस की सुनवाई के बाद ही पता चलेगा। चलो चलो, बताओ तुम्हें क्या परेशानी है?" मैंने ज़ोर डालते हुए कहा। कुछ देर केतकी सोचती रही फिर बोली, "बेकार की बातें छोड़ो, वह सब मज़ाक था। बच्चे आ जाएँ तो रिहर्सल निपट जाये फिर मैं जा कर माँ को देखूँ।"

"केतकी! तुम ग़मगीन क्यों हो, क्या हुआ है? मुझे अपना दोस्त भी कहती हो और अपना दुख बताना भी नहीं चाहती। यह कैसी दोस्ती है तुम्हारी, मैं समझा नहीं।"

"तुम्हें नहीं बताऊँगी तो और किसे बताऊँगी मोह! पर कुछ कहने को हो तभी कुछ कहूँ न। अभी कुछ कहने के मूड में भी नहीं हूँ मैं।"

''मैं तुम्हें मजबूर नहीं करूँगा किसी बात के लिए भी, अगर तुम मुझे इस लायक समझती हो, तो अपने दुख-सुख में ज़रूर शामिल करना।'' केतकी चुप रही उसकी बड़ी-बड़ी आँखें इधर-उधर घूम कर जाने क्या तलाशने की कोशिश करती रहीं। धीरे -धीरे बच्चे आने शुरू हो गये। बच्चों के साथ ही राजीव भी था जिसे देख हैरानी हुई। उनके साथ साथ, बृजेश भी आ गया। बृजेश के हाथ में चाय देखकर मुझे हैरानी हुई और मैंने उससे पूछा, ''कब आये, हमें तो कुछ पता ही नहीं चला।''

''अभी आ ही रहा हूँ चाय तो अम्मी ने भिजवाई है।''

''और तुम बताओ राजीव विमल को वह लोग पसन्द आये, जिन्हें तुम अपने साथ लेकर गये थे।''

''विमल आया हुआ है?'' केतकी आश्चर्य से एकदम बोल पड़ी, उसकी आँखें फैलते-फैलते पूरा चेहरा बन गयीं। राजीव अपने ही में मस्त था। उत्तर में बोला, ''अभी थोड़ी देर में वह यहाँ आने वाला है।

''आजकल वह क्या कर रहा है?''

''किसी चैनल के साथ जुड़ा है और आजकल किसी सीरियल की तैयारी में है नन्दिता को तो उसने अनुबन्धित कर भी लिया है।''

''तुम्हारे लिए क्या कहता है?'' राजीव की बात ख़तम होते ही मैं जल्दी से पूछ बैठा। लेकिन राजीव उसी तरह पुरसुकून रहा और बोला, ''दादा! आप तो जानते ही हैं मैं तो यहाँ से जाने वाला नहीं हूँ।'' उसकी बात सुनकर केतकी ने कहकहा लगाते हुए कहा, ''यह तुम्हारी दुम तुम्हें छोड़ कर कहाँ जा सकती है?'' मैं केतकी की जानिब देखता रह गया। लेकिन राजीव की नज़रें झुकी हुई थीं। मैंने अपने आप को सँभाला और बोला, ''केतकी कैसी बातें करती हो? देखो बच्चा शर्मा गया। कुछ तो सोचा करो, अच्छा छोड़ो, बहुत हो गया। हाँ, राजीव तुम यह बताओ क्या नन्दिता की माँ मान जाएगी?''

''हाँ उसे क्या कष्ट है, पैसा आता किसे बुरा लगता है।''

''नन्दिता में क्या देखा विमल ने, उसे तो कुछ आता-जाता भी नहीं।''

''यह तुम कैसे कह सकती हो केतकी! उसने हमारे साथ काम किया है। वह कइयों से अच्छी साबित होगी। फिर नन्दिता सुन्दर है। अब तो थोड़ी बहुत ऐक्टिंग भी सीख़ गयी है। फिर जिस किरदार को निभाने के लिए उसने नन्दिता को चुना है उसके लिए वह फिट बैठती है।'' राजीव ने केतकी की बात शाख पर झूल रहे मुर्झाये फूलों की तरह मसल कर बिखेर दी। मैंने फिर बात का रुख राजीव की ओर मोड़ते हुए कहा, ''पर तुम्हें क्यों नहीं लिया उसने?''

''फिर वही बात। तुम भी बस मोह! खासी मोटी बुद्धि के मालिक हो। वह तुम्हारे बिना कहीं जाने वाला है क्या? लेकिन अब बस, और बातें नहीं। काम करते

हैं। सब लोग आ गये हैं यहाँ। और अब तुम भी उठो खान और रिहर्सल शुरू करवाओ।'' केतकी ने यह बात हाकिम वाले अन्दाज़ में कही। आज मैं उसकी बात पर हँस नहीं सका। उसकी बात को ठेलता हुआ राजीव से ही फिर बोला, ''नन्दिता को वह कब ले जाना चाहता है?''

''रात को आ रहा है न यहाँ, उससे पूछ लेना इसे क्यों तंग कर रहे हो।'' केतकी मेरी बात के जवाब में बोली, मैं कई पलों तक केतकी की जानिब बेवकूफों की तरह देखता रह गया।

अभी हम रिहर्सल शुरू ही करने वाले थे कि सामने से शेखर को आते देख मुझे कोफ़्त होना लाज़मी ही था। राजीव उठने को हुआ तो मैंने राजीव से कहा, ''तुम अभी कहीं नहीं जाओगे। रिहर्सल है तो सिर्फ रिहर्सल ही। राजीव मेरी बात सुनकर चुप रहा लेकिन शेखर ने और वक़्त बरबाद न करते हुए एकदम कहा, ''नहीं खान भाई! राजीव भले ही रिहर्सल पर रहे क्योंकि मैं आज आप से ही मिलने आया हूँ।'' मैंने हैरानी से उसकी जानिब देखा, केतकी भी चुपचाप देखती रही। वह फिर बोला, ''देखिए खान भाई! हमारे क्लब के कुछ डेलीगेट्स बाहर से आने वाले हैं। उनके स्वागत में एक कल्चरल प्रोग्राम करने का हमारा विचार है। यूँ तो हमारी सारी तैयारी हो चुकी है लेकिन हम चाहते हैं कि यदि उस दिन एक प्ले भी हो जाये तो बेहतर हो। इसलिए मैं सोच रहा था कि आपने जो छोटे बच्चों का नाटक 'राजा और किसान' तैयार किया हुआ है यदि आप ठीक समझें तो उसका एक शो हमारे लिए कर दें तो हमें अच्छा लगेगा।'' मैं कुछ देर उसकी बात सुनकर चुप रहा, बोला कुछ नहीं। मुझे लगा कि शेखर जो हमारी पैसे से मदद कर रहा है उसी के एवज में वह एक शो माँग रहा है। यूँ उसकी यह बात वाजिब भी थी लेकिन जाने क्यों मुझे यह सुनना अच्छा नहीं लगा। उसे शायद मेरा जवाब दरकार नहीं था क्योंकि थोड़ी देर बाद उसने ही फिर कहा, ''देखिए हम लोग एक शो के तीन हज़ार से अधिक पैसा नहीं दे पाएँगे। क्या इतने में आप शो कर पाएँगे?'' मैं फिर भी चुप रहा और केतकी की जानिब देखता रहा। राजीव भी चुपचाप खड़ा रहा। केतकी ने मेरी तरफ देखते हुए शेखर से कहा, ''कब है आपका कार्यक्रम?''

''रविवार को।''

''यानि कि पाँच दिन बाद। ठीक है हम शो अवश्य करेंगे, वह लोग पैसा दें या न दें।''

विमल दिल्ली से मुम्बई किसी सीरियल के सिलसिले में गया था और फिर वहीं का होकर रह गया। मैं यह अच्छी तरह जानता था कि वह जब भी कुछ करेगा तो हमें भूलेगा नहीं और आज उसने मेरे ख़्याल को साबित भी कर दिया। वह जिस

मकसद से आया था उसी के तहत उसने हमारे ग्रुप से नन्दिता और बृजेश को चुना अपने एक सीरियल के लिए और चला गया। नन्दिता की माँ को वह दो हज़ार रुपये एडवांस में दे गया था। मैं फिक्रमन्द हूँ कि विमल उनको कैसा दाना डाल रहा है। मैं हैरान भी था कि नन्दिता और बृजेश से विमल कैसा काम लेना चाह रहा है क्योंकि उन दोनों के बीच एक ही बात की साझ है कि उनके पास से लिखे शब्दों की नदियाँ नहीं गुज़रीं। उनको छूती हुई पास से साफ़ बचकर कहीं दूसरे किनारे बनाती हुई आगे बढ़ गयीं। वे दोनों उस धारा को दूर से देखकर ही खुश होते रहे। मैं इस बात से भी फिक्रमन्द हूँ कि विमल के पास क्या इनके लिए हमेशा काम होगा? कहीं ऐसा तो नहीं कि इनके मुँह में खून का स्वाद लगाकर फिर इन्हें वह जंगल में भटकने के लिए छोड़ दे और फिर यह जिस-तिस को काटते फिरें। मेरी बात न तो नन्दिता के खाने में पड़ी जिसे मैंने ही निक्की से नन्दिता बना दिया था, और न ही उसके खाने में पड़ी जिसे बीरू की जगह पर बृजेश की पहचान दी थी। पैसा कितनी बुरी चीज़ है, किसी का भी भेज़ा खराब करने की कमाल की ताक़त है उसमें। यह दोनों क्या करेंगे वहाँ? यह सवाल मुझे अन्दर-ही-अन्दर खाये जा रहा था कि क्या यह ताउम्र विमल की मेहरबानी के तले दबे रहेंगे?

विमल मेरी मदद करना चाहता है, लेकिन यह कैसी मदद है। मैं साफ़ देख रहा हूँ इन दोनों की बरबादी को। अब यह दोनों न यहाँ के रह पाएँगे और न यह वहाँ अपनी जगह ही बना पाएँगे, लेकिन जिसने एक साथ पचास रुपये कभी न देखे हों उसे एक साथ इतना रुपया मिल जाये वह क्यों उसे ठुकराएगा! विमल ने यह अच्छा नहीं किया हमारे साथ।

रात को प्रभात आया था। सोच रहा हूँ कि उसकी बात मान लूँ और इन बच्चों के लिए स्कूल खोल ही लूँ। जैसे वह कह रहा है कि कमरे का इन्तज़ाम तो वह कर ही देगा। छब्बीस जनवरी का झंडा झुला कर वह इस स्कूल की नींव रखना चाहता है। बस यहीं पर मेरा उसके साथ विरोध है। इन बच्चों के लिए तो सब दिन एक जैसे हैं। आज़ादी क्या होती है, इसका अन्दाज़ा इन्हें नहीं है। इन्हें मालूम है कुछ तो सिर्फ इतना ही कि रात के लिए खाने के लिए कितने पैसे चाहिए और बापू की दारू का कैसे जुगाड़ करना है? इससे आगे यह कुछ सोचना भी नहीं चाहते। इनकी दुनिया जिस्म से शुरू होकर जिस्म पर ही ख़तम होती है। पहले उनमें यह एहसास तो जगाया जाये कि आज़ादी किस चिड़िया का नाम है और उसके परचम का क्या मतलब है? इन्हें तो यह तक नहीं मालूम होगा कि देश की बागडोर कौन चला रहा है। ...लेकिन स्कूल खोलने में नुकसान ही क्या है? मैं अपने से यह सवाल कई बार कर चुका हूँ।

हर बार मुझे यही जवाब मिलता है कि नया स्कूल क्यों? क्या ऐसा जुगाड़ नहीं हो सकता कि इन बच्चों को भी सरकारी स्कूल में ही जगह मिले। यह इनसे होगा नहीं। गया था न सुरजन! कैसे माँ-बेटे को स्कूल से बाहर कर दिया था। उस वक़्त मैं होता तो उस मास्टरनी को ही स्कूल से बाहर न निकलवा देता जिसने जाने-सुने बिना ही सुरजन को चोर के खिताब से नवाज़ा था और स्कूल में दाख़िला नहीं दिया था। कहाँ से लाये अपने पैदा होने का सर्टिफिकेट। सड़क पर पैदा होने वालों के पास अपने पैदा होने का कहाँ से सबूत होगा? यह है आज़ादी जहाँ किसी एक के लिए कोई नियम है तो दूसरे के लिए कुछ और....।

"दादा! क्या सोच रहे हो?" यह बात कह कर राजीव ने मुझे चौंका दिया। मैं उसे क्या कहता सिर्फ इतना ही कहा, "कुछ नहीं, बस यूँ ही चुप हूँ। तू कब आया?"

"काफी समय हो गया आप तो अपने ही में मगन थे। क्या बात है, क्या सोच रहे हैं। यदि बताने वाली बात है तो कह डालो इसमें बुराई क्या है?"

"आजकल तुम लोग अपनी-सी करने लग गये हो। जिसका मुझे ही नहीं सब को नुकसान उठाना पड़ सकता है, इतनी-सी बात तुम लोगों को समझ में नहीं आ रही।"

"कैसा नुकसान?"

"अब देखो न, बृजेश यह शहर छोड़ कर नहीं जा सकता, जब तक उसका कोई फ़ैसला नहीं हो जाता और विमल कुछ पैसा उसकी बुआ को थमा कर चला गया है। मुझे चिन्ता नहीं होगी? उसे यहाँ से ले जाने के बारे में किसी ने भी मुझसे पूछने की ज़रूरत नहीं समझी। फिर पूछते भी क्यों तुम लोग, बहुत समझदार जो हो गये हो। वह जाएगा कैसे यहाँ से, यह भी सोचा है उसने। इन्हें तो अपनी शक्ल देखनी है टी.वी. पर।"

"मैं मानता हूँ दादा! उन्हें आपसे पूछ लेना चाहिए था। विमल तो एक तरह से हमारी सहायता ही कर रहा है, शायद आप नहीं जानते उन्हें यहाँ से कहीं और नहीं जाना है। सीरियल का वह हिस्सा जिसमें इन दोनों का काम है, यहीं शूट होने वाला है। आप चिन्ता छोड़ें। बृजेश का मामला भी सुलझ जाएगा। आप यह बताएँ कि आप को प्रभात की बात कैसी लगी?"

"पता नहीं राजीव, कहीं यह उसकी कोई चाल ही न हो, बस यही सोच रहा हूँ क्योंकि वह अपने मतलब के बिना कोई काम नहीं करता। जाने इस बात से वह अपना कौन-सा मकसद पूरा करना चाहता है।"

"सोचना क्या, यहाँ न किसी से पैसा लेना है, न देना। बच्चों को भी मुफ़्त ही पढ़ाया जाएगा। कौन-सी उनसे फीस लेनी है। मुझे तो इसमें कोई बुराई नहीं दिखाई

देती और चिन्ता की तो कतई ज़रूरत नहीं है।''

''वो आदमी इतना सीधा नहीं है जितना दिखाई देता है। उसने आज तक कोई काम ऐसा नहीं किया है जो सिर्फ दूसरों की भलाई के लिए किया गया हो।''

''इसमें बुराई ही क्या है? काम करके कुछ वह अपने लिए सोचता है, तो क्या बुरा करता है। उसे भी तो रोटी खानी है। मैं तो कहता हूँ उसकी बात मान लो और स्कूल का श्रीगनेश कर ही दिया जाए। कम से कम मुझे तो थोड़ी राहत मिल जाएगी, यदि यह थोड़ा-सा ही पढ़ जाते हैं तो...।''

''तुम कहते हो तो मैं मान जाता हूँ लेकिन मेरा दिल नहीं मान रहा, आज तक ऐसे लोगों के लिए जो भी काम हुए हैं उनके नतीजे उम्मीद के मुताबिक तो नहीं निकले। कहीं फूल सजाते हुए हाथ काँटों की चुभन से लहूलुहान न हो जाएँ।''

''आप कैसे ऐसी बातों से डरने लगे? और फिर ऐसी बातों के डर से आप कब तक मुँह छिपाते फिरोगे? हम काम करना चाहते हैं और इतने बेवकूफ़ भी नहीं हैं कि किसी ने हमारे कन्धे पर रखकर बन्दूक चलानी चाही तो हम अपना कन्धा आगे कर देंगे।''

''स्कूल का मन्सूबा बुरा नहीं है। मैं तो कब से चाहता हूँ कि यह बच्चे जो हमारे साथ हैं यदि वह लफ़्ज़ों से भी रू-ब-रू हो जाएँ तो हमारे लिए अच्छा ही है।''

''फिर ऐसी कौन-सी बात है जो इस काम के लिए हाँ करने के लिए आपको रोक रही है। ...लो केतकी भी आ गयी, उससे भी बात कर लेते हैं।''

''क्या बात है?''

''पहले तो तुम यह बताओ तुम्हारी मम्मी का क्या हाल है?''

''बेहतर हैं। घर आ गयीं हैं, कमज़ोरी तो है लेकिन वह तो धीरे-धीरे ही जाएगी न। हाँ, आप लोग क्या बात कर रहे थे?'' केतकी काफी थकी हुई लग रही थी। बैठते हुए उसके मुँह से एक लम्बी साँस निकली।

''केतकी, कल प्रभात आया था।''

''कौन प्रभात?'' केतकी की आँखें छोटी हो गयीं और उनका आकार गोल-सा हो गया।

राजीव केतकी को ताज्जुब से निकालते हुए बोला, ''वही जो सफेद खादी का कुर्ता-पाजामा पहने सोशल वर्कर-सा घूमता दिखाई देता है।''

''उसकी कुदृष्टि फिर तुम पर भी पड़ ही गयी। हैरानी तो इस बात की है कि तुम इतने दिनों से उससे बचे कैसे रहे! वह तो किसी काम करने वाले व्यक्ति को नहीं छोड़ता। सब जगह से अपना-सा मतलब निकालना वह खूब जानता है।''

''ऐसा कहने का तुम्हारा क्या मतलब है केतकी, मैं कुछ समझा नहीं।''

''यदि तुम एक बार में समझ जाओ तो तुम्हें मोहसिन खान कौन कहे। और चाहे

कोई कहे भी, मैं तो तुम्हें कभी न कहूँ।'' केतकी ने इतना कहने के साथ ही जाने किस अन्दाज़ से गर्दन घुमाई कि मुझे लगा मानो किसी बेल की शाख़ उससे छिटक कर झूल गयी हो। मेरी आँखें उस अलबेली बेल में जाने कितनी देर उलझी रहतीं लेकिन उनकी टकराहट दालान से आती हुई अम्मी से हो गयीं। जाने वह किस चीज़ को ढूँढ़ते हुए उधर से निकल रही थीं कि मेरी आवाज़ ने उनके पाँवों को आगे बढ़ने से रोक दिया। मैं उनसे चाय की फरमाइश कर बैठा जिसे सुन केतकी को एक और मौका मिल गया मेरी टाँग खींचने का। बोली, ''तुम भी बस मोह! जाने किस मिट्टी के बने हो, जहाँ बस तीन ही पत्ते रहते हैं।''

''किसके, ढाक के या फिर ताश के...'' कहकर राजीव हँस दिया। मुझे गुस्सा तो आया लेकिन मैं उसे कड़वी दवा समझ कर हलक़ के नीचे उतार कर बोला, ''इस बात के इस वक्त मायने क्या हैं? मैं मोटी बुद्धि का मालिक हूँ न, इसलिए समझ नहीं पा रहा तुम लोगों की बातों को।'' केतकी मेरी बात का अनुमोदन करती-सी बोली, ''बात तो तुम ठीक ही कह रहे हो मोह! अपने बारे में तुम काफी ठीक जानकारी रखते हो। अरे, तुम्हें चाय ही पीनी थी तो कह देते। दो-दो सेवादार खड़े हैं हजूर के दरबार में, ख़ामख़ा अम्मी को तंग किया।''

''क्या करूँ सेवादार इतनी ज़्यादा अक्ल के मालिक हैं कि कब से बातें ही बनाए जा रहे हैं, चाय की तलब को दबाए हुए।'' इस बात पर हम तीनों ही हँस पड़े और अम्मी की चाय भी आ गयी। चाय पकड़ाते हुए अम्मी बोलीं, ''यहाँ क्या खिचड़ी पक रही है? अब स्कूल कहाँ खुल रहा है?''

''अम्मीजान! आप छिपकर हमारी बातें सुनती रहीं। अगर यहाँ आपकी बहू होती तो इसी बात पर यहाँ झगड़े की गुंजाइश हो सकती थी। यह बात अलग है कि आपके इतने सख़्त क़ैदखाने में वह बोलती न भी, पर अपने गुस्से का इज़हार तो ज़रूर करती।'' अम्मी अपनी ही रौ में बोल गयीं, ''अरे बहू रानी कौन दूर बैठी है, उसी से पूछ लो कि वह मेरी बात का बुरा मानती क्या?'' अम्मी की बात सुन केतकी का चेहरे पर गुल खिल उठे, कमरा गुलो-गुलज़ार नहीं हो सका वहाँ जैसे कर्फ्यू-सा लग गया हो और आस-पास इस बात से कब्रिस्तान जैसी ख़ामोशी छा गयी। वहाँ सिर्फ चाय की चुस्कियों की आवाज़ आ रही थी।

अम्मी की यह बात मुझे कितनी देर कोंचती रही, कि जाने केतकी इस बात का क्या मतलब निकाले। इस बात ने हमारी खुशियों के लम्हात को बोझिल बना दिया था। हमें इस तरह ख़ामोश हुआ देख अम्मी हैरानी से बोलीं, ''क्या हुआ? इस तरह क्यों ख़ामोश हो गये तुम लोग?'' अम्मी की बात सुनकर हम लोग ख़ास हालात के शिकार हो गये थे। उससे बाहर निकलना हरेक के लिए आसान नहीं था। यूँ मेरी दिली ख़्वाहिश थी कि किसी भी तरह केतकी ज़ेह्नी तौर पर मेरे करीब आ सके,

लेकिन मैं नहीं चाहता था कि सबके सामने ऐसी कोई भी बात हो जिससे केतकी मेरी ज़ेह्नी हालत को जान जाए। अम्मी का उसे दुल्हन कहना न्याय संगत नहीं था। अब मैं नाउम्मीदी के एहसास और अम्मी की इस बात से संजीदा हो गया था। मेरी फ़िक्र थी कि केतकी क्या समझेगी। लेकिन जब मेरी आँखें केतकी के चेहरे से टकराईं तो वो चेहारा मुझे इतना सुन्दर दिखाई दिया जिसे देख तारे भी शर्मा जाएँ। मुझे थोड़ा इतमिनान हुआ कि केतकी ने शायद अम्मी की बात पर ग़ौर ही न किया हो। चुप्पी को तोड़ती हुई फिर केतकी ही बोली, "क्यों अम्मी! क्या हमें स्कूल नहीं खोलना चाहिए?" अम्मी कुछ बोली नहीं सिर्फ तेज़ नज़रें इधर उधर फेंकती हुई चुप्प बैठी रहीं। मुझे बुरा लगा मैंने अम्मी से कहा "आप भी अम्मीजान, कसूर भी ख़ुद करती हैं और गुस्सा भी ख़ुद ही हो जाती हैं। अगर केतकी ने आपकी बात का बुरा नहीं माना तो इसका यह कतई मतलब नहीं है कि आपकी बात सही थी, लेकिन आप हैं कि... उसकी बात का जवाब तक नहीं देना चाहती। बग़ैर सोचे समझे तो आप ही बोली थीं न।"

"क्या जवाब दूँ बोलो? रही बात मेरे कहने की, तो मैंने जो समझा वह कह दिया। केतकी बिटिया मुझे माफ़ करना अनजाने में ही मेरे मुँह से निकल गया था। उसके आगे-पीछे मेरे मन में कोई पसोपेश नहीं है।"

"अम्मी! आप क्यों यह सब कह रही हैं! मैंने किसी बात का बुरा नहीं माना, आप बेफ़िक्र रहिए! खान की तो आदत ही है ज़रा-ज़रा-सी बात को पकड़ कर बैठ जाता है। आप क्या कहना चाहती हैं कहिए न।"

"क्या कहूँ केतकी कि तुम लोग जो करने जा रहे हो वह ग़लत है, मानोगे मेरी बात कि जिनके लिए यह सब कर रहे हो वह तुम्हें बेगाना ही समझेंगे। फिर क्यों अपनी ज़िन्दगी बरबाद करने पर तुले हो?"

"अम्मी! यह आप क्या कह रही हैं?"

"जो सच और सही है वही कह रही हूँ..." इतना कह अम्मी थोड़ी देर चुप रहीं। हमारी आँखें उनके चेहरे का सफ़र करने लगी। लेकिन कुछ लम्हात के बाद ही अम्मी उसी अन्दाज़ में बोलीं, "तुम जो हो, तुम लोगों की जो पहचान है, वह तुम्हारे नाम से नहीं तुम्हारी ज़ात से जुड़ी है और यह जो लोग इस गन्दगी में पले-बड़े हुए हैं। यह लोग इस बात को कभी नहीं भूल पाएँगे कि तुम उनके बीच के नहीं हो। अलबता उस क्लास से हो जिन्हें वह आज तक अपना माई-बाप समझते रहे हैं। वह यह अब समझने लगे हैं कि हक़ीकत में तुम लोग ही हो उनकी ऐसी हालात की वजह। तुम्हारे दिल में यह जो इन लोगों के लिए शदीद रहमो-करम हैं, उन्हें यह सब किसी साजिश की तरह लगता होगा। मैं तो तुम्हें यही कहूँगी कि तुमने यह जो नाटक शुरू किया हुआ है उसे ही पूरा करो और अपना घर-बार बसाओ। इस झूठ की

ज़िन्दगी को छोड़ो! नहीं तो तुम कहीं के नहीं रहोगे। यह लोग तुम्हें अपना-सा कभी नहीं समझेंगे।'' अम्मी पेशगोइयां करती-सी बोलीं।

''पहली बात तो यह है अम्मी कि तुम जो समझती हो और कह रही हो वह सच्चाई से कोसों दूर है। यह लोग जानते हैं कि मैं अपना सब कुछ छोड़-छाड़ कर उन जैसा बनकर ही यहाँ आया हूँ। यह वह अच्छी तरह से जानते हैं। रही घर बसाने की बात, तो मेरा घर तो बसा हुआ ही है, राजीव है, बृजेश है और क्या चाहिए मुझे। रही बात इन लोगों के समझने और न समझने की, आज नहीं कल मुझे यह अपने बीच का ही पाएँगे।''

''यह क्यों नहीं कहते कि केतकी भी है तुम्हारे साथ लेकिन तुम क्या समझते हो कि जिनका तुम नाम ले रहे हो वे ताउम्र ऐसे ही तुम्हारे साथ रहेंगे? अब और मैं कुछ कहना नहीं चाहती। वक्त ही तुम्हें सब बताएगा।''

''आप केतकी को इस तरह क्यों ले रही हैं अम्मीजान! हम सब लोग मिलकर काम करते हैं। फिर यह ज़रूरी भी नहीं है कि सारी उम्र यही सब लोग मेरे साथ रहें और न मैं इन्हें अपने पास ताउम्र रखना ही चाहता हूँ। तुम्हरा बेटा इतना ख़ुदगर्ज़ नहीं है अम्मा। लेकिन कोई भी राजीव ,कोई भी ब्रजेश तुम्हारे बेटे के साथ हमेशा रहेगा, ज़िन्दगी में तुम्हारा बेटा कभी अकेला नहीं रहेगा। इतना अम्मी तुम इतमिनान रख सकती हो अपने बेटे पर। रही समय की बात, उसे कौन आज तक जान सका है।''

''और अम्मी आप यह भी विश्वास रखिए कि मैं यानि कि राजीव जोंक की तरह आपके बेटे के साथ चिपक गया है। ज़िन्दगी भर छोड़ने वालों में से मैं नहीं हूँ।''

केतकी राजीव की हाँ में हाँ मिलाते हुए बोली, ''सच अम्मीजानी, मैं भी आप के बेटे को छोड़ने वाली नहीं हूँ।''

''तुम जानो और तुम्हारा काम जाने! मेरी समझ में तुम लोगों की कोई भी बात नहीं आती। लेकिन मोहसिन! तुम इतना ज़रूर जान लो एक दिन जोंक भी सारा लहू पी कर छोड़ जाती है, कुछ दर्द सौंप कर।'' इतना कह अम्मी उठ कर चली गयीं।

रोटरी क्लब को हमारे नाटक 'राजा और किसान' की पेशकश बहुत अच्छी लगी। मुझे इस बात की खुशी थी। बच्चों से किए गये वायदे को हम पूरा करने में कामयाब रहे थे। काफी दिनों के बाद मैं इतमिनान की नींद सोया था। मैं आज ज़ेह्नी और जिस्मानी तौर पर ताज़गी महसूस कर रहा था। इस बात का अगर मैं खुलासा करूँ तो सिर्फ इतना ही कह सकता हूँ कि मुझे बच्चों पर यक़ीन नहीं था और न ही यह उम्मीद थी कि वह इतने बेहतर और सही तरीके से नाटक पेश कर पाएँगे। यह सारी मेहनत राजीव और केतकी की ही थी। लेकिन रोशन हक़ीकत तो यह है कि पिछले

दिनों मैं बहुत ही कशमकश में रहा हूँ। यह भी किसी हद तक सही है कि जब तक अम्मी मेरे पास रहेंगी तब तक मेरी ज़ेहनी हालत इसी तरह ग्रस्त रहेगी। आज मैं खुशी से कह सकता हूँ कि मेरे बच्चों ने बुद्धिजीवियों से शोहरत हासिल की है।

आज सुबह मैं केतकी का बेकार ही इन्तज़ार करता रहा, यह जानते हुए भी कि आज वह यहाँ आने वाली नहीं है क्योंकि उसे माँ को अस्पताल लेकर जाना है। फिर भी जाने क्यों मुझे उसका इन्तज़ार था। हार कर मैं अकेला ही पन्द्रह सेक्टर की रेहड़ी मार्किट चला गया, बच्चों के लिए कुछ टीशर्ट और जूते खरीदने थे। वहाँ सब्ज़ी लेती हुई मुझे साक्षी अचानक दिखाई दे गयी। जाने क्यों मेरे कदम उस तरफ बढ़ गये। मुझे देखते ही किसी अपने की तरह उसने भरे बाज़ार में मेरे हाथों को चूम लिया। उसके इस सलूक से मैं हैरान-सा उसे देखता रह गया लेकिन वह खुश थी। उसकी आँखें मुझे पीती रहीं और फिर उसके लफ़्ज़ों ने मेरे कानों का सफ़र तय किया जिनमें अपनापन था। "बहुत मिस किया मैंने तुम्हें मुम्बई में, मोहसिन खान! तुम हमारे साथ होते तो हमारा सीरियल और भी बेहतर बनता। लोग तो उसे पसन्द कर ही रहे हैं परन्तु मैं उसे बना कर बहुत सन्तुष्ट नहीं हुई हूँ। तुम देखते हो न मेरा सीरियल?" इतनी बात कहने के साथ ही उसके रुखे-रौशन पर एक रौशन चौड़ी मुस्कान फैल गयी। लेकिन मैं उस तरह खुश नहीं हो सका। इसके बरअक्स मैं हैरान-सा उसकी तरफ देखता रहा। मुझे अपने कानों पर यकीन नहीं हो रहा था कि जिन अल्फाज़ ने अभी-अभी मेरे कानों का सफ़र तय किया है वह साक्षी के ही अल्फाज़ हैं। मेरी आखें उसके चेहरे पर मानो जम-सी गयीं। मेरी ऐसी हालत जाने कितनी देर उसी तरह बनी रहती कि मुझे आगाह करते हुए साक्षी फिर बोली, "क्या हुआ, बोलते क्यों नहीं?" इन शब्दो नें मुझे मेरी हालात की असलियत दिखा दी। मेरी चेतना लौटी तो मैंने पाया कि मेरे लफ़्ज़ बस मुँह से फिसल भर रहे हैं, उनमें गौर करने लायक कोई बात नहीं है। वह सिर्फ लफ़्ज़ ही थे मानो मैं अपनी ही रौ में बोल रहा था, साक्षी सुन रही थी। मैं केवल बोलने के लिए ही बोल रहा था। मैं कह रहा था कि— "समय ही कहाँ है मेरे पास टी.वी. देखने का, चाहते हुए भी देख नहीं पाता। मुझे तो यह भी नहीं मालूम है कि तुम्हारा कोई सीरियल भी इन दिनों टी वी पर दिखाया जा रहा है। मैं तो यही समझ रहा था कि तुम रवि और दत्त के साथ काम कर रही हो।"

"कहाँ उन दोनों के साथ तो मेरा झगड़ा शुरू में ही हो गया था। वह हरामज़ादा दत्त तो मेरा पैसा ही खा गया। मेरे पैसे से सीरियल बनाया और उसने मुझे न तो कोई ढंग का रोल दिया और न ही उसने अपने कहने के मुताबिक मुझे अपने पार्टनर के तौर पर डायरेक्शन में ही नाम दिया। बोलो! क्या मैं फिर भी उसके साथ काम कर सकती थी? उसके चंगुल में तो कोई मत फँसे, वह न तो किसी को पैसा देता है और न ही डील के मुताबिक काम ही करता है। वह चारों तरफ से अपना ही भला करना जानता

है। मैं तुम्हारे पास आना चाहती थी। देखो भगवान ने कैसे हमें मिला दिया। मेरे पास एक प्रोजेक्ट है, तुम यदि मेरे साथ काम करते हो तो डील हो सकती है।''

''नहीं साक्षी! मेरा तो अपना ही इतना काम है कि मैं और किसी तरफ देखना चाहूँ तो भी देख नहीं सकता। पैसा तो मुझे भी चाहिए, लेकिन देखते हैं वह सब कैसे मुमकिन होता है। थियेटर के साथ जुड़े रहते हुए ही वह सारी ज़रूरतें, जो मुझे चाहिए, पूरी करनी चाहता हूँ। देखते हैं कैसे पूरी होती हैं। इसलिए मैं अभी छोटे या फिर बड़े पर्दे में काम करने का ख़्वाब भी नहीं पालना चाहता। मैं तो अपने मिशन में ही कामयाब होना चाहता हूँ।''

''मैं भी जानूँ, तुम्हारा मिशन क्या है?''

मैं अपनी ज़ेह्नी कोफ़्त में उलझा हुआ था। उसी में लिपटा हुआ ही बोल पड़ा— ''तुम जानती तो हो साक्षी! मैं जिन लोगों के बीच रहता हूँ, उन्हें कोई माकूल माहौल दिला पाने में मुझे क़ामयाबी नहीं मिली है। अभी भी उन लोगों के बच्चों को स्कूलों में जगह नहीं मिल पाती। वो कैसी ज़ेह्नी तक़लीफ़ों से गुज़रते हैं, इसका अन्दाज़ा भी तुम नहीं लगा सकतीं। मैं उन्हें उनके 'मैं' से परिचित करवाना चाहता हूँ जिन्हें वह भूल चुके हैं। और उनके कदम दूसरों के काम के लिए ही उठते हैं और वह समझते हैं कि वह बने ही दूसरों के लिए हैं। मैं उन्हें इस गर्दिशे-दौराँ से बाहर निकालने की कोशिश कर रहा हूँ। मैं चाहता हूँ कि वह अपनी ताक़त से रूबरू हों। मैं सन्तुलन चाहता हूँ लेकिन इस रचनात्मक काम को जब तक अमली जामा नहीं पहना दिया जाता तब तक यह मुश्किल बनी रहेगी। और इसके साथ ही कुछ गुप्त ताक़तें ऐसी हैं जो मेरे संकल्प को और भी दृढ़ करती जा रही हैं। जिस दिन हमारी पैसे की मुश्किल हल हो गयी उस दिन मैं अपने मिशन में क़ामयाब हो पाऊँगा, ऐसा मैं समझता हूँ।''

''क्या तुम यह समझते हो कि थियेटर तुम्हें वह सब दे सकता है जिसकी तुम्हें तलाश है, तो यह तुम्हारी सबसे बड़ी भूल होगी। कहाँ है रंगमंच में पैसा? तुम उन्हें एक तरह की तंगी से निकाल कर दूसरी तरह की, उससे भी भयंकर तंगी में धकेल रहे हो, जो करना चाह रहे हो उससे तुम्हारा कोई रचनात्मक या फिर कोई सृजनात्मक काम नहीं हो सकता है। फिर यदि वह लोग जागरूक हो भी गये तो उनकी स्थिति और भी भयंकर हो जाएगी क्योंकि अभी तक वह समझ रहे हैं कि वह जिस गरीबी में जन्मे-पले हैं यह उनकी नियति ही है। उन्हें किसी भी काम, कैसे भी काम को करने का कोई दुख नहीं होता और जो पीड़ा उन्हें देखकर तुम्हें कचोटती है, वह तो उनके आस-पास की भी नहीं है। उन्हें तो उस पीड़ा का कोई ज्ञान ही नहीं है, वह अपने इस तरह के जीवन में ही अपनी तरह का सुख ढूँढ़ लेते हैं, परन्तु तुम जो कर रहे हो, तुमने जो उन्हें जागरूक करने का बिगुल बजा दिया है, क्या तुम समझते हो कि

वह उन्हें सुख देगा? अरे जिस दिन वह जागरूक हो जाएँगे, उस दिन उन्हें जो मानसिक कष्ट होगा, उसका तुम अन्दाज़ा भी नहीं लगा सकते। फिर यह जागरूक बच्चे न इधर के रहेंगे, न उधर के। फिर एक ऐसी क्रान्ति के लिए तुम तैयार हो जाओ जो खून-ख़राबा किये बिना ही सब कुछ नष्ट कर देगी।''

''वही तो मैं चाहता हूँ कि एक ऐसा ज़लज़ला आये जिसमें सब कुछ समाप्त हो जाये और यह लोग चले आ रहे अँधेरे से बाहर निकल आएँ और जो तुम यह कहना चाहती हो कि यह लोग सोये रहें, ऐसा नहीं होगा। एक न एक दिन तो इन्हें जागृत होना ही है। उस वक़्त इनके अन्दर की आग जब बाहर निकलेगी, तो उसकी लपेट में कौन-कौन आ जाएगा इसका अन्दाज़ा भी तुम नहीं लगा सकती, साक्षी! मैं यह चाहता हूँ कि वह आग जल्दी भड़के और सदियों से जिस बेइज़्ज़ती को यह लोग बिना चूँ-चपाड़ किये सहते आ रहे हैं, इनकी यह ग़ुलामी उस आग में भस्म हो जाये। और यह भी तुम जान लो साक्षी कि अब ज़्यादा दिन नहीं यह लोग इस तरह रहेंगे। अब यह जागेंगे। एक दिन सुबह की हवा यहाँ भी ज़रूर आएगी, तुम देखती रहना इस की शुरुआत हो चुकी है।''

''तो यह भी तुम जान लो मोहसिन खान! कहीं इन्हें जागरूक करते-करते उस आग की चपेट मे तुम न आ जाना। भले ही तुम इनके भले के लिए इनके साथ चिपके हो, बचोगे तो तुम भी नहीं। तुम क्या समझते हो कि इस तरह तुम इनका कोई भला कर रहे हो? यह कैसा भला है इनका, जो इन्हें भर पेट रोटी तक नहीं दे सकता। तुम्हारी अपनी फैक्ट्री है वहाँ जाओ और जो वहाँ हो रहा है... तुम्हारी अपनी फैक्ट्री में... जो शोषित हो रहे हैं, उस शोषण को समाप्त करो। वह होगा तुम्हारा रचनात्मक और सकारात्मक काम। तुम क्या समझते हो कि तुम्हें घर बैठे-बैठे कोई पैसा दे जाएगा?''

''तुम ठीक कह रही हो साक्षी, मैं उस आग में जल जाऊँ इसकी फिक्र न तुम्हें, न किसी और को करने की कोई ज़रूरत है। मैं समझता हूँ कि मुझे घर बैठे-बैठे कोई पैसा नहीं दे जाएगा लेकिन एक बात पर तुम भी थोड़ा ध्यान दो कि पेट तो कोई भी भर सकता है, कीड़े, मकोड़े, जानवर, परिन्दे सभी पेट की आग को ख़ामोश करने के लिए जद्दोजहद करते हैं। सबकी अपनी अपनी हदें है। लेकिन यह आदमी के बच्चे हैं जो सिर्फ पेट की आग को ख़तम करने के लिए नहीं बने हैं। यह बच्चे मुझे बहुत प्यारे हैं साक्षी! तुम उनके साथ कुछ दिन रहो तो भूल जाओगी टेलीविज़न या फिर और कहीं काम करना। बला की अक्ल के मालिक हैं यह बच्चे। इन्हें वह सारी सहूलियतें मिलें जो आम बच्चों को हासिल हैं तो यह भी किसी से कम नहीं निकलेंगे। बिना पढ़े-लिखे ही इन बच्चों में इतनी ख़ुद्दारी है। अगर पढ़-लिख जाएँ तो यह कैसे निकलेंगे इसका अन्दाज़ा तुम नहीं लगा सकतीं। और रही फैक्ट्री में काम

करने की बात, जब यह लोग ख़ुद जागृत हो जाएँगे तो यह अपने हक़ूक के लिए ख़ुद जद्दोजहद कर लेंगे इसके लिए फिर किसी दूसरे को कुछ करने की ज़रूरत नहीं रह जाएगी। आज यह ख़ुद को थोड़ा ही सही, पहचानने लगे हैं। भले ही अभी उतनी इनमें जागृति नहीं आयी जितनी आनी चाहिए थी लेकिन वह दिन भी दूर नहीं है जब इन्हें तुम अपने से अलग नहीं समझ सकोगी। तुम्हारे साथ कन्धे से कन्धा मिला कर चलने से अब इन्हें कोई नहीं रोक सकता। बहुत दबा लिया गया है इन्हें, अब और नहीं साक्षी! अब इनके साथ और जुल्म नहीं हो सकता। अब इन्हें अपनी ताक़त का अहसास होने लगा है। यह ख़ुद अपनी लड़ाई लड़ेंगे... हम कौन होते हैं इनके लिए लड़ने वाले?''

''बस-बस मोहसिन खान, तुम तो अच्छा खासा भाषण देना जानते हो। तभी तो मैं कहती हूँ कि अरे भाई तुम्हें अब इस शहर को छोड़ना ही चाहिए। सबकी अपनी-अपनी सीमाएँ होती हैं, शहरों की भी। इस शहर से जो तुम ले सकते थे वह तुमने ले लिया है। अब आगे बढ़ो! एक जगह रुका पानी भी दुर्गन्ध छोड़ने लगता है। काम करो और पैसा भी बनाओ। उसके बाद तुम्हारे यह सारे मिशन अपने आप बनते और पूरे होते जाएँगे।''

''ठीक कह रही हो साक्षी कि यह शहर मुझे जो दे सकता था, वह उसने मुझे दे दिया। अब तो इसे कुछ देने की मेरी बारी है। उससे मैं कैसे भाग सकता हूँ और मुझे अभी ऐसा महसूस भी नहीं हुआ साक्षी! जिस दिन लगेगा कि मेरे लिए यह शहर छोटा पड़ गया है, उस दिन सबसे पहले मैं तुम्हारे ही पास आऊँगा। रही बात मिशन की, उसके लिए भी अपनी-अपनी सोच है। तुम जो सोचती हो वह तुम्हारे लिए ठीक हो सकता है, शायद वह मेरे लिए उतना सही न हो।''

''मोहसिन खान! तुम किस मिट्टी के बने हो। तुम्हें तो सही और ग़लत की पहचान भी नहीं है। मैं तुम्हारे फ़ायदे की ही बात कर रही थी। यह ज़रूरी भी नहीं है कि जिस समय तुम मेरे पास आओ तब मुझे तुम्हारी आवश्यकता ही हो। आज मैं जिस शिद्दत से तुम्हें चाहती हूँ कि तुम मेरे साथ काम करो, शायद वह शिद्दत कल न रहे। इसलिए आगे का क्या पता कि भविष्य में क्या होने वाला है?''

''चिन्ता न करो साक्षी! तुम्हें मुझसे ज़्यादा माहिर लोग मिल जाएँगे और जिन्हें मुझसे ज़्यादा ज़रूरत है पैसे और शोहरत की और जिनका मक़सद ही टेलीविज़न में जाने का है। रही बात मेरी, मैंने तो अपना भविष्य तय कर लिया है। इसलिए मुझे उसकी फ़िक्र नहीं है। इसके लिए जैसी भी तक़लीफ़ें मेरे रास्ते में आएँगी उन्हें बर्दाश्त करने की ताक़त है मुझमें, साक्षी!''

''तुम शायद किसी दूसरी दुनिया के जीव हो मोहसिन खान! मैं नहीं समझती तुम जो सोच-समझ रहे हो वह सही है। आज के इस बाज़ारवाद के चलते तुम्हारे यह

आदर्शवाद के गीत तुम्हें कौन-सी सफलता देने वाले हैं, मैं नहीं जानती। लेकिन मैं इतना अवश्य जानती हूँ कि यह सब खोखले और बेकार आदमियों की सोच तो हो सकती है लेकिन किसी समझदार के मुँह से ऐसी बातें सुनना तो भला नहीं लगता और तुम से सुनना तो बिलकुल भी मुझे अच्छा नहीं लग रहा। तुम जो काम कर रहे थे या फिर करने जा रहे हो, वह एक समय तक तो ठीक है जब तक कुछ और नहीं मिलता। यदि वह जीवन का ध्येय ही बन जाये तब तो सोचने की बात है। क्या केतकी भी तुम्हारे साथ है? तब तो कहना ही पड़ेगा कि तुम दोनों ही उलटी खोपड़ी के मालिक हो और इस दुनिया के आदमी तो हो ही नहीं सकते।''

''तुम जो कहना चाहती थीं वह सब कह लिया है न साक्षी! तब तुम यह भी जान लो कि मैं और केतकी दोनों इसी दुनिया के आदमी हैं और जो काम कर रहे हैं वह समझ-बूझ कर ही कर रहे हैं। तुम्हें फ़िक्र करने की ज़रूरत नहीं है। वैसे तुम यह बताओ कब तक हो यहाँ?''

''अभी तो कुछ दिन यहीं हूँ, तुम्हें मेरी बात बुरी लगी हो तो उसे कड़वी दवा समझ कर निगल लेना, मैं तो तुम्हारे भले की बात कह रही थी। मेरी बात छोड़ो तुम बताओ केतकी कैसी है? लगता है तुम्हारा अभी तक उसके साथ चक्कर चल रहा है, वाह! क्या कहने! इसीलिए मेरी बात तुम्हें बुरी लग सकती है। कुछ औरतें होती ही ऐसी हैं जो न ख़ुद कहीं पहुँच पाती हैं और न ही उनके साथ जो जुड़ जाये वह ही कहीं पहुँच पाता है?''

''कैसी बात कर रही हो साक्षी, पहुँचना कहाँ होता है? रही बात केतकी की, तो हम दोनों मिल कर काम कर रहे हैं। बस इससे आगे-पीछे कुछ नहीं है जैसा तुम सोच रही हो।'' मुझे साक्षी की बात कहने का अन्दाज़ अच्छा नहीं लगा। मेरी बात को सुनकर साक्षी कुछ इस तरह हँसी जैसे मैं कोई ग़ैरज़िम्मेदार आदमी हूँ और बेकार-सी बातें कर रहा हूँ। मुझे उसके साथ गुफ़्तगू करने में कोफ़्त महसूस होने लगी। उसकी बातें मेरे दिल में दर्दभरा सुरूर घोल रही थीं। कैसी है यह साक्षी... यूँ कहने को बड़ी प्रगतिशील औरत बनती है लेकिन एक लड़के-लड़की के रिश्ते को देखने का नज़रिया तो दकियानूसी ही है। मैं संजीदा हो गया। रिश्तों के महत्त्व को ये कहते कहाते प्रगतिशील लोग भी समझने की ग़लती करें तो बाकी लोगों से क्या उम्मीद की जा सकती है। मैं उखड़-सा गया। मुझे उसका यह कहना भी अच्छा नहीं लगा कि ''छोटी-छोटी बातों को इतनी संजीदगी से लेने और देखने से तो इस दुनिया में कहीं फिट हो पाना मुमकिन नहीं है। यूँ इन झुग्गी-झोंपड़ी में रहने वालों की किस्मत कौन बदल सकता है। यह तो इन की फितरत ही है, उसे कैसे बदला जा सकता है। फिर इन्हें तो यह सब भोगने की आदत है। इन्हें कुछ बुरा नहीं लगता होगा। इनके लिए इतने दुखी होने की ज़रूरत नहीं है।'' मैं साक्षी की किसी बात का जवाब दिये

बिना ही वहाँ से चल पड़ा और रास्ते भर सोचता रहा कि कैसे लोग इस बात को तयशुदा मान कर चल रहे हैं कि उनकी किस्मत में ही बेज़ार होना लिखा है। इसे कोई नहीं बदल सकता। किसी को इस बात से तक़लीफ़ क्यों नहीं होती कि ढेरों काम करने के बाद भी उनकी मेहनत का पैसा उन्हें नहीं मिलता जिसके वह हक़दार हैं। एक दिन यह आग भड़क कर रहेगी। ऐसा कब तक होता रहेगा?

लेकिन अब यह हालात ज़्यादा दिन नहीं रहने वाले, अब इन्हें अपने हकूक की पहचान हो गयी है और अब वह भी कुछ कहने का हौसला रखने लगे हैं। अपना भला-बुरा अब यह बखूबी पहचान गये हैं। इन्हें अब और नहीं दबाया जा सकता। बहुत सेंक लीं इनके चूल्हे पर अपनी रोटियाँ, अब इनकी बारी है। मैं अपनी सोच में कब सेक्टर 16 की ओर मुड़ गया मुझे इसका इल्म तब हुआ। जब मैंने अपने आप को केतकी के घर के सामने पाया। कुछ पल मैं बाहर खड़ा सोचता रहा कि मैं क्या दरवाज़े पर दस्तक दूँ भी या नहीं। हिम्मत जुटा कर मैंने दस्तक दे ही दी। केतकी ने ही दरवाज़ा खोला। मुझे देखते ही केतकी के जैसे होश फाख़्ता हो गये, वह एकदम बोली, ''तुम ...तुम यहाँ क्यों आये हो?''

''यूँ ही इधर से गुज़र रहा था, सोचा मम्मी जी को भी देखता जाऊँ।''

''यह तो तुम जानते ही थे कि वह अब ठीक हैं और तुम यह भी जानते हो कि मम्मी से मैं तुम्हें अभी मिला नहीं सकती। फिर तुमने कैसे हिम्मत कर ली मेरे घर आने की?''

''मैं सोच रहा था कि अब तक तो तुम ने घर में मेरे लायक़ माहौल बना लिया होगा।''

''क्यों ऐसा सोच रहे थे? ऐसा सोचने का सबब क्या था? क्या मैंने ऐसा कोई तुम्हें संकेत दिया था? तुम्हारे पास क्या था ऐसा सोचने के लिए? क्या मैं जान सकती हूँ? क्या तुम्हारी जाति बदल गयी है या फिर तुम्हें कोई बहुत बड़ा ओहदा मिल गया है, बताओ?''

केतकी की बात सुन, मैं अन्दर ही अन्दर बहुत शर्मिन्दा हुआ और उसकी बात को जवाब दिये बिना ही मैं लौटने लगा। मुझे जाते हुए देख कर वह फिर बोली, ''गुस्सा मत होना मोह! मैं तुम्हें अन्दर आने के लिए भी नहीं कह सकती। तुम चलो मैं वहीं आती हूँ।'' उसकी बात सुनकर मन हुआ कि मैं उसे कह दूँ कि आने की कोई ज़रूरत नहीं है, लेकिन मैं चुप ही रहा। ग़लती तो मेरी ही थी कि उसके यह कहने के बावजूद कि ''मेरे घर मत आना कभी, जब तक मैं न कहूँ...'' मैं उसे बताये बिना ही चला गया उसके घर। इसमें उसका कसूर भी कितना है। लेकिन जाने क्यों मेरा केतकी से बोलने को फिर मन नहीं रहा। मैं उदास हो गया। केतकी की आँखें लाचारी से मेरे चेहरे का सफ़र करती रहीं और मैं चुपचाप उसके घर का

लावारिस ज़ीना उतर गया। सड़क पर आकर मैंने पीछे मुड़ कर देखा, केतकी खिड़की के पर्दे को थोड़ा सरका कर वहाँ खड़ी दिखाई दी। वह हाथ हिला रही थी।

घर पहुँच कर मैं चुपचाप अपने कमरे में चला गया। मेरा किसी से बोलने को मन नहीं हो रहा था। जब कि बच्चे सेहन में रिहर्सल के लिए जुट चुके थे। राजीव उनके साथ था। बृजेश ने मुझे चाय पकड़ाते हुए कहा, "दादा! आज अभी तक केतकी नहीं आयी और नन्दिता पर तो अब सीरियल का भूत चढ़ गया है। आप किसी को कुछ कहते क्यों नहीं, नाटक का शो कैसे हम कर पाएँगे?"

मैं बृजेश की बात सुनकर मायूसी से बोला, "सब हो जाएगा बृजेश! तुम जल्दी से अपनी हाज़िरी देकर आओ मैं देखता हूँ। राजीव ने क्या किया है अब तक।"

"दादा! मैं सोचता हूँ हमें इतना बड़ा नाटक नहीं उठाना चाहिए था तीन महीने होने को आये अभी भी बीच-बीच में कइयों को संवाद भूलते हैं। मंच पर जाने पर क्या होगा? मुझे तो इसी बात का डर है कि कहीं हमारा सारा किया-धरा मिट्टी में ही न मिल जाए।"

"कुछ नहीं होगा बृजेश! सब ठीक ही होगा तुम इस बात की फिक्र छोड़ो, इसकी फ़िक्र करना तुम्हारा काम नहीं है। तुम चौकी जा रहे हो न? तो आते हुए दर्जी के पास से होते आना। उसने सारी ड्रेसिज़ बना दी कि नही, इसका पता भी करते आना।"

"वह तो दादा! हम लोग दोपहर में ही कुछ ड्रेसिज़ ले आये हैं, शेरवानियाँ बड़ी अच्छी बनी हैं, परन्तु अभी जनाना कपड़े नहीं बने हैं।"

"ठीक है, उसे कह आये हो कि कल ज़रूर दे दे, तुम जाओ और जल्दी लौट कर आओ ताकि आज पूरे नाटक की सिलसिलेवार रिहर्सल कर ली जाये। मैं देखता हूँ कि राजीव क्या कर रहा है।"

"दादा! दर्जी ने तो शाम को ही ले जाने के लिए कहा था। अब मैं चलता हूँ। जब तक केतकी आयेगी तब तक शायद मैं भी लौट आऊँ। आती बार दूसरी सारी ड्रेसेज़ भी लेता आऊँगा।" इतना कह बृजेश चला गया और मैं सोचने लगा कि क्या केतकी आज आएगी भी। मेरा आज उसके हाथों जो अपमान हुआ है उसे क्या मैं कभी भूल भी पाऊँगा?। क्यों किया केतकी ने ऐसा मेरे साथ? कितनी देर हो गयी है हमें साथ-साथ काम करते, अभी तक वह अपने घर में मेरे लिए कोई जगह क्यों नहीं बना पायी, फिर क्यों आती है यहाँ, क्यों वह दोगली ज़िन्दगी जी रही है। मैं उसकी फ़ितरत अभी तक नहीं समझ पाया। क्यों है यह दोहराव उसकी ज़िन्दगी में? शायद आज तो वह न ही आये। मुझे ऐसा क्यों लग रहा है?

राजीव वैसे रिहर्सल ले ही रहा है। देखते हैं हमारा क्या होता है! बाहर से केतकी की आवाज़ मेरे कानों में पड़ी और मैंने फिर राहत की साँस ली। साथ ही मन में यह

सवाल भी पैदा हुआ कि केतकी अब कौन-सी सफाई लेकर मेरे पास आएगी। क्या वह समझती है कि मैं उसके साथ पहले की तरह ही अब भी पेश आऊँगा। अगर वह ऐसा समझती है तब उस जैसा बेवक़ूफ़ मेरी ज़िन्दगी में कोई दूसरा नहीं होगा। मैंने देखा नन्दिता अन्दर आ रही है। मैंने उससे कहा, ''नन्दिता रिहर्सल छोड़ कर यहाँ क्या लेने आई हो?''

''कुछ नहीं, आपको केतकी ने बुलाया है।''

''उसे कहो मेरी तबियत ठीक नहीं है। आज सारा कुछ वह ही देख ले।'' मेरी नज़रें जब नन्दिता की ओर गयीं तो वह वापस बाहर जा रही थी और उसकी जगह उन्होंने पाया केतकी को। वापस आकर मेरी नज़रें अपने आप में कैद हो गयी। मेरी बात का जवाब दिया केतकी ने ही, बोली, ''मैं जानती थी तुम यही कहोगे। कोई तुम से सीखे ख़ुद ही ग़लती करके ख़ुद ही नाराज़ हो जाना भी, मैं तुमसे कितनी बार कहूँगी कि अभी मेरे घर में तुम्हारा वैसा स्वागत नहीं होगा जैसा मैं चाहती हूँ।''

''ठीक ही कहती हो केतकी! ग़लती मेरी ही थी, मुझे तुम्हारे घर नहीं जाना चाहिए था लेकिन अब ग़लती हो गयी है, इसका क्या इलाज हो सकता है।''

''हो सकता है इसका इलाज भी, यदि कोई करवाना चाहे तो।''

''अगर तुम यह कहना चाहती हो कि मैं कान पकड़ कर तुम से मुआफ़ी माँगूँ, तो यह कभी भी मुमकिन नहीं होगा।''

''तुम्हें मुआफ़ी माँगने को कौन कहता है। बस उठो, और बाहर आकर रिहर्सल लो।''

प्रभात ने स्कूल के लिए जो स्कीम बतायी थी वह राजीव को बहुत पसन्द आयी और उसने उस ओर काम भी करना शुरू कर दिया था। मेरा सुझाव भी नहीं माना, मैं चाहता था कि 'जिन लाहौर नईं वेख्या...' का स्पांसर शो होने के बाद ही स्कूल खोला जाये और उसमें किसी की मदद न लेते हुए हम अपने तौर पर ही बच्चों को पढ़ाना शुरू करें। लेकिन वह मेरी बात से सहमत नहीं हुआ और उसने प्रभात के साथ मिल कर काम करना शुरू कर दिया। उसका कहना था कि प्रभात हमें चल रहे स्कूल में ही कमरा लेकर दे सकता है इसलिए बच्चों में यह जज़्बा आएगा कि वह स्कूल ही जा रहे हैं। यूँ तो राजीव की बात में दम था लेकिन जाने क्यों मेरा मन नहीं हो रहा था कि हम प्रभात के साथ मिल कर काम करें। मुझे यूँ भी लीडर किसम के लोगों से और ख़ुद को समाज का सेवक कहने वालों से ज़बरदस्त नफ़रत है। राजीव का कहना था कि मेरा ऐसा सोचना वाजिब नहीं है। सभी लोग एक जैसे नहीं होते। वह मेरी इस

बात को ख़तम कर देना चाहता है। उसका मानना है कि हमें कोई हक़ नहीं बनता कि हम किसी के बारे में सोचे-समझे बिना कोई राय बना लें। वैसे किसी भी आदमी को किसी से भी नफ़रत करने का कोई हक़ नहीं दिया है भगवान ने। मुझे उसकी इस दलील ने लाजवाब कर दिया था और फिर मैंने उससे कुछ भी कहना मुनासिब नहीं समझा था। राजीव मेरी मुख़ालफ़त के बावजूद स्कूल के काम में पूरी ताक़त के साथ जुट गया, भले ही मैं ऊपर से पुरसुकून दिखाई देने की कोशिश कर रहा था लेकिन अन्दर ही अन्दर मेरे मन में उसके ख़िलाफ़ गुस्सा पलने लगा था। शायद इस बात से वह नावाकिफ़ ही था, क्योंकि वह बड़े जोश से स्कूल के काम में मसरूफ़ था। थियेटर में भी उसका लगाव कम होता जा रहा था। बच्चों की उसे कमी नहीं थी पन्द्रह बच्चे तो हमारे ही 'अक्स' के थे। लगभग इतने ही बच्चे उसने अपने स्कूल में और भर्ती कर लिये थे। अब वह चाहने लगा था कि स्कूल के पहले दिन कोई नाटक सब बच्चों के साथ मिल कर खेला जाये और नाटक भी कोई ऐसा हो जिसमें सभी बच्चों को करने के लिए कुछ न कुछ हो। इसके लिए वह कई दिनों से मेरी मिन्नतें कर रहा था। मैं उसे नेक सलाह देने की कोशिश कर रहा था कि समझदारी से किया गया काम ही खुशी देता है। मेरी बात के जवाब में राजीव ने उदास होकर सिर्फ इतना ही कहा कि वह 'खुशी लेने के लिए नहीं एक मिशन को लेकर यह सब कर रहा है'। मैं उसे उदास होता हुआ भी नहीं देख सकता था, क्या करता उसकी बात सुन कर, ख़ामोश रह गया। लेकिन मैं अच्छी तरह से जानता हूँ कि प्रभात की अन्दरूनी मंशा क्या है, जिसे राजीव नहीं जानता जबकि मैं प्रभात की शख़्सियत से अच्छी तरह वाकिफ़ था। लेकिन कई बार भविष्य के सुनहरे ख़्वाब हक़ीकत से रूबरू नहीं होने देते।

राजीव मेरी किसी बात का जवाब दिये बिना ही मुझे ज़ेह्नी कोफ़्त देकर ख़ुद बेफ़िक्र-सा होकर चला गया था। मैं उसे रोक नहीं सका था। उसके साथ शेखर था। उन दोनों के इस तरह चले जाने पर मैं कसमसा कर रह गया।

राजीव ने स्कूल में बच्चों को मसरूफ़ रखने के लिए वही कुछ सिखाना शुरू कर दिया था जो कभी उसने अपने स्कूल में सीखा होगा। जहाँ मैं और केतकी उससे थोड़े दुखी थे, वहीं अम्मी उसके इस काम को देखकर बहुत खुश थीं, कहतीं, "कोई ढंग का काम तो वह कर रहा है, तुम लोग तो मिरासियों की तरह ढोल ही पीट रहे हो।" अब अम्मी को कौन समझाये!

आजकल मैं अपने ही ख़यालों में खोया रहता हूँ क्योंकि नाटक पेश करने की तारीख़ पास आ गयी थी और राजीव ने अपना और बच्चों का ध्यान दूसरी ओर लगा दिया था, मैं सोच रहा था अगर शो अच्छा न गया तो कैसी बदनामी होगी। इसके लिए हमेशा मुझे राजीव से सुनना पड़ता कि मुझमें ख़ुद पर विश्वास की कमी है,

इसलिए मैं ऐसा सोचता हूँ। हो सकता है वह अपनी जगह सही भी हो लेकिन कोई भी समझदार आदमी एक काम के बीच ही दूसरा काम नहीं पकड़ लेता। इसके लिए उसका कहना था कि वह व्यापारी का बेटा है इसलिए उसकी अक़्ल एक व्यापारी की है। जहाँ मुनाफ़ा दिखाई देगा, वह वही काम करेगा। मुझे उसकी यह दलील कभी समझ नहीं आयी।

रिहर्सल का समय हो गया था। राजीव अभी स्कूल से लौटा नहीं था और बच्चे तो थे ही उसके पास। इसलिए मैं स्कूल जाने के लिए तैयार हुआ ताकि बच्चों को वहाँ से ला कर रिर्हसल शुरू की जाय। मैंने अम्मी से कहा, ''मैं स्कूल जा रहा हूँ, केतकी आये तो उसे बिठा लेवें।'' अम्मी ने सिर हिला कर ही मेरी बात की हामी भरी।

मैं जब स्कूल पहुँचा तो सब बच्चों की मिली हुई आवाज़ मेरे कानों में पड़ी— ''इक राजा की राजकुमारी दो दिन से बीमार बेचारी...'' मैं मुस्करा दिया और मेरी हैरानी की कोई हद नहीं रही जब मैंने देखा कि केतकी भी वहीं उनके बीच थी। मुझे देखकर सब चुप हो गये। मैंने उनके हौसले को देखते हुए कहा, ''नहीं नहीं बन्द मत करो उसे पूरा कर लो। फिर नाटक की रिहर्सल के लिए घर आ जाना। मेरी नज़रें केतकी के चेहरे पर सवाल बन कर चिपक गयीं। जिसके ताप को शायद केतकी बर्दाश्त नहीं कर सकी और चुपचाप कमरे से बाहर आने लगी। मैंने देखा, उसे ठेलती हुई एक औरत धड़धड़ाती हुई कमरे में घुसी और एक बच्चे को बाजू से पकड़ कर लाइन से बाहर खींच लायी जिसे देखकर हम दंग रह गये। मैं वहीं रुक गया। यह सब इतना जल्दी हुआ कि मैं और न कोई और कुछ बोल ही पाया। मेरी चेतना उस औरत की आवाज़ से लौटी। वह बच्चे को पीटते हुए कह रही थी— ''रे....तू चली पै उरे सैं....फिरी कतई इधर का मुँह किया तो तेरियां टांग्गा तोड़ी देंगीं।'' वह उसे फिर मारती रही और गालियाँ बकती रही, मैंने झट से उससे बच्चे को अलग करते हुए उससे पूछा, ''क्या दिक्कत है आपको इसके यहाँ आने पर?''

''लो सुणो जी इन्हाँ की बातां। आपणे बेट्टे को ले के जावें हैं, तू बता यो क्या करेगा पढ़ी लिखी के, किस्मत में होग्गा तो कभी पढ़ लेग्गा, हम न इसे पढांवें। घर में सबसे बड़ा बेट्टा है, पढ़ेग्गा तो आपणे दो छोटे भाई बहण जो हिंगड़े उनका क्या होवेगा। यो नाईपूता उनकी किसके पास छोड़ के आई गया हूँ। मैं लोगां का काम करती फिरती हैं इन मरों का पेट भरण की खात्तिर। बाप तो मेरे पल्ले बाँध कर पता नईं कड़े चला गया हैंगा। उसकी मिट्टी विरान होवे। आज छः महीने होणे को आई गये हैं बस्ती वाल्यों ने शक्ल नाईं देक्खी। औ यो नवाब बणण के सपणे देक्खेगा। तू उरे ते चला चल।'' फिर मेरी ओर देखती हुई बोली, ''हमें आपणे हाल में रहणे दे जी।''

मुझसे कुछ कहते नहीं बना क्योंकि इस वक़्त मेरी कही हुई कोई भी बात उसकी

समझ में आने वाली नहीं थी। मैं इतना कह कर चुप हो गया कि—''आप इसे ले जाइए! पर ख़ुदा के वास्ते मारिए नहीं।'' मेरी बात ने जैसे उस पर घी का काम किया हो। वह बच्चे को तो मारती हुई ले ही जा रही थी, साथ में कहती जा रही थी— ''मार्टर हम तो जाणेईं लाग्गे हैं पर तू बोल्यो की यो तेरा क्या लाग्गे है, ज्यों तू घणी दया दिखावे है। क्या देवे तू लौंडे कूं घणी देर आपणे धोरे रक्खे है, पेइसा धेला कोनी देक्खिया। खड़ा क्यूँ हैंगा!'' फिर बच्चे को पीटते हुए उससे बोली— ''रे तू उरे ते चला जा खड़ा क्यूँकर हैंगा।''

मैं चुपचाप उसे पिटते हुए देखे जा रहा था। कुछ कहने सुनने की ताक़त मुझमें नहीं रह गयी थी। केतकी भी मायूस-सी एक तरफ खड़ी थी। राजीव ने एक झटके से आकर पीटते हुए बच्चे को उसकी माँ से छुड़वाया और बोला, ''इसे आप कल से मत भेजिए स्कूल। लेकिन मारिए मत। यह देखिए इसने क्या बनाया है!'' राजीव ने बच्चे की बनाई हुई तस्वीर दिखाई। बच्चे की माँ एक पल देखती रही फिर बोली, ''क्या दिखावे है यो, इससे क्योंकर पेट भरेगा।'' राजीव चुप हो गया। कुछ टॉफियाँ निकाल कर बच्चे को दीं और झगड़ा ख़तम करने के लिए बोला, ''ठीक है, इसे घर में काम रहता है, कल से मैं इसे लेने नहीं आऊँगा।''

औरत ने बच्चे के हाथ से टॉफियाँ लीं और बोली, ''अपणे धोरे रक्खियो टाफ्फीयां, काल जो मांगड़गी तो हम इसको कड़स ला कर देंग्गें,'' फिर बच्चे को गाली बकते हुए बोली आग्गे हियों से आण लग्गा तो...।''

राजीव उसकी बात सुन सिर झुका कर कमरे के अन्दर चला गया। मैंने केतकी से कहा, ''मैं जानता था ऐसा ही यहाँ कुछ होगा क्योंकि इन लोगों की सारी जद्दोजहद जिस्म से शुरू हो कर जिस्म पर ही ख़त्म होती है। जिसका मसला पेट हो उसके लिए और कोई भी बात अहम नहीं होती। उसकी पहली ज़रूरत है रोटी , बाकी सब बाद की बातें हैं। मुझे इनके साथ इतनी परेशानी नहीं है, जितनी स्कूल में राजीव को रहेगी। थियेटर में वह अपनी मर्ज़ी से आते हैं जबकि स्कूल में वह राजीव की मर्ज़ी से आते हैं। एक बन्दिश है स्कूल में आने की। मेरा भी इरादा था स्कूल चलाने का, लेकिन इस तरह नहीं। बाँध कर कभी किसी से कोई काम नहीं करवाया जा सकता। मैंने सोचा, चलो राजीव को भी अपनी मर्ज़ी करने दो। उसे भी सारे मसलों से दो चार होने दो तभी वह जान पायेगा कि खुदगर्ज़ी के बिना किये जाने वाले काम का भी फल वह नहीं होता जिसे सोच कर वह काम किया जाता है।

घर पहुँचने पर मेरी हैरानी का ठिकाना नहीं रहा जब देखा बाहर आँगन में चारपाई पर राजीव के माँ-बाप बैठे थे और कुछ फ़ासले पर बृजेश डरा और सहमा हुआ खड़ा था। मुझे देखते ही राजीव के पिता खड़े हो गये, मुझसे हाथ मिलाते हुए बोले, ''मैं बड़ा खुश हूँ आज, मि. मोहसिन खान! आप ने मेरे बेटे को नयी ज़िन्दगी तो दी ही

है, साथ ही उसे जीने का शऊर भी सिखा रहे हो। मुझे पता चला है उसने बच्चों के लिए स्कूल खोला है। यह तो बहुत अच्छी बात है, उसे किसी चीज़ की कमी नहीं होनी चाहिए। उसे जो चाहिए बेझिझक मुझे बताये, मैं वह सारी चीज़ें भिजवा दूँगा। वह घर नहीं आना चाहता, मत आये। अब मुझे इस बात की चिन्ता नहीं है। वह कुछ करने लगा है इस बात की मुझे खुशी है।''

''ऐसी कोई बात नहीं है सेठ साहब! कर तो वह पहले भी रहा था, खाली तो वह कभी नहीं बैठा।''

''नहीं मि. मोहसिन खान! मेरे कहने का मतलब है कोई ठोस काम। थियेटर तो अब भी वह कर ही सकता है। राजीव कब तक आएगा या मुझे बताओ मैं उसके स्कूल ही चला जाता हूँ। कुछ पैसा डुनेट करना चाहता हूँ। यूँ और भी जिस चीज़ की आवश्यकता हो वह प्रभात से कह कर मँगवा लें।'' मेरी समझ में अब बात कुछ-कुछ आने लगी थी कि यह शख़्स क्यों और कैसे फिर से यहाँ पहुँच गये, थोड़ा फ़िक्र भी हुई कि राजीव इन्हें देखकर कहीं भड़क ही न जाये। प्रभात को इन्हें बताने की क्या ज़रूरत आ पड़ी थी। मैंने बृजेश से कहा, ''अगर तुम हाज़िरी दे आये हो तो जा कर राजीव को बुला लाओ। उससे बोलो, सेठ जी आये हैं।'' इतना कह मैं फिर सेठ जी से बोला, ''आपकी मदद की तो उसे हमेशा ज़रूरत रहेगी। हमारा निशाना है कि ज़्यादा नहीं कम से कम यहाँ इन बच्चों को लफ़्ज़ों की पहचान तो करवा ही दी जाये। यह सब आप जैसों की मदद से ही हो पाएगा, जिन लोगों को रोज़ चूल्हा जलाने के लिए जद्दोजहद करनी पड़ती हो, उनसे क्या यह उम्मीद की जा सकती है कि वह किताबों-कापियों का बोझ उठा सकेंगे।''

''ठीक है खान साहब! यह कुछ पैसा है इसे रख लो और कल कापियाँ, पेंसिलें और किताबें भिजवा दूँगा। किताबें कौन-सी और कितनी चाहिए उसकी लिस्ट मुझे भिजवा देवें।''

''अभी आता ही होगा राजीव, उससे ही आप बात करें तो ठीक रहेगा।'' देर से चुप बैठी राजीव की माँ रुआँसी-सी होकर बोलीं, ''यह क्या कर रहे हो जी, मैं तो उसे घर लिवाने आयी थी आप तो उसका यहाँ रहना ही पक्का कर रहे हो।''

''वह पहले कुछ करना तो सीख जाये, फिर देखा जाएगा।'' मैं चुप ही रहा, कुछ बोला नहीं। बच्चे आ चुके थे और उनके पीछे-पीछे था राजीव- वह अपने वालदेन को देखकर आपे में नहीं रहा। उसका चेहरा तमतमा गया लेकिन बच्चों के सामने उसने अपने आप पर क़ाबू रखा और बोला, ''मैंने आपको रोका था न यहाँ आने के लिए, फिर क्यों आये हैं आप?''

''प्रभात से पता चला था कि तुमने स्कूल खोला है इसलिए चला आया। कुछ पैसा लाया था...''

''तो दे देते दादा को मेरी क्यों प्रतीक्षा कर रहे हैं?'' इतना कह राजीव बच्चों की ओर बढ़ गया। राजीव के चले जाने के बाद उसकी अम्मा बोलीं, ''मेरे साथ तो उस ने एक बात तक नहीं की, क्या खिला दिया है तुमने उसे, जो वह हमारे साथ बोलना तक नहीं चाहता।'' मैं क्या कहता। चुपचाप उनकी ओर देखता रहा। कुछ देर के सन्नाटे के बाद सेठ जी ही बोले, ''प्रभात ने एक पंखे और एक दरी की फरमाइश की थी, यह दोनों चीज़ें कल स्कूल पहुँच जाएँगी, उठो पुष्पा चलो।'' चार उदास पाँव घर से बाहर की ओर ऐसे जा रहे थे जैसे उनकी कोई बेशकीमती चीज़ पीछे छूट गयी हो। मैं हैरान-सा उन्हें जाते हुए देख रहा था कि राजीव की आवाज़ से ही मैं चौंका। वह कह रहा था, ''जाने क्या पट्टी पढ़ा आया है प्रभात उन्हें। उनसे एक पैसा निकलवाना इतना कठिन है फिर यह पचास हज़ार कैसे दे गये? दादा! इसमें भी कोई गहरी चाल लगती है। जाने प्रभात के दिल में क्या है, वैसे आप चिन्ता न करें, मैं उसकी एक भी बात यहाँ चलने नहीं दूँगा, वह क्या समझता है कि वह हमारा कन्धा अपनी बन्दूक चलाने के लिए इस्तेमाल कर सकता है तो वह इस भ्रम में न रहे। परन्तु उसने कुछ लालच तो दिया ही होगा मेरे बाप को, जो आदमी किसी पर भी एक पैसा न खर्च करना जानता हो, वह इतना पैसा कैसे दे गया, यह मेरी समझ में नहीं आ रहा। मैं, यानि कि उनका बेटा ही, जिसके लिए वह यह पैसा दे गये हैं, मैं थियेटर के लिए यदि माँगता तो वह कभी न देते। लेकिन प्रभात भी इस भ्रम में न रहे कि मैं उसे यह पैसा दे ही दूँगा। दादा, मैं उसे इसमें से एक पैसा नहीं देने वाला।'' मैं राजीव से क्या कहता। मैंने इतना ही कहा, ''जो हो गया उस पर मिट्टी डालो और देखो म्यूज़िक की रिहर्सल हो गयी हो तो मैं आऊँ और बृजेश को कहो सबके लिए चाय बना ले।''

''दादा!! मैं प्रभात को छोड़ने वाला नहीं, वह मेरे बाप के घर कैसे चला गया। यदि गया भी था, तो उसने मेरी बात क्यों की...?''

''रुको राजीव! उसने तुम्हारी बात कहाँ की, उसने तो अपने स्कूल की बात की है। तुम यह क्यों भूल रहे हो कि इस स्कूल को खोलने का मन्सूबा प्रभात का है तुम्हारा नहीं। इसलिए इस स्कूल के लिए जितना तुम सोचते हो उतना ही सोचने का हक़ प्रभात भी रखता है, इसे कभी मत भूलना।''

''दादा, स्कूल की कल्पना भले ही प्रभात की है परन्तु उसमें क्या किया जाएगा और कैसे किया जाएगा इसमें उसका कोई दख़ल मैं बर्दाश्त नहीं कर सकता, यह तो मैंने पहले ही स्पष्ट कर दिया था।''

''सोचने की बात है राजीव! उसे इससे कोई फ़ायदा न हो, यह कैसे हो सकता है। वह अपनी तरह का फ़ायदा तो लेगा ही, इसे तुम आज नहीं समझोगे।''

''नहीं दादा! यहाँ उसकी मनमर्जी नहीं चलने वाली, यह वह अच्छी तरह जान ले।''

"ठीक है, जब आएगा तब उससे बात कर लेना। अभी तो रिहर्सल देखो।"

"रिहर्सल जितनी आज लेनी थी, वह मैंने ले ली है। सब ठीक चल रहा है, बच्चों को चाय पिलाओ ताकि वह घर जा सकें... और तुम दोनों अन्दर क्या खिचड़ी पका रहे हो, ज़रा मैं भी तो सुनूँ!" अन्दर आते हुए केतकी ने कहा। मैं केतकी की ओर देखता रह गया, कुछ बोला नहीं क्योंकि केतकी जिस तरह धड़धड़ाती हुई अन्दर आयी थी, मुझे हैरान करने के लिए उसका ऐसे आना ही काफी था। मैं अभी उसे देख ही रहा था लेकिन राजीव चुप नहीं रह सका, बोला, "क्या सुनना चाहती हो केतकी! यह देखो मेरा बाप पच्चास हज़ार रुपया देकर गया है स्कूल के लिए। यह वही व्यक्ति है जिसने तुम्हें सौ रुपया देने से इनकार कर दिया था, यह कहकर कि उसके पास भांडों के लिए पैसा नहीं है। हम उसे भांड दिखाई देते हैं, साला चोर कहीं का..।

"कैसी बात कर रहे हो राजीव, वह तुम्हारा बाप है।"

"मैं उसे बाप नहीं मानता दादा! उसने कभी बाप जैसी कोई बात ही नहीं की है मुझसे। अब उसे क्यों प्यार उमड़ा है, यह मैं अच्छी तरह से जानता हूँ।"

"तुम कुछ नहीं जानते, केवल जानते हो गुस्सा करना, और यह कह देने से कि वह तुम्हारा बाप नहीं है, क्या रिश्ता टूट जाएगा... बात करता है। रही बात पैसों की तो यह पच्चास हज़ार वह तुम्हें देकर गये हैं, तुम इसे जहाँ मर्जी खर्च करो। तुम्हें कौन रोकने वाला है। यह पैसा यदि तुम 'अक्स' के लिए ही खर्च करना चाहते हो तो इस में भी कोई बुराई नहीं है। हमारे लिए तो अच्छा ही है इस तरह हम नाटक के दो शो कर सकने के कबिल हो जाएँगे।" केतकी ने राजीव से कहा।

"दो नहीं, केतकी तीन कर सकेंगे। एक शो तो अम्मीजानी ने ही स्पांसर किया है।" मैं कुछ ज़्यादा ही जोश से बोल गया।

"ठीक है, मैं भी उस बुढ़ऊ को मज़ा चखाता हूँ। एक शो उसके नाम रहेगा। उस साले को हमें भांड कहने का मज़ा तो आये। जब उसे पता चलेगा कि उसका पैसा मैंने स्कूल पर नहीं नाटक पर खर्च किया है तो कितना तड़पेगा? उसकी उस हालत को देखकर मुझे बहुत मज़ा आएगा।" यह कहते हुए राजीव की मांसपेशियाँ खिंच-सी गयी।

"राजीव! कैसी बात करते हो?"

"रहने दो केतकी इन बातों को बहुत सुन चुका हूँ, तुम भी मेरी बात सुन लो। जिन माँ-बाप को अपने बच्चों की इच्छा-अनिच्छा की चिन्ता न हो, जो अपने बच्चों से प्यार न कर सकें, उन्हें माँ-बाप कहलाने का भी कोई हक़ नहीं देना चाहता मैं।"

"बात तुम्हारी तुम्हारे लिए ठीक हो सकती है राजीव, परन्तु तुम यह क्यों भूलते हो यह पैसा प्रभात के कहने से तुम्हें मिला है इसलिए इसे तुम स्कूल पर ही खर्च करोगे।"

"तब वह प्रभात को ही देते, मुझे यहाँ आकर देने की क्या तुक थी केतकी, अब इस पर मेरा हक़ है। मैं इसका जैसे मेरी मर्जी चाहे उपयोग करूँ।"

"अब तुम दोनों चुप हो जाओ। मुझे तुम्हारी बातें कोफ़्त से भर रही हैं। साला पैसा है ही ऐसी चीज़। उसके आने से झगड़े होने शुरू हो जाते हैं और अगर वह न हो, तब भी झगड़े होते हैं। अब चलो राजीव और केतकी, बृजेश चाय ले आया है, बाहर चलते हैं बच्चों के पास।"

बच्चों के पास अम्मी को बैठा देखकर मुझे हैरानी भरी खुशी का एहसास यूँ ही नहीं हुआ। इसके पीछे थी मेरी ज़िन्दगी की पहली क़ामयाबी, जिसे मैं तलाशता रहा हूँ। अभी तक तो यह बच्चे अम्मी को ऐसे ही लगते रहे हैं जैसे वह रोटी जो बड़े यत्न से हासिल हुई हो और जिसमें बाल निकल आये, जिसे न खाते बनता हो, न फेंकते। मैंने केतकी की जानिब देखा तो पाया उसकी आँखें पहले से मेरा चेहरा बनी हुई हैं। हमें देखकर अम्मी थोड़ा घबराईं और बोलीं, "तुम लोग अन्दर थे तो मैं इन बच्चों को कहानी सुनाने लगी।" अम्मी उठने लगीं तो मैंने उन्हें बिठाते हुए कहा, " अम्मीजानी, आप कहानी पूरी करें, तब तक मैं दर्जी से आयी ड्रेसेज़ देख लेता हूँ। मैं केतकी को अपने साथ अन्दर ले जाने को हुआ तो अम्मी इस बात की मुख़ालफ़त करते हुए बोलीं, "केतकी को कहाँ लिये जा रहे हो? इसे मेरे पास छोड़ जाओ।" केतकी के पाँव वहीं ठहर गये। मेरी नज़रें कुछ देर के लिए केतकी के चेहरे पर फिसलीं और वह उन आँखों में डर की एक काली बदली छाई देख खुद भी ख़ौफ़ज़दा हो लौट आयीं अपने चहरे पर। मैं बिना कोई लफ़्ज़ कहे कमरे की तरफ मुड़ गया। मेरे कानों में पड़ी अम्मी की रेशमी हँसी की आवाज़, उससे दिल जो किसी नामालूम डर से घिरा हुआ था, उसे राहत मिली। मेरी सारी चेतना केतकी और अम्मी के बीच थी। हालाँकि मेरे कानों में वहाँ से बहते लफ़्ज़ों की एक बूँद भी नहीं पड़ रही थी फिर भी दिल था कि मुझसे दूर हुआ जा रहा था, अपने शक़ के डसे हुए ख़ौफ़ज़दा अलफाज़ के साथ। दिल भी कैसी शै है!

केतकी के जाने के बाद अम्मी बेहद खुश नज़र आयीं। मैं सोचता रह गया कि ऐसी क्या बात हो गयी उन दोनों के बीच जिसने अम्मी की झोली में खुशियों की टोकरी उलट दी। मैं ज़्यादा इस बारे में नहीं सोचना चाहता था। मुझे अम्मी की खुशियाँ अज़ीज़ हैं, लेकिन ख़ौफ़ज़दा दिल कुछ ग़ैर अज़ीज़ बातों का गुलशन सजा कर उसमें लगातार घूम रहा था।

इन दिनों एक अच्छी बात यह हुई थी कि विमल ने बृजेश को पुलिस के चंगुल से निकाल कर अपना रास्ता आसान कर लिया था। इससे मुझे राहत की साँस ज़रूर मिली थी। बृजेश का खुश होना तो लाज़िमी था ही। साथ ही नन्दिता और बृजेश का ग़ैर मामूली जोश से भरे रहना भी कोई हैरान करने वाला नहीं था। उन्हें लगने लगा था

कि अब वह टी.वी. स्टार बन गये हैं। ग़नीमत यह थी कि वह रिहर्सल पर सही वक़्त पर पहुँच जाते थे। इसलिए मैं उनके बारे में सख़्त नहीं था, भले ही मुझे उनका रवैया काफी अटपटा लगने लगा था।

केतकी मुझसे मिले बिना बाहर से ही चली गयी थी इसलिए मुझे उसे लेकर परेशानी होनी तो लाज़मी ही थी। जाने अम्मी के दिल में क्या है और केतकी को उन्होंने क्या कह दिया कि वह मुझसे मिले बिना ही चली गयी। जबकि सिर्फ तीन दिन रह गये हैं नाटक के शो के बीच। कल ड्रेस रिहर्सल हो जानी चाहिए। कल का प्रोग्राम तय किये बिना वह यहाँ से कैसे चली गयी और मैं आज सोचने को मजबूर-सा हो गया कि स्टेज पर रोशनियों और सामने बैठे दर्शकों के सामने उन बच्चों की अदायगी कैसी होगी? जिन बच्चों की ज़िन्दगी इन रोशनियों से कहीं दूर है। हालाँकि 'जिन लाहौर नईं वेख्या...' के क़िरदार ज़्यादातर बाहर से लिये गये हैं फिर भी जो यहाँ के हैं वह कैसा काम करेंगे, इसका अन्दाज़ा लगाना भी आसान नहीं था।

आज स्टेज रिहर्सल है। हम लोग जब थियेटर पहुँचे तो मेरी हैरानी की हद नहीं रही जब देखा कि हॉल के दरवाज़े बन्द हैं और हॉल के सामने लॉन में 'संवेदना' ग्रुप के फनकार शायद कोई मीटिंग कर रहे थे क्योंकि वह सब लोग गोल दायरे में बैठे थे। मैंने इधर-उधर थियेटर के मैनेजर को देखने की कोशिश की लेकिन उसका कहीं पता नहीं चला। अजीब बात थी उसका वहाँ न होना, क्योंकि उसे मालूम था कि आज हमें यहाँ रिहर्सल लेनी है। मेरा मन हुआ कि मैं 'संवेदना' ग्रुप के लोगों से ही पूछूँ कि आज हॉल के दरवाज़े बन्द क्यों हैं, लेकिन मैंने उन्हें डिस्टर्ब करना ठीक नहीं समझा और राजीव को मैनेजर के घर फोन करने के लिए भेजा। इतने में मैंने देखा कि थियेटर के कारपेंटर और मेकैनिक चले आ रहे हैं। मैंने राहत की साँस ली कि चलो कोई तो आया। हो सकता है हॉल की चाबियाँ भी इन लोगों के पास ही हों। उनके नज़दीक आने पर उन्होंने जो बात बतायी उससे मेरे ख़ून का खौल उठना लाज़मी था। मैंने कहा, यह कैसे हो सकता है कि थियेटर में आज रिहर्सल टाल दी जाए। मेरी बात के जवाब में कारपेंटर ज्ञानदेव बोला, "हमारी कोई दुश्मनी नहीं है आप से, परन्तु यहाँ कुछ ठीक नहीं है।"

"अरे भाई क्या ठीक नहीं है, कुछ खुल कर बताओ न।"

"कुछ लोग नहीं चाहते आप यहाँ नाटक करें।"

"चाहने न चाहने से क्या होता है, पैसा दिया है इसलिए हॉल तो तुम्हें खोलना ही पड़ेगा।"

"ठीक है। मैं दरवाज़ा खोल देता हूँ यदि कोई झगड़ा हुआ तो आपकी

ज़िम्मेदारी।''

''लेकिन झगड़ा होगा ही क्यों? हमसे क्या ग़लती हुई है कुछ बताइए तो सही।'' केतकी ने कहा।

''मैडम जी! हमें कुछ मालूम नहीं, हमें ऐसा ही कहा गया था।''

''किसने कहा यह सब? तुम दरवाज़ा खोलो बाकी सब हम देख लेंगे,'' मेरे इतना कहने के साथ ही लाइट्स मैन रामलाल दरवाज़ा खोलने आगे आया और जब तक दरवाज़ा खुलता उसके पहले ही 'संवेदना' ग्रुप के निर्देशक सलिल चौधरी आये और बोले, ''यह दरवाज़ा नहीं खुलेगा।'' मेरे अन्दर एक अजीब तरह की हैरानी का जागना कुदरती था। मैंने सलिल से कहा, ''ऐसी क्या बात हो गयी सलिल भाई?''

''अरे, होश में रहो मियाँ, मैं तुम्हारा किधर से हुआ भाई? न जन्म से और न जाति से। मुझे भाई कहने की गुस्ताख़ी मत करना आगे से।'' मैं उसकी बात सुनकर सकते में आ गया। उसके चेहरे पर दोस्ती का कोई निशान मुझे दिखाई नहीं दे रहा था। गुस्से से उसका मुँह लाल हो रहा था। कुछ दिन पहले ही वह मेरे पास आया था। मुझसे अपने नाटक की लाइटिंग के लिए कह रहा था, जिसके लिए मैंने हामी भी भर दी थी। फिर आज अचानक यह हमारे साथ ऐसे क्यों पेश आ रहा है? मेरी समझ से यह बाहर की बात थी। मैंने उसे पुरसुकून करने के लिए नरमी से कहा, ''क्यों बिगड़ते हो, सलिल! क्या हुआ यदि हम न जन्म से और न जाति से ही भाई हैं, पेशे से तो मैं तुम्हें भाई कह सकता हूँ न...!'' मेरी यह बात उसे काँटा चुभने जैसी लगी। उसकी चुभन से तिलमिला उठा वह और एक अपरचित की तरह वह मुझसे पेश आते हुए बोला, ''किस पेशे की बात कर रहे हो तुम? क्या है तुम्हरा पेशा? मैं अच्छी तरह से जानता हूँ। तुम जो कर रहे हो वह किसी भी सूरत में सफल नहीं होने दिया जाएगा।'' उसके चेहरे पर बात करते हुए जो अक्स था उसमें कहीं मुहब्बत वाली बात नहीं थी। मैं जानना चाहता था कि उसे हुआ क्या है, यही बात मेरी परेशानी की वजह थी। मैं हड़बड़ा कर बोला, ''मैं तुम्हारी बात समझा नहीं सलिल! तुम कहना क्या चाहते हो, खुल कर कहो?'' मेरी बात सुनकर वह हाथ हिलाता हुआ बोला, ''इसमें न समझने वाली कौन-सी बात है। मैं यही कह रहा हूँ जो तुम सुन रहे हो। तुम्हारा यह नाटक इस थियेटर में नहीं हो सकता।'' मैं पागलों की तरह उसका चेहरा देखता रह गया। मुझे एक लम्हे के लिए कुछ सूझा नहीं कि मैं उसे क्या कहूँ। इतने में उसके सभी साथी भी हमारी तरफ आ गये। उनमें से एक शख़्स मेकैनिक और कारपेंटर को डाँटते हुए बोला, ''रामलाल और ज्ञानदेव! तुम दोनों मेरी बात सुन लो, यदि ताला खोला तो तुम दोनों की ख़ैर नहीं।'' रामलाल और ज्ञानदेव दोनों मेरा मुँह देखने लगे। मैंने फिर हिम्मत बटोर कर समझौते की आवाज़ में कहा, ''सलिल बात क्या है, कुछ हम भी तो जानें, हमारी ग़लती क्या और कहाँ है? हमसे कोई भूल हुई

है तो हम उसको बिना जाने माफ़ी माँगते हैं। इस तरह क्यों तुम बात कर रहे हो?'' मेरी बात सुनकर सलिल और भी तैश में आ गया और कहने लगा, ''देखो एक बार हमने कह दिया सो कह दिया। तुम्हारी भलाई इसी में है कि तुम अपने इस टंगड़-पंगड़ को लेकर यहाँ से दफा हो जाओ।'' सलिल काफी गुस्से में था। हालत सँभलने की जगह और बिगड़ती जा रही थी। मैंने पास खड़े राजीव से कहा कि मैनेजर चोपड़ा के घर फोन लगाओ कि वह जल्दी थियेटर आये और यहाँ क्या हो रहा है उसका निपटारा करे। राजीव चला गया तो मैंने फिर सलिल को समझाने की कोशिश की, ''देखो सलिल! जब तक तुम मुझे यह बात साफ नहीं कहोगे कि तुम्हें हमने कौन-सी तक़लीफ़ दी है, जिसकी वजह से हमें यह थियेटर नहीं मिल सकता, तब तक हम उसका इलाज कैसे कर सकते हैं! बताओ मेरे भाई हमसे क्या ख़ता हुई?''

''सँभलो मोहसिन! मैं पहले भी कह चुका हूँ कि मैं तुम्हारा कोई भाई-वाई नहीं हूँ... दूसरा तुम सुनना ही चाहते हो तो सुनो यह 'टैगोर थियेटर' हमारे लिए मन्दिर है।''

''इसमें क्या शक़ है हम सबके लिए भी यह पाक़ जगह है...'' मेरी बात सुन कर सलिल और भी ऊँची आवाज़ में बोला, ''बीच में मत टोको मोहसिन! पूरी बात सुनो। तुम गली-कूचों में नाटक करने वाले मिरासी कब से रंगशाला के ख़्वाब देखने लगे? अपनी औक़ात में रहो। तुम क्या समझते हो कि चन्द मँझे हुए ऐक्टरों को लेकर तुम इन मलिन बस्ती के लोगों के साथ इस मंच पर नाटक कर सकते हो तो यह तुम्हारी भूल है। यह पवित्र स्थान है। इसे हम भ्रष्ट नहीं होने देंगे।'' मैंने देखा सलिल की बात सुनकर बृजेश की मुट्ठियाँ भिंच गयीं और केतकी का मुँह अंगारे की तरह दहकने लगा। मुझे समझते देर नहीं लगी कि अगर अब मैं और कुछ भी बोला तो हालात हौलनाक हो सकते हैं। मैं नर्मी से ही पेश आया और बोला, ''सलिल भाई! क्यों बात को बढ़ा रहे हो, हॉल चार दिन के लिए हमारे लिए बुक है। तुम हमें क्यों कुछ कह रहे हो?'' मेरी बात के जवाब में सलिल उसी गुस्से से बोला, ''हाँ! हाँ!! आने दो उस मैनेजर को भी जिसने तुम्हारे लिए 'टैगोर थियेटर' बुक किया है। उसे भी हम लोग देख लेंगे, तुम्हारी धाँधली हम चलने नहीं देंगे। तुम और तुम्हारे यह बच्चे 'टैगोर थियेटर' में कदम नहीं रख सकते। रही पैसे की बात, वह तुम्हारा लौटा दिया जाएगा।''

''ठीक है! तुम जो कह रहे हो, वही बात हमें मैनेजर कह दे कि नाटक यहाँ नहीं खेला जा सकता, तो हम यहाँ से चले जाएँगे।'' मैं किसी भी सूरत में झगड़ा मोल लेना नहीं चाहता था। मेरी बात सुनकर जैसे 'अक्स' के मेम्बरान को बिच्छू-बूटी ने छू लिया हो और वह उसकी जलन से तिलमिला उठे हों। लेकिन मैंने उस तरफ ध्यान

दिये बिना अपने सब फनकारों को एक तरफ थियेटर से दूर खड़े होने की हिदायत दी और फिर सलिल से कहा, "सलिल! मुझे तुम्हारी बात समझ नहीं आयी, तुम कहना क्या चाहते हो?" मेरी बात सुनते ही सलिल एकदम बोल पड़ा, "मुझे नहीं मालूम था कि तुम इतनी मोटी बुद्धि के मालिक हो। मलिन लोगों के बीच रहकर तुम्हारी बुद्धि भी भ्रष्ट हो गयी लगती है। तुम्हारी समझ में मेरी बात नहीं आयी, तो सुनो! यह थियेटर सभ्य लोगों के लिए है। हम आर्य हैं और आर्य लोग ही यहाँ रंगकर्म करने के अधिकारी हैं। तुम और तुम्हारे इन बच्चों ने अगर इधर कभी भी आँख उठा कर देखने की हिम्मत की तो उनकी आँखें निकाल ली जाएँगी।" इतना कहने के साथ ही उसने हाथ में लिया चाकू हवा में लहरा दिया। सलिल के इस सलूक को देखकर गुस्सा आना लाज़मी ही था लेकिन मैंने अपने पर क़ाबू पाया और सोचा कि जब तक चोपड़ा नहीं आता तब तक मुझे चुप ही रहना चाहिए। अगर बच्चे जोश में आ गये तब हालात को सँभालना मुश्किल हो सकता है। मैं चुपचाप सलिल की तरफ देखता रह गया।

मेरी समझ में कुछ नहीं आ रहा था कि उसे कैसे समझाया जाये लेकिन इस वक़्त सब्र से काम लेने की ज़रूरत है। लड़ाई किसी भी तरह हमारे हक़ में नहीं जाएगी। मुझे चुप हुआ देख सलिल का हौसला और भी बढ़ गया। वह फिर बोला, "जिस कौम के तुम वफ़ादार कुत्ते हो, वहीं जाओ। यहाँ तुम किसका परचम फहराने आये हो?" सलिल की बात सुन मुझसे कुछ कहते नहीं बना। लेकिन अन्दर ही अन्दर मेरा खून खौल रहा था। थियेटर का होते हुए यह सलिल नेताओं जैसी जुबान कैसे बोल रहा है। मैं अभी सोच ही रहा था कि मैंने सामने से चोपड़ा को आते देखा तो कुछ राहत की साँस ली। चोपड़ा ने आते ही सलिल को अपने ऑफिस में बुला लिया।

उस दिन फिर रिहर्सल नहीं हो पायी थी। चोपड़ा ने हमें जाने के लिए कह दिया था और दूसरे दिन सुबह से लेकर शाम तक का वक़्त हमें दे दिया था। दो दिन के बाद शो था। मैं किसी तरह की बदमज़गी पैदा नहीं करना चाहता था और झगड़ा तो कतई नहीं। इसलिए चुपचाप बच्चों के साथ वापस लौट आया। जबकि तीन दिन के लिए हॉल हमने रिहर्सल के लिए ही बुक किया हुआ था। जिन्होंने कभी स्टेज पर नाटक न किया हो उनके लिए स्टेज रिर्हसल ज़रूरी थी। कुछ मँझे हुए कलाकार जो मेरे इस नाटक में अहम रोल अदा कर रहे थे, उन्हें मेरा यों चुप रहना अच्छा नहीं लगा था और उन्हें मेरा कुछ कहे बिना ही वहाँ से चले आना अपनी शिकस्त लगी थी। लेकिन मैं जानता था कि अगर मैं वहाँ अपनी ज़िद पर अड़ा रहता तो किसी तरह का कोई भी वाकिया हो सकता था, जिसका अंजाम हमारे लिए बुरा ही साबित होता। उस दिन चुपचाप वापस आने में ही मैंने अपनी भलाई समझी थी और बड़े नर्मी से

सबको वहाँ से चले जाने को कहा था। केतकी भी यही चाहती थी कि इस वक़्त किसी झगड़े में न पड़ कर अमन से यह मसला सुलझा लेने में ही अपनी भलाई है। क्योंकि यह सारा माजरा हौलनाक ही था। हम चाहते थे कि भविष्य में यह बातें फिर न दौहराई जाएँ और इनका निपटारा यहीं हो जाए। हम सभी उदास और ग़मगीन थे। मैं इस सारी घटना को विवादित नहीं बनाना चाहता था। हमने सभी अलग-अलग पहलुओं पर, उनके दृष्टिकोण से और अपनी नज़र से, मतभेदों के बावजूद भी, यही ठीक समझा था कि इस मसले को जैसे भी हो वहीं ख़त्म कर दिया जाये। यह अलग बात है कि सारी बात दुखदाई थी लेकिन यदि 'जिन लाहौर....' नाटक को अमली जामा पहनाना था तो यह सब करना उस वक़्त लाजमी हो गया था। यूँ तो यह हमारी एक तरह से फजीहत ही थी। लेकिन अगर घटनाक्रम इसी तरह चलते रहे तो यहाँ के हालात को भी गुजरात में बदलते कितनी देर लगती। मैं डरा हुआ नहीं था लेकिन मैं किसी भी उस हालत में इजाफ़ा नहीं करना चाहता था जो झगड़े का सबब बने और न ही मैं जज़्बाती होना चाहता था।

हम सब दुखी ज़रूर थे लेकिन मरे-मरे कदमों से थियेटर से बाहर निकल आये। केतकी पुरनम आँखों से मेरी तरफ देखते हुए बोली, "अब?"

अब क्या, नाटक तो होगा ही वह भी इसी हाल और इसी तारीख़ को तुम देखती रहो। लेकिन इस समय यहाँ से टल जाना ही हमारे लिए बेहतर है। मैं नहीं चाहता कि इस वक़्त हम किसी बहस में पड़ें।

झगड़ों-समझौतों के बीच 'जिन लाहौर नईं वेख्या...' का क़ामयाबी के साथ पहला शो हो गया और उम्मीद से कहीं ज़्यादा मीडिया में उसका ज़िक्र भी हुआ। मुझे इस कामयाबी का दोहरा फ़ायदा हुआ। अम्मी का रुख़ अब मेरे साथ उतना सख़्त नहीं रहा था जितना पहले हुआ करता था। उन्हें शायद लगने लगा था कि मैं भी कुछ सार्थक काम कर रहा हूँ। नाटक के स्टेज होने पर हुए खर्चे का हिसाब भी अम्मी ने नहीं देखा और एक लाख रुपया मुझे थमा दिया। हमारी सारी फ़िक्र जैसे अम्मी ने एक साथ दूर कर दिये हों। हम सारे भुगतान करने के बाद अदाकारों को भी उनकी मेहनत का पैसा दे पाने में कामयाब हुए। इससे बढ़ कर खुशी की बात हमारे लिए यह भी थी कि हमारे पास नये नाटक की तैयारी के लिए भी भरपूर पैसा बच गया था। केतकी चाहती थी कि इसी नाटक का एक शो और कर दिया जाये लेकिन मैं चाहता था कि इसे दोबारा तभी पेश किया जाये जब इसे कोई स्पांसर करे।

हम सब बहुत जोश में थे। हमें खुशी इस बात की भी थी कि एक बड़े नाटक का सफ़र हमने क़ामयाबी के साथ तय किया था। इसके साथ ही आत्मविश्वास का

जन्म होते मैंने अपने बच्चों के बीच देखा। मैं, केतकी, राजीव, बृजेश, नन्दिता, विमल, शेखर और दूसरे सभी छोटे-बड़े स्टेज और स्टेज के पीछे के फनकारों के साथ ही थियेटर के वह मुलाज़िम जिन्होंने हमारी मदद की थी उन सबके साथ खाये डिनर का मज़ा अभी तक मैं ले रहा था। लेकिन सलिल चौधरी को भी मैं इस खुशी के बीच भूलना चाह कर भी भूल नहीं पा रहा था। उसके अन्दर जल रही नफ़रत की आग की तपिश मैं अभी तक एहसास कर रहा हूँ। और सोच रहा हूँ, कैसा है सलिल और क्यों है वो ऐसा? जबकि मेरे लिए तो मेरा मुल्क यही है। मैं इससे उतनी ही मुहब्बत करता हूँ जितनी शायद सलिल भी नहीं करता होगा। फिर उसने ऐसा मेरे लिए क्यों सोच लिया कि मैं यहाँ कुछ गलत काम करने वाला हूँ? उसके कितने बेतुके अल्फाज़ थे। वह किस परचम की बात कर रहा था? परचम, कौन-सा और कैसा परचम? मैं इस मुल्क का बाशिन्दा हूँ तो इसी मुल्क का परचम फहराऊँगा। उसे कैसा डर था मुझसे? मेरा मुल्क तो यही है। मैंने भी इस देश से उतनी ही मुहब्बत की है और करता हूँ जितनी वह करता होगा। मैं उससे अलग कैसे हूँ? मेरा परचम अलग कैसे हो सकता है? क्या हो गया है उसे? वह क्यों इस तरह की जुबान बोल रहा था? मैंने तो कभी कोई ऐसी बात नहीं की है फिर उसे क्या लगा कि वो ऐसे अल्फाज़ बोलने लगा? कहीं-न-कहीं शायद हम से ही कोई ग़लती हुई है। लेकिन क्या? मेरी कुछ समझ में नहीं आ रहा है कि हमसे कहाँ क्या ग़लती हुई है। ऐसे कुछ सवाल मुझे अन्दर ही अन्दर खाये जा रहे थे। सोच रहा था कि हमारी कौन-सी बात उसे ऐसा सोचने के लिए मजबूर कर गयी। लेकिन मैं अपनी अन्दरूनी बात किसी पर भी ज़ाहिर नहीं होने देना चाहता था। सोच रहा था उस हादसे को कोई तूल न ही दिया जाये, तभी अच्छा है। लेकिन उसकी तूल बयानी को हज़म करना आसान नहीं था मेरे लिए। मैं जब जब फिरकापरस्त लोगों के ज़ेहन को टटोलने की कोशिश करता हूँ तब तब यही तजुर्बा हुआ है कि यह सिर्फ तंगनज़री का ही सबब है क्योंकि हम अल्फाज़ की ताक़त को नहीं पहचान पाये हैं।

'जिन लाहौर...' की क़ामयाबी पर सब खुश थे। मेरे लिए सबसे बड़ी खुशी यह थी कि राजीव के पैसे की हमें ज़रूरत नहीं पड़ी। अब वह पैसा स्कूल पर खर्च कर सकेगा।

हमें आज कई मोर्चों पर कामयाबी मिली थी। इसलिए सबमें जोश बना हुआ है। इस खुशी के बीच थोड़ी-सी दुखी करने वाली बात यह कही जा सकती है कि आज अम्मी ने अपने जाने का ऐलान कर दिया है। मेरे कानों ने इस बात को एक अनहोनी घटना की तरह ही सुना। मुझे तो लगने लगा था कि अम्मी अब मेरे पास ही रहेंगी। मैं भूल गया था कि उनकी अपनी एक दुनिया है जिसे मैं बहुत पहले पीछे छोड़ आया हूँ। जिसे वहाँ मेरी हाज़िरी की ज़रूरत थी वह अब मेरे बीच हैं। अम्मी को भी यहाँ

आने के बाद शायद यह एहसास हो गया है कि मैं उस माहौल के लिए बना ही नहीं हूँ जहाँ मुझे वह ले जाना चाहती थीं। इसलिए अब वह मुझे अपने साथ ले जाने की ज़िद नहीं कर रही हैं। शायद नाटक देखने के बाद उनका दिल बदल गया हो, कम से कम मैं ऐसा समझता हूँ। मेरे लिए यह सबसे खुशी की बात थी कि अम्मी भी अब मुझे समझने लगी हैं, लेकिन दिल का एक कोना ऐसा भी था जो आज गुलो-गुलज़ार नहीं हुआ था? अम्मी के जाने की बात से मैं उदास था। मैं चाहने लगा था कि कुछ दिन अम्मी और यहाँ मेरे पास रुक जातीं, लेकिन ऐसा होना अब मुमकिन नहीं लग रहा था। मैं इसी ख़्याल से लड़ रहा था कि अम्मी को कैसे और यहाँ रोका जा सकता है कि बृजेश ने मेरे इन ख़्यालात के मोतियों की लड़ी को यह कहकर बिखेर दिया कि विनय आया है। मेरा हैरानी से मुँह खुला रह गया और मैं हड़बड़ी में कह गया, ''कौन विनय?''

''अरे यार, अब यह भी बताना पड़ेगा कि विनय कौन है,'' विनय ने अन्दर आते हुए कहा। जैसे मुझे जंगल में भटकते हुए को बाहर निकलने का कोई रास्ता दिखाई दे गया हो। वह कह रहा था—''भाई मज़ा आ गया नाटक 'जिन लाहौर नईं वेख्या...' को देखकर, क्या अदायगी थी? किसे कहें कि फलाँ का काम सबसे अच्छा था। सभी ऐक्टर एक दूसरे को मात दे रहे थे। मंच से लेकर निर्देशन तक में तुम्हारी सूझबूझ और कल्पनाशीलता की जितनी तारीफ़ की जाए उतनी कम है तुम...।''
''बस हो गया न, तुम्हें नाटक पसन्द आया, मेरे लिए यह बहुत खुशी की बात है, इस बात से मुझे बहुत ताक़त मिली है, मैंने अपने दर्शक का वक़्त बरबाद नहीं किया इसकी मुझे खुशी हैं।''

''मोहसिन खान! मैं चाहता हूँ कि मुझे भी तुम अपने 'अक्स' में शामिल कर लो।''

''हाँ हाँ क्यों नहीं, जब कभी और नाटक करेंगे तो तुम्हें ज़रूर बुलाएँगे। यह तो हमारी खुशकिस्मती है कि तुम हमारे साथ जुड़ना चाहते हो क्योंकि हमारे पास पढ़े-लिखे अदाकारों की कमी ही है।''

''क्या कह रहे हो मोहसिन खान, जिन्होंने इस नाटक में काम किया क्या वह अक्षर ज्ञान से बिलकुल अनभिज्ञ हैं?''

''हाँ कुछ को छोड़ कर सभी।''

''फिर कैसे कर लिया इतना बढ़िया काम?''

''छोड़ यार, कोई और बात कर, तू इन दिनों क्या कर रहा है, कुछ अपनी कह कुछ औरों की सुना। आजकल कौन कहाँ है और क्या कर रहे हैं? हमारे डिपार्टमेंट का क्या हाल है? मुझे तो अर्सा हो गया उस तरफ गये या फिर किसी से मिले।''

''तुम्हें क्या आवश्यकता है किसी से मिलने-जुलने की। तुमने तो अपनी

दुनिया ही अलग बसा ली है, ग्रेट यार! हममें से किसी ने नया कुछ किया है तो वह तुम हो। बाकी तो हम सब उकेरी हुई लाइनों पर चलने वाले सिपाही ही हैं। हमारा अपना क्या है कभी काम मिल गया तो कभी बेकार। हम तो यह भी नहीं जानते कि हमें करना क्या है? यूँ मैं आजकल एक पंजाबी सीरियल में काम कर रहा हूँ, सहायक डायरेक्टर के तौर पर। तुम्हारे बारे में कुछ और ही सुना है।'' अब वह सारी कही गयी बातों को एक तरफ रखकर बेशर्मी से हँस पड़ा। मैं चुप रहा। कुछ बोला नहीं, कुछ देर बाद वही फिर बोला, ''सुना है सलिल ने तुम्हारे साथ काफी बदतमीज़ी की थी।'' मैं उस बात को और बढ़ाना नहीं चाहता था और मैंने उसकी बात को ख़ारिज करते हुए कहा, ''छोड़ उस बात को! मैं तो कब का भूल चुका हूँ। मेरा तो मानना है जो बात तक़लीफ़देह है उसका ख़्याल ही मन से निकाल देना चाहिए।'' मेरी बात के जवाब में विनय ने बड़े संजीदा होकर कहा, ''क्या कह रहे हो! वह बात कतई भुलाने वाली नहीं है। सुना है वह तुम्हें मारने की धमकी भी दे रहा था?'' मैं जान गया था कि अब विनय जान-बूझकर उस बात को खींचना चाह रहा है। उसे शान्त करने के लिए मैंने कहा, ''कौन किसे मार सकता है यार, जब तक ख़ुदा न चाहे। मेरी मौत अगर ऐसे ही लिखी होगी तो मैं ऐसे ही मरूँगा। उस वक़्त कोई मुझे बचा नहीं पाएगा।'' मेरी बात से भीगे बिना ही विनय ने फिर कहा, ''परन्तु तुम्हें सलिल की शिकायत तो करनी ही चाहिए।''

''शिकायत! किससे? अरे छोड़ भी यार उस बात को एक काँटा चुभा था जिसे निकाल दिया है कुछ दर्द हुआ था उस वक़्त, अब न वो ज़ख़्म है और न ही दर्द। जो ज़ख़्म सूखने को आया है, उसे अब मत कुरेदो। कहीं वह नासूर ही न बन जाये। मैं जिस काम में हूँ वहीं ठीक हूँ। उसे याद क्यों करूँ जो बात बेरुख़ी पैदा करती हो। ऐसे बहुत से अभी और काम हैं जिन पर हमें ध्यान देना है। पिछले दिनों हमारी जद्दोजहद ही दूसरी थी। मकान का मसला तो तुम जनते ही हो, मैंने जैसे-तैसे हल कर ही लिया था, लेकिन रोटी का मसला मुँह बाये खड़ा था हमारे सामने। उस वक़्त भी और आज भी। हमारी लड़ाई अपने को ज़िन्दा रखने की ही है। उसके आगे तो हम कुछ अभी सोचने की हालत में भी नहीं हैं। जानते हो, एक फुललैंग्थ प्ले करने के लिए हमें दस बार सोचना पड़ता है।''

''यह केवल तुम्हारी ही स्थिति नहीं है मोहसिन खान! यह तो हम सबकी ही त्रासदी है। पहले नाटक तैयार करो, फिर उसके लिए प्रायोजक ढूँढ़ो, तब कहीं उसका प्रदर्शन सम्भव हो पाता है। टिकट लगाओ तो उस पर लगने वाला टैक्स ही सारा बजट बिगाड़ देने में अहम भूमिका निभाता है। यह सब बातें अब कहने की नहीं रही हैं। यदि हम रंगकर्म के प्रति समर्पित हैं, तो इन सारी स्थितियों में से ही हमें अपना मार्ग निकालना है। फिर उसके लिए यह हाय-तौबा क्यों, किसी प्रेमिका ने तो नहीं

कहा है न, कि हम यदि नाटक नहीं करेंगे तो वह हमारा साथ छोड़ देगी। फिर क्या मजबूरी है कि हम नाटक करते भी रहें और चीख़ते-चिल्लाते भी रहें। नहीं रास आ रहा है तो इसे छोड़ दो। यूँ दुनिया से कट कर किसी एक नाटक की तैयारी कर भी ली तो कौन-सी बड़ी बात कर ली। अपनी प्रेमिका के लिए पहाड़ से तो नहीं कूदे न। फिर क्यों नहीं हमें आस-पास की दुनिया का कुछ पता होना चाहिए? समाज से कट कर हम रंगकर्म से सही मायने में कैसे जुड़े रह सकते हैं? हमें आस-पास की स्थितियों की जानकारी होना भी तो लाज़मी है। क्या तुम्हें नहीं मालूम पिछले दिनों मेरे साथ क्या घटा? लेकिन मेरा मन नहीं मानता इस बात को कि तुम्हें कुछ पता ही नहीं हैं कि मेरे साथ क्या बीत गया।''

मैं हैरानी से विनय का मुँह देखता रह गया। फिर मैंने कहा तुम कुछ बताओगे तभी मैं जान पाऊँगा कि तुम किन हालात से गुज़रे हो। मेरी बात सुन विनय हैरतज़दा-सा मेरी ओर देखने लगा। कुछ देर कोई किसी से कुछ नहीं बोला, फिर विनय ने ही कुछ सोचते हुए कहा, ''मेरा और तेरा दुख कुछ-कुछ एक जैसा ही है। इसलिए ही मैं तेरे पास आया हूँ। तू मेरा साथ देगा न! देख तू यदि हामी भरता है तभी मैं कुछ कहूँगा, नहीं तो क्या फ़ायदा बात करने का।'' मैंने विनय की बात सुन हामी में सिर हिला दिया और बोला, ''चिन्ता क्यों करता है, तेरी मुसीबत मेरी मुसीबत। मैं हर हाल में तेरे साथ हूँ।'' मेरी बात सुन विनय की आँखों में कैद दरिया बाँध तोड़ कर बाहर उछल पड़ा और जाने कितनी देर उस दरिया में मैं बहता रहा।

इन दिनों मेरे घर सुबह-सुबह भीड़ जुटने लगी है। किसी को कोई तक़लीफ़, किसी को कोई। सब यही समझते हैं कि मेरे पास उन सभी की तक़लीफ़ों का कोई न कोई हल ज़रूर होगा। लेकिन पिछले दिनों एक बहुत ही अजीब वाकिया हुआ। रात गहरी थी और मेरी आँखों से नींद गायब थी- मैं विनय के विचारों में खोया हुआ था, मैं सोच रहा था कि क्या जो विनय कह रहा था वह सच है लेकिन मैं बहुत देर तक विनय के साथ नहीं रह पाया क्योंकि आज फिर मेरे कानों में शान्ति के रोने की आवाज़ ने विनय की जगह ले ली न चाहते हुए भी अब मैं शान्ति के साथ था।

शान्ति मेरी झुग्गी से कुछ ही दूरी पर अपनी दो बेटियों के साथ रहती है। लोगों के घरों में बर्तन खटका कर अपना घर चलाती है। उसका आदमी सारा दिन चिलम पीता रहता है। रात दारू न मिलने पर कभी-कभी बीवी को पीट भी बैठता है। उसके रोने-चिल्लाने की आवाज़ें मेरे कानों तक भी पहुँचती हैं। दिल तो यह करता है कि उसी वक़्त जाकर उस अदमी के पिल्ले को सीधा कर दूँ। इधर काफी दिनों से उसकी बीवी के रोने की आवाज़ नहीं आयी थी। तब मैंने समझा था कि मेरे लफ़्ज़ों में वह

ताक़त है जिसके चलते उनका दूसरों के दिलों पर गहरा असर पड़ता है।

यूँ तो मैं कभी उन लम्हात में, जब उस घर से रोने-चिल्लाने की आवाज़ें आती हैं, नहीं गया। लेकिन जब उन्हें सुनना मुश्किल हो गया और दो-चार दिन बाद आने वाली यह आवाज़ें जब रोज़ ही आनी शुरू हो गयीं तब उन आवाज़ों को बर्दाश्त करना ज़ेहनी कोफ़्त से कम नहीं था। उस दिन मैं अपने को रोक नहीं पाया था और उनके घर जा पहुँचा था और उस मर्द के बच्चे को ऐसा धमकाया कि उसके होश उड़ गये। मैंने यहाँ तक कह दिया था उसे कि आगे से उसके घर से रोने की आवाज़ आयी तो मैं यहाँ अकेला नहीं, पुलिस को साथ लेकर आऊँगा। मैंने समझा था कि अब मेरे कानों में उस घर से छन कर रोने की आवाज़ें नहीं आएँगी। लेकिन मेरा ऐसा सोचना ग़लत निकला। आज जब मैं विनय के लिए परेशान था और सोने की कोशिश कर रहा था कि उस घर से फिर चीखने-चिल्लाने की आवाज़ें आने लगीं। नींद तो पहले ही मुझ से रूठी हुई थी। अब मैं सुबह होने का इन्तज़ार करने लगा। फिर धीरे-धीरे रात के किन्हीं लम्हों में मुझे नींद ने अपने आगोश में ले ही लिया। मैं गहरी नींद में सोया हुआ था कि मुझे लगा कि कोई दरवाज़े पर दस्तक दे रहा है। मैंने जब दरवाज़ा खोला तब अलसुबह शान्ति को अपनी बेटी के साथ अपने सामने खड़ी पाया। वह ख़ौफज़दा थी। मैं उसे अन्दर ले आया। बाकी सब लोग अभी सो रहे थे। लेकिन शान्ति ने जो कुछ बयान किया वह मेरे लिए हैरानी भरा था। मेरे ज़ेह्न में वह सारी बातें आ ही नहीं सकती थीं जो वह बयान कर रही थी। उन बातों पर यकीन करना आसान नहीं था। लेकिन रात उसके साथ जो बरपा था वह बेशक हौलनाक़ था।

शान्ति का कहना था कि मैं उसकी बेटी को अपने घर रख लूँ... नहीं तो उसका शौहर उससे धन्धा ही करवाएगा, बड़ी बेटी की तरह। और वह नहीं चाहती कि उसकी यह बेटी भी बड़ी बेटी की तरह की हो जाये। यह तो उसके इस शौहर की अपनी बेटी है फिर भी वह इस पर भी बुरी नज़र रखता है। वह कह रही थी कि "आज तक तो किसी तरह इसे बचा कर रखा था साब जी! अब मैं इसे नहीं बचा सकती। जाने कब वह किसी ग़ैर मर्द के साथ आ धमकेगा और अपनी बेटी का सौदा कर डालेगा। मैं इसे आपके सहारे छोड़ रही हूँ साब जी! आप पर तो मैं भरोसा कर सकती हूँ पर अपने मर्द पर मुझे कोई भरोसा नहीं है।" मैं हैरान-सा उसे देखता रह गया था। वह मुझे चुप देखकर फिर बोली थी—"साब जी! आप उस दिन मेरे घर न आते तो मैं आप के पास आने का हौसला नहीं कर पाती। लेकिन आज मैं अपनी बेटी आपके पास छोड़ सकती हूँ।" मैंने कुछ देर ख़ामोश रहने के बाद उससे कहा, "तेरे मर्द को जब मालूम होगा तो क्या वह चुप बैठेगा?"

"क्या कर लेगा साब जी? यही कहेगा न, कि अपने यार के पास छोड़ आई है उसे। वह तो वैसे भी कहता है। इस बात से क्या डरना और कुछ कहेगा भी तो मैं उसे

भी देख लूँगी।''

उसकी बात सुनकर मैं पेसोपेश में पड़ गया। मेरे ज़ेह्न में कुछ भी बात नहीं आ रही थी कि मुझे क्या करना चाहिए। मुझे वह चुप देख अपनी बेटी को छोड़ कर चली गयी। इसी बीच शोर सुनकर बीरू उठ गया था और मेरे लिए चाय ले आया था और ख़ुद भी मेरे पास बैठ गया और बोला, ''दादा यह क्या किया? इसे क्यों अपने पास रख लिया? यह तो मुसीबत होगी हमारे लिए।''

मैंने बीरू की बात पर ग़ौर नहीं किया और उससे पूछा कि क्या लड़की को चाय दी तुमने। बीरू ने हाँ में सिर हिला दिया। मैंने उसे फिर कहा सुबह का सब काम निपटा कर तुम केतकी को बुला लाना। बीरू ने हामी भरी और उठकर चला गया। लेकिन मैं क्या करूँ, कुछ समझ में ही नहीं आ रहा था। इधर अम्मी भी जाने की ज़िद कर रही हैं। अगर वह यहाँ रहतीं तो बच्ची को यहाँ रखने में कोई दिक़्क़त नहीं थी लेकिन अब क्या होगा! जब कभी भी ऐसी कोई भी मुसीबत मुझ पर पड़ती है तब मैं शिद्दत से केतकी को याद करने लगता हूँ, लगता है कि मेरी सारी मुसीबतों का हल उसके पास है।

राजीव इन दिनों स्कूल में ज़्यादा मसरूफ रहने लगा था। उससे अब कोई भी बात करनी आसान नहीं रह गयी थी। मैं ही कभी-कभार उसके स्कूल की तरफ निकल जाता हूँ। लेकिन जाने क्यों मेरा स्कूल में ज़्यादा दिल नहीं लगता। तसल्ली यही है कि अब हमारे 'अक्स' की एक पहचान बन चुकी है और हमें छोटे-छोटे प्रोजेक्ट मिलने भी लगे हैं लेकिन 'जिन लाहौर नईं वेख्या...' का कोई और शो हम नहीं कर पाये। जबकि हमारा दिल उसे दिल्ली तक ले जाने का था।

केतकी को फिर से डांस शो मिले हैं। वह अपने ग्रुप के साथ राजस्थान के अलग-अलग शहरों में प्रोग्राम पेश करने जा रही है। पूरे पन्द्रह दिन वह अब शहर से बाहर रहेगी। इसलिए उसे न बुलाता और उसके पीछे से ही अम्मी चली जातीं तो वह मुझे कभी मुआफ़ न करती। यूँ भी इन दिनों केतकी ने आना कम कर दिया था। कुछ दिन पहले जाने अम्मी और उसके बीच क्या बात हुई कि उस दिन के बाद उसने आना ही छोड़ दिया। मेरी समझ में आज तक यह बात नहीं आयी और केतकी यह कहकर बात को ख़ारिज कर देती है कि यह लाज़मी तो नहीं कि हर बात का ज़िक्र तुमसे किया ही जाये। फिर अभी तक हमने किसी नये नाटक की शुरुआत भी नहीं की थी।

विनय की बात मेरे गले में इस तरह चुभी हुई थी जैसे खाना खाते वक़्त मछली का काँटा गले में फँस गया हो। इन दिनों मेरी फ़िक्र और तक़लफ़ों की हदें प्याज के छिलकों की तरह एक के बाद एक निकलती जा रही हैं। मुझे लगता है इनको अलग करते-करते मेरा ही वजूद मिट जाएगा और मेरे दुख इसी तरह बरकरार रहेंगे। केतकी

आ जाये तो शायद मुझे कुछ राहत मिले। जाने क्यों हर छोटी-बड़ी बात के लिए मैं केतकी का मुँह ताकने लग जाता हूँ। मेरी फ़ैसला लेने की सारी ताक़त जैसे केतकी ने अपनी झोली में डाल कर उसे एक मजबूत गाँठ लगा दी हो। उसके बिना मैं कोई काम करने की हालत में अपने को नहीं पाता। इन दिनों मुझे एक तो यह ग़म खाये जा रहा है कि 'जिन लाहौर ...' नाटक की पेशकश न इतनी अच्छी जाती और न अम्मी इतनी जल्दी जाने का नाम लेतीं। मैं यह भूलना चाहता हूँ कि बरेली में भी अम्मी का अपना एक भरा-पूरा घर है जिसे जाने इतने दिन वह कैसे भूली रहीं। मुझे तो लगने लगा था कि अम्मी अब सदा मेरे पास ही रहेंगी। उनके साथ रहने से अब फिर से मुझे बचपन जैसी उनकी आदत-सी हो गयी है। मैं अपने को उनके बिना सोच भी नहीं सकता। मैं उदास था। अम्मी अपना सामान ठीक कर रही थीं। मुझे अम्मी की रिज़र्वेशन करवाने भी जाना है। कितने दिनों से इस बात को टाल रहा था। कल ही अम्मी ने हुक्म सुना दिया था कि अगर मैंने उनकी सीट बुक नहीं करवाई तो वह बिना रिज़र्वेशन के ही चली जाएँगी। इसलिए आज मुझे जाना ही है उनकी टिकट के लिए भी। अब विनय ने आकर मेरे अन्दर एक अलग तरह की खलबली मचा दी है। मैं करूँ तो क्या करूँ! जाने मैं कितनी देर उसी तरह ग़मगीन-सा बैठा रहता लेकिन इसी बीच केतकी ताज़ा हवा के झोंके की तरह आयी और एकदम बोल पड़ी, "बोलो! अब तुम्हें मेरी क्या ज़रूरत आन पड़ी जो सुबह-सुबह बुला भेजा।"

"बैठो तो, केतकी! साँस तो लो फिर बात भी करते हैं। जाओ तो बृजेश चाय ही ले आओ, और केतकी तुमसे तो मैं गुस्सा हूँ।"

"क्यों! क्यों!! क्यों!!! अब मैंने क्या कर दिया?"

"तुम कुछ करती थोड़े ही हो। हो जाता है सब, है न, यही कहना चाह रही थी न तुम?"

"ऐसा मैं कैसे कह सकती हूँ, जब मैं यह जानती हूँ की मैंने इन दिनों कोई ग़लती की ही नहीं है।"

"अच्छा! यह तुम कह रही हो फिर इन दिनों डिपार्टमेंट में क्या हुआ, मुझसे छिपाया क्यों गया?"

"विभाग में ऐसा कुछ हुआ ही नहीं जिसकी चर्चा की जाती...।"

"तो क्या विनय झूठ कह रहा था?"

"ओह विनय! न ही उसकी बात झूठ है और न ही सच। वह चोट खाया साँप है, कुछ भी कहेगा। इस समय जो विनय कह रहा है उसमें सच्चाई नहीं है। यह अलग बात है कि रश्मि ने आत्महत्या की है परन्तु इस बात में राजपाल कहाँ आता है। यदि ऐसा वह कहता है तो मुझे इसकी जानकारी नहीं है।"

"तो क्या तुम यह कहना चाह रही हो कि जो कुछ विनय कह रहा है वह सब

झूठ था?''

''नहीं! मैं यह भी नहीं जानती कि असल बात क्या है कोई नहीं जानता।''

''क्या यह मुमकिन नहीं हो सकता कि जो विनय कह रहा है वह सच हो।''

''होने को तो सब कुछ सच हो सकता है। यह उन दिनों की बात है जब हम 'जिन लाहौर ...' नाटक करने में व्यस्त थे। पूरी घटना की जानकारी तो मुझे भी नहीं है लेकिन राजपाल का नाम रश्मि की मौत से जोड़ा जा रहा है क्योंकि उसके विरुद्ध की गयी इन लोगों की साजिश क़ामयाब जो नहीं हुई। राजपाल अपनी साख बचा पाने में क़ामयाब रहा। यह लोग शिकस्त खाये हुए हैं इसलिए कुछ भी कहेंगे।''

मैं केतकी की बात सुनकर किसी नतीजे पर नहीं पहुँच पाया लेकिन इतना अन्दाज़ा मुझे हो गया कि विनय की बात में उतनी सच्चाई नहीं है जैसा वह कहता है। कुछ होगी। इसलिए विनय की बात को आगे न बढ़ाते हुए मैंने केतकी से कहा, ''ख़ैर छोड़ो इस बात को। इसका खुलासा फिर करेंगे, अभी तो तुम्हें बुलाया इस लिए गया है केतकी कि अम्मी जा रही हैं! न बुलाता तब भी तुम नाराज होती न।''

''हाँ! क्यों न नाराज़ होती, यदि अम्मी मुझसे मिले बिना ही चली जातीं। परन्तु वह इतनी जल्दी जा क्यों रही हैं? तुमने उन्हें अवश्य कुछ कहा होगा।''

''मैंने उन्हें कुछ नहीं कहा, वह अब यहाँ से जाना चाहती हैं, तो उन्हें रोक कौन सकता है।''

''ठीक कह रहे हो, कब जा रही हैं?''

''अभी सीट रिज़र्व करवाने जा रहा हूँ! देखते हैं, फिर।''

''अरे यह कौन है? अब क्या कोई और परिन्दा पकड़ लाये हो?'' केतकी ने उस बच्ची की तरफ इशारा करते हुए पूछा।

''तुम कुछ भी कह लो लेकिन मेरे ऊपर ऐसा गज़ब मत ढाओ। देख रही हो न इस लड़की को! इसकी कहानी भी अजब कहानी है। बस यह भी बिन बुलाया एक मसला है हमारे लिए। इसकी माँ इसे यहाँ मेरे पास छोड़ गयी है।''

''पर क्यों?''

''अब इस 'क्यों' का जवाब मेरे पास नहीं है। केतकी मैं भी कब से इस 'क्यों' के इर्द-गिर्द घूम रहा हूँ। लेकिन कुछ भी समझ पाने में मुझे यह 'क्यों' हलकान किए दे रहा है। इस लड़की की आँखों से जब भी मेरी निगाहों की मुलाकात होती है तब तब मुझे उन आँखों में हसरतें सिसकियाँ लेती दिखाई देती हैं।''

''मुझे तो यह नज़रें घूरती हुई दिखाई दे रही हैं।''

''सिर्फ घूर ही नहीं रही हैं केतकी, इसकी निगाहें ख़ूनी भी हैं क्योंकि यह अपने जज़्बात का इज़हार नहीं कर पा रही है। यह एक ऐसी हक़ीकत है जिसका इस वक़्त कोई पर्याय नहीं है मेरे पास। अभी इनमें अपने हक़ को पाने की तलाश या फिर

जद्दोजहद करने की ताक़त पैदा नहीं हुई है और यह भी सच है कि इनसानी ज़ेहन गुमराही में कभी अपने को सुरक्षित नहीं समझता। जिस दिन इनमें जागृति पैदा हो गयी, उस दिन इनकी आँखों में हसरतें सिसकियाँ नहीं लेंगी।''

''तुम ठीक कह रहे हो, अब यह लोग इस तरह दबे-घुटे नहीं रहने वाले, कुछ तो यह जागरूक हो ही गये हैं। लेकिन यह तो बताओ कि यह है कौन?''

''यूँ तो केतकी गुनाह और जवानी का पुराना रिश्ता कहा जाता है लेकिन यह लड़की एक ऐसे गुनाह की सज़ा पा रही है जो इसने किया ही नहीं।''

''क्या मतलब?''

''लो सुनो इसकी कहानी जो इस की माँ मुझे सुना कर गयी है। इसकी माँ का कहना है कि इसका बाप अच्छा आदमी नहीं है जबकि इसकी माँ ने इसके बाप की हर बेहूदा बात को बर्दाश्त किया है। लेकिन उसका कहना है कि वह अपनी इस बच्ची के साथ वह सब कुछ होने नहीं देगी जो आज तक उसके साथ और उसकी बड़ी बेटी के साथ होता रहा है। वह अब इस निक्की के साथ वह सब दोहराया नहीं जाएगा। इसकी माँ का यह भी कहना है कि बड़ी बेटी उसके पहले मर्द से है जब वह इसके बाप के पास आयी थी बड़ी उसकी गोद में थी। इसके बाप ने बड़की के साथ इसकी माँ को कबूल कर लिया, उसके लिए यही बड़ी बात थी। बड़की का बाप उन दोनों को छोड़ कर जाने कहाँ चला गया और यह मंगू यानि की इस निक्की के बाप के साथ रहने लगी। इसकी माँ शान्ति का कहना था कि मंगू कुछ दिन ही ठीक रहा। लेकिन कुछ दिनों बाद ही उसके साथ कुछ दूसरे लोग भी आने शुरू हो गये। कभी कोई आता और कभी कोई। बात सिर्फ यह थी कि मंगू शान्ति से धन्धा करवाने लगा और जब बड़की बड़ी हुई तो वही सिलसिला उसके साथ भी दोहराया जाने लगा और फिर एक दिन मौका पाकर बड़की तो किसी के साथ भाग गयी और अब वह वही किस्सा अपनी ही बेटी निक्की के साथ दोहराना चाहता है जिसे शान्ति होने देना नहीं चाहती। उसका यह भी कहना था कि अगर निक्की घर रही तो वह कुछ कर नहीं पाएगी। निक्की वहाँ सुरक्षित नहीं रह सकती। इसलिए इसकी माँ इसे मेरे पास छोड़ गयी है। इस तरह क्या मैं इसे वहाँ उसके पास रहने देता? अब सवाल यह है कि इसे यहाँ अपने पास रखना क्या मुनासिब होगा? इसका फैसला नहीं कर पा रहा हूँ कि मुझे क्या करना चाहिए।

''अरे ऐसे कैसे हो सकता है, उस आदमी को पुलिस के हवाले क्यों नहीं कर देते? कोई धाँधली है!''

''पुलिस, वह तो इनके साथ मिली हुई होगी, क्या पता रात में आने वाला ग्राहक पुलिस वाला ही हो।''

केतकी सोचने लगी। बृजेश चाय ले आया था। केतकी चाय पीते हुए बोली,

''इसे मैं अपने साथ फिलहाल तो ले जाती हूँ फिर देख लेंगे इसका क्या करना है।''

केतकी ने मुझे जैसे यह बात कह कर राहत दे दी हो, मैं इतमिनान से बोला ''कैसे चुकाऊँगा तुम्हारी मेहरबानियों का बदला! मेरे मुश्किल वक़्त में तुमने मेरा साथ दिया है। आज तो तुमने मुझे बहुत बड़े फ़िक्र से आज़ाद कर दिया और मुझे अपना कैदी ही बना लिया।''

''फिर बन जाओ न पूरी तरह से मेरे बन्दी।''

''तुम्हारा ही तो मैं गुलाम हूँ, बताओ मेरे आका! मुझे क्या करना होगा?''

''ऐ मेरे गुलाम! तुम्हें मेरे साथ ब्याह करना होगा।'' केतकी ने बेइख़्तियार कहा और चुप हो गयी। मैं केतकी की बात सुन हैरान-सा रह गया। हालाँकि कई दिनों से ऐसी ही कई बातों का मेरे दिल में भी कुहराम मचा हुआ था और कोई वाजिब जवाब मुझे नहीं मिल पा रहा था और आज मेरा दिल केतकी के मुँह से अचानक इस बात को सुनकर खुशी से झूम उठा लेकिन मैं अपने दिल के जज़्बात के बरअक्स बोला, ''केतकी यह किस नाटक का संवाद है, क्या कोई नये नाटक की स्क्रिप्ट लेकर आयी हो।''

''हाँ, मोह! स्क्रिप्ट नयी तो नहीं है, बहुत पुरानी है, परन्तु तुमने कभी उसे देखने की कोशिश ही नहीं की।''

''दिखाओ! दिखाओ!! तुम्हें पसन्द होनी चाहिए। हम रिहर्सल शुरू कर देते हैं, कहाँ है? क्या लेकर आयी हो?'' मैंने उतावलेपन से कहा।

''हाँ, यह तुम्हारे सामने ही तो पड़ी हैं, पढ़ सकते हो तो पढ़ लो।''

''कहाँ है? मुझे तो दिखाई नहीं दे रही। तुम क्या पहेलियाँ बुझा रही हो केतकी! मेरी समझ में तो कुछ नहीं आ रहा, साफ-साफ कहो। तुम कौन-सा नाटक करना चाह रही हो? मैं न करूँ यह कैसे हो सकता है दिखाओ तो।'' मैं केतकी की बात सुनकर हैरान था और परेशान हुआ जा रहा था कि क्या सच में ही केतकी किसी नाटक के बीच का ही कोई संवाद सुना रही थी या फिर जो मैं सोच रहा हूँ वही सच है। मुझे चुप हुआ जान कर केतकी ही बोली, ''तो फिर तुम्हें दिखाई नहीं दे रही। पाँच फुट चार इंच लम्बी, बत्तीस, बाईस, बत्तीस इंच लम्बी चौड़ी स्क्रिप्ट जो कई सालों से तुम्हारे सामने पड़ी है। जिसे तुमने कभी पढ़ने की कोशिश ही नहीं की।'' मैं केतकी की बात के जवाब में कहना चाहता था कि मैं तो कब से तुम्हें हासिल करना चाहता था लेकिन डरता था कि तुम जाने क्या इस के मायने निकालो। लेकिन केतकी की बात का अनुमोदन न करते हुए इतना ही कह पाया, ''क्या कह रही हो केतकी! तुम होश में तो हो?''

''मैं पूरे होशोहवास में हूँ, और जो कह रही हूँ पूरी समझ के साथ कह रही हूँ।''

''केतकी बेवकूफ़ी की बातें करना छोड़ो, आज तुम्हें हुआ क्या है?'' कहने को

मैं कह गया लेकिन मैं कहीं अन्दर से बेपनाह खुश था। शायद मैं इस बात को कबूल नहीं करना चाहता था क्योंकि मैं जानता था कि यह सब मुमकिन नहीं है। केतकी ने जैसे मेरी चोरी पकड़ ली हो। मेरी बात सुनकर बोली, ''जो मुझे बहुत पहले ही हो जाना चाहिए था, वही हुआ है मोहसिन खान! तुम्हें किस बात का डर है जो अपने दिल की बात कहने से कतरा रहे हो।''

''मैं कतरा नहीं रहा केतकी तुम्हें समझा रहा हूँ। यह कोई समझदारी की बात तुम नहीं कर रही हो जिसे मैं आँखें मूँद कर मान लूँ और खुश हो जाऊँ। मैं तो ऐसा ख़्वाब भी नहीं ले सकता। क्यों अपनी ज़िन्दगी बरबाद करने पर तुली हो?''

''मैं कैसे आबाद हो सकती हूँ और कैसे बरबाद, मोहसिन खान इसे मैं अच्छी तरह से जानती हूँ और मैं यह भी जानती हूँ कि तुम किसी भी ज़िम्मेदारी को अपने ऊपर लेने से कतरा रहे हो और एक बात तुम अच्छी तरह से समझ लो कि मैं किसी पर बोझ नहीं हूँ। अपना कमाती हूँ, अपनी तरह रहती हूँ। शरीर मेरे लिए कोई प्रॉब्लम नहीं है। अपनी हर तरह की भूख को मिटाने के साधन हैं मेरे पास। इसलिए शादी मेरे सामने कोई बड़ी समस्या भी नहीं है। जब भी चाहूँगी, जिसके साथ भी चाहूँगी, शादी कर सकती हूँ। और न चाहूँ तो नहीं भी कर सकती। मन इस समय तुम्हारा साथ चाहने लगा है, तुम क्या सोचते हो यह मैं अच्छी तरह जानती हूँ। तुम्हें भी मेरा साथ चाहिए, फिर कहने में क्यों इतनी देर लगा रहे हो?''

''ऐसी बात नहीं है केतकी, मैं जानता हूँ कि मैं तुम्हारे लायक़ नहीं हूँ ।''

''मोहसिन खान! तुम कुछ नहीं जानते। मैं इतना जानती हूँ कि जिस पूर्ण पुरुष की मैंने कल्पना की है अपने लिए, वह तुम ही हो। यूँ मेरे लिए शादी करना भी कोई ज़रूरी नहीं है। मैं बिना शादी किये भी तुम्हारे साथ रह सकती हूँ परन्तु यदि शादी करने से अम्मी खुश होती हैं तो उन्हें यह खुशी देने में हर्ज ही क्या है?''

''मैं कैसे समझाऊँ, तुम मुझे जैसा सोचती हो वैसा मैं नहीं हूँ।''

''मैं जानती हूँ मोह! और मैं यह भी जानती हूँ कि मैंने तुम्हें प्यार किया है और अब मैं तुम्हारे बिना रह भी नहीं सकती। और यह प्यार न तो सोलह साल का आँधी-तूफान वाला प्यार है और न किसी भावात्मक झोंके की तरह आया प्यार है। यह एक परिपक्व बुद्धि द्वारा उपजा प्यार है जिसकी तुम अवहेलना कर ही नहीं सकते। यह अलग बात है कि हम एक समय में कितने पुरुषों के या फिर औरतों के साथ रहना चाहते हैं।''

केतकी की बात सुनकर मैं हैरान हो गया जबकि मैं भी उससे बेपनाह मुहब्बत करता हूँ और मेरी भी अहमतरीन ख़्वाहिश है कि मैं जिस्मानी तौर पर भी उससे वाबस्ता हो सकता। इस वक़्त भी उसकी आवारा सेक्सी आँखें मुझे उकसा रही हैं और मेरे अन्दर जिन्सी ख़्वाहिश तारी हो रही है लेकिन मैं उसमें बहना नहीं चाहता।

मैंने अपने पर क़ाबू पाने की नाकाम कोशिश की। फिर मैंने कहा, ''कैसी बातें कर रही हो केतकी, मेरी समझ से बाहर की हैं तुम्हारी यह सब बातें। तुम ठंडे दिल से सोचो तुम कहना क्या चाहती हो? क्या जो तुम कह रही हो वह सही है?''

''सही और ग़लत क्या है, मैं नहीं जानती और जो मैं जानती हूँ वह यही है कि यह बहुत सोच-समझ कर लिया गया फ़ैसला है जिसे तुम नकार नहीं सकते और यह भी सुन लो मोहसिन खान! इस समय तुम पर सिर्फ मेरा ही हक़ है।''

केतकी की बातें मेरे अन्दर ताबो-ताब पैदा कर रही थीं और अपने पर बिठाए गये पहरों को पाश-पाश किया चाहती थीं। उसकी बातों से मैं अजीब-सी ताक़त महसूस कर रहा था। मेरी जिन्सी ख़्वाहिश भी उसे हासिल करना चाहती थी और मैं दिल ही दिल में उसका साथ भी चाहने लगा था। लेकिन रौशन हक़ीकत यह है कि मेरे दिल में केतकी के लिए जो सम्मान है वह मुझे हमेशा रोकता रहा है इन बातों के लिए मैंने अदब से उससे कहा, ''केतकी कैसी बच्चों जैसी बात कर रही हो? तुम समझदार हो, तुम्हारे मुँह से यह सब सुनना अच्छा नहीं लगता।'' कहने को मैं यह सब कह रहा था लेकिन केतकी की बातें मेरे दिल में सरूर घोल रही थीं क्योंकि कहीं-न-कहीं मैं भी तो केतकी को दिलोजान से चाहता हूँ लेकिन मैं यह भी जानता था कि यह सब मुमकिन नहीं है, इसलिए मैं केतकी को कोई ऐसी राह दिखाना नहीं चाहता था जिस से वह गुमराह हो जाये। मुझे चुप हुआ देख केतकी फिर बोली, ''देखो मोहसिन खान, अम्मीजान के जाने से पहले इस बात का फ़ैसला तुम्हें करना ही होगा। फ़ैसला नहीं, बस शादी करनी है और अम्मी भी यही चाहती हैं।''

''पागल हुई हो केतकी!''

''हाँ! हाँ!! मैं पागल ही हो गयी हूँ।''

मैं केतकी की बात सुन कुछ कहने की हालत में नहीं रह गया था क्योंकि मैं केतकी के जज़्बात से वाकिफ़ था। मेरी इस बेचारगी की हालत से अचानक अम्मी की आवाज़ ने मुझे उबार लिया अम्मी कमरे के अन्दर आती हुई कह रही थीं, ''केतकी बिटिया आयी है, और मुझे पता तक नहीं चला।।'' अम्मी की बात सुनकर केतकी ने अम्मी से कहा, ''अम्मीजानी आप बैठिए, मैं आपसे ही मिलने आयी थी लेकिन मैं उलझ गयी आपके बेटे की बातों में।''

''यह तो शुरू से ही खबीस है, केतकी! तू कैसे इसकी बातों में आ गयी। यह किसी की न तो बात सुनता है और न ही अदब करना जानता है।''

मुझे अम्मी से यह अपेक्षा नहीं थी। ज़ाहिर तौर पर यह बात ठीकठाक मालूम देती थी, लेकिन इस बात से मैं संजीदा हो गया। कुछ देर आस-पास सन्नाटा पसरा रहा। फिर अम्मी ही बोली, ''मैं यहाँ बैठने नहीं आयी। मैं इसे कहने आयी थी कि कब कटवाएगा मेरा टिकट? देख केतकी, अब मुझे जाना चाहिए कब से यहाँ हूँ। यह

तो न मेरी और न तुम्हारी बात मानने वाला है, यह तो इसी गन्द में रहना चाहता है। लेकिन यह थियेटर ही करना चाहता है तो क्या बरेली में नहीं हो सकता कुछ और कितने ही ज़रिये है थियेटर को प्रमोट करने के लिए, जो वहाँ बैठ कर यह नहीं कर सकता क्या? वहाँ जाकर बहुत कुछ कर सकता है लेकिन इसकी समझ में कुछ आये तब न। मैं तो इसे समझा-समझा कर थक गयी हूँ, अब तो मैं यहाँ से जाना ही चाहती हूँ। यह जिस हाल में रहना चाहता है रहे, इसे कौन कुछ कह सकता है।''

''अभी नहीं अम्मीजानी! यहाँ अभी एक काम और आपको करना है।'' केतकी कुछ और कहती उसके कहने से पहले ही मैं बोल पड़ा, ''केतकी तुम बस भी करो, अपनी इन बेतुकी बातों को अब अपने पास ही रखो, यही बेहतर होगा।''

''बेहतर क्या है और क्या नहीं इसका फ़ैसला तो अम्मीजान को ही करना है, तुम्हें इसकी चिन्ता करने की आवश्यकता नहीं है।''

''क्यों आपस में झगड़ रहे हो तुम, कहो मोहसिन खान! तुम्हें क्या परेशानी है?'' अम्मी बोलीं।

''मुझे कोई परेशानी नहीं है। परेशानी तो केतकी को ही है, इसी से पूछो।''

''हाँ कहो केतकी क्या कहना है तुम्हें?''

अम्मी की बात सुनकर केतकी का छुईमुई बन जाना कुदरती था लेकिन मुझे बहुत अटपटा लगा। मैं एक लम्हा खोये बिना एकदम बोल पड़ा, ''बोलो! बोलो!! अब क्या हो गया? क्या मौसमे-ख़िज़ा है जो कोयल ने चहकना बन्द कर दिया है!''

''तुम चुप करते हो कि लगाऊँ एक झापड़?''

''अम्मी! कुछ जाने बिना ही आप केतकी की बातों में आ गयीं।''

''तू चुप कर। मुझे उससे सुनना है, वह क्या कह रही थी।''

''अम्मी कुछ नहीं मैं तो ऐसे ही बोल रही थी।''

''ऐसे कोई नहीं बोलता केतकी! अब तुम बन रही हो तुम कुछ कहना नहीं चाहती हो तो यह अलग बात है तो मत बताओ मैं तो तुम्हारे ही हक़ की बात कर रही थी।''

''यदि कोई न सुनना चाहे तो उसे क्यों कुछ सुनाया जाये।'' केतकी मेरी ओर मुखातिब थी।

''ठीक है केतकी! है तो यह मेरा बेटा लेकिन है यह उल्टी खोपड़ी का मालिक। इसे सीधी और सही बात समझ नहीं आती इतना तुम जान लो।'' जवाब में अम्मी बोली।

''अम्मीजानी! आप चिन्ता न करें इसे सही रास्ते पर लाना मैं बखूबी जानती हूँ। और मोहसिन खान, तुम इतना जान लो कि सूर्य के बिना सूरजमुखी खिला नहीं करते। बस अम्मी मुझे एक टुकड़ा उस धूप की ही तलाश है जिसे इसने अपने

छद्मजाल से ढँक लिया है।''

''तू भी फ़िक्र मत करना बेटी, उस जाल को काटने की कैंची मेरे पास है, तुम्हारे हिस्से की धूप तुम्हें ज़रूर मिलेगी।'' इतना कह अम्मी एक जंग में जीते हुए सिपाही की तरह केतकी से यह कहती हुई चली गयीं कि जाना नहीं केतकी, मैं चाय लेकर अभी यहीं आ रही हूँ। केतकी का चेहरा खिल उठा।

लेकिन मैं सोच में डूब गया। क्योंकि हम सब अभी तक 'जिन लाहौर नईं वेख्या...'' नाटक की सफलता के नशे में डूबे हुए थे इसलिए नये नाटक को करने की कोई योजना बना नहीं पा रहे थे। इसलिए पहले से ही तैयार नुक्कड़ नाटकों के ही शो करते आ रहे थे और केतकी पर तो इश्क का भूत सवार था। हम दोनों याने कि मैं और केतकी, ख़ास हालत के शिकार हो गये थे। इसके बरअक्स हम लोग एक-दूसरे की अच्छी बातों से प्रभावित थे। लेकिन थियेटर के साथ अटूट मुहब्बत करने का जो फ़ैसला हम दोनों का था वह कहीं खोया-सा लगने लगा था मुझे। यूँ जिस मुहब्बत का इज़हार केतकी मुझसे कर रही है, वह मुहब्बत तो उसे थियेटर से होनी चाहिए। यूँ भी केतकी अनुभवी कलाकार है, उसे किसी भी नाटक को पेश करने में कोई मुश्किल पेश नहीं आ सकती। उसमें इतना टैलेंट है कि वह कोई भी स्तरीय नाटक को कामयाबी से पेश कर सकती है। इतना ही नहीं केतकी में निहायत खूबसूरत कशिश भी है जिसके चलते वह किसी को भी थियेटर का दीवाना बना सकती है। भले ही केतकी अपने फन के साथ कमिटेड है, लेकिन यह भी काबिले-ग़ौर करने वाली बात है कि इस बीच जो इश्क का भूत उसके सिर चढ़ कर बैठ गया है वह उसे कहीं का नहीं छोड़ेगा। ऐसा मैं महसूस करने लगा था। हालाँकि मैं भी उसी दौर से गुज़र रहा था। यूँ केतकी के दिल में जो आ जाये उसे वह अपनी सारी ताक़त लगा कर पूरा कर लेती है, यह उसकी फ़ितरत में शामिल है। देखें इस बार वह अपनी ज़िद पर अड़ी रहती है कि नहीं।

जिस लड़की को हमने निक्की नाम दिया था और केतकी जिसे अपने घर ले गयी थी। उसकी बाबत जानने के लिए उसका बाप दो-तीन बार मेरे पास आ चुका था। लेकिन उसे कोई बाजिव जवाब नहीं मिला था। इसलिए वह फिर कभी नहीं आया। इस बात को लेकर वह अपनी औरत को दो-तीन बार पीट भी चुका है। केतकी उसको स्कूल भर्ती करवाना चाहती थी लेकिन मैंने अभी इस काम के लिए उसे रोक दिया था। इन दिनों भोला भी उसके पास नहीं था, उसे सरकारी अस्पताल में नौकरी मिल गयी थी। हमें हमेशा इस बात का ख़तरा रहने लगा रहता था कि कहीं उसका बाप कोई हंगामा न खड़ा कर दे। इस डर से केतकी कभी उसे अपने साथ

यहाँ भी नहीं लेकर आयी थी।

इन दिनों हमने कोई नया नाटक तैयार नहीं किया। हाँ, राजीव ने इस बीच स्कूल के बच्चों को लेकर एक नाटक ज़रूर तैयार किया था जिसे काफी सराहा भी गया था।

आजकल जाने मुझे क्या होता जा रहा है कि नया नाटक करने का जोश ही मेरे अन्दर ख़त्म होता जा रहा है। हाल ही में ऐडज़ मुहिम के तहत हमारे 'अक्स' को पच्चास शो का कॉन्ट्रेक्ट मिला था। यह भी केतकी की कोशिशों से ही मिला था। लेकिन वह इस शो में और हमारी कोई मदद नहीं करना चाहती थी। उससे यह काम हमने जबरन ही करवाया था। बच्चे खुश थे, पैसा और शोहरत दोनों हमारे हिस्से आ रहे थे। लेकिन केतकी की सारी तवज्जो अपने डांस प्रोग्राम पर थी। उसे अपना यह प्रोग्राम शहर-दर-शहर देना था। जाने कहाँ-कहाँ का प्रोग्राम था उसका। वह बता भी रही थी। लेकिन मेरी तवज्जो उस तरफ नहीं थी, यह भी सच है कि आजकल मैं केतकी का सामना करने से डरता भी हूँ। मैं नहीं चाहता कि वह मेरी किसी भी कमज़ोरी से वाकिफ़ हो जाये। लेकिन इसके बरक्स दिल की बेक़रारी इस कदर बढ़ गयी है कि मैं हर समय केतकी के बारे में ही सोचता रहता हूँ लेकिन मैं भीतर ही भीतर डरता हूँ। जिस तरह केतकी अपने दिल की बात कह पायी। मैं वैसे हरगिज़ नहीं कह पाता क्योंकि मैंने अपने इर्द-गिर्द कुछ दीवारें ऐसी खड़ी कर रखीं हैं जिन्हें अब फाँदना नामुमकिन ही है। मैं अपनी इस दोहरी ज़ेहनी हालत से परेशान हूँ और मैंने तन्हाई को अपने सीने से लगा लिया है और अब दश्ते-तन्हाई में भटक रहा हूँ। चाहे अम्मी का जाना अभी रुक गया है, उनके लफ़्ज़ों में वह मुझे 'खूँटे से बाँध कर' ही यहाँ से अब जाने वाली हैं। लेकिन कोई नहीं जानता कि बिल्ली के गले में क्यों आज तक कोई भी घंटी नहीं बाँध सका है?

अम्मी इस इन्तज़ार में है कि केतकी अपने प्रोग्राम से लौट आये तो वह उसकी इच्छा पूरी कर दें। उस दिन मेरे और केतकी के बीच जो बातचीत हुई थी सारी अम्मी ने सुन ली थीं। नहीं तो क्या हिम्मत थी उनकी कि मुझसे शादी की बात करतीं। मैं असमजंस में हूँ कि मैं क्या करूँ, मेरी सारी जद्दोजहद में शादी कोई महत्त्व नहीं रखती, यह बात इन दोनों ख़ातूनों को कौन समझाये!

जब से घर में मेरी शादी की चर्चा हो रही है, तब से राजीव जाने कैसा होता जा रहा है। अब वह अधिक समय शेखर के साथ होता है। यह अलग बात है कि शेखर का हम सबको बहुत सहारा है। उसके पास हर समय पैसा रहता है और वह हमारी आगे-पीछे मदद भी करता रहता है। लेकिन इस सबका मतलब यह तो नहीं निकाला जा सकता न कि इस बात से उन दोनों को सभी तरह के हक़ मिल गये हों। इन दिनों एक बदलाव राजीव में और देखने में आया है यदि मैं उसकी ख़्वाहिश के ख़िलाफ़

कुछ भी कह देता हूँ तब वह रात रात भर ग़ायब रहता है और जब वह मेरे पास होता भी है तब ख़ामोश रहता है। इन दिनों उसने बोलना बहुत कम कर दिया है। पूछता हूँ तो स्कूल का बहाना बना देता है कि उसे स्कूल की फिकर है। मैं सब समझता हूँ कि वह पहले जैसा क्यों नहीं रहा। जाने उसकी वह गर्माहट कहाँ ग़ायब हो गयी है। कभी मैं सोचता कि इन दिनों उसकी सोच में जो तब्दीली आयी है क्या कहीं उसके पीछे भी शेखर ही तो नहीं है? या फिर कोई और बात है। मेरी इस वक़्त जितनी भी फ़िक्रें हैं उनमें सबसे बड़ी फ़िक्र की वजह तो राजीव ही है, जिसे वह बिलकुल ही नहीं जानता। क्या वह मुझे जानबूझ कर परेशानी में डाल रहा है या फिर वह किसी परेशानी में ख़ुद पड़ गया है। वह कुछ बताये तो सही, तभी जाना जा सकता है कि उसे आजकल क्या होता जा रहा है लेकिन उसने तो ऐसी ख़ामोशी इख़्तियार कर ली है कि उससे कुछ भी उगलवाना मुश्किल हो रहा है।

उस दिन के बाद विनय फिर नहीं आया, और न ही रश्मि के किस्से को ही किसी ने राजपाल के साथ जोड़ा। मैं शायद उस किस्से को वहीं भूल भी जाता लेकिन आज फिर डिपार्टमेंट में मुझे बुलाया गया है। फिर से ऐसा कहा गया है मुझसे कि मैं उनके ड्रामा की लाइटिंग का ज़िम्मा सँभाल लूँ।

कल बच्चों ने कुम्हार बस्ती में ऐडज़ मजमून पर नुक्कड़ नाटक का जो शो किया था उनकी झोली में सिर्फ चालीस रुपये ही पड़े थे। यह अलग बात है कि यह शो स्पांसर था। इसके बावजूद मुझे उनकी झोली देख कर लगने लगा है कि नाटक करने से अच्छा है यह भीख ही माँग लें, कम-से-कम इससे ज़्यादा पैसा वह उससे कमा ही सकतें हैं। जाने क्यों आज कल मैं मायूसी की भट्टी में ग्रस्त हूँ!

एक बात इस समय हमारे हक़ में जाती है कि हमारे 'अक्स' के मेम्बर पच्चास हो गये हैं और उनसे लगातार पैसा भी आ रहा है। अगर निष्पक्ष हो कर सोचा जाये तो उनका यह सोचना भी ग़लत नहीं है कि उन्हें अब कोई नया नाटक देखने को मिलना चाहिए। पिछले कुछ वक़्त से नये के नाम पर हमने उन्हें राजीव के स्कूल के बच्चों द्वारा तैयार किया गया नाटक ही परोसा था या फिर केतकी की सूझ-बूझ से उसके ही ग्रुप के तीन अलग-अलग मजमून पर तैयार किये गये नृत्य दिखा पाने में हम क़ामयाब हुए थे। भले ही यह प्रोग्राम मेम्बरान ने पसन्द किये थे और हमारी मेम्बरशिप में कुछ बढ़ोत्तरी भी हुई थी। लेकिन हम जानते हैं कि हमने अपने वायदे के मुताबिक उन्हें वह प्रोग्राम नहीं दिये जो हमें यूँ देने चाहिए थे। इसकी कसक है दिल में, लेकिन जो थियेटर से जुड़ा नहीं है वह इस बात का अन्दाज़ा भी नहीं लगा सकता कि एक बड़े नाटक की तैयारी के लिए कितने पैसे और कितने वक़्त की ज़रूरत होती है। इस समय हमारे पास बहुत-सी सहूलियतें हैं। पैसा भी है लेकिन फिर भी जाने क्यों काम करने को मन ही नहीं बन रहा। धीरे-धीरे मैं जड़ होता जा रहा हूँ।

बृजेश और नन्दिता ने जब से विमल के टी. वी. सीरियल में काम किया है उनका रुख़ भी अजीब-सा हो गया है। अब उन्हें ढेर सारा पैसा चाहिए काम के बदले।

इधर कई दिनों से साक्षी एक फुललैंग्थ प्ले करने की ज़िद कर रही है। मैं सब की सुनता हूँ और मैंने हामी भी भर दी थी कि मैं उसके साथ काम करने को तैयार हूँ। सोचा था, शायद ऐसे ही कोई शुरुआत हो जाये लेकिन ऐसा होता कुछ दिखाई नहीं दे रहा। मैं कुछ भी कर नहीं पा रहा हूँ। कैसी अजीब हालत है मेरी? कभी काम करने वाले नहीं मिलते तो कभी साधन नहीं होते। यदि सब कुछ मिल जाये तो कम्बख़्त यह दिल जाने कहाँ भटक जाता है। साक्षी के मामले में तो मेरा दिल ही मेरा साथ नहीं दे रहा।

मैं अपने ख़्यालात में जाने कब तक खोया रहता कि बृजेश ने मेरे ख़्याल को यह कहकर वहीं रोक दिया कि साक्षी आयी है। मैं जाने कितनी देर बृजेश के चेहरे की जानिब देखता रह गया। मुझे एकदम कुछ सूझा ही नहीं कि मैं क्या कहूँ। जिस बात के रू-ब-रू होने से मैं कई दिनों से कतरा रहा था वह आज सामने है, अब उससे तो दूर नहीं भागा जा सकता। मुझे चुप देख बृजेश ही फिर बोला, ''दादा! साक्षी आयी है।'' मैं हैरान था कि मेरी इस झुग्गी में साक्षी! इस बात को तो मैं सोच भी नहीं सकता था। साक्षी जिसे साफ़-सुथरी जगह से भी बदबू आती है और जिसका रूमाल एकदम नाक पर चला जाता है वह इस जगह मेरे पास! मेरा हैरानी से मुँह खुला रह गया। मैं जाने कितनी देर उसी हालत में रहता लेकिन यकबयक कमरा फूलों की खुशबू से भर गया। मेरे बिलकुल सामने साक्षी अपने जाने-पहचाने अन्दाज़ में खड़ी थी। वह चेहरे से खुश दिखाई दे रही थी। मैं लगातार उसकी जानिब देखता रहा। कुछ बोला नहीं। शायद उसे मेरी हालत का पता चल गया था इसलिए मैं कुछ कहता उससे पहले ही वह बोल पड़ी, ''कितनी देर लगाओगे यह सोचने में कि साक्षी को बैठने के लिए कहा जाये कि जाने के लिए।'' मैंने शर्मिन्दगी महसूस करते हुए उसके बैठने के लिए जगह बनायी और बोला, ''ज़हे नसीब! क्या बात है, मेरे इस झोंपड़े में साक्षी तुम! कैसे... यहाँ आने की तक़लीफ़ की, कुछ काम था क्या? हमें बुला लिया होता।''

''क्यों भूल गये, घबरा क्यों रहे हो? साक्षी अपने काम को कभी भूल नहीं सकती, भले ही कोई कितनी भी भुलाने की कोशिश क्यों न करे। और क्या मैं तुम्हारे घर नहीं आ सकती? क्या कोई बैन लगा है?''

''क्यों नहीं आ सकती साक्षी लेकिन...।''

''लेकिन यहाँ तुम रहते हो, केतकी आती है। और भी दुनिया-जहान के लोग यहाँ आते होंगे, फिर मैं क्यों नहीं आ सकती?''

''क्यों नहीं साक्षी! तुम भी आ सकती हो, मैंने तो तुम्हारी सहूलियत के लिए कहा था कि मुझे बुला लिया होता।''

''छोड़ो इस बात को! पहले यह बताओ कि तुमने नाटक के बारे में क्या सोचा? तुम्हें काम करना भी है कि नहीं?''

''काम तो करना ही है साक्षी उसके बिना गुज़ारा ही कहाँ है लेकिन अभी मैं कुछ भी तय नहीं कर पाया। थोड़ा अभी मुझे और वक़्त चाहिए।''

''क्या तुम अभी यह भी तय नहीं कर पाये कि हमें कौन-सा नाटक मंचित करना है? अरे भाई, और कितना समय लोगे सिर्फ सोचने के लिए! लेकिन मैं तो तुम्हारी प्रतीक्षा करते-करते थक ही गयी और चली आयी इधर, कि चलो मैं ही पता करती हूँ। यह जान लो मेरे भाई कि काम तो करना ही है, तो करना ही है। मैं पूरा मूड बना कर आयी हूँ आज नये नाटक की सारी रूपरेखा तैयार करके ही मैं यहाँ से हिलने वाली हूँ। आज तुम्हारा कोई बहाना नहीं चलने दूँगी।''

''लेकिन साक्षी...।''

''लेकिन-वेकिन कुछ नहीं हमें काम करना है बस इसके आगे-पीछे कुछ सोचने की हमे ज़रूरत नहीं है, पहले तुम कितना वक़्त ले चुके हो।''

''लेकिन साक्षी...''

''फिर वही लेकिन। मेरे शब्दकोश में यह शब्द नहीं है, सुन रहे हो तुम। तुम क्या सुनोगे, तुम तो अतिथि-सत्कार करना भी नहीं जानते, अरे भाई! कुछ चाय-वाय पिलवाओ। फिर मैं तुम्हें अपनी सारी योजना बताती हूँ कि मैंने क्या सोचा है।''

''चाय तो आ रही होगी साक्षी! बृजेश गया है। चलो तुम अपनी योजना ही बता दो, मैं सुन रहा हूँ। हाँ अगर नाटक स्टेज करने की बात तुम करने आयी हो तो रहने ही दो। वह सब नहीं हो पाएगा मुझसे। और इस समय 'अक्स' के पास बहुत काम है। इससे ज़्यादा मेरे बच्चे काम कर नहीं पाएँगे।''

''दिल क्यों छोटा करते हो, जो काम 'अक्स' कर रहा है उसे करने दो। 'अक्स' के झंडे तले न सही, मैं तो तुम्हारी कॉ-डायरेक्शन चाहती हूँ।''

''पहली बात तो यह है साक्षी! कि मैं 'अक्स' से अलग नही हूँ। मैं तो 'अक्स' से पूरी तरह बँधा हुआ हूँ। इसलिए उससे अलग कुछ सोच भी नहीं सकता लेकिन तुम कहो क्या कहना चाहती हो?''

''देखो, यदि तुम मेरे साथ काम करने के लिए गम्भीर हो तभी मेरी बात करने का लाभ है, नहीं तो समय बरबाद करने का क्या लाभ।''

''तुम कुछ कहो भी, क्या है तुम्हारा मन्सूबा। क्या कुछ बताने से पहले ही मेरी रज़ामन्दी तुम्हें चाहिए?''

''सही पहचाना, यही चाहती हूँ मैं, बस तुम्हारी हाँ ही सुनने आयी हूँ। और

योजना ऐसी है जो तुम्हें पसन्द आएगी ही इसकी पूरी गारंटी मैं तुम्हें देती हूँ।''

''चलो कहो! क्या करना होगा मुझे?''

''सीधी और स्पष्ट बात यह है खान, हमारे पास पैसा नहीं है और हम थियेटर में बने भी रहना चाहते हैं। यह कैसे सम्भव हो, तो इसका सीधा और सरल रास्ता ही है मेरी यह योजना, हम ऐसे नाटक करें जिनमें कम से कम खर्च आये।''

''वही तो मैं कर रहा हूँ; गलियों, सड़कों, नुक्कड़ों पर ही तो मैं फैला हुआ हूँ। लेकिन यह मेरी मंज़िल तो नहीं है न।''

''नहीं मेरी योजना यह नहीं है। मैं मंच पर ही कम बजट का नाटक करना चाह रही हूँ। यही योजना है मेरे पास, कुछ करना चाहते हो तो कहूँ।''

''हाँ कहो न, मैं सुन रहा हूँ।''

''देखो जो व्यक्ति समय की नब्ज़ पहचान कर काम करता है उसके लिए वही काम आसान हो जाता है जिसे वह कठिन समझता है।''

''भूमिका बनाना छोड़ो साक्षी! सीधे मजमून पर आओ। वैसे तुम जो कह रही हो वह सही भी हो सकता है और नहीं भी। दोनों तरह की सम्भावना है इसमें, लेकिन तुम सीधी-सीधी बात करो फिर मैं सोच सकता हूँ तुम्हारी किसी बात के बारे में।''

''सीधी और स्पष्ट बात ही कर रही हूँ मैं। सुनो मेरी योजना क्या है। यह तो तुम जानते हो कि यह समय है खालसा की स्थापना की त्रिशताब्दी का। फिर समय की नज़ाकत को देखते हुए हम क्यों न कोई सिख इतिहास से किसी घटना को लेकर नाटक करें जिसे पंजाब सरकार से प्रायोजित करवाना भी सरल होगा।''

''क्या बात कर रही हो साक्षी! एक ओर तुम सिख इतिहास की बात कर रही हो दूसरी ओर कम बजट की बात कर रही हो। यह दोनों बातें कैसे सच हो सकतीं हैं क्योंकि जब हम इतिहास में जाते हैं, उस वक़्त की बात करने के लिए, उस वक़्त के माहौल में जाना होगा। उस वक़्त के रस्मो-रिवाज़ और पहरावे की बात की स्टडी करनी होगी, फिर ही हम किसी ऐतिहासिक नाटक को स्टेज करने के काबिल हो सकते हैं। इन सब बातों पर पैसा कैसे नहीं खर्च होगा यही मेरी समझ से बाहर की बात है। यह एक मुश्किल काम है। इसके लिए पैसा और वक़्त दोनों का होना बहुत लाज़मी है साक्षी। तुम्हारे इस प्रोजेक्ट पर काम करना यूँ भी मेरे लिए मुश्किल काम है।''

''तुम ऐसा कैसे कह सकते हो? मुझे बताओ तुम्हारी क्या समस्या है?''

''दरअसल बात यह है साक्षी कि न तो मुझे पंजाबी आती है और न ही मैं पंजाब के कल्चर से ही वाकिफ़ हूँ। ऐसी हालत में मैं उसकी तारीख़ से कैसे छेड़छाड़ कर सकता हूँ।''

''यह कोई बड़ी समस्या नहीं है। मैं हूँ न, मेरे साथ मिलकर जब तुम काम

करोगे तब सब हो जाएगा। तुम बस निर्देशकीय पक्ष सँभाल लो।''

''यह तुम्हारी फ़राख़दिली है साक्षी! कि तुम मुझे इस काबिल समझ रही हो, लेकिन यह काम मेरे लिए काफी मुश्किल है। तुम थोड़ा समझने की कोशिश करो। क्या उस वक़्त को, उस वक़्त के समाज को, उस वक़्त के कल्चर को, उस वक़्त के सियासी माहौल को जाने-समझे बिना कोई कैसे ऐतिहासिक नाटक को स्टेज करने की बात सोच सकता है? जब तक मैं उस वक़्त के माहौल से वाबस्ता नहीं होता तब तक कैसे मैं उसका निर्देशन कर सकता हूँ! मेरे लिए यह काम थोड़ा मुश्किल होगा।''

''ठीक है, मोहसिन खान, तुम सही कह रहे हो, परन्तु तुम चुनौती समझ कर ही इस काम के लिए हामी भर दो।''

''तुम कहती हो तो मैं काम करने को तैयार हो सकता हूँ... लेकिन इसके लिए मुझे वक़्त चाहिए। तुम तय करो कौन सा नाटक कब करना चाहती हो। मैं उस समय को जाने-समझे बिना तुम से कोई वायदा नहीं कर सकता। इसके साथ ही उस वक़्त पेश आने वाली बाकी सब बातें तुम्हें ही सँभालनी होंगी, पैसा कहाँ से कैसे आएगा, या कुछ और बातें; क्योंकि तुम जानती हो मैं कहीं भी, किसी भी हालत में कम्प्रोमाइज़ नहीं करता। ड्रामा स्टेज तभी हो सकता है जब उसकी डिमांड के मुताबिक सभी चीजों का हम इन्तज़ाम कर सकें। नहीं तो ऐतिहासिक ड्रामे को पकड़ना ही नहीं चाहिए, ऐसा मैं सोचता हूँ।

''यह हुई न बात, मैं तुम्हें अच्छी तरह पहचानती हूँ इसलिए बेफ़िक्र रहो। सब तुम्हारे कहने पर ही होगा। जैसा तुम चाहोगे वैसा ही होगा। रही बात पैसे की, उसकी भी तुम चिन्ता न करो, बस मेरे इस प्रोजेक्ट के लिए समय निकालने की ही तुम्हें चिन्ता करने की ज़रूरत है।''

''तुम कुछ सोच कर आयी हो कि कौन-सा नाटक किया जाये, नहीं तो मेरे ज़ेहन में एक नाटक है।''

''मैंने अभी सोचा नहीं है। तुम कहो, कौन-सा नाटक करना चाहते हो?''

''भीष्म साहनी का 'आलमगीर', हालाँकि इसे करना बहुत आसान नहीं है परन्तु मुझे यह नाटक बार-बार हांट करता है।''

''ठीक है यदि तुम्हारा मन इस नाटक को करने के लिए ही है तो यही सही। लेकिन यह नाटक तो हिन्दी में है। हमें नाटक पंजाबी में चाहिए और सिख हिस्ट्री से, 'आलमगीर' का तो इससे कुछ लेना देना नहीं है। और हमें जहाँ से पैसा मिल सकता है वह है पंजाब सरकार, वह तो तभी किसी नाटक को इस समय प्रायोजित करेगी जिस से उनका मकसद पूरा होगा। वह तभी हो सकता है जैसा कि मैंने पहले भी कहा है नाटक सिख हिस्ट्री से उठाया जाये, न कि किसी भी हिस्टोरिकल नाटक को

पकड़ लिया जाये।'' साक्षी की बात में दम था लेकिन मेरी अपनी मजबूरी है, उसे साक्षी समझना ही नहीं चाहती। और मैं ऐसा कोई काम नहीं करना चाहता जिसे करके बाद में मायूसी हो। मैं उसकी बात का अनुमोदन नहीं कर सका और चुप ही रहा। साक्षी ही फिर बोली, ''मेरा मन है कि गुरू गोविन्द सिंह के साहिबज़ादों की शहादत को लेकर मैं खुद ही एक नाटक तैयार करूँ और उसे ही मंचित करूँ। इस विषय को लेकर मैंने एक नाटक तैयार भी किया है। बस उसे तराशना बाकी है।''

''यह तो और भी बढ़िया बात है लेकिन मैं अपनी बात पर क़ायम हूँ साक्षी! इसके लिए तुम किसी दूसरे डयरेक्टर की तलाश करो तो बेहतर रिज़ल्ट तुम्हें मिल सकते हैं। यूँ कल तुम तैयार की गयी स्क्रिप्ट ले आना, हम दोनों देख लेंगे, उसमें और क्या फेर-बदल करना होगा। करना भी होगा या वैसा ही ठीक है।''

''कल नहीं मोहसिन खान, मैं उसे साथ लेकर ही आई हूँ।''

''ठीक है, दिखाओ।'' साक्षी ने बैग से स्क्रिप्ट निकालकर मुझे दी वह गुरुमुखी में लिखी हुई थी। मैं कितनी देर साक्षी के चेहरे की जानिब देखता रहा, कुछ बोला नहीं। साक्षी मासूम बच्चे की मानिन्द मुझे देखते हुए बोली, ''क्यों क्या बात है, क्या ठीक नहीं है?''

''अब मैं तुम्हें क्या कहूँ साक्षी, मुझे गुरुमुखी कहाँ आती है!''

''तो क्या किया जाये इसका?''

''इस सारी स्क्रिप्ट को पहले देवनागरी लिपि में लिखवाओ, फिर मैं कुछ कर सकता हूँ। ऐसे तो यह मेरे बस की बात नहीं है। यूँ भी तुम्हें इस झंझट में पड़ने की क्या ज़रूरत है, सिख हिस्ट्री का जानकार इसे बखूबी पढ़ लेगा और इसके साथ इन्साफ़ भी कर सकेगा। मुझे इस काम के लिए न ही कहो तो यह बात तुम्हारे हक़ में जाएगी साक्षी!''

''वाह क्या कहने तुम्हारे, काम से हाथ भी झाड़ लिये और एहसान का टोकरा भी मुझ पर लाद दिया। लेकिन एक बात सुन लो खान तुम भी, यह काम मैं तुम्हारे साथ मिलकर करना चाहती हूँ। हाँ तुम्हारी बात मान कर इसे मैं हिन्दी में करवाती हूँ। इसके लिए मुझे थोड़ा समय चाहिए होगा, परन्तु तुम्हें वायदा करना होगा मेरे साथ काम करने का।''

''अब तुम कहती हो तो मैं तुम्हारे साथ काम करने को तैयार हो जाता हूँ लेकिन जो काम मेरे बस से बाहर है उसके लिए हामी कैसे भर दूँ! और साक्षी, तुम यह तो जानती ही हो कि मैं जब किसी काम को करने की हामी भर देता हूँ तो फिर उससे इनकार नहीं करता।''

साक्षी मुझे चिन्ता में डालकर चली गयी लेकिन मेरे ज़ेहन में इस बात से सुकून था कि साक्षी के साथ काम करने से कुछ पैसा तो बनाया ही जा सकता है। चिन्ता मुझे

इस बात को लेकर भी थी कि पंजाबी कल्चर से मैं बिलकुल नावाकिफ़ हूँ और कुछ भी ग़लती होने से मेरा जो अपमान होगा, उसका कौन ज़िम्मेदार होगा। मैं सोचने लगा जब तक साक्षी स्क्रिप्ट हिन्दी में अनुवाद करवाती है, तब तक मैं सिख हिस्ट्री की कोई किताब ही पढ़ लेता हूँ ताकि मैं बिलकुल इससे कोरा न रहूँ। इन दिनों केतकी भी यहाँ नहीं है, जिससे मैं कोई मशविरा कर सकता और राजीव तो वैसे ही इन दिनों गुमसुम बना हुआ है। सोचता हूँ कि कहीं साक्षी को हाँ कह कर मैंने ग़लती तो नहीं की।

आजकल मैं सिख इतिहास की पृष्ठभूमि को जानने के लिए रोज़ लाइब्रेरी जाने लगा हूँ। सुबह राजीव के स्कूल, शाम बच्चों के साथ और फिर लाइब्रेरी। मेरी रोज़ की यही रूटीन हो गयी थी। लेकिन अपनी स्कीम बताने के बाद से साक्षी का कहीं पता ही नहीं था, मुझे इस बात का सबसे ज़्यादा फ़ायदा यह हुआ कि मैं तारीख़ के जिस एक बड़े हिस्से से नावाकिफ़ था उसको मैं साक्षी की वजह से जान पाया 'थैंक्स टु साक्षी!' मेरे लिए यह कुछ हासिल करने से कम नहीं था। लेकिन हैरानी की बात यह थी कि जिस जोश से साक्षी ने सारी स्कीम बनाई थी, उस पर वह उसी जोश से अमल नहीं कर पायी। उस दिन के बाद उसने फिर आगे अपनी स्कीम के बारे कोई बात करने की ज़रूरत ही नहीं समझी। मैं अपने में ही डूबा हुआ था कि अचानक नन्दिनी ने आकर बताया कि दोपहर में जब मैं स्कूल में था तब साक्षी आयी थी और कह गयी थी कि वह शाम को फिर आएगी। उसकी बात सुन मेरा हैरान रह जाना कुछ ग़लत नहीं था। मैंने नन्दिनी से पूछा, ''आने के अलावा कुछ और भी कहा था उसने?'' जवाब में नन्दिनी बोली , ''हाँ, वह कह रही थीं कि स्क्रिप्ट तैयार हो गयी है। साथ ही उसके छः शो भी मिल गये हैं। इसलिए अब जल्दी ही काम शुरू करना होगा इसीलिए उन्होंने कहा है कि शाम को आप कहीं न जाएँ, वह शाम को आ रही हैं दादा! यह पंजाबी नाटक है न और इसे टी. वी. के लिए बनाया जा रहा है न दादा? इसमें मुझे भी एक रोल मिलेगा न?'' मुझे नन्दनी का उत्साह देख हैरानी नहीं हुई। उसके मुँह को लहू लग चुका था लेकिन मैं अन्दर से बुझ-सा गया था। नन्दनी की बात सुनकर। हमसे कहाँ क्या ग़लती होती है कि हमें कोई कभी स्पांसर क्यों नहीं मिलता और यहाँ अभी खेत तैयार भी नहीं हुआ और फसल के खरीदार पहले ही मौजूद हो गये। वाह रे साक्षी! आज तो हम भी तुम्हारे कायल हो गये।

शाम होते ही साक्षी हाज़िर हो गयी। उसके साथ विमल और विनय को देख मेरा अन्दाज़ा लगाना कुदरती-सी बात थी कि साक्षी अपनी पूरी तैयारी के साथ आयी है। साक्षी आते ही बोली, ''तो तुम तैयार थे, इस बात के लिए कि मैं आ रही हूँ।''

"क्यों, क्या तुम्हें यकीन नहीं था कि मैं तुम्हें मिलूँगा?"

"हाँ मुझे तो यही लग रहा था कि इस समय भी हम तुम्हें मिले बिना ही लौट जाएँगे।"

"तुम वक़्त देकर गयी थी फिर मेरी क्या मजाल कि मैं घर पर न रहता।"

"यूँ तो तुम ठीक कहते हो, लेकिन तुम्हारा भरोसा भी तो नहीं है। जाने तुम किन किन बातों में व्यस्त रहते हो।"

साक्षी की बात के जवाब में मैं कुछ कहता उसके पहले ही विनय एकदम बोल पड़ा, "यहाँ अब निजी समस्याओं की चर्चा नहीं होगी।" मुझे विनय की बात से गुस्सा आ गया और मैं भड़क उठा। "मेरे कोई ऐसे ज़ाती मसले नहीं है जिसे मैं हर समय हर किसी से बाँटता फिरूँगा। जिसे जो कहना है साफ तौर से कहे! मैं किसी बात से नहीं डरता। मैं ख़ुद नंगा हूँ और किसी के भी कपड़े भरे बाज़ार में उतार सकता हूँ।" मेरी बात के जवाब में मेरी तरफ हैरानी से देखते हुए साक्षी बोली, "तुम्हें क्या हो गया? तुम इतने 'टची' क्यों हो रहे हो? हमने तुम्हें तो कुछ नहीं कहा?"

"लेकिन यहाँ कोई इतना बेवकूफ नहीं बैठा है साक्षी कि वह समझे न कि किसे क्या कहा जा रहा है।"

"अब छोड़ो इस नोक-झोंक को और देखो यह रही नाटक की हिन्दी स्क्रिप्ट। अब खान! तुम्हें काम शुरू करना है, कोई अब टालमटोल नहीं चलेगी।" साक्षी ने बात को ख़तम करने के अन्दाज़ से कहा।

मैं उत्तेजित तो था ही साक्षी के कहने के एकदम बाद उसी अन्दाज़ में बोला पड़ा, "साक्षी! तुम मेरे पीछे क्यों पड़ी हो तुम्हारे पास विमल है और यह विनय है कोई भी नाटक निर्देशित कर सकता है।"

"मैंने कह दिया न अब और बात नहीं। यह लोग मुझे भी दिखाई दे रहे हैं लेकिन मैं चाहती हूँ इसे तुम ही करो। और यहाँ और बातें नहीं होंगी।" मैंने स्क्रिप्ट देखनी शुरू कर दी और पात्रों का परिचय पढ़ कर ही मेरा माथा ठनक गया और साक्षी से बोला, "ठीक है ! साक्षी यहाँ रिहर्सल और सिर्फ रिहर्सल ही होगी और कोई फालतू बात नहीं होगी। लेकिन साक्षी! इस नाटक मे पच्चीस क़िरदार हैं और जिनमें से सात ख़ातूनें हैं, इतने लम्बे-चौड़े किरदारों की भीड़ को तुम इकट्ठा कैसे करोगी? यहाँ एक-दो ख़ातून मिलनी भी मुश्किल हो जाती हैं, सात ख़ातूनें कैसे ला पाओगी?"

"यह चिन्ता तुम्हारी नहीं है। मेरे पास सब क़िरदारों का पर्याय है। बस तुम काम शुरू कर दो। आज से पूरे एक महीने बाद हमें यह नाटक मंच पर लेकर जाना है।"

"यह तो तभी मुमकिन हो सकेगा जब सब लोग टाइम पर रिहर्सल के लिए

आएँगे।''

''वह सब तुम मुझ पर छोड़ो, सब समय पर आएँगे ही।''

'फिर समझों कि मैं एक महीने में नाटक तैयार करवा दूँगा लेकिन मेरी एक शर्त है।''

''हाँ बोलो, अब कौन-सी शर्त है तुम्हारी, मैं सब मानने को तैयार हूँ।''

''पहले सोच लो।''

''बोलो तो।''

''पहली बात यह कि मैं यहाँ तुम्हारे लिए काम कर रहा हूँ, इसलिए यह नाटक मेरे ग्रुप के झंडे तले नहीं होगा। दूसरी बात यह जब मैं किसी के लिए काम करता हूँ तो मेरी फीस रहती है, बीस हज़ार रुपये। यूँ तो अपना पैसा मैं सारे का सारा पहले ही ले लेता हूँ लेकिन मैं तुम से आधा पैसा काम शुरू करने से पहले लूँगा और आधा बाद में तुम दे देना। तुम्हें मंजूर है तो मैं काम करने को तैयार हूँ।''

''तुम बनिये कब से हो गये, मोहसिन खान! परन्तु मुझे तुम्हारी सारी शर्तें मंजूर हैं। परन्तु एक मेरी भी शर्त है।''

''हाँ बोलो तुम भी।''

''मैं तुम्हारे ग्रुप से केवल राजीव, नन्दिनी और बृजेश को लेना चाहती हूँ। बाकी सारे लोग मेरे अपने होंगे। हाँ यह बात अलग है कि केतकी मेरे लिए वस्त्र-विन्यास का काम करने को तैयार हो गयी है।''

''तुम जिसे रखना चाहो रखो और जिसे न लेना चाहो मत लो। इस के लिए तुम आज़ाद हो, लेकिन तुम्हें बता दूँ कि राजीव यहाँ नहीं है। हाँ, क़िरदारों का चुनाव तो एक-दो पाठ के बाद ही होगा।''

''ठीक है तुम जैसा ठीक समझो, फिर कल से काम शुरू।''

''रिहर्सल कहाँ होगी यह भी आज ही तय कर लो।''

''रिहर्सल क्या हम यहाँ नहीं कर सकते?''

साक्षी की बात मेरे लिए किसी अजूबे से कम नहीं थी। वह मेरी इस झुग्गी में आकर रिहर्सल करेगी, मुझे यह बात हैरान किये दे रही थी लेकिन इससे भी ज़्यादा मैं इस बात से हैरान हूँ कि केतकी इस नाटक के कास्टि्यूम डिज़ाइन करने के लिए मान गयी। मैंने हैरानी से साक्षी की तरफ देखा। वह कह रही थी रही पैसे की बात वह सभी को वक़्त पर दे दिया जाएगा। लेकिन मुझे साक्षी की इस बात पर यकीन नहीं आ रहा था।

शाम का समय था। आज बच्चों को जल्दी छोड़ दिया गया था क्योंकि आजकल वह दो ही नाटक खेल रहे थे, एक नशे पर लिखा नाटक दूसरा ऐडज़ पर। दोनों नाटक

एक स्कीम के तहत खेले जा रहे थे। लगभग दस शो हो चुके थे। अभी चालीस शो और करने थे। चंडीगढ़ के साथ लगते गाँवों में यह शो थे। पूरी टीम को ले जाने और छोड़ने की ज़िम्मेदारी सोसाइटी की ही थी। बच्चे खुश थे बस की सैर के इलावा उन्हें खाने-पीने को भी बहुत कुछ मिल रहा था और अलग से पैसा भी। इसलिए जितने दिन यह शो चलने वाले थे उतने दिन उन्हें अपने धन्धे पर न जाने पर भी उन्हें घर में कोई कुछ कहेगा, इसकी फ़िक्र से भी अज़ाद थे वो।

बच्चे आज डड्डूमाजरा शो करके आये थे। थके थे। उन्हें छुट्टी देकर मैं साक्षी के नाटक के बारे में प्लान बना रहा था। इतने में बृजेश आया और बोला, ''सर!''

''क्या बात है! कुछ कहना चाहते हो?'' बृजेश जब किसी परेशानी में होता है तभी वह मुझे सर कहता है। उसी पेशोपेश में वह फिर बोला, ''दादा!!''

मैंने बात का रुख बदलना चाहा और बोला, ''पहले चाय तो पिला फिर तेरी बात सुनता हूँ।'' बृजेश कुछ कहे बिना ही किचेन की ओर मुड़ गया। मैंने उसे आगाह करते हुए कहा, '' उधर कहाँ जा रहे हो? गैस ख़तम है, चाय बाहर से ही लानी होगी।'' मेरी बात सुनकर वह वहीं रुक गया और फिर बोला, ''सर!''

''अब क्या हुआ, क्या पैसे नहीं है?''

''नहीं दादा! यह बात नहीं है।''

''फिर क्या बात है, कहो न?''

''बाहर आपसे कुछ लोग मिलने के लिए आये हैं।''

''इसमें इतना सोचने की क्या बात है! कौन हैं? पहले क्यों नहीं बताया। जा उन्हें अन्दर लेकर आ और उनके लिए भी चाय ले आना।''

''दादा! कॉलोनी के ही लोग हैं उनके लिए भी...।''

''क्यों कॉलोनी के लोग, लोग नहीं होते। जा जो कहा है वही कर।''

''होते हैं सर! पर ...!''

''तुझे आज हुआ क्या है, घबरा क्यों रहा है? क्या किसी के साथ तेरा कोई लफड़ा हुआ है।

''नहीं, ऐसी कोई बात नहीं है, वह काफी लोग हैं।''

''कोई बात नहीं। उन्हें अन्दर भेज दे, तू चाय ले आ।''

बृजेश के साथ दस-बारह लोगों को देखकर मुझे अन्देशा हुआ कि कहीं हमारे 'अक्स' के बच्चे कुछ ऐसा तो नहीं कर गुज़रे जिसकी शिकायत लेकर यह लोग इकट्ठा हो कर आये हैं। लेकिन उनके नज़दीक आने पर मुझे समझते देर नहीं लगी कि यह लोग किसी अपने ही मसले को लेकर आये हो सकते हैं क्योंकि इनमें से किसी का बच्चा हमारे 'अक्स' में शामिल नहीं है। लेकिन फिर भी अन्देशा बना रहा कि कहीं हमारे बच्चों ने किसी को कुछ कह न दिया हो जिसकी शिकायत लेकर यह

लोग इकट्ठा होकर यहाँ आये हैं। बैठने के बाद भी वे लोग कुछ देर चुप रहे और एक-दूसरे का मुँह देखते रहे। उनका चुप रहना मेरी परेशानी बढ़ा रहा था। इस बीच बृजेश चाय लेकर आ गया। मैंने राहत की साँस ली। उन्हें जैसे बात करने का ज़रिया मिल गया हो। उनमें से एक ने कहा, ''ई की कोनो मतलब नाही हम न चा पीवें, आप परेसानी न उठावें, हम न पीवें।''

इतना कहने के साथ ही सबने गिलास थाम भी लिये। चाये पीते हुए एक बोला, ''सर जी, हम राम खिलावन। हम तोहरे हियां एक काम ताईं आयेन हिन।'' मैंने अनमने मन से कहा, ''कहिए! मैं क्या कर सकता हूँ। मैं यदि आपके किसी काम आ सकता हूँ तो इसमें मुझे खुशी ही होगी। कहिए, क्या कहना चाहते हैं आप, मेरे बस में अगर होगा तो में ज़रूर करूँगा, बस के बाहर की बात होगी उसके लिए तो मैं माफ़ी चाहूँगा।''

उनमें से एक शख़्स मेरी बात का जवाब देते हुए बोला, ''लो जी, यह तो तोहरे बस की ही बातां है। तोहरे कहिन से हमार घरां में बिजली के मीटर लागे, तुम्हारे कहिन से ही यह काम होईगवा, हमका बिजली मिल गयी, कुंडी डालने की जोखिम से निजात दिलाये हन हमका, जों चाहीं मिल होई गवा।''

उसकी बात सुनकर मैं कुछ देर चुप रहा। मुझे हैरानी हो रही थी कि अब किस काम को लेकर यह लोग मेरे पास आये हैं। मैंने कुछ देर चुप रहने के बाद कहा, ''आप क्या कहना चाहते हैं, मैं आपके लिए क्या कर सकता हूँ, बोलिए।'' थोड़ी देर हमारे बीच से लफ़्ज़ ग़ायब रहे। लेकिन उनकी आँखें एक-दूसरे को कुछ कहती रहीं। मुझे यह माहौल भारी लग रहा था। भले ही मेरे लफ़्ज़ों में कुछ लफ़्ज़ झूठ के भी थे लेकिन मैंने झूठे लफ़्ज़ों के सहारे बात को आगे बढ़ाया, ''देखिए, जो बात है वह बेधड़क हो कर कहिए, डरने की ज़रूरत नहीं है। यदि मेरे बच्चों ने कोई आपकी पसन्द का काम नहीं किया या उन्होंने आपको किसी वजह से तंग किया है तो उन्हें सज़ा ज़रूर मिलेगी।''

मेरी बात सुनते ही उनमें से एक बोला, ''सर जी, हम किसना, नाहीं नाहीं सर जी! ऐसी कोनों बात नाहीं हन, हम तो तुहार लागे यह कहिन आये हैं कि हमारी इस कॉलनी के इलैक्सनवा हैं और हम यह चाहत रहिन...'' वह इतना कह चुप हो गया। उसकी बात को पूरा करते हुए एक जवान-सा दिखने वाला लड़का बोला, ''सर जी, मैं बिनोद। देखिए, हम चाहते हैं कि आप हमारी ओर से खड़े हो जाएँ। हमारे पास अपना वोट बैंक हैं। यदि आप हमारे साथ रहेंगे, तो कुछ और लोग भी आ जाएँगे, ऐसा भी हो सकता है कि आपके रहते फिर कोई दूसरी ओर की पार्टी से खड़ा ही न हो।''

मैं उसकी बात सुन कर हैरान रह गया। यह बात तो मैं ख़्वाब मे भी नहीं सोच

सकता था। मैं थोड़ी देर चुप रहा फिर बोला, ''देखो, मैं वैसे आपके साथ हूँ। आप जिस तरफ भी चाहेंगे मैं उसी तरफ अपना वोट भी दे दूँगा, लेकिन मुझे इस पचड़े से दूर ही रखिए तो बेहतर होगा और आज तक जो आप का नेता है वह ठीक तो है।''

''खाक ठीक है सर जी! मैं बुधना। बिजली थारे कैहणे ते आई म्हरे घरां, म्हरे सारे मसले आप सुलझातें हैंगड़े, थमको तो दारू चाहिए रोज़, आप भी सुणते हैंगड़े किदां आपणी घरांवाण्लियां कूं मारता हैंगड़ा।''

''वह तो आप सभी मारते-पीटते हो और दारू भी आप सभी पीते हो तो सिर्फ उसी का नाम क्यों ले रहे हो?''

''सर जी, जिदां तों कहिंगड़ कदाईं करेंगें। सर जी, हमार दिल न तोड़ें।''

''देखिए, मैं चुनाव लड़ना नहीं चाहता। इसके लिए मुझे आप माफ़ ही करें तो बेहतर होगा। वैसे मेरे से जो बन पड़ेगा वह मैं आपके लिए या फिर इसे यूँ समझिए, इस बस्ती के लिए करूँगा। लेकिन आप मुझे चुनाव के चक्कर में मत डालिए। मेरा यह काम नहीं है। यह बस्ती आपकी है आप इसके मालिक हैं, आप ही को इस की बागडोर सँभालनी चाहिए।''

''सर जी! तुम भी तो अपना हैंगड़ा।'' यह बुधना था।

''देखिए, यह सब बातें हम न करें तो ही बेहतर होगा। आप वैसे ही चुनाव करें जैसे पहले किया करते थे। मेरी ज़रूरत जहाँ होगी उस समय मैं ज़रूर आपके बीच रहूँगा। मैं आपके साथ हूँ, साथ रहूँगा। आप फ़िक्र न करें। कोई काम आप लोगों के बस का नहीं होगा, अगर मेरे बस में हुआ तो मैं ज़रूर आपका वह काम कर दूँगा।'' इतना कह मैं उनकी तरफ देखने लगा।

''सर जी! दस साल से इसी बस्ती में रह रहा हूँ। जब से यहाँ आया हूँ, तभी से देख रहा हूँ कि हमारी आवाज़ किसी ने नहीं सुनी। जब से आप आये हैं, तब से यहाँ बहुत कुछ बदला है। आप हमारा दिल न तोड़ें। बात यह है सर जी कि आज कल ऊपर कांग्रेस का राज है। इस बार यहाँ से कांग्रेस नहीं आएगी तो अकाली आवेंगे, भाजपा इधर से कभी बहुमत ले नहीं पाएगी, माने, उसका राज कभी यहाँ आएगा ही नहीं। हमारी कॉलोनी का आदमी भाजपा का आदमी है। हम ऐसा आदमी चाहते हैं जो पार्टी की नहीं, हमारी बात करे। इसलिए हम आप के पास आये हैं क्योंकि सर जी, यह तो आप भी मानते हैं न कि ऊपर जिस पार्टी का राज होगा, उसी पार्टी का आदमी काम करवा सकता है। इसलिए आपके पास हम आये हैं।'' यह बिनोद था।

''देखिए, मैंने पहले भी कहा है, अब फिर कहता हूँ कि जो मेरे बस में होगा वह काम मैं करूँगा ही। इसके लिए मुझे चुनाव लड़ने की कोई ज़रूरत नहीं है। यह आप की कॉलोनी है। इसका सरगना आप में से ही होना चाहिए और मैं तो न कांग्रेस से हूँ

न अकाली हूँ, न ही भाजपा का आदमी हूँ। यह आपने कैसे सोच लिया कि मैं कांग्रेस का आदमी हूँ।'' कहने को तो मेरा दिल चाह रहा था कहूँ कि मैं तो थियेटर वाला हूँ लेकिन मैंने इतना ही कहा। मेरी बात सुनकर कुछ देर सब चुप रहे फिर राम खिलावन ही बोला, ''सर जी, जैसा आप कहिबें वैसा हम करिबे, आप जोन भी पाल्टी के हन इससे कौनो बात नाहीं।'' अभी राम खिलावन की बात ख़त्म नहीं हुई थी कि बुधना एकदम से बोल पड़ा, ''सरजी तुम्ही अपणा हैंगड़ा हमारियां दिक्कतां ऊपरां तई पहुंचाई के उन कूं दूर कर सकतें हैंगड़े, आप कोई भी पाल्टी हों सर जी, आप हमारी बातां न टालिए।''

''देखो, आप बात समझने की कोशिश करें। आपकी हर मुसीबत मेरी भी मुसीबत है। उसमें मैं आपके साथ हूँ यह मैं पहले भी कह चुका हूँ कि मैं अगर आप का किसी तरह का कोई भी काम कर सकता होऊँगा तो मैं करूँगा ही। इसके लिए मुझे इलेक्शन लड़ने की कोई ज़रूरत नहीं है।'' मैंने साफ तौर पर उन्हें कह दिया कि मैं उनकी इलेक्शन वाली बात नहीं मान सकता। वह मेरी बात समझे या नहीं लेकिन जाते हुए उनके पैर भारी और चेहरे मायूस थे। मुझे अपने आप पर झुँझलाहट हुई। मुझे लगा कि कहीं-न-कहीं मेरी कोई ग़लती ज़रूर रही होगी कि उन्हें ऐसा लगा कि मैं इस बस्ती का सरगना बनना चाहता हूँ या फिर बनने आया हूँ। मैं नहीं जानता, उनके दिल में यह ख़्याल क्यों और कैसे आया।

मैं पिछले कितने दिनों से द्वन्द्व में हूँ और कोई फ़ैसला नहीं ले पा रहा हूँ। क्या करूँ और क्या न करूँ की, ऐसी हालत लगातार बनी हुई है और जाने कितने दिन और ऐसे ही निकल जाएँ, कौन जाने! मैं भूल गया था कि जिन लोगों के बीच इन दिनों मैंने अपनी दुनिया बसाई है वह लोग कुछ-न-कुछ उम्मीदें मुझसे लगाये बैठे हैं। या इसे यूँ कहना ज़्यादा सही होगा कि मेरे आने से उन्हें एहसास हुआ कि कुछ सहूलियतें उन्हें भी मिल सकती हैं। ज़रूरत इस बात की है कि उन्हें हासिल कैसे किया जा सकता है। इन झुग्गियों में रहने वाले बाशिन्दे ऐसा समझने लगे थे कि मेरे पास उनकी हर मुश्किल का हल है। जबसे उन्होंने मेरी देखा-देखी कुंडी डाल कर बिजली की सहूलियत हासिल की थी और बाद में उन्हें वही सहूलियत बाक़ायदा मिल भी गयी। तब से वह अपने हर छोटे-बड़े मसले लेकर मेरे पास आना शुरू हो गये थे। शुरू-शुरू में यहाँ का नेता इस बात से काफी परेशान भी हुआ था। लेकिन धीरे-धीरे वह ख़ुद भी मुझसे मशविरा लेने आने लगा। यह अलग बात है कि यहाँ गुरबत है लेकिन इसके साथ-साथ इन लोगों ने अपने हर तरह के छोटे-मोटे सुख, आराम और सहूलियत का सामान भी जुटाया हुआ है। कपड़े धोने की मशीन, कूलर और मिक्सर से लेकर म्युज़िक सिस्टम तक यहाँ दिखाई दे जाएँगे और इसके साथ-साथ रोज़ कैसे भर पेट खाना मिल पाएगा इसकी भी जद्दोजहद करते यहाँ लोग मिल जाएँगे। यह

एक अलग ही दुनिया है। देह व्यापार से लेकर हर तरह के नशे का धन्धा भी यहाँ बिना किसी डर से पनप रहा है। यह सारी बातें जिन्हें सुसंस्कृत कहलाने वाले लोग जुर्म मानते हैं। इनके लिए आम-सी बात है। पुलिस को 'हफ्ता' देना या फिर किसी काम को करवाने के लिए या कुछ पैसा पाने के लिए औरत का सौदा करना, इनके लिए एक-सी बात है। मेरी हैरानी की हद तो उस दिन पार कर गयी थी जब पड़ोस में रहने वाली रामदई ने आकर बड़े आराम से कहा था—"साब जी, किसी चीज़ की भी जरूरत हो तो हमें बोलिएगा।" उसका इशारा समझ कर भी मैं अनजान बना रहा था। जबकि बंसी काका ने तो साफ शब्दों में ही कह दिया था— "औरत की तलब हो तो हमें बोलिए साब।" और मेरे सामने शराब की थैलियाँ रखकर बोला था— "यह रखिए साब जी, बाज़ार से सस्ती हम देंगे। हमें बोलिए कितनी चाहिए होंगी? हम रोज़ दे जाया करेंगे।" मैं उनकी हरकतों को देखकर भौंचक्का-सा रह गया था। मैं सोचने लगा था कि इन्हें ऐसा कहने में तनिक भी ख़ौफ़ नहीं आता। यह मुझसे इस तरह की बातें कैसे कर सकते हैं? क्या इन्हें यकीन है कि मैं इनकी अच्छी-बुरी बातों में शामिल हो सकता हूँ। क्या यह ऐसा समझ बैठे हैं कि इनकी ग़ैर कानूनी बातों को भी मैं आसानी से मान लूँगा? क्यों इस तरह की सारी बातें मुझसे इतनी आसानी से कर लेते हैं? इन्हें मुझसे ऐसा कुछ भी कहते हुए ख़ौफ़ क्यों नहीं आता? मैं जानता तो था कि हर तरह का काम यहाँ होता है, लेकिन मेरे तक आने की इन्होंने हिम्मत कैसे की? मुझे इस बात की हैरानी और परेशानी भी थी कि इतने दिनों से मैं यहाँ हूँ, अब इन्हें यकबयक क्या हो गया? यह लोग मेरे साथ ऐसा क्यों बर्ताव कर रहे हैं? ऐसा मेरा कौन-सा अन्दाज़ है जो इन्हें ऐसी बातें करने के लिए उकसा रहा है?

आज मैं काफी उदास था। पिछले कल की बातें मुझे परेशान किये दे रही थीं। इन दिनों अम्मी का रवैया भी मेरी समझ के बाहर होता जा रहा था। जाने केतकी और अम्मी में कैसी गुफ़्तगू चल रही थी! आजकल मुझसे ज़्यादा केतकी की अम्मी से बन रही थी।

इन दिनों मेरे पास कोई काम भी नहीं है। पैसे की तंगी उस तरह की तो नहीं थी जैसी पहले थी लेकिन ऐसा भी नहीं था कि अब हमें पूरी तरह से फ़िक्र से निजात मिल गयी हो, हालाँकि अम्मी ने इस वक़्त घर का सारा खर्चा अपने ऊपर ले लिया था। लेकिन बच्चों की ज़रूरतें तो मुँह बाये वैसे ही खड़ी थीं।

इस वक़्त बृजेश बच्चों को लेकर प्लाज़ा के सामने नाटक करने गया है। देखते हैं, आज उन्हें कितनी क़ामयाबी मिलती है। मैं अपने में ही खोया हुआ था कि अम्मी ने मुझे आगाह करते हुए साक्षी के आने की बात की। यह सुनकर मेरा ताज्जुब करना

लाज़मी ही था क्योंकि जब से उसने नाटक स्टेज करने की बात की है तब से वह ऐसे ग़ायब हुई जैसे बजट आने से पहले बाज़ार से चीज़ें ग़ायब होना शुरू हो जाती हैं। मैं कितनी देर उसकी तरफ हैरानी से देखता रह गया। मुझे अपनी तरफ इस तरह देखकर साक्षी की बड़ी-बड़ी कजरारी बोझिल आँखें झुक-सी गयीं और उसी तरह मुझसे नज़रें मिलाये बिना ही बोली, "तुम इस तरह मत देखो, मोहसिन ख़ान! मैं किसी ऐसे काम में ही फँस गयी थी जहाँ से आना ही मुश्किल था। जब तुम सुनोगे तब तुम्हें भी मेरा गैरहाज़िर रहना इतना बुरा नहीं लगेगा जैसे अब लग रहा है।"

"वल्लाह! जवाब नहीं तुम्हारा... लेकिन साक्षी! कितनी भी ज़रूरी बात हो, जब तय हो गया था कि कल से रिहर्सल शुरू है तो इसका मतलब था कि कल से काम शुरू। मैं काम में कोताही बर्दाशत नहीं कर सकता क्योंकि ज़िन्दगी में रोज़-ब-रोज़ कुछ न कुछ ऐसा होता रहता है जिसकी तरफ ध्यान देना लाज़मी लगता है और हम जब थियेटर को सैकेंडरी मान कर चलते हैं तब ज़िन्दगी की छोटी-से-छोटी बात भी ज़्यादा अहम लगने लगती हैं। पहले तुम यह तय कर लो कि तुम्हारी प्राथमिकता क्या है!"

"देखो तुम किसी को सुने बगैर कैसे ऐसा सोच लेते हो, मेरी बात तो सुनो।"

"तुम क्या कहोगी, यही न कि मेरे फलाँ सीरियल की शूटिंग आ गयी थी या फिर मुझे एक नया सीरियल मिला है और मैंने उसके लिए काम भी शुरू कर दिया है। इन बातों का मुझ पर कोई असर नहीं होने वाला। फिर तुम रहो न उसी जगह, यहाँ क्या करने आयी हो?"

"देखो मोहसिन ख़ान! अब तुम मुझ पर ज़्यादती कर रहे हो और हवा में बातें फेंक रहे हो। जब तुम इस तरह का बर्ताव करते हो तब मुझे तुम पर बहुत तरस आता है। इस समय भी तुम्हारी बातें मुझे कुछ-कुछ ऐसा ही आभास दे रही हैं। तुम मेरी बात सुनोगे नहीं तो कैसे जान पाओगे कि सच बात क्या है!"

"बोलो, तुम क्या कहना चाहती हो। मैंने तो पहले ही कह दिया था कि मेरे साथ यह सब नहीं चलेगा कि एक दिन आ गये फिर चार दिन ग़ायब हो गये।"

"तुम ठीक कह रहे हो परन्तु तुम मेरी बात सुनो भी, क्या मैं अब बोलूं?"

"हाँ, कहो न क्या कहना चाहती हो, लेकिन मेरी बात को ज़ेह्न में रखकर ही बात करना।"

"सुनो! नाटक-मंचन के विचार से पहले ही मैंने इसी नाटक के सिनॉपसिस टी. वी. चैनल के लिए भेजे थे। वह स्वीकृत हो गये हैं इसलिए हमें इसके पाँच पायलट बना कर भेजने हैं...!

"रुको, रुको साक्षी!! यह प्रोजेक्ट तुम्हारा है, हमारा नहीं, हाँ अब बोलो।"

"क्या बोलूँ मोहसिन ख़ान! तुमने तो बात ही समाप्त कर दी। अब मैं क्या कहूँ

तुम्हें।''

''चलो बताओ, क्या कहना चाहती हो, बोलो।''

''मैं सोचती थी कि इस नाटक के जो प्रायोजित शो हैं उन्हें निपटा कर फिर यह काम भी शुरू कर दिया जाये तो हर्ज़ ही क्या है!''

''देखो साक्षी! तुम भूल क्यों रही हो कि यह दोनों मीडियम अलग-अलग हैं। फिर तुमने यह कैसे सोच लिया कि यह दोनों काम एक साथ हो जाएँगे।''

''एक साथ कब कह रही हूँ मोहसिन खान! तुम किसी की बात तो सुनते नहीं हो। मैं यह कह रही हूँ कि नाटक करने के बाद हमें एकदम से सीरियल शुरू करना है।''

''फिर वही बात, हमें नहीं, तुम्हें।''

''नहीं मोहसिन खान, इस बार तो तुम भी हमारी टीम में हो और निर्देशन भी तुम्हें ही करना है। मैंने बाकी सारा इन्तज़ाम कर लिया है।''

''ठीक है तब की तब देखी जाएगी, पहले तो नाटक की तैयारी की फ़िक्र करो।''

''ठीक कहते हो मोहसिन खान! अभी मैं चलती हूँ ,एक घंटे तक ही सब लोग आ पाएँगे, तब तक मैं भी आ जाऊँगी, हाँ, तुम्हारे लिए मैं यह कुछ पैसे लेकर आयी थी, लो।''

''कितने हैं?''

''फ़िलहाल तो दो हज़ार हैं जल्दी ही और भी दूँगी।''

''यह क्या साक्षी! मैंने तो तुम्हें पहले ही कहा था कि आधे पैसे पहले लूँगा, फिर यह क्या तुम मेरी झोली में भीख डाल रही हो?''

''कैसी बातें कर रहे हो मोहसिन खान! मैं कहीं भागी नहीं जा रही हूँ और फिर जब मैंने रोज़ ही यहाँ आना है तब चिन्ता किस बात की! कुछ दिन ठहर जाओ, बाकी पैसे भी दे दूँगी। अब तो हमारा साथ काफी दिन रहने वाला है, नाटक के बाद सीरियल की तैयारी भी तो करनी है।''

''तो क्या तुम इन्हीं पैसों से सारा काम निपटाना चाहती हो?'' मेरे लफ़्ज़ों में व्यंग था जिसे सुन साक्षी का बौखला जाना मामूली-सी बात थी। वह तेज़ी से बोली, ''मैंने ऐसा तो नहीं कहा, तुम इतने शंकालु क्यों हो रहे हो, वक़्त तो आने दो। उसका पैसा भी अलग से मिलेगा।''

''ठीक है साक्षी! उसूल तो उसूल ही होते हैं। काम शुरू करने से पहले ही सारी बातें तय हो जानी चाहिए ताकि बाद में कोई गिला-शिकवा न रहे और दोस्ती भी क़ायम रहे।''

''हाँ हाँ, मोहसिन खान क्यों नहीं! नाटक मंचित हो जाने के बाद वह सब भी

तय करके ही काम शुरू करेंगे। अभी तो मुझे इसको सीरियल का रूप भी देना है।''

''पहले नाटक की तैयारी तो करें।''

साक्षी चली गयी लेकिन मैं जाने कितनी देर तक यही सोचता रह गया कि कैसे लोगों को वह सब मयस्सर हो जाता है। कैसे कुछ लोगों की बन्द आँखों से देखे गये ख़्वाब भी पूरे हो जाते हैं। यहाँ खुली आँखों से सोचे-समझे काम भी पूरे नहीं हो पाते।

साक्षी के जाने के बाद एक-एक कर अदाकार जुटने लगे और फिर इसी बीच साक्षी का मोबाइल आया कि वह रिहर्सल के लिए आ नहीं पाएगी। मुझे कोफ़्त हुई थी लेकिन मैं उसे क्या कहता, चुप ही रहा। सोचता हूँ कि कहीं मैंने ग़लती तो नहीं की उसके साथ काम करने की। कहीं ऐसा न हो कि वह सारा बोझ मुझ पर ही छोड़ जाये लेकिन अब किया ही क्या जा सकता है जब ओखली में सिर दे ही दिया है तो उसके अंजाम से क्या डरना। मैं तो सोचता था कि राजीव के साथ मिलकर काम हो जाएगा जबकि वह भी इसमें एक अहम रोल अदा कर रहा है लेकिन वह इस समय रिहर्सल में नहीं आया। इस तरह तो नाटक मुकम्मल होने से रहा। कैसे होगा यह सब। इसी सोच के बीच आये हुए अदाकारों ने नाटक की रीडिंग शुरू की।

केतकी अपना काम कर रही है। मैं अभी तक नहीं जान पाया कि वह कैसी है। एक तरफ से उसने मुझसे अपने आप को अलग कर लिया है लेकिन काम वह पहले की तरह ही कर रही है। जबकि मैं कहीं अन्दर से टूट-सा गया हूँ। मुझे लगने लगा है कि मेरी सारी ताक़त समेट कर वह अपने साथ ही ले गयी है। क्या ठीक है और क्या ग़लत, यह मैं बखूबी जानता हूँ। मैं किसी से क्या कह सकता हूँ।

जाने क्यों मैं सब पर अपना हक़-सा समझने लगता हूँ जबकि सबकी दुनिया अपनी-अपनी है और सभी को अपने मुताबिक जीने का हक़ भी है लेकिन राजीव और केतकी ने मुझे जिस दोराहे पर ला कर खड़ा कर दिया है वहाँ मेरे लिए कौन-सा रास्ता सही है, यही नहीं मैं समझ पा रहा। मैं एक ऐसी उलझन में फँस गया हूँ जिस से निकलना मेरे लिए दुश्वार है। आज मुझे लगने लगा है कि मेरा अलग कोई वजूद ही नहीं है, मैं केतकी और राजीव के बिना कुछ भी नहीं हूँ। यह हालात मेरे लिए अच्छे नहीं हैं लेकिन मैं जितना इनसे निकलने की कोशिश करता हूँ उतना ही और उलझता जाता हूँ। अगर राजीव स्कूल में होता है और मैं वहाँ पहुच जाता हूँ तो मुझे देखकर वह कहीं दूसरी तरफ निकल जाता है। इसलिए मैंने ही स्कूल जाना छोड़ दिया है। साक्षी ने और कोई अच्छा काम किया हो या न किया हो लेकिन मोबाइल देकर उसने मेरे आधे मसले हल कर दिये हैं। लेकिन मैं कितना मजबूर हूँ कि केतकी से राबता भी क़ायम नहीं कर सकता।

साक्षी के तैयार करवाए गये नाटक के शो हो गये। उनमें अन्दाज़े से ज़्यादा भीड़ जुटी जिससे उसके पूरे ग्रुप का जोश भी देखते ही बनता था। साक्षी को पैसा भी खूब मिला लेकिन हम पैसे से महरूम ही रहे, उसके लिय हम साक्षी का मुँह ही ताकते रह गये। अब जब साक्षी ने सीरियल की तैयारी शुरू कर दी है इसलिए उससे और पैसे की उम्मीद करना उसी तरह था जैसे गर्मी के दिनों में कोई अपने बाग़ीचे में कारनेशन फूल खिलाने की कोशिश करे, उसके लिए तो सर्दी की प्रतीक्षा करनी ही पड़ेगी। बस हम सब भी इस उम्मीद में उसके साथ काम करने लगे कि जैसे ही मैडम को टी. वी. से पैसा मिलेगा वैसे ही हम सबको भी पैसा मिल जाएगा। राजीव को साक्षी के साथ इस तरह का काम करना भी रास नहीं आ रहा था। वह कई बार मुझसे कह चुका था इस वक़्त और बातों की ओर तव्वजो देने की ज़रूरत ही क्या है लेकिन साक्षी जिस तरह अपनी बात पर अड़ी हुई थी, उसे देखते हुए यह फ़ैसला करना मेरे लिए मुश्किल था कि मैं उसके काम को इनकार कर दूँ। मैं दोहरी ज़ेह्नी कोफ़्त में फँसा हुआ अपने को महसूस कर रहा था।

बाजौक़ात कई मसलों पर फ़ैसला लेना दुश्वार हो जाता है क्योंकि अभी तक मुझे भी उसने दो हज़ार रुपये ही दिये थे। उसके बाद और कोई पैसा नहीं दिया था। भले ही सीरियल बनाने का तजुर्बा काफी जोश भरा था लेकिन यह नया मीडियम मेरे लिए चैलेंज भी नहीं था फिर भी साक्षी के साथ काम करना आसान बात नहीं थी। दिल चाहता था सब कुछ छोड़-छाड़ कर उससे किनारा कर लिया जाये लेकिन पिछले पैसे का न मिलना और नये पैसे की कशिश इतनी बड़ी थी कि कोई भी हाथ में आया काम छोड़ने के लिए मन तैयार भले ही होता हो, लेकिन उसे छोड़ नहीं पाता। मन में ढेर सारे शक़ और मजबूरी के साथ सब काम कर रहे थे। केतकी भी बराबर आ रही थी। उसके कास्ट्यूम को नाटक में दर्शकों ने बहुत पसन्द किया था लेकिन सीरियल के लिए तो वह सब को खारिज कर नये ही डिज़ाइन तैयार करना चाहती थी। पहले तो इसके लिए साक्षी मान ही नहीं रही थी लेकिन नये डिज़ाइन देखकर वह भी तारीफ़ किये बिना नहीं रही।

सीरियल के लिए जितनी इंडोर शूटिंग थी वह कुछ साक्षी ने अपने घर में और कुछ साथ के गाँव के एक पुराने घर में पूरी कर ली। अब आउटडोर शूटिंग करनी बाकी थी। लोकेशन जो देखी गयी थी, वह थी कसौली और उसके आस-पास का इलाक़ा।

मुझे रात भर नींद नहीं आयी थी। शायद मैं ज़्यादा ही जोश में था इस नये काम को लेकर। राजीव बेफ़िक्र हो सो रहा था। कुछ दिनों से शेखर उसके साथ नहीं था

और मैं यह बात पूछने की हिम्मत अपने में जुटा नहीं पा रहा था कि पूछूँ कि शेखर कहाँ है। यूँ उसका साथ छूटना हैरानी की बात नहीं थी। मैं शेखर को अब खोना नहीं चाहता था। वह हमारे हर अच्छे या फिर बुरे वक़्त में मददगार साबित हुआ है। मैं अपने अन्दर इस बात से बेचैनी महसूस कर रहा था कि कहीं उससे राजीव का कोई झगड़ा तो नहीं हो गया। यूँ भी मुझे अपने पर गुस्सा आ रहा था कि मैं हर छोटे-बड़े काम को लेकर सहज क्यों नहीं रह पाता। मेरी सारी रात पलकों में ही कटी थी क्योंकि मैं नहीं चाहता कि जो उपलब्ध है वह हमारी ही किसी ग़लती की वजह से वह हाथ से निकल न जाये। अक़्लमन्दी तो इसी में है कि उसे हम थामे रहें। लेकिन कौन रोक सकता है किसी को भागने से। हो सकता है कि उसकी मंज़िल वह न हो जो हमारी है। वैसे भी किसी की भी मंज़िल तय करने वाले हम कौन होते हैं। लेकिन रौशन हक़ीकत तो यह है कि कुछ दिनों से ज़बरदस्त बेसब्री मुझ पर तारी है। यूँ तो साक्षी के सीरियल का निर्माण विधा बेहद आकर्षक है। वह ललितकला के बारे में अच्छी जानकारी रखती है लेकिन उससे हमें जो अपेक्षाएँ हैं वह कभी उन पर पूरी नहीं उतरी। उसका सोचने का ढंग मेरी समझ से बाहर है। मै निष्पक्ष होकर सोचूं तो उसके साथ काम कग्ना हमारे लिए अच्छा ही रहा लेकिन हक़ीकत कुछ और ही है। यह भी अहम बात है कि हमारी त्रासदी सदा पैसा ही रही है, जिसके चलते हम समझौता करने के आदी हो गये हैं। अगर हमें पैसे की इस कदर तंगी न होती तो हम भी अपने सोचे हुए मन्सूबों में क़ामयाब होते और हम भी थियेटर के लिए अनुकूल वातावरण बना पाते। मैं यह भी समझता हूँ कि तब नाटक स्टेज करने के लिए हमें इतनी जद्दोजहद न करनी पड़ती। साक्षी ने भी दो हज़ार रुपया देने के बाद हमें और कोई पैसा नहीं दिया। फिर यूँ ही वक़्त बरबाद करने में मुझे कोई तुक नज़र नहीं आ रही थी। राजीव तो पहले भी नहीं चाहता था कि उसके साथ काम किया जाये लेकिन उसके नाटक की क़ामयाबी ने मेरे अन्दर जोश पैदा कर दिया था। मैं ख़्यालात की भट्टी में तप रहा था। मुझे कहीं से भी कोई सुकून देने वाली बात नज़र नहीं आ रही थी।

अब हालत ऐसी हो गयी थी कि जब भी साक्षी से पैसे के मुतल्लिक बात की जाती तो वह नज़रअन्दाज़ कर देती। आहिस्ता-आहिस्ता उसने पैसे के मुतल्लिक बात करने से भी इनकार कर दिया। मैं बड़े पेशोपेश में रहा कि अब मै क्या करूँ, आखिरकार हम सबने मिलकर यही फैसला लिया कि अब उसके साथ और काम न ही करें तो ठीक रहेगा। लेकिन क्या वह हमारा पैसा कभी देगी ही नही? मैं यही सोच-सोच कर पागल हुआ जा रहा था कि 'अक्स' के जिन मेम्बरान ने उसके साथ काम किया है उनको मैं कैसे पैसे दूँगा?

बृजेश जाग गया था। वह चाय लेने गया था। वह फिक्रमन्द है उसकी खाला कितने ही दिनों से बीमार चल रही है लेकिन ठीक से वह दवाई नहीं कर पा रहा। वह

सोच रहा था साक्षी से पैसा मिलते ही वह किसी अच्छे डाक्टर से बुआ का इलाज करवाएगा लेकिन साक्षी के दिल में न तो किसी के लिए रहम ही है न किसी की ज़रूरत को अपनी सहूलियत से ज़्यादा अहमियत ही देती है। बृजेश इन दिनों परेशानी से गुज़र रहा है क्योंकि वह जानता है कि मेरे पास भी उतना पैसा नहीं है कि मैं उसकी ख़ाला का इलाज करवाने में मदद ही कर दूँ। कुछ समझ में नहीं आ रहा था। मेरी तरह ही उसकी भी रात शायद आँखों में ही कटी हो।

बृजेश ने चाय और अख़बार एक साथ मेरे सामने रख दिये। वह चाय राजीव के लिए भी लाया था और राजीव को सोया देख बोला, "दादा, मैं चाय तो ले आया हूँ। यह तो अभी तक सोया हुआ ही है।"

"इसे सोया रहने दे। तू बता फिर क्या सोचा है?"

"मैं और क्या सोच सकता हूँ दादा! मैं आज फिर जाऊँगा साक्षी के पास, देखता हूँ कि वह कुछ पैसे दे दे।"

"हाँ यही ठीक रहेगा, मैं भी उसे कहूँगा।"

"ठीक है दादा! मैं यहाँ के सब काम निपटाकर बुआ के पास चला जाऊँगा। "

"नहीं तू अभी चला जा, काम का क्या है... सब होते रहेंगे।" मेरी बात सुनकर राजीव उठ गया और वह बृजेश से बोला, "पैसे के लिए साक्षी के पास जाने की ज़रूरत नहीं है। तू बुआ का इलाज करवा, पैसे की तू चिन्ता न कर। मैं और शेखर जब तक हैं, तुम्हें इस बारे में सोचने की ज़रूरत नहीं है। तू बेफिक्र होकर बुआ का इलाज करवा।" राजीव की बात सुन बृजेश कितनी देर हैरान-सा खड़ा देखता रहा। फिर राजीव ही बोला, "इस तरह क्यों देख रहा है, चाय ख़त्म कर और यह ले पाँच सौ रुपये बुआ को डाक्टर के पास ले जा।" बृजेश पैसे लेकर चला गया। मैंने अपना सारा ध्यान साक्षी से हटा कर अख़बार में लगाने की कोशिश की।

राजीव स्कूल जाने के लिए तैयार होने लगा।

मुझे अपनी तरह के फ़िक्र ने घेरा हुआ था और उनसे बाहर निकल नहीं पा रहा था। हालत इस तरह की हो गयी थी कि किसी काम में मन नहीं लग रहा था यहाँ तक कि कई दिनों से अख़बार भी ठीक तरह से नहीं देख रहा था लेकिन अचानक टी.वी. पर जो देखा, उससे दिल दहल गया। गुजरात में ख़तरनाक ज़लज़ला आया, जिसकी कवरेज टी.वी. दिखा रहा था। हज़ारों की संख्या में लोगों को अपनी जान से हाथ धोना पड़ा और माल-जायदाद का जो नुकसान हुआ उसकी तो गिनती ही नहीं की जा सकती। बरबादी ही बरबादी। लाशें ही लाशें। कुदरत का ऐसा कहर बरपा कि सब पायमाल हो गया, जो बहुत ही हौलनाक था।

जाने कितने लोग अपनों से बिछड़ गये थे। हमारी सारी अक़्लो-ख़िरद ख़तम हो चुकी थी। वहाँ के वाक़यात दिल को दहला देने वाले थे। केतकी ने अपने डांस प्रोग्राम से मिलने वाला सारा पैसा ज़लज़ले के शिकार हुए लोगों के लिए दे देने का फैसला किया और हमने 'एडस् जागरूकता समिति' से मिलने वाले पैसे के इलावा कई अन्य शो करके और पैसा इकट्ठा कर गुजरात भेजने का प्लान बनाया। दिल जज़्बात से भरा हुआ था।

इस वक़्त हमारी सारा ध्यान गुजरात पर केन्द्रित है और तय हुआ कि 'अक्स' के परचम तले अब हम जो भी प्रोग्राम करें वह गुजरात के लिए ही करें। 'अक्स' के मेम्बरान का ख़्याल है हम कुछ मनोरंजक प्रोग्राम तैयार करें। जिनसे पैसा इकट्ठा करना आसान होगा जिसकी हमें सख़्त जरूरत हैं। गुजरात का यह दुख सब का दुख है और सब इसके लिए अपनी-अपनी तरह जुट हुए भी हैं। मैं सोचता हूँ कि जो लोग इस हादसे के शिकार हुए हैं उन्हें फिर से नॉर्मल ज़िन्दगी जीने के लिए जाने कितना वक़्त लगेगा!

इस सारे हालात में राजीव की काम करने की ताक़त बढ़ गयी। वह 'अक्स' के सदस्यों के साथ मिलकर ज़लज़ले से प्रभावित लोगों के लिए सामान इकट्ठा करने में जुट गया और कहता है कि वह खुद ही जाएगा वहाँ। उसने अपने को इस काम में इस तरह मसरूफ़ कर लिया है कि वह दूसरी सारी बातें भूल-सा गया। राहत का काम जारी था फिर भी अभी बहुत कुछ करना बाक़ी था। दिल बेसहारा बच्चों के लिए बेचैन था लेकिन हमारे ज़राये इतने कम थे कि हम चाह कर भी इस कुदरती बरबादी से लड़ने में अपनी कोई ख़ास हिस्सेदारी नहीं डाल सकते थे।

मेरी आँखों के सामने उस बच्चे की आँखें जो अपने गिर चुके मकान की टूटी दीवार के सहारे बैठा अपने माँ-बाप की वापसी के इन्तज़ार में था, रात-दिन मेरा पीछा करती रहती। जाने वहाँ कितने ही ऐसे उदास थे। मैं सोचता कि क्या ख़ता थी उनकी जो इतनी बड़ी सज़ा ख़ुदा ने उनके नसीब में लिख दी। आधी सदी से भी ज़्यादा पहले इनसानियत के मर जाने से बरबादी का जो खेल खेला गया था जिसके चलते जलावतनी का सितम झेला था दो कौमों ने, पर आज इस जलावतन को किसका नाम दिया जाएगा? या अल्लाह! ऐसा दुख़... ऐसा सितम... किस ख़ता की सजा है यह वहाँ के लोगों को? वहाँ अब घर कब और कैसे बस पाएँगे, क्या गोद लिये बच्चों के दिलों में उसी तरह मुहब्बत के बीज बोये जा सकेंगे जैसे नार्मल जीवन में होते हैं?

हम सब सोज़े-दारूँ से गुज़र रहे थे। ख़ौफज़दा और मज़्लूम थे। लेकिन हम आजिज़ थे। मुझे ऐसा एहसास होता कि मेरे चारों तरफ अन्धेरा ही अन्धेरा है। हम कर भी क्या सकते थे? पैसा और ताक़त दोनों चीज़ें, जिनकी वहाँ ज़रूरत थी, हमारे पास दोनों की कमी थी। जितनी थी वह ऐसे ही थी जैसे समन्दर में एक क़तरा पानी की

हैसियत होती है। ऐसे मुश्किल हालात में भी जब देखने-सुनने में आती है ख़ुदगर्ज़ी से पैदा हुई बातें, तो दिल में एक साथ कई हज़ार कैक्टस के काँटों की चुभन तारी हो जाती है। सवाल उठता है, क्यों लोगों ने अपनों की लाशों को ही पहचानने से इनकार कर दिया? किस ताक़त की गिरफ़्त में आकर लाशों से ज़ेवरात उतारने को कुछ लोग आमादा हुए? राहत की चीज़ों को कैसे और किन लोगों का दिल हुआ अपने ही घर ले जाने का? यह कुछ सवालात हैं जो मुझे तंग करते रहते हैं। शायद इसलिए कि मैं बेहद कमज़ोर आदमी हूँ। मैं जो कुछ करना चाहता हूँ वह कर नहीं पाता। वह सारी बातें जो मेरे ज़ेहन में कुलबुलाती रहती हैं, उन्हें मैं अमली जामा नहीं पहना पाता। ले-दे कर कुछ कर सकता हूँ तो वह थियेटर ही है लेकिन एक नाटक तैयार करने की ही ताक़त जिसमें न हो और जितना पैसा एक नाटक तैयार करने में खर्च होता है उतना पैसा भी उसके स्टेज होने से निकाल न पाता हो, ऐसी हालत में नाटक से वाबस्ता लोग कैसे ले सकते हैं किसी की मदद करने का ख़्वाब, जहाँ अपना ही घर इससे पूरा नहीं होता? ऐसी बातें सोच-सोच कर मैं अन्दर ही अन्दर घुट कर रह जाता हूँ।

इन दिनों मेरा दिल उदास और लाचार है। मैं शिद्दत से महसूस करता हूँ कि कुछ ऐसा करूँ कि जिससे मेरा दिल पुरसुकून हो जाये। कभी सोचता हूँ कि एक बच्चे को ही गोद ले लूँ। क्या एक बच्चे को गोद लेने से यह मुश्किल हल हो जाएगी? लेकिन मैं आज सोचने को मजबूर हूँ कि बिना ज़राये का आदमी कितना लाचार होता है, इसे मैंने इन दिनों खूब भोगा है।

अम्मी मेरी उदासी से उदास थीं लेकिन उनकी जिरह बड़ी चलताऊ थी। वह मुझे एहसास कराती रहतीं कि कोई मरने वालों के साथ मर थोड़े ही जाता है, अपने को सँभालो और शादी करके घर-बार वाले बनो, तभी तुम्हें दुनियादारी का भी एहसास होगा। मुझे उनकी बातें कोफ़्त से भर जातीं। अम्मी इन सारे वाक़यात को समझना ही नहीं चाहती थीं और मुझे वह ख़ौफज़दा चेहरे चैन से बैठने नहीं दे रहे थे। गुजरात जैसा हादसा कहीं भी हो सकता है। उनका दुख उनके अकेलों का नहीं है पूरी इनसानियत का यह दुख है। इतनी-सी बात अम्मी समझना नहीं चाहतीं। एक मेरी अम्मी ही क्या बहुत से ऐसा सोचने वाले लोग हैं इस दुनिया में।

इसी बीच राजीव और शेखर ने मिल कर पैसा और कुछ सामान इकट्ठा कर लिया था। शेखर के कहने पर उसने बुद्धिजीवियों का एक संगठन तैयार कर लिया और अब वह यूँ ही इन्तज़ार में वक़्त बरबाद करना नहीं चाहता था। जाने उसमें कहाँ से बहुत-सी शक्ति आ चुकी थी। इसके बरक्स वह किसी की कोई बात सुनना नहीं चाहता था। इन दिनों वह मेरी समझ के बाहर होता जा रहा था। जबकि मैं यह चाहता था कि जो समितियाँ इस तरफ़ काम कर रही हैं उन्हीं के साथ मिल कर राजीव काम करे। लेकिन मेरी बात उसके सिर के ऊपर से गुज़र गयी। राजीव यह चाहता था कि

वह खुद 'भुज' जाएगा लेकिन मैं चाहता था कि रैडक्रास के हवाले यह सारी चीज़ें कर दी जाएँ लेकिन राजीव नहीं माना। उसने डॉ. जगदीश, जो हमारे 'अक्स' से जुड़े थे, शेखर और दूसरे मेम्बरान के साथ मिलकर भुज जाने की तैयारी कर ली। डॉ. जगदीश ने हमारी बहुत मदद की, दवाइयों के मामले से लेकर पैसे तक की। उसकी भी यही ख़्वाहिश थी कि वहाँ जाकर ही सारे हालात से वाकिफ़ होना चाहिए और फिर एक दिन वह इकट्ठा किये सामान के साथ गुजरात के लिए रवाना भी हो गये।

राजीव के जाने के साथ ही मुझ पर स्कूल को देखने की ज़िम्मेदारी और बढ़ गयी। इन दिनों मैं ज़्यादा वक़्त स्कूल में ही रहता हूँ। राजीव की ग़ैरहाज़िरी में मुझे वह काम काफी उलझाने वाला लगता है। यूँ हमारे 'अक्स' के दो मेम्बर बच्चों को पढ़ाने आते थे। फिर भी वहाँ का काम कुछ इस तरह का था कि सारा दिन वहीं गुज़र जाता था लेकिन धीरे-धीरे अब मुझे इसकी आदत-सी पड़ती जा रही है और एक तरह का सुकून मिल रहा है बच्चों के साथ। कभी मैंने इन बच्चों के लिए चिल्ड्रेन होम बनाने के बारे में सोचा था। लगता है इस स्कूल के साथ मेरी यह ख़्वाहिश भी पूरी हो जाएगी।

जब से शेखर और राजीव दोनों एक साथ भुज गये हैं तब से मैं सोच रहा हूँ कि इन दोनों का कैसा रिश्ता है? जब भी मैं इस बारे में सोचता हूँ तो सिहर जाता हूँ। वह लोग नहीं जानते कि इस तरह के रिश्ते की इजाज़त न तो कानून ही देता और न ही समाज। राजीव की यह चोट मेरे लिए इस तरह की है जिसकी भरपाई दरकिनार है। मैं कभी-कभी सोचता हूँ कि राजीव ज़ेहनी तौर पर मेरे करीब ही रहे। यह कैसे मुमकिन हो सकता है लेकिन वह क्यों नहीं नॉर्मल ज़िन्दगी जी सका। मेरी परवरिश में कहाँ ग़लती हुई, यह बात मेरी समझ के बाहर की बात है। रौशन हक़ीकत तो यह है कि ख़ौफ़ से भागे हुए आदमी की मंज़िल का ख़्याल भी उसके ज़ेह्न में बसा ख़ौफ़ ही करता है लेकिन राजीव के अन्दर किस बात का ख़ौफ़ है? उसके साथ भला कोई ज़बरदस्ती कर सकता है? यह काम तो उसके वालदेन भी नहीं कर सके तो और कौन कर सकता है। फिर क्यों वह ग़लत सोहबत में पड़ गया और शेखर को मैं कैसे कुछ कह सकता हूँ, उसके एहसानों के नीचे तो हम बुरी तरह दबे हुए हैं। या मेरे मौला! राजीव को सुकून दे। जब भी मैं इस मौज़ू के मुतालिक वाक़यात् के सिलसिले में अपने ज़ेह्न को टटोलने की कोशिश करता हूँ तब-तब मैं अपने को ज़ेह्नी तौर पर राजीव से वाबस्ता पाता हूँ। वह जिस तरह जीवन बिता रहा है वह मुझे पसन्द नहीं। यूँ वह मुझे तंगनज़र आदमी समझता है। मैं इन दिनों राजीव से बहुत-सी बातों से सहमत नहीं हो पाता हूँ लेकिन ऐसा चाहता हूँ कि ऐसी कोई बात हो जाये जिस से

राजीव नॉर्मल ज़िन्दगी जीने लगे।

मैं जब भी तनहाई में होता हूँ तब मुझे और भी ज़्यादा राजीव की फ़िक्र होती है। इन दिनों मेरा मन उखड़ा-सा रहता है। यूँ सारा दिन तो स्कूल में कट ही जाता है लेकिन राजीव की ग़ैरहाज़िरी तंग करती। पिछले दिनों राजीव और केतकी दोनों के यहाँ न होने से मुझे काफी अटपटा-सा लगने लगा है।

अब जबकि केतकी आ चुकी है। तो क्या उसे मेरे साथ स्कूल में नहीं होना चाहिए? लेकिन केतकी एक बार भी स्कूल नहीं आयी। वह हर रोज़ यहाँ आती भी है लेकिन जाने अम्मी के पास घंटों बैठी क्या करती रहती है, मैं जान नहीं सका। जाने उसकी यह क्या इच्छा है। मैं उसे आज तक नहीं जान सका। मैंने अलग-अलग पहलुओं पर ग़ौर किया है, मुझे ऐसा कोई ज़रिया नज़र नहीं आया जिससे मैं केतकी की ज़ेह्नी हालत जान सकता कि वह इस वक़्त चाहती क्या है। आजकल वह गाहेबगाहे मेरी शख़्सियत को सिफ़र करती रहती है। जबकि उसकी ज़िन्दगी में कोई तब्दीली नहीं आयी। यह अलग बात है कि उसकी शदीद ख़्वाहिश है कि मैं अब फिर कोई स्तरीय नाटक करूँ, लेकिन वह इस बात से भी वाकिफ़ है कि हम माली ऐतिबार से उतने आत्मनिर्भर नहीं हैं कि अपने सिर पर एक बड़ा नाटक स्टेज कर लें उसके लिए अभी भी हमें पैसे की मदद चाहिए। यह भी सच है कि वह जागरूक अदाकारा है। उसका ऐसा सोचना एक हद तक सही हो सकता है लेकिन मैं क्या करूँ? मेरे पास वह वसीला ही नहीं है जिसके ज़रिये मैं केतकी की स्तरीय नाटक करने की ख़्वाहिश को पूरा कर सकूँ। इसका मुझे ग़म भी है क्योंकि मैं केतकी से बेपनाह मुहब्बत करता हूँ। उसकी किसी बात को मैं कैसे ख़ारिज नहीं कर सकता। लेकिन वह मेरी इस ख़ामोशी के मायने ग़लत निकालती है। मैं हुस्ने-अख़्लाक के तहत उसे कुछ कह नहीं सकता। लेकिन यह भी सच है कि मैं ज़ेह्नी तौर पर उसे अपने बहुत करीब महसूस करता हूँ। फिर भी मैं उसकी तरह उससे निकाह करने की बात सोच भी नहीं सकता। जाने कैसे केतकी यह सब सोच गयी? इस बात के अर्थ जाने बिना यह अलग बात है कि मैं हमेशा उसका साथ चाहता आ रहा हूँ और उसे हासिल करने की कोशिश भी करता रहता हूँ लेकिन मैं यह भी जानता हूँ कि मेरी यह स्थिति भी नहीं है कि मैं केतकी से निकाह करने के बाद उसे खुश रख पाऊँ। जाने कैसे उसने मुझसे निकाह करने का फ़ैसला ले लिया और इस बात में अम्मी की भी पूरी रज़ामन्दी है, इससे भी इनकार नहीं किया जा सकता।

इन दिनों अम्मी और केतकी काफी खुश हैं। बात क्या है, मेरी समझ में कुछ नहीं आ रहा था लेकिन सिलसिला-ए-वाकियात कुछ इस तरह का था कि इन्तिहाई गहराइयों में जाकर भी मैं कुछ मालूमात नहीं कर पाया। हाँ, इन दिनों केतकी की खूबसूरती मेरे ईमान को डिगा रही है। वह किसी अधखिले फूल की तरह तरोताज़ा

और महक भरी! मुझे अपने पर क़ाबू रख पाना मुश्किल हो रहा है। अगर राजीव होता तो वह मुझे कुछ रास्ता बतला सकता था लेकिन उसने यहाँ से जाने के बाद हमसे कोई राबता ही नहीं रखा। वो यहाँ होता तो मैं दावे के साथ कह सकता हूँ कि मैं इस हालत में न होता।

शेखर और डॉ. जगदीश तो पन्द्रह दिनों बाद ही लौट आये थे। वहाँ से आने के बाद हर कोई राजीव के बारे में यही कहता कि 'राजीव अभी कुछ दिनों बाद लौटेगा।' डॉ. जगदीश के घर से भी यही सन्देश मिला था। मैं जानता हूँ कि इन दिनों राजीव को क्या ग़म है और वह जान-बूझ कर देर से आने का प्रोग्राम बना रहा है। अब अक्ल इसी में है कि मैं ऐसे ख़्यालात से निजात पाऊँ और केतकी से रूबरू होकर बात करूँ लेकिन मेरी सारी हिम्मत इस बात को सोचकर जवाब दे जाती है जो मुझे नज़र आ रही थी कि केतकी मेरी बात पर ग़ौर भी नहीं करेगी। मैं जाने कितनी देर इन ख़्यालात में लिपटा रहा।

कुछ ही दिनों में मेरे सामने बात साफ़ हो गयी कि केतकी और अम्मी के चेहरे इस कदर रौशन क्यों हो रहे हैं क्योंकि अम्मी की मुझे खूँटे से बाँधने की साजिश कामयाब हो गयी है। कहीं न कहीं मैं कमज़ोर पड़ा और अम्मी ने इस बात में मेरी भी रज़ामन्दी ले ही ली। भले ही इस साजिश में केतकी की पूरी हिस्सेदारी थी। जाने वह कौन से लम्हे थे कि मैं उनकी इस साजिश के घेरे में आ गया। मैं यह नहीं कह रहा कि इन दोनों ख़ातूनों ने मिलकर मुझ पर ज़बरदस्ती की है लेकिन यह भी सच है कि अब मैं भी चाहने लगा था कि हमारा निकाह हो ही जाये क्योंकि इस किस्से को कहीं न कहीं तो ख़तम होना ही है फिर निकाह ही क्यों न इसे ख़तम करे। शायद उस वक़्त मैं ख़ुद कमज़ोर पड़ गया था और अपने ख़ुद की सुरक्षा के लिए मुझे लगने लगा था कि केतकी से निकाह करना ही सही है। यूँ भी केतकी की ग़ैरहाज़िरी में ही मैं जान पाया था कि मैं भी उसे बेइन्तहा मुहब्बत करता हूँ शायद उतनी ही जितनी केतकी मुझे चाहती है। मैंने अनुमान लगाया कि मेरी रज़ामन्दी अम्मी के लिए अनेक तरह की खुशियाँ ले आयी। इन दिनों अम्मी की खुशी इधर-उधर बिखर रही थी।

आख़िर हमारे निकाह का दिन भी आ गया। दो दिन बाद हमारा निकाह होने वाला था। इन दिनों घर में चहल-पहल बढ़ गयी थी। फिरदौस के साथ खाला की बेटी आयी थी जबकि न ख़ाला ही आयीं और न अब्बू ही।

हम लोग याने कि अम्मी, आपा, फिरदौस, बृजेश और मैं मस्जिद में पहुँच गये थे निकाह के लिए। केतकी के घर से कोई नहीं आया था। उसकी तरफ से विनय विमल और साक्षी ही थे। मुझे यह सब अटपटा-सा लगा था कि क्या केतकी अपनी

ही मर्ज़ी से निकाह कर रही है? क्या उसने अपनी माँ की रज़ामन्दी नहीं ली है। यह बात मेरे दिल को कचोट रही थी। मैं चाहता था कि हमारे निकाह में दोनों घरों की रज़ामन्दी ज़रूर हो। मेरे घर से अब्बू का न आना और केतकी की माँ का न आना मेरे लिए यह बात बहुत गहरे अफ़सोस से कम नहीं थी। मैं नहीं जानता था कि इसका पस-मंज़र क्या है लेकिन इसके पीछे अगर मेरा मुस्लिम होना ही है, तो केतकी को कोई हक़ नहीं बनता कि वह मेरी ज़िन्दगी में किसी किसम का भी दख़ल दे। मैं अपने निकाह के मामले में किसी की भी रुसवाई बर्दाश्त नहीं कर सकता और इसका तो ख़्याल भी नहीं कर सकता कि हम दोनों निकाह करके किसी की दुश्मनी ही मोल ले लें। मैं इसी कशमकश में था कि केतकी से पूछूँ कि उसकी मम्मी निकाह में शामिल क्यों नहीं हुई? कि इसी वक़्त मेरा केतकी के साथ निकाह पढ़ने से क़ाज़ी ने इनकार कर दिया और बोला कि अगर जिसके साथ निकाह होने जा रहा है वह लड़की मुस्लिम नहीं है तो वह निकाह नहीं पढ़ सकता। क़ाज़ी की बात ने एक तरह से मुझे राहत ही पहुँचाई। क़ाज़ी की मेरे ख़ुद के लिए यह मेहरबानी ही है। एक बार तो मैंने यह भी सोच लिया कि चलो जान छूटी, अम्मी और केतकी की मेरे लिए की गयी साज़िश नाकामयाब रही।

उस दिन तो निकाह नहीं हो पाया और हम जैसे गये थे वैसे ही लौट आये और मैंने मुनासिब वक़्त देखकर केतकी से फिर कहा, "देखो केतकी ख़ुदा ने हमें एक और मौका दिया है, इस बात पर ग़ौर करने के लिए। तुम अपनी माँ को मनाओ, अगर वह नहीं मानतीं तो मैं नहीं समझता हमें शादी जैसा अहम फ़ैसला करना भी चाहिए।" मेरी बात सुनकर केतकी पेशगोइयां करती हुई बोली, "देखो खान, माँ एक दिन ज़रूर मानेंगी लेकिन आज ही मान जाएँ ऐसा वायदा मैं तुमसे नहीं कर सकती।" उस दिन बात यहीं समाप्त हो गयी।

लेकिन जब दो दिन बाद ही केतकी ने आकर कहा कि वह मुस्लिम बनने को भी तैयार है, तब मेरी हैरानी का ठिकाना नहीं रहा और इस बात पर भी मोहर लग गयी कि केतकी मुझसे बेइन्तहा मुहब्बत करती है। तभी वह अपना मज़हब तक बदलने को तैयार हो गयी है। मुझे तब यह भी एहसास हुआ कि मज़हब को लेकर होने वाले झगड़ों को अगर कोई चीज़ ख़तम कर सकती है तो यह मुहब्बत ही है और इस मुहब्बत के पैग़ाम को फैलाना ही अब हमारे 'अक्स' का बुनियादी मकसद होना चाहिए। इस सोच के साथ ही कि मुहब्बत ही है जो एक दूसरे को पास लाने का काम कर सकती है फिर मैं कैसे अकेली केतकी को लेकर निकाह करने की बात सोच गया। क्या मुहब्बत से उसकी मम्मी को और मेरे अब्बा को नहीं बदला जा सकता है। इस ख़्याल के आते ही मैंने भी तय किया कि मैं निकाह नहीं करूँगा जब तक केतकी की माँ और मेरे अब्बा इसमें शामिल नहीं होते। केतकी को अपनी मम्मी की इस बात

के लिए इजाज़त लेनी ही होगी।

लेकिन मेरे इतना ज़ोर देने पर भी किसी ने भी मेरे जज़्बे को किसी किसम की कोई अहमियत नहीं दी। विनय, साक्षी और अम्मी सभी ने केतकी की ही तरफ़दारी की। मैं सोचने लगा जाने-आने वाले लम्हे हम दोनों के लिए कैसे होंगे। यह अलग बात है कि मुझे भी उसकी चाहत थी लेकिन केतकी जिस कदर मुझ पर फिदा थी उस हद तक शायद मैं नहीं था। उसकी ज़िद के आगे मेरी एक बात भी नहीं ठहर रही थी। यह लम्हे मेरे लिए काफी तक़लीफ़देह थे। मेरी बात इस तरह अम्मी, केतकी, फिरदौस यानि कि सबके सर से उसी तरह फिसल गयी जैसे स्लाइड के टॉप पर पहुँचने वाला कोई भी बच्चा एक लम्हे के लिए भी वहाँ नहीं रुक सकता। मेरी कोई भी कही गयी बात उलटे घड़े पर पानी की कुछ बूँदों की तरह पड़तीं और लुढ़क जातीं। कोई भी मेरी हक़ीकत को नहीं समझ पा रहा था। मैं दिल से अम्मी और केतकी की इज़्ज़त करता हूँ। मैं आज़िज़ था और अम्मी के आगे गिड़गिड़ाया भी कि "अम्मीजान यह ज़िद आप छोड़ दें यह नाटक नहीं, हक़ीकत है।" लेकिन मेरे मुकद्दर में जाने क्या बदा था। मैं जितनी शिद्दत से इस बात की मुख़ालफत कर रहा था उतनी ही शिद्दत से अम्मी मुझ पर निकाह करने का दबाव डाल रही थीं। एक वक़्त था जब मैं तहेदिल से केतकी का साथ चाहने लगा था लेकिन आज जब वह मेरी होना चाहती है तब मैं उसके दर्द को नहीं कर पा रहा था क्योंकि मैं समझ रहा था कि हमारी यह नादानी हमारी बरबादी का सबब बन सकती है। मुझे इस बात की तल्ख़ी थी कि अम्मी भी मेरी बात समझ क्यों नहीं पा रहीं। केतकी के घर से किसी का भी शामिल न होना और मेरे अब्बा का न आना मुझे कोफ़्त से भर रहा था और यह सब लोग पागल हो रहे थे मेरे निकाह के लिए। जाने मैं कितना ज़ेहनी तौर से डरा हुआ हूँ कि जाने क्या हो जाएगा निकाह के बाद। कहीं केतकी के घर में कोई झगड़ा ही न पैदा न हो जाये। मैं नहीं चाहता कि हमारे निकाह से किसी के भी दिल में किसी भी तरह की रंजिश पैदा हो। चाहे वह हमारा कोई दुश्मन ही क्यों न हो। यह भी क्या बात हुई कि केतकी वह नहीं कर पायी जिसे मैं तहे-दिल से चाहता हूँ। मैं इस तरह से निकाह नहीं कर सकता, मुझे सबकी रज़ामन्दी चाहिए। लेकिन केतकी और अम्मी की मोर्चाबन्दी को मैं तोड़ नहीं पाया और अम्मी के आगे मेरी ऐसी शिकस्त हुई जिसकी कोई भी भरपाई नहीं है।

इस तरह मेरी मर्जी के बिना मेरा निकाह हो गया और सभी ने ऐसा ज़ाहिर भी किया कि निकाह करने की इस बात में मेरी ही रज़ामन्दी को सामने रखा गया है। इस बात ने मुझे कोफ़्त से भर दिया था और फिर एक बार तो मन किया कि मैं कह दूँ कि मुझे निकाह मंजूर नहीं, लेकिन मैं सबके सामने केतकी की तौहीन नहीं करना चाहता था। इस तरह अम्मी की मेरा निकाह करने की ख़्वाहिश मेरे इनकार करने के बावजूद

परवान चढ़ी। मेरे निकाह की सारी रस्में अम्नो-अमान से पूरी हो गयीं। हम जब मस्जिद से वापिस घर लौट कर आये तो घर का माहौल ही कुछ और था। बृजेश की बुआ ने आस-पास की कुछ महिलाओं को घर में बुला रखा था और वह शादी का गीत गा रही थीं। जिसमें फिर अम्मी भी शामिल हो गयीं। ढोलक की थाप के साथ बृजेश की बुआ की आवाज़ मेरे कानों का सफ़र तय करने लगी। बुआ गा रहीं थीं—

"लैलेही घोड़वा के ललाई काबुल,
सोने रूपे लागी लगाम
तहीं चढ़ी बैठे दूलहे राजा
चलि बहिनिया के देस।
भीतर से निकले हैं बहनोइया
पूछे दूलहे रमा से बात
कौन जरूर पड़ गयो
दूलहे रामा
आये बड़े भिन्नहार
अजहूँ रमा तिलक चढ़ावे
सदियों अहें निचकान।
नहीं जरूरत पड़ी
बहनोई आये बड़े भिन्नसार।
हम को चांहीं मोती हथनियां
म्हारे ललनवा को घोड़।"

'धनिया' कहने के साथ बुआ और अम्मी बुलबुला कर हँस पड़ीं फिर मेरी जानिब इशारा कर बोलीं, "आपा चांही दुलहे लैलेही...।"

नाच-गाने जाने कितनी देर चलते रहे। पंजाबी, हरियाणवी और न जाने कौन कौन-सी बोलियों के गीत-गानों के बीच हँसी-मज़ाक भी चल रहा था। मैं हैरान हुआ जा रहा था।

अब्बू नहीं आये, और उनका गुस्सा मेरे लिए वैसे का वैसा ही बना रहा और मेरे मन में इस बात का मलाल रहा कि क्यों अब्बा अपनी बात पर अड़े हैं जबकि बाकी सब लोग इस बात से खुश हैं।

केतकी को एक लाख की मेहर देकर अपने निकाह को परवान चढ़ाया था। निकाह की रसम ठीकठाक हो जाने पर या फिर अपनी ज़िद पूरी हो जाने की खुशी में केतकी ऐसे ही खुश थी जैसे छोटे बच्चे को उसका मनपसन्द खिलौना मिल जाने से जैसी खुशी होती है कुछ-कुछ उसी तरह की खुशी केतकी के चेहरे से टपक रही थी।

आपा ने मेरी झुग्गी को एक नयी ही शक्ल दे दी थी। मेरा कमरा पहचाना ही

नहीं जा रहा था कि यह वही कमरा है। इतने थोड़े वक़्त में जब तक हम मस्जिद में रहे उतनी ही देर में इसकी कायापलट कर आपा वहाँ मौजूद भी हो गयीं। मेरी हैरानी की हद नहीं रही। ज़मीन का बिस्तर हट चुका था उसकी जगह पर पलंग बिछ चुका था। ढेरों फूलों की ख़ुशबू ने कमरे में घुसते ही हमारा स्वागत किया। मैं हैरानी से सराबोर हो गया।

घर में खूब चहल-पहल रही सारा दिन। जाने अम्मी ने किन-किन लोगों को बुला रखा था! सब अपनी-अपनी तरह से खुशी ज़ाहिर कर रहे थे। मैं अन्दर तक डरा और सहमा हुआ था।

अभी दिन की रोशनी में थोड़ा सुरमई रंग घुला ही था और आस-पड़ोस से आये मेहमान विदा हो रहे थे। इस बीच मैंने ताज्जुब से देखा कि एक खिला हुआ चेहरा मेरी तरफ़ बढ़ रहा है। वह आते ही मुझसे बग़लगीर हुआ जैसे मुद्दत के बाद बिछुड़ा हुआ एहबाब मिला हो। वह इन्तिहाई गहराइयों से खुशी ज़ाहिर करते हुए बेइख़्तियार बोला, "मैं क्यों तुम्हें बधाई दूँ? क्या मेरे जाने का ही तुम्हें इन्तज़ार था?" लेकिन इस बात के बरक्स उसके चेहरे पर गुलों जैसी बहार थी। मेरे चेहरे पर उसे देख एक चौड़ी मुस्कराहट फैल गयी।

मैंने उसे और भी कस कर सीने से लगा लिया और बोला, "अब मेरा हमदम आ गया है, अब मुझे और कुछ नहीं चाहिए, सच जानना राजीव! मैं तुम्हारे बिना अपने को तन्हा समझ रहा था। मैं तहे-दिल से निकाह के वक़्त तुम्हारा साथ चाहता था लेकिन मैं क्या करता तुमने अपना कोई अता-पता ही नहीं छोड़ा था और फिर इन सब ने मेरी किसी भी बात को एहमियत नहीं दी।" राजीव हँसा और बोला, "अच्छा तो क्या तुम यह कहना चाहते हो कि यह सब कुछ तुम्हारी मर्जी के ख़िलाफ़ ही हो गया। इतना कहने के बाद उसके चेहरे पर भेद भरी मुस्कराहट फैल गयी।

इस समय मेरी सारी तवज्जो राजीव की तरफ ही थी। मैं कुछ कहना ही चाहता था कि राजीव ने मुझे आगाह करते हुए केतकी की तरफ प्रश्न भरी नज़रों से देखते हुए इशारा किया। केतकी हम दोनों की ओर प्यार भरी नज़रों से देख रही थी लेकिन यह प्यार कुछ पलों में ही ग़ायब भी हो गया और उसके वजूद पर एक अजीब किसम की बेहिसी तारी हो गयी। उकताहट भरे अन्दाज़ से बोली, "राजीव ही है, कोई और तो नहीं। तुम तो उससे ऐसे मिल रहे हो जैसे बरसों बाद कोई बहुत पुराना दोस्त मिला हो।" मुझे केतकी से ऐसी बात की अपेक्षा नहीं थी। लेकिन मैं और राजीव दोनों चुप ही रहे। मैं जानता था कि केतकी की बात करने का तरीका ठीक नहीं है फिर भी मैं राजीव को अपने से अलग करता हुआ बोला, "तू कैसे आ गया? तुम्हारे आने की बात तो किसी ने भी मुझसे कही नहीं। यूँ तो तुम ने आकर मुझ पर बड़ी मेहरबानी की है लेकिन अचानक कैसे आ गये अगर मुझे पता होता तू आने वाला है तो मैं तेरा

इन्तज़ार न करता?''

''यह सब बातें इस समय नहीं, फिर कभी। मैं अभी फ्रैश होकर आता हूँ।'' कहता हुआ राजीव कमरे से बाहर निकल गया।

अब मैं और केतकी कमरे में अकेले थे। लेकिन जिस केतकी से मैं दिल की बात बेधड़क कर लेता था आज वह मुझे अजनबी लग रही थी। उससे कोई भी बात करनी मेरे लिए मुश्किल हो रही थी। मैं इसी कशमकश में था कि हमारे बीच बातों का सिलसिला कैसे शुरू हो, तभी राजीव नहा-धो कर हमारे बीच आ गया। उसके चेहरे पर साफ़ शरारत टपक रही थी। आते ही बोला, ''देखो केतकी, तुम मुझे कुछ भी समझो लेकिन इतना तुम्हें आज ही जान लेना होगा कि मैं और खान एक जान हैं। फिर उसमें तुम्हारा दख़ल कहाँ और कितना होगा यह तुम्हें आज ही तय कर लेना होगा।'' जिस मज़ाक में उसने यह बात कही थी मैंने उसे उसी मज़ाक में लिया। लेकिन केतकी के चेहरे पर बेकार-सी पेशोपेश साफ़ दिखाई दे रही थी। राजीव ने उसे समझने में भूल नहीं की। उसे साफ पता चल गया कि केतकी मज़ाक के मूड में नहीं है। वह कुछ देर केतकी की जानिब देखता रहा, फिर बोला, ''इस कमरे में तो बड़ी घुटन-सी महसूस हो रही है। मैं कुछ देर बाहर खुली हवा में जा रहा हूँ। खान भाई! शब्बाखैर नहीं कह रहा, जल्द ही लौट कर आ रहा हूँ। हाँ केतकी, तुम इतमिनान रखो, तुम्हें यहाँ कोई मुश्किल नहीं होगी। तुम्हारी देखभाल करने को यह बन्दा सदा हाज़िर रहेगा। अच्छा चलता हूँ।'' मैं राजीव की हर्फ-हर्फ बातों से वाकिफ था कि उसके कहने का मकसद क्या है लेकिन मैं चुप ही रहा क्योंकि जाने कितने अरमान उसके दिल में मचल रहे होंगे। यह सब जानते-बूझते भी मेरे गले में तो आज फिर मछली का काँटा फँसा हुआ है। जाने कौन-सा डॉक्टर उसे निकाल पाएगा, न मैं किसी बात को करने का जोश अपने अन्दर महसूस कर रहा था और न केतकी की खुशी में शामिल ही हो रहा था। ख़ैर, केतकी की खुशी में एक छेद तो राजीव कर ही गया था।

मैं अब अम्मी और केतकी के बुने इस जाल में फँस कर तड़प रहा था। लेकिन मैं इतना बेबस हो जाऊँगा नहीं जानता था। सबर करने की ताक़त लगता था जैसे केतकी के रूपजाल में फँस कर पस्त हो चुकी थी। जिन्सी ख़्वाहिश मुझे उकसा रही थी। मैंने अपने बाजू केतकी के गले में डालते हुए खुशी को दुगना किया और फिर केतकी के साथ जिस्मानी तौर पर वाबस्ता भी हुआ। इस बात ने मेरे अन्दर एक अजीब से एहसास को भर दिया था। लेकिन दो रूहें उस दिन एक जान नहीं हो पायी थीं। शायद इश्क के कच्चे धागे की डोर कहीं बीच रास्ते में ही टूट गयी लगती थी। अनजाने में ही जाने कहाँ से एक फाँक हमारे बीच चुपचाप आकर फँस गयी थी। मेरे लिए केतकी का इतना कहना ही मेरे सारे ख़्वाबों को चुराने के लिए काफी था कि मैं

क्यों नहीं अम्मी के साथ बरेली चला जाता हूँ। यहाँ इस गन्दगी में क्यों पड़ा हुआ हूँ, इतनी जायदाद को छोड़ कर क्यों गुरबत में ज़िन्दगी बसर कर रहा हूँ। हाँ, वहीं रह कर थियेटर भी हो सकता है। यह निकाह के बाद केतकी की मेरे साथ हुई पहली बात थी। मेरा कहना था कि— ''मेरे लिए थियेटर दूसरे दर्जे की चीज़ नहीं है।'' लेकिन केतकी की समझ में शायद यह बात नहीं आ पा रही थी। या फिर वह इस बात को समझना ही नहीं चाहती थी। हमारी सारी रात इसी कशमकश में बीती। केतकी का सारा ज़ोर मुझे अम्मी के साथ जाने के लिए लग रहा था और मैं उसे समझाने की नाकाम कोशिश कर रहा था कि मुझे क्यों नहीं अम्मी के साथ जाना है और फिर मुझे लगा कि केतकी मेरी सारी दलीलों को नजरअन्दाज़ कर रही है।

मेरी इसी पेशोपेश में सारी रात गुज़र गयी कि ऐसी क्या बात हो गयी कि केतकी एकदम से इस तरह पेश आ रही है, जबकि सारी बात उसकी मर्जी के मुताबिक ही हुई है। यह उसकी चाहत कैसी है? जो मेरी समझ के बाहर है। इसके बरक्स केतकी ने अपने आप को गहरी नींद के हवाले कर दिया था। मैं सोच-सोच कर पागल हुआ जा रहा था कि जो उसे पहले कबूल था वह सारी बातें कि मैं किस तरह रहता हूँ या फिर मैं जो कर रहा हूँ उन सब बातों सें मुतास्सिर होकर ही तो मेरे साथ वह जुड़ी थी। फिर अब एकदम से यह क्या हुआ उसे कि वह मेरी चाहत के बरअक्स सोचने लगी। ठीक ही कहा है किसी ने कि औरत को समझना बहुत मुश्किल है। आज मेरी समझ के बाहर था केतकी का मिज़ाज। मुझे ऐसा भी एहसास हो रहा था जैसे मैं उसके साथ कुछ बालादस्ती कर रहा हूँ। लेकिन रौशन हक़ीकत तो यह है कि मैंने तो अपने जज़्बातों को कभी किसी पर ज़ाहिर ही नहीं किया था और आज जब केतकी की मुराद पूरी हो चुकी है तो वह इस तरह पेश क्यों आ रही है? मुझे लगा कि हम दोनों किसी ख़ास हालात के शिकार हो गये हैं।

मैं सोचने लगा कि मैं कैसी बात करूँ कि केतकी पहले की तरह ज़ेह्नी तौर पर मेरे करीब आ सके। लेकिन मेरी समझ से बाहर की यह बात थी कि निकाह के फौरन बाद ऐसी कौन-सी बात हुई जो उसे लगातार कोंच रही है। मैं उसके दर्द को समझ नहीं पा रहा था और फिर कैसे मैं बगैर किसी तबसरे व वजाहत के उसकी मौजूदा हालत से रूबरू हो सकता था। जिसने केतकी को इस हालत में पहुँचा दिया। मैं इसी सोच में डूबा हुआ था कि जैसे कोई बहुत अहम बात भूल गया हूँ और याद आ गयी हो उसी तरह केतकी जैसे गहरी नींद से जागकर उठकर बैठ गयी और एकदम बोल पड़ी, ''मोह! तुम्हारी मेहर की रकम मैं वापिस करती हूँ। भले ही यह रकम मौखिक ही दी गयी है।'' मुझे केतकी की बात सुनकर कोई हैरानी नहीं हुई क्योंकि मेहर की रकम आज तक हर बीवी मुआफ़ ही करती आ रही है। हाँ, अगर केतकी मेहर की रकम की माँग कर बैठती तो शायद मुझे ताज्जुब होता लेकिन केतकी इतना कहकर

चुप नहीं हुई। वह फिर बोली, "तुम्हारी यह रसम भले ही किसलिए गढ़ी गयी हो लेकिन मेरे लिए यह उसी तरह की बात है जिस तरह मैं दहेज लेने और देने के ख़िलाफ़ हूँ और खान तुम्हारे क्या कहने हैं तुमने मेरा मूल्य केवल एक लाख रुपया ही लगाया है। अब मुझे अपने पर शर्म महसूस हो रही है। मैं केवल तुम्हारे लिए सिर्फ एक लाख रुपये के बराबर हूँ। यह ख़्याल ही मुझे हीन किये दे रहा है और यह बात मेरे बर्दाश्त के बाहर है, फिर भी मैं तुम्हें माफ करती हूँ और यह भी जान लो तुम खान कि मैं बिकाऊ नहीं हूँ, जिसे कोई भी खरीद सकता हो, मैं तुम्हारी अपने तईं लगाई कीमत तुम्हें वापिस करती हूँ। यह मुझे स्वीकार्य नहीं है।"

मैं केतकी की बात सुनकर हैरान रह गया। मैंने केतकी को इतना भर ही कहा कि "केतकी! अभी तुम कुछ मत सोचो और इतमिनान से सो जाओ। क्यों बेकार की बात करके अपने को परेशान कर रही हो। यूँ तुम्हारी तसल्ली के लिए तुम्हें बता दूँ कि 'मेहर' सिर्फ एक रसम ही है इसके आगे पीछे कुछ नहीं है। यह सिर्फ औरत की हिफ़ाज़त के लिए होती है, तुम्हें किस डर ने सोते हुए जागा दिया। कुछ इस दौरान ऐसा घटा है क्या जिसकी वजह से तुम परेशान हो गयी हो?"

"मैं परेशान नहीं हूँ मोह! लेकिन क्या तुम समझते हो कि एक लाख रुपये दे कर नहीं, नहीं देकर भी नहीं, सिर्फ एक लाख का मुझे आश्वासन देकर तुम मुझे सुरक्षा प्रदान कर रहे हो।"

"केतकी! मैंने यह पहले भी कहा है कि यह हमारी जमाअत की एक रसम ही है और कुछ नहीं। तुम इस बात को इतना तूल क्यों दे रही हो?"

"तूल कहाँ दे रही हूँ, मैं यह बात जानती हूँ कि मेरे और तुम्हारे बीच यदि तलाक की नौबत आ ही जाये, तब भी तुम ही फ़ायदे में रहोगे क्योंकि यह धनराशि जो केवल मौखिक रूप से ही दी गयी होती है उस धनराशि को भी मुआफ़ करा लिया जाता है, अपने प्यार का वास्ता देकर। कैसी रस्म है यह, मैंने किसी रस्म को न माना है, न कोई रसम अदा ही की है फिर इस रसम को ही क्यों मैं निभाऊँ ? तुम क्या समझते हो कि एक लाख की मेहर के एवज में मैं तुम्हें अपने को सौंप दूँगी? अरे साहब! हम तो बिना किसी बात के आप के हो चुके थे। फिर कम से कम हमारे बीच तो ऐसी बातें नहीं होनी चाहिए थीं। हमारा रिश्ता तो दिल का रिश्ता है फिर ऐसी बातों का हमारे लिए क्या महत्त्व है मोहसिन खान? जब तुम्हारे पास मैं अपना दिल ही हार चुकी हूँ तो फिर उसके आगे शरीर का महत्त्व ही क्या रह जाता है!"

मैं केतकी की इन बातों की वजह नहीं जान पाया था कि वह ऐसा क्यों कह रही है। फिर मेहर की रकम तो एक रसम ही है, उसे ऐसी एहमियत वह क्यों दे रही है। केतकी हाकिम वाली हैसियत के मुताबिक मुझसे पेश आ रही थी। मैं चाह कर भी उसे बहुत देर तक बर्दाश्त नहीं कर पा रहा था लेकिन मैं उसके साथ हुस्ने-अख़्लाक

से ही पेश आ रहा था, भले ही मैं इस वक्त उसके साथ ऐक्टिंग ही कर रहा था। मेरे हाथ उसे सहला ज़रूर रहे थे और मैं चाह रहा था कि दस मिनट पहले यह ख़ातून जिस बेफ़िक्री से सो रही थी उसी तरह अब भी नींद के आगोश में चली जाये तो ही मेरे तईं अच्छा है।

कितनी देर मैं केतकी को सहलाता रहा लेकिन मैं महसूस कर रहा था कि केतकी के अन्दर मुझे पाने की कशिश कहीं उड़ चुकी है। केतकी का मेरे अंग के साथ हर अंग मिला ज़रूर और हम हमबिस्तर भी हुए ज़रूर लेकिन उसकी रूह कहीं और ही भटक रही थी। जिसे मैं एकदम से महसूस कर गया। मुझे केतकी इस वक़्त सितमज़रीफ़ी के काबिल लगी। वह लगातार ज़हरीले लहजे से बोल रही थी लेकिन मैं उसके सिफ़त से बचा रहा, इस बात से वो परेशान भी थी। भले ही उसके लफ़्ज़ों का रंग ही गहरा था। लेकिन मेरी समझ में यह बात नहीं आ रही थी कि ऐसी कौन सी अब बात हो गयी कि केतकी बाही-तबाही बोले जा रही है। लेकिन उसकी सारी बातें मेरे तक पहुँचने से पहले ही किसी तिनके की तरह हवा में उड़ती रहीं। अब केतकी थक-हार कर बुझे हुए लहजे में बोलती जा रही थी, और रात ऊँघती रही थी।

जब सुबह मेरी नींद खुली तो केतकी कुछ लिखने में मसरूफ थी। मैं नीमदराज़ ही था। मैंने देखा कि उसने दुलहिन का लिबास बदल लिया था और उसने वही कपड़े पहन लिये थे जो वह अपने घर से पहन कर आयी थी। मुझे उठा जान वह बोली, ''खान! क्या मैंने तुम्हारे साथ ज़बरदस्ती की है?''

''अब पूछने से क्या फ़ायदा जब बोल रहा था तब तुमने एक बात भी मेरी नहीं सुनी। अब जो हो गया वह सब ठीक है। अगर तुम खुश हो, अम्मी खुश हैं तो मैं तो खुश हुआ ही न। मेरी खुशी तो तुम दोनों की खुशी में ही है।'' केतकी संजीदा हो गयी। फिर बोलीं, ''मैं तुम्हारी बेग़म बनना चाहती थी, सो आज से मैं तुम्हारी बेग़म हूँ। यही मेरे लिए सन्तुष्टि की बात है। तुम अब जो करना चाहो, उसके लिए स्वतन्त्र हो। मैं जानती हूँ तुम यह जगह छोड़ नहीं सकते और मैं गुरबत में रह नहीं सकती। मैं सोच रही थी कि मैं अम्मी और तुम्हारे बीच सेतु बनकर तुम्हें अम्मी के साथ ले जाने में कामयाब हो जाऊँगी लेकिन मैं देख रही हूँ कि तुमने अपने और घर वालों के बीच जो दीवार खड़ी की हुई है, वह बहुत मजबूत है उसे तोड़ सकना कठिन ही नहीं, नामुमकिन भी है और अब मेरी भी इसे तोड़ने की कोई इच्छा नहीं है। तुम लोग जिस प्रकार रहते आ रहे हो वैसे ही रहो। मुझे जिस पूर्ण पुरुष की तलाश थी वह मुझे मिल गया है। इससे अधिक मैं कुछ चाहती भी नहीं हूँ। मैं इतने में ही खुश हूँ। मैं तुम्हारी बेग़म हूँ और रहूँगी। मेरे लिए क्या यही बहुत बड़ी बात नहीं है? लेकिन मैं तुम्हारी रात वाली बातों से सहमत नहीं हूँ कि तुम यहीं इसी बस्ती में रहना चाहते हो, यह मुझे कतई मंजूर नहीं है।''

मैं हैरान-सा केतकी की जानिब देख रहा था कि वह कह क्या रही है क्योंकि वह निकाह से पहले ही जानती थी कि मैं यहाँ से जाने वाला नहीं हूँ फिर वह यह सब कैसे सोच गयी? उसे मुझमें ऐसा क्या दिखाई दे गया जिस वजह से वह यह सब सोच गयी? केतकी की बातें मुझे और भी परेशानी में डाल रही थीं। वह कह रही थी कि वह इसलिए आज ही घर से चली जाएगी और मैं उसकी किसी भी बात का फ़िक्र न करूँ क्योंकि अब वह मेरी ज़िन्दगी में कोई दख़ल नहीं देगी और मैं यह ख़्याल भी दिल से निकाल दूँ कि उसके दिल में मेरे जानिब क़िसी किसम का बदलाव आ गया है। ऐसी कोई बात नहीं है। मैं उसके लिए जो पहले था वही अब हूँ। अब क्या ताउम्र वही रहूँगा। उसने मुझसे प्यार किया है कोई खेल नहीं खेला है, जो कुछ समय बाद समाप्त हो जाये या फिर बदल जाये।

मैं हैरान-सा उसकी जानिब देखता रह गया कि वह कह क्या रही है। यह कैसा उसका प्यार है। मेरी कुछ समझ में नहीं आ रहा था कि उसे मैं क्या कहूँ। वह जो कर रही है क्या वह खेल नहीं है? मैं उससे पूछना चाह रहा था कि रात मैंने ऐसी कौन-सी बात कह दी जो केतकी को इतनी भारी पड़ी कि वह मुझे छोड़ने की बात करने लगी। लेकिन मैं सिर्फ उससे इतना ही कह पाया—''क्या पहले की तरह कभी लौट पाओगी?''

''हाँ! क्या कठिनाई है इसमें, पहले भी मैं तुम्हें ही सोचती थी, अब भी मैं तुम्हें ही सोचती हूँ। क्या हुआ तुम मेरे नहीं हो सके, मेरा प्यार इतना स्वार्थी नहीं है!''

''तुम्हें ऐसा क्यों लगा केतकी कि मैं तुम्हारा नहीं हो सका। क्या तुम यह कहना चाहती हो कि मैं खुदगर्ज़ हूँ? ''

''कतई नहीं। मैंने ऐसा कब कहा! मैं अपना प्यार पाने के लिए किसी को बलि का बकरा नहीं बनाना चाहती। तुम जिसके साथ रहना चाहो, रहो। मैं कभी अब तुम्हारे जीवन में इस तरह नहीं आऊँगी, कभी तुम्हारी बेग़म होने का दावा भी नहीं जतलाऊँगी। इसका यह मतलब बिलकुल नहीं है कि मैं तुम्हें तलाक दूँगी। यह कभी नहीं होगा। मैं ताउम्र तुम्हारी बेग़म ही बनी रहूँगी। यूँ इसका भी क्या भरोसा इस क्षण मैं तुम्हारी हूँ बस, इसके बाद और मेरे जीवन में कौन आता है इसे अभी नहीं कह सकती।''

''केतकी यह कैसा फ़ैसला है तुम्हारा निकाह से पहले भी तुमने एक मौका नहीं दिया था मुझे कुछ सोचने का और आज भी यह फ़ैसला तुम अकेले ही कर रही हो। मेरी समझ में कुछ नहीं आ रहा, ऐसी क्या बात हो गयी जो एक ही रात में तुमने यह फ़ैसला ले लिया?''

''यह तो तुम अपने से प्रश्न करो, मुझसे नहीं, मुझे पहले जो ठीक लगा मैंने वह किया और अब मुझे जो ठीक लग रहा है वह मैं कर रही हूँ।''

"न तुम्हारा पहले फ़ैसला ठीक था और न अब। तुम क्या समझती हो शादी क्या एक खेल है बस, जब जी चाहा उसे खेल लिया?"

"ऐसा नहीं है मोह, मैं इसे खेल नहीं समझ रही हूँ। मैंने तो तुम्हें आज़ाद कर दिया है। मेरी जगह तुम जिसे भी दो। भले ही वह तुम्हारा कोई जिगरी दोस्त ही क्यों न हो, मैं तुम्हें तुम्हारी दुनिया लौटा रही हूँ बस। अब तुम और अधिक कुछ मत बोलो। मैंने क्यों शादी की, और अब क्यों जा रही हूँ, यह भी मत पूछो। समय आने पर तुम अपने आप समझ जाओगे। लेकिन मैं यहाँ और नहीं रह सकती इसलिए आज ही जा रही हूँ।"

"लेकिन यह बताओ क्या कहोगी अपनी माँ से रात भर कहाँ थी?"

"यह तुम्हारी चिन्ता नहीं है। तुम अपनी चिन्ता करो। क्या इससे पहले मैं कहीं बाहर नहीं रही? क्यों, बोलो?"

मैंने केतकी की बात में दख़ल देते हुए कहा, "ठीक है केतकी, तुम चली तो जाओ लेकिन मुझे तुम्हारी बात समझ नहीं आयी कि इतनी जद्दोजहद के बाद तुम ने मुझसे निकाह की रसम अदा की। एक रात में ऐसा क्या हो गया जिससे तुमने लौट जाने का फ़ैसला भी ले लिया। मैं इस विवादास्पद बात पर और ज़्यादा बात नहीं करना चाहता क्योंकि मैं बेपनाह बर्दाश्त करने का माद्दा रखता हूँ। तुम बता देती कि आख़िर बात क्या हुई जिसने तुम्हें लौट जाने पर मजबूर कर दिया, तो अच्छा था। मैंने रात से अब तक के मुख़्तलिफ पहलुओं पर ग़ौर किया है लेकिन मेरे हाथ ऐसा कोई नुक्ता नहीं आया जिससे मैं यह जान लेता कि तुम्हारा इस तरह चला जाना वाजिब है कि नहीं। हो सकता है तुम्हारी नज़र से यह फ़ैसला सही भी हो, लेकिन मुझे तब तक तसल्ली नहीं मिलेगी जब तक कि तुम मुझे बता नहीं देती कि आख़िर मसला क्या है?"

"तुम सब जानते हुए भी इतना बोल सकते हो, नहीं जानती थी। ख़ैर, तुम मेरे ही मुँह से ही सुनना चाहते हो तो यह वक़्त नहीं है कि मैं वह सब तुम्हें कह पाऊँ। समय आने पर बता भी दूँगी। हो सकता है कि तुम स्वयं ही समझ जाओ।"

केतकी की इस बात को सुन कर मैंने और कुछ भी कहना मुनासिब नहीं समझा मैं इतना ही कह पाया—"ठीक है मैंने तुम्हारी पहले भी मुख़ालफत नहीं की जब तुमने मुझसे निकाह करने का फैसला लिया था। अब भी मैं और कुछ नहीं कहना चाहता क्योंकि सबके अन्दाज़े-फ़िक्र अलग-अलग होते हैं। लेकिन आज अम्मी, फिरदौस सब लोग जाने वाले हैं उनके जाने के बाद तुम चली जाती, मेरे लिए यह बेहतर होता।" केतकी ने मेरी बात का कोई जवाब नहीं दिया।

अम्मी ने जब केतकी को पहले वाले ही लिबास में देखा तो उन्हें थोड़ी कोफ़्त हुई, जिसे वह बर्दाश्त न कर एकदम से बोल पड़ीं, "दुलहिन! यह क्या तुम्हारे लिए

कुछ पोशाकें मैं लायी थी, तुम्हारे कमरे में ही रखी हैं। उनमें से कोई पहन लेतीं। यह लिबास तो अब पहने हुए ठीक नहीं लगते। केतकी कुछ नहीं बोली मेरी ओर देखती रही मैंने ही अम्मी को बताया कि—"आज यह अपने घर जा रही हैं।" मेरी बात सुन अम्मी बोलीं, "इन कपड़ों में वहाँ जाएगी मोहसिन खान! तुम्हें किसी बात का शऊर भी है? दुलहिन शादी के बाद इस तरह उस घर में नहीं जाएगी। जबकि उस घर से शादी में कोई शरीक ही नहीं हुआ, क्या दुलहिन का वहाँ इस तरह अकेले जाना सही होगा? सब सोच-समझ कर ही वहाँ जाना।" केतकी ने इस बात का भी कोई जवाब नहीं दिया तो अम्मी के दिल में बहुत से शक़-ओ-शुबह पैदा हुए। शायद इसलिए मुझे देखकर बोलीं, "क्या बात है मोहसिन! दुलहिन इस घर में खुश नहीं है क्या? क्यों जाना चाहती है आज ही यहाँ से, और वह भी इस तरह?" अम्मी की बात सुन केतकी एकदम से बोल पड़ी, "नहीं, नहीं अम्मीजानी! ऐसी-वैसी कोई बात नहीं है। सब ठीकठाक ही है। आप नहीं चाहतीं तो मैं नहीं जाती।" मैंने केतकी की बात सुन राहत की साँस ली।

"ठीक है दुलहिन, जैसा तुम ठीक समझती हो वही करो। मैं तुम लोगों को क्या कह सकती हूँ। इस पर तो थियेटर का जादू इस तरह सिर पर चढ़ा है, इसे ऊँच-नीच का कुछ पता ही नहीं है और तुम भी इसे खूब अच्छी तरह से जानती तो हो, इसलिए बच्ची! मैं तुम्हें क्या बताऊँगी। तुम ही अब इसे सँभालना। मैं तुम्हारे हवाले इसे किये जा रही हूँ।"

अम्मी की बात का केतकी ने कोई जवाब नहीं दिया सिर्फ मुझे देखती रही लेकिन अम्मी की बात का केतकी पर यह असर ज़रूर हुआ कि वह उस दिन अपने घर नहीं गयी और उसने जो अम्मी लिबास लायी थीं उनमें एक पोशाक पहन ली। मेरे लिए इतना ही काफी था।

अम्मी, फिरदौस, आपा व दूसरे मेहमानों के चले जाने के बाद केतकी भी चली गयी। रात के अँधेरे में मैं बिलकुल अकेला अपने आप से भी आँखें चुरा रहा था। एक रात का केतकी का साथ मुझे इस तरह अपनी गिरफ़्त में ले लेगा, नहीं जानता था। मैं किस मोड़ पर आकर रुक गया हूँ? आगे का रास्ता क्या है? किधर मेरी ज़िन्दगी मुझे मोड़ देगी, आज मैं दावे के साथ कुछ नहीं कह सकता हूँ। मैं जैसे तकदीर के हाथों गुलाम हो गया हूँ। मेरा अपने आप पर भरोसा ही चुक गया है। क्या केतकी भी ऐसा ही सोच रही होगी क्या उसे भी रात की स्याही तंग कर रही होगी?

उस रात राजीव जब कमरे से बाहर खुली फिज़ा में गया, उसके बाद वह फिर मेरे पास नहीं आया। मुझे लगा कि शायद राजीव भी मुझे छोड़ गया है। आजकल क्या वह शेखर के साथ रहने लगा है या फिर उसने अपना कहीं दूसरी जगह ठिकाना बना लिया है। आजकल न वो मेरे घर में है न ही अपने घर। यूँ उसकी अपने घर जाने की

बात भी मेरे गले नहीं उतर रही थी। यह अलग बात है कि उसने अब स्कूल जाना फिर से शुरू कर दिया है लेकिन जाने क्यों वह स्कूल आने के बावजूद मुझे नहीं मिलता जबकि स्कूल और मेरे घर में दो हाथ की ही तो दूरी है। यह सब उल्टा-पुल्टा मेरे साथ ही क्यों घटता है! मैं नहीं जानता कि मुझसे कहाँ क्या ग़लती हुई जबकि मैंने राजीव को तो कभी कुछ कहा ही नहीं है। उसे मैं सबसे ज़्यादा चाहता हूँ इस वजह से यहाँ के दूसरे बच्चे मुझसे नाराज़ भी रहते हैं। अब क्या हुआ, उसे मैं नहीं जानता। लेकिन उसकी इस बेरुखी से हमारे 'अक्स' का कितना नुकसान होगा क्या इसका इल्म नहीं है उसे? मेरा तो सारा दारोमदार राजीव पर ही है। वह नहीं होगा तब 'अक्स' का क्या हाल हो सकता है इसका मैं अनुमान भी नहीं लगा सकता।

मेरी हैरानी की कोई हद नहीं रही, जब मैंने बृजेश के साथ केतकी को आते देखा। मेरे सारे सवाल, सारी सोच, सारी बेदारी जैसे कहीं गहरे में दब गयी हो। मैं मुँह खोले उसे देखता रह गया। बृजेश ही बोला, "केतकी बैठो! मैं चाय लेकर आता हूँ।" केतकी हँसी। उसकी हँसी से मेरे धूल भरे कमरे में जैसे कलियाँ चटख गयी हों। केतकी के आबदार दाँतों की पक्तियों से लफ़्ज़ कुछ इस तरह झर रहे थे जैसे ताजा खिले चमेली के फूल बादे-सबा की मेहरबानी से ज़मीन को चूम रहे हों। मैं उसे हैरानी से देखता जा रहा था। केतकी बृजेश की बात सुनकर कह रही थी, "क्या बृजेश मेरे चेहरे पर लिखा होता है कि मुझे चाय की तलब हो रही है कि मेरे आते ही तू चाय लेने भागने लगता है।" बृजेश शर्मिन्दा हो धरती कुरेदता रहा, कुछ बोला नहीं। केतकी ने इधर-उधर देखा और बोली, "घर का क्या हाल बनाकर रखा हुआ है, कोई चीज़ भी अपने ठिकाने पर नहीं है। भूत नाचे हुए हैं घर में। कैसे रह लेते हो इतने गन्द में मोह? अब कुछ बोलोगे भी या मुझे देखते ही रहोगे, क्या मुझे कभी देखा नहीं है।"

केतकी का सलूक मेरे लिए ही नहीं बृजेश के लिए भी हैरतअंगेज़ था। मुझे अपने आप में लौटने में थोड़ा वक़्त लगा फिर नॉर्मल होते हुए मैंने केतकी को बैठने के लिए कहा और पूछा, "कैसे आने की तक़लीफ़ की? कुछ चाहिए था तो कहला भेजतीं। केतकी देर तक मेरे चेहरे की तरफ देखती रही फिर मेरी आँखों पर अपनी अंगुलियाँ रखते हुए बोली, "पहले यह बताओ कि इन आँखो में जैसलमेर क्यों घिरा पड़ा है। रही बात मेरे आने की, क्या तुम्हें मेरा आना अब अच्छा नहीं लगा? क्या मैं पहले की तरह आ भी नहीं सकती?"

"तुम्हारा आना मेरे लिए आठवाँ अजूबा है, केतकी! और तुम क्या सोचती हो कि तुम्हारे जाने के बाद तुम्हें यहाँ मेरी आँखों में सब्ज़ बाग दिखाई देंगे। वैसे अब मैं

भूल गया हूँ कि क्या अच्छा होता है और क्या बुरा?''

''हाँ, दिखना तो ऐसे ही चाहिये था कि इन आँखों में रेतीले पहाड़ नहीं, समुद्र की उफनती-लहराती लहरें किलोलें कर रही हैं जिनमें जाने कैसी उत्कट इच्छा है अपने प्रिय के साथ एकाकार होने की। या फिर अपनी मंज़िल को पाने की। पर वैसा मुझे कुछ दिखाई नहीं दिया और जो दिखाई दे रहा है, वह सुखकर नहीं है। बोलो क्यों हो रहे हो ऐसे? मैंने तो तुम्हारा संसार तुम्हें लौटा दिया है, अपना सब कुछ समेट लिया है, फिर क्यों ख़ुशियों के तारे यहाँ नहीं टिमटिमा रहे? क्यों ऐसे दिख रहे हो?''

''कैसा दिख रहा हूँ, केतकी! जैसा दिख रहा हूँ वैसा ही हूँ मैं। न यहाँ समन्दर है, न रेतीले पहाड़, न किसी मुकाम पर पहुँचने की ख़्वाहिश, एक मंज़िल मिली थी, लेकिन उसको पाने के बाद जिस तरह से मैं वहाँ से लुढ़का हूँ, उसके साथ ही मेरा सब कुछ बह गया। अब न कोई ख़्वाहिश है और न कोई मंज़िल। मेरी बातें छोड़ो केतकी! तुम यह बताओ कैसे यहाँ आयी, क्या कुछ रह गया है यहाँ तुम्हारा?''

''रह तो बहुत कुछ गया है मेरा यहाँ। सच जानना ही चाहते हो तो सच तो यह भी है कि पहले तो मेरी आत्मा ही यहाँ रह गयी है। मैं अपने शरीर के साथ ही यहाँ से गयी हूँ। अपनी आत्मा तो मैं तुम्हारे पास ही छोड़ गयी हूँ।''

''तुम बातें भी खूब बना लेती हो, यह मैं नहीं जानता था।''

''तुम बहुत कुछ नहीं जानते हो मोह! इतना तो मैं जानती हूँ और जो तुम जानते हो उसे स्वीकार करना नहीं चाहते। जाने तुम किस दुनिया में रहते हो!''

''मैं तो इसी अपनी दुनिया में ही रहता हूँ। मेरे सामने तो और कोई दुनिया तुम्हारी तरह है भी नहीं।''

''तुम ठीक कह रहे हो मोहसिन खान! तुमने अपने इर्द-गिर्द अपने आप एक दुनिया रच रखी है जिससे बाहर निकलना अब तुम्हारे बस की बात नहीं रही। आँखें खोलो और बाहर की दुनिया को देखो और उसमें विचरण करो, तब तुम्हें सब कुछ साफ़-साफ़ दिखाई देने लगेगा।''

''तुम किस दुनिया की बात कर रही हो केतकी! मैं तुम्हारी बात नहीं समझ पाया। तुम मुझे क्या समझाना चाहती हो। यहाँ तो न कोई दुनिया है और न कोई सपने।''

''तुम अपने बुने मक्कड़ जाल से बाहर निकलो तब तुम मेरी बात समझ पाओगे। अभी तो मैं तुम्हे केवल यह कहने आयी हूँ कि मैं तुम्हारे नये प्रोजेक्ट पर काम करने आयी हूँ जो तुमने साक्षी के साथ फिर से नये सिरे से शुरू किया है।''

एक बार फिर मुझे केतकी ने हैरान कर दिया। मैं कुछ कहता उसके पहले ही केतकी बोल पड़ी, ''इस में आश्चर्य करने की आवश्यकता नहीं है मोहसिन खान! मैंने तुमसे ही प्यार किया है, अब भी करती हूँ और ताउम्र करती रहूँगी। यह अलग

बात है कि मैं तुम्हारे साथ रह नहीं सकती, इसकी वजह भी तुम स्वयं अच्छी तरह से जानते हो। प्यार किसी को मारता नहीं है उसमें तो ऐसी जीवन शक्ति है जो मरते हुए को जिला दे। फिर उसके लिए पास रहना या न रहना कोई लाज़मी शर्त नहीं है। मैं यह कभी सहन नहीं कर सकती कि मेरी वजह से तुम्हें कोई शर्मिन्दगी उठानी पड़े या फिर मेरी वजह से तुम्हारी अपनी दुनिया वीरान हो जाये मोहसिन खान! अपनी बात या फिर अपनी इच्छा को व्यक्त करना सीखो, नहीं तो ताउम्र पछताते ही रहोगे।''

''और क्या पछताऊँगा केतकी! जितना बुरा इन दिनों मेरे साथ हुआ है उससे बढ़ कर और क्या बुरा होगा।''

''क्या कहने तुम्हारे, कोई सीखे तुमसे बातें बनाना। अनजाने में ही तुम्हें एक काँटा चुभ गया था और वह आसानी से तुम्हारे जिस्म से अलग भी हो गया, कोई दुख पहुँचाये बिना ही, इसके लिए मेरा शुक्रगुज़ार होना तो दूर की बात, यूँ बातें बनाकर क्या सिद्ध करना चाह रहे हो? ख़ैर छोड़ो इन बातों को, जो बीत गया उसके बारे में क्या बात करनी। मैंने 'अक्स' को नहीं छोड़ा है इस बात को तुम्हें समझ लेना चाहिए।''

''तुम्हारी इस मेहरबानी के लिए मैं शुक्रगुज़ार हूँ लेकिन आज कैसे आना हुआ यह तो बताओ?''

''बताया तो था। हाँ, इस बात पर भी आज मोहर लग गयी है कि तुम दूसरे को सुनते कब हो। लो सुनो अब कि मैं आज किसलिए यहाँ आयी हूँ। जब मुझे पता चला कि साक्षी ने फिर से बन्द किये हुए सीरियल को शुरू कर दिया है और तुम फिर से उसका निर्देशन करने के लिए तैयार हो गये हो, तब मैंने सोचा कि मैं भी क्यों न अपना छोड़ा हुआ काम ही फिर से पकड़ लूँ, मैंने भी साक्षी से कह दिया है कि अगर तुम्हारे साथ खान काम कर रहा है तो सीरियल के वस्त्र-विन्यास का काम फिर से मैं ही देखूँगी। इस बात में तुम्हें तो कोई दिक्कत नहीं होनी चाहिए।''

''नहीं, मुझे क्या दिक्कत है। तुम अपने बारे में पूरी तरह से आज़ाद हो। मैंने तो तुम्हें कुछ नहीं कहा लेकिन तुम्हें यहाँ देखकर ताज्जुब ज़रूर हुआ।''

''क्यों, ताज्जुब क्यों हुआ? यह अलग बात है कि मैं तुम्हारे साथ अब नहीं रहती। लेकिन मैंने काम थोड़े ही छोड़ दिया है। तुम मुझे जो कहोगे वह तो काम मुझे करना ही है। इसके साथ जहाँ तुम काम करोगे वहाँ मैं न काम करूँ यह कैसे सम्भव हो सकता है। मेरा तुमसे कोई झगड़ा नहीं है। मुझे यही ठीक लगा कि मेरा तुमसे अलग हो जाना ही हम दोनों के लिए ठीक है। इसलिए मैंने यह फ़ैसला लिया। इस में बुरा मनाने की तो कोई बात ही नहीं, यदि मैं पहले सब जानती तो कभी तुम लोगों के बीच आने की हिमाकत न करती।''

मैं केतकी की बात सुनकर हैरान रह गया। उसे कौन-सी बात ने मजबूर कर

दिया अलग होने के लिए, मैं समझ ही नहीं पा रहा था। अब जब उसने यह फ़ैसला कर ही लिया था तब मेरा कुछ भी कहना क्या मायने रखता है इसलिए मैंने कहा, ''जाने तुम्हें क्या महसूस हुआ, मैं नहीं जानता लेकिन मैं तुम्हें बाँध कर भी अपने पास नहीं रखना चाहता लेकिन जो तुमने किया वह अच्छा नहीं किया। ख़ैर, तुम अपने लिए आज़ाद हो इसलिए मैं कुछ कहूँगा नहीं।''

''तुम वैसे कह भी क्या सकते हो और तुम यह जान लो कि मैं जो कुछ भी कर रही हूँ वही सही है।''

''तो क्या मेरी ज़िन्दगी के साथ खिलवाड़ करने का फ़ैसला भी तुम्हारा सही था?''

''इस बात को अपने दिल से पूछो, खिलवाड़ किसके साथ हुई है, मेरे साथ या कि तुम्हारे साथ? अब छोड़ो इस किस्से को। रही इस प्रोजेक्ट के बारे में, तो मेरे पास साक्षी का सन्देश लेकर तो राजीव ही आया था।''

''इसका मतलब है कि उसे साक्षी के प्रोजेक्ट के बारे में भी सब मालूम है?''

''हाँ! वही आया था मेरे पास और वह उसमें एक क़िरदार भी निभा रहा है। इसमें इतना हैरान होने की क्या बात है? क्या यह बात तुम्हें नहीं मालूम?''

''सच केतकी! मैं कुछ नहीं जानता इन दिनों वह मेरे पास नहीं है। वह कहाँ है, क्या करता है, मैं कुछ नहीं जानता।''

''यह क्या कह रहे हो मोह! वह तुम्हारे पास नहीं है तो फिर कहाँ है?''

''नहीं जानता कि वह इन दिनों कहाँ रहता है। मैं हैरान हूँ कि वह साक्षी के सीरियल में काम कर रहा है। इसका इल्म तुम्हें है, मुझे नहीं। तक़लीफ़ होती है। केतकी वह मुझसे क्यों ख़फा है क्या तुम मुझे बताओगी?''

''समय आने पर स्वयं तुम जान जाओगे।''

''कब और कैसा वक़्त केतकी?''

''तुम यह बताओ कि क्या इन दिनों कोई ऐसी बात नहीं हुई तुम्हारे साथ जिस की वजह से वह तुमसे नाराज़ हो सकता हो?''

''नहीं ऐसा तो कुछ नहीं घटा जिसकी वजह से वह मुझे छोड़ जाये केतकी! मैंने तो कभी उसे किसी किस्म की तक़लीफ़ नहीं दी। उसे कोई कुछ कह जाये, यह भी मैं बर्दाश्त नहीं कर सकता। फिर यह कैसे मुमकिन हो सकता है कि मैं उसे कोई ऐसी चोट पहुँचा दूँ जिसकी वजह से वह मुझसे नफ़रत करने लगे।''

''ऐसा कुछ नहीं है। कई बार व्यक्ति स्वयं कुछ नहीं करता परन्तु किन्हीं परिस्थिति में फँस कर कोई ग़लती कर बैठता है या फिर कोई उससे वह काम करवा देता है जिसे वह कतई नहीं करना चाहता। परन्तु किसी दबाव में आकर वह वही कर बैठता जिसे करने का उसने सपने में भी न कभी सोचा हो। तुम्हारे साथ भी कुछ कुछ

ऐसा ही घटा है मोहसिन खान।''

''लेकिन इसमें यह बात कहाँ से शामिल हो गयी कि मैं राजीव के लिए कोई बदनीयत रखता हूँ।''

''बदनीयत नहीं लेकिन उसका कहना है कि तुमने उसे सच में ही बँधुआ बना के रखा हुआ था।''

''क्या कहा, मैंने उसे बँधुआ बना के रखा हुआ था! वह इस लफ़्ज़ का मतलब भी जानता है। वह मेरे लिए ऐसा सोचता है, मैं कभी सोच भी नहीं सकता था। वह कब से तुम्हारी बोली बोलने लगा?'' मैं अन्दर तक बुझ-सा गया। राजीव ने ऐसा कैसे सोच लिया कि मैंने उसे बँधुआ बनाकर रखा हुआ है। अगर वह ऐसा सोचता है तो कौन-सी मेरी बात उसे यह सब सोचने के लिए मजबूर कर गयी? यूँ वह अपने बारे में सोचने के लिए आज़ाद है। मैंने तो उसे कई बार घर जाने का भी इसरार किया था फिर वह क्यों ऐसा समझने लगा।''

केतकी मुझे बेपनाह दर्द सौंप कर चली गयी। मैं जब बीते हुए वक़्त पर निगाह डालता हूँ तो मुझे कोई वह नुक्ता नहीं दिखाई देता जिससे मैं यह जान सकूँ कि मेरी कौन-सी बात राजीव को मुझसे दूर कर गयी। केतकी तूफान की तरह मेरी ज़िदगी में आयी और आँधी की तरह मेरी ज़िन्दगी से उड़ भी गयी। उसने यह भी सोचने की तक़लीफ़ गवारा नहीं की कि इन सब बातों का मुझ पर क्या और कैसा असर होगा। मैं नहीं जानता था कि उसका एक रात का साथ मेरी ज़िन्दगी का मकसद ही बदल देगा। आज मैं सोचता हूँ मेरी कौन-सी ज़िन्दगी झूठ है।

आज मैं ऐसे दोराहे पर आकर खड़ा हो गया हूँ जहाँ मेरे लिए काम कर पाना मुश्किल हो रहा है। मुझे कुछ समझ नहीं आ रहा कि मुझे किस तरफ मुड़ना है। आँखें बन्द कर जब भी सेचने की कोशिश करता हूँ मेरी आँखों के आगे दोनों चेहरे— केतकी और राजीव के— बराबर आकर खड़े हो जाते हैं। जब एक को पकड़ने की कोशिश करता हूँ तो दूसरा बाँहें फैलाए मेरे आगे आ जाता है। मेरी हालत तो उस धोबी के कुत्ते की तरह की हो गयी है जो न घर का रहता है न घाट का। मैं भी न अपना रह पाया हूँ और न किसी दूसरे का ही बन पाया। या ख़ुदा, मुझे रास्ता दिखा! दोनों ही—केतकी और राजीव—मेरे लिए अज़ीज़ हैं। इन दोनों के बिना 'अक्स' और 'मैं' बेमानी हैं।

बहुत दिनों के बाद आज राजीव आया था। उसका कुछ सामान अभी यहाँ था। शायद उसे ही लेने आया हो। वह कुछ बोला नहीं लेकिन उसके चेहरे से उदासी टपक रही थी। उसे देख मेरा पसीज जाना मामूली-सी बात है। ज़ेहनी तौर पर तो वह

मेरे सदा करीब ही रहा है लेकिन जाने वह किस हालात का शिकार हुआ कि वह मुझसे दूर ही होता चला गया। इसे मैं हालात की देन ही समझूँगा। राजीव चुपचाप मेरी बगल में आकर बैठ गया। न कोई शिकवा, न कोई शिकायत। मैंने उसे टटोलने की कोशिश की लेकिन मुझे लगा कि मेरे अलफाज़ रूई की तरह हवा में उड़ते जा रहे हैं। वह राजीव को छू नहीं रहे हैं और उनमें वह ताक़त भी नहीं है जिससे मैं राजीव से कुछ भी उगलवा सकता। उसे देख मुझे ऐसा लगा कि मेरा प्यारा हमदम कहीं गुम हो गया है। मेरे साथ होने पर भी जैसे वह यहाँ से ग़ैरहाज़िर है। वह वीरान आँखों से छत की तरफ देखे जा रहा था। यह मंज़र मुझमें दर्द दे रहा था। जाने वह कहाँ डूबा हुआ था। मैं उसकी तरफ लगातार देखे जा रहा था। अचानक वह अपने ही ख़्यालों में खोया हुआ ही यकायक बोला, ''दादा केतकी कहाँ है?'' मैंने ताज्जुब से उसकी जानिब देखा। उसने एक बार भी मेरी तरफ नहीं देखा। उसकी नज़रें अभी भी ख़ला में थीं। राजीव की ऐसी हालत मेरे अन्दर दर्द पैदा कर रही थी, जिससे मेरे अन्दर एक सूनापन भरता जा रहा था। इसके साथ ही दिल के किसी कोने में केतकी की चाहत को भी उसकी बात ने ताज़ा कर दिया, जो मुझे बेचैनी से भर गयी। मैं सिर्फ इतना ही कह पाया— ''क्या तुम्हें नहीं मालूम कि वह कहाँ है? साक्षी का पैग़ाम उस तक तो तुम्हीं लेकर गये थे न, फिर मुझ से क्या पूछ रहे हो कि वह कहाँ है?''

राजीव मेरी बात सुनकर बोला ''गया तो मैं ही था उसके पास लेकिन साक्षी के कहने पर ही। लेकिन वह यहाँ क्यों नहीं है?''

''वह मुझे छोड़ गयी है, क्या तुम्हें इसका इल्म नहीं है?''

''क्या कह रहे हो दादा?'' वह बेख़्तियार बोला और फिर चुप हो गया। इसके बाद वह कुछ नहीं बोल पाया। लेकिन राजीव की इस बात ने या फिर केतकी की याद ताज़ा हो जाने से मैं दुखी हो गया। यूँ भी केतकी के जाने के बाद से मैं हर वक़्त डरा हुआ, सहमा हुआ और बेजान-सा उसे ही सोचता रहता हूँ कि कैसे वह मुझसे दूर होकर भी खुश है। शादी का पैग़ाम भी उसी की तरफ से आया था। मेरी तरफ पहला कदम भी उसी ने ही बढ़या था। मैं उससे भले ही उसकी तरफ झुका हुआ था लेकिन कभी मैंने उसे अपना बनाने की ख़्वाहिश ज़ाहिर नहीं की थी। वही मेरे करीब आयी थी... और वही मुझे छोड़ गयी। क्यों? यही मेरी समझ से बाहर की बात है। मैं आज उसकी इस बेरुखी से दुखी हूँ। पिछली बार जब वह आयी थी तो राजीव के बारे में अजीबोगरीब बातें कर मुझे परेशान कर गयी थी। लेकिन आज राजीव ने आकर भी मुझसे कोई गिला-शिकवा नहीं किया। जाने कितनी रातें कितने दिन मैंने केतकी को सौंप दिये लेकिन केतकी मुझसे इस कदर दूर हुई जैसे उसका मेरे साथ कोई ताल्लुक ही न हो। शायद मैं खुद ही नहीं जानता कि मैं क्या चाहता हूँ। कहीं न कहीं तो मुझसे भी ग़लती हुई ही है कि मेरे दोनों बहुत ही प्यारे दोस्तों की दोस्ती पाश-पाश

होकर बिखर गयी। आज राजीव मेरी बगल में बैठे भी हुए भी मुझसे कितना दूर है।

मेरी सारी रात राजीव और केतकी के ख़्यालों में बीत ही गयी। सुबह ही शायद मेरी आँख लगी थी कि मैं राजीव की आवाज़ से मैं चौंक गया। वह कह रहा था— ''खान! मैं चाय बनाने जा रहा हूँ तुम लोगे? मैं हैरान था उसकी बात सुनकर और बोला, ''क्या, तू बना रहा है चाय?''

''हाँ क्यों, क्या मैं नहीं बना सकता?''

''हाँ, तुम नहीं बना सकते, तुम दोनों बैठो चाय मैं बना कर लाती हूँ।'' केतकी की आवाज़ सुन हम दोनों का चौंक जाना कुदरती-सी बात थी। आज अचानक फिर इतने दिनों बाद वह कैसे सुबह-सुबह घर आ गयी। मैंने हैरानी से केतकी की जानिब देखा। बहुत दिनों बाद मेरे कमरे में नरगिस के फूल खिल उठे थे लेकिन राजीव का चेहरा मुर्झाये हुए गुलदाऊदी के फूल की तरह का हो गया। केतकी को देखकर वह किसी से कुछ कहे बिना ही तेज़ी से बाहर निकल गया। केतकी चुपचाप खड़ी जाते हुए राजीव को देखती रही, थोड़ी देर बाद वह बुलबुला कर हँसते हुए बोली, ''तुम्हारी दुम को मेरा आना अच्छा नहीं लगा! क्या आज तुम्हें पता चल गया कि वो क्यों नहीं आजकल तुम्हारे पास आता है?''

''नहीं केतकी! ऐसी कोई बात उसने नहीं की जिससे मैं यह जान सकता कि वह मुझसे क्यों नाराज़ है।''

''अच्छा!! तुम कुछ नहीं जान पाये? क्या उसका मुझे देखकर यूँ चले जाना भी तुम्हें बुरा नहीं लगा?''

''हाँ, नहीं लगा। जब मुझे तुम्हारा बिना कुछ कहे, बिना मेरी ग़लती बताए चले जाना बुरा नहीं लगा तो यह तो बहुत मामूली-सी बात है कि वह बिना कुछ बताये ही कहीं चला जाये।''

''यह मामूली बात नहीं है मोह! लेकिन मैंने सब कुछ सोचा था, सब कुछ जाना जो तुम्हारे घर आकर महसूस किया। उसमें मेरा जाना ही उचित था और वही मैंने किया लेकिन राजीव इस तरह क्यों चला गया यह सोचने की बात है।''

''मैं नहीं जानता तुम्हें यहाँ मेरे घर में क्या बुरा लगा लेकिन तुमने एक बार भी यह नहीं सोचा कि मुझे सब कैसा लगा होगा।''

''मैं सब जानती हूँ, मोहसिन खान! परन्तु कभी-कभी सच वह नहीं होता जिसे हम सच समझते हैं। जाने और कितने ऐसे सच होते हैं जो हमसे छिपे होते हैं। जब वह सच्चाइयाँ सामने आती हैं तब उनसे समझौता करना कठिन होता है।''

''ऐसा क्या सच तुमने यहाँ आकर जान लिया था जिसकी वजह से तुम्हें घर के साथ-साथ मुझे भी छोड़ना पड़ा?'' केतकी हँसी। मैं उसकी हँसी से हैरान था। थोड़ा हँस लेने के बाद वह फिर बोली, ''क्यों झूठ बोलते हो, तुम्हें कहाँ छोड़ पायी। घर से

जाने से क्या सारे सम्बन्ध समाप्त हो जाते हैं! तुम्हें तो मैं अपने साथ ही ले गयी हूँ, मैं कहाँ तुम से मुक्त हो पाई हूँ!''

''तो क्या अब पूरी तरह से इस रिश्ते को तोड़ने का इरादा लेकर आयी हो?''

''तुम्हें यह सब कहने से सन्तोष मिलता है तो तुम यही समझ लो।''

''लाओ वह काग़ज़ जहाँ एक साईन कर देने से तुम्हें मुझसे आज़ादी मिल जाएगी। यूँ भी अगर तलाक लेना ही है तो मुझे साईन करने की भी ज़रूरत नहीं है। हमने निकाह किया है कोई कोर्ट मैरिज नहीं फिर....।''

मेरी बात काटते हुए केतकी एकदम बोली, ''कैसी बातें कर रहे हो मोह! मैं यहाँ कोई झगड़ा करने नहीं आयी, और न ही मैं तुमसे मुक्त होना चाहती हूँ। तुम्हारा और मेरा सम्बन्ध तो केवल इस जन्म का ही नहीं है, जाने कितने जन्मों का यह सम्बन्ध है। एक लम्बी पारी खेलनी ही है मुझे तुम्हारे साथ।''

''यह कैसा खेल खेल रही हो तुम मेरे साथ केतकी! जिसे मैं इस जन्म में ही सहन नहीं कर पा रहा हूँ और जन्मों की बात तो एक तरफ रही। तुम यह सब किस बिना पर कह रही हो? क्या और कई जन्मों तक तुम मुझसे इस तरह से बदला लेने का ख़्याल पाल रही हो। यह कैसी तुम्हारी बातें हैं जिन्हें मैं तो समझने में नाकाम हूँ, केतकी! मैं नहीं जानता कि एक रात में ऐसा कौन-सा पहाड़ टूट पड़ा था जिसकी वजह से तुम्हें यहाँ से जाना पड़ा और अब ऐसी कौन-सी बात तुम्हारी मजबूरी बन कर तुम्हारे आगे आ खड़ी हुई है कि आज तुम्हें फिर यहाँ आना पड़ा लेकिन मेरी ओर से तुम आज़ाद हो। तुम जहाँ जिस हालत में रहना चाहती हो, रहो! कभी अपना हक़ जमाने मैं नहीं आऊँगा लेकिन एक बात ज़रूर समझा दो केतकी तुमने ऐसा क्यों किया?''

''यह तुम नहीं समझोगे। मैं तुम्हें पाना चाहती थी, तुम्हें क्या मैं पा भी सकी? यही एक बात है, जो मुझे अन्दर तक कचोटती है। मैं क्या करती? यहाँ आये बिना गुज़ारा भी नहीं था, फिर हम दोनों में कोई झगड़ा थोड़े ही है। यूँ भी दो मुहब्बत करने वालों का साथ-साथ रहना कोई ज़रूरी बात भी नहीं है।''

''तुम ऐसा सोच सकती हो, मैं नहीं। मेरे लिए तो अब साथ-साथ रहना लाज़मी है। लेकिन केतकी, तुम्हें इस बात से परेशान होने की कोई ज़रूरत नहीं है। हाँ इतना ज़रूर है तुम कई बातों के मायने अपने ढंग से लगाती रही हो, उसमें मैं क्या कर सकता हूँ। अब कहो तुम मुझसे चाहती क्या हो? उन बातों को यहीं छोड़ दो केतकी जो तक़लीफ़देह हैं। हाँ, यह बताओ अब तुम्हारी माँ की कैसी तबीयत है?''

''माँ वैसी ही हैं। डॉक्टरों का कहना है कि अब उनके ऑप्रेशन में देर नहीं करनी चाहिए।''

''फिर?''

''अभी यह कहना तो कठिन है क्योंकि मैं लंदन में ऑप्रेशन करवाना चाहती हूँ, उसकी जब भी तारीख मिलेगी, चली जाऊँगी।''

''क्यों, यहाँ कोई ऐसा अस्पताल नहीं है जहाँ यह ऑप्रेशन हो सके?''

''होंगे, परन्तु मैं यहाँ नहीं करवाना चाहती। मैं कोई ख़तरा मोल लेना नहीं चाहती।''

''एक अनजान देश, अनजान शहर, अनजान अस्पताल के डाक्टरों पर तुम्हें ऐतबार कैसे हो गया केतकी?''

''ऐसी बात नहीं है मोह!''

''फिर कैसी बात है, क्या कोई जान-पहचान का डॉक्टर है वहाँ?''

''हाँ, वही तो बताने आयी थी।''

''केतकी! क्या तुम्हें यहाँ किसी डॉक्टर पर, किसी अस्पताल पर विश्वास नहीं। यह बात मेरे गले नहीं उतर रही। मत जाओ केतकी! यहाँ हम सब तुम्हारे साथ हैं, वहाँ कौन होगा तुम्हारे पास।''

''तुम ठीक कह रहे हो मोहसिन खान, परन्तु वहाँ भी मेरे कुछ अपने हैं।''

''ठीक है केतकी, तुम्हें जैसा ठीक लगता है वही करो।''

''वही तो करने जा रही हूँ मोह! तुमसे एक रात और उधारी माँगने आयी हूँ। क्या एक रात और मैं तुम्हारी चुरा सकती हूँ?

''कैसी बातें कर रही हो केतकी!''

''नहीं, मैं ठीक कह रही हूँ।''

''लेकिन तुम गयी ही क्यों थी?''

''पुरानी बातें छोड़ो मोहसिन खान! जो क्षण बीत गया उसे लेकर आज को बरबाद मत करो। फिर उन बीती बातों का आज औचित्य ही क्या है। राजीव को तुम अलग कर नहीं सकते और मैं ऐसा कहना भी नहीं चाहती कि तुम उसे छोड़ दो। तुम अपने जीवन को अपनी तरह से जीने के लिए पूरी तरह से स्वतन्त्र हो। इसीलिए मैं तुम्हारे जीवन से निकल जाना चाहती थी।''

''क्या निकल पायीं? रही राजीव की बात, वह तुम्हें इतना क्यों अखरने लगा है, यह बात मेरी समझ से बाहर की बात है। मैं यह नहीं जानता कि मेरी कौन-सी बातें तुम्हें बुरी लगी हैं, मैं यह भी नहीं जानता कि निकाह के बाद से तुम्हें राजीव क्यों बुरा लगने लगा लेकिन मैं क्या करूँ, मैं तुम्हें और राजीव दोनों को ही छोड़ नहीं सकता। और तुमने जाने-अनजाने में मेरे दिल में जो जगह बना ली है वहाँ से तुम्हें मिटा देना मेरे लिए ग़ैरमुमकिन है केतकी! जाने कब मैं तुम्हें चाहने लगा, मैं ख़ुद भी नहीं जानता।'' इतना कहने के साथ ही मैंने केतकी को बाहों में भर लिया। देर तक उसके एक-एक अंग पर मेरे होंठ फिसलते रहे। मुझे एक अजीब से सुख का एहसास हो रहा

था। मेरे इस सुख में बाधा बनाती हुई केतकी ने अपनी अंगुली से मेरे होठों को छुआ और मुझे लगा जैसे किसी ने परोसी हुई थाली मेरे आगे से उठा ली हो। मेरी आँखें हैरानी से फैल गयीं और केतकी का चेहरा बन गयीं। केतकी ने दोनों हथेलियाँ अब मेरी आँखों पर रख दीं और अब वह मेरी गिरफ़्त से आज़ाद होने की कोशिश कर रही थी। उसके होंठों से जो लफ़्ज़ फिसल रहे थे वह मेरे लिए खुशगवार ही हों ऐसा नहीं था। लेकिन केतकी बेहद खुशमिज़ाज थी। मेरे कानों ने उसके खुशी से लबरेज़ लफ़्ज़ों को सुना। वह कह रही थी—" मोहसिन खान, सिर्फ एक रात ही चुराने आयी हूँ तुमसे, न इससे अधिक और न इससे कम। पूछोगे नहीं कि क्यों मैं एक रात के लिए ही तुम्हारे पास फिर आना चाहती हूँ।"

"नहीं, कुछ नहीं पूछूँगा। तुम्हारा एक पल का भी साथ जानती हो मुझे कितनी खुशियों से भर जाता है...।"

"झूठ मत बोलो मोह! तुम्हारे मुँह से झूठ अच्छा नहीं लगता। तुम क्यों नहीं कह सकते कि केतकी मैं तुम्हें नहीं, केवल राजीव को चाहता हूँ।"

केतकी की बात सुनकर एक लम्हे के लिए मैं उसका मुँह ताकता रह गया। एक हद तक यह बात सच है लेकिन जिस अन्दाज़ से केतकी ने यह बात कही है, उस बात से मैं कतई सहमत नहीं हो सकता लेकिन केतकी के दिल में ऐसा ख़्याल आया ही कैसे? मेरी किस हरकत ने केतकी को यह सब सोचने के लिए मजबूर कर दिया? मै क्या करूँ? मैं इससे भी इनकार नहीं कर सकता कि राजीव का मेरी ज़िन्दगी में कोई दख़ल नहीं है। मैं राजीव को चाहता हूँ। लेकिन केतकी से तो मुझे मुहब्बत है। मुझे लगा कि हम दोनों, नहीं दोनों नहीं, सिर्फ केतकी किसी ख़ास हालात की शिकार हो गयी है। जाने क्यों हम एक दूसरे की अच्छी बातों से मुतास्सिर नहीं हो पाये। यह सवाल मुझे कोंच रहा था। मैंने अपने को अपने ही बुने सवालों के घेरे से बाहर निकालते हुए केतकी से कहा, "केतकी मैं राजीव से बेहद प्यार करता हूँ इसमें कोई शक़ नहीं है। लेकिन, उसे मैं वह दर्जा कतई नहीं दे सकता जो मेरी ज़िन्दगी में तुम्हारा है। क्या दो लोगों से मुहब्बत नहीं की जा सकती? ज़िन्दगी में जाने हम कितने जनों को चाहते हैं लेकिन हर चाहत का मतलब अलग होता है केतकी।" केतकी की खाली-खाली आँखें जाने कितनी देर मेरे चेहरे का सफ़र करती रहीं फिर धीरे से बोली, "क्यों नहीं कर सकते!"

"यह सब जानते हुए भी तुमने ऐसा क्यों किया केतकी? रही मेरे और राजीव के बीच की बात तो यह तुम जान लो कि यह बात भी तय है कि मैं कुछ ऐसा ही हूँ। न मैं तुम्हें छोड़ सकता हूँ और न राजीव को ही।"

"रुको मोहसिन खान! मुझे अब छोड़ने का प्रश्न ही कहाँ रह गया है। मैं तो अब तुम्हारी ज़िन्दगी से बहुत दूर जा चुकी हूँ। मैंने ऐसा इसलिए भी किया है कि तुम

राजीव के साथ इतमिनान से रह सको।''

केतकी की बात सुनकर मैं अन्दरूनी तौर पर और बाहरी तौर पर बेहद कशमकश से गुज़रने लगा। कुछ देर मेरी हालत ऐसे ही रही। मैं कुछ बोलने के क़ाबिल नहीं रहा। केतकी मेरे और राजीव के रिश्ते को क्या शक्ल दे रही है, यही मेरी समझ से बाहर की बात थी। क्या मेरी बातों के सिलसिले में या फिर मेरे बरताव के सिलसिले से केतकी ऐसा कुछ दूसरी तरह का वहम पाल गयी। उसकी मेरे बारे में सोची गयी तयशुदा बातें वह काम कर गयी जो निहायत ही बेमानी व ग़ैरज़रूरी थीं और उन बातों ने मेरी ज़िन्दगी वीरान कर दी। मैं ग़मगीन था केतकी की बातों से। लेकिन केतकी को इसका गुमान तक नहीं था। वह उजली हँसी हँसते हुए बोली, ''कहाँ खो गये खान! लेकिन तुम मुझसे यह तो पूछो कि फिर मैं एक रात के लिए भी यहाँ क्यों आयी हूँ?''

''वह सब बाद की बात। पहले यह कि तुम तो चाय पिलाने वाली थी वह कहाँ गयी? राजीव को तो तुमने भगा ही दिया।''

''चाय तो मैं बना लाती हूँ लेकिन राजीव को क्या अब मेरी शक्ल भी अच्छी नहीं लगी कि मुझे देखते ही भाग गया?''

केतकी चाय बना लायी थी। मुझे यह बात खल रही थी कि चाय की तो राजीव को तलब हो रही थी और वही बिना पीये कहाँ चला गया। लेकिन केतकी के लौट आने की खुशी में मेरी तवज्जो ज़्यादा देर इस बात की तरफ नहीं रही। हम दोनों चाय में अपने गिले-शिकवे घोल कर पीते रहे।

केतकी इस समय बेहद खुशमिज़ाज दिखाई दे रही थी। उसकी बेवजह की किलकारियों से मेरा कमरा भर गया था। लेकिन यह मंज़र मुझे और भी ग़मग़ीन कर रहा था।

केतकी की बातें मेरे सीने के आर-पार तेज़धार औज़ार की तरह निकल गयीं जिसका दर्द कटने के बाद महसूस होता है। मैंने बेचारगी से केतकी से कहा, ''कैसी बात कर रही हो केतकी! एक ओर तुम सदियों से मेरी होने का दावा भी करती हो, दूसरी ओर उसी साँस में जाने की भी बात कर रही हो। अब जब तुम आ ही गयी हो फिर जाने का नाम क्यों ले रही हो केतकी!''

''मैं जाने के लिए ही आयी हूँ खान! बस एक रात के लिए ही आयी हूँ। यह बात तुम अच्छी तरह से जान लो।''

''केतकी, मैं तुम्हें कैसे बताऊँ कि अब मुझे एहसास हो रहा है कि मैं तुम्हारे बिना अधूरा हूँ। तुम अगर चली गयी तो मैं जी नहीं पाऊँगा। तुम मेरी बेग़म हो, बस मैं इतना ही जानता हूँ। तुम शायद नहीं जानती कि जब तुमने मुझसे निकाह किया था तब मैं तुम्हें बिलकुल भी बर्दाश्त नहीं कर पा रहा था, यह अलग बात है कि मैं तुम्हें

शिद्दत से चाहता था और तुमसे वाबस्ता भी होना चाहता था लेकिन उसमें शादी वाली कोई बात भी मेरे ज़ेह्न में नहीं थी। तुम्हारी और अम्मी की ज़िद के आगे मैं अपने को हारा हुआ समझने लगा था। मैं तुम्हें चाहता था लेकिन मैं तुम्हें इस तरह पाना नहीं चाहता था और फिर मैंने एक मजबूरी की हालत में तुमसे निकाह किया। लेकिन जैसे ही तुम मेरी ज़िन्दगी से चली गयी वैसे ही मैंने जाना कि मैं तो हमेशा से ही तुम्हारा हूँ। एक भी दिन तुम्हारे साथ के बिना मैंने गुज़ारा हो तो मुझे क़सम है। केतकी, तुम मेरे साथ न रहते हुए भी सदा पेरे पास थी। आज तुम्हें अपने पास पाकर बेहद खुश हूँ। लेकिन राजीव की जगह मेरे लिए जो है उसे भी कोई नहीं ले सकता और तुम्हारी जो जगह मेरे लिए है, वहाँ राजीव का कोई दख़ल भी नहीं हो सकता। तुम दोनों रिश्तों को गड्ड-मड्ड करके क्यों देख रही हो। तुम मेरी हो, मेरी ही बेग़म रहोगी।''

''रुको रुको मोहसिन खान! पहले तो यह सही है कि मैं तुम्हारी ज़िन्दगी से गयी नहीं हूँ क्योंकि मैं आज भी तुम्हारी बेग़म हूँ और सदा रहूँगी। परन्तु आज मैं केवल आज के दिन के लिए ही यहाँ आयी हूँ।''

''कितनी बार कहोगी केतकी! इस बात को? लेकिन मैं इन लम्हों को भरपूर जीना चाहता हूँ और यह बात नहीं बर्दाश्त कर पा रहा हूँ कि तुम सिर्फ आज भर के लिए ही आयी हो। अब यहाँ से जाने का नाम भी मत लेना केतकी।''

''पहले मेरी पूरी बात सुनो, फिर जो तुम्हरे दिल में आये वही करना।''

मैंने एक बार फिर से उसके होंठों को चूम लिया और बोला, ''हाँ कहो, क्या कहना चाहती हो।''

''मोहसिन खान, मैं बच्चा चाहती हूँ तुमसे।''

उसकी बात सुन मेरी हँसी छूट कर पूरे आसमान में फैल गयी। वह कुछ दुखी हुई और बेचैन ग़ज़ाल की तरह मुझे देखती हुई बोली, ''हँसो नहीं मोहसिन खान! पहले मेरी पूरी बात सुनो। मैं तुम्हें तलाक नहीं दे रही और इतना विश्वास तुम पर करती हूँ कि तुम मेरी अगली ज़िन्दगी में कोई ज़हर नहीं घोलोगे क्योंकि हम दोनों ने एक-दूसरे से पाक मुहब्बत की है। इसके बावजूद मैं फिर से शादी करने जा रही हूँ।

केतकी की बात सुन मैं सकते में आ गया। मुझे इस तरह अपनी तरफ देखते हुए देखकर केतकी बोली, ''क्या देख रहे हो मोह! मैं सच कह रही हूँ कि मैंने मुहब्बत सिर्फ तुम्हारे साथ ही की है, मुहब्बत के मेरे घेरे में और कोई नहीं आता। तुम इस बात पर यक़ीन करना चाहो तो करो, न करना चाहो तो तुम्हारी मर्जी। तुम्हें अपनी मुहब्बत पर विश्वास होगा तो तुम्हें मेरी बात सच लगेगी, नहीं तो झूठ लेकिन यह भी उतना ही सच है कि मैं इन क्षणों को मैं भरपूर जीना चाहती हूँ।''

''बस एक बात और इस विश्वास के साथ कहना चाहती हूँ कि तुम कोई हो-

हल्ला नहीं करोगे। मैं ऐसा सिर्फ इसलिए कर रही हूँ कि मेरी माँ की जितनी भी ज़िन्दगी बची है वह मैं उसकी मर्जी से जीना चाहती हूँ। मैं माँ को सुख और खुशियों से भर देना चाहती हूँ। उसे मेरी शादी देखने की इच्छा है। मैं उसके लिए वह भी करूँगी। मैं उसे यह बताकर कि मैंने तुमसे शादी कर ली है उसकी आशाओं को निराशा में बदलना नहीं चाहती। मैं माँ को और दुखी नहीं कर सकती। सारी ज़िन्दगी उसने कष्टों में काटी है उसके इन अन्तिम दिनों को मैं सुख और सन्तोष से भर देना चाहती हूँ फिर इतना तुम भी जान लो कि ज़िन्दगी मुहब्बत के सहारे नहीं जी जा सकती।''

''केतकी मेरी समझ से परे की बातें हैं जो तुम कह रही हो मेरी समझ में कुछ नहीं आ रहा।''

''मोहसिन खान तुम्हें समझने की आवश्यकता भी नहीं है। मैंने तुम्हें तुम्हारी तरह जीने के लिए आज़ाद छोड़ दिया है और मैं अपनी तरह जीने के लिए तुमसे इजाज़त लेने आयी हूँ और मैं जानती हूँ कि तुम कोई हो-हल्ला नही करोगे।''

''कौन है वह?''

''लन्दन में है और डॉक्टर है। रघु नाम है उसका।''

''सिर्फ रघु।''

''नहीं राघव सुब्रामनयम। देखो मोहसिन खान! माँ मेरी शादी ब्राहमण परिवार में और एक समाजिक तौर पर कोई रुतबा रखने वाले व्यक्ति के साथ करना चाहती थी। मैंने सिर्फ माँ की इच्छा की पूर्ति करने की कोशिश की है।''

''सिर्फ माँ की इच्छा या और भी कुछ?''

''और कुछ नहीं मोहसिन खान! मुहब्बत ज़िन्दगी में एक ही बार होती है फिर तो और सब समझौते ही हैं। एक बात ज़रूर है जिसका मैं तुम्हें विश्वास दिलाना चाहती हूँ कि रघु के साथ जुड़कर मेरी कला मरेगी नहीं, उसे एक ठोस आधार अवश्य मिल सकेगा। इतना मैं तुम्हें विश्वास दिलाना चाहती हूँ।''

''जब तुमने यह फ़ैसला कर ही लिया है फिर मैं इस बारे में क्या कहूँ और कहूँ भी क्यों? फिर तुम्हें यहाँ आना भी नहीं चाहिए था। मेरे पास क्यों आयी हो?''

''ऐसे मत बोलो मोह! यह कहाँ लिखा है कि हम एक समय में एक ही पुरुष के साथ रह सकते हैं? तुमसे प्यार किया है और ताउम्र करती रहूँगी। इसके साथ ही मैं यह भी जानती हूँ कि तुम्हारे साथ रहकर मैं वह मुकाम हासिल नहीं कर सकती जिसे मैं रघु के साथ रह कर प्राप्त कर सकती हूँ। फिर तुम्हारी ज़िन्दगी में राजीव है तुम उसे छोड़ नहीं सकते। उसके लिए ही मैं तुमसे अलग हो रही हूँ।''

''तुम अपनी ही बात करो, राजीव को बीच में लपेटने की कोशिश मत करो। मेरा राजीव के साथ क्या और कैसा रिश्ता है यह तुम कभी नहीं समझ सकोगी। ठीक

है, तुम छोड़ तो मुझे पहले ही गयी थीं। अब क्या चाहती हो मुझसे, वही कहो?''

''मेरी डिक्शनरी में तलाक शब्द नहीं है। मैं तुम्हें छोड़ नहीं रही हूँ। इतना तुम जान लो। दूसरी शादी मैं माँ को खुशी देने के लिए ही कर रही हूँ और तुम्हारी सिर्फ एक रात और चुराने आयी हूँ क्योंकि मैं बच्चा तुमसे चाहती हूँ, अपने प्यार की निशानी के तौर पर। परसों मेरी शादी रघु से हो जाएगी। इसलिए आज का दिन तुम्हारा मैं अपने नाम लिखने आयी हूँ।''

''केतकी मेरी समझ में कुछ नहीं आ रहा।''

''कुछ मत समझो, कुछ मत कुछ सोचो। केवल इतना सोचो कि आज का दिन, भरपूर जीने का है। बस!''

मुझे केतकी की बातें हलकान किये दे रही थीं। फिर भी मैं तहज़ीब से बोला, ''केतकी! तुम क्या हो?''

''जो हूँ, जैसी हूँ, तुम्हारी हूँ।'' केतकी इस समय लुत्फ़ेअन्दोज़ थी और उसकी आँखें हसरतों से लबरेज़ थीं।

''यदि मेरी हो तो मेरे पास आ जाओ। यह सब क्यों कर रही हो?'' मेरी मुहब्बत सिसक रही थी।

''कहा न, यह शादी माँ के लिए कर रही हूँ और फिर यह भी एक सच है कि तुम मुझे सामाजिक स्तर पर वह सब कुछ नहीं दे सकते जो मुझे रघु दे सकता है फिर जैसा कि मैंने पहले भी कहा है यह सब मैं माँ की खुशी के लिए ही कर रही हूँ। माँ ने बहुत कष्ट सहे हैं, मैं उनके दुखों को और बढ़ाना नहीं चाहती। यह ज़रूरी भी नहीं कि एक औरत एक ही पुरुष के साथ रहकर अपनी सारी ज़िन्दगी गुज़ार दे। क्या तुम नहीं समझते कि कभी-कभी एक पुरुष वह नहीं दे पाता जो औरत चाहती है। किसी एक पुरुष से उसे मानसिक सन्तुष्टि मिल सकती है, किसी दूसरे से उसे बौद्धिक, तो किसी तीसरे से उसे शारीरिक। और प्रत्येक व्यक्ति के अन्दर अनेक तरह की भूख विद्यमान रहती है। इसे तो तुम भी जानते-समझते हो। इन सभी तरह की भूखों को मिटाने के लिए क्या केवल रोटी खा लेनी ही, काफी होगा? बोलो मोहसिन खान?''

केतकी से सहमत न होते हुए भी अपने पर क़ाबू रखते हुए मैंने कहा, ''मै क्या बोलूँ केतकी? मेरी तो कुछ भी समझ में नहीं आ रहा। तुम क्या कह रही हो। मेरी समझ में तो आज तक एक बात यह ही नहीं आयी कि तुमने मुझसे शादी ही क्यों की। तुम मेरी सीमाओं को जानती थी, अपनी मम्मी को जानती थी, फिर वह क्या लाचारी थी जिस की वजह से तुम्हें मुझसे शादी करनी पड़ी।''

''कोई लाचारी नहीं थी, बहुत छोटी सी बात है। मैंने तुमसे प्यार किया है। अपने प्यार को हासिल करने की तमन्ना थी मेरे मन में जिसे मैंने पूरा किया, बस। और अब मैं तुमसे बच्चा चाहती हूँ। अपने प्यार की पूर्णता के लिए मेरी इस सीधी-सी बात का

तुम क्या अर्थ लोगे मैं नहीं जानती परन्तु इस बात में सच्चाई इतनी-सी ही है।''

केतकी की बातों से मैं सहमत नहीं हो सका। यह बातें मेरी बर्दाश्त से बाहर की बातें थीं। फिर भी मैंने उससे कहा, ''मैं नहीं जानता कि यह सब तुम किस वजह से कह रही हो। तुम्हारी सारी बातें मेरी समझ से बाहर हैं। केतकी तुम क्या मुझे चाबी से भरे जाने वाला खिलौना समझती हो? क्या मुझमें कोई जज़्बात नहीं है? तुमने चाबी भरी और मैं चल पड़ूँगा। देखो केतकी! तुम्हें मुझसे क्या अपेक्षा है, मैं नहीं जानता, मैं यह भी नहीं जानता कि तुम्हारा जिन्सी मसला क्या है लेकिन मैं एक मेहरबान की तरह तुम्हें सलाह देता हूँ कि अब सब बातें छोड़ो, जिस चैप्टर को तुमने ही बन्द कर दिया है, उसे फिर से क्यों खोलना चाहती हो उसे बन्द ही रहने दो।''

''मोहसिन खान! यह मैं तुम्हें बता दूँ कि मैंने किसी चैप्टर को बन्द नहीं किया है। मैं यहाँ से चली ज़रूर गयी हूँ लेकिन मैंने तुम्हें छोड़ा नहीं है और यह भी जान लो कि मेरी कोई यौन सम्बन्धी समस्याएँ नहीं हैं। तुम मेरी बात को किस तरह समझ रहे हो, मैं नहीं जानती। मैं तो केवल इतना ही जानती हूँ कि ज़िन्दगी तो एक ही जीनी है। तुम्हें अपनी तरह जीने का पूरा हक़ है इसीलिए तुमसे दूर हो गयी हूँ और मुझे मेरी तरह जीने का पूरा हक़ है। मैं अपने प्यार की पूर्णता चाहती हूँ और इस बात का तुम पूरा विश्वास करो मेरा कि इसके बाद ज़िन्दगी भर कभी तुमसे कुछ नहीं चाहूँगी। हाँ, तुम्हें जब भी मेरी ज़रूरत होगी तुम मुझे अपने पास पाओगे मोह!''

''केतकी! तुम मेरा कैसा इम्तेहान लेना चाहती हो, मैं नहीं जानता। कुछ भी सोचने-समझने की मेरी सारी ताक़त जैसे खो सी गयी है।''

''अब सोचने का समय नहीं रहा मोहसिन खान! कुछ मत सोचो, कुछ मत जानो, कुछ मत कहो; बस तुम वह करो जो मैं चाहती हूँ।''

''केतकी, मैं तो सदा से तुम्हारी ही बात मानता चला आ रहा हूँ। मैं तो यह भी नहीं जानता कि तुम मुझे किस बात की सजा देती आ रही हो?''

''क्या कह रहे हो मोहसिन खान, अपना दोष दूसरे पर डालने की कला कोई तुम से सीखे।''

''वाह, केतकी! कितनी सफाई से तुम झूठ बोल लेती हो। आज तक तो तुम्हारा ही सब करा-धरा है जिसे हम दोनों झेल रहे हैं।''

''मैंने तुमसे प्यार किया है मोह! तुमने मुझे जो दिया है, मैं उसी में बहुत खुश हूँ। इसे तुम झेलना कह सकते हो लेकिन मैं ऐसा नहीं समझती। तुम सच्चाई से मुँह फेर सकते हो, मैं तो हर हाल में तुम्हें सुखी देखना चाहती हूँ। तुम झूठ का सहारा लेकर जी सकते हो मोहसिन खान! परन्तु मैं ऐसा नहीं कर सकती।''

''मैंने कौन-सा झूठ बोला है? क्या कह रही हो केतकी।''

''ठीक कहते हो, जो व्यक्ति सच का सामना करने से कतराता है वही ऐसी बातें

करता है।''

''कैसा सच और कैसा झूठ, मैं कुछ नहीं जानता केतकी! मैं जो कुछ हूँ, जैसा हूँ, बस हूँ और तुम्हारे सामने खुली किताब की तरह हूँ। मैं नहीं चाहता तुम इस किताब को पढ़े बिना ही इसका एक एक पन्ना फाड़ कर यहाँ–वहाँ बिखेर दो।''

''कैसी बात करते मोह! मैंने तुम्हें नहीं जाना है, अरे जितना मैं तुम्हें पहचानती हूँ उतना तो तुम भी अपने को नहीं जानते। लेकिन इस समय मैं किसी बहस में पड़ना नहीं चाहती, मैं तो केवल अब यह चाहती हूँ जो क्षण तुम्हारे सामने है उसे भरपूर जीने की कोशिश करो। बस इस समय का सच यही है।'' कहने के साथ ही केतकी ने मेरे गले में अपनी बाँहें डाल दीं, उसके बन्द गुलों की पंखड़ियाँ मेरे होंठों को छू रही थीं और इसके साथ ही कमरे में ढ़ेरों कमलनियाँ जैसे एक साथ खिल उठी हों। और मैं उसकी गन्ध में सराबोर हुआ जा रहा था। यह वक़्त मेरी ज़िन्दगी में नया रंग भर रहा था। जाने कितनी देर केतकी मेरे जिस्म से खेलती रही, उसका पहला स्पर्श ही एक चिंगारी की तरह मेरे पूरे जिस्म का सफ़र कर गया। आहिस्ता–आहिस्ता चिंगारी आग में बदलनी शुरू हो गयी। जिस्म का आलम यह था कि जिस गन्ध को वह तलाश रहा था वह गन्ध आहिस्ता–अहिस्ता उस आग के हवाले होने लगी थी और किस पल केतकी के अधीन मेरा पूरा शरीर हो गया, मैं नहीं जान पाया। मुझे ऐसा महसूस हो रहा था कि मुझ पर कोई नशा तारी है और मैं उसके सुरूर से मदमस्त हो हल्की नीली रोशनी की एक गुफ़ा में जा रहा हूँ। न चाहते हुए भी मेरी चाहत बढ़ती जा रही है और मैं सोचने लगा हूँ कि यह सफ़र कभी ख़त्म न हो। उस हल्की नीली रोशनी में जैसे किसी ने हज़ारों इत्र एक साथ बिखेर दिये हों। जाने–अनजाने मैं उस नीली रोशनी में डूबने लगा और मैं सिर्फ इतना ही जान पाया कि अनजाने अनचाहे में ही केतकी की दासता क़बूल करता चला गया।

यह वक़्त कैसा था, मैं नहीं जानता, लेकिन जैसा भी था एक अलग तरह का था। या अल्लाह! यह कैसी कैफ़ियत है दिलो–दिमाग़ पर और मेरा ख़ुद पर क़ाबू क्यों नहीं रहा? उसके जिस्म की महक ने जैसे ज़िन्दगी के मायने ही बदल दिये हों। क्या यह मैं ही हूँ या फिर यह कोई तिलिस्म है जिसके टूटने का ख़ौफ़ मुझे उसी के असर में जीने की ऐसी चाह जगा रहा है जिससे मैं अभी तक नावाकिफ़ ही था।

अन्तर्यात्रा

मैं राजीव अग्निहोत्री। यूँ मेरा अग्निहोत्री से वैसे कोई रिश्ता नहीं हैं। मैं नहीं समझता कि नाम के पीछे इसके लगने से मैं कुछ विशेष बन जाता हूँ। यूँ मुझे इस एक नाम से हद दर्जे की चिढ़ है। जिस घर में मेरा जन्म हुआ, यह उसी का दिया नाम है। जिसे मैंने ख़ारिज कर दिया है। अब मैं केवल मात्र राजीव हूँ। मैं वापस चंडीगढ़ आ गया हूँ। मेरे साथ टोनी भी आया था लेकिन वह अब वापिस चला गया है।

मेरे स्कूल के लिए एक ज़मीन का टुकड़ा मिला है उसी सिलसिले में मैं यहाँ आया हुआ हूँ। मोहसिन खान की मार्फत मेरे विषय में आपको जो जानकारी मिली है वह अधूरी जानकारी है। मेरा आपसे एक रिश्ता क़ायम हुआ है लेकिन यह रिश्ता मोहसिन खान ने क़ायम किया है। आप भी यह चाहते होंगे कि मुझे मेरी तरह जानें और मैं भी चाहता हूँ कि आज मैं आपको अपनी कहानी सुनाऊँ। इसकी वजह क्या है, नहीं जानता लेकिन मैं बस अपनी बात कहना चाहता हूँ। इस समय मैं स्कूल के आँगन में लगे पीपल के विशालकाय पेड़ के चबूतरे पर बैठा हूँ। मैं सोच रहा हूँ कि वजह कोई भी क्यों न हो मैं स्थितियों से मुँह मोड़ कर कितना भागता रहूँगा? कहीं तो मुझे रुकना है। आज भी मैं दोराहे पर खड़ा हूँ। लेकिन ऐसी स्थिति में आदमी कब तक ज़िन्दा रह सकता है। मुम्बई से मुझे फिर बुलावा आया है। मैं कुछ भी तय नहीं कर पा रहा हूँ कि मुझे क्या करना चाहिए। माँ की बात पर ग़ौर करता हूँ तो दिल में एक टीस-सी उठती है और अपने मिशन की बात जब सोचता हूँ तो दिल मुम्बई जाने का फ़ैसला करता दिखाई देता है। मैं एक उलझन में फँसा हुआ अपने को पाता हूँ। अभी तक मेरे लिए यह एक यक्ष प्रश्न था। ऐसी स्थिति कब तक बनी रह सकती थी कब तक मैं भागता रह सकता था। आज मैंने इस यक्ष प्रश्न पर विजय प्राप्त कर ली है।

आज मैंने यह तय कर ही लिया है। मुझे वापस मुम्बई चले जाना है। इतना तय होने पर मैंने इतमिनान की साँस ली है। यूँ मैं नहीं जानता कि मेरा यह फ़ैसला कहाँ तक सही है। फ़िलहाल मुझे इससे बेहतर अपने लिए और कोई फ़ैसला दिखाई नहीं नहीं देता। जिस तरह मैं जीना चाहता हूँ वह न तो बाप के व्यपार को सँभाल कर जी सकता हूँ और न स्कूल में रह कर ही मैं उस तरह जी सकता हूँ।

अपने इस निर्णयात्मक फ़ैसले से मुझे बड़ी ताक़त मिली है। इसके साथ ही भागती हुई ज़िन्दगी में कुछ देर के लिए ही सही ब्रेक लगी है मानो तेज़ रफ्तार रेलगाड़ी को किसी ने चेन खींच कर रोक दिया हो, ऐसा ही कुछ-कुछ इस समय मैं अनुभव कर रहा हूँ। गाड़ी को आगे की ओर खींच रहा इंजन अचानक पीछे की ओर लग गया हो और एक बार फिर छोड़ी हुई पटरियों पर ट्रेन भागने लगी हो और एक-एक वह स्टेशन मेरी आँखों के आगे से गुज़रने लगे हैं जिन्हें मैं अब तक पार कर चुका था। सिलसिलेवार कहूँ तो ऐसे कहा जा सकता है कि मेरे जीवन का सफ़र एक भगोड़े का सफ़र ही कहा जा सकता है।

भागने का यह क्रम घर से ही शुरू हुआ था। मैं घर से भाग कर मोहसिन खान के पास आया। वहाँ से भागा मुम्बई मास्टर के पास चला गया और फिर वहाँ से भाग कर कुछ अपनी तरह जीना चाहा तो टोनी ने अपने घर ले जाकर ही दम लिया और फिर वहाँ से भाग कर मैं परांजपे की दुकान पर भी कुछ दिन रहा। वहाँ से भाग कर वापस फिर मोहसिन खान के पास आ गया और फिर माँ के पास। लेकिन यह आना भी तो आना नहीं है। अभी तो मैं कुछ काम निपटाने के लिए कुछ दिनों के लिए ही यहाँ आया हूँ। यूँ मैंने पृथ्वी का एक छोटा-सा घेरा तय किया है।

मेरे जीवन का लक्ष्य क्या है? जब भी मैंने अपने से यह प्रश्न किया है तब-तब मुझे एक ही उत्तर मिला है— 'थियेटर'। मेरा जीवन थियेटर के लिए है और थियेटर मेरे लिए है। इसी इच्छा ने जन्म दिया था 'अक्स' को। मैं मोहसिन खान और केतकी तीन पहियों के सहारे ही हमारा 'अक्स' चल रहा था। बिलकुल वैसे ही जैसे ऑटो रिक्शा चलता है।

मैं केतकी की इज़्ज़त करता हूँ क्योंकि वह 'अक्स' की जान से कम नहीं थी। समझ लीजिए वह 'अक्स' का इंजन ही थी। उसमें बला की कल्पनाशीलता थी और थी रंगमंच की समझ। उसकी छत्रछाया में नाटक सृजित करना एक सुन्दर संसार की रचना करने से कम नहीं समझा जाता था। मैं उसकी इज़्ज़त करने के साथ-साथ उसे स्नेह भी करता था, करता हूँ क्योंकि उसने मुझे जितना प्यार दिया है वह मेरे जीवन की अमूल्य निधि से कम नहीं है।

मेरे विषय में यहाँ अनेक धारणाएँ फैली हुई थीं। माँ-बाप के लिए मैं आलसी बच्चा था और स्कूल में मैं 'नालायक बच्चा' मशहूर था। मेरे हमउम्र लड़कों का कहना था कि—'राजीव नशेड़ी है।'

'राजीव जुआरी है।'

'राजीव कामचोर है।'

'राजीव अबनॉर्मल है।'

'राजीव भगोड़ा है।'

मैं क्या हूँ, मैं खुद भी नहीं जानता और आज मैंने निर्णय ले लिया है कि मुझे मुम्बई ही चले जाना चाहिए और उस आन्दोलन में सक्रियता से भाग लेना चाहिए जिसे परांजपे जैसे लोगों ने चलाया हुआ है। मैं यहाँ रह कर स्कूल में अपने-आपको सीमित नहीं करना चाहता। आज से पहले मैं कितने दिनों से इस दोहरी मानसिकता के साथ जी रहा था। यह अलग बात है कि स्कूल आगे से बेहतर हो गया है। मैं जब यहाँ से गया था तो इस स्कूल में मात्र दो घंटे ही पढ़ाई होती थी जिसमें बच्चों को अक्षर-ज्ञान करवाया जाता था और बाकी समय नाटक की रिहर्सल। लेकिन आज सब कुछ बदल-सा गया है। अब तो रिहर्सल का अलग से समय है और सारा दिन स्कूल चलता है और यह अब अपनी तरह का अलग ही स्कूल है। खेल से लेकर यहाँ कुछ ऐसी शिक्षा देने का भी प्रबन्ध किया गया है ताकि यह बच्चे जो सुबह बूटपॉलिश या फिर ऐसा ही दूसरा धन्धा करके पढ़ने आते हैं उन्हें कुछ हाथ का काम सिखाया जाये ताकि वह अपनी ज़िन्दगी को कुछ बेहतर ढंग से जी सकें।

यहाँ कोई घंटों का बन्धन नहीं है, जिसे जो समय उपलब्ध है उसी के अनुसार यहाँ उसे वह सुविधा प्रदान की जाती है जिस काम को सीखने में उस बच्चे की रुचि हो। लेकिन तीन से छः बजे तक का समय उन बच्चों के लिए निश्चित है जो सुबह कुछ अन्य काम करते हैं। अब यह स्कूल 'चिल्ड्रन होम' कहलाने लगा है और इस की अब अपनी इमारत है।

सबसे बड़ा परिवर्तन यहाँ जो आया है वह यह है कि अब बच्चे स्कूल अपने आप आते हैं। पहले तो बच्चों को घर-घर जाकर लाना पड़ता था। इस समय कुछ बच्चे खेल कर चले गये हैं, कुछ बच्चे नये नाटक की रिहर्सल में व्यस्त हैं। आज मैं चाहता हूँ कि मैं अपने-आपको आपसे पूरी तरह से परिचित करवा दूँ। वैसे ऐसा सोचने का मेरा सबब क्या है तो इसका कारण भी यही है कि मुझे आज ही मुम्बई से परांजपे का फोन आया है। कुछ डेलीगेट्स लन्दन और हॉलैंड से आये हुए हैं और मुझे भी मुम्बई बुलाया गया है। मेरा उनके पास जाना ज़रूरी है, ऐसा परांजपे का कहना है।

मैं क्या हूँ और क्या चाहता हूँ? यह मैं ख़ुद भी नहीं जानता, अपने को ढूँढ़ता हुआ जाने किन गलियों से गुज़रा हूँ और किन चौराहों पर ठहरा हूँ लेकिन आज मैंने अपने यक्ष प्रश्न पर विजय प्राप्त कर ली है। अब प्रश्न वैसे का वैसा खड़ा नहीं है जिसे उत्तर की तलाश थी। आज प्रश्न का समाधान मैंने कर दिया है जिससे मुझे सुकून मिला है।

मैंने सुना था कि घर बड़ी चीज़ होता है। दुनिया जहान में घूम आने पर, अनेक सुखों को भोग कर, उसके बाद घर आने पर जो सुख मिलता है, वह पाँच सितारा होटल में भी नहीं मिलता। परन्तु मेरे साथ ऐसा कुछ नहीं है और यदि मैं यह कहता हूँ कि मुझे अपना घर कतई पसन्द नहीं है तब इस बात में झूठ का कहीं कोई छोटा-

सा अंश भी घुला-मिला नहीं है। आई हेट माई होम। जब से होश सँभाला है, उससे दूर भागता चला आ रहा हूँ। लेकिन यदि मैं यह न कहूँ कि एक शब्द माँ है, जो मुझे बार-बार उस घर में खींचता है, जिससे अर्सा पहले मैंने अपने-आपको अलग कर लिया था, तब झूठ नहीं होगा। लेकिन क्या करूँ वहाँ की अन्य सब चीज़ें, वहाँ के लोग तक मुझे मजबूर करते हैं उससे दूर भागने के लिए। मेरे बाप का, कहते हैं, बड़ा फैला हुआ बिजनेस है, और वह भी कपड़े का थोक व्यापार। शहर के कुछ रईसों में से एक है मेरा बाप; जाने कितने बैंकों में उसका खाता है और विदेशों में भी हो, कौन जानता है।

हर अमीर बच्चे की तरह मेरा नाम भी शहर के एक बड़े स्कूल में दर्ज करवाया गया था परन्तु माँ को यह जानने का वक़्त नहीं था कि बेटा स्कूल में जाकर करता क्या है और बाप के लिए तो उसी दिन उसके कर्तव्य की इतिश्री हो गयी थी जिस दिन वह अपने ढ़ाई साल के बच्चे को स्कूल में छोड़ आया था। सुबह सबेरे बस का आना मुझे गुस्से से भर देता। यह गुस्सा बढ़ते-बढ़ते कब कुंठा में बदल गया, यह तो मैं भी नहीं जानता।

मेरा दिल चाहता था कि स्कूल से घर आने पर माँ मुझसे स्कूल की बातें पूछे। मैं उसे वह सब बताने के लिए उत्सुक रहता जो मैंने स्कूल में सीखा होता। नर्सरी राईम्ज़ से लेकर साथी बच्चों के साथ हुई सारी बातें! परन्तु माँ तो घर में मिलती ही नहीं थी। सबसे बुरा मुझे तब लगता जब किसी बाहरी आदमी के सामने मुझे कहा जाता कि—'बेटे सुनाओ तो क्या सीखा है आज स्कूल में?' और जब मैं चुप रहता किसी के कहने से भी मैं अपना मुँह नहीं खोलता तब माँ बड़े प्यार से कहती—'सुनाओ न हमटी डमटी, बेटे! बोलो!' और मैं फिर भी कुछ नहीं बोलता तब मां कहती—'बड़ा शर्मीकल है...' और ख़ुद ही हँस पड़ती। मुझे उसके हँस पड़ने की बात समझ नहीं आती। तब पिता कहते—'जाओ अपने कमरे में बेटे।' ऐसे समय में ही उनके मुँह से अपने लिए 'बेटे' शब्द को सुनता, और फिर उन लोगों के जाने के बाद मेरी खूब पिटाई होती कि उनसे मिलने वालों के सामने मैं क्यों गूँगा बना रहता हूँ।

तब तो शायद ऐसा कुछ अनुभव नहीं करता था कि मैं क्यों नहीं कुछ कह पाता। जब अपने से पूछता था तो एक ही जवाब मिलता कि 'मन नहीं है।' एक गुस्सा था जो मेरे अन्दर धीरे-धीरे पल रहा था। उस समय तो मैं चुपचाप मार खा लेता, रो लेता परन्तु यह कभी नहीं कहता कि अब किसी के आने पर मैं उनके सामने जो कहा जाएगा मैं वह सुना दूँगा। माँ मुझे ज़िद्दी बच्चे की उपमा देकर चुप हो जाती। उसने कभी यह जानने की कोशिश नहीं की कि मैं ऐसा व्यवहार क्यों करता हूँ।

मेरी उम्र के साल आगे खिसकते जा रहे थे और देह का क्षेत्रफल जब-जब दायें-

बायें, नीचे-ऊपर तक अपने हिसाब से कुछ अधिक जगह घेरने लगता तब-तब घर के आँगन को एक बड़े हॉल की शक्ल देते हुए उसे बेहिसाब सजाया जाता। जहाँ शाम पड़ने के साथ ही शहर की 'क्रीम' एक-दूसरे से चिकना दिखने की कोशिश में हाथों में फूलों के गुच्छों के साथ रंग-बिरंगे काग़ज़ों में लिपटे छोटे-बड़े पैकेट पकड़े उस सजे हुए हॉलनुमा आँगन में आ जुटते और मेरी झोली तोहफ़ों से भर जाती। तब मैं सोचता— अच्छा आज मेरी उम्र में एक साल और जुड़ गया। लेकिन मैं क्या अन्दर से भी उस एक-एक साल के बढ़ने के साथ बड़ा हुआ हूँ? तब पाता हूँ कि मैं तो वहीं खड़ा हूँ जहाँ से मुझे ऐसा एहसास हुआ था कि केक कटने का मतलब क्या होता है। मेरे लिए मेरे जन्मदिन का महत्त्व केक काटने तक ही सीमित था। उस दिन देर रात तक पार्टी ज़रूर चलती रहती, जिस पार्टी में मैं हमेशा गौण ही रहता। किसी को भी पता नहीं होता कि जिसके लिए पार्टी है वह है कहाँ।

माँ को अपनी किटी पार्टियों से फ़ुर्सत नहीं थी। उसे यह जानने की भी कोई इच्छा कभी नहीं हुई कि मैं क्या चाहता हूँ। पिता अपने बिजनेस में उलझे हुए थे। उन्हें तो यह भी मालूम नहीं होता था कि मैं किस क्लास में हूँ। हाँ, यदाकदा इतना अवश्य पूछ लेते थे कि पढ़ाई कैसी चल रही है। बहन बड़ी थी परन्तु वह भी मेरा दर्द नहीं समझ सकी थी। मेरा मन चाहता कि मैं माँ के साथ घंटों बातें करूँ। वह मेरे स्कूल के बारे में पूछे, मै क्या पढ़ रहा हूँ, मैं होम वर्क करता हूँ या नहीं। माँ ने कभी इसे जानने की कोशिश नहीं की। मेरी पढ़ाई ठीक से चले, इसकी सारी ज़िम्मेदारी थी उस टीचर पर जो मुझे घर पढ़ाने आती थी। मैं उदास रहने लगा और चुप भी। क्लास में भी किसी की भी किसी बात का कोई जवाब नहीं देता। यहाँ तक कि अपनी टीचर की बात का भी नहीं और इसी बात को लेकर मैंने कई बार सज़ा काटी परन्तु मेरी चुप्पी बरकरार रहती।

घर वालों ने कभी स्कूल आकर यह नहीं पूछा कि उनका लड़का पढ़ने में कैसा है। डायरी में लिखा होता कि 'प्रिंसिपल से आकर मिलिए', तब भी स्कूल कोई नहीं जाता, पेरेंट्स-टीचर मीटिंग में भी नहीं। पिता अपना फ़र्ज़ स्कूल में एक बड़ी रकम चन्दे के रूप में देकर पूरा समझते।

आज भी मुझे उन दिनों के अपने साथी दोस्तों की याद आती है। हम चार थे। उनमें से जिसकी सबसे अधिक याद आती है वह था बिशन। बिशन जो अब नहीं है। मुझे तो मिल गये मेरे अभिभावक की तरह या फिर मेरे जीवन रक्षक मोहसिन खान, परन्तु बिशन को कोई नहीं मिला जो उसे बचा पाता। मोहसिन खान के थियेटर से उसे चिढ़ थी। लाख कहने पर भी वह कभी उस मीटिंग में नहीं आया जो रोज़ शाम खान की अगुवाई में लगती थी। उसका कहना था कि हमारी समस्या का समाधान थियेटर नहीं है। परन्तु मुझे तो खान को देखने के साथ ही जाने कैसा महसूस हुआ था कि मैं

चाहने पर भी कभी उससे अलग नहीं हो सका था। मेरी हर बात आँख मूँद कर मानने वाला बिशन मेरा साथी न बन सका। उस दिन से हमारे अलग-अलग जो रास्ते हुए फिर कभी हम मिल नहीं सके।

बिशन मर गया। मैंने उसे खो दिया। हम चारों एक साथ थे—मैं, बिशन, अमन, सचिन। जहाँ कहीं भी जाते, हम चारों का सफ़र एक होता। नर्सरी से लेकर आठवीं तक का सफ़र हमने साथ-साथ तय किया था। आठवीं में हमारा एक और सहयोगी बना था सिमरजीत सिंह और उसका साथी था भीष्म। मुझे याद आता है कि भीष्म हम सबसे बड़ा और बलिष्ठ किसम का लड़का था और अपना रौब सब पर रखता था। उसकी सबसे गन्दी आदत जो मुझे लगती थी वह थी अपनी बात मनवाने के लिए वह किसी भी हद तक जा सकता था। मैं शायद उससे डरने लगा था और वह सबको डरा कर रखता भी था। उसने ही हम सबको नशे की लत डाली थी। स्कूल की आधी छुट्टी के समय हम सबके साथ न होकर वह एकान्त में चला जाता। मुझे और बिशन को उसकी यह हरकत अच्छी नहीं लगती थी। हम सोचते कि वह हमारे साथ क्यों नहीं रहता? वह क्या करता है? कहाँ जाता है? क्यों जाता है?—यह जानने की हमारी जिज्ञासा दिन-प्रति-दिन बढ़ती जा रही थी और जब कभी इस बात की मैं और बिशन सिमरजीत से चर्चा करते तो हमेशा सिमर इस बात को टाल जाता। वह सदा कहता हमने क्या लेना है कि वह कहाँ जाता है, क्या करता है। परन्तु मेरी और बिशन की उत्सुकता बढ़ती जा रही थी कि यह क्यों हमें छोड़ कर अकेला कहीं चला जाता है और एक दिन हमने मन में ठान लिया कि आज हम उसके पीछे जाकर पता लगा कर ही रहेंगे कि वह अकेला क्या करता है।

एक दिन मौका पाकर हम उसके पीछे हो लिये। हमारे अश्चर्य का ठिकाना नहीं रहा जब हमने देखा कि उसके साथ दो-तीन और लड़के हैं और वह सबके सब सिगरेट पी रहे हैं। हम ज़ोर से हँस पड़े। सिमरजीत सिंह ने उससे कहा था, "यह क्या करते हो, यहाँ इसीलिए अकेले आते हो क्या?" बेशर्मी से हँसा था भीष्म और बोला था, "तो तुम क्या समझते हो मैं यहाँ क्यों आता हूँ!" जवाब में सिमरजीत चुप रहा था। उसे चुप हुआ देख भीष्म फिर बोला था, "तुम चखोगे?" सिमरजीत हमें घसीटता हुआ वहाँ से फिर खेल मैदान की ओर ले गया। परन्तु हमारी उत्सुकता जाग चुकी थी कि देखें तो सही कि यह चीज़ है क्या, जिसके लिए भीष्म हम सबसे अलग हो जाता है। अब हम मौका तलाशने लगे कि हम भीष्म से अकेले में मिलें और हम भी सिगरेट का स्वाद लें। हर बार सिमरजीत सिंह हमें रोकता कि उससे हमें अकेले में नहीं मिलना है और सिगरेट बहुत गन्दी चीज़ है। उसके घर वालों को पता चल गया तो उसकी बहुत पिटाई होगी।

मैं और बिशन तो हर समय यही सोचते रहते कि सिगरेट पीने से कैसा अनुभव

होता होगा, जिसे यह छिप कर पीता है और क्या वह इतनी ही सुकून देने वाली चीज़ है कि उसके बिना रहा ही नहीं जा सकता। यदि ऐसा है तो सिमरजीत सिंह ने इसे गन्दा क्यों कहा? हम दोनों घंटों इस बात को लेकर सोचते रहते और हमारी उत्सुकता बढ़ती जाती और फिर एक दिन सिमरजीत सिंह को मना कर भीष्म के पास चले ही गये।

सिमरजीत सिंह के माँ–बाप शायद अपने बच्चे की छोटी–बड़ी सभी बातों–आदतों को देखते–परखते होंगे इसीलिए वह पहली बार में ही पकड़ा गया था जब भीष्म ने उसे सिगरेट के साथ चखने के लिए ही एक पुड़िया दी थी और कहा था कि—'कल पैसे लेकर आना समझे बच्चे! अब तुम बड़े हो गये हो और बड़ों की तरह रहना सीखो।' सिमरजीत सिंह तो उसके बाद से हमारे स्कूल ही नहीं आया और फिर वह कभी हमसे मिला भी नहीं परन्तु हम धीरे–धीरे भीष्म के चंगुल में फँसते चले गये। यह सिलसिला चलता गया।

हम घर से जैसे–तैसे कर पैसे लेते और भीष्म से सिगरेट और पुड़िया हासिल कर लेते, धीरे–धीरे हम भीष्म के और उस पुड़िया के गुलाम होते चले गये और फिर नशे की यह आदत बढ़ती चली गयी और हम कई तरह के नशे करने लगे। फिर एक दिन हम भी भीषम की तरह ही दादागिरी पर उतर आये। हम अपने से छोटे बच्चों को फाँसते और उन्हें नशे की आदत डालते। इस तरह कुछ पैसों का जुगाड़ होने लगा।

एक दिन शाम के झुटपुटे में हम नया गाँव में उस ट्रक के इन्तज़ार में खड़े थे जिसमें नशे की खेप आने वाली थी कि मैंने अपने कन्धे पर दबाव महसूस किया। मुड़ कर देखा तो एक अनजान व्यक्ति को अपने पास खड़ा पाया। उसने मुझे बोलने का मौका दिये बग़ैर कहा, ''बच्चे यहाँ क्या कर रहे हो?'' मैंने उसे ऐसे देखा मानों कह रहा हूँ कि तू कौन होता है मुझे यह प्रश्न करने वाला परन्तु प्रत्यक्ष में बोला, ''मैं तुझे बच्चा दिख रहा हूँ। जा! जा!! अपने काम से काम रख।'' वह थोड़ा हँसा फिर बोला, ''वही तो कर रहा हूँ।'' मैं चौंका। मैंने सोचा शायद इसके पास भी जिस चीज़ की हम तलाश कर रहे हैं, वही हो और फिर मैंने कुछ नर्मी से पेश आते हुए उससे कहा, ''क्या है तुम्हारे पास, दिखाओ।'' वह बोला, ''ऐसा नशा है जो एक बार चढ़ जाये तो उतरने का नाम ही न ले।''

मैंने कहा, ''दिखाओ, और दो?''

''यहाँ नहीं, तुम्हें मेरे साथ चलना होगा।''

''कहाँ?''

''इधर पास ही।'' बिशन ने मुझे आँख का इशारा किया कि मैं इसके साथ न जाऊँ और अमन और सचिन ने भी बिशन का ही साथ दिया परन्तु उस समय मुझे नशे की अत्यधिक तलब हो रही थी। मैं चाह रहा था कि जल्द–से–जल्द मुझे कुछ मिल

जाये और मैं इस आशा में कि उसके पास शायद कुछ हो, इस सोच के तहत ही कुछ जाने-समझे बिना उसके साथ जाने को तैयार हो गया। हालाँकि मुझे अमन ने एक तरफ ले जाकर कहा भी कि उसे यह आदमी पुलिस का लगता है परन्तु मुझे जैसे उसने सम्मोहन से अपनी गिरफ़्त में ले लिया हो। मैं सब कुछ भूल कर उसके साथ चल पड़ा। मैं हैरान था कि वह मुझे कहाँ ले जा रहा है। कहीं सच में ही यह पुलिस का आदमी तो नहीं? लेकिन मेरा यह डर थोड़ी देर बाद ही काफूर हो गया। हम कैम्पस के एक हॉस्टल के सामने खड़े थे। फिर उसने एक कमरे का ताला खोला और मुझे बैठने को कह उसने मेरी पीठ पर टँगा मेरा स्कूल बैग उतारते हुए कहा, ''काफी भारी है।'' मैं चुप रहा था, वही फिर बोला, ''चाय पीयोगे?'' मैंने न में सिर हिला दिया, मुझे नशे की तलब हो रही थी। अब मुझे कोफ़्त होने लगी थी कि मैं इस अनजान आदमी के साथ कैसे आ गया।

कुछ क्षण बीतने के बाद मैंने हिम्मत की और बोला, ''तुम तो मुझे कुछ देने वाले थे जिसके लिए तुम मुझे यहाँ लाये थे।'' वह फिर हँसा। उसकी इस बार की हँसी मुझे गुस्सा दिला गयी परन्तु मैं चुप रहा। थोड़ी देर हँस लेने के बाद वह बोला, ''देने के लिए ही मैं तुम्हें यहाँ लेकर आया हूँ, थोड़ा सबर से काम लो, अभी देता हूँ, कुछ और लोग भी यहाँ आने वाले हैं सबके साथ ही मिल-बाँट कर लेंगे न! बैठो, तब तक यह लो चाय, पीयो।'' एक छोकरा चाय लिये खड़ा था। मुझे चाय का प्याला पकड़ाते हुए बोला, ''कुछ खाओगे?'' मैंने न में सिर हिला दिया। उसने मेरी ओर देखे बिना ही छोकरे से कहा, ''जाओ, दो समोसे लेकर आओ।'' मैं अब काफी डर चुका था। मैं सोच रहा था जाने मैं किस मुसीबत में फँसने वाला हूँ। मुझे अब घर की याद आने लगी थी और मैं रोने तक की स्थिति में पहुँच चुका था। उसने मेरी ओर देखते हुए कहा, ''अमाँ यार, चाय पीयो, समोसे भी आते ही होंगे।'' मैंने चुपचाप चाय का प्याला मुँह को लगा लिया और एक ही साँस में उसे गटक गया। उसने मेरे हाथ से खाली प्याला लेते हुए कहा, ''यह हुई न बात। अब हमारी दोस्ती हो सकती है।'' वह लड़का समोसे लेकर आ गया था। उसने दोनों समोसे मेरी ओर बढ़ा दिये और बोला, ''लो खाओ, ।'' मैंने एक ले लिया और बोला, ''तुम भी लो।'' वह फिर हँसा परन्तु इस बार उसकी हँसी मुझे उतनी बुरी नहीं लगी। अब हम दोनों समोसा खा रहे थे। वह फिर बोला, ''एक कप चाय और पीयोगे?'' यह मेरे धैर्य की सीमा थी। मैं खड़ा हो गया और अपना बैग उठाते हुए बोला, ''मुझे मेरी चीज़ दो ताकि मैं यहाँ से जाऊँ। मैं यहाँ तुम्हारे समोसे खाने और चाय पीने नहीं आया हूँ।'' और अपनी जेब से दस रुपये निकाल कर वहाँ फेंकते हुए मैंने फिर कहा, ''यह रहे तुम्हारी चाय और समोसों के पैसे। मैं किसी ग़ैर से फोकट में कुछ नहीं खाता और मैं उसके भी पूरे पैसे दूँगा परन्तु तुम अब जल्दी करो।'' उसने मेरा हाथ पकड़ कर बिठाते हुए कहा,

"यार जल्दी भी क्या है, कुछ देर और रुको, अभी करता हूँ तुम्हारा काम भी।" मैं उसकी बात करने के अन्दाज़ से और भी डर गया। मेरी इधर-उधर से इकट्ठा की हुई हिम्मत मुझे जवाब दे रही थी। एक तो मेरा नशा टूट रहा था, दूसरे जाने यह आदमी जिसे मैं जानता तक नहीं मेरे साथ इतने अपनत्व से कैसे बोल रहा है। मेरे दिल में बार-बार एक ही ख़्याल आ रहा था, 'कहीं आज मैं फँस तो नहीं गया। मेरे अन्दर डर बढ़ता ही जा रहा था और सर्दी के दिनों में भी मेरे माथे पर पसीने की बूँदें चमक उठीं जिन्हें देखकर वह बोला, "डर क्यों रहे हो बच्चे, अर...रे तुम बच्चे नहीं हो, मैं भूल ही गया था। लेकिन तुमने भी तो अपना नाम मुझे नहीं बताया। हाँ, क्या नाम है तुम्हारा?"

मैंने डरते हुए कहा था, "राजीव।" मेरी आवाज़ काँप रही थी। इस ओर ध्यान दिये बिना ही वह फिर बोला, "कहाँ रहते हो?" अब डर के साथ-साथ मुझे उस आदमी पर या फिर मेरा उसके साथ यूँ चले आने पर ख़ुद पर गुस्सा आने लगा था। मैंने अपने पर क़ाबू रखते हुए बड़ी हिम्मत से कहा, "तुमने यदि मेरा काम करना है तो करो, यूँ बेकार की बातें कर मेरा समय मत नष्ट करो।" कहने को तो मैं कह गया परन्तु मन-ही-मन सोचने लगा की मैं आज फँस गया हूँ, इसके चंगुल से मुझे अब निकलना ही चाहिए। मैंने पेट में थोड़ा-थोड़ा दर्द महसूस किया। इसके साथ ही मेरी सबर की सीमा भी समाप्त होती जा रही थी। उसने मेरी बात पर बिलकुल भी ध्यान नहीं दिया और उसने मुझसे मेरे स्कूल के बारे में पूछा कि मैं कौन से स्कूल में और किस क्लास में पढ़ता हूँ। मैंने फिर और बोलना ठीक नहीं समझा और वहाँ से खिसकने की सोचने लगा। अब मेरे पेट का दर्द असहनीय हो रहा था।

उस दिन तो मैं वहाँ से खिसक आया था परन्तु मेरे ज़ेह्न में उस व्यक्ति की तसवीर छप चुकी थी और वह तसवीर मेरे अन्दर डर पैदा करने लगी थी कि हो सकता है यह आदमी पुलिस का ही हो और फिर कभी मुझे नया गाँव में देख पकड़ न ले।

यह डर मेरे अन्दर तक फैल गया था और मैं चाहने लगा था कि अब नये गाँव से माल न लेकर कहीं दूसरी जगह तलाश करनी चाहिए लेकिन जब तक हमें कोई दूसरा ठिकाना नहीं मिले तब तक तो हम पहले वाले ठिकाने पर ही जाते रहे। मैं जब नया गाँव में होता तो मेरी आँखें इधर-उधर उसे तलाशने लगती। डर होता कि कहीं आस-पास वह तो नहीं है। घर में होता तो मेरी कल्पना में वही होता। मेरा घर, कैसा घर? बहुत बड़ा घर होने पर भी एक कमरा भी मेरा अपना कहने के लिए वहाँ नहीं था। एक कमरा क्या एक कोना भी उस घर में ऐसा नहीं था जिसे मैं अपना निजी कह सकता।

मेरा मन करता कि मैं घंटों बिना किसी के दख़ल के अपने साथ रहूँ परन्तु ऐसा उस घर में सँभव नहीं था क्योंकि हर समय उस कमरे में किसी दूसरे की उपस्थिति

रहती। हर जगह किसी का कुछ-न-कुछ पड़ा रहता। हर कोई मेरे कमरे में घुस सकता था क्योंकि कोई कमरा किसी एक के नाम का उस घर में नहीं था। उस घर में सब एक-दूसरे के साथ जीते थे अपने साथ जीना शायद ही कोई जानता था और मैं केवल अपने ही साथ रहना चाहता था परन्तु वहाँ मेरा कुछ भी नहीं था, एक स्कूल बैग के सिवा। मेरी सारी दुनिया उस स्कूल बैग में सिमटी हुई थी। मैं जो चीज़ दूसरों से छिपा कर रखना चाहता था वह मेरे स्कूल बैग में ही रहती थी।

मैं अपने घर से तंग आ चुका था, हर समय मुझे लगता कि साये की तरह मेरे पीछे कोई न कोई लगा रहता है। कैसे थे वे दिन! मेरे घर में मुझे समझने वाला कोई नहीं था। हरे-भरे पेड़ मुझे सुकून देते थे, अमलतास के पेड़ों की कतारें मुझे खुशियों से भर जाती थीं। मैं घंटों गुलमोहर के पेड़ों की कतारों में गुम रहता। उन पर बिछी लाल फूलों की चादर मुझे किसी नयी-नवेली दुलहिन की तरह लगती। सर्दी शुरू होने के साथ 'रोज़ गार्डन' के गुलाबों की सुगन्ध मुझे अपनी ओर खींच लेती। बारिश में नहाई धरती की खुशबू मुझे मदहोश कर जाती।

कभी-कभी मैं अपने से ही तंग आ जाता, ऐसे सारे विचारों से मैं मुक्त होना चाहता था। मैं चाहता था कि मेरे मन में उठ रहे इन विचारों को कोई मुझसे बाँटे। कोई तो हो मेरे मन को समझने वाला। घर में मैं किसी से कुछ कहता तो जवाब मिलता—"पागलों जैसी बातें मत किया कर अपनी पढ़ाई में ध्यान दे।" मेरे अन्दर हर समय खलबली मची रहती। मैं हर समय गुस्से में रहता और ठीक तरह से किसी से भी बात न करता और ऐसी स्थिति में मुझे अपने गुस्से पर क़ाबू नहीं रहता और फिर कभी माँ से तो कभी बहन से मैं झगड़ पड़ता।

मुझे मेरे मन के मुताबिक कभी कुछ नहीं मिला। मैं जाने हर समय किस चीज़ की तलाश में रहता। मुझे खुद भी पता नहीं चलता। मेरे प्रश्नों को सुनकर घर वाले हमेशा मुझे कहते—'खाली दिमाग़ शैतान की आँत। अपना मन पढ़ने में क्यों नहीं लगाते। क्यों ऊलजलूल बातें करके अपना और हमारा दिमाग़ खराब करते हो।' जितना वह पढ़ने के लिए ज़ोर देते उतना ही मेरा मन उस ओर से विरक्त होता जाता। मैं सोचता—'आदमी मरता क्यों है? यदि मरता है तो जाता कहाँ है? यदि मर ही जाना है फिर हम इतनी दौड़-धूप क्यों करते हैं? क्यों नहीं चैन से रहते?' ऐसे अनेक प्रश्न मेरे अन्दर घुलते रहते जो मुझे रात-दिन तंग करते रहते जिनका सही जवाब मुझे कहीं से भी नहीं मिलता और आये दिन अख़बार में छपी वह ख़बरें कि 'एक वर्ग के लोगों ने दूसरे वर्ग के लोगों को मार दिया' मुझे बेचैनी सौंप जातीं कि क्यों कोई किसी को मार देता है। क्या किसी को मार देना इतना आसान है? या पढ़ता कि 'किसी ने अपने-आपको फाँसी लगा ली' तब कभी-कभी मैं सोचता कि 'मैं भी मर जाऊँ तो सब ठीक हो जाएगा' लेकिन यह हिम्मत मुझमें कभी नहीं आयी। जब-जब

मुझे ऐसे विचार घेर लेते और कहीं से भी मुझे मेरी सोच के अनुकूल जवाब नहीं मिलता तब-तब मैं बेचैन हो जाता। उन सब बातों को जानने की उत्सुकता और मेरे परेशानी भरे दिनों में मुझे मिला था भीष्म और मिली थी वह पुड़िया जो मुझे सुकून से भर देती और मैं अपने से मुक्त हो जाता।

धीरे-धीरे मुझे पुड़िया में ही जीवन दिखाई देने लगा। मेरी यह आदत बढ़ती जा रही थी और मेरा सारा जेब खर्च भीष्म की जेब में जा रहा था। जिसके एवज में मेरी जेब में एक छोटी-सी पुड़िया पड़ती थी। भीष्म के साथ रहते-रहते उसकी फ़ितरत से धीरे-धीरे मेरा परिचय भी होने लगा तो जाना कि वह काफ़ी ख़तरनाक किसम का व्यक्ति है लेकिन मेरी परेशानियों का, मेरे प्रश्नों का जवाब तो उसके पास ही था, उसे मैं कैसे छोड़ सकता था, उसके मिलने के बाद ही मैं चैन की नींद सोया था, अब पेड़ मुझे उस तरह आकर्षित नहीं करते थे। ना ही अब मैं रोज़ गार्डन में बैठकर अपना समय बरबाद ही करता था। एक नशा था जिसमें मेरे सारे प्रश्न समा चुके थे।

स्कूल गये मुझे लगभग 20 दिन से अधिक हो गये थे। इस बीच दो-तीन बार मुझे मोहसिन खान नया गाँव में मिला था। जाने क्या बात थी कि मुझे उसका सामना करने से हिचकिचाहट होती और उसे मैं देखना भी चाहता था एक खिंचाव-सा भी अपने अन्दर महसूस करता उसके प्रति। मैं जानना चाहता था कि इस आदमी के पास क्या और कैसी चीज़ है या फिर यह सच में ही पुलिस का आदमी है। यदि पुलिस का ही आदमी है तो यह जानता है कि मैं यहाँ क्यों आता हूँ फिर मुझे पकड़ता क्यों नही? ऐसे बहुत से प्रश्न उसे देखकर मेरे मन में उठते। लेकिन उस दिन एक अजीब बात हुई थी। उस दिन मेरे पास पैसा नही था। मै भीष्म से अनुरोध कर रहा था कि मुझे किसी भी तरह वह पुड़िया दे दे, लेकिन वह मेरी बात सुन ही नहीं रहा था। मैंने आखिर में कहा कि आज उधार दे दे, कल मैं पैसा चुका दूँगा। लेकिन उसने मेरी ओर देखना भी उचित नहीं समझा। मुझे उस पर गुस्सा भी आने लगा था। मैं जान गया था कि यह आदमी पैसे के बिना कोई बात नहीं सुनने वाला। भीष्म अपनी बात पर अड़ा हुआ था। उसका कहना था—"उसके पास ऐसा कोई खाता नहीं है कि किसी को भी ऐसे ही पुड़िया वह दे दे। पैसा लाओ और माल ले जाओ।" मेरी हर बात का उसके पास यही एक उत्तर था। मेरी बेचैनी बढ़ रही थी। मैंने आखिरी बार भीष्म से कहा, "ठीक है भीष्म तुम मेरी यह घड़ी रख लो, मुझे इसके एवज में कुछ दो।" भीष्म ने घड़ी पकड़ते हुए कहा था—"हाँ यह हुई न बात!" और वह मेरे हाथ से घड़ी पकड़ता उसके पहले ही जाने कैसे किसी देवदूत की तरह कहाँ से मोहसिन खान आ गया और घड़ी पकड़ते हुए बोला, "तुम्हें नशा ही चाहिए न! तो आओ मेरे साथ, मैं तुम्हें बिना पैसे के देता हूँ। जब पैसा आएगा तब पैसा दे देना।" मैं भौचक्का-सा उसकी ओर देखता रहा और जब मैं होश में आया तो भीष्म वहाँ से

ग़ायब हो चुका था। मेरे पास और कोई चारा नहीं रह गया था। मेरा नशा टूट रहा था। मैंने उसके आगे हाथ फैला दिये।

देर रात तक मुझे नींद नहीं आयी थी। मैं मोहसिन खान के बारे में रात भर सोचता रहा। आज उसे पैसे देने हैं, कहाँ से दूँगा। मैं स्कूल के लिए तैयार भी हो रहा था और चिन्तित भी था। मैं अपने को घिरा हुआ महसूस कर रहा था। मैं उन सभी जगहों पर तलाश कर रहा था जहाँ माँ पैसे रखा करती थी। आखिर मेरी खोज क़ामयाब हुई। माँ के कमरे की अलमारी में बिछे काग़ज़ के नीचे माँ के रखे कुछ पैसे मेरे हाथ आ ही गये। मेरी खुशी का ठिकाना नहीं था। इन पैसों से तो कल का उधार और एक दिन का और जुगाड़ हो जाएगा।

मुझे होश नहीं था। मैं अपने विचारों की मस्ती में अपना बैग उठा स्कूल जाने के लिए निकलने ही वाला था कि माँ की आवाज़ से मैं काँप गया। मुझे लगा कि शायद माँ को मेरी चोरी का पता चल गया है परन्तु जब माँ ने नाश्ता करने के लिए कहा तो मुझे राहत मिली। नाश्ता करते हुए माँ ने कहा, ''राजीव क्या बात है, तुम कमज़ोर होते जा रहे हो?'' मैं माँ के चेहरे को देखता रहा, कुछ बोला नहीं। माँ ही फिर बोली, ''बेटा ध्यान लगाकर पढ़ रहे हो न! तुम्हारे पिता को तो अपने बिजनेस से ही फ़ुर्सत नहीं मिलती, वह क्या देखेंगे कि तुम्हारी पढ़ाई कैसे चल रही है। तुम नौवीं में हो गये हो। तुम्हें अच्छे नम्बर लेने हैं। हरीश की माँ कह रही थी कि हरीश को उसने दो ट्यूशन लगा रखी हैं-एक हिसाब के लिए, दूसरी साइंस के लिए। तुमने कभी कुछ नहीं बताया। क्या तुम्हारे सब विषय ठीक से चल रहे हैं? मैं भी तुम्हारी पढ़ाई की ओर ध्यान नहीं दे पाती। बोल क्या तुझे भी ट्यूशन की ज़रूरत है?'' मुझे अन्दर से बड़ी खुशी हुई। अचानक मुझे पैसे का जरिया नज़र आने लगा। मैंने माँ से कहा, ''वैसे तो मम्मा सारे विषय ठीक से चल रहे हैं परन्तु हिसाब कुछ ठीक नहीं है, उसके लिए तो ट्यूशन लेनी ही पड़ेगी ।''

''ठीक है। कल मैं हरीश की माँ से बात कर लूँगी।''

''नहीं नहीं माँ, हरीश से बात मत करना, मेरी उसके साथ बिलकुल नहीं पटती। मैं अपने-आप कुछ बन्दोबस्त कर लूँगा।''

''क्यों नहीं बनती उसके साथ तेरी? वह तो अच्छा लड़का है।''

''तो क्या मैं बुरा हूँ?''

''नहीं, मैं चाहती थी कि उसके साथ मिल कर तुम ट्यूशन रख लो तो थोड़ा पैसे की बचत हो सकती है ।''

''ठीक है माँ, मैं ट्यूशन रखता ही नहीं। पैसे की बचत ही करनी है तो पूरी तरह से करो।''

''मेरे कहने का यह मतलब नहीं था बेटे! तुम्हें अच्छे नम्बर लेने हैं, उसके लिए

जो तू कहेगा मैं वही करने को तैयार हूँ।''

''माँ तुम चिन्ता न करो। आज मैं पता करके आता हूँ फिर बात करते हैं।'' मैंने माँ को यह तो कह दिया था कि मैं खुद पता करके आता हूँ परन्तु एक डर मेरे चारों ओर घिरता जा रहा था कि यदि माँ हरीश के घर चली गयी तो..., और इस 'तो' का मेरे पास जो उत्तर था उसे मैं ही सुनने-जानने को तैयार नहीं था तो माँ कैसे...। मेरे अन्दर एक बेचैनी ने जन्म लिया और फिर धीरे-धीरे उसने मुझे अपने में लपेटना शुरू कर दिया।

दो ट्यूशन रखने का मतलब है पन्द्रह सौ रुपया। इसे सोच कर ही, इसका लालच मेरी आँखों में तैरने लगा था और मेरा षडयन्त्रकारी मन सक्रिय होने लगा था कि कैसे माँ को हरीश के घर जाने से रोका जा सकता है!

मैं अपनी किसी भी योजना में सफल नहीं हुआ और जो दो वर्षों की कड़ी मेहनत से मैंने घर में चक्रव्यूह की रचना की थी उसे माँ के एक ही दाँव ने तोड़ दिया था। मेरे लिए यह अनहोनी घटना की तरह ही था कि जिस चक्रव्यूह को आज तक कोई तोड़ नहीं सका था वह आज टूट गया था। शायद मैंने ठीक से उसकी रचना ही नहीं की थी; नकल थी न, इसलिए ही मैं पकड़ा गया।

माँ उस दिन उदास थी। उसकी कल्पना में भी यह बात नहीं थी कि उसका एक मात्र सपुत्र और इस पूरे ख़ानदान का वारिस नशेड़ी निकलेगा।

पिता जालिम हो गया।

बहन की आँखों में नफ़रत के आँसू थे।

मैं... मैं क्या था? उस सारी स्थिति का एक मौन अभिनेता।

घर में मौत जैसा सन्नाटा था।

रात काली स्याह थी।

माँ की आँखों से निकलने वाले खारे पानी की बूँदें मुझे भिगो नहीं सकीं। रात के उस स्याह अँधेरे में भी उनकी चमक बरकरार थी लेकिन मैं इन बातों से बहुत दूर जा चुका था जहाँ से लौट कर आना नामुमकिन था। पिता की गुर्राई आवाज़ घर के हर कोने को अपने में लपेटती जा रही थी। दो हिस्सों में बँटे घर के एक हिस्से में मैं निपट अकेला था। मुझे छू रही थीं कई जोड़ी आँखें जिनमें कई प्रश्न तैर रहे थे जो मुझमें अपने उत्तर तलाशने की नाकाम कोशिश कर रहे थे।

रात के बीचोंबीच मुझे बुरा-भला कहकर थक-हार कर सारा घर नींद के आगोश में चला गया था। यदि किसी से निद्रा देवी रूठी थी तो वह मैं ही था। शाम की लड़ाई ने मेरे नशे का सारा सामान मुझसे छीन लिया था। सुबह की योजना थी कि मुझे नशे की आदत से निजात दिलाने के लिए 'पी जी आई' में भरती करवा दिया जाएगा। मेरा नशा टूट रहा था। मैं बेचैन था और दर्द से तड़प रहा था। करूँ तो क्या

करूँ? मुझे कुछ चाहिए था, कुछ भी। रात अपने पूरे यौवन पर थी और मैं रात के बुढ़ाने और शिशु सुबह की प्रतीक्षा और नहीं कर सकता था। युवा रात के उस अलमस्त मौन में कोई आवाज़ किये बिना मैं निकल पड़ा। उस मौन में अपने सुकून की तलाश में।

मैं घर से निकल तो पड़ा लेकिन स्याह रात में एक भी रौशनी की किरन मुझे दिखाई नहीं दी। ऐसा कोई नहीं था जो मेरे दर्द का हमसाया बन पाता। खाली जेब ने जहाँ मेरे सारे सपने चुरा लिये थे वहीं रात की वह अलमस्त स्याही मुझे डराने के लिए काफी थी। मेरे पाँव पीछे की ओर जाना नहीं सीखे थे और आगे जाने के रास्ते मुझे दिखाई नहीं दे रहे थे। मेरे पास ऐसी कोई भी चीज़ नहीं थी जिसके एवज में मैं अपने मर्ज़ की दवा कर सकता।

उस रात मेरे पाँव जहाँ जाकर रुके और मेरे होश लौटे तो मेरे सामने जो घर था वह दादा का घर था। दादा माने मोहसिन खान। मैंने अपने-आप को ही आश्चर्य से देखा। क्यों, कैसे मैं यहाँ आ गया मैं नहीं जानता था। कोई ऐसी चीज़ थी जो मुझे यहाँ तक खींच लायी थी, वह क्या बात थी मैं नहीं जानता, क्योंकि उस रात मेरा सारा विवेक रात की अलमस्ती में गड्ड-मड्ड हो गया था। अब कुछ भी तय करने को या फिर सोचने का समय नहीं था। दर्द था कि वह मेरी जान लिये जा रहा था। मेरे हाथ बढ़े और मैंने दरवाज़े पर दस्तक दे ही दी। अन्दर से दादा ने पूछा, ''कौन है बे?'' मैं चुप ही रहा था। दादा फिर बोले, ''अरे बोलता क्यों नहीं, कौन है?'' इतना कहने के साथ ही दरवाज़ा भी खोल दिया। अब दादा मेरे सामने थे। मुझे देखकर बोले, ''तुम!! तुम इस समय यहाँ कैसे? क्या हुआ? कैसे आये हो? क्या घर से भाग आये हो?'' एकदम इतने सारे प्रश्न दाग दिये मेरे ऊपर दादा ने और किसी भी बात का उत्तर लिये बिना ही वह फिर बोले, ''आओ, चले आओ अन्दर।'' मैं कुछ कहे बिना ही उनके पीछे चल पड़ा था। मेरी हालत देखकर दादा बोले, ''क्यों, क्या नशा टूट रहा है और पैसा भी तुम्हारे पास नहीं है! तुम्हें इस समय नशा चाहिए, क्यों है न यही बात?'' मैं चुप ही रहा था। बोलता भी तो कैसे और बोलता भी तो क्या? मैं तो बोलने की स्थिति में ही नहीं था। कुछ देर बाद दादा के हाथ में एक कैप्सूल था। मैंने दादा के हाथ से वह कैप्सूल झपट लिया और उसे निगल गया। थोड़ी देर बाद मैं सामान्य हुआ तो दादा ने पूछा, ''घर से भाग आये हो?'' मैं फिर भी चुप ही रहा। दादा ही बोले, ''इस तरह तो तुम्हें घर से भाग कर नहीं आना चाहिए था। घर के लोग परेशान हो रहे होंगे।'' मैंने इस बात का भी उत्तर नहीं दिया। देता भी क्या, मेरे पास इस बात का उत्तर था भी क्या? मैं चुप रहा। शायद दादा को भी मेरे उत्तर की प्रतीक्षा नहीं थी। वह उठे और कपड़े बदलने लगे। बूट पहनते हुए वह फिर बोले, ''चलो उठो! मैं तुम्हें घर छोड़ आता हूँ।''

''नहीं मैं अब घर नहीं जाऊँगा।''

"क्यों भला?"

"जिन्हें अपने बच्चों की परवाह नहीं, उनकी परवाह मैं क्यों करूँ भला?"

"यह तुम क्या कह रहे हो?"

"आप नहीं समझ सकते। यह एक लम्बी कहानी है। उनका अब मेरे पर कोई हक़ नहीं है।"

'कैसा हक़? किस हक़ की तुम बात कर रहे हो? यह जो तुम नशा कर रहे हो बहुत अच्छी बात है क्या? और तुम यह समझते हो कि तुम्हारे माँ-बाप तुम्हें अपने हाथ से खिलाएँगे क्या? बात करता है उठ चल, तुम्हें छोड़ कर आता हूँ।"

"मैंने कह दिया उस घर में मुझे नहीं जाना है। रही बात यहाँ रहने की तो सिर्फ रात भर के लिए रख लें, सुबह अपना कोई और ठिकाना ढूँढ़ लूँगा।" जाने दादा ने क्या सोचा। थोड़ा-सा हँसे और फिर बोले, "चल सो जा! सुबह की सुबह देखी जाएगी।" दादा इस तरह एक मिनट में मान जाएँगे इसकी मुझे कतई उम्मीद नहीं थी।

लेकिन मोहसिन खान ने दूसरे ही दिन घर फोन कर पिता को बुला भेजा था। मेरे घर जाने से इनकार करने के बाद जाने उन दोनों के बीच क्या बात हुई कि पिता मुझे कुछ कहे बिना वहाँ से लौट भी गये। मैंने राहत की साँस ली। और सोचने लगा कि अब कहाँ जाऊँ? उस समय मुझे अपने दोस्तों की याद आयी, पर मैं यह नहीं जानता था कि मुझ पर जान छिड़कने वाले दोस्त मुझे अपने घर रख पाएँगे भी या नहीं। और फिर उस दिन मैं सारा दिन मोहसिन खान के कमरे में ही रहा।

शाम का सुरमई रंग स्याही की ओर खिसकने लगा था। रात और दिन के बीच की यह सन्धि-बेला जो कभी मेरे इर्द-गिर्द रंगों को बिखेर जाती थी, आज बेरंग-सी मेरे आस-पास मँडरा रही है। चिड़ियाँ घोसलों में दुबके अपने भूखे बच्चों को अपनी चोंच से उनके मुँह में चुग्गा डाल रही थीं और शायद बच्चे सारे दिन अकेले रहने की अपनी त्रासदी को बयान कर रहे थे। जिससे एक अजीब-सी चहचहाट हो रही थी जिसने मेरे विचारों को भी अपने में समेट लिया था। सुरमई रंग में काला रंग अब गड्ड-मड्ड हो गया था। चिड़ियों ने चहचहाना बन्द कर दिया था। पत्तों की सरसराहट अब मौन में बदल चुकी थी। पेड़ का साया उसी में समो गया था। अब न वहाँ रंग थे, न चिड़िया थीं और न ही कोई साया।

उस बड़े से आँगन में उस विशालकाय पेड़ के नीचे मैं अपने अकेले होने के सफ़र से गुज़र रहा था। ख़ौफ़नाक चुप्पी मेरे आस-पास फैलती जा रही थी। विचार थे जो 'शताब्दी गाड़ी' की रफ्तार से मेरे अन्दर भाग रहे थे। मैं निपट अकेला अपने विचारों के समुद्र में तैर रहा था।

अब मैं अधिक देर उस पेड़ के नीचे और नहीं बैठ सकता था। मेरे चारों ओर शून्य

का चक्रव्यूह घिरता जा रहा था लेकिन मैं इस चक्रव्यूह से मुक्त होना चाहता था, और यह नहीं चाहता था कि यह सारी बातें जो रह-रह कर मुझे अतीत में खींच कर ले जाती हैं। मेरा वह अतीत जो कहीं से भी सुखदायक नहीं है वह मुझे अपने में लपेटे रहे। मैं उन सारी स्थितियों से परे हो जाना चाहता हूँ जो मुझे मुड़-मुड़ कर उसी छोर पर ला खड़ा करती हैं जिन्हें मैं अपने से अलग करना चाहता हूँ।

लेकिन व्यूह की रचना कुछ इस तरह रची हुई थी कि वापस मैं उसी मोड़ पर अपने को खड़ा पाता था जहाँ से मैं चला था। मैं अपने उन विचारों से मुक्ति चाहने लगा था। मेरी बेचैनी बढ़ती जा रही थी। अब मैं अधिक देर उस पेड़ के साये में बैठ नहीं पा रहा था जिसकी एक डाल ने चिड़ियों को पनाह दे रखी थी। शाम के उजास ने जाने कब से अपने को रात की स्याह चादर में लपेटना शुरू कर दिया था, मुझे इसका इल्म नहीं हुआ। मैं धीरे से उठा बिना कोई आवाज़ किये कि कहीं कोई चिड़िया मेरी बेसुरी आवाज़ सुनकर बेज़ार न हो जाये और भूल जाये अपने ही घर को, अपने ही बच्चों को। मैं निपट अकेला स्कूल के अपने उस कमरे की ओर बढ़ गया जहाँ सुबह बच्चे इन चिड़ियों की तरह ही चहचहा रहे होते हैं।

आज अलस्सुबह ही नींद मुझे बाय-बाय कर ऐसे ग़ायब हो गयी कि उसका फिर कोई ओर-छोर मुझे कहीं दिखाई ही नहीं दिया। मेरी अनुनय-विनय का भी उस पर कुछ असर नहीं हुआ। वह तो बेरुखी से अपना हाथ हिलाती हुई अनजान दिशा में विलीन हो गयी। मैं सोचता ही रह गया कि शायद उसे मुझ पर थोड़ा-सा ही सही प्यार उमड़ आये और वह मेरी आँखों में कैद हो जाये लेकिन मेरी चापलूसी भी किसी काम नहीं आयी। वह तो ऐसे ग़ायब हुई जैसे कभी उसने मुझसे मुहब्बत ही न की हो। अब बिस्तर पर लेटना मुमकिन ही नहीं रहा था।

यूँ ही मैं अपने कमरे से बाहर निकल आया। मैंने देखा कि जिस साये को पेड़ ने अपने में समो लिया था जिसे छोड़ कर मैं कमरे में घुसा था, वह साया अब धीरे-धीरे पेड़ को फिर छोड़ने लगा था, बिलकुल वैसा ही जैसे वह धीरे-धीरे उसमें विलीन हुआ था लेकिन फ़र्क इतना ही था पहले वाले साये को अँधेरे ने अपनी गिरफ़्त में ले लिया था और अब धीरे-धीरे उजास इस साये को निगलता जाएगा। ज़िन्दगी फिर से शुरू हो जाएगी। मैं यह सोचते हुए स्कूल से बाहर निकल आया था और फिर जहाँ पर मेरे पाँव रुके वह थी लेक। शाम और सुबह दोनों समय में कितना अन्तर होता है यहाँ। कुछ देर में ही यहाँ कुछ चेहरे देखे जा सकते हैं। धीरे-धीरे चेहरों की संख्या बढ़ती जाएगी। हाथों में छड़ी या फिर अपने पप्स के साथ कुछ गर्दन टेढ़ी किये हुए सम्भ्रान्त थुल-थुल करती देहों को 'ऐसी' लगी गाड़ियों से निकलते हुए सुबह की

हवा लेने या फिर दो चक्कर लगा कर सैर की औपचारिकता पूरी करते हुए देखा जा सकता है और भी बहुत कुछ यहाँ दिखाई दे सकता है लेकिन यह तो देखने वालों पर ही निर्भर होता है कि वह क्या देखना चाहते हैं।

मुझे हमेशा ही यहाँ सुबह आना अच्छा लगता है। शाम का नज़ारा सुबह से बिलकुल दूसरा ही होता है एक मेले जैसा कुछ-कुछ नज़ारा यहाँ दिखाई देता है।

शाम के झुटपुटे में लेक में घुसने से पहले एक छोर पर जहाँ गाड़िया खड़ी करने की जगह बनी हुई है इस मौसम में आल्थी-पाल्थी में बैठी दुबली-पतली-सी औरत भुट्टा भूनती दिखाई दे जाएगी जिसकी गोद के एक सिरे पर उसका बच्चा लेटा हुआ दुनिया से बेख़बर अपार सुकून से सो रहा होता है और दूसरे छोर पर एक और बच्चा भुट्टे के छिले पत्तों से खेल रहा होता है या फिर भुट्टे से पत्ते अलग करने की जद्दोजहद कर रहा होता है। उसके पास ही बच्चों से घिरी आईसक्रीम की रेहड़ी और थोड़ा हट कर ही मेरे स्कूल का झब्बू, जो इन दिनों स्कूल नहीं आ रहा है, पॉलिश की पेटी को कन्धे पर रखे घर जाने को बेचैन दिखाई दे जाएगा और सड़क से दूसरे छोर पर लेक के किनारे सटी हुई, कुछ खाने-पीने की दुकानें और सिटको का छोटा-सा रेस्टोरेंट जिसकी खुली जगह में लगी मेज़ों पर, घूमने आये लोग सुस्ताते से, चटकारे लेते कुछ खाते हुए, दिखाई दे जाएँगे।

वहीं एक ओर मिनीट्रेन बच्चों के आकर्षण का केन्द्र बनी हुई होती है जो बच्चों से कुछ रुपये में थोड़ी सैर करवाती है और दूसरे छोर पर अनेक रॉकिंग हॉर्स हैं और उसके पास ही झूलों का आनन्द लेते बच्चे। इस तरह शाम के समय मुझे इस मेले का हिस्सा बनना कतई अच्छा नहीं लगता और मैं सुबह के समय कभी-कभार किसी अकेले कोने की तलाश कर लेता हूँ। आज भी मैं कुछ सीढ़ियाँ उतरा और एक सीढ़ी पर बैठ गया हूँ। मेरे पाँवों को पानी छू कर आगे निकल रहा है।

बैठने के थोड़ी देर बाद ही मेरे सामने वही पृष्ठ खुला हुआ था जहाँ मैंने उसे शाम को बन्द किया था। न चाहते हुए भी मेरी आँखों के आगे वह तैर गया। जब से मैंने मोहसिन खान के कमरे में आकर पनाह ली, उसके बाद फिर मैंने घर का रुख कभी नहीं किया और यह जानने की कभी कोशिश नहीं की कि मेरे वहाँ रहने से मोहसिन खान को किन परेशानियों का सामना करना पड़ा होगा।

मेरी पढ़ाई छूट गयी थी। एक अर्सा हो गया था मुझे किताबें देखे, जब मोहसिन खान को पता चला कि मैं कई महीनों से स्कूल नहीं गया और स्कूल फीस नशे की भेंट चढ़ती रही थी, तब उसने मेरे लिए किताबों का नया सैट खरीदा था और मुझे से कहा कि पढ़ोगे तो तुम्हें नशा भी मिलता रहेगा, पढ़ाई बन्द तो नशा भी बन्द। इस तरह मेरी पढ़ाई फिर से चालू हो गयी। आधे विषय मोहसिन खान मुझे ख़ुद पढ़ाते और आधे विषय पढ़ने मुझे केतकी के पास जाना पड़ता।

मुझे समय पर नशा मिलता रहा परन्तु मेरा बाहर निकलना, दोस्तों से मिलना-जुलना बिलकुल बन्द कर दिया गया। मोहसिन खान मुझे केतकी के पास खुद छोड़ कर आते और खुद ही लेने भी। मैं मोहसिन खान के घर कैदी बन कर रहने लगा था।

अब मैं उस माहौल में ऊबने लगा। मुझे मोहसिन खान के प्रति उस दिन से ही अविश्वास-सा हो गया था जिस दिन उसने मुझे विश्वास में लेकर घर का पता और फोन नम्बर लिया था और मेरे घर मेरे रोकने पर भी फोन कर पिता को बुला लिया था। इस बात के लिए मैं मोहसिन खान को कभी माफ़ नहीं कर सकता था और पढ़ना मेरे लिए हिमालय चढ़ने के बराबर था परन्तु क्या करता पैसा मेरे पास था नहीं और कमबख़्त यह नशा... इस वजह से मैं मोहसिन खान की हर बात मानने लगा था।

धीरे-धीरे मैं उस माहौल में रमने लगा। मोहसिन खान के साथ मिल कर जहाँ मैं रंग संसार को जानने-समझने लगा वहीं ज़िन्दगी की खूबसूरती और बदसूरती को भी बहुत नज़दीक से मैंने अनुभव किया तभी ऐसा महसूस भी हुआ कि जो आसमान हम अपनी साँस लेने के लिए निर्धारित कर लेते हैं दुनिया उतनी ही नहीं है, हवा भी माहौल जगह देख अपना बर्ताव बदल लेती है। कुछ हवाएँ सुख का स्पर्श देती हैं तो कुछ हवाएँ ऐसी भी आती है जो सुखों से दूर किसी दूसरी ही दुनिया में ले जाती है। अच्छे और बुरे का फ़ैसला कौन करे! अपने हिस्से की गर्माहट क्या कोई दूसरे से बाँट सकता है? मैं लगातार यह सोचता रहता।

मुझे जीने का मक़सद मिल गया था, पढ़ाई के साथ साथ रंगकर्म का जुनून मेरे सिर चढ़ कर बोल रहा था। अब हमारे पास खाली बातें सोचने का समय ही नहीं रह गया था। मुझ पर घर रहने की पाबन्दी भी हट चुकी थी। इसी बीच मोहसिन खान का वह हॉस्टल वाला कमरा छिन गया था और उसने पच्चीस सेक्टर में अपना डेरा डाल लिया था, शुरू-शुरू में हमें वह जगह अच्छी नहीं लगती थी परन्तु धीरे-धीरे सब सामान्य होता चला गया।

इन्हीं दिनों मेरे जीवन में शेखर आया, जाने कहाँ से और कैसे! उसने मुझे खोज लिया। शेखर के आने से मुझे एक नया ही जीवन मिला।

मेरे सारे दुख, मेरी सारी तन्हाई को उसने जैसे मुझ से लेकर कहीं दूर फेंक दिया हो। धीरे धीरे शेखर का रंग मुझ पर चढ़ने लगा। मैं और शेखर कब एक जान हुए हम दोनों इस बात से बेख़बर थे लेकिन हम दोनों अब एक दूसरे के बिना रह ही नहीं पा रहे थे। कभी-कभार शेखर मेरे पास हमारी झुग्गी में ठहर भी जाता। मोहसिन खान ने इस बात का बुरा लगने पर भी कभी विरोध नहीं किया। यह अलग बात है कि उसे कभी शेखर अच्छा नहीं लगा। हाँ, बृजेश को उससे हद दर्जे तक की नफ़रत थी और वह मोहसिन खान को भी कहने से गुरेज़ नहीं करता था कि शेखर को यहाँ आने से रोका जाये।

शेखर जब तब हमारी पैसे से मदद करता रहता था जब हम पैसे की वजह से बुरी तरह फँसे हुए होते तो ऐसी हालत से वह ही हमें निकालता था। शेखर बिजनेसमैन था। वह मेरे पास आता था लेकिन कभी वह मुझे अपने घर नहीं लेकर गया था। कभी-कभी मैं और वह कहीं बाहर घूमने माने कभी कसौली या फिर शिमला चले जाते थे लेकिन ऐसा बहुत बहुत कम बार हुआ था क्योंकि मुझे शाम तक लौट कर वापस आना होता ही था क्योंकि मुझे रिहर्सल लेनी होती थी। फिर भी बड़ोग और कसौली हम लोग जाते रहते थे। शेखर का आकर्षण मुझे किसी नशे से कम नहीं लगता लेकिन हमारी दोस्ती से कोई भी खुश नहीं था। शेखर मुझे कहता भी तुम लोगों की परवाह करना छोड़ दो, जितनी परवाह करोगे यह उतना ही तुम्हारे जीवन में दख़ल देंगे।

धीरे-धीरे मोहसिन के साथ रहते-रहते और केतकी का साथ मेरे अन्दर अजीब तरह का सुकून देने लगा था। इसके साथ ही मोहसिन खान ने मुझे एक मनोचिकित्सक के पास लेकर जाना भी शुरू कर दिया था। पहले-पहल मुझे उसके पास उसे अपने बारे में कुछ भी बताना अच्छा नहीं लगता था लेकिन धीरे- धीरे मैं उस माहौल में भी रमने लगा और एक दिन ऐसा भी आया कि मुझे नशे की उस तरह ज़रूरत महसूस नहीं होने लगी जैसे पहले हुआ करती थी।

कुछ दिन ऐसे ही चलता रहा और फिर एक दिन मोहसिन खान की अम्मी बरेली से आ गयी, उन्हें मेरा मोहसिन के पास रहना कभी अच्छा नहीं लगा। फिर शेखर उन्हें कैसे पसन्द आ सकता था। वह दिन में दो-तीन बार मुझसे और मोहसिन खान से यह बात कह देती थीं कि मुझे अपने घर लौट जाना चाहिए और फिर मुझे इस बात का अन्दर-ही-अन्दर डर लगने लगा था कि शायद अब मैं यहाँ कुछ ही दिन और रह पाऊँगा, मोहसिन खान अम्मी के कहने में आकर कहीं मुझे मेरे घर न भेज दे। ऐसा मैं सोचने लगा था और इस बात से मैं परेशान रहने लगा था। शेखर भी इस बात से परेशान था। इसी कशमकश में कई दिन और बीत गये। ऐसी हालत में कभी-कभी मुझे नशे का सहारा लेना पड़ता। लेकिन केतकी और मोहसिन खान के प्यार के साथ थियेटर की दुनिया में रमने लगा था।

एक रात जब शेखर मेरी बगल में लेटा हुआ था तब मैं देर रात तक सो नहीं सका था। यह अलग बात है कि जब शेखर मेरे पास होता तो मैं सारी दुनिया के ग़म भूल केवल उसी को महसूस करता था उस दिन भी मेरी बगल में शेखर लेटा हुआ था जब कि अम्मी इस बात का कितने दिनों से विरोध करती आ रही थीं कि राजीव तो राजीव अब शेखर रात-रात भर यहाँ क्यों पड़ा रहता है? क्या इन्हें घर नहीं चले जाना चाहिए। मैं तनिक भी इस बात से विचलित नहीं होता था और शेखर के लिए पूरी तरह से समर्पित था। मैं एकटक शेखर को देख रहा था। खिड़की से बाहर

की ट्यूब लाइट की रौशनी शेखर के आधे चेहरे पर पड़ रही थी। उसके शरीर का ताप धीरे-धीरे मेरे शरीर में प्रवेश कर रहा था। वह अपने दोनों हाथों पर सिर टिकाये जाने क्या सीधी-सपाट सफ़ेद छत पर ढूँढ़ने की कोशिश कर रहा था। मैं आँखों-ही-आँखों से उसे पी रहा था। जब हम दोनों चारपाई पर पसर जाते हैं तो मैं उसके लिए सिर्फ राजीव रह जाता हूँ और मेरे लिए तो वह सब कुछ ही है। उसके बिना भी मेरी कोई ज़िन्दगी हो सकती है, मैं सोच भी नहीं सकता था।

मैं इस बात को लेकर परेशान था कि अगर मोहसिन का साथ छूट गया तो मैं कहाँ जाऊँगा? लेकिन शेखर के आने के बाद मेरी परेशानी उस तरह नहीं रही थी। उसने मुझे आश्वासन दिया था कि वह कोई न कोई बन्दोबस्त कर लेगा, नहीं तो मैं उसके ऑफ़िस में ही सो जाया करूँगा।

उस रात मेरा एक हाथ उसके बदन का सफ़र कर रहा था। मेरे होंठ सूख रहे थे पर वह ख़ामोश छत की ओर किसी भी भाव के बिना देखे जा रहा था। मुझे महसूस हो रहा था कि मानो मेरा हाथ किसी लाश पर फिसल रहा है। मैं परेशान हो रहा था कि जिस ताप को मेरा शरीर महसूस कर रहा है उसी ताप को साथ पड़ा शरीर क्यों आज महसूस नहीं कर रहा, जबकि ऐसा कभी हुआ नहीं। हर रोज़ एक शरीर दूसरे शरीर के ताप से तपता और शीतल होता रहा है। फिर आज पास पड़ा यह शरीर मुर्दा क्यों लग रहा है। अब मैंने अपनें होंठों की गर्मी उसे देनी चाही। मैं चौंक गया। मेरे होंठों ने उसकी सीपियों को छुआ ही भर था कि लगा किसी ने उनके मोती चुरा लिये हैं और अब तो वहाँ खोल शेष रह गया हो। मेरे हाथ बेचैनी से उसके पूरे बदन पर घूमते रहे थे। एक बार फिर मेरे होंठ उसकी ओर बढ़े। इस बार उन्हें तरल पदार्थ का सम्पर्क मिला और उसमें घुली समुद्री झाग को महसूस करते हुए मैं बेचैन हो गया। मेरा हाथ उसके चेहरे पर जैसे ही फिसला वह समुद्री झाग से मिले तरल पदार्थ से भीग गया। मैं कुछ पूछता उसके पहले ही उसके होंठ हिले। एक क्षीण-सी आवाज़ मेरे कानों से टकराई—'राजीव... मेरे राजीव... तुम मुझे छोड़ तो नहीं दोगे?' उसकी बात सुनकर मैं बेसाख़्ता हँसता चला गया। रात की सूनी वादियों में एक बार फिर रोशनियाँ जगमगा गयीं। मेरी हँसी कमरे से निकलकर पूरे आसमान में फैल गयीं और मेरी मज़बूत बाहों में अब वह था। मेरे होंठ उसके जिस्म की सैर कर रहे थे और वह अनन्त सुख का भोग कर रहा था। समुद्री झाग अब वहाँ से ग़ायब हो चुकी थी। फूलों के झूले पर अब हम दोनों झूल रहे थे। हमारी दुनिया बड़ी हसीन थी। उस पर कौन थिगली लगा सकता था अब वह बेफ़िक्र हो मेरी बाजुओं का कवच पहन सो गया था। मैं उसके शरीर से उठ रही खुशबू से सराबोर होता रहा था। रात भले ही मेरी बड़े सुकून से बीती थी। शेखर के पूरे शरीर की गन्ध मुझमें समा चुकी थी।

शेखर की बेचैनी इस बात को लेकर बढ़ रही थी कि कहीं उसका यहाँ आना

किसी भी वजह से बन्द न हो जाये। मोहसिन खान की अम्मी का दबाव हम दोनों पर अलग-अलग तरीके से बढ़ता जा रहा था। बेचैनी थी कि तंग करने की हालत तक हम दोनों पर सवार हो गयी थी। इस बात से निजात पाने के लिए शेखर ने एक कमरा किराये पर लेने की बात सोची, यह बात हम दोनों को ही ठीक लगी थी लेकिन क्या यह समस्या का हल हो सकता था?

रंगकर्म करते हुए और केतकी के सहयोग से मैंने बी.ए. पास कर लिया। इस दौरान कई उथल-पुथल हुए देश में भी और हमारे जीवन के बीच भी। केतकी और मोहसिन खान की इच्छा थी कि मैं भारतीय नाट्य विद्यालय से रंगकर्म की विधिवत शिक्षा ग्रहण करूँ। मेरे नम्बरों को देखकर और मेरी रंगकर्म में रुचि को देखकर मोहसिन खान काफी आश्वस्त थे कि मुझे वहाँ दाख़िला मिल ही जाएगा। वह भूल गये थे कि उनका और थियेटर विभाग के चेयरमैन राजपाल का झगड़ा चल रहा है। वह मुझे कैसे भरती कर सकता था। मुझे एडमीशन नहीं मिली तो नहीं मिली। काफी दिनों तक इस बात का मलाल रहा मुझे।

इन्ही दिनों नेहा आयी थी मोहसिन खान के रंगमंडल में शामिल होने के लिए। उसने बताया था कि विभाग में राजपाल से वह काफी तंग है और यह बात नेहा की ज़िन्दगी का नासूर ही तो बनती जा रही थी कि राजपाल को उसकी हरकतों की सज़ा वह नहीं दिला पायी। हमने उसे आश्वासन दिया कि उसके अपमान का बदला राजपाल से हम ज़रूर लेंगे। उसके साथ मिलकर हम कोई नाटक करते या फिर राजपाल से कोई बात की जाती कि उससे पहले ही उसे दिल्ली राष्ट्रीय नाट्य विद्यालय से बुलावा आ गया था। उसे वहाँ प्रवेश मिल गया। हमने राहत की साँस ली।

राष्ट्रीय नाट्य विद्यालय जाने के बाद नेहा ने अपने तौर पर कई नाटक किये। उसके लगभग सभी नाटक पुरुष द्वारा नारी पर किये जाने वाले शोषण पर केन्द्रित होते। एक बार मैंने पूछा भी था उससे कि—"नेहा क्या तुम्हें यह नहीं लगता कि तुम अपने-आप को दोहरा ही रही हो, हर बार एक प्रकार के नाटक करके?" उसका कहना था—"तुम्हें ऐसा लगता है, पर यह बात सच नहीं है। हर बार मेरे नाटक का मुद्दा नया होता है।"

"क्या तुम यह समझती हो कि इस प्रकार तुम समाज सुधार कर रही हो?"

"नहीं समाज को सुधारने का हमारा कोई इरादा नहीं है और न आज तक किसी के कहने से कोई सुधरा ही है। परन्तु हम जागरूक तो कर ही सकते हैं। फिर मैं यह भी दिखा देना चाहती हूँ कि अपने-आप को सभ्य कहलाने वाले लोग कितने सभ्य

हैं।''

''इससे क्या लाभ होगा?''

''लाभ-हानि की किसे परवाह है?'' उसकी बात सुनकर मैंने उसे कहा था कि—''फिर यह सारा खेल किसलिए?'' तब उसने कहा था—''तुम यह सब नहीं समझ पाओगे।'' परन्तु सच बात तो यह है कि रंगमंच के सिवा वह कोई दूसरा रास्ता चुनना भी नहीं चाहती थी। उसे अपनी मुक्ति रंगकर्म में ही दिखाई देती थी। इसलिए रंगमंच के साथ जुड़े रहना एक तरह से उसकी मजबूरी भी थी और चाहत भी। सब अपने से मुक्त होना चाहते हैं लेकिन कहाँ हो पाते हैं अपने से मुक्त? इसी तरह यह सिलसिला चलता रहता है।

नेहा के अन्दर एक ज्वाला धधक रही थी उसे मैं उस दिन तो नहीं पहचान पाया था परन्तु समय के साथ साथ उसकी पीड़ा के सारे अवयव मेरे सामने खुलते चले गये थे। नेहा का पुरुष वर्ग से मानो विश्वास ही उठ गया था। उसने अपना पूरा जीवन थियेटर को समर्पित कर दिया था। उसके जीवन की सारी कड़वाहट मानो उसकी प्रस्तुतियों में सहज ही अभिव्यक्ति पा लेती और एक प्रस्तुति के बाद वह फिर से तरोताज़ा हो नयी प्रस्तुति के लिए तैयार हो जाती। उसकी प्रत्येक प्रस्तुति आग की तरह होती, एक ऐसी आग जो बस जलती रहती है और उससे उठने वाले धुएँ का कैसलापन कई-कई दिनों तक देखने वालों के अन्दर समाया रहता। नेहा, साक्षी से लेकर रवि तक ऐसे कितने ही रंगकर्मी हमारे साथ जुड़ते चले गये परन्तु वह सब हमारे बीच प्रतिद्वन्द्वी की तरह ही रहे। वह कभी हमारे बीच के होने का एहसास हमें कभी नहीं करा सके थे और मोहसिन खान एक ऐसी आग का गोला था जिसकी तपिश को सहन करना सबके बस की बात नहीं थी।

मेरे और शेखर के बीच एक अजीब रिश्ता क़ायम हो गया था। मैं उसके बिना अधूरा था तो वह मेरे बिना। वह मेरा जीवन साथी होने के साथ-साथ और भी बहुत कुछ था। मैं उसके बिना नहीं रह सकता और वह मेरे बिना। हमारा रिश्ता कहते-कहाते सभ्य समाज में मान्य नहीं है। यदि भगवान नाम की कोई वस्तु है तो यह रिश्ता वहीं से जुड़कर आया है जिसे हमारा समाज मान्यता देने में जाने क्यों परहेज करता है लेकिन मोहसिन खान को भी बृजेश और केतकी दोनों की तरह ही मेरा शेखर के साथ उठना-बैठना अच्छा नहीं लगता था। हिश, अपने-आप को प्रगतिशील कहलाने वाले लोग अन्दर से कितने प्रतिक्रियावादी हैं।

मैं अब खूब अच्छी तारह से जान गया हूँ। अन्दर ही अन्दर शेखर को अच्छा न समझने वाले खान ऊपर से उससे मुहब्बत का नाटक खूब अच्छा कर लेते थे। उन्होंने इस बात को कभी शब्द नहीं दिये। हाँ, उनके व्यवहार से स्पष्ट लगता था कि वह शेखर को कतई पसन्द नहीं करते। मुझे इस बात से कोफ़्त होती थी कि क्यों खान इस

मामले में दोगला है लेकिन मैंने भी इस बात को कभी शब्द नहीं दिये। मैंने कभी इस की ज़रूरत भी महसूस नहीं की।

शेखर जब मेरी ज़िन्दगी में आया या यूँ कहूँ जब मुझे ऐसा लगा कि मेरी ज़िन्दगी की डोर शेखर के साथ जुड़ी है। उससे पहले ही मोहसिन खान ने नशे की आदत से मुझे छुटकारा दिलाने के लिए मेरा इलाज शुरू कर दिया था। मेरी मुलाकात शेखर के साथ अस्पताल में ही हुई थी। वह वहाँ क्यों आता था इसका इल्म तो मुझे आज तक नहीं हुआ, लेकिन वह मेरे लिए और मैं उसके लिए बना हूँ, इस बात का एहसास हम दोनों को एक साथ ही हुआ था और फिर अस्पताल से लौटने पर मैं अकेला नहीं लौटा था। मेरे साथ शेखर भी था।

अब मेरा नशा बन्द और दवाई चालू हो गयी थी। मैं सारा-सारा दिन एक बिस्तर पर पड़ा रहता, एक मुर्दे के माफ़िक। मुझे लगता की मेरी सारी शक्ति मानो किसी ने निचोड़ ली हो। लेकिन इन दिनों मुझे शेखर का इतना सहारा मिला जितना मुझे कभी खान से भी नहीं मिला था। जाने वह कितने दिन-रात फिर मेरे पास ही रहा। उसने मेरे अन्दर जीने की चाह, जो मर रही थी, फिर से पैदा की। मेरे अन्दर उस साहस को फिर से जगाया जो मेरे नशा छूटने के साथ ही समाप्त हो गया था। लेकिन उसकी मौजूदगी मेरे दूसरे चाहने वालों को रास नहीं आ रही थी और मुझमें जाने उसके प्रति कैसा आकर्षण था कि मैं चाह कर भी उसे छोड़ नहीं पाता था और मैं सोचने लगता कि मोहसिन खान, केतकी और अम्मी हमारे साथ सौतेला व्यवहार क्यों कर रहे हैं, जबकि मैं और शेखर उन्हें बहुत चाहते हैं।

किसी के कहने से हम अलग नहीं हो सकते थे। हम दोनों एक-दूसरे को छोड़ पाने की कल्पना भी नहीं कर सकते थे। शेखर ने मुझे इतना प्यार दिया कि मैं और सब कुछ भूल गया। उसके साथ रहते हुए ही मैंने चरम आनन्द को भोगा और देह-सुख की परिभाषा को भी जाना। अब वह मेरे लिए और मैं उसके लिए था। उसके शरीर की गन्ध मेरे रोम-रोम में बस चुकी थी। कभी-कभी मैं सोचता क्या ऐसा ही अनुभव शेखर को नहीं रहा होगा? क्या मेरी देह-गन्ध उसे बेचैन नहीं कर रही होगी? जब मैं ऐसा सोचता हूँ कि मैं उसके बिना नहीं रह सकता ज़िन्दगी में, तो क्या वह भी ऐसा ही सोचता होगा? यह प्रश्न कई बार मुझे बेचैन कर जाता और सीने में एक हूक-सी उठती उससे एक बार फिर से मिलने की। लेकिन अब यह सब सम्भव ही नहीं लगता। जाने इस वक़्त वह कहाँ होगा!

मैं अपने उन दिनों को जब सोचता हूँ तब मुझे शेखर की एक बात कभी समझ नहीं आयी थी कि जब सब लोग हमारा एक साथ रहना पसन्द नहीं करते हैं तो वह क्यों इस बात को मान नहीं लेता कि मैं भी उस कमरे में उसके साथ रहने लगूँ जो उसने किराये पर लिया है लेकिन वह सदा ही इस बात को क्यों टाल जाता था? क्यों

नहीं उस कमरे में वह मुझे रहने की इजाज़त दे पाया? यह प्रश्न है जो हर समय मेरे अन्दर सफ़र करता रहता है और मुझे आज भी परेशान किये है। लेकिन यही एक प्रश्न है जिसने मुझे उस मोड़ पर ला कर खड़ा कर दिया है जहाँ से आगे जाने के सारे रास्ते बन्द हो जाते हैं। मैं असहाय-सा फिर इसके जवाब की तलाश में जाने किन गुफ़ाओं-कन्दराओं में खोने लगता हूँ। इस एक बात ने मेरे अन्दर पहाड़ों, कन्दराओं और अनेक खाइयों का विस्तार कर दिया है जहाँ मेरा अपना-आप खो गया है। भटकन है जिसे कहीं कोई ठौर-ठिकाना नहीं मिल रहा। प्रश्न भी ज्यों-का-त्यों मेरे आगे खड़ा है। मैं बावला हो गया हूँ। मुझे जब ऐसा लगने लगा था कि मेरा तो सब कुछ ही शेखर है तो उसे क्यों नहीं ऐसा आभास हुआ? यदि हुआ होता तो क्या इसका इज़हार वह कभी न करता। मैं जब उसकी बलिष्ठ बाँहों में अपने-आपको बहुत सुरक्षित समझता था तो क्यों उसे मेरे शरीर की चाह नहीं होती थी? क्या उसकी ज़िन्दगी में कोई दूसरा भी था?

इन्हीं दिनों गुजरात में भूचाल आया और मैंने अपना मन वहाँ जाने का बना लिया लेकिन मैं जिस तरह वहाँ जाना चाहता था वह बात पूरी नहीं हुई और मैं मोहसिन खान का सन्देशवाहक बनकर ही मैं वहाँ जा पाया। यह अलग बात है कि मैं वहाँ कई दिन रहा लेकिन मैं रहने और वहीं काम करने को अपनी मंज़िल नहीं बना पाया और लौट आया। लौट कर आने पर मैंने जो देखा वह मेरे लिए सुखदायी नहीं था। मेरे जीवन में भी एक भूचाल-सा आ गया। मुझे ऐसा लगा कि मेरा वह आधार छूट रहा है जिसे पकड़कर मैं ज़िन्दगी की गाड़ी को चलाना चाहता था। मोहसिन खान का निकाह केतकी से होना मेरे लिए आठवें अजूबे की तरह ही था। मेरे जीवन की यह कैसी विडम्बना है जब भी मेरी सारी दुनिया जिसके भी इर्द-गिर्द घूमने लगती है तभी लगता है कि वह तो मेरा है ही नहीं। मैं इस भरी-भराई दुनिया में नितान्त अकेला हूँ। पहले माँ ने कभी मुझे समझने की कोशिश नहीं की और जब मैं केवल मोहसिन खान का होकर रहना चाहता था तभी शेखर मेरे जीवन में आया। उसने मेरा आधार मुझसे छीन लिया और फिर मुझे मझधार में छोड़ ख़ुद भी जाने कहाँ ग़ायब हो गया।

मुझे मोहसिन खान का केतकी के साथ निकाह करना कोई बुरा नहीं लगा था लेकिन एक असुरक्षा की भावना मेरे दिल में घर कर गयी थी। मुझे लगने लगा था कि मुझे जैसे घने जंगल के बीचोबीच अकेला छोड़ दिया गया हो और मैं उस जंगल में भटने लगा जहाँ से बाहर निकलने का कोई रास्ता दिखाई नहीं देता है और जब कभी कोई रास्ता दिखाई भी देता तब वह रास्ता वही होता जो रास्ता मोहसिन खान तक जाता था जिसकी मुझे पहचान थी परन्तु वहाँ तो अब पहरेदार बिठा दिया गया था और किसी दूसरे रास्ते की मुझे पहचान ही नहीं थी। एक रास्ता वह था जो मुझे शेखर के

तरफ ले जाता है लेकिन शेखर भी तो मेरे पास नहीं आना चाहता था। वह कब मुझे अपने कमरे में रहने देना चाहता था यह उसकी इच्छा पर निर्भर होता। कभी वह हफ्तों मुझे अपने कमरे में साधिकार रखता और फिर उसी अधिकार से मुझे कमरे से बाहर भी कर देता। मेरी समझ में उसकी यह बात कभी नहीं आयी थी और वह जब कभी भी मेरे पास मोहसिन खान की झुग्गी में आता, तब वह आता भी अपनी मर्जी से था और जाता भी अपनी मर्जी से। उसने कभी यह जानने की मुझसे ज़रूरत नहीं समझी थी कि मैं क्या चाहता हूँ। उन दिनों मेरी नाव बीच भँवर में फँस कर रह गयी थी और मेरे हाथ में केवल एक कमज़ोर पतवार थी जो मुझे इस भँवर से बाहर निकाल सकने में असमर्थ थी। जब-जब मुझे छोड़ कर शेखर जाता तब-तब मैं फ़ालतू चीज़ की तरह अपने को समझने लगता।

माँ-बाप के घर से भागा तो मुझे मोहसिन खान का सशक्त सम्बल मिला था, परन्तु आज आधी दुनिया घूम लेने के बाद सोच रहा हूँ कि अब कहाँ जाऊँ? जिस स्कूल को मैंने खोला था वह स्कूल भी मुझे बेगाना लगने लगा था। मुझे स्कूल में भी राहत नहीं मिलती थी। एक उलझाव था जिसे सुलझाने की मैं भरपूर कोशिश करता रहता हूँ परन्तु जैसे-जैसे उसे सुलझाता हूँ वैसे-वैसे मैं और उलझता जाता हूँ। कितने ही दिन मैंने मोहसिन खान और शेखर के बिना काटे और फिर एक-एक दिन मेरे लिए सालों-साल की तरह होकर मेरे आगे से गुज़रने लगे। शेखर ने मेरी देह के ज़रिये मेरी आत्मा पर क़ब्ज़ा कर लिया था। लेकिन उसकी ज़िन्दगी में मैं कहाँ पर हूँ, यह नहीं जान पाया हूँ आज तक।

मैं यह बात सोचना भी नहीं चाहता कि उसने मुझे अपनी ज़रूरत के मुताबिक इस्तेमाल किया है उसके लिए मैं मात्र स्टैपनी ही था और कुछ नहीं। जैसे-जैसे दिन बीत रहे थे वैसे-वैसे मुझे लगता कि मैं शेखर के बिना जी नहीं सकूँगा और फिर हालत मेरी यह हो गयी कि स्कूल या फिर कहीं भी उसके बिना रहना मेरे लिए कठिन से कठिनतर होता चला गया। मेरी आत्मा उसे ढूँढ़ती, मेरी देह को उसकी तलाश रहती। मैं देह की भूख को बर्दाश्त नहीं कर पा रहा था। मुझे हर हाल में वो शरीर चाहिए था जिसकी गन्ध मेरे रोम-रोम में बसी हुई है, परन्तु वो देह मेरे हिसाब से नहीं अपने ही हिसाब से मेरे पास आती और जाती थी। जिससे मेरे अन्दर अविश्वास की गहरी परत जमती जा रही थी और मुझे लगता कि मैं बियाबान जंगल में नितान्त अकेला भटक रहा हूँ। जिसे मैं अपना जीवनसाथी समझ चुका था वह अब मेरा जीवनसाथी नहीं रहा था, ऐसा मुझे कई बार शेखर को देखकर एहसास होता कि वह क्यों कभी-कभी बिलकुल बेगानों की तरह मेरे साथ व्यवहार करता है।

मोहसिन खान की शादी हो जाने की वजह से मैं उससे अलग हो गया था। उसके साथ उस तरह कैसे मिल सकता था जैसे पहले मिला करता था। एक दूरी

अनायास मुझमें उसी दिन आ गयी थी। खान क्या सोचता है यह मैं उस समय नहीं जान पाया था। अब वह घर जो मुझे बिलकुल अपना घर लगता था। अब बेगाना लगने लगा था। मुझे लगने लगा था कि मोहसिन खान से मेरे सारे रिश्ते मानो ख़त्म हो चुके हैं।

जब शेखर मुझे छोड़ कर गया था तब कई दिनों बाद मुझे पता चला था कि उसके कमरे में कोई दूसरा लड़का आने लगा था। मुझे रह-रह कर अफ़सोस होता कि मैं क्यों उसके इतने नज़दीक गया? क्यों मैंने उसे समझने में भूल की? लेकिन मैं अपने जज़्बात में बह गया था। आज उसके लिए मेरे मुँह से केवल गाली निकलती है। साला दोगला। उसने मेरे साथ अच्छा खेल रचा था। उसकी ऐसी कौन-सी मजबूरी रही होगी जिस वजह से वह मेरा साथ न निभा कर किसी दूसरे के साथ रहने लगा? या फिर उसकी यही फ़ितरत होगी कि कुछ दिनों के बाद वह जिसे अपना ज़िन्दगी का पॉर्टनर कहता है, उसे वह बदल देता होगा लेकिन मैं कभी उसे माफ़ नहीं कर सका। उसने मेरे साथ क्यों खिलवाड़ किया? वह कौन-सी वजह थी जिसके चलते उसने मुझे मोहरा बनाया? इसी बात का मैं उत्तर आज तक ढूँढ़ रहा हूँ जो मुझे मिल नहीं रहा परन्तु फिर मैं उस माहौल में नहीं रह सकता था, मेरे साँस लेने के लिए अब वह हवा वहाँ नहीं रही थी। हवा जो मुझे छू कर जाती थी उसका रुख मुझे मोड़ना था। पर कैसे? इसी बात की तलाश थी मुझे।

मैं केतकी को उतना ही चाहता था जितना शायद खान भी न चाहते हों परन्तु मेरी दुनिया के नक्शे में कहीं एक कोने में भी केतकी का नाम उस तरह दर्ज नहीं है जैसा आज खान की दुनिया में दर्ज है। उस समय तक मैं नहीं जान पाया था कि केतकी का साथ अब खान के साथ उस तरह का नहीं है। मेरे लिए अब भी खान की दुनिया केतकी के नाम से शुरू होकर उसी के नाम से समाप्त होती रही।

लेकिन मेरी ज़िन्दगी अब भी और पहले भी, भले ही बीच में शेखर ने मेरी ज़िन्दगी में दख़ल दिया था लेकिन फिर भी, मेरी दुनिया खान से शुरू होकर खान पर ही समाप्त होती है। मैं केतकी की इज़्ज़त करता हूँ। मैं समझने लगा था कि आज खान ने अपने नक्शे से मेरा नाम काट कर केतकी का नाम दर्ज कर लिया है। यह तो होना ही था एक-न-एक दिन। केतकी न होती तो कोई और केतकी होती। किसी न किसी से तो खान को शादी करनी ही थी। फिर यह किसने कहा है कि मैं सारी उमर खान के कन्धे पर सवार रह सकता हूँ। मुझे एक न एक दिन तो खान से अलग होना ही था। अब मुझे खुले मैदान में वह रास्ता तलाश करना है जो मुझे मेरी मंज़िल तक ले जा सकता हो।

जब मैंने स्कूल खोलने की कल्पना की थी तो मैंने समझ लिया था कि अब मुझे जीने का सहारा मिल गया है। मैं अपनी सारी ज़िन्दगी अब इन बच्चों की प्रगति के

लिए लगा दूँगा। स्कूल की अपनी इमारत बनाने के भी मैं ख्वाब लेने लगा था। इस तरह मैं स्कूल में रहते हुए इन्हीं विचारों में उलझा रहता था लेकिन मेरे ये विचार कैक्टस के उन फूलों की तरह ही साबित हुए जो केवल एक रात ही अपनी महक बिखरा कर मुरझा जाते हैं। मेरा मन भटकता रहता था। मैं यह बात स्वीकार नहीं कर पा रहा था कि खान अब किसी और का हो गया है। मेरा डिपरेशन बढ़ने लगा। इसी बीच एकाध बार बीरू ने मुझे बताया भी कि केतकी अब खान के पास नहीं है और खान मुझे बुला रहा है। मुझे यह सब बातें झूठ लगतीं। मैंने खान से मिलना, उसकी बातों को सुनना बिलकुल बन्द कर दिया था।

इसका परिणाम यह हुआ कि मैं धीरे-धीरे नशे की ओर फिर से बढ़ने लगा लेकिन मैं नहीं चाहता था कि नशा एक बार फिर मेरी कमज़ोरी बन जाये। एक अजीब कशमकश में मेरे दिन बीतने लगे। इन्हीं दिनों मैंने सबसे छिप कर एक कमरा किराये पर लिया और सबसे अलग-थलग हो मैं वहीं रहने लगा। खान के 'अक्स' में भी जाना लगभग मैंने बन्द कर दिया था। मैं उनकी कोई चर्चा नहीं करना चाहता था और न ही उनके विषय में मेरे साथ कोई बात ही कर सकता था क्योंकि मैं उनके विषय में कुछ जानना ही नहीं चाहता था। मेरा भटकाव दिन-प्रतिदिन बढ़ता जा रहा था। मैं क्या करूँ और क्या न करूँ की स्थिति बनी रही, कई दिनों तक। कभी मन होता कि इस जीवन को ही समाप्त कर दूँ परन्तु इसे हक़ीकत में बदलना भी मेरे जैसे कमज़ोर व्यक्तित्व वाले व्यक्ति के लिए सम्भव नहीं हुआ। दिन-रात मैं अपने अन्दर उगे पहाड़ों, कन्दराओं और खाइयों में भटकता रहता। जैसे-जैसे मेरी यह भटकन बढ़ती जा रही थी वैसे-वैसे मैं मोहसिन खान से दूर होता जा रहा था, सही वस्तुस्थिति जाने बिना ही।

इस सारे भटकाव का मुझे एक ही हल दिखाई दिया कि मैं चंडीगढ़ से ही कहीं दूर चला जाऊँ। शायद इसी तरह मेरी भटकन कम हो। इस शहर ने जो मुझे कड़वाहट दी है शायद कोई दूसरा शहर उस कड़वाहट को कम करने की दवा साबित हो परन्तु इसके साथ ही मैं यह तय नहीं कर पा रहा था कि मैं जाऊँ तो जाऊँ कहाँ? कितने दिन मैंने इसी समस्या को सुलझाने में लगा दिये।

इसी बीच एक और करिश्मा हुआ, सुबह-सवेरे जब मैंने अख़बार का चंडीगढ़ वाला पन्ना खोला तो यह पढ़कर मैं हैरान रह गया कि प्रभात को 'सफदर हाशमी एवार्ड' से नवाज़ा जा रहा है। मुझे खुशी के साथ-साथ गहरी निराशा भी हुई कि जिस आदमी का रंगमंच की दुनिया में एक तिल जितना काम है उसे रंगमंच में योगदान देने के लिए सम्मानित किया जा रहा है। सम्मानों के बारे में जो एक अविश्वास मोहसिन खान के मन में था और कभी-कभी वह इस ओर इशारा भी करता था कि सम्मान काम से नहीं सोर्स से मिलते हैं, इस बात की सच्चाई आज मेरी आँखों के सामने थी।

लेकिन इस ख़बर को पढ़ने के बाद भी मैं मोहसिन खान से नहीं मिला था और सोचता रहा था कि मैं यहाँ से कहीं चला जाऊँ लेकिन कहाँ? फिर अचानक मुझे विमल की याद आयी और मुझे अपने सारे प्रश्नों का हल होता दिखाई दिया लेकिन मोहसिन खान और हमारे ग्रुप ने भी 'जिन लाहौर नईं वेख्या...' नाटक के बाद कोई और फुललैंग्थ प्ले नहीं किया था जबकि हर हफ्ते होने वाला नाटक नुक्कड़ नाटक भले ही होता था लेकिन हम सक्रिय तो थे। कभी-कभी मैं सोचता कि मोहसिन खान को क्यों नहीं कोई इतनी गम्भीरता से लेता। जब भी कभी पैसे की बात आती, वहाँ मोहसिन खान क्यों कोरा रह जाता है? या फिर उन सभाओं में जहाँ थियेटर को लेकर गम्भीर चर्चाएँ होती हैं वहाँ मोहसिन खान की शिरकत को क्यों नहीं महसूस किया जाता? क्यों वह उन गोष्ठियों में नहीं बुलाया जाता जहाँ क्लासिक नाटकों का पाठ सभी नाट्यकर्मियों के बीच होता है? और न ही आज तक 'अक्स' के हिस्से कोई ग्रांट ही आ पायी है। यह प्रश्न कई बार मेरे अन्दर उमढ़ता-घुमढ़ता रहता। कुछ उन लोगों के बारे में सोचता हूँ जो कभी 'अक्स' के सदस्य थे लेकिन किसी ने 'अक्स' को छोड़ दिया तो किसी को कहीं और जाना पड़ा। इसी सन्दर्भ में मुझे विमल की याद भी आयी।

विमल का ख़्याल आते ही जैसे मुझे कोई आधार मिला हो और फिर मैंने मुम्बई जाने का विचार बना लिया और एक दिन मौका पाकर मैंने चंडीगढ़ छोड़ भी दिया और मुम्बई के लिए निकल पड़ा। परन्तु जिस आधार को लेकर मैं चंडीगढ़ से मुम्बई के लिए रवाना हुआ था गाड़ी में बैठते ही मेरे मन ने कहा कि मैं ग़लती कर रहा हूँ विमल के पास जाकर, वह तो उसी क्षण मोहसिन खान को बता देगा कि मैं उसके पास हूँ। मैंने विमल के पास जाने के विचार को तो मन से निकाल दिया परन्तु मैं विचार शून्य हो गया कि उस महानगर में मैं जाऊँगा कहाँ? यह एक प्रश्न मुझे कमज़ोर बना रहा था। गाड़ी से भागते पेड़ों की तरह मेरे विचार भी भाग रहे थे। कभी-कभार पेड़ों से छन कर आ रही धूप आशा की किरण की तरह दिखाई दे जाती।

गाड़ी बढ़ रही थी। समय और स्थितियाँ बदल रही थीं। अब वह छितरी हुई धूप भी नहीं रही थी। उसे भी मानो किसी गहरे अँधेरे ने निगल लिया हो। नीले आसमान पर कुछ सफेद और कुछ मटमेले छोटे-छोटे बादलों के टुकड़े इस तरह बिछे हुए दिखाई दे रहे थे मानो किसी शरारती बच्चे ने सेमल के तकिये को उधेड़ कर बिखेर दिया हो। और इस समय एक बड़ा-सा मटमैला बादल का टुकड़ा सूर्य से बग़लगीर होने की नाकाम कोशिश कर रहा था। उसकी इस जद्दोजहद में धूप कभी रूठ जाती और कुछ देर के लिए ही सही अँधेरा छा जाता। बादलों के बेहिसाब टुकड़े आपस में एक होने की कोशिश में थे, ठीक मेरे विचारों की तरह। मेरी धूप केतकी की उड़ती साड़ी के पल्लू ने अपने में लपेट ली थी। मैं निपट अकेला छिटके हुए बादल के टुकड़े की तरह

एक अनजान दिशा की ओर बढ़ रहा था।

जाने कौन-सा स्टेशन था। मुझे चाय की तलब हो रही थी परन्तु भीड़ को देखकर मेरा बाहर निकलने का मन नहीं हो रहा था। खिड़की के पास बैठे एक व्यक्ति से मैंने दोस्ताना हाथ बढ़ाया और उससे अपने लिए भी चाय मँगवाई। पैसे देने लगा तो उसने लेने से इनकार कर दिया। मैं भौचक्का-सा उसे देखता रहा गया। फिर बातों का सिलसिला शुरू हुआ। उसने बातों-ही-बातों में मुझसे पूछ लिया कि मैं मुम्बई क्यों जा रहा हूँ। क्या बताता, वह मेरे बर्ताव से या फिर मेरी उखड़ी-उखड़ी बातों से शायद जान गया था कि मैं घर से भागा हुआ हूँ। उसने अपने विचार की पुष्टि करने के लिए ही शायद मुझसे पूछा कहाँ ठहरोगे? मुझे मुम्बई का कुछ पता नहीं था परन्तु मैं जानता था कि विमल गोरे गाँव में रहता है इसलिए झट से बोल पड़ा कि गोरे गाँव जा रहा हूँ। उसने भी कहा कि वह भी गोरे गाँव ही जा रहा है और फिर यह तय हुआ कि हम साथ-साथ गोरे गाँव जाएँगे। बातों के सिलसिले में कब रात हुई, कब नींद आयी, कब सुबह हुई, इसका कुछ पता ही नहीं चला और जब उसने बताया कि आने वाला स्टेशन ही मुम्बई है तो मैंने राहत की साँस ली कि चलो एक सफ़र तो ख़तम हुआ। दूसरे सफ़र की शुरुआत कैसे होगी, यह मैं खुद भी नहीं जानता था। अब उस व्यक्ति ने मुझसे सीधा प्रश्न किया कि गोरे गाँव में मुझे किसके घर जाना है? मैं चुप रहा। शायद वह मेरी दुविधा जान गया था फिर बोला, ''मैं जानता हूँ तुम घर से भाग कर आये हो। बहुत से लड़के इसी तरह घर से भाग कर मुम्बई आते हैं। डरो नहीं, मेरा गोरे गाँव में डांस स्कूल है। चाहो तो तुम मेरे साथ चल सकते हो।'' मैं चुपचाप उसके साथ ही चल पड़ा कुछ जाने, कुछ समझे बिना। सोच इतनी भर थी कि जो कुछ मेरे साथ घट रहा है उससे बुरा और क्या हो सकता है! कितना बुरा होगा यह आदमी!

एक डर था जिसने मेरे अन्दर का सफ़र तय कर धीरे से अन्दर से बाहर निकल कर मेरे पाँवों पर अपना क़ब्ज़ा जमा लिया था लेकिन मैंने जल्दी से अपने पर क़ाबू पा लिया।

जिस अनजान व्यक्ति के साथ मैं चल पड़ा था उसकी गिद्ध दृष्टि से मेरी कँपकँपी बच नहीं पायी थी। जैसे वह जान गया हो कि मैं अन्दर से उसके साथ जाने से डर रहा हूँ। टैक्सी में बैठने से पहले ही वह बोल पड़ा, ''मुझ पर विश्वास नहीं है तो मत चलो मेरे साथ, कोई ज़बरदस्ती नहीं है।'' मैं कुछ सोचे-समझे बिना उसकी बग़ल में बैठ गया और बोला, ''नहीं... कोई शंका नहीं है, कोई डर नहीं है मुझे आप से।'' इस तरह मेरा मुम्बई का सफ़र शुरू हुआ। उस दिन जो वह मुझे अपने स्कूल में छोड़ कर गया तो फिर मैं उसके स्कूल में ही रहने लगा। उस व्यक्ति को सब मास्टर कहते थे। मैं भी उसे मास्टर कहने लगा। इस तरह मुम्बई में मेरी ज़िन्दगी चलने लगी

थी।

मैं अपने-आप में इतना खो चुका था कि न मुझे स्थान का इल्म रहा और न समय का ही। मैं जाने और भी कितनी देर यहाँ लेक की सीढ़ियों पर बैठा अपने बीते दिनों की किताब के पन्ने पलटता रहता कि धूप ने मेरे पूरे शरीर को अपने आगोश में ले लिया था। मेरा पूरा शरीर पसीने से लथपथ हो चुका था। हैरान-सा मैं अपने-आप को देखता रह गया और मैं मन ही मन मुस्करा कर रह गया कि कैसे मैं अतीत में इतना खो गया कि शाम को छल्ली भूनने वाली वही पतली-दुबली औरत मेरे पास आयी और बोली, ''मास्साब, कब ताईं बैठिबो हिंयां?'' मैं चौंका और उठ खड़ा हुआ वह हँसती हुई हाथ में मैले कपड़े लिये खड़ी थी, शायद उसे लेक के पानी का इस्तेमाल कपड़े धोने के लिए करना था और समय होता तो शायद मैं उसे इस काम को यहाँ करने से रोकता लेकिन मैं जिस मन:स्थिति से गुज़र रहा था, वहाँ उन बातों को सोचने की कोई गुंजाइश ही नहीं थी, मैंने उसकी बात का कोई जवाब नहीं दिया। शायद उसे भी कोई मुझसे जवाब नहीं चाहिए था इसलिए थोड़ा आगे बढ़ कर एक पत्थर पर अपने कपड़े रख उन्हें धोने का उपक्रम करने लगी। मैं वहाँ से चुपचाप उठ गया।

मैंने लेक के पीछे की सीढ़ियों से घर लौटने का मन बनाया और गोल्फ क्लब से होते हुए एम.एल.ए. फ्लैट वाली सड़क पकड़ ली, रिक्शा न करने का मन पहले ही बन चुका था। भले ही धूप का ताप बहुत था लेकिन मेरे अन्दर की उथल-पुथल से अधिक नहीं था। जो आग मेरे अन्दर जल रही थी, उसकी तपन अनजाने में ही अन्य सारी गर्मी को अपने में समो रही थी। मैं मौसम से बेख़बर बढ़ रहा था अपने घोसले की ओर। पंजाब इंजीनियरिंग कॉलेज पार करते न करते, चाय की तलब मुझ पर इतनी हावी हो गयी कि आगे बढ़ना भी मुहाल हो गया। मैंने पन्द्रह सेक्टर से स्कूल के लिए कुछ किताबें पेंसिलें लेनी थीं और सोच रहा था कि वही लेता हुआ मैं चलूँगा, लेकिन चाय की तलब इस कदर मुझ पर हावी हो चुकी थी कि मैं पन्द्रह सेक्टर की ओर जाने वाली सड़क की ओर न जाकर पी.जी.आई. की तरफ जाने वाली सड़क की ओर मुड़ गया। यह रास्ता मुझे उस सारे रास्ते से बड़ा होता हुआ लगा जो मैं इससे पहले तय कर आया था क्योंकि भूख इस कदर मुझ पर अपना अधिकार जमाये थी कि और कुछ सूझ ही नहीं रहा था। मैं चाहने लगा था कि जल्द से जल्द मैं पी.जी.आई. पहुँच जाऊँ। यह रास्ता मुझे अपनी ओर खींच रहा था क्योंकि वहाँ सड़क के छोर पर घने बृक्ष की छाया में लगी आलू के पराठों की रेहड़ी का ही आकर्षण था। उसी के वशीभूत हो मेरे कदम तेज़ी से उधर बढ़ रहे थे। पैरों की रफ्तार के साथ-साथ ही विचारों का सिलसिला फिर चालू हो गया।

मास्टर तीन ग्रुप में डांस सिखाता था। जब से मैं वहाँ गया था तब से चाय का काम मुझे सौंप दिया गया था और अब मैं मास्टर और वहाँ जो डांस सीखने आते थे

उन लोगों के लिए चाय वग़ैरा बनाने लगा। इस काम को करने के लिए मुझे अपने साथ काफी जद्दोजहद करनी पड़ती थी। जब भी मैं चाय बनाता मुझे बृजेश की याद आती और याद आती मोहसिन खान के घर की सुबह, मन उदास हो जाता।

मास्टर मुझे जो पैसा चाय वग़ैरा के लिए देता उस पैसे में कुछ पैसा मैं मास्टर से छिपा कर अपने पास रख लेता था क्योंकि जो पैसा वह मुझे काम की ऐवज में देता था वह मेरे लिए काफी नहीं था लेकिन मास्टर की यह दलील भी मायने रखती थी कि उसने मुझे रहने के लिए मुफ़्त में कमरा दे रखा है। मुम्बई जैसे शहर में जितना पैसा मुझे मास्टर देता था, उससे मेरा कुछ बनता नहीं था लेकिन मास्टर बड़ा ही घाघ किस्म का आदमी था। मेरी पैसा बचा कर रखने वाली चोरी अधिक दिन चली नहीं। एक दिन मेरी इस आदत की भनक मास्टर को हो ही गयी। मैं भी क्या करता, चुप ही रहा और मास्टर की बक-बक सुनता रहा और इसी बक-बक के बीच मैंने सुना कि वह मुझे अपने इस अड्डे से निकल जाने के लिए कह रहा है। मैं भौचक्का-सा उसे देखता रह गया। मुझे नहीं मालूम था कि मेरी यह आदत मुझे इतनी महँगी पड़ेगी। एक बार मैं फिर बिना छत के हो गया। मेरा अतीत मुझ पर इस कदर हावी है कि जितना चाहता हूँ कि उससे मेरा पीछा छूट जाये उतना ही वह मुझे अपने में लपेटता जा रहा था।

अभी मैं परांठों की रेहड़ी से दूर था लेकिन वहाँ से उठने वाली ख़ुशबू से मेरी भूख और भी चमक गयी थी। जब मैं रेहड़ी के पास पहुँचा तब एक-दो लोग और भी वहाँ परांठों के इन्तज़ार में खड़े थे। अभी समय था परांठा तैयार होने में इसलिए साथ की चाय की दुकान से मैंने पहले चाय पीने का मन बनाया। लेकिन विचारों की आँधी थी जो थमने का नाम ही नहीं ले रही थी। चाय वाले को एक कड़क चाय बनाने को कह मैं वहीं एक कोने में खड़ा हो गया। मेरे विचारों ने मुझे यहाँ भी नहीं छोड़ा और छिप कर खड़े होने पर भी उनकी पकड़ से मैं छूट नहीं पाया और वहीं उस कोने में उन्होंने मुझे आ घेरा।

मुम्बई में मास्टर का मेरा ठिकाना अब नहीं रह गया था। ग़नीमत यह थी कि मास्टर ने मुझे पुलिस के हवाले नहीं किया था। मैं फिर सड़क पर था लेकिन स्कूल बन्द कर जब मास्टर चला जाता तो उसी स्कूल का खुला छोटा-सा बरामदा मेरा घर बन जाता और मेरी रात उसी कमरे से सटे बरामदे में कटने लगी। मेरी यह चोरी कितने दिन तक छिपी रहती। आख़िर इस बात का भी मास्टर को पता चल गया। एक रात उसने मुझे पकड़ लिया। मुझे पेट भर उसने गालियाँ निकालीं और धमकाया कि यदि मैं रात को यहाँ रहा तो वह मुझे पुलिस के हवाले कर देगा। शायद वह मुझे भी मवाली ही समझने लगा था जो पुलिस के नाम से काँप जाता है लेकिन मुझे डर पुलिस से नहीं था जितना डर मुझे इस बात को लेकर था कि इस अजनबी शहर में

मेरा क्या होगा! थोड़ी-सी आशा की किरण यह थी कि यदि मुझे कहीं और कोई ठिकाना न मिला तो विमल तो है ही। लेकिन मुझे आश्चर्य इस बात का कभी-कभी होता कि विमल भी यहीं कहीं रहता है वह कभी मुझे दिखाई क्यों नहीं दिया? जब कि मास्टर के बाज़ार का सारा काम मैं ही करता था। मास्टर गालियाँ बकता जा रहा था और मैं चुपचाप सुनता जा रहा था। मैं कर भी क्या सकता था इसके सिवा कि मैं उसकी बक-बक सुनता रहता। ग़लती मेरी ही थी। मैं क्यों उसके बरामदे में पनाह ले रहा था। वह भी यह जानता था कि न तो मेरे पास पैसा था और न मैं किसी और को यहाँ जानता ही था। उसके पास रहते हुए मैं इतना तो जान ही गया था कि सब कुछ इतना आसान नहीं होता जितना मैं समझता था। मेरा सारा आक्रोश आँसुओं में बह रहा था। जब मास्टर थक गया मुझे कोसते हुए तो वह एकदम शान्त हो गया और उसने मुझे फिर से काम पर आने के लिए कह दिया। साथ ही धमकी भी दे दी कि मैंने फिर यदि चोरी की तो वह मुझे पुलिस में दे देगा। उसे मुझसे सस्ता कामगार शायद मिल नहीं सकता था और मुझे उस ठिकाने से बढ़िया ठिकाना नहीं मिल सकता था। हम दोनों में ही मूक समझौता हो गया था। ज़िन्दगी फिर पुराने ढर्रे पर चलना शुरू हो गयी थी। जिसमें मोहसिन खान और शेखर की याद काँटे की तरह मेरे दिल में चुभी हुई थी। चंडीगढ़ से भागने पर मैंने नहीं जाना था कि दुनिया इतनी भयंकर भी हो सकती है। यहाँ आने के बाद पता चला कि लोगों का प्यार किसी न किसी स्वार्थ से प्रेरित होता है, कोई किसी से यूँ ही प्यार नहीं करता।

डांस मास्टर को मेरी ज़रूरत थी और मुझे उसकी, इसलिए दोनों का काम भली भाँति चल रहा था। मैं चाय बनाता-बनाता अब थक गया था परन्तु अभी तक मुझे कोई ऐसा दूसरा काम मिला नहीं था कि मैं डांस मास्टर को छोड़ कर कहीं और चला जाता। काम कोई मिलता भी तो रहने का कोई ठिकाना वहाँ नहीं होता और मुम्बई में जिसके सर पर छत है वह बड़ा भाग्यशाली माना जाता है और इसी एक छत की वजह से मैं डांस मास्टर से बँधा रहा।

एक दिन हिम्मत जुटा कर मैंने मास्टर से कहा कि मुझे भी डांस के कुछ स्टैप आते हैं, आप कहें तो मैं दिखाऊँ? उस दिन मास्टर अच्छे मूड में था। उसने मेरा डांस देखा। मैंने भंगडे (पंजाबी फोक डांस) के कुछ स्टैप ब्रेक डांस के साथ मिला कर उसे दिखाये जैसा हम अकसर स्कूल में किया करते थे। मास्टर मेरा डांस देख उछल ही तो पड़ा और बोला, "अरे तू तो हीरा है हीरा! मैं तुझे पहचानने में कैसे ग़लती खा गया। अरे कल से तेरी भी एक क्लास होगी, तू भी डांस सिखाएगा।"

मैं खुश हुआ था मास्टर की बात सुनकर परन्तु कहीं गहरे मेरे अन्दर मोहसिन खान की जो याद दबी हुई थी वह ताज़ा हो गयी क्योंकि यह सब तो मैं उसी के पास रह कर सीख पाया था, आज वही काम आ रहा है। शेखर की याद मुझे कहीं भी चैन

नहीं लेने देती थी। भले ही शेखर का साथ पिछले दिनों वैसा नहीं रहा था जैसे शुरू में था लेकिन उसके शरीर की गन्ध से मैं हर समय बेचैन-सा रहता। मेरा मन उस शरीर को, उस गन्ध को तलाशता रहता। अब जब सब कुछ ठीक से चलने लगा था, लेकिन मन था कि वह उखड़ा-उखड़ा-सा ही रहता। मैं जितना उन दोनों को भूलने की कोशिश करता उतना ही वह मुझ पर और हावी होते जाते। देह को शेखर की ज़रूरत थी और दिमाग़ को मोहसिन खान की।

मैं रंगमंच की दुनिया से दूर होता जा रहा था। थियेटर का छूटना मुझे चैन नहीं लेने दे रहा था। थियेटर जो मेरी ज़िन्दगी बन चुका था उसके बिना मैं अपने-आप को अधूरा समझने लगा था। मास्टर की बात सुनकर मुझे थोड़ा सुकून ज़रूर मिला था कि मैं भी अब डांस सिखा सकूँगा। लगा, अब मैं फिर से रंगमंच की दुनिया में लौट सकूँगा।

कभी-कभी मास्टर मेरे इस स्वभाव की ओर इशारा भी करता कि मैं उखड़ा-उखड़ा यहाँ क्यों रहता हूँ। कभी जब मैं बहुत ही उदास हो जाता तो वह 'स्कूल से बढ़िया मेरे लिए और कोई काम नहीं है' कहना भी नहीं भूलता था और कहता कि 'सिनेमा में जाना चाहते हो, वहाँ क्या इतनी आसानी से काम तुम्हें मिल जाएगा?' लेकिन वह नहीं जानता था कि मुझे सिनेमा कभी आकर्षित नहीं कर सका। लेकिन मास्टर की इस तरह की बातें सुनकर मेरा मन होता कि सब कुछ छोड़ कर यहाँ से भाग जाऊँ लेकिन जाऊँ कहाँ, समस्या तो यह थी मेरे सामने।

दिन ऐसे ही कट रहे थे। अब मैं चाय बनाने के साथ-साथ डांस भी सिखाने लगा था। कभी-कभी मास्टर भी स्कूल में रह जाता, यह तब होता जब मास्टर मुझसे बहुत खुश होता। मैं अब मास्टर के कई राज़ का राज़दार था इसलिए मेरा ठिकाना अब वहाँ पक्का बन गया था। मास्टर चाह कर भी मुझे अब अपने से अलग नहीं कर सकता था। अब मुझे बिस्तर और एक छोटा कमरा भी मास्टर ने दे दिया था। मास्टर को मुफ़्त का एक डांस मास्टर जो मिल गया था और मुझे मुफ़्त की रहने की जगह। हम दोनों अपने-अपने स्वार्थ के चलते एक दूसरे के साथ थे। मुम्बई में मास्टर के पास रहते हुए मैंने बहुत कुछ जाना, बहुत कुछ समझा था जो चंडीगढ़ रहते हुए कभी नहीं जान सकता था।

मेरी चाय ख़तम हो गयी थी। मेरे से पहले खड़े हुए दो व्यक्ति परांठा खा रहे थे, तीसरा अभी इन्तज़ार कर रहा था जबकि खाने वाले, मेरे अलावा दो और लाइन में लग चुके थे। इतने में एक सज्जन आये और पाँच परांठों का ऑडर देने के साथ ही जल्दी भी मचाने लगे। परांठे बनाने वाले के इतना कहने के साथ ही कि पहले आये ग्राहकों को निपटा कर फिर वह उन्हीं के लिए बनाऐगा फिर भी आने वाला ग्राहक भड़क गया। लड़ाई और भी भंयकर रूप ले सकती थी। लेकिन परांठे वाला अपनी बात कह

कर चुप ही रहा था। हमने इतमिनान की साँस ली। लेकिन बात यहीं ख़तम नहीं हुई। हम लोग देखते ही रह गये और उसने आने वाले ग्राहक को ही सबसे पहले विदा किया। इस कैफ़ियत के साथ कि वह यहाँ हंगामा करता तो आपका खाने का स्वाद भी जाता रहता। हम तीनों जो वहाँ परांठों की प्रतीक्षा में खड़े थे सबके-सब शायद फुर्सत में थे मानो किसी को भी कहीं जाने की जल्दी नहीं थी। इसलिए सबने चुपचाप परांठे वाले की बात मान ली और अपनी बारी की प्रतीक्षा में खड़े रहे और फिर मेरी भूख तो चाय की प्याली से दब चुकी थी लेकिन विचार थमे नहीं थे। मैं एक तरफ खड़ा रहा, चुपचाप। लेकिन थोड़ी देर बाद ही मैं फिर मुम्बई की अपनी दुनिया में खोने लगा।

मास्टर के पास दोबारा काम शुरू किये मुझे अभी कुछ दिन ही हुए थे कि एक लड़का विपुल डांस क्लास में नया आया था। मुझे जाने क्यों वह बेहद पसन्द आया। उसे मैंने क्लास के बाद रोक लिया था। उस रात वह मेरे साथ था। मुझे बहुत दिनों के बाद कुछ राहत मिली, जिसमें फिर शेखर की याद थोड़ी धुँधली होती चली गयी। अब मैं उतना तन्हा नहीं रहा था। उससे मुझे मुम्बई शहर के बारे में बहुत-सी जानकारी भी मिली। उसी से इस बात का भी पता चला था कि मुम्बई में एक बड़ी जमात है हम लोगों की। मेरा सम्पर्क उन लोगों से विपुल ने ही करवाया था। वह लोग अपने अधिकारों की लड़ाई लड़ रहे हैं। मैं और शेखर तो अभी बहुत पीछे हैं। हम तो किसी से यह भी नहीं कह सकते थे कि हमारा आपस में रिश्ता क्या है!

मेरी माँ या फिर शेखर की माँ इस बात की क्या इजाज़त दे पातीं कि उनका बेटा एक लड़के के साथ शादी करना चाहता है। वह तो ऐसी बात तक सुनना नहीं चाहेंगी। मुम्बई आकर कुछ ऐसा आभास भी हुआ कि शेखर में यह बात नहीं है। वह यहाँ के लोगों जितना स्वतन्त्र नहीं है। वह इस विषय में बात करना भी चाहता। इस बात का दम अवश्य भरता था कि—'तेरे साथ मेरा जो प्यार है वह कभी बँट नहीं सकता।' और जब कभी वह बहुत उदास होता तो यह कहने से भी गुरेज़ नहीं करता था कि—'तू तो मेरी जान है, और जान कभी दो नहीं होतीं, बाकी सारे रिश्ते जो हैं वह तेरे बाद आते हैं।' लेकिन उसने तो मेरा साथ चंडीगढ़ में ही छोड़ दिया था। कैसा था वो, मैं उसे नहीं पहचान पा रहा था!

मुम्बई में मेरे कमज़ोर क्षणों में विपुल ने मुझे काफी हिम्मत दी। अब मैं उस तरह उदास नहीं रहता था जैसे पहले हुआ करता था। अब मास्टर भी मुझसे अधिक सन्तुष्ट रहने लगा था। उसने मेरे पैसे भी बढ़ा दिये थे। अब वह अपने स्कूल को मेरे हवाले करके कई-कई दिन ग़ायब भी रहने लगा था अगर ऐसा कहा जाये कि मैंने मास्टर का दिल जीत लिया था, तो ग़लत नहीं होगा।

दिन इसी तरह आगे खिसकते जा रहे थे लेकिन मास्टर को समझना इतना

आसान कहाँ था! वह मुझसे सन्तुष्ट था कि नहीं यह भी दावे के साथ नहीं कहा जा सकता, उसकी फितरत ही निराली थी।

एक दिन मास्टर एक चौदह-पन्द्रह साल के छोकरे को लेकर आया और बोला, " राजीव! यह है टोनी। आज से यह चाय बनाएगा। तेरी अब इस काम से छुट्टी। तू तो और कामों के लिए बना है रे!" मैं कितनी देर मास्टर की ओर देखता रहा, लड़का चुपचाप खड़ा हमें देखता रहा था मानो उसे कहीं कोई दुख नहीं है।

मैं सोचने लगा कि हो न हो यह भी शायद घर से भागा हुआ मेरी तरह का ही लड़का हो। देखने में वह सम्भ्रान्त लग रहा था। कपड़े भी अच्छे ही पहने हुए थे।

मैंने मास्टर की बात सुनी लेकिन कुछ नहीं बोला। चुपचाप लड़के की ओर देखता रहा। शायद मास्टर भी यही चाहता था कि मैं कोई प्रतिक्रिया किये बिना, चुपचाप उसकी बात ही सुनूँ।

आने वाले लड़के को सुन्दर कहा जा सकता था, लम्बा पतला और गोरा, लम्बोतरे चेहरे पर दो बड़ी-बड़ी मस्त आँखें। लड़का जिसे मास्टर ने टोनी कहकर मुझ से मिलवाया था, चुपचाप अपनी बोझिल पलकें उठा कर इधर-उधर ऐसे देख रहा था जैसे वह जानना चाह रहा हो कि जिस स्थान पर उसे लाया गया है वह जगह उसके रहने लायक भी है या नहीं।

उसने एक बार मेरी ओर देखा और उसके होंठों के बीच दबी-सी मुस्कराहट आयी और एक क्षण का सफ़र तय कर फिर लुप्त भी हो गयी लेकिन मेरी जो नज़रें उसके चेहरे पर चिपकी हुई थीं उनसे वह बच नहीं पायी। मैंने राहत की साँस ली कि आने वाला यह लड़का अपने चेहरे की तरह ही अन्दर से भी उजला है, अपनी इससे दोस्ती समझो पक्की। मैंने भी उसकी दबी हुई मुस्कराहट के जवाब में पूरे होंठ फैला कर जवाब दिया। लड़के ने आँखें झपका कर मेरी मुस्कराहट को मानो स्वीकार कर लिया हो। हम दोनों में मानो दोस्ती का मूक समझौता हो गया हो।

अब मास्टर टोनी से कह रहा था—"इस कोने में गुसलखाना है, तुम फ्रेश हो आओ तब तक तुम्हारे खाने का इन्तज़ाम हम करते हैं।" लड़का गुसलखाने की ओर बढ़ गया। मास्टर मुझसे बोला, "राजीव तू बाहर से खाना ले आ आज, मैं भी तुम्हारे साथ ही खाना खाऊँगा।" मैं उठने लगा तो मास्टर फिर बोला, "बैठो पहले चाय हो जाये।" मैं चाय बनाने के लिए उठा मुझे देख हैरानी हुई कि आदत के विपरीत मास्टर भी मेरे पीछे-पीछे आने लगा, "इसका ध्यान रखना, भागने न पाये...।" कहते हुए मास्टर ने गुसलखाने का दरवाज़ा बाहर से बन्द कर दिया। मुझे लगा कि मास्टर काफी ख़तरनाक किसम का आदमी है। मैंने अपने भावों को अपने अन्दर ही दफ़न कर मास्टर से पूछा, "मास्टर, यह छोकरा तुम्हें कहाँ मिला?"

मास्टर होंठों के बीच ऐसे हँसा जैसे वहाँ काँटेदार कैक्टस उग आये हों। बोला,

"अपनी बात भूल गये, यह मुम्बई है प्यारे! मुम्बई, यहाँ हर कोने में कोई न कोई रोता हुआ तुम्हें मिल ही जाएगा, कमी नहीं है उन लोगों की, जो यहाँ हीरो बनने की चाह में दौड़े चले आते हैं। अरे, मैंने तो कई भागी हुई लड़कियों को काम दिलाया है। पर इसकी कहानी दूसरी है। यह बास्टर्ड है बास्टर्ड! जानते हो बास्टर्ड किसे कहते हैं? मैं मास्टर का मुँह देखता रहा, कुछ बोला नहीं, पर एक डर की लहर मेरे भीतर का सफ़र तय कर मेरे मुँह पर आकर बैठ गयी। मास्टर हँसा और बोला, "अरे घबरा क्यों रहा है, इससे डरने की ज़रूरत नहीं है।"

लेकिन मुझे उस लड़के से नहीं, बल्कि मास्टर से डर लगने लगा था। मैं एकटक मास्टर को देखे जा रहा था। मास्टर ने मेरा कन्धा थपथपाते हुए कहा, "यह रेड लाइट एरिया का रहने वाला है। समझते हो इस बात को! इसकी माँ धन्धा करती है धन्धा और ऐसे बच्चों के बाप के नाम को कोई नहीं जानता।" मुझे लगा मानो उसके मुँह से झरते हुए कैक्टस के काँटे मेरे इर्द-गिर्द बिखर गये हों और मेरा एक-एक रोम उन की चुभन को महसूस कर रहा हो और मेरा मन हुआ कि मास्टर के इस कैक्टसी उद्यान की मोहकता के सम्मोहन से बाहर निकलकर मुझे यहाँ से भाग जाना चाहिए परन्तु क्या करता वह कैक्टस इतने घने थे कि बार-बार उनमें उलझ कर वहीं गिर जाता। और फिर कई दिनों तक उनकी दी हुई पीड़ा से त्रस्त होता रहता था।

चाय बन गयी थी। मैं प्यालियों में डाल रहा था। मास्टर फिर बोला, "इसकी माँ से मैंने 20 लाख रुपये माँगे हैं, देखते हैं कब वह रुपया देकर अपने सपूत को छुड़ाती है। मेरा मुँह खुला-का-खुला रह गया। मास्टर मेरी ओर देखते हुए बोला, "ऐसे क्या देख रहा है, मैं चाय लेकर चलता हूँ, तू डिब्बे से बिस्कुट निकालकर ले आ, खाना तो अभी कुछ देर में खाएँगे।" इतना कह मास्टर कमरे में चला गया और मेरे कानों ने गुसलखाने की कुंडी के खुलने की आवाज़ सुनी।

उस दिन फिर मास्टर घर नहीं गया था। हमारे साथ ही रहा बड़े कमरे में, जहाँ सुबह डांस सिखाया जाता था। रात को सोने के लिए तीन बिस्तर लग चुके थे। हम तीनों अपने-अपने एहसासों के बीच सोने का नाटक रच रहे थे। टोनी शून्य में जाने क्या ढूँढ़ रहा था। मैंने उसे उस शून्य से बाहर निकालने की ख़ातिर कहा था—"सो जा रे! सुबह इसी कमरे में क्लासें लगेंगी इसलिए सुबह बहुत जल्दी उठना पड़ेगा।" टोनी कुछ नहीं बोला। उसने एक बार मेरी ओर देखा और फिर चुपचाप छत की ओर देखने लगा। मैं जानता था कि टोनी को आज नींद नहीं आएगी।

मेरी बात सुनकर मास्टर बोला था—"क्यों डरा रहा है बच्चे को, सुबह देर तक सोना होगा तो छोटे कमरे में पड़ा रहेगा।" छोटा कमरा माने मेरा कमरा। लेकिन मेरे मन में एक डर ज़रूर बैठ गया कि शायद अब मेरा पत्ता फिर साफ होने वाला है। मास्टर की बात का मैंने कोई जवाब नहीं दिया अन्दर ही अन्दर मास्टर के लिए मेरे मन में

नफ़रत पल रही थी। मैंने फिर टोनी से ही पूछा, ''पढ़ते हो?'' उसने न में सिर हिला दिया। ''क्या करते हो?'' उसने मेरी बात के जवाब में केवल मेरी ओर देखा बोला, ''नहीं।'' मास्टर ही फिर बोला, ''तुम चुप नहीं रह सकते? यह क्या करता है क्या नहीं, इससे तुझे क्या लेना-देना है? तू चुपचाप सोता है कि दूँ एक, फिर कुछ देर चुप रहा और बोला, ''ला मोबाईल इधर दे!'' उसने नम्बर घुमाया और बोला, ''रूपा बाई...क्या कहा...छोकरा चाहिए कि नहीं?'' उधर से क्या कहा गया, हमने नहीं सुना, इतना ज़रूर लगा कि उधर की बात सुन मास्टर के मुँह का ज़ायका बिगड़ गया लगता था। वह बड़बड़ा रहा था—''...हरामी... इसकी कहीं ज़रूरत नहीं। कहाँ मेरे गले पड़ गया।''

उस दिन मास्टर को किसी ने पटकनी दी थी। मैं यह सोच कर मन-ही-मन खुश हुआ था।

कुछ देर बाद मास्टर फिर बोला, ''क्यों बे राजीव! अपनी चाय बनाने के लिए छोकरा चाहिए था न, यह ठीक रहेगा?'' मैं कुछ नहीं बोला, मास्टर ही फिर बोला, ''अब तू तो डांस सिखाएगा और यह चाय बनाएगा। तुम लोग आराम से रहो, देखना राजीव यह यहाँ से जाने न पाये, नहीं तो तुम्हारी खैर नहीं। अब मैं सुबह ही आऊँगा।'' इतना कह मास्टर फिर आधी रात में ही बाहर निकल गया था। हमने सुनी बाहर ताला लगाने की आवाज़। मैं जब से मास्टर के पास आया था उस दिन से यह पहली बार हुआ था कि मास्टर ने बाहर से ताला लगाया हो, नहीं तो दरवाज़ा खुला ही रहता था मास्टर शायद यह जानता था कि मैं भाग कर आया हुआ हूँ। मेरे लिए यह ही एक ठिकाना है और अब दूसरा ठिकाना मिलने से पहले मैं वहाँ से भागने से रहा और टोनी जब चाहेगा भाग सकता है।

मैं अपने ही विचारों में खोया हुआ था कि मैंने सिसकने की आवाज़ सुनी। टोनी रो रहा था। मैं कुछ बोला नहीं और सोचने लगा कि यह रो क्यों रहा है, क्या माँ के उसे न छुड़ाने की वजह से या फिर मास्टर के चंगुल में फँसने की वजह से, लेकिन यह रो ले आज जितना रोना है, दुनिया ऐसी ही है स्वार्थ से भरी हुई। क्या अपने, क्या पराये। जब तक उनका स्वार्थ आपसे सिद्ध होता रहेगा तब तक वह तुम्हारे साथ हैं। नहीं तो आपको पता भी नहीं चलेगा कि कौन तुम्हें एक तरफ कर आगे निकल गया है और एक दिन वह तुम्हें पहचानने से भी इनकार कर देगा।

लड़का जो टोनी है लगातार रोये जा रहा था फिर मुझसे नहीं रहा गया। मैंने उससे कहा, ''क्यों रो रहा है अभी तो यह शुरुआत है। दुनिया उतनी ही नहीं है जितनी तुम ने देखी-सुनी है। ज़िन्दगी में जाने हमें क्या-क्या देखना है और क्या-क्या भोगना है। स्थितियाँ यहाँ से बुरी भी हो सकती हैं और अच्छी भी हो सकती हैं। जितने दिन मास्टर के पास है उतने दिन इस स्थिति को भरपूर जियो। आगे की आगे सोच लेना।

वो लोग जिनके लिए तू रो रहा है वह तो तेरे अपने थे ही नहीं, अगर होते तो क्या वह ऐसे होते। आज से अपनी ज़िन्दगी का खुद मालिक बन!" कहने को तो मैं कह गया परन्तु मैं खुद इस बात को जानता था कि इस बात को कहना जितना आसान है उस पर अमल करना उतना ही कठिन है।

रात कितनी बीत गयी थी हम दोनों को इसका पता नहीं चला। सुबह की आवाजों ने ही हमें हमारी वस्तुस्थिति में ला खड़ा किया। हम दोनों से रात भर निद्रा देवी रूठी रही थीं। मैंने सुबह टोनी से कहा था— "सुबह होने वाली है। मास्टर तो देर से आएगा, अभी जो थोड़ा समय है सोने की कोशिश कर। मास्टर के आते ही जाने तुझे कितना काम करना पड़े।"

मैं नहीं जानता था कि मास्टर ने डांस स्कूल के साथ लड़कियों के लिए एक हॉस्टल भी खोल रखा था। इसका मुझे काफी दिनों बाद पता चला था। मास्टर लड़कियों और लड़कों की गिनती बराबर रखता था। जाने कहाँ-कहाँ से डांस सीखने उसके पास लोग आते थे। अच्छा-खासा वह पैसा बना लेता था, डांस सिखाने से। और हॉस्टल से भी उसे काफी आमदनी थी। अब तो उसने मुझे भी ठीकठाक पैसे देने शुरू कर दिये थे।

टोनी चाय बनाता था सबके लिए और रात में मास्टर के जाने के बाद वह मुझसे डांस भी सीखने लगा था। या इस बात को यूँ कहें कि हम दोनों डांस की प्रैक्टिस करते थे टोनी को थोड़ा क्लासिकल डांस आता था जिसे वह कहता था कि यह कत्थक है। उसके पावों में बला का जादू था। हम दोनों में मूक समझौता था कि मास्टर को नहीं पता चलना चाहिए कि हम दोनों क्या करते हैं।

टोनी से मेरी दोस्ती डांस सीखने-सिखाने के साथ-साथ, साथ रहने की भी थी लेकिन न तो कभी टोनी ने ही अपने बारे में मुझे कुछ बताया और न ही उसने मेरे बारे में कुछ जानने की कोशिश ही की। लेकिन हम दोनों पास-पास रहते हुए भी बहुत अलग-थलग थे। रात में डांस की प्रैक्टिस के बाद टोनी सोने का नाटक करता और मैं अपने को मोहसिन खान और शेखर की यादों के हवाले कर देता। लेकिन इन दिनों मेरी यादों के घेरे में विपुल भी आ गया था। मुझे अब उसकी आदत होने लगी थी। जब से टोनी आया था मैं विपुल को अपने पास नहीं बुला पाया था क्योंकि मास्टर बाहर से ताला लगा देता था। विपुल मुझसे कई बार इशारों ही इशारों में पूछ चुका था। मैं उसे कोई भी ठीक-सा जवाब नहीं दे पाया था। इधर मेरी नशे की मात्रा बढ़ती जा रही थी। यूँ सब कुछ ठीक तरह से चल रहा था।

मुझे विचारों में खोया जानकर परांठे वाले ने सब ग्राहकों को चलता कर दिया था। अब वह मुझसे कह रहा था। परांठा लेने के लिए मैं उसकी आवाज़ से एक बारगी चौंक गया था लेकिन सँभलते हुए मैंने उससे परांठा ले लिया। हालाँकि वह

परांठा इतना बड़ा होता है कि सुबह के लिए एक ही बहुत होता है लेकिन मुझे इस समय ज़ोरों की भूख लगी थी। मैंने उसे एक और परांठा बनाने के लिए कहा और मैं फिर अपने विचारों में लीन होकर खाने लगा। उस समय उसके पास दो ग्राहक और खड़े थे। उन्हें देख मुझे थोड़ा सुकून ज़रूर मिला था कि मैं ही ऐसा बदनसीब नहीं हूँ जिसे घर नसीब नहीं है मेरे जैसे और भी अनेक लोग हैं। मैं इतमिनान से फिर अपने विचारों में खो गया। जो विचार मुझे रात-दिन तंग करते रहते हैं और मैं तय नहीं कर पा रहा हूँ कि मुझे करना क्या चाहिए।

मैंने अपने विचारों की कड़ी वहीं से फिर पकड़ ली जहाँ से छूटी थी।

इधर कुछ दिनों से मास्टर में एक बड़ा परिवर्तन देखने को मिल रहा था। हमें ऐसा लग रहा था और हम चकित थे कि यकायक मास्टर हम पर, नहीं हम पर नहीं टोनी पर, दयालु कैसे हो गया! मेरे आश्चर्य का ठिकाना नही रहा था जब मास्टर ने टोनी को बढ़िया कपड़े दिये पहनने के लिए और कहा, ''जाओ नहाकर इन्हें पहनकर आओ आज तुम्हें हीरो बनाते हैं। अरे! इतना खूबसूरत बच्चा हमारे पास है और हमें इसका ज्ञान ही नहीं है।'' टोनी ने पहले मेरी ओर देखा और फिर वह नये कपड़े लेकर चला गया। उसके चेहरे पर गुलाबों को खिला हुआ सहज ही देखा जा सकता था और फिर उस दिन के बाद टोनी का खास ही ध्यान रखा जाने लगा था। उसका खाना अब मास्टर खुद लेकर आता और अपने सामने बिठा कर उसे खिलाता। इस बीच मास्टर ने टोनी का नामकरण भी कर दिया था अब टोनी का नाम रिषभ रख दिया गया। हमारे लिए तो वह टोनी ही था। टोनी को अपना रिषभ नाम अधिक पसन्द था।

टोनी अब दबा-घुटा टोनी नहीं रह गया था, अब वह मदमस्त हाथी था। अब उसकी देह दुबली पतली नहीं रही थी, उसमें अब भराव आ गया था जिससे वह और भी आकर्षक लगने लगा था। लेकिन उसे देखकर मैं उस तरह खुश नहीं हो पाता जैसे सब होते थे, मुझे उसे देखकर एक अनजानी-सी चिन्ता घेरने लगी थी। मैं उसके प्रति ईर्षालु नहीं था परन्तु मैं मास्टर के कांईयापन को अच्छी तरह से जानता था। वह टोनी पर क्यों मेहरबान हो रहा है यह तो मेरी समझ में नहीं आ रहा था, परन्तु इतना अवश्य था कि टोनी की इतनी सेवा वह यों ही नहीं कर रहा था या तो उसकी माँ से मास्टर ने कोई समझौता कर लिया है या फिर कोई उसकी यह बहुत बड़ी चाल है क्योंकि मास्टर किसी पर यों ही मेहरबान नहीं होता था। मैं मास्टर को अच्छी तरह से जानने लगा था।

मास्टर अच्छा आदमी नहीं था। छोटे बच्चे उसकी कमज़ोरी थे। जाने कहाँ से वह उन छोटे बच्चों को पकड़ लाता था। मुझे भी उसकी ऐसी हरकतों का कैसे पता चल सकता यदि उस दिन वह लड़का रोने न लग गया होता। मास्टर का कोई लालच उसकी नेकर उतार पाने में सफल नहीं हुआ तो उसने उसके साथ ज़ोर-ज़बरदस्ती

की। कई दिनों तक फिर उस लड़के को मास्टर ने अपने इस छोटे कमरे में बन्द करके रखा था। वह बच्चा कैसा पागलों की तरह का हो गया था और एक रात जाने कहाँ उसे मास्टर छोड़ भी आया था। उस हादसे के बाद मैं अन्दर-ही-अन्दर मास्टर से नफ़रत करने लगा था, साथ ही एक तरह का उससे डर भी लगने लगा था।

मास्टर की एक ही अच्छी बात थी कि वह डांस सीखने वालों से कोई ऐसी-वैसी हरकत नहीं करता था इसलिए ही शायद उसका स्कूल ठीकठाक चल रहा था। परन्तु जितने भी अभी तक वह लड़के पकड़ कर लाया था उन सबमें से मुझे टोनी ही कुछ समझदार लगा था और यही करण था कि उसे इतनी आसानी से मास्टर इस्तेमाल नहीं कर पा रहा रहा था। एक और भी अन्तर था उन लड़कों से टोनी में, किसी भी लड़के को मास्टर चार-पाँच दिन से अधिक अपने पास नहीं रखता था। परन्तु टोनी को तो आये भी काफी दिन हो गये थे और उसके साथ मास्टर ने कोई बदसलूकी भी नहीं की थी, फिर वह इस कदर टोनी पर मेहरबान क्यों है इसे जानना सरल नहीं था।

मास्टर के साथ रहते-रहते मैं इतना अवश्य जान गया था कि मास्टर की यह कोई गहरी चाल है क्योंकि उसके इर्द-गिर्द छोटे लड़के जो किसी चाल के या फिर झोंपड़पट्टी या फिर फुटपाथ पर रहने वाले ही होते थे। इसे मास्टर की विशेषता कहिए या फिर उसकी कमीनगी कि वह ऐसे-ऐसे लालच देता था उन छोटे बच्चों को कि वह उसका जुल्म सह कर भी उससे चिपके रहते थे लेकिन मास्टर एक लड़के को एक ही बार इस्तेमाल करता था और उसे भरपूर पैसे देने के साथ उसकी हर छोटी-बड़ी ज़रूरत भी पूरी कर देता था। एक रात के लिए वह लड़का किसी राजकुमार से कम नहीं होता था। उसे वह बढ़िया कपड़े पहनाता और पेट भर खाना खिलाता, खाना भी ऐसा जिसकी उसने कभी कल्पना भी नहीं की होगी और जिस सुबह जब उन्हें वह पैसे दे विदा करता उसके बाद वह उसे पहचानता तक नहीं था। यह उसकी दूसरी विशेषता थी। एक महीने में यह किस्सा दो-तीन बार दोहराया जाता था। जिस दिन वह किसी लड़के को लेकर आता उस रात मास्टर हमारे साथ ही स्कूल में रहता। हम जब भी उसके साथ किसी नये लड़के को देखते, हम समझ जाते कि आज मास्टर यहाँ रहने वाला है और फिर उस दिन हमें भी बढ़िया खाना मिलता, जिसे देख टोनी कहता, ''मास्टर रोज़ ही यहाँ क्यों नहीं रहता।''

लेकिन कहीं न कहीं मैं मास्टर से डरता भी था और कभी हिम्मत नहीं की उसे यह कहने की कि वह जो कर रहा है वह अच्छा नहीं है। किसी दिन वह तो डूबेगा ही हम सब को भी ले डूबेगा। परन्तु यह सब मास्टर से कहने से पहले मैं सोचता कि पहले अपने पाँव जमा लूँ फिर मास्टर को कुछ कहने की सोच सकता हूँ। अभी मेरा कहना और न कहना एक बराबर है। परन्तु मुझे टोनी के लिए डर बैठा हुआ था कि अब टोनी की बारी है। टोनी एक सुन्दर और मन का अच्छा लड़का है। वह मास्टर की

कुटिलता को नहीं जानता। वह नहीं जानता कि जो सुलूक वह एक दिन के लड़के से करता है उसके लिए वह उसे तैयार कर रहा है। एक दिन मैंने मौका देखकर टोनी से कहा—"टोनी तू अभी बच्चा है! मास्टर को नहीं पहचानता इसने तेरी बोली बीस लाख की लगाई थी। मैं नहीं जानता कि तेरी माँ तेरे को कैसे भूल गयी परन्तु मैं इतना जानता हूँ कि मास्टर अपने बीस लाख जो उसने तुझसे कमाने थे वह नहीं भूला होगा इसलिए तू उसकी इन मेहरबनियों को मत कबूल कर। मैंने उसे कभी अपना नाजायज़ फ़ायदा नहीं उठाने दिया। मुझे नशे की आदत है। वह मेरी इस कमज़ोरी को जानता है पर तूने भी देखा होगा जितना वह मुझे पैसा देता है, मैं उतना काम करके बराबर कर देता हूँ। न उसका मुझ पर और न मेरा उस पर कोई उधार बाकी रहता है। तू क्या देखता नहीं है कि मास्टर क्या चीज़ है।" मेरी बात सुनकर टोनी बोला था— "सब देखता हूँ राजीव भाई! तू नहीं जानता, वह मुझे सच में ही अपना बेटा मानता है। वह कह रहा था कि एक दिन वह मुझे अपने घर ले जाने वाला है।" मैं टोनी की बात सुन चुप रह गया। मैंने सोचा, टोनी की अब जो किस्मत में है वह तो होकर ही रहेगा, उसे कोई रोक नहीं सकता। देखते-ही-देखते टोनी की हर छोटी-बड़ी इच्छा को मास्टर पूरी करने लगा। इन सब बातों को देखकर मुझे टोनी की बात पर विश्वास-सा होने लगता। मैं सोचता शायद मैं मास्टर को ठीक से समझ ही नहीं पाया हूँ। टोनी जो अपने बारे में कह रहा है वही सच हो! क्या पता मास्टर सच में ही इसे अपना बेटा मानने लगा हो और क्या मालूम सच में ही यह मास्टर का ही बेटा हो। मास्टर टोनी को तराशता रहा, और टोनी दिन-प्रतिदिन निखरने लगा। टोनी अब पहले जैसा छुईमुई सा लड़का नहीं रहा था। उस पर अब मास्टर की परवरिश और उसकी जवानी का रंग चढ़ने लगा था। वह दिन प्रतिदिन समार्ट होता जा रहा था। उसकी गालें अब भर चुकी थीं, टोनी पाँच फुट ग्यारह इंच का लम्बा गबरू जवान हो गया था। कोई भी उसकी ओर आकर्षित हो सकता था। डांस क्लास की लड़कियाँ उसे अब कनखियों से देखने लगी थीं।

मैं इतना अपने विचारों में खो चुका था कि मुझे एहसास ही नहीं हुआ कि मेरा खाना समाप्त हो चुका है। मैं रेहड़ी वाले की आवाज़ से चौंका। वह पूछ रहा था कि मुझे और परांठा चाहिए? मैं मन-ही-मन शर्मिन्दा हुआ। उसे इनकार करते हुए पैसे थमा मैं वहाँ से पन्द्रह सेक्टर जाने के लिए मुड़ गया।

15 सेक्टर की मार्किट से सामान लिया और फिर 25 सेक्टर की ओर मुड़ गया। अब मैं अपने कमरे में था। अभी केवल दिन के बारह ही बजे थे। मेरा मन कुछ भी करने को नहीं हो रहा था। थकान और गर्मी की वजह से मेरा सारा शरीर चूर-चूर हो रहा था। मैं चुपचाप अपने विचारों के साथ अपने बिस्तर पर पसर गया और मैं फिर से उन्हीं गलियों, उन्हीं चौराहों में भटकने लगा जिन्हें जहाँ छोड़ा था लेकिन आज मैं

सोचता हूँ कि क्या जिन्हें हम छोड़ आते हैं, क्या वास्तव में वह हमसे दूर हो भी पाते हैं जिन्हें हम भूलना चाहते हैं, क्या सच में वह सब हम भूल पाते हैं? मेरे साथ ऐसा नहीं है। मैं कुछ भी भूल नहीं पाता इसीलिए शायद मैं कुछ कर नहीं पाता। मुम्बई मेरे दिलो-दिमाग़ पर कुछ इस तरह छाई हुई है कि जब भी मैं अपने साथ होता हूँ तो अपने को मुम्बई में ही पाता हूँ, मुझे लगता है कि मैं कभी मुम्बई से अलग ही नहीं हुआ हूँ, वह मेरे साथ-साथ चल रही है। मैं भरपूर कोशिश में हूँ कि वह सब बातें जिनके साथ मैं इन दिनों रह रहा हूँ इस समय कहीं मुझसे दूर हो जाएँ! लेकिन कहाँ हुआ यह सब, चाहने पर भी मेरे अन्दर से वह सब निकल नहीं पा रहा है। इस समय भी मेरे साथ मास्टर और टोनी हैं। मैं फिर उन्हीं के साथ हूँ जहाँ मैंने उन्हें छोड़ा था।

मास्टर को जब पूरा विश्वास हो गया कि अब टोनी यहाँ से भागेगा नहीं तब उस ने बाहर से दरवाज़ा बन्द करना छोड़ दिया। अब टोनी का खाने-पीने का विशेष ध्यान रखा जाने लगा था। कभी-कभी मुझे उसका खाना देख ईर्ष्या भी होती थी, साथ ही मैं टोनी की इस बात को भी सच मानने लगा था कि मास्टर सच में ही टोनी को अपने घर ले जाएगा। अनेक सुविधाओं के बीच एक और सुविधा जो उसे मिली थी वह थी उसे पढ़ाने की। टोनी को एक मास्टर इंग्लिश बोलनी और लिखनी सिखाने लगा। टोनी डांस सीखने के साथ-साथ अब पढ़ने भी लगा था।

टोनी सभ्य होना शुरू हो गया था।

टोनी की चाल में गर्व आ गया था।

टोनी अब अपने को विशेष समझने लगा था।

क्यों न वह अपने को विशेष समझता उसके खाने से लेकर उसके कपड़ों तक का मास्टर विशेष ध्यान जो रखता था। उसके कपड़े लांड्री से धुलकर आने लगे थे।

मैं मास्टर के कांइयापन से अच्छी तरह से परिचित था लेकिन मैं उसके इस रूप को नहीं पहचानता था कि वह किसी से इस तरह की बेलाग मुहब्बत भी कर सकता है। सब कोनों से मास्टर को जान-समझ कर भी मेरा मन यह मानने को तैयार ही नहीं हो रहा था कि मास्टर सच में ही टोनी को अपना बेटा मानता है। लेकिन मेरा एक ख़्याल मेरे सारे प्रश्नों और दुश्चिन्ताओं को अपने में सोख लेता था कि शायद सच में ही टोनी मास्टर का ही बेटा हो। लेकिन मेरे मन के एक कोने में यह डर भी बैठता जा रहा था कि मास्टर जाने टोनी के साथ क्या करने वाला है।

मैं टोनी के बारे में दो विचारों से घिरता जा रहा था। जितना मैं अपने-आप को इस बात से अलग रखने की कोशिश करता उतना ही मैं अधिक टोनी के बारे में अपने को सोचते हुए पाता। इस सारी नयी व्यवस्था में चाय का काम फिर मेरे कन्धों पर आ गया। टोनी अब खाता-पीता, पढ़ता और सोता। डांस सीखने आने वाली लड़कियों के आकर्षण का केन्द्र अब टोनी होता जा रहा था। वह बड़े अन्दाज़ से, मुझसे नहीं

टोनी से कहतीं—'रिषभ, मेरा यह स्टैप ठीक करवा दो... यह ठीक है या नहीं?' मैं सब कुछ देखता-सुनता और मन ही मन हँसता। यूँ भी मेरी लड़कियों में कोई दिलचस्पी कभी नहीं रही। मास्टर केवल डांस ही सिखाता हो, ऐसी बात नहीं थी। वह लड़कियों को झांसा भी देता था कि डांस सीख लेने के बाद वह उन्हें हिरोइन बनवा देगा। इसलिए उसके पास अनेक लड़कियाँ आतीं और अपने हिरोइन बनने के सपने को सकार होने की प्रतीक्षा डांस सीखने के बीच करतीं और समझतीं कि एक-न-एक दिन वह बड़े या फिर छोटे पर्दे पर तो अवश्य ही देखी जाएँगी। इसके लिए वह भारी-भरकम पैसा मास्टर को देतीं।

मास्टर ने धीरे-धीरे हमारे ऊपर लगाये गये सारे प्रतिबन्ध हटा लिये थे। इसका परिणाम यह निकला कि अब हम लोग बाहर इधर-उधर घूमने, ख़रीदा-फरोख़्त करने भी जा सकते थे। यह हमारी आज़ादी का पहला चरण था।

हमें, नहीं! नहीं!! हमें नहीं, मुझे आज़ादी, रास नहीं आयी। हम जब अपने पिंजरे से बाहर निकले तो सीधे साँस चौपाटी जाकर ही ली। टोनी तो पहले भी जाता रहता था लेकिन मुझे बड़ी चाहत थी चौपाटी देखने की। बहुत सुन रखा था इसके बारे में। वहाँ पहुँचते ही मेरा उत्साह जैसे समुद्र की तेज़ आती लहर अपने साथ मानो बहा ले गयी हो। मैं पकड़ा गया। हमने चौपाटी में घूमने का लुत्फ उठाना ही शुरू किया ही था, हम भेल पूरी खाने के बाद नारियल पानी पीने के लिए उस रेहड़ी की ओर बढ़ ही रहे थे कि मैंने सामने मोहसिन खान को खड़ा देखा। मैं परेशान हो गया। जैसे ही मेरी बुद्धि ने मुझे संकेत दिया कि—'राजीव भाग' वैसे ही मैंने टोनी से कहा—'टोनी भाग यहाँ से'। उसी समय एक मजबूत हाथ ने मेरे बाजू को कस कर पकड़ लिया। टोनी हैरानी से मुझे देख रहा था। मोहसिन खान की पकड़ मजबूत थी जिससे मैं अपने-आप को मुक्त कराने में नाकाम रहा। वह मुझसे कह रहा था, "जानते हो कितना परेशान किया है तुमने मुझे, आज पन्द्रह दिनों से भटक रहा हूँ यहाँ मुम्बई में। इस बीच पुलिस में अलग रपट लिखाई है और तुम कुछ कहे बिना कैसे घर से भाग आये?" मैं मोहसिन खान का मुँह देखता रह गया, फिर बोला, "घर से भाग कर तो मैं आपके पास आया था और आपको क्या, मैं आपके पास रहूँ या कहीं और। आप क्यों मुझे ढूँढ़ने निकले, आपका मैं लगता ही कौन हूँ? और यदि आप मेरे घर के मेम्बर बन कर आये हैं तो आप चले जाइए यहाँ से और मेरे घर वालों से कह दीजिए कि उनका बेटा मर चुका है उनके लिए।"

"मेरे तुम क्या लगते हो, यह अब मुझे तुझे बताना होगा?" मेरी बात से आहत होकर खान ने कहा। कुछ देर चुप राहने के बाद वही फिर बोला, "राजीव, तुम मुझे कैसे भूल सकते हो जबकि मैं तुम्हें एक क्षण के लिए भी नहीं भुला पाया! जानते हो तुम्हारे बिना तुम्हारा 'अक्स' वीरान हो गया है। और स्कूल में बच्चे आने कम हो गये

हैं, मैं अकेला क्या कर सकता हूँ?''

मैं कैसे कहता खान से कि मैं न उसे, न स्कूल को और न वहाँ मेरे साथ रहने वाले किसी बच्चे को, मैं एक क्षण के लिए भी कहाँ भुला पाया हूँ। लेकिन मैं चुप रहा क्योंकि खान की बातें मुझे कमज़ोर बना रही थीं। मैंने बात को बदलने के लिए, टोनी का 'रिषभ' नाम से खान का परिचय करवाया। लेकिन खान ने उस ओर ध्यान ही नहीं दिया। वह मुझे लेने आया था और कह रहा था कि वह यहाँ से मुझे लेकर ही जाएगा। मेरी समझ में यह बात बिलकुल नहीं आ पा रही थी कि मैं खान से क्या कहूँ। खान ने मुझे इतना भर कहा कि मुझे यदि यहाँ ही आना था तो मुझे उसको बता कर आना चाहिए था। और मुम्बई में आकर मुझे विमल के पास रहना चाहिए था। खान इस बात से भी नाराज़ दिखाई दिया मुझसे कि मैंने यहाँ आकर विमल से मुलाकात तक नहीं की। मैं खान को यह कैसे बताता कि मैं तुम सब लोगों से अपना रिश्ता ख़त्म करना चाहता हूँ। मैं बोला नहीं, चुपचाप खान की बात सुनता रहा था और सोच रहा था कि खान से कैसे विदा ली जाये। खान शायद जान गया था कि मैं उसे कुछ नहीं बताऊँगा। खान ने भी मेरे बोलने की प्रतीक्षा न करते हुए मुझे हुक्म सुना दिया कि मैं अपना सामान उठाऊँ और चलूँ यहाँ से उसके साथ। मुझे खान का हुक्मराना अन्दाज़ अच्छा नहीं लगा। लेकिन मुझे लगा था कि यदि खान बहुत देर तक यहाँ खड़ा रहा तो मैं कमज़ोर पड़ता जाऊँगा और उसकी मुझे यहाँ से ले जाने की साजिश कामयाब हो जाएगी। इस बात के सोचने के साथ ही मैं एकदम बोल गया था—''दादा! मैं चंडीगढ़ आऊँगा परन्तु मैं एकदम से यहाँ से नहीं जा सकता। कुछ ज़िम्मेदारियाँ हैं यहाँ, उन्हें निबटा कर ही लौट पाऊँगा। एक स्कूल है जहाँ मैं काम करता हूँ। उन सबको मझधार में छोड़कर तो नहीं जा सकता न।'' मेरी बात सुनकर खान बोला था—''अच्छा तुम इतना सोच सकते हो मैं नहीं जानता था लेकिन मुझे एक बात समझाओ कि तुम अपना स्कूल किस पर छोड़ कर आये थे। उन्हें कैसे तुम ने मझदार में छोड़ दिया जिन्हें तुमने एक नयी राह दिखाई थी।'' मैं चुप रह गया था, कुछ बोल नहीं पाया था। खान की बात सुनकर मैं केवल इतना ही कहा पाया था—''आप थे न वहाँ सब सँभालने के लिए।'' मेरी बात सुनकर खान फिर कुछ बोला नहीं और मुझसे टेलीफोन नम्बर और घर का पता ले लिया। और इतना कहा था कि मैं जल्दी वापस चंडीगढ़ चला आऊँ। मैंने उन्हें दोनों चीज़ें लिखा दी थीं। मेरा पता लेने के बाद खान हँस पड़ा था और मुझे अविश्वास से देखता हुआ बोला था कि जो मैंने लिख कर दिया है वह सही भी है? उसे इस बात का आश्चर्य भी हुआ था कि गोरे गाँव रहने पर भी मैं कैसे विमल से अभी तक मिला नहीं। फिर जाने क्या सोच कर खान ने मुझे फिर कहा कि वह यहीं रुक रहा है, मुझे उनके साथ ही लौटना होगा। मुझे मेरे स्कूल का वास्ता भी दिया। लेकिन मैं अपनी बात पर अड़ा रहा था कि अभी

मैं यहाँ से नहीं जा सकता लेकिन जल्दी ही लौट आऊँगा।

मोहसिन खान को मेरे साथ बात कर इतना तो आभास हो ही गया था कि मैं जो भी कह रहा हूँ वह मजबूती से कह रहा हूँ। एक बार फिर मुझे विमल के घर आने के लिए कह, खान वहाँ से चला गया था और मेरी साँस में साँस आयी थी। कहने को मैंने कह दिया था कि मैं कुछ दिनों में ही वापस चंडीगढ़ आ जाऊँगा लेकिन मैं अपने-आप को तैयार नहीं कर पा रहा था वापस जाने के लिए और न ही विमल से मिलने को मेरा मन ही हो रहा था। शायद यह बात खान भी जानता था इसीलिए दूसरी ही सुबह उसका मुझे फोन आया कि उसने बहुत सोचने-समझने के बाद यह फ़ैसला किया है कि वह मुझे अपने साथ लेकर ही जाएगा। मैंने मोहसिन खान से वायदा किया कि कुछ दिनों बाद मैं चंडीगढ़ लौट आऊँगा परन्तु खान मेरी किसी भी बात को मानने को तैयार नहीं हुआ। तब मैंने कहा, ''दादा! आप ही क्यों नहीं रह जाते मेरे पास कुछ दिनों के लिए?'' मुझे मालूम था कि मोहसिन खान को यह बात रास नहीं आ सकती थी। मेरी बात सुनने के बाद उसने फिर मुझे कुछ नहीं कहा। लेकिन जाते हुए मोहसिन खान मुझे इतना कहना भी नहीं भूला कि मेरे बिना 'अक्स' का बुरा हाल हो रहा है। 'अक्स' को मेरी ज़रूरत है। और फिर मैंने जो इतने दिनों से अपने मन को क़ाबू में रखा हुआ था वह बिखर-सा गया। मेरा सारा सुख-चैन मानो खान अपने साथ ले गया। मैं उखड़-सा गया लेकिन मैं खान से यह नहीं पूछ सका कि केतकी कैसी है, क्या वह 'अक्स' को नहीं सँभाल सकती?

जाने कब मुझे नींद ने आ घेरा और मेरी जाग बच्चों के शोर से ही खुली। मुझे यह देखकर खुशी हुई थी कि स्कूल बिलकुल उसी ढर्रे पर चल रहा है जैसे मेरे होते हुए चलता था। हाँ, बच्चे आगे से अधिक हो गये हैं।

मैं महसूस कर रहा हूँ कि अब स्कूल में उस तरह का नहीं रह गया है जैसे पहले था क्योंकि अब बच्चों को पढ़ाने दो लोग आते हैं। उन्हें टीचर कहना उनका अपमान करना था जो बच्चों को गणित करवाता है वह बैंक में एक बड़ा अधिकारी है और इंग्लिश करवाने वाली महिला आर्क्रिटेक्ट है। बाकी के सब्जेक्ट एक एम.ए. कर रहा विद्यार्थी करवाता है। इस व्यवस्था को मैं भंग नहीं करना चाहता था। कुछ काम थे जिन्हें मुझे ही पूरा करना था इसलिए मैं यहाँ हूँ और चाहता हूँ कि सब निपट जाये तो मैं अपने लिए कुछ और सोच सकता हूँ।

मैं स्कूल से बाहर आ गया। बाहर निकलते ही मेरा सामना मोहसिन खान से हो गया। वह मुझे देखकर बोला, ''कहाँ जा रहे हो?'' क्या कहता जब मैं खुद ही नहीं जानता कि मैं कहाँ जा रहा हूँ तब मैं किसी को क्या बता सकता हूँ। मुझे चुप देख कर मोहसिन खान ही बोला, ''देखो, मैं चाहता हूँ कि स्कूल को अब तुम सँभाल लो। यह तुम्हारा बच्चा है इसके लिए अब तुम्हें ही सोचना चाहिए। मैं जो कुछ कर

सकता था मैंने किया है। मैंने बात को बढ़ाना नहीं चाहा इसलिए कह दिया—"हाँ, यह भी सोच लिया जाएगा। पहले जिस काम के लिए आया हूँ वह तो पूरा कर लिया जाये।" इतना कह मैं आगे बढ़ गया मोहसिन खान को और बात करने का मौका दिये बिना ही। मैं 25 सेक्टर से निकल कर 16 सेक्टर रोज़ गार्डन में आ गया। पीली धूप इधर-उधर बिखरी हुई थी। गर्मी की वजह से फूल भी रूठे हुए थे और गार्डन में भी अभी चहल-पहल शुरू नहीं हुई थी। मैं एक पेड़ की छाया के नीचे बैठ गया अपने विचारों के साथ। विचार मुझे फिर मुम्बई ले गये।

मुम्बई में जब से मुझे मोहसिन खान मिला था मेरी मानसिक स्थिति उस तरह की नहीं रही थी। स्कूल और 'अक्स' की याद मुझ पर हावी होती जा रही थी और मैं सोचने लगा था कि क्या सच में ही मेरे वहाँ न होने से 'अक्स' मरने के कगार पर पहुँच गया है या फिर मोहसिन का मुझे यहाँ से ले जाने का यह षड्यन्त्र ही है। कुछ भी हो मेरा मन मुम्बई से फिर उखड़ा-उखड़ा रहने लगा था। मेरा मन पहले की तरह नहीं लग रहा था। मैं उखड़े-उखड़े ही सभी काम निपटाता जा रहा था। जिसे टोनी ने महसूस भी किया और एक दिन टोनी ने मुझसे कहा भी था कि—"तुम जा क्यों नहीं आते एक बार चंडीगढ़?"

"नहीं टोनी, अब मैं उस शहर में कभी नहीं जाऊँगा।"

"क्यों, ऐसी क्या बात हो गयी जो तुम इतना उदास होने पर भी ऐसा कह रहे हो?"

"वहाँ वह घर भी है जिसे मैं कब का छोड़ चुका हूँ। और नहीं चाहता कि मेरे साथ वही कुछ फिर से दोहराया जाये जिसकी वजह से मैंने सभी अपनों को भुला दिया है।"

"क्या तुम भुला पाये हो?"

"झूठ नहीं बोलूँगा तुमसे टोनी, परन्तु एक माँ और यह दूसरा खान, दो जन हैं जिसे भुला नहीं पाया आज तक।" मेरी बात सुनकर टोनी उदास हो गया था और मायूसी से बोला था कि तुम्हारे पास दो जन तो हैं याद करने के लिए, लेकिन मेरे पास तो कुछ भी नहीं है। उस माँ को वह क्यों याद करे जिसने बीस लाख के पीछे उसे छोड़ दिया। आज तक वह इस बात से समझौता नहीं कर पाया था कि माँ ऐसा कैसे कर सकती है क्योंकि वह यह भी जानता था कि उसकी माँ के पास बहुत पैसा है। उसका यह भी कहना था कि आज तक तो वह अपने बाप के बारे में ही सोचता था कि वह कौन होगा जो मुझे इस दुनिया में लाने का ज़रिया बना लेकिन अब तो वह माँ को भी जानना चाहता है कि उसकी क्या यही माँ है या फिर कोई और है। कोई भी हो अपने जन्म देने वालों से बला की नफ़रत है उसे।

जब भी उसे इस बात का एहसास होता कि वह नितान्त अकेला है तो वह उदास

हो जाता और रोने लगता। मैं उसे समझाता भी कि वह क्यों रो रहा है, किसके लिए रो रहा है? उनके लिए जिन्होंने उसे छोड़ दिया, उनके लिए आँसू नहीं होने चाहिए तुम्हारे पास जिन्हें तुम्हारी कोई परवाह नहीं है।

वह कहता कि—जो माँएँ अपने बच्चों को उसके पिता का नाम नहीं बता पातीं, मालूम है वह बच्चे मेरे जैसे होते हैं जिन्हें हर कोई अपनी जागीर समझता है। उन बच्चों का हाल मेरे जैसा होता है यह तुम देख ही रहे हो। मैं किसके पाप की सजा भोग रहा हूँ नहीं जानता, मै क्यों आया हूँ इस धरती पर हर समय मेरे सामने यह सवाल रहता है।

ऐसे दिनों में फिर हम दोनों देर तक अपने अपने हिस्से में आयी खट्टी-मीठी गोलियाँ एक-दूसरे से बाँटते रहते और इस बात से अपने भीतर सन्तोष को अनुभव करने की कोशिश करते कि अकेले हम ही दुखी नहीं हैं, हमारे जैसे जाने कितने लोग और होंगे और यह कहकर और भी तसल्ली लेते कि हम तो फिर भी दो हैं, हो सकता है कि किसी को कोई दोस्त भी न मिला हो लेकिन इन सब बातों के बीच जब से मोहसिन खान ने मुझे मुम्बई में देख लिया और वह जान गया था कि मैं किसके पास हूँ और क्या काम कर रहा हूँ, उस दिन से मेरे चारों ओर एक भय-सा मँडरने लगा था कि किसी दिन भी खान अब मुझे यहाँ से ले जाएगा और इसी डर से मैं किसी अन्य काम की तलाश में इधर-उधर भटकने लगा था लेकिन ऐसा कोई काम मुझे मिल नहीं रहा था जो मेरे करने लायक होता, और डर था जो कि मेरे दायें-बायें आगे-पीछे मेरे साथ-साथ चल रहा था। जबकि टोनी को उम्मीद थी कि उसे जल्दी ही मास्टर अपने घर ले जाएगा। हम दोनों ही भविष्य में अपने लिए कुछ बेहतर की तलाश में भटक रहे थे। हम यह भी नहीं जानते थे कि हमारे साथ इससे अच्छा होगा या इससे भी बुरा लेकिन एक आशा थी बेहतर ज़िंदगी जीने की। उसी आशा में हम आज को भरपूर जी रहे थे।

हम दोनों की ही इच्छा पूरी नहीं हुई। मेरे पास मास्टर के पास जो रहने की सुविधा थी वह किसी अन्य जगह में नहीं मिल पा रही थी और मास्टर टोनी को अच्छा खाना-कपड़ा देकर ही सन्तुष्ट हो गया था, ऐसा मैं समझता था। कभी-कभी मन में यह प्रश्न भी उठता था कि मास्टर क्यों टोनी पर इस कदर मेहरबान है?

टोनी मुझसे कहीं अधिक अच्छा डांस मास्टर सिद्ध हुआ। उसे मास्टर ने जितना सिखाया था उसने उससे कहीं अधिक ग्रहण किया था। मास्टर खुश था। टोनी की हर इच्छा-अनिच्छा का पूरा ध्यान मास्टर लगातार रख रहा था। मुझे लगने लगा था कि मास्टर टोनी को एक-न-एक दिन किसी फिल्म में कोई जगह अवश्य दिला देगा नहीं तो टोनी फिल्मों में कोरियोग्राफर ही बन जाएगा। लेकिन मेरी हिम्मत मेरा साथ छोड़ रही थी। अब डांस सिखाते समय मेरी साँस फूलने लगी थी। मैं नशा छोड़ना

चाहता था परन्तु छोड़ नहीं पा रहा था। एक समुद्र मुम्बई में पसरा हुआ था और एक समुद्र मेरी आँखों में। लेकिन मुम्बई के समुद्र को देखने दूर-दूर से लोग आते हैं और रात के अँधेरे में मेरी आँखों से बहने वाले खारे पानी को बहते कोई देखने वाला नहीं था। ऐसे दिनों में चंडीगढ़ की याद बहुत आती और मन करता कि मैं उड़ कर खान के पास चला जाऊँ। दूसरे ही क्षण मेरी आँखों के आगे वह सब तिर जाता जिसे छोड़ कर मैं वहाँ से भाग खड़ा हुआ था। ऐसे क्षणों में मुझे विपुल की याद आती जो कभी-कभार मेरे अन्दर फैले शून्य को भरने की थोड़ी कोशिश करता। टोनी को मेरा विपुल का साथ पसन्द नहीं था। वह इस सम्बन्ध को प्राकृतिक नहीं मानता था।

एक दिन टोनी ने मुझसे कहा कि आज वह किसी लड़की के साथ रात गुज़ारने वाला है। 'लड़की को सिर्फ पैसा चाहिए। तू भी चाहे तो मैं बात कर सकता हूँ।' मैंने न में सिर हिला दिया तो टोनी फिर बोला, ''यार! एक बार तू औरत का साथ पा लेगा तो तू सब कुछ भूल जाएगा। औरत के शरीर में बला जैसी स्फूर्ति देने की ताक़त होती है।'' मैंने कोई उत्सुकता नहीं दिखाई तो टोनी चुप रह गया।

मेरे और टोनी के बीच उस दिन एक मूक समझौता ज़रूर हुआ था कि हम दोनों आपस की बातें मास्टर तक नहीं पहुँचाएँगे। इसलिए कभी मैं बड़े कमरे में विपुल के साथ होता तो टोनी मेरे छोटे कमरे में होता यदि टोनी के साथ कोई लड़की होती तो मैं अपने कमरे में होता।

लेकिन हमारी यह साँठ-गाँठ बहुत दिनों तक नहीं चल पायी। यूँ मास्टर को हमारे बारे में तो कुछ पता नहीं चला था लेकिन मास्टर का टोनी के साथ अच्छे व्यवहार का अजूबा बहुत दिनों तक नहीं रहा था। यही वजह थी कि मेरा और टोनी का साथ भी अब अधिक नहीं रहा। मास्टर टोनी का क्या करना चाहता था वह धीरे-धीरे मेरे सामने खुलता जा रहा था। शायद टोनी अभी इस बात से परिचित नहीं हुआ था क्योंकि वह मास्टर की फ़ितरत को नहीं पहचान पाया था। इसलिए अभी भी वह समझ रहा था कि मास्टर उसे एक दिन अपने घर ले ही जाएगा।

एक दिन मास्टर शाम तक स्कूल में ही टिका रहा। टोनी खुश था। वह सोच रहा था कि आज शायद मास्टर फिर यहाँ रहने वाला है, मैं अन्दर से डरा हुआ था कि मास्टर आज यहाँ क्यों है, क्या आज टोनी का नम्बर है?

मैं बहुत अधिक देर तक इस दुविधा में नहीं रहा। उस रात ऐसा कुछ नहीं हुआ जिसका मुझे डर था। अलबत्ता उस रात मास्टर ने खाना टोनी की मर्जी से मँगवाया था। टोनी का मन बहुत दिनों से पीज़ा खाने का हो रहा था जो हमारी पॉकेट से कहीं ज़्यादा की इच्छा थी और जब कभी हमें मुँह का ज़ायका बदलने का दिल होता भी था तो हम भेलपूरी खाकर ही सन्तोष कर लेते या फिर बहुत हुआ तो कभी-कभार चाइनीज़ खा लेते थे इससे अधिक का हम ख़्वाब भी नहीं ले सकते थे। उस दिन

बहुत दिनों की टोनी की दबी हुई इच्छा पूरी हुई थी। टोनी खुश था। उस रात हैरानी की बात यही हुई थी कि मास्टर के साथ कोई छोटा बच्चा भी नहीं था और उसने टोनी के साथ भी रात नहीं गुज़ारी थी। मेरे मन में उस दिन यही सवाल उभरा था कि फिर मास्टर यहाँ हमारे साथ क्यों है? क्या वह जानना चाहता है कि हम यहाँ कुछ उल्टा-सीधा तो नहीं कर रहे।

मैं मास्टर की इस नादानी से मन-ही-मन उस रात हँसा कि इस तरह वह कैसे जान पाएगा कि हम यहाँ क्या करते हैं। लेकिन सुबह-सवेरे मास्टर ने टोनी को तैयार किया और उसे अपने साथ ले गया। तब मैं जान सका कि मास्टर यहाँ क्यों रुका है। क्या सच ही मास्टर टोनी को आज अपने साथ अपने घर ले जाएगा अपना बेटा बना कर, मेरे अन्दर यह प्रश्न बेचैनी भर रहा था। यह बात मास्टर की नेचर के विपरीत थी या फिर मैं ही मास्टर को ठीक तरह से जान नहीं पाया था। टोनी ने एक विजेता की नज़र से मुझे देखा। उस समय मैंने अपने को लानत भेजने में भी दो मिनट नहीं लगाये कि मैं यूँ ही मास्टर के लिए बुरा सोच रहा था।

रोज़ गार्डन में बैठे-बैठे जाने कितना समय बीत गया था और मेरे विचारों का पिटारा भी जब तब खुल जाता है मुझे अकेला पा कर। अभी यहाँ पूरी तरह धूप नहीं आयी थी। मैंने अपने कन्धे पर दबाव महसूस किया, पलट कर देखा तो सामने जिसे देखा उसकी मैं कल्पना भी नहीं कर सकता था। सामने खड़ा था प्रभात। प्रभात को देखकर मेरा चौंक जाना सहज ही था। मुझे देखकर बोला, ''अमाँ यार! कहाँ रहते हो अब, कभी दिखाई ही नहीं दिये।''

मैंने उसकी बात का जवाब देना ज़रूरी नहीं समझा और उसी से पूछ बैठा, ''तुम क्या करते हो और कहाँ हो आजकल?''

वह बड़ी गम्भीरता से बोला, ''पिछले दिनों मैं दिल्ली गया हुआ था। कांग्रेस की टिकट लेने की कोशिश कर रहा हूँ। देखें क्या होता है, मैं आने वाला ही था तुम्हारी ओर। हाँ बताओ जो तुमने स्कूल खोला है कैसा चल रहा है?''

मैंने उसकी बात में कोई रुचि लिए बिना ही कहा, ''हाँ ठीक ही चल रहा है।''

वह अपनी ही झोंक में बोल रहा था और उसे इस बात की चिन्ता भी नहीं थी कि मैं क्या कह रहा हूँ। वह तो केवल अपनी ही बात कहना चाहता था। बोला, ''देखो राजीव मुझे कांग्रेस की टिकट मिलती है तो ठीक है, नहीं मिलती उस हालत में मैं स्वतन्त्र रूप से खड़ा हो जाऊँगा और मैं चाहता हूँ कि तुम्हारी ओर से यानि झुग्गी-झोंपड़ी के सारे वोट मुझे ही मिलने चाहिए। मैं मोहसिन खान से भी मिलने वाला हूँ।''

मैंने उसकी बात को यह कह कर समाप्त कर दिया, ''हाँ ठीक है, मोहसिन

खान के पास जाना, वही सही होगा।'' और उसे मैं वहीं छोड़ कला भवन की ओर बढ़ गया। कला भवन में काफी चहल-पहल थी। मैं चाय लेने उस खोखे के पास गया जो एक पेड़ के नीचे भवन के पिछली ओर बना हुआ है। मैंने चाय के साथ दो बिसकुट भी लिए और अकेला ही चाय पीने लगा। मैं अपने विचारों को इस समय अपने पर लादना नहीं चाहता था लेकिन वह किसी अड़ियल बच्चे की तरह मेरे सिर पर फिर सवार हो गये और मैं फिर मुम्बई के बीते दिनों को एक बार फिर से जीने लगा।

मैं जहाँ सन्तुष्ट हो रहा था कि मास्टर अब टोनी के साथ कुछ बुरा नहीं करने वाला है। वह सच में ही टोनी को अपने साथ ले गया है परन्तु मेरा यह वहम जल्दी ही समाप्त भी हो गया। दो दिन बाद सुबह-सुबह क्लास लगने से पहले एक टैक्सी स्कूल के गेट के आगे रुकी और थोड़ी देर बाद मेरे कमरे के दरवाज़े पर दस्तक हुई। मैंने दरवाज़ा खोला तो मेरे सामने जो टोनी खड़ा था उस टोनी से मेरी पहले कभी मुलाकात नहीं हुई थी। उस दिन भी नहीं जिस दिन उसकी माँ ने उसे स्वीकार करने से इनकार कर दिया था। मुझे देखते ही टोनी मेरे साथ लिपट गया और ऐसे रोया जैसे आज वह लावारिस हो गया हो। काफी देर रो लेने के बाद भी उसने मुझे कुछ बताया नहीं। लेकिन मैं इतना ज़रूर समझ गया कि आज उसके साथ कुछ ऐसा हुआ है जो नहीं होना चाहिए था तो क्या मास्टर ने कहीं और जा कर....इसके आगे मैं कुछ सोच नहीं सका लेकिन इतना ज़रूर महसूस हुआ कि जिस दुनिया में मैंने आज तक साँस ली है वह दुनिया और टोनी की दुनिया कुछ अलग ज़रूर है। लेकिन वह है क्या? यही प्रश्न था मेरे आगे जिसका उत्तर टोनी के पास था लेकिन टोनी कुछ कहने की हालत में नहीं था।

अब यह सिलसिला रोज़ का ही हो गया कि कोई गाड़ी आती और टोनी को ले जाती और कुछ दिनों के बाद एक लाश की तरह उसे यहाँ छोड़ जाती। मेरे लिए यह एक पहेली थी कि टोनी कई-कई दिन कहाँ रहता है ?

मेरे लाख पूछने पर भी टोनी मुझे कुछ नहीं बताता था। इसलिए मेरा वहम पक्का होता जा रहा था क्योंकि जब से टोनी बाहर जाने लगा था मास्टर का स्कूल में किसी छोकरे के साथ रहना कुछ कम हो गया था।

एक दिन मास्टर फिर हमारे साथ रहने वाला था क्योंकि होटल से टिफिन आ चुका था। टिफिन देखकर मेरे मन में प्रश्न उठ रहा था कि मास्टर यहाँ आने वाला तो है लेकिन टोनी कहाँ है? क्या पता मास्टर टोनी के साथ ही आये। इस बार टोनी को गये दस दिन हो गये थे और उसका कहीं कुछ पता ही नहीं था। डांस क्लास की कुछ लड़कियाँ उसके बारे में कई बार पूछ चुकी थीं क्योंकि जो कुछ टोनी उन्हें सिखाता था वह मैं नहीं सिखा पाता था। टिफिन आने के कुछ देर बाद ही मास्टर एक अन्य लड़के

के साथ आया था। उसके साथ टोनी नहीं था। फिर टोनी कहाँ है? यह प्रश्न मेरे अन्दर बेचैनी पैदा कर रहा था।

मैं यह तो महसूस कर रहा था कि टोनी कहीं और जाता है लेकिन कहाँ, क्यों जाता है यह पता नहीं चल पाया था। वैसे भी इन दिनों टोनी काफी गुमसुम रहने लगा था। मेरी समझ में कुछ नहीं आ रहा था।

एक दिन मैंने टोनी से पूछ ही लिया कि वह कहाँ जाता है और इतने दिन कहाँ रहता है? क्या मास्टर ने किसी और जगह भी स्कूल खोला हुआ है या फिर कोई और काम है जो वह तुझसे करवाता है? टोनी ने पहले मुझे लाचार नज़रों से देखा फिर सँभला और मुझे घूरने लगा लेकिन बोला कुछ नहीं, चुप ही रहा, जब से वह बाहर जाने लगा था तब से वह अधिकतर चुप ही रहने लगा था। जैसे वह पहले अपनी छोटी-बड़ी सभी तरह की बात मुझसे कर लेता था अब वह अपने-आप में रहता और जो काम कह दो वही करता। नहीं तो चुपचाप पड़ा रहता। यूँ स्कूल में सब कुछ पहले की तरह ही चल रहा था। लेकिन टोनी पहले की तरह नहीं रह गया था। इन सभी बातों से मैं परेशान-सा रहने लगा था। टोनी की चुप्पी, मुझे सोचने के लिए मजबूर कर रही थी। मैं जितना इस स्थिति से बाहर निकलने की कोशिश करता उतना मैं और उसमें धँसता चला जा रहा था। मेरा मास्टर से भी विश्वास उठता जा रहा था और टोनी को लेकर चिन्ता बढ़ती जा रही थी। मेरे अन्दर कोलाहल मचा हुआ था।

जब से मैं चंडीगढ़ आया था तब से मैं अपने को अजीब-सी स्थिति में महसूस कर रहा था। लेकिन कुछ काम ऐसे थे जिन्हें निपटा कर ही मैं यहाँ से जा सकता था। उनमें सबसे महत्त्वपूर्ण काम था ज़मीन का। उसकी ही फॉरमेल्टी अभी तक पूरी नहीं हुई थी। जब तक वह पूरी नहीं हो जाती तब तक मैं यहाँ से कहीं जा नहीं सकता था। मुश्किल से ज़मीन का एक बड़ा टुकड़ा हमें मिला था। मैं नहीं चाहता था कि मेरी किसी ग़लती की वजह से वह हमारे हाथ से निकल जाये।

इन दिनों मैंने फिर से उस रिहर्सल में जाना शुरू कर दिया था जो मोहसिन खान करवाता था। केतकी का अभाव मुझे बुरी तरह खटकता था। यूँ तो यहाँ वही नाटक हो रहे थे जिन नाटकों को 'प्रचार नाटक' कहा जा सकता है।

प्रत्येक शनिवार को 17 सेक्टर कॉर्निवाल की भीड़ से भर जाता है और उसकी फ़िज़ाओं में गूँजते हैं वहाँ पर होने वाले गीत। उसके शुरू हाने से पहले प्लाज़ा के खुले मैदान में हमें एक नाटक खेलना था जो 'एडज़ सोसाइटी' ने एडज़ जागरूकता अभियान के लिए प्रायोजित किया था। सोसाइटी की गाड़ी चुने हुए स्थान पर बच्चों को ले जाती और फिर स्कूल छोड़ देती थी जहाँ से बच्चे अपने-अपने घर चले जाते

थे। आज नाटक के बाद बच्चों ने पीज़ा खाने की इच्छा ज़ाहिर की थी। उन्हें पीज़ा खिलाकर घर भेज दिया गया था। मैं वहीं कुछ देर रुक गया था। जब से मुम्बई से मैं यहाँ आया था, चंडीगढ़ की हवा का रुख मेरी समझ से बाहर होता जा रहा था। मोहसिन खान से भी अब दोस्ती का सवाल ही पैदा नहीं हो सकता था। इसलिए मैं तय नहीं कर पा रहा था कि मुझे आगे क्या करना है और शेखर जाने कहाँ खो गया था! उसका कहीं अता-पता ही नहीं था कि वह कहाँ चला गया है! मेरी कई तरह की परेशानियाँ मुझे तंग कर रही थीं और मैं रह-रह कर मुम्बई की यादों में खो जाता था जो मेरा पीछा ही नहीं छोड़ रही थीं। जाने मैं कितनी देर अपने अतीत में खोया हुआ प्लाज़ा की सीढ़ियों पर बैठा अपने को ढूँढ़ने की कोशिश करता रहा। मौसम का कुछ मिज़ाज इस समय बिगड़ा हुआ था कि लग रहा था कि बारिश आयी कि आयी। लेकिन बारिश तो नहीं आयी, कुछ धूल भरी आँधी ज़रूर चलने लगी। धूल भरी आँधी के चलने के बावजूद प्लाज़ा पर लोग जुटने शुरू हो गये थे।

रंग-बिरंगे कपड़ों में लैस कलाकार उस मंच की ओर बढ़ रहे थे जहाँ से थोड़ी देर बाद वह अपने हुनर का प्रदर्शन करने वाले थे। एक तरफ मंच उन कलाकारों का था जो प्लाज़ा में आने वाले लोगों का उनकी इच्छा पर पोट्रेट बनाकर अपने खाते में इस तरह इजाफा करने के साथ अपने हुनर का भी प्रदर्शन कर रहे थे। साथ ही उन्होंने अपनी पेंटिंग के कुछ कैनवास भी सजाये हुए थे। कुछ अजब गजब था कैनवस के रंगों का संसार। मैं यहाँ रुकने से पहले यह जानते हुए भी कि आज शनिवार है। भूल ही गया था कि कुछ ही देर में यह सेक्टर एक अजीब से हजूम से भर जाएगा लेकिन अब तो मैं रुक ही गया था। मैं सीढ़ियों से उठकर घने पेड़ के चबूतरे पर बैठने के लिए उस ओर जाने लगा कि मन में उत्सुकता उन लोगों को देखकर जग चुकी थी जो लोग पोट्रेट बना रहे थे। फिर मैं पेड़ के नीचे नहीं बैठा और उस ओर बढ़ गया जहाँ कलाकारों का जमावड़ा था। वहाँ मैंने अभय को खड़े देखा। उसे देखकर मेरा चौंक जाना स्वाभाविक ही था। मुझे देख वह भी हैरान हुआ और मेरी ओर आ गया और तपाक से बोला, ''बहुत दिनों बाद दिखाई दिये आज, कहाँ रहते हो?

''आजकल तो यहीं हूँ। तुम कहो, क्या कर रहे हो? मैं तो बस उसी काम में हूँ। आज भी अभी एक नाटक था यहाँ हमारा।''

''अच्छा मुझे नहीं पता चला, नहीं तो ज़रूर देखता। मैं तो आजकल दिल्ली में हूँ। पापा के साथ ही काम कर रहा हूँ। उनके दिल्ली के ऑफ़िस को देख रहा हूँ। कभी-कभी किसी ग्रुप के साथ काम भी कर लेता हूँ लेकिन बहुत कम ही कर पाता हूँ। मैंने तो सुना था कि तुम मुम्बई चले गये हो?''

''हाँ वहीं हूँ लेकिन कुछ दिनों के लिए यहाँ आया हुआ हूँ।''

''तो क्या वहाँ कोई सीरियल या फिर कोई फिल्म कर रहे हो?''

"नहीं ऐसा कुछ नहीं है।"

"यहाँ तो मोहसिन खान अभी तक उसी तरह जुटा हुआ है। सुना है कि उसे स्कूल के लिए ज़मीन भी मिल गयी है, क्या तुम भी अभी तक उसी के साथ बने हुए हो या फिर फादर के बिजनेस को सँभाल रहे हो?"

मुझे अभय की बातों से कोफ़्त हो रही थी और मैं और अधिक उसके पास रुकना भी नहीं चाहता था लेकिन वही फिर बोला, "क्या हुआ तुमने कुछ बताया नहीं?"

मैंने उसकी बात का जवाब देते हुए कहा, "नहीं मैं मोहसिन खान के साथ ही हूँ। अच्छा...।" मैंने उससे विदा लेने के लिए हाथ आगे बढ़ाया लेकिन वह मेरा हाथ थाम कर बोला, "यार, कुछ देर तो रुक! क्या जाने की जल्दी है, चल आज हम भी अपनी शक्ल वहाँ उन लोगों से बनवाते हैं। मुझे तो अपनी शक्ल देखे एक अर्सा ही हो गया है। वह इतनी ज़ोर से हँस पड़ा कि उसकी गूँज आकाश तक फैल गयी। वह मुझे खींचता हुआ वहाँ ले गया जहाँ कलाकार अपने हुनर के साथ विराजे हुए थे। लेकिन मुझे 17 सेक्टर की यह चहल-पहल अपने में लपेटने में नाक़ामयाब हो रही थी। जहाँ मैं यह सोच रहा था शायद यहाँ कुछ देर रुकने से कुछ सुकून मुझे मिलेगा वहीं मेरा मन यहाँ से उखड़-सा गया। फिर भी जाने क्यों मैं अभय के साथ रुका रहा।

हमारे पोर्ट्रेट बनकर तैयार हो गये थे। अभय ने सौ रुपया निकालकर उन्हें दे दिया था लेकिन मुझे उसने पैसे नहीं देने दिये थे। वह अपना पोर्ट्रेट देख बेसाख़्ता हँसता चला जा रहा था। मुझे उसके हँसने का कारण समझ में नहीं आ रहा था। कुछ देर हँस लेने के बाद वह बोला, "यार, हम ऐसे दिखते हैं?" मैं उसकी ओर देखकर केवल मुस्कुरा दिया। वह गम्भीर होता हुआ बोला, "क्या बात है राजीव तुम इतने गुमसुम क्यों हो, कोई प्रॉब्लम है तो मुझे बताओ?"

"नहीं अभय कोई प्रॉब्लम नहीं है। मैंने इतना ही कहा, और कहता भी क्या? मेरी प्रॉब्लम वह क्या समझ भी पाता? उससे विदा लेकर मैं चल पड़ा लेकिन मैं अकेला नहीं था मेरे साथ मेरा अतीत भी चल रहा था। मैं फिर मुम्बई पहुँच गया था।

कितने दिनों से मेरी टोनी से मुलाकात नहीं हुई थी, उन दिनों उसके रात और दिन बाहर ही कटते थे। जब वह आता तो केवल वह सोता रहता। उस दिन को मैं कैसे भूल सकता हूँ, उस दिन उसे जब सुबह गाड़ी छोड़ कर गयी तब वह पहले की तरह अपने कमरे में न जाकर सीधा मेरे पास आकर बैठ गया था, मुझे जगा हुआ जानकर वह एकदम बोल पड़ा, "कभी औरत को तुमने करीब से देखा है?" मैं उसकी बात सुनकर हड़बड़ाकर उठ बैठा और हैरानी से बोला, "क्या हुआ? ऐसा क्यों पूछ रहा है तू, रोज़ ही तो कितनी लड़कियों को में डांस सिखाता हूँ तो क्या आँखें मूँद कर सिखाता हूँ? क्या मैं उन्हें देखता नहीं हूँ, बात करता है?"

मेरी बात सुनकर टोनी की गम्भीरता में कोई अन्तर नहीं आया वह उसी अन्दाज़ में बोला, ''ऐसे देखना नहीं, कभी किसी औरत के शरीर को भोगा है तुमने, मेरा कहने का मतलब है बिस्तर में उसे देखा है?''

मैं कई क्षणों तक टोनी के चेहरे को पीता रहा था कि यह कह क्या रहा है, फिर मैंने अधिक कुछ न कहकर केवल इतना ही कहा था—''पहले बैठ तो सही! यह क्या तुमने एकदम से गोली दाग दी। हाँ, बता क्या कह रह था तू।''

टोनी उत्तेजित था और मुझे मानो ऐसे देख रहा था कि वह मेरे अन्दर को पढ़ लेना चाहता हो, जैसे वह जान लेना चाहता हो कि मेरे अन्दर उसकी बात सुनकर क्या हुआ है। कुछ देर भेद भरी नज़रों से देखते रहने के बाद वह फिर बोला था—''मैं तुझसे पूछ रहा हूँ कि तुमने कभी औरत को भोगा है, तू जवाब क्यों नहीं दे रहा?''

उस वक़्त उसकी बात सुनकर मैं एकदम से कुछ नहीं कह पाया था क्योंकि मैं समझ नहीं पा रहा था कि टोनी ने ऐसा सवाल क्यों किया है मुझसे। लेकिन मैंने कुछ न कहकर सिर्फ न में सिर हिला दिया था। टोनी की आँखें मेरे चेहरे पर फिसलती रही थीं। मेरे कानों ने सुना था फिर टोनी का वह स्वर जिसे रहस्य से लबालब भरा हुआ स्वर कहा जा सकता है। उसकी नज़रें मेरे चेहरे पर चिपकी हुई थीं वह उसी तरह देखता रहा था फिर वह धीरे-धीरे बोला था कि—''क्या कभी किसी औरत को बिस्तर में देखने का मन नहीं हुआ?''

मैं हैरान था उसकी बात सुनकर, मैं नहीं जान पाया था कि वह इस तरह के प्रश्न क्यों कर रहा है मेरे साथ जब कि वह मुझे अच्छी तरह जानता है। लेकिन मैंने उसकी सारी जिज्ञासा को शान्त करते हुए उसे बताया था कि—''औरत कभी मेरी कमज़ोरी नहीं रही।''

मुझे उस समय लगा था जैसे टोनी मेरी बात सुन ही नहीं रहा और न ही उसे मेरी बात सुनने की इच्छा ही थी। वह केवल अपनी बात ही कहना चाह रहा था इसलिए मैं चुप ही रहा उसे मेरी चुप्पी आखिरी नहीं थी और न ही मेरी बात की उसने कोई प्रतिक्रिया ही की थी। मुझे इस बात की हैरानी भी हुई थी कि टोनी यदि मुझे सुनना ही नहीं चाह रहा था तो उसने प्रश्न ही क्यों किया। लेकिन उसे तो जैसे कुछ होश ही नहीं थी वह अपने आप में डूबा हुआ ही बोल रहा था। वह कह रहा था—''राजीव! आजकल मैं कहाँ जाता हूँ तू जानता है क्या?'' फिर अपनी बात का ख़ुद ही जवाब देता हुआ बोला था—''तू कैसे जान सकता है जबकि मैंने तुझे कुछ बताया ही नहीं है। और जब तक मैं तुम्हें कुछ बताऊँगा नहीं, तब तक तुम जान भी कैसे सकते हो कि काम के बहाने मास्टर मुझे कहाँ भेजता है और मास्टर तुम्हें कभी ऐसी बातें बताएगा भी नहीं कि वह इस डांस स्कूल के अलावा और क्या-क्या करता है। इतना कह टोनी कुछ देर के लिए चुप हो गया कुछ ऐसी चुप्पी जो कुछ नया गढ़ने से पहले

दिलों में पसर जाती है। मैं भी उसके इन अबोले क्षणों को बोलकर नष्ट नहीं करना चाहता था लेकिन टोनी की बात सुनकर मुझे बेहद आश्चर्य हो रहा था कि मास्टर का वह कैसा रहस्य है जो टोनी मुझे बताना भी चाह रहा है और हिचकिचा भी रहा है।

काफी देर टोनी अपने आपसे जूझता रहा, कुछ बोला नहीं था। ऐसा लग रहा था जैसे वह तय नहीं कर पा रहा हो कि वह मुझे कुछ बताये या न बताये। इसी कशमकश में कुछ देर हम दोनों के बीच मौन ने अपना मजबूत किला बना लिया था जिसे भेदना हम दोनों को ही अब कठिन लग रहा था। लेकिन इस पर पहला प्रहार टोनी ने ही किया था। मुझे लगा था मानो बहुत ही पास कहीं बम फटा हो और उस धमाके से मैं दहल ज़रूर गया था। ऐसी स्थिति में मेरी सारी अक्ल ऐसे उड़ गयी जैसे पतझड़ में पेड़ों से पत्ते झड़ कर बिखर जाते हैं और बचा रह जाता हैं ठूँठ, मैं भी ठूँठ बनकर रह गया था। टोनी ने जो कुछ बताया था उसे सहज ही स्वीकार नहीं किया जा सकता था। लेकिन अविश्वास भी कैसे मैं करता? क्योंकि ऐसी बातें कोई मन से भला क्यों गढ़ेगा! यूँ तो मास्टर उसे काम के सिलसिले में ही भेजता था कहीं न कहीं। शुरू में टोनी को नहीं मालूम था कि उसे वहाँ क्या काम करना होगा। पहले-पहल उसे जहाँ भेजा गया था वह एक बहुत ही खूबसूरत औरत थी। ऐसा टोनी ने बताया था। वह किसी फर्म की मैनेजर थी और चैम्बूर में उसका बड़ा-सा अपना फ्लैट था। टोनी से यही कहा गया था कि उसे उस घर की निगरानी के लिए ही वहाँ भेजा गया है क्योंकि मैडम बिलकुल अकेली रहती है उस बड़े फ्लैट में। घर के काम के लिए केवल एक बाई आती है। यूँ तो वहाँ का अपना अलग वॉचमैन है लेकिन उसके फ्लैट की निगरानी टोनी के ज़िम्मे लगाई गयी थी। टोनी को वहाँ जो काम करने होते थे वहाँ उनमें सबसे महत्त्वपूर्ण काम था कि मैडम की ग़ैरहाज़िरी में आये टेलीफोन को सुनना और उनके नम्बर नोट कर शाम को मैडम को बताने होते थे। मैडम जब अपनी कम्पनी से लौट कर आती तो कभी शाम के सात बजे होते तो कभी रात के नौ, सात तो कभी-कभार ही बजते थे अमूमन वह रात देर से ही घर लौटती थी। कभी वह खाना खाकर आती या फिर घर आकर खाती। लेकिन घर खाना हर रोज़ बनता था। एक खानसामा आकर खाना बना जाता था। जब वह देर से घर लौटती वह पिये होती और सरदर्द से बेहाल होती। वह अपने दर्द के बहाने टोनी को अपने बेडरूम में बुला लेती और अपना सिर दबाने को टोनी से कहती और टेलीफोन के बारे में कुछ भी सुनना नहीं चाहती या फिर यूँ कहा जाये कि वह इस हालत में ही नहीं होतीं कि उसे कुछ बताया जाता कि आज कितने फोन आये। टोनी डायरी में सब नोट करता और डायरी टेलीफोन के पास ही पड़ी रहती। मैडम ने कभी उससे घर आये किसी भी फोन के बारे में कभी कुछ नहीं पूछा। लेकिन वह देर तक सिर दबाता रहता। टोनी अपनी बात बड़ी गम्भीरता से मुझे बता रहा था।

मुझे शुरू-शुरू में टोनी की ऐसी बातें बड़ी अजीब लगी थीं लेकिन धीरे-धीरे मुझे भी उन सब बातों को सुनने में दिलचस्पी होना शुरू हो गयी थी। अब मैं खुद उससे पूछने लगा था कि आज वह किसके साथ था? और मुझे ऐसा एहसास होने लगा था कि अब टोनी को भी इन्तज़ार रहने लगा था इन सबका क्योंकि फिर उसे भी आनन्द आने लगा था उस सारी स्थिति में क्योंकि टोनी समझने लगा था कि वह औरत उसे चाहने लगी है। वह टोनी से प्यार करती है। इस बात के एहसास से टोनी अपने अन्दर एक तरह के थ्रिल को अनुभव करता और बेसब्री से उसका हर समय इन्तज़ार करने में कटता। अब वह उसका साथ भी चाहने लगा था लेकिन वह नहीं जानता था कि उस औरत का साथ कुछ ही दिनों तक रहने वाला है उसके साथ।

टोनी जब उसके मोहजाल में पूरी तर फँस गया तभी उससे उसका साथ भी छूट गया। इस कहानी का अन्त कम दर्दनाक नहीं था टोनी के जीवन में क्योंकि यह भी एक सार्वभौमिक सत्य ही है कि आदमी का अतीत कभी उसका पीछा नहीं छोड़ता। वह साये की तरह उसके पीछे चिपका रहता है। इस बात को टोनी उस औरत के साथ रहने के बाद ही जान पाया था कि उसकी वहाँ हैसियत अपनी माँ से किसी भी तरह से अलग नहीं है।

टोनी ने एक दिन बताया कि मास्टर उसे जहाँ भेजता है उन औरतों से वह मोटी रकम वसूल करता है, और जानता है तू , मुझे उनकी हर तरह की इच्छा को पूरा करना होता है। तू नहीं समझेगा यह सब। मास्टर घटिया आदमी है। दल्ला है दल्ला! उसने मेरे साथ धोख़ा किया है अपने घर ले जाने का ही लालच देता रहा मुझे।''

मैं तो शुरू दिन से ही जानता था कि मास्टर उसे कभी अपने घर नहीं लेकर जाएगा लेकिन टोनी के विश्वास के आगे मैं चुप हो जाता था। टोनी ने बताया कि पहले दिन वह उसे जहाँ यह कहकर ले गया था कि एक घर में डांस सिखाने के साथ-साथ उनके घर का थोड़ा बहुत काम भी उसे करना होगा तो यह बात टोनी को बहुत अटपटी लगी थी कि एक मास्टर से कोई कैसे घर का काम करवा सकता है। लेकिन टोनी चुप ही रहा था और मास्टर की बात मान गया था। मास्टर ने टोनी का 'रिषभ' नाम से उसका उस औरत से परिचय करवाया था जिसे उसे डांस सिखाना था। नाम सुनकर वह बोली थी, 'बहुत खूबसूरत नाम है तुम्हारा, तुम्हारी तरह ही।' उसकी बात सुनकर वह भौंचक्का-सा रह गया था। उसने उसी अन्दाज़ से टोनी से कहा था कि किचेन में जाओ और अपने लिए और मेरे लिए कॉफी बनाकर लाओ। टोनी हैरान-सा किचेन की ओर बढ़ गया।

टोनी एक कप ही कॉफी बनाकर लेकर गया था उसके पास। एक ही कप देखकर वह थोड़ा बिगड़ी भी थीं। फिर आधा कप पीने के बाद बचा कप टोनी को थमा दिया था इस कैफियत के साथ कि उसे अब इसे पीना होगा।

टोनी का यह पहला अवसर था जब किसी औरत ने उसे ऐसा कहा हो। टोनी ने बताया कि उसे कुछ होश नहीं रहा था उस समय और फिर वह पूरी रात उस औरत के साथ ही रहा था लेकिन सुबह होते ही उस औरत ने उसे बाहर जाने के लिए कहा और अपने लिए उससे चाय मँगवाई थी इस बार टोनी उसके न कहने पर भी अपने लिए भी चाय बनाकर ले गया था, जिसे देखकर वह गरजी थी कि तुम्हारी इतनी हिम्मत कैसे हुई हमारे साथ बैठकर चाय पीने की? टोनी कुछ समझ नहीं पाया था। रात जब वह अपने लिए कॉफी नहीं बना कर लाया था तो अपने ही कप से उसे कॉफी उसने पीने के लिए मजबूर किया था। टोनी को थोड़ा भी समय सोचने के लिए दिये बिना वह फिर गरजी थी, 'दफा हो जाओ यहाँ से!'

टोनी उस दिन उसकी फ़ितरत समझ नहीं पाया था लेकिन इस हादसे के बाद भी उसे रात का इन्तज़ार रहता। कई दिन टोनी के वहीं बीते थे उस औरत के साथ, उसकी बेरुखी के बावजूद भी। वह उसका साथ चाहने लगा था।

जब टोनी उस माहौल में रच बस गया तब अचानक एक दिन मास्टर उसे उस घर से वापस ले आया था। टोनी को उसकी याद सताने लगी थी। टोनी ने बताया कि वह उसके बिना नहीं रह सकता। उसका साथ उसे चाहिए ही चाहिए।

टोनी समझ रहा था कि वह भी उसके बिना बेचैन होगी। लेकिन कुछ ही दिनों में उसका यह वहम भी दूर हो गया था। एक दिन हम दोनों कुछ सामान लेने मार्किट में थे कि वह औरत टोनी को दिखाई दे गयी। टोनी मुझे उससे मिलवाने खींचता हुआ उसके पास ले गया लेकिन उसने उसे पहचानने से भी इनकार कर दिया। उस दिन टोनी जैसे आकाश से नीचे आ गिरा हो। उसकी समझ में कुछ नहीं आ रहा था। उस दिन के बाद टोनी का बाहर जाना बिलकुल बन्द हो गया था।

यह सिलसिला भी बहुत दिन तक चल नहीं सका था। कुछ दिनों के बाद ही मास्टर कहीं-न-कहीं उसे फिर से भेजने का प्रबन्ध कर देता था। टोनी दुखी था इन सारी बातों को जान-समझ कर। लेकिन वह मास्टर का ग़ुलाम था और उसे वही करना था जो मास्टर उससे चाहता था।

मैं अपने ही ख़्यालों में मस्त था और कब स्कूल आ गया, मुझे पता ही नहीं चला। जाने कितना समय हो चुका था क्योंकि सब लोग वहाँ से जा चुके थे। पढ़ने वाले भी और रिहर्सल वाले भी। मैंने अपने कमरे में रोशनी की लेकिन मुझे ज़ोरों की भूख लगी हुई थी। अब क्या हो सकता था। सारा रास्ता तो मैंने अपने ही ख़्यालों में डूबे हुए तय किया था। उस समय तो मैं यह भी भूल गया था कि मुझे कहीं बैठकर खाना भी खाना है। अब क्या हो सकता है। यही सोच रहा था जब कि अब फिर से 15 सेक्टर जाने की मुझमें हिम्मत नहीं रही थी। बृजेश के घर जा सकता था लेकिन यदि वे लोग खाना खा चुके होंगे तो उन्हें कष्ट होगा। यह सोच कर ही मैंने बृजेश के

घर जाने का विचार छोड़ दिया था। अब मोहसिन खान के सिवा मेरी पहचान वाला कोई और नज़दीक नहीं था। वहाँ मैं जाना नहीं चाहता था और भूख इस कदर मुझ पर छाई हुई थी कि मैं और बर्दाशत नहीं कर सकता था।

मैंने कमरा फिर बन्द किया और बाहर निकलकर कुछ तलाश करने का मन बनाया ही था कि सामने से आता हुआ मुझे खान दिखाई दे गया। उसके हाथ में टिफिन था। मेरी हैरानी का ठिकाना नहीं रहा कि कैसे खान को इस बात का पता चला कि मैं आज भूखा हूँ। लेकिन मुझे उसके हाथ में टिफिन देखकर राहत भी महसूस हुई क्योंकि भूख मेरी बर्दाश्त से बाहर थी। कुछ ही देर में हम दोनों साथ-साथ खाना खा रहे थे। खाना खाते हुए खान बोला, ''राजीव, मेरी समझ में यह बात बिलकुल नहीं आयी कि तुम स्कूल में क्यों पड़े हो? जबकि घर है। मुझसे यह बर्दाश्त नहीं होता कि तुम इस तरह रहो। मैंने तुम्हें यहाँ बुलाया है इसलिए जहाँ मैं तुम्हें रखूँ, तुम्हें वहीं रहना चाहिए।''

''ठीक कह रहे हो खान! लेकिन मैं तो शुरू से ही अपने मन का ग़ुलाम हूँ। यह तो आप भी अच्छी तरह जानते हो। ऐसा न होता तो क्या मैं अपना घर छोड़ता? अब मेरा मन यहीं रहने को करता है उसके विरुद्ध तो मैं जा नहीं सकता।'' मेरी बात सुनकर मोहसिन खान कुछ देर चुप ही रहा फिर बोला, ''यहाँ न खाने की सुविधा है और न किसी और बात की। तुम मेरे पास आकर रहो, इस बात के लिए तुम अपने मन को समझाओ!''

''तुम्हें मेरे बारे कुछ भी सोचने की ज़रूरत नहीं है खान, तुम जानते तो हो मैं कैसा हूँ।''

खान मुझे अपने पास ले जाने की ज़िद करता रहा लेकिन मैं तो जब मुम्बई से चला था तभी मैंने यह तय कर लिया था कि खान के पास नहीं रहूँगा। लेकिन खान जाते हुए मेरी नींद भी चुरा कर अपने साथ ले गया था। खान के जाने के बाद मैं कितनी देर करवटें बदलता रहा लेकिन मैं सो नहीं सका। कभी शेखर और कभी खान को मैं अपनी बग़ल में लेटा हुआ महसूस करता। मैं अपने-आप से परेशान हो गया और चाहने लगा कि मुम्बई फिर से चला जाऊँ। मैं इसी दुविधा में फँसा हुआ था कि जिस काम के लिए आया हूँ वह पूरा हो जाये तभी जा सकता हूँ लेकिन काम कब पूरा होगा, यह विश्वास के साथ नहीं कहा जा सकता था। मेरा जाना तो इसी बात से जुड़ा था। मुम्बई का ख़्याल आते ही मुझे फिर उन्हीं विचारों ने घेर लिया। न चाहते हुए भी मैं फिर वहीं पहुँच गया।

उस दिन के बाद टोनी बहुत उदास-सा रहने लगा। मास्टर उसे हर बार दो-तीन दिन कहीं नहीं भेजता। लेकिन फिर वही सिलसिला शुरू हो जाता।

एक दिन क्लास के समाप्त होने के बाद जब मास्टर चला गया तो टोनी मेरे पास

आया। उसे उस समय देख मैं हैरान ही रह गया था। टोनी ने मुझसे पूछा कि कहीं मास्टर रात यहाँ रहने वाला तो नहीं है मेरे इनकार करने पर उसने टैक्सी का भाड़ा चुकाया और मुझसे बोला कि—"चल राजीव, भाग चलते हैं यहाँ से कहीं और!" उसकी बात सुनकर मेरा चौंक जाना स्वभाविक ही था, मैंने उसे बिठाते हुए कहा, "मैं तेरी सारी बात सुनूँगा। पहले चाय पीते हैं।" मैं चाय बनाने के लिए उठा। टोनी भी मेरे साथ ही आ गया और बोला, "मैं ठीक कह रहा हूँ राजीव कि हमें यहाँ से भाग जाना चाहिए।" मैं उसकी बात सुनकर थोड़ी देर चुप रहा फिर इतना ही बोला कि—"हम कैसे ऐसी इस जगह को छोड़ सकते हैं जब तक कोई दूसरा ठिकाना न हो जाये हमारे पास। क्या तुमने कुछ तलाश कर लिया है?" मैंने उससे प्रश्न किया था लेकिन उसके पास इस बात का कोई जवाब नहीं था।

टोनी अपनी ज़िन्दगी से तंग आ चुका था। वह बार-बार एक ही बात किये जा रहा था कि वह अब और इस तरह की ज़िन्दगी नहीं जीना चाहता। मैं उसकी बात मानने को तैयार नहीं था क्योंकि मैं नहीं चाहता था अनिश्चय की ज़िन्दगी जीना। अच्छी-भली रहने को जगह है हमारे पास। काम है और जीने के लिए पैसा भी है इन उपलब्ध चीज़ो को छोड़ने के लिए हिम्मत चाहिए थी जो शायद उस समय मुझमें नहीं थी।

मैंने टोनी को समझाया था कि जब तक कहीं और ठिकाना नहीं बन जाता तब तक मास्टर को छोड़ना मूर्खता ही होगी। मैं मास्टर से बात करूँगा कि वह तुम्हारे साथ ऐसी-वैसी कोई बात न करे। टोनी मेरी बात सुनकर घबरा-सा गया था और बोला था कि मैं मास्टर से कुछ न कहूँ नहीं तो वह फिर बाहर से घर में ताला लगाना शुरू कर देगा। मुझे टोनी की बात में दम लगा था। हम दोनों कई दिनों तक फिर मास्टर के पास रहे और सब कुछ पहले की तरह ही चलता रहा।

अब टोनी थोड़ा चालाक हो गया था। अब वह रात में मिलने वाले पैसे से कुछ पैसे अपने लिए भी रखने लगा था। इसके साथ ही अब मास्टर के साथ-साथ वह ख़ुद भी अपनी रातों का जुगाड़ करने लगा था जिसमें से वह कुछ पैसा मास्टर को देता ताकि मास्टर अपना मुँह बन्द रखे। यूँ मैंने भी मास्टर को बताये बिना ही कुछ बच्चों को अलग से डांस सिखाना शुरू कर दिया था। अब हमारे पास इतना पैसा हो गया था कि हम कहीं भी रह सकते थे, मास्टर की दी हुई छत के बिना भी।

लेकिन इसी दौरान एक ऐसी घटना घटी जिसे टोनी सह नहीं सका। उस दिन वह बहुत उखड़ा हुआ था। मेरे पूछने पर वह बड़ी गम्भीरता से बोला था—"जानते हो राजीव कि कभी-कभी पेड़ों के पत्ते बिन मौसम से भी झड़ क्यों जाते हैं, कुछ ऐसे कीड़े होते हैं जो उनका रस चूस लेते हैं। मैं टोनी की बात सुनकर दहल-सा गया था। मैं सोचने लगा था कि कहीं यह कोई बीमारी तो नहीं मोल ले आया है लेकिन उसने

जो बात मुझे बताई वह बीमारी से कम नहीं थी। उसके सम्पर्क में इन दिनों एक लड़की आयी है। वह लड़की अकेली एक कमरे में रहती थी। उसने टोनी को मास्टर के डांस स्कूल में देखा था। लड़की की बात सुनकर टोनी को उसकी याद आ गयी थी कि यह वह लड़की थी जो केवल एक दिन के लिए ही स्कूल आयी थी। लेकिन जो उस दिन टोनी ने बात बताई थी वह बात कम आश्चर्य की नहीं थी। लेकिन उसकी बात सुनकर मुझे अजीब-सी अनुभूति हुई थी। टोनी ने बताया था कि उस लड़की ने अपना नाम उसे 'हनी' बताया था और बताया था कि वह डांस तो सीख ही रही है लेकिन वह नाटक भी करना चाहती है इसलिए उसने टोनी को अपने पास बुलाया है।

टोनी ने उसे बताया था कि स्कूल में तो केवल डांस ही सिखाया जाता है। लड़की हँसी थी और बोली थी कि नाटक तो उसके घर में खेला जाएगा और उसकी रिहर्सल भी वहीं होगी। टोनी उसकी बात को समझा नहीं था और उसका कहना था कि वह नाटक के बारे कुछ नहीं जानता। लड़की जिसका नाम हनी था कुछ बोली नहीं।

टोनी उसके सौंन्दर्य-जाल में धीरे धीरे फँसता चला जा रहा था लेकिन यहाँ उल्टी बात हुई थी। यहाँ टोनी उसे नहीं भोग रहा था बल्कि टोनी को वह लड़की भोग रही थी। टोनी की बात सुनकर मुझे ऐसा ही लगा था। टोनी ने बताया कि वह उसके शरीर से भरपूर खेलती और जब वह सन्तुष्ट हो जाती तब वह टोनी को धकेल देती। यह वह समय होता जब टोनी की उत्तेजना चरम सीमा पर पहुँच चुकी होती, तब वह टोनी को छोड़ देती और बड़े सुकून से अपने को व्यवस्थित करते हुए टोनी को बाहर का रास्ता दिखा देती। कुछ दिन तो टोनी की समझ में कुछ नहीं आया था कि उसके साथ हो क्या रहा है। लेकिन वह अपने को अपमानित-सा महसूस करता और फिर एक दिन वह मौका पाकर उस घर से भाग आया और मुझसे बोला था कि अब वह मास्टर के पास नहीं रहना चाहता।

मैं टोनी की बात सुनकर दहल-सा गया था और फिर वह रात हमारी मास्टर के घर की आखिरी रात ही साबित हुई थी। हम उस कैद से भाग खड़े हुए। इधर-उधर भटकने के बाद हमने ठाणे में एक जगह अपने लिए ठीक की और डांस स्कूल खोल लिया परन्तु मन-ही-मन मास्टर का डर भी था कि मास्टर को किसी-न-किसी दिन हमारा पता ठिकाना मिल गया तो क्या होगा।

यह स्थिति भी बहुत दिनों तक चल नहीं पायी। मास्टर ने पुलिस की मदद से हमें ढूँढ़ ही निकाला और चोरी का इल्ज़ाम लगा दिया। फिर हमें छः महीने की कैद हो गयी। अब मुझे मोहसिन खान की याद आयी। जैसे-तैसे छः महीने कटे और जेल से छूटने के बाद मैंने टोनी से चंडीगढ़ चलने की पेशकश की। टोनी नहीं माना और

वह अपने किसी दोस्त के पास कोलकता चला गया और मैं चंडीगढ़ वापस आ गया था।

उन दिनों कभी-कभी मुझे टोनी की याद आती और टोनी भी मुझे याद करता हम दोनों की घंटों टेलीफोन पर बातें होती रहतीं। एक दिन टोनी ने बताया कि इन दिनों वह बेकार चल रहा है। उसके पास कोई काम नहीं है। जो वह डांस स्कूल खोलना चाहता था वह बात बन नहीं पायी। काफी उदास था और बेकार भी परन्तु वह मेरे पास नहीं आना चाहता था। वह मास्टर के पास ही मुम्बई वापिस चला गया और फिर बहुत दिनों तक किसी प्रकार का भी कोई सम्पर्क नहीं हो पाया मेरा उससे। इस बात से मोहसिन खान जहाँ खुश था, वहीं मैं बहुत उदास हो गया था। कभी-कभी टोनी को लेकर मैं चिन्तित भी हो जाता परन्तु मैं मास्टर को फोन नहीं करना चाहता था। हो सकता था कि मास्टर मुझे फिर अपने पास आने के लिए मजबूर करता। मैं उसके पास अब नहीं जाना चाहता था।

समय के पंख कोई कतर नहीं सका आज तक, वह निरन्तर उड़ता रहता है। जो उसके साथ नहीं उड़ पाता उसे वहीं छोड़ स्वयं आगे निकल जाता है। वह किसी की पकड़ में नहीं आता, सब उसकी पकड़ में रहते हैं। मेरे समय के पंख भी वह नहीं रहे जिन्हें मैं पकड़े हुए था, अब तो समय मेरे आगे-आगे उड़ रहा था और मैं उसके पीछे-पीछे। मेरा वह समय बीत चुका था जिस समय खान की छत्रछाया थी मुझ पर। अब न मुझे खान पर भरोसा रहा था, न खान को मुझ पर भरोसा रहा था। मेरा यह भरोसा तो केतकी ने तोड़ा था और खान का भरोसा मेरे मुम्बई भाग जाने से टूट गया था।

इन दिनों मेरे घर वालों का प्रेशर मुझ पर बढ़ रहा था क्योंकि यहाँ आने पर मैंने फिर सक्रियता से 'अक्स' के लिए काम करना शुरू कर दिया था और एक नाटक का मंचन भी कर लिया था। मेरी समाचार पत्रों में फोटो देखकर या फिर हमारे ग्रुप की चर्चा में मुझे पढ़कर घर वालों का दबाव मोहसिन खान पर बढ़ने लगा और मोहसिन खान का मुझ पर। हम दोनों इस बात को लेकर तनाव में रहने लगे। मोहसिन खान हमेशा मुझे घर जाने के लिए प्रेरित करता रहता। बस इसी बात को लेकर हमारे बीच कभी-कभी तनाव इतना बढ़ जाता कि हमारी आपस में बोलचाल तक बन्द हो जाती ऐसी स्थिति में मुझे टोनी की ज़रूरत महसूस होती और बृजेश तो मुझे वैसे भी अच्छा नहीं लगता था। मोहसिन खान को तो मैंने बता दिया था कि जिस दिन उसने मेरे पिता से कहा कि वह मुझे आकर ले जाएँ, उस दिन मैं फिर यहाँ से भाग जाऊँगा और फिर कभी वापस आने वाला नहीं मैं। उस दिन के बाद मोहसिन खान ने फिर कभी मेरे घर जाने की बात नहीं की और मैं उसी सक्रियता से पहले की तरह ही काम में जुट गया। स्कूल के बाद एक नये नाटक की रिहर्सल में मैं मोहसिन खान के साथ तैयारी करवाने लगा। मैंने अनुभव किया कि 'जिन लाहौर नईं वेख्या...' नाटक के

मंचन के समय जो उत्साह मोहसिन खान में था वह जाने क्यों अब दिखाई नहीं दे रहा था। जिसके चलते उसने सफलता से एक बड़े नाटक को सृजित किया था।

कभी-कभी वह घट जाता है जिसकी कल्पना भी नहीं की गयी होती है। ऐसा ही कुछ हमारे साथ भी घटा था। जब लगा कि अब सब ठीकठाक चल रहा है। अब कोई भी नाटक करने में हमें दिक्कत आने वाली नहीं है उन्हीं दिनों हमारे 'अक्स' से विकास और हरि अलग हो गये। यह दोनों ही हमारे रंग मंडल की धुरी थे। उनका झटका बर्दाश्त करना कठिन था परन्तु हमने बड़े धैर्य से वह सब सहा था।

एक दिन अचानक उन दोनों से मेरी मुलाकात हो गयी। मैं अपने नये नाटक की स्पांसरशिप के लिए कला भवन गया, वहीं उन दोनों को बैठे देख मुझे आश्चर्य तो हुआ परन्तु मैं चुप ही रहा। वहाँ मुझे पता चला कि उन्होंने पहले ही मोहसिन खान के नाम से अपने नाटक को प्रायोजित करवा लिया है। बाहर आने पर मैं कुछ कहता हरि बोला, ''कहो राजीव भाई, कैसे हो?

मैंने कहा, '' मै तो ठीक हूँ, तुम बताओ, तुम कैसे हो?''

''हम मज़े में है।''

''हाँ तुम लोग तो मज़े में होगे ही, यह सब क्या है।''

''क्या है?'' विकास बोला।

''अभी-अभी मैं जो कुछ सुनकर आया हूँ।''

''क्या सुना तुमने, ज़रा बताओ तो हम भी सुनें?''

''देखो मेरे साथ चालाक बनने की कोशिश मत करो, और यह जो हमारे नाम से तुम अपना नाटक स्पांसर करवा आये हो। क्या तुम समझते हो यह तुमने ठीक किया है?''

वह बोले थे कि—''ठीक क्या गलत क्या राजीव भाई! यह सब कहने-सुनने की बातें हैं। हाँ, हमने जो किया है वह बिलकुल अपने लिए ठीक किया है। जो व्यक्ति जैसा हो उससे उसी की भाषा में बात करनी चाहिए। वही कर रहे हैं।''

मैंने पूछा था, ''ऐसा क्या किया है हमने तुम लोगों से कि तुम उससे इस तरह का बदला ले रहे हो।''

उनका तर्क बड़ा अजीब था। उनका मानना था कि मोहसिन खान ने उनकी ज़िन्दगी बरबाद कर दी। उन्होंने मुझे ही निशान बनाकर बात की। उनका कहना था राजीव भाई तुम कैसे जान सकते हो तुम्हारे साथ तो वह सब नहीं हुआ न, जो हमारे साथ हुआ। तुम कैसे कुछ जान सकते हो और जो उन्होंने तर्क पेश किया उसे नकारा भी नहीं जा सकता था। उनका कहना था कि जब वह मोहसिन खान के पास आये थे तब वह पाँचवीं की परीक्षा देकर आये थे। उस समय उन्हें नहीं मालूम था कि थियेटर क्या बला है। उन्हें तो केवल अपनी फोटो अख़बार में छपी देखने का चाव होता था।

जैसे-जैसे बड़े होते गये, वह कुछ जानने लायक हुए तब उन्हें महसूस हुआ कि वह तो रंगमंच के पर्याय हैं। उससे कट कर, उससे दूर रहकर उन की ज़िन्दगी का कोई मकसद ही नहीं है। तब उन्होंने अपने को समर्पित कर दिया था रंगमंच को। थोड़ी देर चुप रहे थे वह लोग लेकिन कुछ देर बाद ही हरि बोला था, यह कहना ग़लत है इसे ऐसे कहना चाहिए कि उन्होंने अपना जीवन मोहसिन खान के कदमों में डाल दिया अब उनकी ज़िन्दगी के मालिक थे मोहसिन खान। हम लोग मोहसिन खान की देख-रेख में रंगमंच की बुलन्दियों को छूने के सपने पालने लगे। हमें और कुछ सूझता ही नहीं था और इस बीच रंगकर्म करते हुए ही स्कूल की शिक्षा पूरी कर ली और कॉलेज में प्रवेश पा लिया था, तब वह जान पाये कि यह आदमी जिसे वह अपना गुरु मानते हैं वह पहले दर्जे का धूर्त है।

उनका यह भी कहना था कि वह गरीब ज़रूर थे लेकिन वह सड़कछाप बच्चे नहीं थे और जब उनकी गिनती भी ऐसे बच्चों के साथ की जाने लगी तब उन्हें लगा कि यह आदमी कुछ ग़लत काम कर रहा है और तभी उन लोगों को पता चला कि खान ने थियेटर को अपनी एन.जी.ओ. के लिए प्रयोग किया और उन्हें एक टूल की तरह। तब वह उससे अलग हो गये और उन्होंने अपना एक अलग रंगमंडल भी बना लिया। अब वह खुश हैं। भले ही वह लोग साल में एक-दो नाटक ही कर पा रहे हैं लेकिन वह किसी के साथ कोई धोख़ा तो नहीं कर रहे। जितना पैसा उन्हें मिलता है उसका हिसाब सब साफ है, वह बराबर हिस्सों में बँटता है, वहाँ किसी से कुछ छिपाया नहीं जाता। इसलिए उनके मंडल में कोई झगड़ा-वगड़ा भी नहीं होता।

मैं उनके विचारों को सुनकर भौंचक्का-सा रह गया था। मुझे लगने लगा कि मेरे चारों तरफ झाड़ियाँ-ही-झाड़ियाँ उग आयी हैं और मैं उसमें से निकलने का रास्ता नहीं बना पा रहा हूँ। उन दोनों ने बड़ी सफाई से अपना नाटक स्पांसर करवा लिया था। उन्होंने कहीं भी लिखित रूप में 'अक्स' का नाम नहीं दिया था लेकिन इस बात से भी इनकार नहीं किया था कि वह मोहसिन खान के ग्रुप से नहीं हैं। उस दिन मैं एक विफल अभिनेता की तरह खड़ा रह गया था और मेरे हाथ में रिजेक्ट की हुई फाइल थी।

खान को शायद ऐसी बातें सुनने की आदत-सी हो गयी थी। जब मैंने उन्हें उस घटना के बारे में बताया तब वह मेरी सारी बात सुनकर भी चुप रहे थे। कोई प्रतिक्रिया नहीं की थी। बस इतना ही कहा, 'तुम अपना काम करते रहो दूसरा क्या कर रहा है यह मत सोचो।' ऐसी बातें सुनकर मुझे खान पर गुस्सा भी आता परन्तु मैं चुप रह जाता। कभी-कभी मुझे लगने लगता खान के अन्दर शायद कुछ मरता जा रहा है।

केतकी की उससे शादी करना या मोहसिन खान का केतकी के साथ निकाह करना या फिर केतकी का मोहसिन खान को छोड़ जाना ही इस बात की जड़ में था।

केतकी से बेपनाह मुहब्बत करने वाले खान ने कैसी मिसाल कायम की है यह बात मेरी समझ में नहीं आयी। उसका कहना था कि वह तो बस केतकी की खुशी चाहता है। वह खुश रहे। उसकी किसी बात का विरोध करने की उसमें ताक़त ही नहीं है। लेकिन मैं जानता हूँ यह सिर्फ कहने भर की ही बात थी। वह नयी स्थिति में अपने-आप को सामान्य कहाँ रख पाया। दूसरी ओर केतकी उसी ठसके से रिहर्सल के लिए आती और पूरे आत्मविश्वास के साथ काम करती मानो उसे अपने फ़ैसले से रत्ती भर भी ग्लानि नहीं हुई या फिर अपने फ़ैसले पर उसे कोई पश्चाताप नहीं था लेकिन जितनी देर भी केतकी रिहर्सल में रहती वह क्षण मोहसिन खान के लिए किसी दंश से कम नहीं होते।

आज भी मैं सिन्धी स्वीट में बैठा हुआ बीती बातों को फिर से जीवित करने की कोशिश कर रहा हूँ। मेरी खाने की थाली आ गयी थी। उससे उठने वाली सुगन्ध से मेरी भूख और भी चमक गयी थी। अब मैं इतमिनान से खाना खा रहा हूँ। लेकिन मेरे आश्चर्य की सीमा नहीं रही जब मैंने माँ को सिन्धी स्वीट में घुसते हुए देखा। मैंने एक हाथ से अपने चेहरे को ढँक लिया। यूँ भी मैं एक कोने की कुर्सी पर बैठा था। माँ की नज़र मुझ पर नहीं पड़ सकती थी। मैंने उस समय इतमिनान की साँस ली जब वह मिठाई लेकर दुकान से बाहर चली गयीं। अब मैं जल्दी से खाना समाप्त कर वहाँ से जाना चाहता था।

इन दिनों मुझे टोनी की याद बहुत आ रही थी, जाने वह किस हाल में होगा। हर समय मैं उसके बारे में सोचता रहता।

खान से मैं फिर उस तरह का रिश्ता क़ायम नहीं कर सका था क्योंकि केतकी और मोहसिन खान भले ही अलग हो गये थे लेकिन निकाह तो क़ायम था। मोहसिन खान ने केतकी को तलाक तो नहीं दिया था। केतकी कभी भी मोहसिन खान के पास लौट कर आ सकती थी। मेरा मानना था कि इस रिश्ते को या ख़त्म कर दिया जाये या फिर साथ-साथ रहा जाये।

मैं सिन्धी स्वीट से निकलकर एकदम स्कूल नहीं गया बल्कि टैगोर थियेटर की ओर निकल गया, वहाँ पर 'घासीराम कोतवाल' की रिहर्सल चल रही थी जिसे चंडीगढ़ की एक नामी संस्था कर रही थी। मैं उसे ही देखने चला गया। उसका डायरेक्टर सुक्खन मेरा दोस्त था और कई दिनों से मुझे अपनी रिहर्सल में आने के लिए कह रहा था। लेकिन मेरे अन्दर जो विचारों की आँधी चल रही थी वह थमने का नाम ही नहीं ले रही थी। टैगोर थियेटर जाने पर जाने क्यों मेरा मन रिहर्सल देखने का नहीं रहा और मुझे 'जिन लाहौर...' नाटक के मंचन के वक़्त होने वाले झगड़े की बात

ताज़ा हो आयी। मेरा मन फिर बुझ-सा गया और जाने उस कांड से मिलती-जुलती कई बातें मेरे ज़ेह्न में उतरती चली गयीं। मैं फिर रिहर्सल हॉल में न जाकर फव्वारे वाले लॉन में जाकर बैठ गया। इस समय टैगोर थियेटर में चल रहा नाटक समाप्त हो गया था। थोड़ी देर बाद ही रिहर्सल भी समाप्त हो गयी थी। मैं उठा और सुक्खन के पास चला गया। वह मेरी इस बात से नाराज़ था कि जब मैं यहाँ तक आ ही गया था तो रिहर्सल हॉल के अन्दर क्यों नहीं आया। मैं उसे क्या कहता। उसने भी इससे अधिक कुछ नहीं कहा। मैं भी अब उसके साथ खड़ा हो गया था। टैगोर थियेटर लगभग खाली हो गया था। पीछे केवल कलाकार रह गये थे। सुक्खन मुझसे कह रहा था कि अन्दर मणी का नाटक चल रहा है चल उसे बधाई दे आते हैं। मैं कुछ सोचे-समझे बिना उसके साथ चल पड़ा। उसने मुझे बताया था कि इन गर्मियों की छुट्टियों में उसके पास दो स्कूलों में थियेटर वर्कशाप करवाने का अनुबन्ध है यदि मैं उसके साथ काम कर लूँ तो दोनों वर्कशाप वह सही समय पर शुरू कर सकता है। मैंने हामी भर दी थी कि काम कर लूँगा। मोहसिन खान को मेरा सुक्खन के साथ काम करना बुरा नहीं लगा था। मुझे अन्दर ही अन्दर डर था कि कहीं खान मुझे काम करने से रोक ही न दे लेकिन ऐसा कुछ नहीं हुआ था उस रोज़।

रविवार को वर्कशाप की छुट्टी रहती थी और आज रविवार था। स्कूल के बच्चे काफी दिनों से ज़िद कर रहे थे कि उन्हें रोज़ गार्डन पिकनिक पर ले जाया जाये। मैंने उनकी इस इच्छा को पूरी करने का निश्चय किया। कुछ पैसा भी मेरी पॉकेट में था, भले ही वह नाम मात्र को ही था लेकिन हमारे लिए वही पैसा बहुत था।

बच्चे रोज़ गार्डन में अपने-अपने खेल में व्यस्त हो गये। कुछ रिंग से खेल रहे थे तो कुछ फुटबाल। उन्हें खेलते हुए मैं दूर बैठा देख रहा था। बच्चे खेलने का आनन्द उठा रहे थे और मैं चुपचाप अपने ज़िन्दगी के पुराने पन्ने पलट रहा था।

मैंने अनुभव किया कि बच्चे अब थक चुके होंगे और वह घर जाने को उतावले होंगे लेकिन ऐसा कुछ नहीं था। मैं अभी सोच ही रहा था कि बच्चों को कुछ खाने-पीने के लिए यहाँ से 17 सेक्टर ले चलूँ। उनको भूख लग आयी होगी कि सामने से मीतू आती हुई दिखाई दी। मीतू इन दिनों स्कूल में बच्चों को पढ़ाने आ रही है। आते ही बोली, ''सॉरी राजीव, आने में देर हो गयी। आना तो मैं जल्दी ही चाहती थी लेकिन कुछ ऐसा ही काम आ गया जिस वजह से लेट हो गयी। लेकिन मैं बच्चों के लिए आलू पूरी बना कर लायी हूँ।''

''वाह कमाल कर दिया तुमने तो!'' मैं उसकी बात सुनकर बोला, ''लेकिन सॉरी किस बात की? मुझे तो आशा ही नहीं थी कि तुम आओगी भी।''

"इसे यूँ देखा जाये या इसे यूँ कहा जाये कि उसूलन मुझे नहीं आना चाहिए था। तुमने कौन-सा मुझे कहा था यहाँ आने के लिए लेकिन मुझे बच्चों पर थोड़ी दया आयी कि उन्हें पिकनिक का क्या मज़ा आएगा, यदि उन्हें कुछ भी खाने-पीने को न मिला...!"

"तो तुम यह समझ रही थी कि मैं इन्हें घुमा-फिरा कर भूखा ही घर ले जाऊँगा?"

"मैंने ऐसा तो नहीं कहा लेकिन समझा कुछ-कुछ ऐसा ही था मैंने।"

"अच्छा!! वैसे यह बताओ क्या तुम्हें यह शक्लें लगती हैं भूखे घर जाने वाली।" मैंने बच्चों की ओर इशारा करते हुए कहा। मीतू हँसती रही। वह क्यों हँस रही थी यह मैं नहीं जान सका और न ही मैंने जानने की कोशिश ही की। मैं ही फिर बोला, "ख़ैर छोड़ो इस बात को, जाओ उन्हें बुला लो और खाना खिला दो, फिर कहीं और ले जाकर इन्हें आइसक्रीम खिलाते हैं।"

मीतू चली गयी बच्चों के पास और मैंने उन विचारों को वहीं से फिर पकड़ लिया जहाँ मैंने उन्हें बीच रास्ते छोड़ दिया था लेकिन मैं उन विचारों की माला को फिर से जोड़ नहीं पाया क्योंकि उस दिन मैं काफी निराश-सा था। सुक्खन ने मेरी मेहनत का बहुत कम पैसा दिया था। जबकि उसने कहा था कि जितना पैसा मिलेगा खर्चा निकालकर हम आधा-आधा बाँट लेंगे। दोनों वर्कशाप से उसे लगभग डेढ़ लाख रुपये की बचत हुई थी लेकिन उसने मुझे केवल दस हज़ार ही दिये थे। मुझे अच्छा नहीं लगा था। इस बात को लेकर हम दोनों के बीच तनाव भी पसर गया था लेकिन मैंने बात को वहीं समाप्त कर दिया था जो आदमी अपनी ज़बान पर ही क़ायम नहीं रह सकता उससे क्या बात करनी, मैं सोचता। ऐसे कभी भी कोई बात घटती, तब मुझे मुम्बई की याद ताज़ा हो जाती।

बच्चे बड़े चाव से आलू पूरी खा रहे थे अब मीतू मुझे भी बुला रही थी। मैं अनमने मन से उठकर मीतू के पास चला गया अपने विचारों के साथ। मेरे जीवन की कैसी विडम्बना है। मुझे घर की याद कभी नहीं आती। यदि अतीत में झाँकने की कोशिश भी करता हूँ वहाँ जो तसवीर उभरकर मेरे सामने आ उपस्थित होती है वह शेखर की होती। परन्तु इसके साथ ही एक और तस्वीर उभरती है वह केतकी की है जो उस तसवीर में घुलती जाती है और मोहसिन खान की तसवीर धुँधली होते-होते उसी तसवीर में विलीन हो जाती है और यह बदरंग-सी तसवीर मेरे वापसी के सारे रास्तों पर मुझे खड़ी मिलती और फिर मैं चाहने पर भी वापस अपने घर जाने की हिम्मत अपने में पैदा नहीं कर पाया।

मुझे गुमसुम हुआ देख मीतू ने इस ओर लक्ष्य भी किया लेकिन मैं माकूल जवाब नहीं दे पाया तो बोली, "चलो जल्दी खाना समाप्त करो फिर 17 सेक्टर भी

जाना है।'' इस बात को सुनकर बच्चे एकदम बोल पड़े कि आज भी क्या नाटक करना होगा?

मैंने न में सिर हिलाते हुए उन्हें कहा, ''नाटक नहीं आइसक्रीम खाने चलते हैं। बच्चों का शायद मन नहीं था 17 सेक्टर जाने का इसलिए एकदम सुरजन बोला, ''नहीं आइसक्रीम तो हम यहीं कहीं से खा लेंगे अभी हमें और थोड़ी देर यहीं ठहरना है।'' मैं उसकी बात सुन कर चुप ही रहा लेकिन मीतू ने कहा, ''ठीक है, तुम लोग यहीं रहो मैं आइसक्रीम लेकर आती हूँ। बोलो कौन-सी आइसक्रीम खाओगे?'' मीतू की बात सुनकर बच्चे एकदम चिल्लाए, ''दीदी! चॉकलेट वाली।'' मीतू बोली, ''अच्छा तो तुम्हें चॉकोबार चाहिए।'' सभी ने एक स्वर में कहा, ''हाँ!!!'' मीतू जाने लगी तो मैंने मीतू को कुछ पैसे दिये और सुरजन को उसके साथ जाने को कहा। वह दोनों आइसक्रीम लेने चले गये। उस रेहड़ी के पास जो रोज़ गार्डन के ठीक गेट के पास खड़ी होती है। मैं फिर अपने विचारों में खो गया।

शाम घिर आयी थी। रोज़ गार्डन में सैर करने वाले लागों का आना शुरू हो गया था। मैंने मीतू के साथ बच्चों को स्कूल रवाना किया और खुद 15 सेक्टर की ओर मुड़ गया। मुझे टोनी को मेल भेजनी थी कि वह कोलकता को छोड़ कर फिर से मुम्बई क्यों आ गया है और वहाँ वह क्या कर रहा है इसकी बाबत मुझे क्यों नहीं कुछ बताया उसने। लेकिन आज मैंने भी तय कर लिया है कि मैं लौट जाऊँगा मुम्बई ही। चंडीगढ़ में मेरे लिए अब कुछ रखा नहीं है। जितना मुझे इस शहर ने देना था वह यह दे चुका है। अब यहाँ रहना अपने को जंग लगाने जैसा होगा।

आज से पहले तक मन में एक भटकाव-सा था और मैं तय नहीं कर पा रहा था कि मुझे करना क्या है। स्कूल में रहते हुए मैं अपने-आप को फालतू की चीज़ समझने लगा था और सारा दिन बिना काम के रहते हुए मैं अपने को उपेक्षित-सा भी महसूस करने लगा था। और यह भी हकीकत ही है कि मैं जितना पैसा मुम्बई से लेकर यहाँ आया था, वह भी समाप्त होने को था और मैं नहीं चाहता था कि पैसे की मजबूरी मेरी घर जाने की मजबूरी बन जाये और मैं घर इस बात को लेकर तो बिलकुल भी जाना ही नहीं चाहता था।

ऐसे दिनों में शेखर की याद मुझे बेचैन कर रही थी। मेरी लाख कोशिशों के बाद भी उसकी याद मेरे ज़ेह्न से निकलती नहीं है। कुछ दिन उसके साथ भरपूर जिये थे मैंने।

उस दिन साइबर कैफे में काफी भीड़ थी और मुझे कम्प्यूटर खाली होने तक प्रतीक्षा करनी थी। मैंने कहीं भटकने सें बेहतर समझा कि अपना मेल बॉक्स देखकर और टोनी को मेल भेज कर ही यहाँ से निकलूँ। नहीं तो दोबारा आना हो नहीं सकेगा। यह सोच कर मैं वहीं बैठ गया था।

मोहसिन खान स्कूल के कामों में इतना उलझ चुका था कि लगता है कि अब वह केवल स्कूल ही चलाना चाहता है। मानो रंगमंच के लिए उसके पास समय ही न रहा हो। यूँ भी हर आदमी के काम करने की एक सीमा होती है। लगता है कि खान की भी नुक्कड़ नाटक करने तक की ही सोच है। एकाध बार कहने पर भी उसने कोई माकूल जवाब नहीं दिया कि मुझे यहाँ बुला तो लिया है। मै यहाँ किस काम के लिए रुका हूँ? बृजेश और नन्दिता किसी नये सीरियल के सिलसिले में साक्षी के यूनिट के साथ काम कर रहे थे।

मुझे लौट कर चंडीगढ़ आना अच्छा नहीं लगा। मुझे सारा कुछ बड़ा अनिश्चित-सा लगने लगा था। यह अलग बात है कि मैं जब यहाँ से मुम्बई गया था तब मुझे अनजाने में ही केतकी का खान से निकाह करना बुरा लगा था। मैं आहत भी हुआ था। लेकिन खान की फ़ितरत ही दूसरी थी। वह हर स्थिति में वांछित वातावरण बना लेता है। उसे मेरी और शेखर की दोस्ती उस तरह बुरी नहीं लगी थी जैसे उसका केतकी से निकाह करना मुझे बुरा लगा था। जाने क्यों खान पर मैं केवल अपना ही अधिकार समझने लगा था।

स्कूल में रहते हुए भी मैं स्कूल के लिए कुछ कर नहीं कर रहा था और दिल में भी यह डर पल रहा था कि कहीं फिर से मोहसिन खान मुझे घर जाने के लिए मजबूर न करने लगे। मैंने जब पूरा मन चंडीगढ़ छोड़ने का बना लिया। उसी दिन मोहसिन खान ने मुझे नये नाटक की स्क्रिप्ट देते हुए कहा कि इसे मैं पढ़ लूँ और यदि मुझे अच्छी लगे, तो इस पर काम करना शुरू कर दूँ। लेकिन मेरा मन चंडीगढ़ से उखड़ चुका था और मैंने मन बना लिया था फिर से मुम्बई जाने का और टोनी ने भी मेरी मेल के जवाब में मुझे बड़ी शिद्दत से लौट आने के लिए लिखा था।

भले ही इस समय मेरे खोले हुए स्कूल का धीरे-धीरे नाम हो रहा था। अब 25 सेक्टर के इलावा इधर-उधर की गरीब बस्तियों से भी बच्चे स्कूल आने लगे थे। कुछ सामान्य घरों से भी, जो बच्चे ट्यूशन रखने की बात सोच भी नहीं सकते थे, जिन्हें अपनी आर्थिक स्थिति का पता था ऐसे कुछ बच्चे भी शाम को हमारे स्कूल में देखे जा सकते थे। इस तरह अब बच्चों की संख्या के साथ-साथ कुछ कॉलेज में पढ़ने वाले बच्चों ने भी अपनी सेवाएँ स्कूल को देना शुरू कर दी थीं। इस प्रकार स्कूल में कई स्तरों पर काम होना आसान हो गया था।

फिर भी बीते दिनों की यादें मुझे चैन नहीं लेने दे रही थीं क्योंकि मैं तय नहीं कर पा रहा था कि मुझे करना क्या है यहाँ रहकर स्कूल चलाना है या फिर मुम्बई जाकर मुझे अपने हक़ों की लड़ाई में शामिल होना है। इन बातों के तनाव से ही मेरे आगे,

पुरानी एक-एक बात साकार होनी शुरू हो जाती है। अकेले क्षण मैं फिर उन्हीं भोगी हुई बातों को एक बार फिर भोगने लगता हूँ।

मैं नहीं चाहता था कि पुरानी बातें मेरे आने वाले क्षणों को अपने में लपेटती जाएँ लेकिन मन तो अपने निजी क्षणों में अपने अतीत में ही सुकून अनुभव करता है हर दिन सोते-जागते अतीत वर्तमान होकर मेरे आगे मूर्तिमान हो जाता है और मैं उसके अधीन हो उसी में गुम हो जाता हूँ। मैं अभी बच्चों की क्लास लेकर लौटा था और चाय पीकर सोच रहा था कि आज रात का खाना घर न मँगवा कर कहीं बाहर जाकर खाया जाये। लेकिन दबे पाँव मुझ पर मेरे साये की तरह चल रहा मेरा अतीत बड़ी साजिश से सशरीर उपस्थित हो गया और मैं उसका साया बन उसके पीछे-पीछे चल पड़ा।

खान ने जो स्क्रिप्ट दी थी वह नाटक अच्छा था लेकिन वह एक-पात्री नाटक था। एक औरत होने की त्रासदी और उसके संघर्ष की जीवन्त तसवीर था वह। लेकिन मैं नहीं चाहता था कि ऐसा कोई भी काम यहाँ शुरू कर लूँ जो मेरी इच्छा के विपरीत हो इसलिए नाटक पसन्द आने पर भी मैंने उस पर काम करना शुरू नहीं किया था लेकिन खान के प्रयत्न और स्क्रिप्ट का अच्छा होना मुझे चंडीगढ़ में रोकने में क़ामयाब नहीं हो सके। मुझे लगा मेरे लिए अपने हक़ की लड़ाई लड़ने से अधिक और कुछ महत्त्वपूर्ण नहीं होना चाहिए। इस विचार के चलते मैं निर्णय लेने की स्थिति में पहुँच गया और एक दिन सच में ही मैं मुम्बई के लिए फिर से निकल पड़ा।

मैंने फिर टोनी के पास मास्टर के स्कूल में ही जाकर साँस ली। टोनी मुझे देखकर बेहद खुश हुआ था और मास्टर के माथे पर मुझे देखकर बल पड़ गये थे। वह मुझे देख कर बोला, "क्यों आये हो यहाँ? एक बात मेरी ध्यान से सुन लो, यह सराय नहीं है कि जब जी चाहा चले आये और जब चाहा छोड़ कर चल दिये। मेरे पास अब तुम्हारे लिए कोई जगह नहीं है।" टोनी ने इशारे से मुझे चुप रहने के लिए कहा था और वह खुद मास्टर से बोला था कि—"इस समय स्कूल में एक और टीचर तो चाहिए ही, फिर इसे ही क्यों नहीं रख लिया जाये। यह है भी जाना-पहचाना और डांस भी अच्छा सिखा लेता है। रही रहने की बात तो अपने लिए यह ठिकाना खुद तलाश कर लेगा।" मास्टर ने अनिच्छा से मुझे फिर से रख लिया।

टोनी ने अपने पास ही मेरे लिए एक कमरे का प्रबन्ध कर दिया। इस बार मास्टर के पास उस तरह से दिल नहीं लग रहा था जैसे पिछली बार लगा था। टोनी के लिए उसी तरह गाड़ी आती और वह कई-कई दिन ग़ायब रहता। लेकिन एक बड़ा परिवर्तन इस बार मैंने वहाँ देखा कि अब मास्टर भी डांस सिखाने लगा था और चाय बनाने के लिए दो लड़के और रख लिये थे जिन्हें जिस कमरे में पहले मैं रहता था वह कमरा दे दिया गया था। स्कूल में आगे से कहीं अधिक बच्चे थे और एक क्लास के

बाद ही दूसरा ग्रुप आ जाता था। इस प्रकार यह सिलसिला रात के नौ बजे तक चलता रहता था। टोनी के अलावा एक अन्य मैडम भी डांस सिखाने आती थी। मुझे अब तीन ग्रुप लेने होते थे लेकिन मास्टर के बाद यदि कोई अच्छा डांस जानता था तो वह मैडम मीनाक्षी ही थी जिसे सही मायने में डांस की समझ थी। एक दिन मुझे डांस सिखाते हुए देखने के बाद वह मुझसे बोली, ''राजीव! मुझे तो तुम्हारी भी क्लास लगानी पड़ेगी, तुम पहले खुद तो ठीक तरह से डांस की ट्रेनिंग ले लो, फिर सिखाना दूसरों को।'' मैं हँस दिया और कह भी क्या सकता था। मैं भी तो अन्दर ही अन्दर यह महसूस करता रहा था कि मैं खुद डांस के बारे में कुछ जानता नहीं और सिखा रहा हूँ दूसरों को।

मुझे केवल अब छोटे बच्चों की ही क्लास लेनी होती थी बड़े बच्चों की क्लास मास्टर और मीनाक्षी ही लेते थे। टोनी का स्कूल में दख़ल न के बराबर ही रह गया था।

टोनी कभी-कभी रात को लौटते हुए मेरे पास आ जाता था। इस तरह हम चार जन ऐसे थे जो मास्टर के रहमोकरम पर थे। हम में से एक टोनी ही ऐसा था जिसके पास अपना पैसा था परन्तु फिर भी वह मास्टर को छोड़ नहीं सकता था। ऐसा कोई उसके पास दूसरा ठिकाना भी नहीं था इसलिए वह मास्टर के इशारों पर नाचने को मजबूर था।

धीरे-धीरे मुम्बई मुझे फिर से अपने में लपेटने लगी और चंडीगढ़ का नशा मन में सिमटने लगा परन्तु जिस थियेटर रूपी कीड़े ने मेरे अन्दर घुस कर अपना मजबूत किला बना लिया था उससे बाहर निकलना अब मेरे बस की बात नहीं रही थी। यदा-कदा इस बात की मैं चर्चा टोनी से करता भी रहता था लेकिन टोनी इस बारे में कर ही क्या सकता था? कभी-कभी इतना ही कह पाता कि यहाँ किसी ग्रुप के साथ मैं भी जुड़ जाऊँ और इस बात के कहने के साथ ही वह यह भी कह देता कि तेरे पास इतना समय ही कहाँ है कि स्कूल के बाद तुम कोई अन्य काम कर सको। तुम्हें या तो मास्टर को छोड़ना होगा या फिर यहीं कुछ करना होगा। मैंने अपनी उन सारी इच्छाओं को जिनके बिना मैं समझता था कि मैं उनके बिना राजीव ही नहीं रहूँगा दिल के एक कोने में छिपा कर रख दीं और अपने राजीव होने के भ्रम को पालता रहा।

मुझे इस बात का एहसास तक नहीं था कि जिन अपनी भावनाओं को मैं यह समझता था कि वह मेरे दिल में ही ज़िन्दा दफ़न हो गयी हैं और वह इस तरह अपनी कब्र को तोड़ कर बाहर निकल आएगी, मैं नहीं जानता था। एक दिन मास्टर ने हमसे कहा कि—''स्कूल का स्थापना दिवस नज़दीक आ रहा है। उसके लिए कुछ तैयारी करनी होगी। यूँ तो साल भर जो सिखाया जाता है उसी की कुछ झलक हम इस शो में दिखाते हैं परन्तु इस बार मीनाक्षी इस फंक्शन को कुछ दूसरी तरह करना चाहती है

और उसकी तैयारी में वह तुम दोनों का सहयोग चाहती है।''

इतना सुनना मेरे लिए काफी था। मेरे अन्दर दफ़न हुए थियेटर के कीड़े ने रेंगना शुरू कर दिया। मैंने मीनाक्षी से उस दिन पहली बार खुल कर बात की थी और मैंने उसे पिछले दिनों लिखे अपने दो लघु नाटक दिखाये। एक भ्रूण हत्या को लेकर लिखा नाटक था और दूसरा नाटक प्रहसन था। मीनाक्षी को भ्रूण हत्या वाला नाटक पसन्द आया और उसने उसे नृत्य नाटिका के रूप में करने की योजना बनायी और दूसरे नाटक के लिए उसका कहना था कि यह नाटक के तौर पर ही किया जा सकता है, इसे कभी फिर करेंगे।

मेरा कहना था इसे नाटक के रूप में अभी कर दिया जाये तो बुराई क्या है?

वह मेरी बात से सहमत तो हुई लेकिन उसका कहना था कि नाटक के मंचन के बारे में वह अधिक जानकारी नहीं रखती। इसलिए इसकी तैयारी वह नहीं करवा पाएगी। इसके साथ ही उसका यह भी कहना था कि—'तुम्हें नहीं लगता कि कुछ ऐसा भी हो जो क्लासिक हो।' मैंने मीनाक्षी की बात सुनकर थोड़ा गम्भीर होते हुए कहा था—'अगर ऐसी कोई स्क्रिप्ट हो तो मैं उस पर काम करने को तैयार हूँ।' तब मीनाक्षी ने बताया था कि उसके पास दो नृत्य नाटिकाओं की स्क्रिप्ट है एक रामायण के पात्रों के लेकर लिखी गयी है, दूसरी द्रौपदी चीरहरण पर। तुम दोनों देख लो फिर हम काम शुरू कर देंगे। मैंने उसी समय इसका फ़ैसला सुना दिया कि—'जो रामायण के पात्रों को लेकर लिखी गयी नाटिका है उसे ही हम करेंगे।' क्योंकि मैं जानता था कि केतकी ने जैसे द्रौपदी चीरहरण को साकार किया है उससे बेहतर और कोई कर ही नहीं सकता इसलिए हमें कुछ और ही करना चाहिए।

मीनाक्षी ने मेरी बात नहीं मानी और उसने दो ग्रुप बना दिये। एक ग्रुप में वह दोनों नृत्य नाटिकाओं पर काम करेगी, दूसरे ग्रुप में मैं और टोनी नाटक पर काम करेंगे। इस तरह युद्ध स्तर पर मास्टर के स्कूल के फंक्शन की तैयारी होने लगी थी।

मुझे अपने-आप पर कभी-कभी हैरानी भी होती कि नाटक का निर्देशन करते वक़्त मैं जैसे खान की ही नकल कर रहा होता था। शायद यही संस्कार होते हैं जो चुपचाप आदमी के अन्दर अपना मज़बूत किला बनाते जाते हैं।

स्कूल का स्थापना दिवस सफलतापूर्वक पूरी धूम-धाम से सम्पन्न हो गया। नृत्य नाटिकाओं के साथ-साथ नाटक की विशेष चर्चा हुई समाचार पत्रों में। टोनी के लिए यह पहला अवसर था इस तरह अपने नाम को समाचार पत्र में पढ़ना और देखना। मेरे लिए अब इन बातों का एक सीमा तक ही महत्त्व था। लेकिन मीनाक्षी इस तरह की बातों से बहुत ही अधिक उत्साहित दिखाई दी और उसकी नज़रों में हमारा रुतबा और भी बढ़ गया और उसने यह भी कहा कि इस तरह के नाटक तो हमें कभी-कभार यूँ भी करते रहना चाहिए।

इस फंक्शन के बाद चंडीगढ़ की तरह यहाँ भी कुछ समाचार पत्रों के संवाददाता अब हमारे परिचितों में हो गये थे। जिन्हें हमारा नाटक तो पसन्द आया था परन्तु हमारे डांस स्कूल की वह आलोचना करते न थकते थे। एक ने तो यहाँ तक कह दिया था कि—'तुम क्या समझते हो कि तुम लोग सरोज खान बन जाओगे। ऐसे हाथ पैर मारने से कोई सरोज खान नहीं बन जाता। तुम्हें चाहिए केवल तुम नाटक ही करो।' उसकी बात में दम तो था लेकिन मीनाक्षी को यह आलोचना पसन्द नहीं आयी थी। उसे इस बात में अपना अपमान दिखाई दिया था, भले ही बात में एक हद तक सच्चाई थी। मीनाक्षी ने उस पत्रकार को आड़े हाथों लिया था। उसका कहना था कि—'हर व्यक्ति अपना काम करता है और कला का तो कोई ओर-छोर नहीं है। कोई कलाकार यह नहीं चाहता कि वह दूसरे कलाकार की नकल करे। सरोज खान हमारी बड़ी हैं, हम उनका सम्मान करते हैं। उन जैसा बन नहीं रहे, हम अपना काम कर रहे हैं, कितनी सफलता मिलती है यह तो ऊपर वाला ही जानता है।' मुझे उनकी बहस में कोई दिलचस्पी नहीं थी। उन लोगों को क्या पता यह स्कूल हमारी नहीं हमारे पेट की हिफ़ाज़त करता है।

धीरे-धीरे हमारा एक नाट्य ग्रुप भी तैयार हो गया और हमने चंडीगढ़ की तरह ही यहाँ भी मेम्बर बनाने की योजना बनायी जिसमें हमें फिर मीनाक्षी का भी पूरा सहयोग मिलने लगा। हमारा रंगमंडल चल निकला इसके लिए हमें स्कूल का काफी सहारा था। रिहर्सल से लेकर नाटकों के पात्र तक हमें स्कूल में ही सब उपलब्ध हो जाते थे। मास्टर भी खुश था। परन्तु एक कांइया किसम का आदमी होने की वजह से उसने न अपने स्कूल का हमें नाम इस्तेमाल करने दिया और न कभी हम स्कूल में अपने नाटक का कोई प्रदर्शन ही कर पाये। इतना होने पर भी हम हर महीने एक नया नाटक मंचित करने में सक्षम हो गये थे। जिससे अब हमारी ज़िंदगी सुचारु रूप से चलने लगी। न कहीं कोई तनाव और न कहीं कोई उलझाव।

इन दिनों मेरा मन उदास था। मास्टर के स्कूल के दो विद्यार्थी मयंक और विपुल को किसी टी.वी. सीरियल में काम मिल गया था। वह दोनों अपना कोर्स पूरा कर चुके थे इसलिए वह अब स्कूल नहीं आते थे। इन दिनों मेरे दिलोदिमाग़ में खान और शेखर अपना पूरा साम्राज्य फैलाये हुए थे जो मुझे न तो दिन में चैन लेने देते और न ही रात में। मैं अपनी इस उलझन में बुरी तरह से उलझा हुआ था इसलिए मुझे इधर-उधर क्या हो रहा है, इसकी जानकारी कम ही थी।

लेकिन जो कुछ भी हो रहा था वह किसी से छिपा नहीं रह सकता था। इन दिनों जो बदलाव मुझे टोनी और मास्टर के सम्बन्ध में दिखाई दिये वह कम आश्चर्य वाले नहीं थे। मास्टर टोनी से कुछ कटा-कटा सा रहने लगा था। वह अब टोनी को पहले की तरह बाहर नहीं भेजता था। टोनी को कई-कई दिन हो जाते कहीं गये हुए। यूँ तो

अब वह इस नयी व्यवस्था से प्रसन्न ही था लेकिन उसकी आमदनी का ज़रिया छोटा ज़रूर हो गया था। जो उसने अपने लिए बड़ी-बड़ी योजनाएँ बनाई हुई थीं वह मानो बीच सड़क में हादसे का शिकार होकर वहीं धराशाई भी हो गयी थीं। इसका तनाव टोनी को काफी हद तक अपने में लपेटने लगा था। अब मास्टर कहीं से दो लड़के और पकड़ लाया था। उन्हें अब टोनी की तरह ही इस्तेमाल करने के लिए तैयार करने लगा था।

जैसे-जैसे डांस स्कूल का नाम हो रहा था उसे देख-सुन कर मास्टर प्रसन्न होने की बजाय बेचैन रहने लगा था। एक दिन मास्टर ने हमें स्कूल में रिहर्सल करने से रोक दिया। जाने क्यों हमारी समझ में यह बात नहीं आ रही थी। उसका कहना था कि हम लोग जब कभी भी प्रेस से बात करें, तो उसके स्कूल की चर्चा उसमें नहीं होनी चाहिए। यह मेरी समझ से बाहर की बात थी। जाने टोनी को क्या एहसास हुआ। उसने उस दिन के बाद रिहर्सल और अपने कार्यक्रमों के लिए एक दूसरा ठिकाना ढूँढ़ निकाला।

इन्हीं दिनों एक हादसा और हो गया। मास्टर के काले धन्धों का पर्दाफाश हो गया और उसे पुलिस पकड़ कर ले गयी। ग़नीमत यह थी कि मैं, टोनी और मीनाक्षी हम तीनों में से उस समय स्कूल में कोई मौजूद नहीं था। हमारे लिए यह बात इसलिए दुखदाई थी कि एक वह ज़रिया जहाँ से हमें जीने का सहारा मिल रहा था, बन्द हो गया था। परन्तु मास्टर ने इतना भला हमारा किया कि उसने पुलिस के सामने हमारा नाम नहीं लिया इसलिए हम उस दोजख से बच निकले। लेकिन डांस स्कूल बन्द ज़रूर हो गया।

हम एक दोजख से निकलकर दूसरे में जा गिरे। रहने के लिए जगह तो थी परन्तु उसे रख पाने का वसीला और खाने का जुगाड़ कर पाना हमारे लिए कठिन हो रहा था। अभी तो कुछ पैसे टोनी के पास थे और कुछ मेरे पास। परन्तु वह इतने नहीं थे कि केवल थियेटर करते हुए हम बाकी ज़िन्दगी भी चला पाते और इसी बीच मीनाक्षी भी हमारा साथ छोड़ गयी।

एक दिन टोनी काफी तनाव में था। मेरे पूछने पर बोला, ''यह नाटक तो हम दिखा पाएँगे परन्तु आगे कोई भी नाटक या कोई दूसरा कार्यक्रम कर पाना कठिन होगा।''

उस दिन उसने खुलासा भी किया था कि यह जगह मीनाक्षी की वजह से ही मिली थी, वह चली गयी है। अब यह जगह कहाँ हमारे पास रह सकती है। वह हमारे लिए काफी कठिन समय था और यह तो सोचने वाली बात थी क्योंकि हमने लोगों से पूरे साल के पैसे लिये हुए थे और अभी हम केवल दो ही नाटक दिखा पाये थे जब कि उन्हें पूरे छः नाटक दिखाने का हमारा वायदा था। हमारी मजबूरी भी बहुत

बड़ी थी भले ही हम नुक्कड़ नाटक ही कर रहे थे परन्तु उसके लिए भी रिहर्सल तो आवश्यक थी ही।

एक दिन टोनी तंग आकर उस औरत के पास चला गया जहाँ वह अकसर जाया करता था और उसके आश्चर्य का ठिकाना नहीं रहा जब उसने उसे पहचानने से ही इनकार कर दिया। टोनी दुखी और निराश होकर लौट आया था। पागलों की तरह बार बार मुझसे पूछता— "क्यों किया राजीव भाई उसने मेरे साथ ऐसा?" मेरे पास चुप रहने के सिवा और कोई चारा भी नहीं था और टोनी को भी शायद उत्तर नहीं चाहिए था।

पुरानी वादियों में विचरते हुए मैं कब निद्रा देवी की गोद में चला गया मुझे स्वयं ही पता नहीं चला। जब मेरी जाग खुली तो सुबह की गुनगुनी धूप ग़ायब हो चुकी थी। सूर्य अपने पूरे यौवन में इठला रहा था। घड़ी बारह बजा रही थी। दो घंटे में स्कूल लगने वाला था। मुझे अपने पर बड़ी हैरानी हुई कि मैं कैसे इतनी देर सोता रहा। सपने भी क्या शै होते हैं जो हम देखना चाहते हैं वही हमें सपनों में दिखाई देता है। मुझे बड़ी हैरानी इस बात पर हो रही थी कि जितनी शिद्दत से मुझे मुम्बई की याद आती है उतनी ही शिद्दत से मैं कुछ भूली-बिसरी गलियों क्यों नहीं भटकता हूँ? मैं उस हादसे को भूला तो नहीं कहना चाहता लेकिन मुझे गुजरात के भूकम्प की याद क्यों नहीं कभी आयी? क्यों मैं अपने ही मसलों में डूबा रहता हूँ? मैंने आज सोच लिया था कि अब मैं उन गलियों की सैर नहीं करूँगा जिन्हें अर्सा पहले छोड़ आया हूँ। मैंने देखा कि मेरे बगल में थरमस पड़ा है। इसका मतलब यह हुआ कि या तो मोहसिन खान यहाँ आया है या फिर किसी के हाथ उसने चाय भिजवाई है मुझे थरमस देख खुशी हुई क्योंकि इस समय मैं बाहर जाने के मूड में नहीं था। मैं अभी कप में चाय उड़ेल ही रहा था कि हाथ में अख़बार लिये मैंने मोहसिन खान को अपनी ओर आते देखा इसलिए मैंने दूसरे कप में भी चाय डाल दी। पास आने पर मोहसिन खान ने अख़बार मेरी ओर फेंकते हुए कहा, "पढ़ो आज की खबर!" अख़बार में जो छपा था उस पर सहज ही विश्वास नहीं किया जा सकता था। मैं अवाक्-सा मोहसिन खान का चेहरा देखता रह गया। "इस बात का खुला विरोध होना चाहिए खान!" मैंने कहा। खान ने तेज़ नज़रों से मेरी ओर देखा और कहा, "सिर्फ मुख़ालफ़त? ऐसे सितम की सिर्फ मुख़ालफ़त करने से राजीव कुछ नहीं होने वाला। जिन लोगों ने यह कांड किया है उन्हें सजा-ए-मौत मिलनी चाहिए। मतभेद होने पर भी ऐसी बदसलूकी मैंने न कहीं सुनी है न कहीं पढ़ी ही है। अगर इस हादसे की समीक्षा की जाये तो प्रजातन्त्र में ऐसा सितम शर्मनाक ही कहा जाएगा। जिसे देखना-सुनना और बर्दाश्त करना बुज़दिली है। हमेशा से यह होता आया है कि बहुसंख्यक लोगों ने अल्पसंख्यक लोगों को दबोचा है। आज उनके लिए यह एक ऐसी चोट है जिसका भर पाना भी

दरकिनार है।''

मोहसिन खान उस ख़बर को पढ़कर, जिसमें गुजरात के नरसंहार का ज़िक्र था, त्रस्त था। वह ख़बर ही ऐसी थी कि उसे पढ़कर किसी का भी दिल दहल जाता। मेरे पास कोई शब्द नहीं थे जिन्हें बोलकर मैं मोहसिन खान के दर्द को बाँट सकता। यूँ मैं भी अन्दर से अत्यन्त दुखी था कि देश में यह हो क्या रहा है! कहाँ हम भाईचारे की बात कर रहे हैं और कहाँ ऐसा नरसंहार! मन अत्यन्त दुखी और खिन्न हुआ था। कोई कैसे इतनी बर्बरता से किसी को भी मार सकता है सिर्फ इसलिए कि वह हिन्दू नहीं है! लेकिन मेरे और मोहसिन खान के दर्द में अन्तर था। मुझे दुख था कि किसी भी समाज के लिए ऐसे हालात शर्मनाक हैं लेकिन मोहसिन खान में इस दर्द में छिपी असुरक्षा की भावना को साफ देखा जा सकता था। आज मुझे अपने हिन्दू होने पर शर्म महसूस हो रही थी। इतनी शर्म मैंने उस समय भी महसूस नहीं की थी जब बाबरी मस्जिद तोड़ी गयी थी। तब मेरे अन्दर एक प्रकार का गुस्सा था कि यह धर्म हमें अलगाव की शिक्षा क्यों देता है। मैं और मोहसिन खान कहीं से भी जुदा नहीं है, हमारी सोच के दायरे भी एक जैसे हैं। जितना मुझे अपना देश प्यारा है उतना ही मोहसिन खान को भी प्यारा है फिर हम दोनों को क्या हुआ जो जाति एक नहीं है तो। लेकिन ऐसा ही सब लोग क्यों नहीं समझते। यही बात मेरी समझ में उस दिन भी नहीं आयी थी जब 'जिन लाहौर नईं वेख्या...' के मंचन के समय 'संवेदना ग्रुप' के निर्देशक सलिल चौधरी ने हमारे साथ जो किया था। मेरे लिए यह दुख उससे भी बड़ा दुख था जब गुजरात भूकम्प की चपेट आ गया था। वह तो दैवी प्रकोप था। कभी भी, कहीं भी वैसी स्थिति आ सकती थी लेकिन यह तो हम लोगों द्वारा पैदा की गयी स्थितियाँ हैं। सोचता हूँ क्यों होता है यह सब। अभी मेरी आँखों के सामने बृजेश की बुआ जैसे कई लोग तिर आये जिन्हें अपनी जड़ों से कट कर इधर आना पड़ा था। कैसे इतनी जल्दी विभाजन की त्रासदी को लोग भूल गये! ऐसा नरसंहार ही तो दिलों में मुहब्बत को समाप्त कर देता है।

हम दोनों की पड़ी पड़ी चाय ठंडी हो गयी थी। मुझे कुछ सूझ नहीं रहा था कि मैं क्या कहूँ अख़बार हाथ में लिये चुपचाप कई बार उस ख़बर को पढ़ गया था। खान सिर झुकाये किसी गहरी सोच में डूब चुका था। आज दिन की शुरुआत अच्छी नहीं हुई थी। मेरी ही क्या आज तो देश भर की सुबह को किसी ने डस लिया था।

कुछ दिनों से मोहसिन खान चुपचाप रहने लगा था। कहीं गहरे उसके दिल को गुजरात के नरसंहार ने पीड़ा पहुँचाई थी। लेकिन यह पीड़ा उसके अकेले की तो नहीं है, यह दुख तो सबके लिए एक समान ही है, फिर वह जाने क्या सोचता रहता है!

इधर अभी ज़मीन का काम पूरा नहीं हुआ था। कुछ अड़चनें पेश आ रही थीं इसलिए मेरा मुम्बई जाना आगे खिसकता जा रहा था। अभी मेरा लोन भी सेंग्शन नहीं हुआ था। उसके लिए मेरे पापा का पूरा ज़ोर लगा हुआ था क्योंकि बैंक को परमानेंट अड्रेस चाहिए था इसलिए बाप से मुझे समझौता करना पड़ा था। नहीं तो 'चिल्ड्रेन होम' का सपना कभी पूरा नहीं हो सकता था।

रात मुझे तेज़ बुखार ने घेर लिया। एक टिकिया क्रोसिन की लेने के बाद ही मुझे नींद आ पाई थी। दिमाग़ में खलबली मची हुई थी कि नेता लोग कैसे अपनी राजनीति के लिए साम्प्रदायिकता का जामा पहनकर आम जनता को गुमराह कर रहे हैं। वोटों की राजनीति जो न करवा दे वही थोड़ा है। अपने स्वार्थ के लिए यह लोग धर्म का इस्तेमाल करने से भी नहीं चूकते और आम आदमी जो अपने इतिहास की ही जानकारी नहीं रखता वह राजनैतिक भूलभुलैया में गुम होकर उसी तरह करने लग जाता है जैसा उसके नेता चाहते हैं।

सुबह जब मेरी आँख खुली तो तेज़ बारिश हो रही थी और मैं थोड़ी सर्दी महसूस कर रहा था। चाय की तलब भी हो रही थी लेकिन बारिश में चाय वाले के पास जाने की हिम्मत नहीं हो रही थी। दिल फिर मुम्बई में भटकने लगा था।

दूसरी बार मुम्बई आना हमें कुछ अधिक रास नहीं आ रहा था। धीरे-धीरे हमारे पैसे ख़तम होते जा रहे थे। मात्र एक छोटी बच्ची को मैं उसके घर जाकर डांस सिखाता था। टोनी सारा-सारा दिन घर में पड़ा-पड़ा अपने अतीत में गुम रहता। लेकिन नाटक तो हमें करना ही था सो उसकी तैयारी जैसे-तैसे हम कर रहे थे क्योंकि हमारे पास अधिक पैसा न होने की वजह से हमारा ग्रुप सिसक रहा था। हम दोनों ने— मैंने और टोनी ने—मिलकर एक नाटक सामाजिक विषमता को आधार बनाकर लिखा और फिर उसी पर काम करना शुरू किया। जब उस नाटक का मंचन हुआ तब दर्शकों ने उसे पसन्द तो किया लेकिन किसी ने उस दिन हमारी टोपी में कोई पैसा नहीं ड़ाला। हम काफी निराश हुए।

उस दिन मैं और टोनी सोच में पड़ गये थे कि आज हम अपने कलाकारों को कैसे पैसा दे पाएँगे। भीड़ छँट चुकी थी। लोग घर जा रहे थे। कलाकार चीज़ें समेट रहे थे लेकिन मैं और टोनी गुमसुम से वहीं बैठे रह गये थे। उसी समय एक व्यक्ति पास आया और उसने अपना पता दिया और और मिलने के लिए कहा। वह पता शिवाजी पार्क का था और मैं रहता था ठाणे। ख़ैर किसी तरह मैं उसके पास पहुँचा और उसके साथ कई औपचारिक बातें हुईं और फिर वह रात मैंने उसके साथ बिताई। लेकिन वह मुझे शेखर की तरह का सुख नहीं दे सका। हाँ, एक तरह का सुख उस दिन मुझे मिला। बहुत दिनों के बाद एक शरीर की गर्मी ने मुझे पिघला ज़रूर दिया। मैं सुबह तनाव रहित था। उस व्यक्ति की स्टील के बरतनों की छोटी-सी दुकान थी। उसने

मुझे कुछ पैसा भी दिया और कहा यदि मेरे पास कोई काम नहीं है तो मैं उसकी दुकान पर काम कर सकता हूँ। दूसरे दिन मैं और टोनी उसकी दुकान पर थे। हम एक जन के वेतन पर दोनों काम करने लगे थे, भले ही यह बात उसे पसन्द नहीं आयी थी लेकिन उसने इस बात का विरोध भी नहीं किया। इस तरह हमारी पाव-भाजी का इन्तज़ाम हो गया था। हम सन्तुष्ट थे। पेट की आग के साथ-साथ शरीर की आग भी यहाँ मेरी शान्त हो गयी थी।

टोनी का तनाव और बढ़ गया था। उसकी नज़र में मैं और दुकान का मालिक अनैतिक काम कर रहे हैं। 'और तू क्या कर रहा है', मेरे कहने पर वह बोला था कि उसे तो मास्टर ने ऐसे काम में लगाया था, वह खुद ऐसा नहीं था।

जबसे हमने बरतनों की दुकान पर काम करना शुरू किया तभी से टोनी ने मुझसे कहना शुरू कर दिया था कि 'तुझे कौन-सी मजबूरी है जो तुझसे ऐसा काम करवा रही है।' मैं उसकी बात सुनकर हँस दिया करता था। मैं उसे कैसे समझाता कि मेरी क्या और कैसी मजबूरी है!

तंग आकर एक दिन मैंने उसे कह ही दिया, "यह तुम कह रहे हो टोनी! यदि कोई और कहता तो मुझे इस कदर हैरानी न होती। तुम्हारे मुँह से नैतिकता का आलाप सुनना बेतुका अवश्य लगता है मुझे। और रही मेरी बात तो मुझे और कौन कुछ कहेगा? मुझे यह सब करने को मेरा शरीर ही कहता है, मैं क्या करूँ टोनी? एक भूख यहाँ भी है और वह भूख पेट की भूख से कहीं अधिक बलवती होती है। इसे तो तू मुझसे भी अच्छी तरह जानता होगा। मेरे और तेरे में केवल इतना ही फ़र्क है कि तेरी यह ज़रूरत एक औरत पूरा करती है जबकि मुझे अपने जैसा ही दूसरा शरीर चाहिए।" टोनी फिर भी अपनी बात पर अड़ा रहा था। उसने मुझे समझने के अपने सारे दरवाज़े-खिड़कियाँ बन्द कर दिये थे और जिसे वह ठीक समझता था उसी बात पर वह अड़ा रहा था। मैंने उसे लाख समझाने की कोशिश भी की कि यह एक प्राकृतिक बात है उसी तरह जिस तरह तुम्हारी ज़रूरत यदि औरत है तो मेरी ज़रूरत एक मर्द है। इसमें इतना हो-हल्ला मचाने की क्या बात है? उसका कहना था कि मैं दिमाग़ी तौर पर बीमार आदमी हूँ। मुझे अपना इलाज करवाना चाहिए। मैं उसकी बात सुन चुप रहा था और हम दोनों के आपसी विरोध में सब कुछ उसी एक ढर्रे पर चलता रहा।

टोनी अपने-आप को बहुत अकेला समझने लगा था। उसकी मेरे साथ रहने की अब मजबूरी थी परन्तु मैं अधिक व्यस्त हो गया था। जिसकी दुकान पर हम काम करते थे उसके मालिक का नाम अमोल परांजपे था। एक दिन उसने मुझे अपने पास बुलाकर कहा, "देखो राजीव, आज एक मीटिंग है चार बजे, तुम वहाँ चले जाना मेरा जाना सम्भव नहीं है, मैं दुकान छोड़ कर कैसे जा सकता हूँ। वहाँ जाना तुम्हारे लिए भी अच्छा रहेगा। हम लोगों ने एक आन्दोलन छेड़ रखा है कि हमें भी सामाजिक तौर

पर स्वीकृति मिलनी चाहिए। हम जिस तरह रहना चाहते हैं उस तरह जीने का अधिकार हमें भी मिलना चाहिए। मीटिंग के बाद वह लोग एक रैली करेंगे, तुम्हें इसमें भाग लेना है।''

उस दिन मैं अमोल परांजपे के कहने पर उस मीटिंग में गया था। वहाँ उन लोगों से मिला। उनकी योजनाओं के बारे में जाना। एक नया आकाश मेरे सामने खुला और मेरे अन्दर उस दिन आत्मविश्वास की एक छोटी-सी किरण का उदय भी हुआ था। मेरे जीवन में यह घटना अपना विशेष महत्त्व लेकर आई थी क्योंकि आज तक मैंने अपनी बात को अँधेरे में रखा हुआ था और इसकी गोपनीयता बराबर बनाए रखता था। शायद मुझे अन्दर-ही-अन्दर डर था या फिर मैं नहीं चाहता था कि 'मेरी चाहत के घेरे मे कोई लड़की क्यों नहीं है' इस बात को लेकर बहस का कोई मुद्दा बनाया जाये। उस दिन उस रैली में शामिल होने पर, जहाँ मुझे परांजपे ने भेजा था, मैंने अपने अन्दर एक अजीब प्रकार की स्फूर्ति को महसूस किया था। मुझे लगा था कि मैं किसी विकृति का शिकार नहीं हूँ। मेरे मन में पल रही हीनभावना का बोझ उस दिन उतर गया था।

इस घटना के बाद मैं फिर उस ग्रुप का सक्रिय सदस्य बन गया और नियमित रूप से होने वाली उनकी गोष्ठियों में जाने लगा। टोनी को यह सब अच्छा नहीं लगता था। मैं मन में सोचता, एक दिन वह मेरी सारी बातों को समझ जाएगा, आज नहीं समझ पा रहा है तो क्या हुआ, शायद वह भी बहुत बच्चा है।

जब से मुझे उन लोगों का साथ मिला तब से उन लोगों से हर रोज़ ही कहीं न कहीं मिलना ज़रूर होता। परन्तु सप्ताह में एक बार हम जश्न मनाते। इस जश्न में हम सब अनेक प्रकार से मनोरंजन करते, अनेक तरह के लिबासों में लैस होते। जिसका जैसा मन होता वह उसी तरह तैयार होता। हममें से कुछ लड़के-लड़कियों के कपड़े भी पहनते और लड़कियों की तरह पूरा मेकअप भी करते और इस तरह ज़िन्दगी का भरपूर आनन्द लूटते। इस जश्न में सप्ताह भर की थकान मिट जाती और हम लोग तरोताज़ा होकर फिर अपने अपने काम में जुट जाते।

इन लोगों के साथ जब से मेरा सम्पर्क हुआ है तब से मुझे शेखर की याद उस तरह नहीं सताती जिस तरह पहले सताती थी। तब मैं रात-रात भर सो नहीं पाता था, इतना होने पर भी उस शरीर की चाह मेरे दिल में बराबर बनी रहती थी। मैं अपने को लाख समझाने की कोशिश करता लेकिन मेरे नितान्त निजी क्षणों में शेखर मेरी बगल में होता। मैं छटपटाने लगता शेखर के साथ के लिए। मन चंडीगढ़ भाग जाने को करता। लेकिन मेरे सामने यह भी सच्चाई थी कि शेखर को अब मेरी ज़रूरत नहीं है। वह तो मुझे कब का छोड़ चुका है। मैं क्या करूँ, मेरे अन्दर की रिक्तता उसे तलाशती रहती है। मैं निपट अकेला अपने से जूझता रहता और मेरे उन नितान्त निजी क्षणों में

किसी शातिर चोर की तरह शेखर की ज़िन्दगी में आया दूसरा लड़का उसे चुरा लेता। मैं निपट अकेला मजबूर, निरीह-सा कई-कई क्षण पड़ा रहता अकेले अपने बिस्तर पर, आज भी वही स्थिति है लेकिन आज मेरे साथ मेरी यादें हैं। उन दिनों अपने पैदा किये नन्हें-से बच्चे—इस स्कूल—की याद भी जिसे मैंने दिल के कोने में सुन्दर से ताबूत में बन्द कर दफ़नाया हुआ था। लेकिन उस मजबूत ताबूत को तोड़ कर यादें मेरे ज़ेह्न में अमरबेल की तरह लिपटती जातीं, मैं उनके फन्दों को काटते-काटते बेहाल हो जाता, अमरबेल फैलते-फैलते मेरे पूरे बदन को अपनी गिरफ़्त में ले लेती। आज तक मैं उन फन्दों को काट रहा हूँ लेकिन निजात कहाँ मिलती है। कभी यहाँ की, कभीं वहाँ की यादें मुझे जकड़े रहती हैं।

अमोल परांजपे का साथ मिलने का एक बड़ा फ़ायदा मुझे यह भी हुआ कि कुछ अच्छे लोग यानि कि कुछ ऐसे लोग जिनके आसपास सदा हरियाली ही हरियाली रहती है जिन्हें सूखे का थोड़ा भी अनुभव नहीं था, ऐसे लोगों से मेरा सम्पर्क हुआ और उनकी वजह से हमारा थियेटर फिर से फलने-फूलने लगा। जहाँ मैं बहुत उत्साहित रहता, वहीं टोनी दिन ब दिन मुझ से खिंचा-खिंचा-सा रहने लगा था। मैं यूँ तो थोड़ी वजह जानता था पर उसके मुँह से सुनना चाहता था सो एक दिन मैंने उससे साफ-साफ कह दिया कि या तो वह सामान्य रहे या अपनी तकलीफ़ मुझसे बाँटे, इस तरह से तो काम नहीं चल सकता। मेरी बात सुन कुछ देर टोनी की आँखें मेरा चेहरा पीती रहीं फिर उसके होंठ फड़फड़ाये और उनसे जो शब्द झरे वह चौंकाने वाले तो नहीं थे। मैं जानता था कि वह यही कहेगा परन्तु कुछ ऐसा ज़रूर था जो सोचने को मजबूर करता था।

टोनी ने उस दिन मुझसे कहा था—"देखो राजीव, मैं तुम्हें कुछ नहीं कहना चाहता। तुमने अपना जीवन जीने के लिए जो भी रास्ता चुना है, हो सकता है वह तुम्हारे लिए ठीक होगा, परन्तु मेरा क्या? मेरा अतीत बार-बार मेरे सामने आ खड़ा होता है और मेरे आगे बढ़ने वाले रास्तों पर वह कैक्टस की तरह फैल जाता है और मैं बार-बार उन्हीं छोटे-छोटे काँटों से बिंधता चला जाता हूँ और सोते-जागते उनकी टीस मेरे तन-बदन से लेकर मन-मस्तिष्क को अपने में लपेटने लगती है। लगता है मानो मेरी सारी ताक़त बीते दिनों ने सोख ली हो। चाहते हुए भी कुछ करने की हिम्मत अपने में जुटा नहीं पाता।"

मैं उसे क्या कहता? उसका दर्द मुझसे छिपा नहीं है फिर भी उसे कुछ राहत देने के वास्ते ही मैंने उसे सलाह दी थी कि—"इस तरह निराश होने से तो काम नहीं चलेगा। तू मुझसे अच्छा डांसर है। मैं जैसे एक बच्चे को सिखा रहा हूँ। तू भी एक-दो बच्चों को डांस सिखाना क्यों नहीं शुरू कर लेता? शायद तुम्हारा तनाव इस तरह कुछ कम हो जाये।"

मेरी बात सुनकर वह कुछ देर चुप ही रहा था उसका कहना था कि—"बात इतनी आसान नहीं है जैसे तुमने एक पल में उसका निदान ढूँढ़ निकाला है।"

मुझे लगा कि शायद वह मुम्बई से कहीं दूर जाना चाहता है जहाँ उसके अतीत का साया भी उस पर न पड़े। यूँ उसकी बात सच थी। अतीत यदि दुखदायी हो तो वह आदमी को कहीं भी चैन से बैठने नहीं देता। लेकिन यही दुख आदमी को कई बार बहुत बड़ा और कामयाब आदमी बनने में भी अहम भूमिका निभाता है। मैंने उसे उस वक्त इतना ही कहा था कि—"कब तक साये से भागते रहोगे लेकिन क्या कभी साये से अलग भी हुआ जा सकता है? फिर वह साया जो कभी पकड़ में नहीं आ सकता उससे क्या डरना और यदि तुम मुम्बई छोड़ भी दोगे तो भी क्या हो जाएगा, साया तो साथ-साथ ही चलता जाएगा न ,उससे छुटकारा कभी किसी को मिला भी है क्या? हम हैं, तो हमारे साये भी हैं, फिर साये से क्या डरना!"

भीतर से डरा हुआ टोनी तब इतना ही कह पाया था कि मैं उसे ऐसी बातें कर के बहलाने की कोशिश तो न करूँ। उसकी हालत देखकर तब मैंने उसे हिम्मत बंधाते हुए इतना ही कहा था, "ठीक है, मैं कुछ नहीं कहता। अब तुम जो भी कहोगे, मैं मानूँगा। यार! भाई माना है तुम्हें, तुम दिल क्यों छोटा करते हो। तुम बताओ तो सही तुम कहाँ जाना चाहते हो?" मेरी बात सुनकर टोनी रो ही तो पड़ा था। मैंने भी उसे रो लेने दिया था ताकि उसका मन हल्का हो जाये और वह मेरी बात समझने के काबिल हो जाये।

मैं अपने ख़्यालों में बुरी तरह उलझा हुआ था कि मैंने माथे पर किसी के स्पर्श को अनुभव किया। सामने खान को देखकर मैंने उठने की कोशिश की लेकिन मैं उठ नहीं पाया। खान ने मुझे सहारा देकर उठाया और चाय देते हुए बोला, "क्या समझता है तू अपने को बता तो, अरे पाला है इन हाथों ने तुमको, किस बात का खौफ़ है तुझे, बता मुझे! क्योंकि मैं यह समझता हूँ कि यहाँ स्कूल में रहने की तुम्हारी यह जो इच्छा है वह किसी खौफ़ से ही पैदा हुई है क्योंकि ऐसे फ़ैसलों का ख़्याल अन्दर छिपा बैठा ख़ौफ ही करता है।" मैं क्या कहता खान को, चुपचाप उसकी ओर देखता रहा। वह ही फिर बोला, "कब से बुखार है ? क्या दवा ली? अरे बेगाना समझा था जो कह नहीं सका कि तू ठीक नहीं है!" मैं फिर भी चुप रहा। खान ही बोला, "यह हालात की सितमज़रीफी नहीं तो इसे और क्या कहा जाएगा कि मैंने वह दिन, जब तुम भाग कर मुम्बई चले गये थे, तुम्हारी यादों में ही काटे हैं और तुमने आने पर भी मेरी कोई खोज-ख़बर नहीं ली और यहाँ बेगानों की तरह इस स्कूल में डेरा डाल कर पड़े हो। लानत भेजता हूँ ऐसे दोस्त को! अब रौशन हक़ीकत यह है कि तुम चलो या न चलो, मैं अब तुम्हें यहाँ से ज़बरदस्ती लेकर जाने वाला हूँ। तुम जो बाही-तबाही बकते रहते हो अब यहाँ उसका कोई असर होने वाला नहीं है। देखता हूँ कि तू यहाँ से कैसे

नहीं चलता। बुखार में पड़ा है लेकिन अकड़ देखो, कह नहीं सकता था किसी से कुछ, बात करता है! अब अक्लमन्दी इसी में है कि तुम कुछ कहो नहीं और जो मैं कह रहा हूँ आँखें बन्द कर उसे मानते चले जाओ।''

मैं आज कुछ करने-कहने की हालत में भी नहीं था। सिर मेरा फटा जा रहा था। मैं उठा और खान का सहारा ले उसके साथ चल पड़ा।

जब मैं वहाँ पहुँचा तब मेरी निगाहें इधर-उधर गिरती पड़ती रहीं, केतकी को देखने के लिए। सिर्फ दीवारों और इधर-उधर बिखरे सामान का ही मेरी निगाहों से सामना होता रहा और मुझमें इतनी ताक़त नहीं थी कि मैं पूछता कि केतकी है कहाँ? फिर मुझे थोड़ा इस बात पर विश्वास हुआ कि केतकी सच ही खान से अलग हो गयी है जैसा सुनने में आ रहा है लेकिन इस बात पर सहज ही विश्वास कर लेना मेरे जैसे आदमी के लिए मुमकिन नहीं है क्योंकि मैं जानता हूँ कि केतकी और खान की दोस्ती बहुत गहरी है उसे कोई मामूली-सी बात तोड़ नहीं सकती। लेकिन प्रश्न यह है कि केतकी यहाँ है क्यों नहीं? मैं अपने विचारों के साथ चारपाई पर आँखें बन्द कर लेट गया और फिर मैं नहीं जानता कि कब कैसे मुम्बई में पहुँच गया।

चलचित्र की तरह जहाँ फिल्म कटी थी दोबारा वहीं से चालू हो गयी। उस दिन टोनी और कुछ नहीं बोला था। केवल रोता ही रहा था। परन्तु मैं जानता था कि उसके अन्दर-ही-अन्दर कितने ही झाड़-फानूस उग आये हैं जिन्हें साफ करना लाज़िमी है नहीं तो एक दिन वह उन्हीं में गुम हो कर रह जायेगा। परन्तु उस दिन के बाद टोनी का बदला हुआ या फिर इसे यूँ भी कहा जा सकता है कि उसका वही रूप जो मास्टर ने उसे दिया था, देखने को मुझे मिला था।

एक दिन उसके साथ एक छोटे लड़के को देखकर मैं भीतर ही भीतर डर गया। एक-दो दिन तो मैं चुप ही रहा फिर मौका पाकर मैंने टोनी से पूछ ही लिया कि—''यह सब क्या है?'' टोनी दो मिनट तक ख़ामोश रहा और उसकी आँखें मेरे चेहरे पर फिसलती रहीं। फिर बड़े ही ठंडे दिल से बोला, ''तुम्हें क्या लगता है? अरे, खाना बनाएगा हमारा और क्या।'' मैंने अविश्वास से उसकी ओर देखते हुए कहा, ''सच कह रहे हो टोनी?'' मेरे शब्दों से अविश्वास टपक-टपक कर बाहर गिर रहा था। तब टोनी जैसे मुस्कराया था उसे मैं आज भी नहीं भूला हूँ। उस चेहरे पर व्यंग्य मिश्रित मुस्कराहट फैल गयी। उसने कहा था—''सच ही तो कह रहा हूँ, तुम्हें क्या झूठ लग रहा है? दो दिन से तो उसके हाथ की बनी रोटी खा रहे हो तुम।'' मैंने विरोध किया कि अपने पास उतने साधन कहाँ है जो किसी अन्य का बोझ हम सह सकें। मेरी बात सुनकर जिस अन्दाज़ से टोनी बोला था वह मुझे सच्चाई से दूर लगी थी। उसकी बात में उसके सूखे अभिमान के अतिरिक्त और कुछ नहीं लगा था। टोनी बड़ी लापरवाही से बोला था—''गुरबत में रहना मेरी फ़ितरत नहीं है राजीव। मैंने तुम्हारे साथ रहकर

बहुत गरीबी देख ली, अब और नहीं। पैसा तो अब बरसेगा, तुम देखते रहना। तुम्हारे इस लंगड़े थियेटर से हमारा कुछ भला होने वाला नहीं और भूल जाओ कि हमें किसी सीरियल या फिर फिल्मों में काम मिलेगा। हमारा यहाँ कोई गॉड फादर नहीं बैठा जो हमारा भविष्य बना दे। हमें जो करना है खुद ही करना है। थियेटर खाली जेब लेकर नहीं किया जा सकता और न ही अकेले कुछ हो सकता है। थियेटर एक पूरा टीमवर्क है। जब तुम्हारे पास कोई टीम ही नहीं है तो ख़ाक तुम थियेटर कर पाओगे। अब तुम देखते रहो कि मैं क्या करता हूँ। जो कर रहा हूँ उससे तुम्हारा यह ढुलमुल-सा रंगकर्म भी भली भाँति चल निकलेगा।''

मैं कितनी देर टोनी की ओर देखता रह गया था और अन्दर तक डर भी गया था मैंने तब हिम्मत कर टोनी से कहा भी था कि—''तुम फिर कोई ऐसा काम न कर बैठना जिससे पहले की तरह कोई बखेड़ा खड़ा हो जाये, इस बात का तुम्हें ध्यान रखना होगा। हमने जो नया नाट्य मंडल तैयार किया है उसकी गरिमा को कोई ठेस नहीं पहुँचनी चाहिए, यूँ भी हमारे लिए यहाँ दर्शक जुटाना कठिन हो रहा है फिर यदि हम कोई ग़लत काम कर बैठे तो हमारे मार्ग में और भी कठिनाइयाँ आएँगी। लेकिन टोनी पर मेरी बात का कोई असर नहीं हुआ था और वह फिर मेरी बात से सहमत भी कैसे हो सकता था। वह उसी मूड में बोला था कि—''तुम फिर वही रोना लेकर बैठ गये। थियेटर हमें क्या देता है? दो जून की रोटी भी उससे नसीब नहीं होती और यह तो भूल ही जाओ कि ऐसे छोटे-मोटे बाजारू से नाटक कर हम लोग सिनेमा तक पहुँच ही जाएँगे?''

मैं उसे कैसे समझाता कि मैं थियेटर का इस्तेमाल नहीं कर रहा। रंगकर्म अब मेरी मजबूरी है, उसके बिना भी कोई ज़िन्दगी हो सकती है मेरे लिए, उसकी मैं कल्पना भी नहीं कर सकता। मैं तो आज के माहौल में कुछ ऐसा रचना चाहता हूँ जो रंगकर्म के इस दाग़ को मिटा दे कि रंगमंच रोटी देने में नाकामयाब है। मुझे टोनी की बात ने अन्दर तक दुख पहुँचाया था लेकिन मैंने अपने आप पर क़ाबू रखकर उसे इतना ही कहा था कि—''टोनी तुम्हें एक बात स्पष्ट करना चाहता हूँ कि हम जो नाटक कर रहे हैं वह बाजारू नहीं है और दूसरी बात मैंने कभी सिनेमा तक जाने की बात भी नहीं सोची, लेकिन मुझे वहाँ जाने में कोई गुरेज भी नहीं है। लेकिन कोई ऑफर आये तो सही और तुम मेरे काम की इज़्ज़त नहीं कर सकते तो उसे गाली तो मत दो। मैंने कभी शोहरत के लिए कोई काम नहीं किया फिर बज़ारू किस्म के नाटक करने का प्रश्न की कहाँ पैदा होता है! मैं रंगमंच से जुड़ा हूँ और उसे ही समर्पित हूँ उसके आगे-पीछे कुछ न सोचता हूँ और न चाहता ही हूँ। हाँ, इतनी बात ज़रूर है कि मैं घिसी-पिटी चीज़ करने के पक्ष में नहीं हूँ, मैं हर बार नया करना चाहता हूँ और करता भी हूँ। आज नहीं कुछ समय बाद मेरे नाटकों को भी लोग पसन्द करना शुरू कर देंगे।

अभी तक लोग जो देख रहे थे उसे ही शायद देखना चाह रहे हैं। रंगमंच के बारे में उनकी एक तरह की सोच बनी हुई है लेकिन मैं उस सोच को बदलना चाहता हूँ। मैं हर बात को अपने अन्दाज़ से ही करना चाहता हूँ और चाहता हूँ इसे तुम भी कबूल करो। यूँ भी हर नयी चीज़ का पहले-पहल विरोध ही होता है।''

उस दिन टोनी ने मेरी बात के जवाब में जो कुछ भी कहा उससे मैं जान गया था कि टोनी अब बहुत दिनों तक मेरे पास रहने वाला नहीं है। उसने मुझे कहा था कि— ''तुम जो कुछ कह रहे हो, सुनने में और तुम्हारे सोचने के लिए बड़ा अच्छा है कि तुम घिसे-पिटे नाटकों को भी नयी दृष्टि देना चाहते हो। लेकिन कभी सोचा भी है तुम्हारा भार कब तक परांजपे झेलेगा क्योंकि अब मैं तो नहीं जाने वाला उसकी दुकान पर, उसे तो एक वेतन में दो लोग मिले हुए थे, उसे और क्या चाहिए था; और तुम्हारा यह थियेटर जो भर पेट रोटी भी नहीं दे सकता वह जीवन की बाकी आवश्यकताओं की पूर्ति कैसे कर सकता है, और तुम सारी उम्र इस खोली में काट सकते होगे परन्तु मैं नहीं। मुझे तो जीवन में सारी सुख-सुविधाएँ चाहिए और औरत भी। तुम्हारी इस खोली मे मैं किसी औरत का ख़्वाब भी नहीं देख सकता। मैं शादी करके घर बसाना चाहता हूँ। इसके लिए पैसा चाहिए और अब मैं उसे बनाऊँगा। इसके लिए तुम्हारी कोई बात सुनना भी नहीं चाहता।'' उसकी बात के जवाब में मैं क्या कह सकता था। मैंने इतना ही उसे कहा था कि—''ठीक है टोनी, तुम अपने जीवन के खुद मालिक हो। मैं तुम्हें क्या कह सकता हूं ! तुम्हारे जो मन में आये वही करो। मैंने तो बहुत पैसा देखा है और उसे छोड़ा भी है। पैसे ने मुझे कोई सुकून नहीं दिया। ख़ैर, तुम्हारा जो मन करता है वही करो, मैं तुम्हें रोकने वाला कौन होता हूँ!'' तब टोनी भावुक हो गया था और बोला था—''तुम मेरे जीवन से चले जाओगे तो मेरे पास बचता ही क्या है परन्तु तुम मेरी ज़रूरतों को भी समझो, मैं तो तुमसे इतना ही चाहता हूँ।''

मैं उसे समझाना चाहता था कि जीवन जीने की कल्पना अपनी-अपनी होती है। लेकिन सही और ग़लत भले ही कुछ नहीं होता परन्तु सबका एक अपना-अपना सच होता है और अपने-अपने सही और ग़लत निर्णय होते हैं। तुम जो भी करो वह तुम्हारे लिए सही और सच होना चाहिए।

मेरी बात सुनकर उसने कहा था कि उसे संस्कारों मे जो मिला है वही वह कर रहा है और जो कर रहा है उसके लिए वही सही है और सच भी वही है। तब मैंने उसे कहा था कि मैं तुम्हें रोकूँगा नहीं! परन्तु इतना तुम्हें अवश्य कहना चाहूँगा कि एक युगधर्म होता है और होते हैं कुछ सामाजिक दायित्व जिन्हें जानना और समझना लाज़िमी होता है।

उस दिन टोनी उखड़-सा रहा था। जब मैं उसकी बातों को सोचता हूँ तो स्वयं भी उलझ जाता हूँ। और एक हद तक उसकी वह सारी कही गयी बातें मुझे ठीक

लगने लगती हैं। वह कहता था कि कैसा धर्म और कैसा युग, और कैसे दायित्व? यह बातें उसके लिए कोई महत्त्व नहीं रखतीं। वह तो केवल इतना भर जानता है कि वह किस बात से, कैसे खुश रह सकता है और वह अपनी सारी ज़रूरतों को कैसे पूरा कर सकता है। आदमी के अन्दर के संसार को जानना सहज नहीं है। उसके अन्दर जो नदी बहती है उस नदी के बहाव को मोड़ने के लिए कहाँ और कितनी लम्बी टनल बनानी होगी, पहले तो इसी का परीक्षण करना सहज नहीं है। बाँध तो बहुत बाद की बात है।

टोनी नहीं जानता कि उसकी माँ किस युगधर्म का निर्वाह कर रही है? यह भी वह नहीं जानता कि उसकी माँ को किसने वह संसार दिया जिसमें वह साँस ले रही है? वह यह भी नहीं जानता कि उसे इस संसार में लाने वाला कौन है? फिर उसके लिए क्या युगधर्म और क्या सामाजिक दायित्व!

उसे समाज ने दिया ही क्या है? नफ़रत! मास्टर ने एक तरह की ज़िन्दगी से निकाल कर एक दूसरी तरह की दुनिया से उसे परिचित करवाया। वह नहीं जानता ग़लत क्या है, सही क्या है? जिन औरतों के पास वह जाता है वह समाज के किस दायित्व को निभा रही हैं? उनके दिन और रात का सच अलग-अलग क्यों है?

वह कहता था कि वह तो केवल इतना ही जानता है कि उसके शरीर में लगी आग को कौन-सा पानी बुझा सकता है और उसकी तलाश उस पानी को खोजने की ही है जो उसे अभी तक मिला नहीं है।

वह जाने अपनी इस खोज में कितना भटका है और जाने वह कितनी नदियों में बहा है और कितनी में डूबा है, यह तो कोई नहीं जान सकता। लेकिन तन-बदन में लगी आग जिसमें वह जल रहा है उसे शान्त करने के लिए जाने वह किन रास्तों से गुज़र रहा होगा, यह तो मैं नहीं जानता, और मैं यह भी नहीं जानता कि उसका यह भटकाव और कितना है! उसे और कौन-सी और कितनी ज़मीन तोड़नी होगी इसे भी कोई नहीं जानता। परन्तु एक बात टोनी अच्छी तरह जानता है कि उसे युग ने जो दिया है वह उसी तरह उसे लौटना चाहता है।

टोनी की ऐसी बातें मुझे बेचैन कर जाती थीं। उसका यह कहना एक हद तक सही था कि उसे इन सब बातों के बीच ही अपने क्षितिज की तलाश करनी है। उसका क्षितिज न थियेटर है और न परांजपे की दुकान ही है। उसने जिस माँ की कोख से जन्म लिया है वह उसके और उसकी माँ के लिए एक हादसे के सिवा कुछ नहीं है। जन्म तो उसकी माँ ने उसे दे दिया परन्तु क्या वह भूल पायी होगी उस बात को जिसकी वजह से उसका जन्म हुआ? टोनी ने कहा था कि—"एक घृणा से हुआ है मेरा जन्म। कौन-सा क्षितिज मेरी माँ ने मेरे लिए निर्धारित किया होगा, क्या उसने यह कभी सोचा भी होगा? मैं उसे क्यों माफ़ करूँ? क्या दिया है उसने मुझे? सबकी घृणा के बीच मैं जी रहा हूँ। बासटर्ड हूँ मैं, यह शब्द हर समय मेरे दिल-दिमाग़ का

सफ़र करता रहता है। क्या मैं इस बात को भूल सकता हूँ कि जिसने मुझे जन्म दिया वह मुझे सिर उठा कर जीने का सबक नहीं दे सकी? लेकिन उसी ने मुझे दुनिया में जीने के लिए अकेला छोड़ दिया। उसने एक बार भी यह जानने की कोशिश नहीं की कि मैं ज़िन्दा हूँ भी कि मर गया। मैं उसे कभी माफ़ नहीं कर सकता। उसने आसान रास्ता चुना है ज़िन्दगी जीने का। कभी सोचता हूँ कि मेरे जीने का मक़सद क्या है? नहीं जानता, जिस दिन जान जाऊँगा कि वह क्या है उस दिन टोनी तुम्हें ऐसा दिखाई नहीं देगा, मेरे अन्दर जो आग है वह तब तक धधकती रहेगी जब तक मेरा क्षितिज मुझे मिल नहीं जाता। जब मैं उसे प्राप्त कर लूँगा तो सच जानना राजीव, सबसे पहले मैं तुम्हें ही बताने आऊँगा। इस दुनिया में तुम्हारे सिवा मेरा है ही कौन!'' उस दिन टोनी की तड़प मुझसे देखी नहीं जा रही थी। मैं कैसे उसे कुछ कहने का साहस कर सकता था। उसके दिल में जो कड़ुवाहट भरी हुई थी क्या कोई भी मिठास उसे कम कर सकती थी। मैं घंटों टोनी के बारे में सोचता रहता और फिर उसके प्रति आया हर तरह का मलाल मेरे दिल से ऐसे साफ़ हो जाता जैसे बारिश के बाद का आसमान।

कभी-कभी उसकी बातें मेरी समझ से बाहर होतीं। एक दिन टोनी बाहर से लौट कर आया तो बहुत ही खुश था। उसका चेहरा देखकर मैंने इतमिनान की साँस ली थी कि चलो आज टोनी खुश तो है और उसकी यह खुशी बनी रहे इसलिए मैं कुछ जानना नहीं चाहता था कि इस खुशी का राज़ क्या है। लेकिन टोनी ही मुझसे बोला था कि—''एक आदमी के अन्दर कई तरह की भूखें होती हैं और उसे जिस चीज़ की भूख हो वह यदि न मिले तो जानते हो क्या होता है आदमी भेड़िया बन जाता है और तुमने जो दुनिया मुझे दिखाई है राजीव, उसकी समझ मुझे नहीं आयी। मैं नहीं समझ सका कि तुम्हें औरत कहीं उकसाती क्यों नहीं है। जब कि मेरे लिए औरत से नायाब तोहफ़ा भगवान ने इस धरती पर दिया ही नहीं है। औरत का शरीर मुझे कई तरह से राहत देता है। अब लगने लगा है कि मैं औरत के बिना जी ही नहीं सकूँगा। औरत जरूरत है मेरी राजीव! कमज़ोरी नहीं। और मैंने समझ लिया है कि मुझे ज़िन्दगी में क्या चाहिए या मैं अपनी ज़िन्दगी से चाहता क्या हूँ!''

टोनी की बात सुन मैं चुप रह गया था। मुझे तो यही खुशी थी कि वह इन दिनों खुश है क्योंकि मैं जानता था कि थियेटर से जो पैसा मिलता भी है वह इतना तो नहीं होता कि उससे हम घर चला सकें और इस दुकान से जितना भी पैसा हमारी दोनों की मेहनत के ऐवज में मिलता है, उससे हम इज़्ज़त से तो रह ही सकते थे वह भी मुम्बई जैसे शहर में, यह क्या कम बात थी! परन्तु टोनी की सोच का दायरा और मेरी सोच का दायरा अलग-अलग बिन्दुओं से शुरू होकर अलग-अलग दायरों को छूना चाहता है। इस तरह एक ही स्थान से दो धाराएँ अलग-अलग दिशाओं की ओर बहने लगीं। सही और ग़लत का निर्णय कौन करे, जुनून दोनों में एक जैसा था।

टोनी ने उस लड़के को, जिसे वह एक दिन जाने कहाँ से पकड़ लाया था, मास्टर की तरह ही अपने जैसा बनाना शुरू कर लिया था। टोनी पूरी तरह से मास्टर के कदमों पर चलने लगा था। उसने उस लड़के, जिसका नाम टोनी ने 'सिप्पी' रखा था, जबकि वह अपना नाम सदानन्द बताता था, के लिए एक मास्टर रख दिया था जो उसे अँग्रेज़ी पढ़ाने के साथ-साथ अन्य विषयों की भी जानकारी दे रहा था। अब घर में दो अख़बार भी आने शुरू हो गये थे। सिप्पी को खास टोनी की हिदायत थी कि हर रोज़ वह अख़बार में और कुछ नहीं पढ़ सकता तो एडिटोरियल ज़रूर पढ़ लिया करे परन्तु अख़बार की तह रोज़ शाम को टोनी ही खोलता, सिप्पी ने कभी अख़बार पढ़ने में कोई दिलचस्पी नहीं दिखाई।

जाने कितना समय हो गया था। मुझे अपनी ही धुन में खोये हुए। मेरा सिर फटा जा रहा था और मैं विचारशून्य-सा भी होता जा रहा था। लग रहा था कि बुखार तेज़ हो रहा है। बाहर बारिश थम चुकी थी। कुछ देर पहले एक छोटा लड़का मुझे दवा दे गया था, पूछने पर उसने बताया कि मोहसिन खान कुछ देर बाद आएगा। इतना कह लड़का चला गया। मेरी बेचैनी बढ़ने लगी। पिछली बातें मुझे पागल किये दे रही थीं। चाह कर भी मैं कुछ और नहीं सोच पा रहा था।

बाहर कुछ खड़का हुआ और थोड़ी देर बाद खान चाय लिये मेरे पास आया। उसने मुझे छुआ और बोला, "अरे बुखार तो वैसे-का-वैसा ही है, क्या दवा नहीं ली थी? मैं सुरजन को कह गया था, क्या वह आया नहीं था?"

मैंने हाँ में सिर हिला दिया। कुछ कहा नहीं। अब हम दोनों चाय पी रहे थे। खान मुझे कुछ खाने के लिए ज़ोर डाल रहा था लेकिन मेरा कुछ भी खाने का मन नहीं हो रहा था। खान के स्कूल जाने का समय हो गया था। वह मुझे हिदायत दे स्कूल चला गया कि मैं समय पर दवाई ले लूँ और किसी भी चीज़ की ज़रूरत हो तो सुरजन से कह दूँ। खान चला गया और मेरी विचारों की गाड़ी जिस स्टेशन पर रुकी थी वहीं से फिर चल पड़ी।

एक दिन मेरी हैरानी का ठिकाना नहीं रहा। जब दुकान से घर आया तब टोनी कमरे का सामान बाँध रहा था। मैंने परेशानी से पूछा कि क्या हुआ क्या यहाँ कोई लफड़ा हुआ मेरे पीछे? मेरी बात सुनकर टोनी की आँखें मेरे चेहरे पर दौड़ने लगी थीं। उसके होंठों से थोड़ी हँसी बाहर गिरी फिर उसकी आँखें मेरी आँखें बनी और मेरे कानों ने सुना था—"यहाँ कुछ नहीं हुआ राजीव भाई! लेकिन अब होने जा रहा है। आज हम अपने घर जा रहे हैं।" और उसने अपनी तर्जनी से चाबियों का गुच्छा घुमा दिया। मैं विमूढ़-सा उसे देखता रह गया वह फिर बोला—"इसमें हैरान होने की क्या बात है। आज हम यदि एक कमरे का फ्लैट ले पाये हैं तो जल्दी ही बड़ा भी ले पाएँगे। मैंने कहा था न कि अब देखना पैसा बरसेगा सो आज हम एक फ्लैट के

मालिक हैं। आज हम यह खोली छोड़ देंगे।''

''नहीं टोनी, मैं नहीं जा पाऊँगा तुम्हारे साथ। मैं यहीं ठीक हूँ।''

टोनी मेरी बात सुनकर हँस पड़ा था और बोला था कि उसने तो खोली खाली करने की बात खोली के मालिक को भी कह दी है। वह आता ही होगा इस पर अपना ताला लगाने। मुझे टोनी की बात बुरी लगी थी। उसने मुझसे पूछे बिना ही यह सब कैसे कर दिया। टोनी ने मेरी बात का कोई जवाब नहीं दिया। उसके हाथ काम करते रहे और जो उसने कहा था वह मुझे चौंकाने के लिए काफी था। उसने मुझे कहा था कि—''तुम मेरे सारे फैसले लेने का हक़ रखते हो परन्तु मैं तुम्हारी मर्जी के बिना क्या एक कदम भी नहीं चल सकता। मैंने तो तुम्हें सरप्राईज़ देना था इसलिए इतने दिनों से चल रही इस बात को मैंने तुमसे छिपा कर रखा था।'' मुझे उस समय टोनी पर तरस ज़रूर आया था लेकिन मैं उसे क्या यह कहता कि तुम जो भी कर रहे हो जैसे भी पैसा कमा रहे हो वह ठीक नहीं है। टोनी और सिप्पी मुस्तैदी से सामान इकट्‌ठा करते जा रहे थे।

मैं शाख से गिरे पत्ते की तरह बेजान सा चारपाई पर औंधे मुँह गिर पड़ा। उसके बाद मुझे नहीं पता चला कि टोनी ने कब वह सब कुछ बाँध कर घर को खाली भी कर दिया।

हम नये घर में आ गये। नहीं, इसे ऐसा कहना चाहिए कि मैं टोनी के घर में आ गया। मेरे दिमाग़ में इस बात की हलचल मची हुई थी कि इतना पैसा कहाँ से आया टोनी के पास? लेकिन इस बात को पूछने की हिम्मत मेरी चुक गयी थी। टोनी की तेज़-तर्रार बातें सुनकर मैं कछुए की तरह अपने हाथ-पाँवों को समेटकर अपने ही खोल में दुबक गया था।

टोनी के घर रहते हुए मैं अपने-आप को अजनबी समझने लगा था। मुझे हमेशा यह लगता रहा था कि मैं यहाँ अनाधिकार रहने की चेष्टा कर रहा हूँ। धीरे-धीरे मैं अन्तर्मुखी होता गया। यूँ मेरा किसी भी काम में दिल नहीं लग रहा था। मैं मशीन की तरह दुकान जाता और चुपचाप वहाँ काम करता रहता। इस ओर एक दिन परांजपे ने लक्ष्य भी किया था। मैं कुछ वाजिव जवाब नहीं दे पाया था। उसने काफी नाराज़गी जताते हुए यह भी कहा था कि—''आजकल तुम मीटिंग में भी नहीं जा रहे हो? कुछ प्रॉब्लम है तो बताओ। इस तरह घुल-घुल कर किसी भी समस्या का हल नहीं खोजा जा सकता। मुझे बताओ, तुम्हें कष्ट क्या है शायद मैं तुम्हारी कुछ सहायता कर सकूँ।''

मैंने परांजपे को बता दिया कि मैं अब टोनी के साथ नहीं रहना चाहता। मेरी बात सुनकर परांजपे ने मुझे अपनी दुकान पर सोने की इजाज़त दे दी। यहाँ देह और पेट दोनों की क्षुधा का पूरा-पूरा ध्यान परांजपे रखने लगा था। यह अलग बात है कि टोनी

ने मेरे इस फ़ैसले को अपनी बेइज़्ज़ती से कम नहीं समझा था। वह बार-बार मुझे अपने घर ले जाने की कोशिश करता और कहता, जब वह इतना पैसा कमा रहा है तो मुझे फिर इस छोटी-सी दुकान पर काम करने की ज़रूरत ही क्या है जब कि यह कोई अच्छी नौकरी भी नहीं है, मैं इसे छोड़ क्यों नहीं देता। जाने क्यों मुझे उसके घर जाने की थोड़ी-सी भी इच्छा नहीं हुई। भले ही परांजपे की दुकान में वह सुविधाएँ नहीं थीं जो मेरी खोली और अब टोनी के घर में उपलब्ध थीं लेकिन फिर भी मेरा टोनी के पास जाने के लिए मन बन नहीं पा रहा था। शायद मैं थोड़ा स्वार्थी था। अपने लिए पूरी स्वतन्त्रता चाहता था। दूसरे को शायद मैं उससे आधी स्वतन्त्रता भी देना नहीं चाहता था।

टोनी के लाख आग्रह करने पर भी मैं फिर उसके घर नहीं गया था। परांजपे की दुकान अब मेरा स्थाई घर बन गया था। परांजपे हर एक दिन के बाद मेरे साथ होता और हम दोनों को एक-दूसरे के शरीर की गर्मी तरोताज़ा रखती। हम दोनों बहुत खुश थे अपनी इस नयी व्यवस्था से। परन्तु समय की गति किसे कहाँ ले जाये इसका पहले से कुछ अनुमान नहीं लगाया जा सकता। परांजपे भले ही अपने शरीर की भूख को मिटा कर सन्तुष्ट हो जाता होगा और मैं भी पूरी तरह से सन्तुष्ट तो था लेकिन जाने क्यों मैं शेखर को कभी भूल नहीं पाया। चाह कर भी शेखर हर समय मेरे दिल पर राज करता रहा। उसकी याद को मैं अपने से एक क्षण के लिए भी अलग नहीं कर पाया और जब-जब परांजपे मेरे साथ होता मैं शेखर को ही भोग रहा होता। उन नितान्त निजी क्षणों में मेरे पास बड़ी साजिश से शेखर परांजपे को हटाकर खुद वहाँ आ विराजमान होता और फिर पूर्ण तृप्ति के बीच से एक टीस उभरती और मेरे तनबदन को जकड़ लेती। फिर मैं घंटों तड़पता रहता उस गन्ध को पाने के लिए जो शेखर के शरीर से उठती हुई मेरे अन्दर बस चुकी थी। मेरी इस तड़प का कोई चश्मदीद गवाह नहीं था। मेरे अपने नक्शे में अमोल परांजपे का कभी कहीं कोई नाम नहीं था। वहाँ फैले थे शेखर के नाम के नदी-नाले। हालाँकि मैं यह बखूबी जानता हूँ कि शेखर के नक्शे में कब से मेरा नाम कट चुका है जैसे भारत के नक्शे से वह शहर कट चुके हैं जो अब पाकिस्तान के हो चुके हैं। लेकिन जाने क्यों कभी-कभी मुझे लगता है कि एक न एक दिन शेखर अपने नक्शे में मेरा नाम अवश्य दर्ज कर लेगा।

मैं जब भी ऐसी मनःस्थिति से गुज़र रहा होता हूँ तब परांजपे मुझसे कहता भी, कि—''कभी-कभी क्यों मुझे लगता है कि तू बहुत पराया है। मेरे साथ होते हुए भी तू मेरे साथ नहीं होता।'' मै उसे इसका क्या जवाब देता, मैं उसे कैसे कह सकता हूँ कि यहाँ तो मेरा केवल शरीर ही है, आत्मा तो मैं चंडीगढ़ छोड़ आया हूँ। परांजपे समझता कि शायद यहाँ सुविधाओं की कमी ही मेरी इस कुंठा का कारण है।

जबसे मैं और टोनी मास्टर से अलग हुए तब से ही जाने क्यों मुझे शेखर के

साथ-साथ मोहसिन खान और स्कूल की याद का आना और भी बढ़ गया था। मेरा मन तलाशता रहता उन सारी स्थितियों को। मोहसिन खान के थियेटर को और केतकी को भी। मन करता कि जैसे-तैसे कर मैं उन पुरानी यादों में फिर से लौट जाऊँ और एक बार फिर पहुँच जाऊँ वहाँ जहाँ मैंने ज़िन्दगी जीनी सीखी थी। मैं कहाँ अजनबियों के बीच आ गया! कभी सोचता कि मैं क्यों इतनी यन्त्रणा भोग रहा हूँ, क्यों नहीं मुम्बई का सब छोड़-छाड़ कर चंडीगढ़ वापस चला जाता। परन्तु जाने वह कौन-सी शक्ति थी जो मुझे वहाँ जाने से सदा रोक लेती थी और आज यहाँ आकर फिर से मुम्बई जाने का मन हो रहा है। अब मुझे यह शहर छोटा लगने लगा है। जाने मुझे क्या होता जा रहा था। मैं जिस जगह होता उस स्थान से मन उचट जाता। जब कभी भी मेरी ऐसी हालत होती तब परांजपे मुझे कहता था कि मैं अपना दर्द उससे क्यों नहीं बाँट पाता। और यहाँ यही शब्द मोहसिन खान कहता है। क्या कहूँ मैं, तब चुप रहने में ही मुझे अपनी भलाई दिखाई देती। परांजपे के पास रहते हुए कई बार मुझे टोनी अपने घर ले जाने के लिए आया भी परन्तु मेरा मन उसके साथ जाने के लिए कभी बना ही नहीं। टोनी निराश हो जाता। वह अपनी दोस्ती का वास्ता देता। मैं चुप रह जाता, कहता भी क्या उससे!

परांजपे के पास कई तरह के लोगों का आना था। अब तो मैं भी उनकी बातों में शामिल होता जा रहा था। कभी-कभी परांजपे यदि किसी मीटिंग में शामिल नहीं हो पाता था तो वहाँ मैं ही जाता। उनके बीच कुछ लोग ऐसे भी थे जिनके विदेशी लोगों के साथ सम्पर्क थे जो अपने हक़ की लड़ाई लड़ रहे थे। ख़ासकर हॉलैंड के लोगों के साथ, जिन्हें अपनी तरह जीने का कानूनी हक़ मिला हुआ था। हम भी ऐसा ही चाहते हैं कि हॉलैंड की तरह ही हमें भी यहाँ आपस में शादी करने की मान्यता दे दी जाये। लेकिन हम सभी यह भी जानते थे कि यह एक लम्बी लड़ाई है जो हमें लड़नी है।

इन्हीं दिनों समलैंगिक विषय को लेकर टी.वी. में एक परिचर्चा के लिए परांजपे को आमन्त्रित किया गया था। परांजपे चाहता था कि मैं भी उसके साथ चलूँ परन्तु मैं अभी इस सीमा तक अपने से मुक्त नहीं हुआ था कि अपनी बात सार्वजनिक तौर पर स्वीकार कर लूँ। मैं नहीं जा पाया था उस टॉक शो में। परांजपे को मेरी यह बात अच्छी नहीं लगी थी। उसने नाराज़गी ज़ाहिर करते हुए कहा था—"कब तक दुनिया से मुँह छिपाते रहोगे?" मैं इसका क्या जवाब देता चुप रहा था परांजपे ने ही फिर कहा था कि—"तुम चाहते क्या हो? तुम्हारी बातों से ऐसा लगता है कि तुम्हारे अन्दर भी एक तरह का अपराधबोध पल रहा है। कहीं-न-कहीं तुम भी अपने को ग़लत समझते हो। क्योंकि जिसे तुम प्राप्त करना चाहते हो उसे स्वीकार करने में तुम्हें किस बात का भय सता रहा है। हम अपने अधिकारों की बात करने जा रहे हैं जिन्हें हमें प्राप्त करना है। यह हमारी लड़ाई है जिसे हमें ही लड़ना है, हमारे लिए दूसरा क्यों कोई लड़ेगा ?

इसलिए जो भी साधन उपलब्ध हैं हमें उनका इस्तेमाल खुल कर करना है तभी हम अपने मक़सद में कामयाब हो सकते हैं।'' मैं आज तक उसकी यह बात भूला नहीं हूँ और अपने-आप को भी टटोल रहा हूँ कि मैं क्यों इतना बुज़दिल हूँ। उस दिन मैंने परांजपे की बात का कोई जवाब नहीं दिया था और वह जाने अपनी मराठी भाषा में क्या बोलता हुआ चला गया था जिसे समझना मेरे बस की बात नहीं थी। उस दिन के बाद परांजपे थोड़ा-सा मुझसे खिंचा-खिंचा-सा रहने लगा था और इसी वजह से मेरा फिर उसकी दुकान में दम घुटने लगा था। जब मैं बहुत अधिक उदास हो जाता तब मुझे चंडीगढ़ की याद सताने लगती।

एक दिन अचानक मास्टर से मुलाकात हो गयी। मास्टर ने पूछा भी कि कहाँ रहता हूँ और क्या करता हूँ। मैं बात को टाल गया केवल इतना ही कह पाया कि कि मैं अब केवल नाटक ही करता हूँ। उसने टोनी के बारे में पूछा। मैंने साफ इनकार कर दिया कि मुझे उसका कुछ पता नहीं है। मास्टर ने काफी ज़ोर लगाया कि मैं फिर वापस उसके स्कूल में आ जाऊँ जिसे उसने फिर से शुरू कर दिया था परन्तु मैंने अपनी मजबूरी ज़ाहिर कर दी। उसने अधिक पैसों का लालच भी दिया। मैंने मास्टर को यह कहकर टालने की कोशिश की कि सोच कर बताऊँगा। मास्टर ने बताया कि उसके पास अब लड़कियों के अलावा काफी लड़के भी डांस सीखने आ रहे हैं और वह चाहता है कि हम फिर से उसके स्कूल में आ जाएँ। उसने यह भी कहा कि अब वह अलग से एक खोली मुझे देगा। जब मास्टर को लगा कि मैं उसकी बात पर गम्भीरता से बात नहीं कर रहा तो उसने फिर कहा—''हाँ, स्कूल में तुम्हारी दो-तीन चिठ्ठियाँ आयी हुई हैं, उन्हें तो आकर ले जाओ।'' मैंने उससे दो-तीन दिन बाद आने का वायदा कर उसे टाल दिया। मास्टर तो चला गया परन्तु मैं सोचता रह गया कि चिठ्ठियाँ किसकी होंगी! हो सकता है उसमें कोई मोहसिन खान का ख़त ही न हो। उसके सिवा तो किसी को मालूम ही नहीं है कि मैं रहता कहाँ हूँ। फिर मैं पछताने लगा कि क्यों नहीं मास्टर के साथ ही चला गया मैं। उस दिन मुझे फिर रात भर नींद नहीं आयी और सुबह होते ही मैं मास्टर के पास जाने के लिए तैयार होने लगा। जब मैंने परांजपे से कहा कि मैं आज दुकान पर नहीं आ सकता, मुझे कहीं और जाना है तो उसने मुझे छुट्टी नहीं दी। मुझे उस दिन परांजपे बौना लगा। परन्तु मैं कर भी क्या सकता था क्योंकि जैसी मेरी हालत थी उन परिस्थियों में मैं परांजपे को छोड़ नहीं सकता था। इस बात को परांजपे बखूबी जानता था। उस समय मुझे टोनी की याद आयी और फिर मैंने टोनी को फोन लगाया। फोन सुनते ही टोनी ने मुझे जी भर कर गालियाँ निकालीं और उसके बाद उसने कहा कि वह चिठ्टियाँ मास्टर से ले आएगा परन्तु उसका कहना था कि इन दिनों वह दो नृत्य नाटिकाएँ एक स्कूल के वार्षिक समारोह के लिए तैयार करवा रहा है इसलिए उसे मेरी मदद की ज़रूरत है।

मैं उसकी तक़लीफ़ समझ रहा था लेकिन मेरा उसके पास रोज़ जाना सम्भव नहीं था। इस बात को टोनी मानने को तैयार ही नहीं हो रहा था। यूँ भी मेरी उन दिनों परांजपे के साथ खटपट चल रही थी। परांजपे यह मानने को तैयार ही नहीं था कि यदि वह मेरी ज़रूरत है तो उसे भी मेरी ज़रूरत है।

अपने और परांजपे के सम्बन्ध को लेकर सोचते हुए एक दिन और निकल गया था। मैं टोनी को कोई माकूल जवाब नहीं दे पा रहा था और टोनी को मेरे जवाब की ज़रूरत नहीं थी। उसे तो सिर्फ मेरी 'हाँ' ही चाहिए थी। उसने कह भी दिया था कि वह कोई बहाना नहीं सुनना चाहता। मुझे परांजपे से कुछ दिनों की छुट्टी लेकर उसके पास आना ही होगा लेकिन मैं तय नहीं कर पा रहा था कि मैं क्या करूँ। मेरी 'जाऊँ न जाऊँ' की स्थिति चल रही थी। इस तरह दो दिन और बीत गये। परांजपे को मेरा टी.वी. पर टॉक शो में न जाना इस कदर बुरा लगा कि उसका गुस्सा अभी तक शान्त नहीं हुआ था। हम दोनों दुकान पर जाते, काम करते लेकिन दोनों की आपस में कोई बात नहीं होती थी। बस चुपचाप काम करते जाते थे। इसी बीच टोनी का टेलीफोन आया जिसने मेरी सारी दुविधा समाप्त कर दी। उसने बताया कि वह चिठ्ठियाँ ले आया है और उसमें एक चिठ्ठी मोहसिन खान की है दूसरी का उसे पता नहीं चल पा रहा था कि वह किसकी चिठ्ठी होगी। उसने बताया कि दोनों चिठ्ठयाँ चंडीगढ़ से ही आयी हैं और उसने यह भी कहा कि अगर चिठ्ठियाँ चाहिए तो मुझे उसके पास जाना ही होगा, वह नहीं आएगा यहाँ उन्हें देने। मैं यह जानता था कि यह चाल उसकी मुझे अपने पास बुलाने की ही है परन्तु क्या करता! परांजपे से मैं तंग आ चुका था। बहुत-सी उसकी अच्छी बातों के साथ कुछ ऐसी बातें भी थीं जिन्हें मेरा मन मानने को तैयार ही नहीं होता था। मैंने मन में तय किया कि परांजपे से कुछ दिनों की छुट्टी लेकर टोनी के पास चला ही जाऊँ और नाटकों में उसकी तैयारी में सहयोग दूँ, जैसा वह चाहता है। परांजपे से छुट्टी लेना टेढ़ी अंगुली से घी निकालने जैसा ही था। बडी कठिनाई से उसने मुझे दो दिन का अवकाश दिया। दो दिन बाद एक मीटिंग थी और उसका कहना था कि वहाँ मुझे ही जाना है। जाने क्यों वैसी मीटिंगों में जाना मुझे कतई पसन्द नहीं था। मुझे यह बातें बहुत निजी लगती हैं और मैं नहीं समझता हूँ कि इस तरह की मीटिंगों से कोई लाभ हो सकता है। मेरी बातें सुनकर परांजपे हमेशा कहता कि मैं अभी विषय की गम्भीरता से काफी दूर हूँ। वह कहता—"समाज में रहना है तो अपने अधिकारों को प्राप्त करना भी सीखो।" मैंने जैसे-तैसे करके परांजपे को इस बात के लिए मनवा लिया कि मीटिंग में जाने के बाद वह मुझे कुछ दिनों की छुट्टी देगा। इसी के साथ उसे मैंने यह आश्वासन भी दे दिया कि कुछ दिनों के बाद मैं वापस आ जाऊँगा ज़रूर और जाऊँगा भी कहाँ? परांजपे को मेरी बात पर यक़ीन हो गया और उसने पूरे एक सप्ताह की मुझे छुट्टी दे दी। परांजपे से छुट्टी लेकर मैं सीधा

टोनी के पास चला गया। जब मैं टोनी के पास पहुँचा, वह रिहर्सल करवाने में व्यस्त था।

शाम घिर आयी थी। अभी खान स्कूल से लौटा नहीं था। वह आजकल किसी नये नाटक की रिहर्सल करवाने में जुटा हुआ है और मैं सोच रहा था कि कब ज़मीन का झंझट समाप्त हो और कब मैं यहाँ से निकलूँ! भले ही स्कूल अब आगे से बहुत बेहतर हो गया था लेकिन मुझे वह अपने में बाँध सकने में नाकामयाब ही रहा। शाम का झुटपुटा गहरा होता जा रहा था। मेरा मन साइबर कैफे जाने को कर रहा था। अपना मेल बॉक्स भी मुझे चेक करना था और टोनी को मेल भी भेजनी थी। मै चुपचाप उठा और घर से बाहर निकल गया।

मेरा बुखार उतर चुका था। अब मैं खान के घर और नहीं रुकना चाहता था। लेकिन मोहसिन खान ने मुझे अपने पास ही रोक रखा था। मेरा दम वहाँ घुटने लगा था और रह-रह कर मुझे शेखर की याद आने लगी थी। लेकिन मैं अपनी परेशानी खान को नहीं बता सकता था भले ही खान मेरी बड़ी देखभाल कर रहा था लेकिन एक रिक्तता थी जो मेरे अन्दर घर करती जा रही थी। मैं उन सबके बीच अपने को नितान्त अकेला महसूस कर रहा था।

मैं कभी अपने से मुक्त नहीं हो पाया। हर समय मैं अपने को मुम्बई में ही पाता और टोनी मेरे साथ होता अपने सारे विरोध के साथ।

टोनी का शो अच्छा गया था। मास्टर भी शो देखने स्कूल आया था। मास्टर की बड़ी इच्छा थी कि हम फिर दोनों उसके पास लौट आएँ। हम दोनों ने उसकी बात हँसी में टाल दी थी। मास्टर भी यह जान गया था कि हम गम्भीरता से नहीं ले रहे उसकी बात को। उसने अपने पास आने के हमें काफी लालच भी दिये लेकिन टोनी ने कुछ ऐसा रुख अपनाये रखा जैसे वह मास्टर की बात सुन ही न रहा हो। मास्टर ने भी अपना पैंतरा बदला था और उसने टोनी से कहा कि वह उसकी माँ को बता देगा कि टोनी कहाँ है? टोनी मास्टर की बात सुन हँस पड़ा और बोला—''अभी बता दो, लो मोबाइल, लगाओ उसे फोन।'' मास्टर ने मोबाइल नहीं लिया। मात्र इतना ही कहा कि इन दिनों उसकी माँ बहुत अधिक बीमार है और वह उसे याद कर रही है। उसको यह बता देना काफी होगा कि तुम कहाँ हो। फिर तुम अपनी माँ को तो जानते ही हो! उसे तुम्हें अपने पास बुला लेना कोई मुश्किल काम नहीं है। तुम सीधे तौर पर नहीं जाते तो वह क्या करेगी, उससे तो तुम वाकिफ ही हो, इसलिए मैं कहता हूँ कि तुम एक बार उससे तो मिल लो। मास्टर की बात का टोनी पर कोई असर नहीं हुआ था। वह कुछ अधिक ही उत्तेजित हो गया था और उसने कहा था कि—''क्यों मिल

लूँ उससे, उसे कह देना कि उसके लिए तो मैं उसी दिन मर गया था जिस दिन उसने फिरौती के रुपये देने से इनकार कर दिया था। अब मैं कैसे ज़िन्दा हो गया? और मास्टर, तू उसका सन्देशा लेकर मेरे पास कैसे आ गया? फिरौती का पैसा तो तुम्हें ही चाहिए था न? कह देना उसे कि उसके टोनी को मैंने ही मारा है।''

मास्टर ने सब कुछ सुनकर भी अपना धैर्य नहीं खोया। उसने टोनी को मनाने की भरपूर कोशिश की। उसने उसे उसकी माँ का वास्ता दिया कि—''टोनी ज़िद मत कर! यह शायद तुम्हारी माँ का अन्तिम समय ही हो, वह शायद तुम्हें कुछ बताना चाहती हो या फिर अपनी जायदाद अपने वारिस को सौंपना चाहती हो। एक बार मिल आने में हर्ज़ ही क्या है?'' टोनी कितनी देर मास्टर की तरफ देखता रहा फिर बोला—''मैं उसका वारिस किधर से हो गया मास्टर, कह देना उसे जिनके बीच वह रहती है अपना पैसा-लत्ता उन्हीं को सौंप दे। मुझे उससे कुछ लेना-देना नहीं है।'' मास्टर की दागी सभी गोलियाँ टोनी के सिर के ऊपर से गुज़र गयीं। कोई भी निशाना उसका सही नहीं बैठा जो उसके सीने को बेध सकता। मास्टर ने अपनी बन्दूक की अन्तिम गोली का निशाना बड़ी सावधानी से साधा और बोला था देखो टोनी वह शायद तुम्हारे बाप का नाम तुम्हें बताना चाहती हो। यह गोली भी मास्टर की निशाने पर नहीं लगी, टोनी उसी भावस्थिति में रहा और बोला था—''कह देना उसे कि मुझे नहीं सुनना है कि मेरा बाप कौन है? अब जान कर मैं क्या करूँगा? जब मुझे बाप की ज़रूरत थी तब मुझे वह नहीं मिला। अब मुझे इसे जानने की ज़रूरत नहीं है। मेरी थाली में उनके द्वारा परोसा गया बास्टर्ड शब्द अब मुझे बेस्वाद नहीं लगता, जैसे पहले लगा करता था। अब मैं इस शब्द से डिस्टर्ब नहीं होता, मैंने अब इसके साथ जीना सीख लिया है।'' मास्टर ने अपनी तरफ से सारे निशाने साध लिये थे और निराश होकर खाली हाथ लौट गया था।

टोनी ने अपने घर में अपनी सुख-सुविधाओं की सारी वस्तुएँ इकट्ठी कर ली थीं। उसके पास दो-तीन छोकरे किसम के लड़के भी थे जो उसका सारा कार्य-विहार चलाते थे।

जो पत्र मुझे चंडीगढ़ से आये थे उनमें एक मेरे पिता का पत्र भी था जिसमें लिखा था कि माँ बीमार है। मैं लौट आऊँ और जिस स्कूल को खोलने में उनका पैसा लगा है उसे उनका बेटा नहीं कुछ दूसरे लोग ही चला रहे हैं। यह उन्हें अच्छा नहीं लग रहा। बेहतर हो, मैं आकर अपने स्कूल की देखभाल भी करूँ क्योंकि वह स्कूल मेरा है, उसे यूँ ही दूसरे लोगों के हवाले कैसे किया जा सकता है। मैं और टोनी दोनों पत्र को पढ़कर काफी हँसे थे और मैं बोला था कि माँ की बीमारी का बहाना बनाकर बेटे को मनाने की चालें डैड पुरानी हो चुकी हैं। कोई नया बहाना खोजिए। शायद मेरा मन उसे पढ़कर पसीज जाये, इस बहाने ने तो मेरे अन्दर कुछ हलचल पैदा नहीं की।

रही स्कूल की बात, तो यह क्या कम बात है कि वह चल रहा है, मेरे वहाँ न रहने पर भी। यह कहकर मैंने पत्र एक तरफ रख दिया। दूसरे पत्र ने मुझे विचलित कर दिया। मोहसिन खान ने लिखा था कि उसे स्कूल के लिए ज़मीन उपलब्ध हो गयी है जहाँ वह बच्चों के लिए डे केयर सेंटर बनाने की सोच रहा है। चूँकि स्कूल मेरा है इसलिए उस ज़मीन को लेने की सारी कार्यवाही मुझे वहाँ जाकर करनी पड़ेगी। मैं सोचने लगा कि यह मुझे बुलाने का बहाना है या सच में ही यह सही बात है। इसका पता कैसे किया जा सकता था। मैं इसी उधेड़बुन में था कि मुझे क्या करना चाहिए और क्या नहीं। टोनी मेरी स्थिति को समझते हुए बोला था—''राजीव भाई, एक बार जाने में हर्ज़ ही क्या है? हम अपने ग्रुप के साथ चलते हैं, एक शो वहाँ देते हैं। यदि ऐसा सम्भव हो जाये तो वहाँ के सारे हालचाल भी हम जान लेंगे।'' मुझे टोनी की बात अच्छी लगी थी परन्तु पूरी टीम को ले जाने-आने का खर्चा कौन उठाएगा। यह काम कैसे होगा? यह मेरी चिन्ता का विषय था। टोनी ने मुझे आश्वासन दिया कि इस बात की मुझे चिन्ता नहीं होनी चाहिए।

टोनी की इच्छा जानकर मैंने मोहसिन खान को फोन लगाया और उसे बताया कि हम अपने पूरे मंडल के साथ आना चाहते हैं हमारे शो के लिए कुछ इन्तज़ाम कर सकते हो तो हम आते हैं। हमने यह भी स्पष्ट कर दिया कि हमें पैसे नहीं केवल स्थान चाहिए शो के लिए और चाहिए दर्शक। मोहसिन खान ने आश्वासन दिया कि दोनों बातें हमारी पूरी हो जाएँगी, हम आयें तो सही। हमने एक महीने का समय माँगा और कहा कि जब भी हॉल बुक हो जाये हमें बता दिया जाये। टोनी खुश था कि उसका शो मुम्बई से बाहर भी होने जा रहा है। इस बीच टोनी ने कोलकता भी बात की। वहाँ से भी सकारात्मक उत्तर उसे मिला जिससे उसका उत्साह देखते ही बनता था।

टोनी ने चंडीगढ़ के बाद कोलकता के लिए तारीख माँगी जो उसे मिल भी गयी। सारा काम होने के बाद टोनी चिन्तित हो गया कि बाहर हमें कैसे लिया जाएगा। मैं देर तक उसे आश्वासन देता रहा कि चिन्ता की बात नहीं। सब ठीक हो जाएगा परन्तु टोनी की आँखों से नींद जाने कहाँ खो गयी थी।

मैं टोनी के घर परांजपे से कुछ दिन की ही छुट्टी लेकर यहाँ आया था लेकिन जाने कितने ही दिन मैं टोनी के पास रह गया। टोनी मुझे अपने घर से जाने ही नहीं दे रहा था। और मैं उसे कुछ कह भी नहीं पा रहा था क्योंकि एक महीने के बाद हमें, चंडीगढ़ जाना था। टोनी ने एकतरफा हुक्म सुना दिया था कि अब मैं परांजपे के पास नहीं जाऊँगा। उसके पास रह कर शो की तैयारी में उसका साथ कैसे दूँगा। मैंनें भी यही उचित समझा परन्तु परांजपे को छोड़ना क्या इतना आसान था मेरे लिए?

नाटक की तैयारी अच्छी हो गयी थी। चंडीगढ़ जाने के लिए बच्चे और टोनी

बहुत उत्तेजित थे और मैं गहरी सोच में डूबा हुआ था कि ज़मीन लेने के लिए पैसा कहाँ से आएगा?

टोनी ने नृत्य नाटिका के बच्चों को भी अपने साथ ले जाने के लिए तैयार कर लिया था। इस तरह पूरे तीस लोग थे चंडीगढ़ जाने वाले। मुझे थोड़ी परेशानी हुई थी परन्तु टोनी और सिप्पी काफी प्रसन्न दिखाई दे रहे थे। तय हुआ था कि चंडीगढ़ में 'होली' और 'पोस्टर' नाटकों का प्रदर्शन किया जाएगा। जब कि नृत्य नाटिका में केवल 'विक्रमो-उर्वशी'। मेरे लाख इनकार करने पर भी टोनी ने मेरी बात नहीं मानी थी कि 'द्रौपदी' के स्थान पर 'विक्रमो-उर्वशी' यदि चंडीगढ़ में किया जाये वह अधिक ठीक रहेगा। मेरी इस बात पर न सिप्पी सहमत हुआ और न ही टोनी और मैं यह कह नहीं पाया कि 'द्रौपदी-चीरहरण' का जितना सशक्त अभिनय पक्ष केतकी का है उसके आगे हमारी यह नृत्य नाटिका फीकी ही रहेगी परन्तु मैंने उन दोनों को इस बात पर सहमत कर लिया था कि दोनों नृत्य नाटिकाओं की रिहर्सल मोहसिन खान को दिखा दी जाएगी, वह जिसे कहेंगे वह किया जाएगा। हम उस समय यह बात भूल गये कि हमारे जाने तक तो निमन्त्रण पत्र छप भी चुके होंगे। लेकिन एक शाम हम रिहर्सल कर रहे थे कि मैं परांजपे को सामने देख हैरान रह गया था। मुझे देखकर परांजपे ने कहा था—''वाह भाई राजीव! तुम भी कमाल के आदमी हो। कुछ दिन का कहकर गये और आज बीस दिन होने को आये, तुम्हारा कहीं कुछ अता-पता ही नहीं।'' मेरे बोलने से पहले ही टोनी ने परांजपे की बात का जवाब दे दिया। उसने कहा था—''परांजपे भाई! मैं तो बोल आया था न, कि अब राजीव नहीं आने वाला। और फिर दोनों में काफी बहस हुई थी।'' आखिर में परांजपे ने टोनी को चुप कराते हुए कहा था—''तुम क्या समझते हो कि तुमने कहा और हमने मान लिया? क्या बात करते हो तुम भी टोनी! चलो उठो राजीव, एक मीटिंग में तुम्हें मेरे साथ चलना है।'' मैं क्या कर सकता था। मुझे परांजपे से वह पैसा भी चाहिए था जो मेरा उसकी ओर बकाया था और परांजपे की नौकरी भी। नहीं तो चंडीगढ़ से आने के बाद मैं फिर से अनिश्चय की ज़िन्दगी में नहीं लौटना चाहता था जहाँ दिन-रात केवल पेट की ही चिन्ता सताती रहे। मैंने टोनी से कहा था कि—''परांजपे के साथ मीटिंग के बाद मैं सीधा यहाँ लौट आऊँगा। तुम किसी किसम की चिन्ता न करो, यह शो जितने तुम्हारे हैं उतने ही मेरे हैं। मेरे लिए और भी अहम है। फिर चंडीगढ़ मेरा अपना शहर है वहाँ किसी भी सूरत में मैं अपनी बेइज़्ज़ती होते सहन नहीं कर पाऊँगा इसलिए चिन्ता करने की ज़रूरत नहीं है। मैं परांजपे के साथ हिसाब कर के लौटता हूँ।'' परांजपे मेरी बात सुनकर चौंका था लेकिन गनीमत यही रही कि वह कुछ बोला नहीं था।

मुझे परांजपे जिस मीटिंग में ले गया था, वहाँ मुझे कुछ अच्छे चेहरे देखने को मिले, और उन्हें देखकर मुझे ऐसा आभास हुआ कि जिस काम को लेकर यह सब

कुछ हो रहा है वहाँ कुछ गम्भीर लोग भी हैं जो अपने-आप में अत्यधिक विश्वास रखने वालों में से हैं। वह सब अपने-अपने साथी को लेकर आये हुए थे परांजपे शायद मुझे अपना साथी बनाकर ले गया था। लेकिन वहाँ इस तरह की कोई बात नहीं हुई थी, जिसका मुझे कोई तनाव आता। वहीं पता चला था कि टी.वी. के किसी और चैनल पर फिर से कोई टॉक शो हमें लेकर हमारी समस्या को लेकर होने वाला है जहाँ पर परांजपे ने मुझसे पूछे बिना ही मेरा नाम दे दिया है। आज मुझे इस बात पर परांजपे पर गुस्सा नहीं आया क्योंकि मेरे साथ अन्य जो चार व्यक्ति थे वह काफी सुलझे हुए थे आज मैंने अनुभव किया था कि अपनी बात खुलकर कहने की हिम्मत होनी ही चाहिए। मेरे व्यवहार से परांजपे को काफी आश्चर्य तो हुआ था परन्तु उससे अधिक उसे सन्तुष्टि ही हुई थी कि मैंने उसकी बात का विरोध नहीं किया।

मैं टॉक शो के बाद काफी सन्तुष्ट हुआ था। मुझे लगने लगा था कि आज मैंने अपने अधिकार प्राप्त करने के लिए पहली आहुति डाली है। इस टॉक शो की एक और प्राप्ति मुझे हुई एक फैशन डिज़ाइनर ने अपने कपड़ों के प्रदर्शन के लिए मुझे मॉडल बनने की पेशकश की। यह मेरे लिए बड़ी उपलब्धि थी। मैंने वह ऑफर साइन कर दिया और उसे यह भी बता दिया कि कुछ दिनों के लिए मुझे चंडीगढ़ जाना है उसका कहना था कि उसके शो के बाद मैं जा सकता हूँ। मुझे सबसे बड़ी खुशी यह हुई कि अब मैं परांजपे को आसानी से छोड़ सकूँगा।

मैं और टोनी अब बड़े फ्लैट लेने की बात सोचने लगे थे। अब मैं कुछ दिनों से टोनी के पास ही रहने लगा था। मॉडलिंग के लिए मुझे रोज़ विवेक के स्टूडियो जाना होता था। अब हम दोनों का गुज़ारा ठीकठाक चल रहा था। जैसे-जैसे चंडीगढ़ जाने की तारीख नज़दीक आ रही थी वैसे-वैसे मेरा तनाव बढ़ रहा था। इसी बीच एक दिन अचानक ही मुझे लेने परांजपे आ गया, उसका कहना था कि हर महीने होने वाली मीटिंग में मुझे उसके साथ रहना होगा।

यूँ तो मेरा भी मन था मीटिंग में जाने का परन्तु अब मेरे पास उस तरह का टाइम भी नहीं था जैसा परांजपे की दुकान में रहता था और न ही परांजपे का मुझ पर कोई दबाव ही था इसलिए मुझे अपनी बात कहने में कोई दिक्कत पेश नहीं आयी थी और मैंने परांजपे से कह दिया कि—"नहीं परांजपे! मैं तुम्हारे साथ नहीं जा सकता, मैं घर जा रहा हूँ। मुझे बुलाया गया है। कुछ दिनों में हम लोग यहाँ से निकल रहे हैं।" परांजपे को मानो बिच्छूबूटी छू गयी हो वह अपना सिर खुजलाता हुआ बोला, "तुम समझ भी रहे हो तुम कह क्या रहे हो?"

"मैं समझकर ही बात कर रहा हूँ परांजपे भाई!" मैंने फिर परांजपे को चाय पीने के लिए कहा परांजपे वैसे ही उठ गया और निराशा भरे शब्दों में बोला, "ग़लती कर रहे हो यहाँ से जा कर, लेकिन जो व्यक्ति कुएँ में कूदना ही चाहता है उसे कौन

रोक सकता है! हाँ यदि उस कुएँ से कभी बाहर निकल आओ तो परांजपे के दरवाज़े तुम्हारे लिए सदा खुले मिलेंगे।''

''तुम्हारा एहसान तो परांजपे भाई मैं कभी नहीं भूलूँगा। परन्तु तुम चाय पी लेते तो मुझे ज़रूर सुकून मिलता।''

''जो काँटा तुमने मुझे दिया है,'' परांजपे निराशा से बोला था, ''वही लौटा रहा हूँ राजीव! मैं किसी का उधार अपने पास नहीं रखता और यह तुम्हारे कुछ पैसे भी हैं मेरी तरफ वह भी लौटा रहा हूँ, वह भी लो।'' और उसने कुछ पैसे मेज पर रख दिये। टोनी ने मात्र इतना ही कहा—''इसकी क्या ज़रूरत है परांजपे! तुमने यह एहसान क्या हम पर कम किया है कि तुमने हमें उस समय सहारा दिया जब हमारे पास कुछ भी नहीं था।'' परांजपे कुछ नहीं बोला, चुपचाप वहाँ से चला गया। मुझे थोड़ा-सा ग़म ज़रूर हुआ उसके इस तरह से साथ छूटने का। परन्तु थोड़ी देर बाद हम फिर रिहर्सल में व्यस्त हो गये थे।

हम अपने ग्रुप के साथ चंडीगढ़ के लिए रवाना हुए और यहाँ आने पर पता चला कि हमारा शो 'कला भवन' के लिए प्रायोजित है और मोहसिन खान ने कहा था कि एक दिन और बढ़ाया जा सकता है। चिन्ता की कोई बात नहीं। इस बात को सुनकर टोनी और सिप्पी बहुत प्रसन्न हुए। टोनी, सिप्पी और बच्चों की उत्सुकता थी चंडीगढ़ देखने की। मोहसिन खान ने इसका भी इन्तज़ाम कर रखा था। मुझे यह जान कर अच्छा लगा था कि मोहसिन खान ने सब बच्चों के लिए अपने घर में ही ठहराने का इन्तज़ाम किया हुआ था, परन्तु मैंने उन्हें 'कला भवन' में ही ठहराना उचित समझा। उनके साथ ही टोनी और सिप्पी को भी वहीं ठहराया गया। मुझे मोहसिन खान से मिलकर एक अजीब प्रकार के आनन्द की अनुभूति हुई। मेरी और मोहसिन खान की सारी नाराज़गी आँखों के रास्ते से बह गयी। हम दोनों बिलकुल सामान्य हो गये। मानो एक-दूसरे से हम दोनों कभी अलग हुए ही न हों परन्तु बृजेश को जाने क्या हुआ कि वह वहाँ से सिर झुका कर चला गया और वह फिर मुझे कई दिनों तक दिखाई ही नहीं दिया।

समय पर हमारे चारों शो मंचित हो गये। हमारे नाटकों को दर्शकों ने पसन्द भी किया जिसके फलस्वरूप हमारे पाँच शो और प्रायोजित हो गये। चंडीगढ़ के बाद पटियाला ,कुरुक्षेत्र, शिमला, जम्मू और जयपुर यह पाँचों शो उत्तर क्षेत्र सांस्कृतिक केन्द्र ने प्रायोजित किये। बच्चों का उत्साह देखते ही बनता था परन्तु नाटकों की तुलना में नृत्य नाटिकाओं को कम ही सराहा गया। इस वजह से अन्य स्थानों पर केवल नाटकों के ही शो मिले, इससे टोनी थोड़ा उदास था। सिप्पी पिंजौर जाना चाहता था परन्तु टोनी का मूड बन नहीं पा रहा था। बच्चों की उत्सुकता को देख उन्हें पिंजौर दिखाने का प्रबन्ध भी हो गया। चंडीगढ़ की सैर डबल डेक्कर वैन में करने का

लुत्फ़ भी बच्चों ने बखूबी उठाया। अब प्रश्न था कि नृत्य नाटिकाओं के कलाकारों को कैसे वापस मुम्बई भेजा जाये क्योंकि कोलकता से टोनी को वापस मेरे साथ चंडीगढ़ ही आना था बाकी के शो करने के लिए। तय यही हुआ कि सिप्पी कोलकता से मुम्बई बच्चों को लेकर चला जाये और हम सब चंडीगढ़ लौट आएँ। सिप्पी का मन नहीं था जाने के लिए तब उसे कहना हमने ज़रूरी समझा कि वह बच्चों को छोड़ आये और वहाँ अन्य बच्चों के घर वालों को सूचित कर दे कि बच्चे पन्द्रह दिनों बाद लौट पाएँगे और खुद फिर वापस चंडीगढ़ आ जाये। सिप्पी मान तो गया परन्तु इस कार्यक्रम से वह उदास भी हो गया था।

कोलकाता में हमें उतनी सफलता नहीं मिली जितनी चंडीगढ़ में मिली थी, लेकिन इतने बुरे भी हमारे शो नहीं गये थे जिससे हम निराश हो जाते। इस बार अन्य जगहों पर मैंने टोनी के साथ ही बच्चों को शो के लिए भेजा, खुद चंडीगढ़ ही रुक गया। मोहसिन खान को मेरा यह प्रबन्ध अच्छा लगा। एक बार फिर हमने पहले वाले दिनों को जिया। लेकिन मोहसिन खान मुझे यह मना नहीं सका कि मैं अब लौट कर मुम्बई न जाऊँ। इस बात से मोहसिन खान निराश ज़रूर हुआ था। लेकिन जब मैंने मोहसिन को अपनी गतिविधियों की जानकारी दी तो वह कुछ बोला नहीं। उसकी निराशा ने मुझे पिघला ज़रूर दिया और मैंने कुछ दिन और रुकने का फ़ैसला कर लिया।

मोहसिन खान की मेहनत में स्कूल में दिखाई दे रही थी। वह एक कमरे का स्कूल किसी भी अन्य स्कूल के मुकाबले कम नहीं था। खेलों से लेकर वहाँ अब पढ़ाई के साथ-साथ हस्तकला का प्रशिक्षण भी दिया जाने लगा था। कुर्सियों की बुनाई से लेकर मोमबत्तियाँ बनाने तक का काम यहाँ अब सिखाया जा रहा था ताकि स्कूल से निकलकर बच्चे अपने पाँवों पर खड़े भी हो सकें। इस समय जितना सम्भव हो सकता था वह एक कमरे के स्कूल में किया जा रहा था। ज़मीन के मिलने से हमें काफी आशाएँ हो गयी थीं। टोनी ने ज़मीन के लिए कुछ पैसा देकर हमारी हिम्मत यह कहकर बढ़ाई थी कि बिल्डिंग बनवानी शुरू करवा लें, पैसे का इन्तज़ाम हो जाएगा। इस बात से हम सब बहुत उत्साहित थे क्योंकि मैं जानता था कि टोनी जो बात करता है उसे पूरी करता है, नहीं तो मुँह से निकालता भी नहीं।

स्कूल के बच्चों को नृत्य नाटिकाएँ बहुत पसन्द आयी थीं और उन्होंने खुद भी डांस सीखने की इच्छा ज़ाहिर की थी। मोहसिन खान ने अर्थ भरी नज़रों से मेरी ओर देखा था। मैंने भी हामी भरी कि स्कूल में डांस और संगीत की शिक्षा का प्रबन्ध भी किया जाएगा।

मेरी माँ और पिता के साथ पूरा परिवार हमारे नाटकों को देखने आया था माँ चाहती थी कि मैं घर में रहूँ, परन्तु मेरी ज़िद के आगे वह चुप हो गयी। पिता ने स्कूल

के लिए कुछ पैसा और दिया साथ ही आश्वासन भी दिया कि वह समय समय पर और पैसा देते रहेंगे।

टोनी पूरी मंडली के साथ मुम्बई वापस चला गया था। बच्चों को हर स्थान पर कुछ-न-कुछ तोहफ़े मिले थे और टोनी को जितना भी पैसा मिला उसने उस में से खर्चा निकाल कर बाकी पैसा बच्चों में बराबर बाँट दिया था। टोनी का दिल था कि मैं भी उनके साथ वापिस मुम्बई चलता परन्तु स्कूल की बिल्डिंग बनवाने का काम और अनेक तरह की और समस्याओं का समाधान करना अभी बाकी था। भले ही ज़मीन मिल गयी थी परन्तु अभी कई तरह की अन्य बातें थीं जिसके लिए मुझे यहाँ रुकना था। सबसे बड़ी बात थी कि हमें यह देखना था कि लोन कहाँ से और कितना मिल सकता था। इन सब तरह के झंझटों के लिए मेरा यहाँ रहना लाज़मी हो गया था।

'चिल्ड्रन होम' की बिल्डिंग बनकर तैयार हो गयी। और अब उसके उद्घाटन की तैयारियों में हम सब जुटे थे। मेरी इच्छा थी कि राज्यपाल महोदय के हाथ से हमारे इस 'चिल्ड्रन होम' की शुरुआत हो। मेरी हिम्मत नहीं हो रही थी कि मैं मोहसिन खान से पूछूँ कि केतकी क्यों नहीं आयी हमारे शो देखने, और वह कहाँ है, क्या कर रही है? मैं कितने ही दिन इस दुविधा में रहा था कि मोहसिन खान से केतकी की बात करूँ। लेकिन मैं उसे कुछ कह नहीं पाया। एक दिन वही मुझसे बोला, "अब तुम्हें कौन-सा दुख सता रहा है, ज़रा मैं भी तो जानूँ?" कहने को तो मैं कह गया कि मुझे कुछ दुख नहीं है परन्तु मोहसिन को मेरी बात पर यकीन नहीं हुआ वह बोला—"यदि तुम्हें कोई दुख नहीं सता रहा और तुम्हारे अन्दर कुछ नहीं चल रहा तो यह रोनी सूरत क्यों बना रखी है? जब कि सब काम अच्छी तरह से चल रहा है। तुम्हारे पिता का फोन आया था वह कुछ और पैसा डोनेट करना चाहते हैं स्कूल के लिए परन्तु वह चाहते हैं कि इस बार तुम स्वयं जाकर उनसे पैसा ले जाओ।"

मोहसिन खान की बात सुनकर मैं कुछ क्षण चुप रहा फिर बोला—"दादा! तुम भली-भाँति जानते हो कि मैं उस घर में बिलकुल भी नहीं जाना चाहता और यदि उन्होंने मुझे पैसा देना ही है तो ख़ुद आकर दे जाएँ। यह शर्त क्यों?

"देखो यह बात तो मैं नहीं जानता परन्तु मेरा मन तो तुम्हें यही सलाह देगा कि घर जाने में कोई नुकसान नहीं है और रही पैसे की बात तो उसकी तो अभी बहुत ज़रूरत है। स्कूल के लिए फर्नीचर चाहिए। यदि बच्चों को कुकिंग की ट्रेनिंग देनी है जैसे कि तुम योजना बना रहे हो तो उसके सामान के लिए भी पैसा चाहिए। यदि तुम अपने घर वालों की यह शर्त मान लो तो तुम्हारे कुछ काम तो आसानी से हो सकेंगे न।"

"ठीक कहते हो दादा! यह तुम्हारे दिल की बात है परन्तु तुम्हरा दिमाग़ क्या कहता है, वह भी बताओ फिर मैं कुछ सोच सकता हूँ कि मुझे क्या करना है!"

"मेरा दिल और दिमाग़ अलग-अलग नहीं सोचते पगले, मैं जो कुछ कह रहा हूँ बहुत सोच-समझ कर कह रहा हूँ।"

"ठीक है। मैं घर भी चला जाऊँगा परन्तु अभी तो मेरे मन पर इस बात का बोझ है कि स्कूल का उद्घाटन किससे करवाया जाये?"

"तुमने कुछ इस बारे में सोचा है क्या? तू बता किसे चाहता है, उसे ही ला खड़ा करूँगा तेरे सामने।"

मैं अपने मन की बात मोहसिन के साथ नहीं कर पाया। यह पहला अवसर था कि यह कहने में मैं संकोच कर रहा था कि मैं चाहता हूँ कि स्कूल का उद्घाटन राज्यपाल के हाथों हो। इस बात को न कहकर मैंने केवल इतना ही पूछा, "शेखर को नहीं बुलाया था क्या? वह क्यों नहीं आया नाटक देखने? क्या वह यहाँ नहीं है?" मोहसिन खान ने मेरी बात का कोई जवाब नहीं दिया। वह केवल मेरी ओर देखता रहा। मेरी आँखें अपनी बात का उत्तर तलाशती हुई मोहसिन खान के चेहरे का सफ़र करने लगीं। मैंने खान का ऐसा सशंकित रूप अपने लिए पहले कभी नहीं देखा था। मुझे उसका यह रूप देखकर बहुत आश्चर्य हुआ और मैं एकदम बोल पड़ा—"क्या हुआ दादा, इस तरह क्यों देख रहे हो?

"देखो राजीव! मेरी एक बात ध्यान से सुन लो, यह चंडीगढ़ है मुम्बई नहीं है इसलिए यहाँ वैसे नहीं चल सकता जैसे तुम मुम्बई में रहते थे। बस इस बात का ध्यान रखना अपनी निजी ज़रूरतों के लिए स्कूल में कभी गड़बड़ मत करना, एक बार स्कूल की बदनामी हुई तो फिर हमारी लाख कोशिशों के बावजूद भी वह दाग़ कभी नहीं छूटेगा।" मैं खान का डर समझ गया था और यह भी जान गया था कि उसकी सोच भी आम लोगों की तरह ही है। दादा भी यही समझते हैं कि मैं जैसे जी रहा हूँ वह ग़लत है। प्रत्यक्ष में बोला, "दादा! आप चिन्ता न करें। ऐसा कुछ नहीं होगा यहाँ और आप यदि चाहते हैं कि मैं घर जाकर पैसा ले आऊँ तो मैं वह भी करने को तैयार हूँ।"

"ठीक है। फिर घर चले जाना।" यह कहकर खान जैसे आये थे वैसे ही चले गये।

एक लम्बे अन्तराल के बाद मैंने अपने कदम घर में रखे थे। मुझे देखकर सबके चेहरे खिल गये थे। घर में बहुत से बदलाव आये हुए थे जिन्हें देखकर मुझे अच्छा लगा। माँ ने मुझे सीने से लगाया और बोली, "तू हमसे नाराज़ होकर घर छोड़ कर

चला गया। यह भी नहीं सोचा तेरी माँ पर क्या गुज़रेगी! अब देख यह कमरा तेरा है। तू अपनी मर्जी से जैसा रहना चाहता है वैसे रह परन्तु यहाँ से जाने का नाम मत ले। देख राजीव, अब तक तो जैसे-तैसे मैं जी रही थी परन्तु इस बार तू गया तो फिर मैं जी नहीं सकूँगी। यह सारा घर तेरा है, पैसा तेरा है, यहाँ जो कुछ भी है वह सब तेरा है। हमने और किसके लिए यह सब छोड़ कर जाना है, साथ नहीं ले जाएँगे। तेरे स्कूल की ज़िम्मेदारी हम अपने सिर लेतें हैं, तुझे चिन्ता करने की आवश्यकता नहीं है, तू जो करना चाहता है वही कर! तुझे कोई कुछ नहीं कहेगा परन्तु घर छोड़ कर अब मत जाना।''

मैं माँ की बात सुन सकते में आ गया। मुझे यह तनिक भी अन्देशा नहीं था कि माँ मुझे इस तरह कहेगी। मैं चुप रहा और मैंने हामी भर दी कि मैं कुछ दिन अवश्य ही घर में रहूँगा। मेरी बात सुनकर माँ रुआँसी हो गयीं। उसकी पलकें भीग गयीं और रुँधे गले से ही बोली, ''यह कुछ दिनों की बात क्यों कर रहा है रे, अब मैं तुझे कहीं जाने देने वाली नहीं। तूने अपना बिजनेस नहीं सँभाला तब भी मैंने कुछ नहीं कहा, तू स्कूल चलाना चाहता है, हमने तेरी यह बात भी मान ली। अब तू घर क्यों नहीं रहना चाहता, यह मेरी समझ में नहीं आ रहा। इस घर को वारिस चाहिए और तुझे यह कर्ज़ तो चुकाना ही है पितृ-ऋण सिर पर लेकर तू कैसे जी सकेगा रे, शादी कर और और इस घर को आबाद कर!''

''कैसी बात कर रही हो माँ! मेरे से यह उम्मीदें लगानी छोड़ दो। इस घर के सही वारिस हैं न दीदी के बच्चे। मुझे तो वापस जाना ही है।'' मेरी बात सुनकर माँ व्यग्र होकर बोली, ''क्यों मूर्खों जैसी बातें कर रहा है! वह तो अपने कुल के वारिस हैं। हमारा कुल तो तेरे साथ है।'' मैंने बात को और खींचना उचित नहीं समझा लेकिन यह भी एक सच है कि मैं माँ को कैसे अपनी ज़िन्दगी के बारे में सच बता सकता हूँ। वह क्या मेरी बात समझ पाएगी कि मैं जिससे शादी करना चाहता हूँ वह तू कभी नहीं करेगी। मेरी चुप्पी को माँ ने शायद स्वीकृति समझ लिया था। वह खुश हो गयी और मैं चिन्तित। मुझे तो लौटना ही है। कब? कैसे? यह प्रश्न हैं जो मुझे बेचैन किये हैं। जाने कब समाधान कर पाऊँगा इसका, नहीं जानता।

पहचान

मैं केतकी, अब आप जब मोहसिन खान और राजीव को जान चुके हैं तो शायद आपको केतकी के बारे में जानने की भी उत्सुकता अवश्य होगी। जितना मेरे विषय में आपने जाना है, वह दूसरों के ज़रिये जाना है, जिसे कहते हैं सैकिंड हैंड इनफर्मेशन। मेरे उस परिचय से आपके दिमाग़ में केतकी की जो छवि बनी होगी, वैसी मैं कतई नहीं हूँ। मैं कैरियर कांशिस लड़की हूँ। मेरे कैरियर में जो कोई भी अड़चन बन रहा हो उसे मैं एक क्षण खोये बिना ही बाईपास कर जाती हूँ। फिर वह चाहे मेरा कितना भी प्रिय क्यों न हो। उस समय मुझे इस बात की तनिक भी परवाह नहीं होती कि जिसे मैं एक ओर छोड़ आयी हूँ वह मेरा सबसे प्रिय था। मैं यह सब इसलिए कह रही हूँ कि आप मुझे मेरी तरह से ही जानें। यूँ तो ऐसा करना-कहना-जानना ज़रूरी भी नहीं है लेकिन क्या यह ज़रूरी नहीं है कि केतकी को केतकी की तरह ही जाना जाये? इस समय मेरे लिए इतना आसान भी नहीं है वह सब कहना। इतने बरसों बाद उन सारी बातों को याद करना क्या सम्भव भी होगा मेरे लिए? फिर भी जिन बातों ने इतने बरसों तक मेरे दिल-दिमाग़ का प्रत्येक क्षण सफ़र तय किया है उन्हीं सब बातों को मैं आपसे साझा करना चाहती हूँ।

मैं यानी केतकी! इसके आगे-पीछे कुछ नहीं। सभी मुझे इसी नाम से जानते हैं। हाँ, ज़रा ठहरिए! आजकल मेरे नाम के आगे नृत्यांगना लगा दिया गया है। समाचार-पत्रों ने मेरी अभिनेत्री की छवि को धूमिल कर मुझे एक नृत्यांगना के रूप को स्थापित कर दिया है। वैसे इस बात में उनका कुछ दोष भी नहीं है। यूँ भी मंच के पीछे के कलाकारों को कौन जानता है, जब तक आप राष्ट्रीय स्तर के कलाकार न हो जाएँ। इसलिए मुझे कोई गिला भी नहीं है कि लोग मेरी छवि को एक नृत्यांगना के रूप में पहचानते हैं, एक रंगकर्मी के तौर पर नहीं। जबकि मेरे प्राण तो थियेटर में ही बसते हैं।

लोग मुझे क्या कहते है, क्या नहीं, इसकी मैं परवाह भी नहीं करती। जिसके मन में जो आये, कहे, मैं अपने लिए निर्धारित की हुई राह पर चलती जाती हूँ। शायद मैं ऐसा इसलिए करती हूँ कि मैं हद से अधिक ही व्यक्तिवादी हूँ। ऐसा मुझे जानने वाले सभी कहते हैं। यह सच भी है क्योंकि मैं अपने बारे में ही सोचती रही हूँ। मेरे आगे दूसरा कोई महत्त्व नहीं रखता। आज जब मैं अपने जीवन को पीछे मुड़ कर

देखती हूँ तो इस बात की सच्चाई से इनकार भी नहीं कर सकती।

मुझे इस बात की भी चिन्ता नहीं है कि मैं केवल अपने ही बारे में ही सोचती हूँ। मेरी सोच के दायरे में कोई दूसरा क्यों नहीं आता? यह प्रश्न जब भी मैं अपने से करती हूँ तो एक ही जवाब मिलता है कि इतने छोटे जीवन में यदि व्यक्ति अपने बारे में ईमानदारी से सोचे-समझे और अपने को जान जाये, वह जो करना चाहता है वह कर जाये तो उसे और चाहिए ही क्या? ऐसे में कहाँ रह जाता है समय किसी अन्य के बारे में सोचने-समझने के लिए। यूँ भी व्यक्ति एक पूरे जीवन में कहाँ वह सब कर पाता है जिसे वह करना व पाना चाहता है। फिर मैं जिस मुकाम को हासिल करना चाहती हूँ वह मुकाम एक जीवन में तो क्या, उसे पूरा करने के लिए जाने कितने जन्म लेने पड़ें! एक जन्म में तो उसकी एक सीढ़ी भी चढ़नी कठिन है।

मेरे लिए जिस समय जो उचित होता है, वह काम मैं पूरे दिल से कर जाती हूँ। फल की इच्छा किये बिना ही। कभी सफलता मुझे मिलती है कभी नहीं भी मिलती। इसका मुझे कभी ग़म भी नहीं हुआ।

मेरी दो बातें अवश्य ऐसी थीं जिन पर मैंने कभी समझौता नहीं किया। एक मेरा कैरियर दूसरा मेरा नाम। मेरी माँ ने मेरा नाम 'कृष्णा' रखा था, इस नाम को रखने के दो कारण थे, ऐसा माँ ने बताया था। पहला कारण था मेरा जन्म कृष्ण पक्ष का है। दूसरा कारण कि मेरा रंग साँवला है। इसलिए यही नाम उन्हें मेरे लिए ठीक लगा था । लेकिन इन दो बातों पर जो बात भारी पड़ रही थी, वह था मेरे नाम का पहला अक्षर जो पंडित द्वारा निकाला गया था, वह था 'क'। बस माँ के ज़ेहन में तब कृष्णा नाम ही आया और हो गया मेरा नामकरण कृष्णा नाम से। यह तो हुई माँ की बात। लेकिन मैं क्या करती! मैं कभी भी अपने कृष्णा नाम से अपना रिश्ता क़ायम नहीं कर पायी। पूरे चौदह वर्ष मैं एक ऐसे नाम के साथ जीती रही थी जो मेरे लिए बिलकुल अपरिचित था। अपने नाम को लेकर मेरे मन में एक प्रकार की हीनभावना ने अपना एक मजबूत घर बना लिया था। उस घर में मैं एक अपरिचित की तरह ही चौदह वर्ष टहलती रही थी। उसमें रचबस नहीं सकी थी। आख़िर चौदह वर्ष के लम्बे सफ़र के बाद मैं उस घर की मजबूत दीवारों को तोड़ने में कामयाब हो पायी और मैं कृष्णा को अँधेरे कुएँ में धकेलने में कामयाब हुई और केतकी के रूप में फिर मेरा नया जन्म हुआ।

मैं माँ की इकलौती सन्तान हूँ। माँ मेरे प्रति अधिक ही संवेदनशील थी और माँ मेरे केतकी नाम से कभी अपना राबता नहीं कायम कर सकी। उसने अँधेरे कुएँ में दफ़न हुई कृष्णा को अपने लिए ज़िन्दा रखा। मैं उनके लिए कृष्णा ही रही। माँ केतकी से अपना रिश्ता क़ायम नहीं कर सकी।

माँ की इच्छा मुझे इंजीनियर बनाने की थी। वह कहा करती थी कि—"मेरी तो

बेटी भी तू है और बेटा भी तू ही है इसलिए मैं चाहती हूँ कि तू भी अपने पिता की तरह इंजीनियर ही बने।'' परन्तु मैं माँ के इस स्वप्न को साकार नहीं कर सकी थी। मेरी रुचि ही नहीं थी उन विषयों में, मैं क्या करती। मेरा इंजीनियरिंग के कोर्स को न ज्वाइन करना माँ को अच्छा नहीं लगा था।

और जब मैंने थियेटर विभाग में प्रवेश लिया तो मानो वह टूट ही गयी थीं। कभी-कभार अपनी इस निराशा को इन शब्दों द्वारा अभिव्यक्त भी करतीं कि—''मेरे जीवन भर की कमाई मानो एक ही रात में कोई चोर लूट कर ले गये हों और आज जैसे मैं कंगाल हो गयी हूँ।''

माँ के जो सपने थे मानो कहीं अँधेरों में खो गये हों। उसके लिए धूप की वह छोटी-सी किरण जो मेरे बड़े होने के साथ-साथ घर के आँगन में पसरी थी। वह जैसे आयी थी वैसे ही लौट भी गयी। इस घर को बरसों से पतझड़ ने अपने में लपेट लिया था। माँ को लगने लगा था कि मेरे बड़े होने के साथ ही उसकी सूखी पत्तियाँ फिर से हरी होने लग जाएँगी। लेकिन जैसे-जैसे मैं बड़ी होती जा रही थी वैसे-वैसे माँ को लगता कि यह तो उसका भ्रम ही था। मौसम का मिज़ाज तो वही रहा, फिर कोंपलें कैसे फूट सकती थीं? मेरे फ़ैसलों से माँ ने कभी समझौता नहीं किया लेकिन उसने जब देखा कि मुझ पर उसकी इच्छा-अनिच्छा का कोई असर नहीं होता और मैं हर विरोध के बावजूद अपनी ही बात करती हूँ तब माँ मानो कभी-कभी अपनी किस्मत को दोष दे ख़ामोश हो जाती। मेरी आदतों के चलते माँ प्रायः निराश-सी रहने लगी थी। धीरे-धीरे माँ ने मेरे साथ अपनी कोई भी बात साझा करनी बन्द कर दी। हम दोनों फिर एक ही घर में अजनबियों की तरह रहने लगी थीं। मेरे व्यवहार से या फिर जो उसने मेरे लिए तय किया हुआ था मैं उस पर खरी नहीं उतरी थी इसलिए माँ दुखी थी। लेकिन यह बात मैं आज कह सकती हूँ कि उस समय मुझे नहीं लगता था कि मेरे व्यवहार से माँ इस कदर दुखी हो जाएगी। तब तो मैंने माँ द्वारा अपने लिए तयशुदा ज़िन्दगी को नही जिया था, हमेशा उसे नकारती ही रही लेकिन मैंने अपने बारे में जो फ़ैसले लिये हैं उन को देख-सुन कर माँ टूट जाएगी या फिर दुखी हो जाएगी। उस वक्त मैं ऐसा कुछ महसूस नहीं कर पायी थी।

फिर कई बरसों बाद जाने कैसे धीरे-धीरे हम दोनों के बीच उग आये चुप्पी के जंगली फूल भी सूखने लगे थे। सर्दी का मौसम लद चुका था। गुलदाऊदी अपने पूरे यौवन को भोग कर अपनी अन्तिम साँसें भी गिन चुकी थी। फूल डालियों से अलग हो रहे थे, अपनी महक छोड़कर विदाई का हाथ हिला रहे थे। ऐसे समय में माँ के चेहरे पर छोटे-छोटे नमेज़िया के फूलों को आसानी से देखा जा सकता था परन्तु मैं तो वहाँ गुलाब को फूलते हुए देखना चाह रही थी परन्तु मेरी इच्छा तो ऐसी थी जैसे कोई गर्मी के मौसम में सनानेरिया को फूलते हुए देखने के लिए उत्सुक हो जाये।

जाने क्या हुआ और कैसे हुआ कि बेमौसमी बहार हमारे घर में अपनी पूरी साज-सज्जा से छा गयी। किसी को कानों-कान ख़बर तक नहीं हुई और हमारा आँगन फूलों की महक से भर गया। माँ मेरी बातें सुनने लगी और कभी-कभार मुझे मेरी बातों का उत्तर भी मिलने लगा। शायद यह महक मुझे इसलिए भी लग रही थी कि बरसों बाद माँ के बहते शब्दों की नदियों ने मुझे छुआ था। उस ठंड़क को मैं आज भी महसूस करती हूँ।

मैं अपनी खुशी में यह महसूस ही नहीं कर सकी थी कि माँ तो मुझसे कोई प्रश्न नहीं करती, केवल मुझे सुनती ही है। मैं कहाँ जाती हूँ, क्या करती हूँ, इसमें मानो उसकी कोई रुचि ही नहीं रह गयी थी। मैं भी चुपचाप अपने काम में व्यस्त रहती और माँ के अबोले क्षणों को भूलने का प्रयास करती। मुझे तो उसकी मेरे कानों में पड़ती शीतल आवाज़ दुनिया-जहान का सुख दे जाती। माँ के उन अबोले क्षणों में मेरा भले ही और कितना नुकसान हुआ हो परन्तु माँ का न बोलना मेरे लिए इतना अवश्य फ़ायदेमन्द रहा था कि मैं कब कहाँ जाती हूँ और कब आती हूँ इसकी कैफ़ियत देने में मैं सदा बचती रही थी और शायद इसीलिए देर रात तक रिहर्सल करने में मुझे कभी कोई अड़चन पेश नहीं आयी। कभी-कभी माँ जब बहुत ही परेशान हो जाती तो इतना अवश्य कहती कि—"तेरे पिता होते तो मैं देखती तू ऐसे कैसे अपने मन की करती!" कभी-कभी माँ को लेकर मैं दुखी भी होती थी कि वह क्यों नहीं मेरी भावनाओं को समझती? परन्तु मैंने कभी उसे कुछ नहीं कहा था क्योंकि मुझमें माँ का ख़ामोश चेहरा देखने की शक्ति नहीं रह गयी थी। भले ही माँ पहले जैसी नहीं रही थी और न ही वह अब अपने मन की बात ही खुल कर करती थी लेकिन अब वह मुझसे बतियाने तो लगी ही थी, भले ही उसका बोलना मेरी बातों के उत्तर ही होता था। मेरे लिए इताना ही काफी था।

मेरे पिता फौज में इंजीनियर थे और 1971 में भारत-पाक के बीच हुए युद्ध के दौरान, कहते हैं, वह शहीद हुए थे। मेरा जन्म उनकी मौत के तीन महीने बाद हुआ था। माँ ने पिता के ग़म में पूरी ज़िन्दगी काट दी। उसे मुझसे बहुत-सी उम्मीदें थीं। परन्तु मैं उनकी एक इच्छा की भी पूर्ति नहीं कर पायी थी। माँ के दर्द को समझना उस समय मेरे लिए आसान नहीं था।

जैसे-जैसे मैं बड़ी होती गयी वैसे-वैसे मेरी इच्छाएँ माँ के स्वप्नों से बिलकुल अलग होती चली गयीं। मेरे और मेरी माँ के बीच फ़ासला बढ़ता चला गया। स्कूल तक मैं माँ के लिए एक नायाब तोहफ़े की तरह रही। हर वर्ष क्लास में प्रथम आने का मानो मेरा ही अधिकार हो और फिर ढेरों गोल्ड मैडल। कोई भी प्रतियोगिता हो, कोई भी उत्सव हो, उस में कृष्णा की हिस्सेदारी न हो यह तो कोई सोच भी नहीं सकता था। फिर यह कैसे हो सकता था कि उसमें मिलने वाला ईनाम कृष्णा को न मिले।

यह उसी तरह था जैसे गुलमोहर अपने मौसम में न फूले। पाँचवीं कक्षा से ही माँ ने मुझे शास्त्रीय नृत्य कत्थक की शिक्षा देनी प्रारम्भ कर दी थी। माँ स्वयं मुझे कला केन्द्र ले जाती थीं और साथ लेकर ही वापस आती। मेरी गुरु कहा करती थीं कि मैं बहुत जल्दी सीखती हूँ। माँ मेरी प्रगति देख बहुत प्रसन्न हो जाती। मैं अपने ग्रुप में सबसे छोटी थी लेकिन अपने ग्रुप में सबसे पहले, केवल 12 वर्ष की आयु में ही, मैंने केन्द्र के ही वार्षिक उत्सव में सोलो नृत्य प्रस्तुत कर दर्शकों को हैरान कर दिया था। उस फंक्शन का पूरा सेहरा मेरे सिर पर ही बँधा था। मेरी माँ के साथ-साथ मेरी गुरु की भी प्रसन्नता की कोई सीमा नहीं रही थी। परन्तु मेरा मन कत्थक के साथ साथ ओडिसी नृत्य सीखने को भी कर रहा था। माँ मुझे अपने से अलग नहीं कर सकती थी। अत: मेरी ओडिसी सीखने की इच्छा मन में ही रह गयी थी क्योंकि उन दिनों चंडीगढ़ में कोई गुरु ओडिसी सिखाने वाला नहीं था। माँ मुझे दिल्ली या फिर किसी भी दूसरे शहर में ओडिसी नृत्य को सीखने के लिए अकेले नहीं भेजना चाहती थी।

मैं जब तक माँ के साथ रही, उसकी इच्छा के विरुद्ध ही मैंने सारे काम किये। यह मैं आज कह सकती हूँ। उस समय तो मुझे लगता था कि मुझे अपना जीवन जीना है, माँ का नहीं, इसलिए मेरे सामने माँ की इच्छा-अनिच्छा कोई मायने नहीं रखती थी। माँ को पहला झटका उस समय लगा था जब मैंने आठवीं की बोर्ड परीक्षा में अपना नाम कृष्णा न लिखकर केतकी लिखा था। माँ को दुख हुआ था मेरे नाम परिवर्तन से।

दूसरा झटका माँ को तब लगा था जब मैंने कॉलेज में कला विषय लेकर प्रवेश किया था। माँ मेरे लिए यह सोच भी नहीं सकती थी कि जो लड़की अपने स्कूल में पहला स्थान लेकर दसवीं में पास हुई है, वह लड़की कॉलेज में साधरण विषय लेकर प्रवेश लेगी, ऐसे बच्चों के लिए तो विज्ञान विषय सुरक्षित रहते हैं। माँ के सपनों के जाल में एक छोटा-सा छेद तो मेरे नाम बदलने से ही पड़ गया था। माँ ने इस बात से तो समझौता कर लिया था। लेकिन मेरे कला विषय लेने के निर्णय से माँ कभी समझौता नहीं कर सकी थी। भले ही मैंने बी.ए. प्रथम श्रेणी में पास किया लेकिन माँ को वह खुशी नहीं दे पायी जो उन्हें मेरे मैट्रिक और प्लस टू के रिज़ल्ट दे पाये थे। वैसी खुशी माँ को बी.ए. में इंग्लिश भाषा में पहला स्थान रहने पर और मुझे गोल्ड मैडल मिलने पर भी नहीं हुई। मेरा रिज़ल्ट देखकर माँ ने कहा था—"अब और कुछ नहीं तो एम.ए. इंग्लिश भाषा में करूँ। और प्रशासनिक सेवा के लिए कम्पीटीशन में बैठूँ।" लेकिन उनके वह सारे सपने जो उन्होंने मेरे लिए बुने थे, वह बनते-बिगड़ते रहे। शायद माँ अपनी सारी दबी हुई इच्छाएँ मुझसे पूरी करना चाहती थी फिर उसके पास दूसरा था भी कौन? परन्तु मेरी इच्छाएँ, उनका क्या? माँ ने इस बात को कभी

अहमियत नहीं दी।

मेरा ज़िदगी का नज़रिया माँ के नज़रिये से सर्वथा भिन्न रहा। मैं माँ के किसी भी सपने को पूरा नहीं कर पायी। यह अलग बात है कि मुझे इस बात का ताउम्र पछतावा भी रहेगा परन्तु यह बात मेरी समझ में उस समय नहीं आयी थी जब माँ थी। कभी-कभार यदि माँ अपनी कोई इच्छा ज़ाहिर भी करती तब वह यदि पूर्व दिशा में जाने को कहती तो मैं पश्चिम की ओर ही जाती और जब मैंने इंडियन नेशनल थियेटर विभाग में प्रवेश लिया तो माँ का सुनहरे सपनों का जाल तार-तार होकर बिखर गया। मैंने मानो कृष्णा से केतकी बनकर माँ के सारे स्वप्नों को चुरा लिया हो।

रंगमंच की दुनिया मेरे लिए एक नये संसार की तरह थी। कहने को क्लास में हम बारह लड़के-लड़कियाँ थे लेकिन लड़कियों की संख्या तो न के बराबर ही थी मेरे अतिरिक्त केवल एक ही और लड़की थी और लड़के दस थे लेकिन हमारी सीनियर क्लास में तो एक ही लड़की थी। टोटल विभाग में तीन ही लड़कियाँ थीं। यह देखकर मुझे काफी आश्चर्य भी हुआ था कि लड़कियों की संख्या इतनी कम क्यों है?

पूरे विभाग में जिस लड़के ने मुझे सबसे अधिक आकर्षित किया था वह था द्वितीय वर्ष का छात्र मोहसिन खान। शुरू-शुरू में एक अजनबीपन मुझे हमेशा घेरे रहता। मैं गुमसुम-सी रहती। विभाग में मैं उस तरह रच-बस नहीं पायी थी जैसे स्कूल या फिर कॉलेज में थी। कुछ दिनों में ही मुझे लगने लगा था कि इस विभाग के लिए मैं अनफिट ही हूँ। शायद मैं रंगमंच के लिए बनी ही नहीं हूँ और समझने लगी थी कि मेरा अपने जीवन का सबसे महत्त्वपूर्ण निर्णय, शायद मेरे लिए सबसे बड़ी भूल साबित हो। मेरी दो सहपाठी सहेलियों ने साइकोलॉजी में प्रवेश लिया था और एक ने फार्मेसी डिपार्टमेंट में। हम चारों थीं तो कैम्पस में ही लेकिन अलग होने का ग़म हम चारों को था। फार्मेसी ज्वाइन करने वाली मेरी सहेली पूर्वा ने तो एक दिन मुझसे कहा भी था कि किस झंझट में फँस रही हो, उसके साथ फार्मेसी में ही दाख़िला ले लूँ। इससे और कुछ नही तों माँ की इच्छा थोड़ी ही सही पूरी तो होगी लेकिन मैं कैसे मान लेती उसकी बात, जब मैंने माँ की बात नहीं मानी। सबसे आश्चर्य की बात तो यह थी कि मुझे कोई नहीं समझ पा रहा था। कोई यह जानने की कोशिश नहीं कर रहा था कि मुझे उन विषयों में कोई रुचि ही नहीं है। जो अन्य लोग मेरे लिए निर्धारित कर रहे हैं। फिर मैं कैसे लेती ऐसे विभाग में प्रवेश जिन विषयों से मुझे नफ़रत थी और माँ मेरी यह बात मानने को तैयार ही नहीं थी। उसका कहना था कि इतने अच्छे नम्बर आने पर कैसे यह हो सकता है कि तुम्हें साइंस या फिर मैथमैटिक्स में रुचि नहीं है। मेरा थियेटर विभाग में प्रवेश लेने का विरोध करते हुए माँ ने कहा था कि यदि मुझे कला विषय ही लेने हैं तो मुझे फाइन आर्ट्स में जाना चाहिए

था। इस तरह सबके विरोध के बावजूद मैंने थियेटर विभाग में ही प्रवेश तो लिया लेकिन नहीं जानती थी इस विषय की समग्रता को। यहाँ आने का निर्णय भी नितान्त मेरा निजी था। फिर मैं किसी से भी नहीं कह सकती थी कुछ।

काफी दिन बीत जाने पर भी मेरा विभाग में रत्ती भर भी मन नहीं लगा था। जब थोड़ा-सा भी समय मेरे पास फ्री होता तो कैम्पस के दूसरे छोर में पसरे फार्मेसी विभाग की ओर दौड़ जाती। कभी मुझे पूर्वा मिल जाती। कभी उसकी क्लास लगी होती और फिर जाने कितनी देर मैं पेड़ की छाया तले उसके इन्तज़ार में बैठी रहती। कभी-कभी वह आकर मुझे इतना भी कह जाती कि वह तो आज पाँच बजे तक बिज़ी है तब मैं ढीले पैरों से वापस लौट आती लेकिन यह सिलसिला कुछ ही दिन चल पाया था क्योंकि अब जब पूर्वा मुझे मिलती भी तो उसके साथ उसी विभाग का एक साथी मित्र सिद्धान्त होता। मैंने फिर धीरे-धीरे पूर्वा के पास जाना भी छोड़ दिया लेकिन विभाग में भी किसी के साथ मेरी दोस्ती नहीं हो सकी। मैं कुछ अधिक ही अपने-आप में सिमट-सी गयी।

यह स्थिति भी बहुत दिनों तक बनी नहीं रही। बहुत जल्द ही मुझे अपनी इस उखड़ी हुई स्थिति से निजात मिल गयी। मेरे विभाग में प्रवेश के बाद ही मोहन राकेश का लिखा नाटक 'आधे अधूरे' के स्टेज होने की तैयारी शुरू हुई थी। तब मैंने अपने में फिर से उसी जोश को पाया था, जिसकी वजह से मैं क्लास में पहला स्थान प्राप्त कर लेती थी।

नाटक की तैयारी जोर-शोर सें शुरू हो गयी थी। नाटक के चार पुरुष पात्रों की भूमिका को निभा रहा था मोहसिन खान और मैं निभा रही थी 'सावित्री' की भूमिका, जबकि 'किन्नी' बनी थी मोहसिन खान के बैच की माधवी क्योंकि वह कद से ही नहीं शक्ल से भी छोटी ही लगती थी। तब मैंने अनुभव किया था यह जो लड़का है, जिसे सब खान भाई के नाम से बुलाते हैं, में कमाल की प्रतिभा है। वह अभिनय से लेकर रंगमंच के सभी तत्त्वों की पूरी जानकारी ही नहीं रखता था, उसमें वह सिद्धहस्त भी था। मेरे बैच में मेरे सिवा एक और जो लड़की थी वह बनी थी बिन्नी और यहीं से मेरे प्रति उसका रुख कुछ अजीब-सा हो गया था जिसे उस समय समझना मेरे लिए कठिन था।

विभाग की दोनों लड़कियों के साथ-साथ मोहसिन खान पूरे डिपार्टमेंट का चहेता था। किसी को भी कुछ जानना-समझना होता तो वह मोहसिन खान के पास सीधे चला जाता। मोहसिन खान भी सभी की दिक़्क़तों को दूर करने का प्रयास करता। कभी-कभी तो हम लड़कियाँ इतनी स्वार्थी हो जातीं कि अपना सारा काम उससे करवाने से भी गुरेज़ नहीं करतीं। मोहसिन खान सब जानते हुए भी कि हम सब उसका लाभ उठा रहे हैं, चुप रहता। उसकी चुप्पी हमें उत्साहित करती और इस

बात का हम पूरा लाभ उठाते और कभी-कभी अपने प्रोजेक्ट तक उससे बनवा लेते थे।

आज सोचती हूँ तो काफी हँसी आती है, अपनी बचकानी हरकतों पर। एक बार तो मोहसिन खान ने मुझसे कहा भी था कि—"केतकी तुम्हारे लिए ही मैं सबका काम कर रहा हूँ। देखना, ज़िन्दगी में ब्याज सहित तुमसे वसूल कर लूँगा।" उस समय मैंने उसकी बात को हँसी में टाल दिया था। अब सोचती हूँ कि सच में ही मैं तो उसे ज़िन्दगी भर टालती ही आ रही हूँ परन्तु उस समय मैं मोहसिन खान के व्यक्तित्व से पूरी तरह से सम्मोहित थी।

मोहसिन खान अजब दुनिया में रहता था और उसके दुख भी सामान्य जन से कुछ अलग किसम के ही थे। उसके बैच में केवल एक ही लड़की थी। इस बात का उसे गहरा दुख था। इसके पीछे कारण वह बताता था कि उसे इस बात का ग़म है कि अभी तक भी थियेटर में लड़कियाँ उस तरह नहीं आ पा रही हैं जैसे लड़के। यह कमी हम सभी को महसूस होती थी लेकिन मोहसिन खान की तरह नहीं। इसके साथ ही उसे एक बात का और भी दुख था जो बात इस विभाग के साथ और जुड़ी हुई थी। यह अलग बात है कि वह बात त्रासदी से कम नहीं थी। यह बात इतनी पुख़्ता और सर्वव्यापी थी कि इस विभाग में वही प्रवेश लेता है जिसे कहीं और विभाग में प्रवेश न मिल पा रहा हो। इस बेइज़्ज़ती को सहन करना क्या सरल बात थी? उन दिनों घंटों इन विषयों पर वह बोलता रहता था और कभी-कभी उसका यह दर्द पूरे विभाग में फैल जाता था परन्तु कोई इन बातों से दूर भाग भी तो नहीं सकता था और बहुत दुखी होकर कभी-कभी यदि कोई विभाग का दूसरा छात्र इस बात की प्रतिक्रिया में यह कह भी देता कि जब तक लोग जागरूक नहीं हो जाते तब तक इस विभाग के बारे में ऐसा ही सोचा जाएगा। ऐसी बातें उसे उत्तेजित करने के लिए काफी होतीं।

'आधे अधूरे' नाटक के मंचन ने मेरे जीवन पर गहरा प्रभाव छोड़ा जिसमें सबसे प्रमुख बात थी मेरा और मोहसिन खान का परिचय इसी नाटक में दोस्ती में बदला। उस दिन पीरियड समाप्त होने के बाद मोहसिन खान ने मुझसे पूछा था कि—"क्या मैं घर जा रही हूँ?" तब उसकी बात सुनकर मुझे हैरानी हुई थी। आज तक कभी उसने मुझसे ऐसी बात नहीं कही थी। मैं कुछ देर उसकी ओर देखती रही थी फिर मैंने कहा, "हाँ, जा तो घर ही रही हूँ लेकिन तुम्हें मुझसे कोई काम है तो रुक भी सकती हूँ।" वह उन्मुक्त-सी हँसी हँसा था जिसका कारण मुझे समझ नहीं आया कि ऐसी मैंने कौन-सी बात कह दी है जिससे यह इस तरह हँस पड़ा। थोड़ा हँस लेने के बाद उसने कहा था कि—"क्या घर जाना इतना ही ज़रूरी है?"

"नहीं, मैंने तो कहा न कि मैं रुक भी सकती हूँ यदि कोई काम हो तो लेकिन मैं समझ नहीं पायी तुम्हारा इस तरह कहने का क्या मतलब है? मेरी क्लास समाप्त

हो गयी है। अब मैं घर ही जाऊँगी न! तुम्हें मुझसे कोई काम है तो बताओ?''

''मुझे तुमसे कोई काम नहीं है लेकिन मेरी समझ में एक बात बिलकुल नहीं आ पा रही है कि क्लास ख़त्म होने के साथ तुम्हारे ज़ेह्न में सिर्फ घर का ही ख़्याल क्यों आता है? अरे भाई! दुनिया में घर के अलावा भी बहुत कुछ है।'' उसकी बात सुनकर मेरी खाली-खाली आँखें उसके चेहरे पर स्थिर हो गयी थीं उनके सारे भाव उड कर इधर-उधर बिखर गये थे। मुझे यूँ अपनी ओर देखते पाकर वह फिर हँसा था और उसने मुझसे स्टूडेंट सेंटर चलने के लिए कहा था और क्योंकि उसे कॉफी की तलब हो रही थी, उसकी बात सुनकर मेरी जान में जान आयी थी। मैंने इतमिनान की साँस ली थी और बोली थी—''चलने को क्यों नहीं चल सकते, उसके लिए इतनी भूमिका बाँधने की क्या आवश्यकता है?''

और फिर हम स्टूडेंट सेंटर की ओर मुड़ गये थे।

यूँ विभाग में अपनी तरह का तनाव था और मैं यह समझती थी कि हमें क्या लेना-देना है उन सब बातों से जो हमें छूती नहीं हैं परन्तु राजनीति कहीं भी हो, अपने आस-पास के सभी लोगों को अपनी चपेट में अवश्य ले लेती है। इन दिनों मोहसिन खान काफी तनाव में था और यह बात किसी से छिपी भी नहीं थी। उसे तनाव क्यों और क्या है? इसे हम लोग नहीं जान पाये थे। इतना अवश्य था कि मेरे साथ विभाग के अन्य कुछ लोग भी ऐसा ही महसूस कर रहे थे।

हम स्टूडेंट सेंटर पहुँच गये। मुझे बहुत अटपटा लग रहा था। वह मेरे सामने बैठा चुपचाप कॉफी पी रहा था। कुछ भी बोल नहीं रहा था। उस चुप्पी में मेरा सिर भन्ना गया था। गुस्सा मेरे पूरे बदन को जला रहा था। उसे इसकी कुछ परवाह नहीं थी क्योंकि वह मेरी ओर देख भी नहीं रहा था। ऐसी ही बात थी तो कॉफी तो डिपार्टमेंट में भी पी जा सकती थी, उसके लिए यहाँ तक आने की क्या ज़रूरत थी, यह बात मेरी समझ के बाहर थी। जब उसका व्यवहार सहन करने से बाहर हो गया तब मैं उबल ही पड़ी—''हम यहाँ क्यों आये हैं?''

''कॉफी पीने।''

''बस।''

''हाँ और क्या!''

''फिर मै चलूँ मैंने कॉफी समाप्त कर ली है।'' मेरी बात का मोहसिन खान ने कोई जवाब नहीं दिया था। दो कॉफी की और पर्ची कटा आया था। मैंने उठते हुए कहा, ''मुझे और कॉफी नहीं चाहिए, यदि तुम्हें मेरे साथ कोई काम नहीं है तो मैं चलती हूँ?'' मोहसिन खान की नज़रें कितनी देर मेरे चेहरे को पीती रहीं, उन आँखों की भाषा तो मेरी समझ में नहीं आयी लेकिन मैंने उसके इस प्रकार देखने से थोड़ी असुविधा अवश्य महसूस की। यह बात मेरी समझ में बिलकुल भी नहीं आ रही थी

कि मोहसिन खान मुझसे चाहता क्या है! यह अलग बात है कि 'आधे अधूरे' के सफ़र के साथ मेरी दोस्ती उससे गहरी ज़रूर हुई थी लेकिन मैं किसी को भी यह इजाज़त नहीं देती हूँ कि कोई भी मुझे डिक्टेट करे। फिर मोहसिन खान मेरे साथ कॉफी पी कर कैसी स्वतन्त्रता लेना चाहता है? मैंने उसकी ओर देखे बिना अपना बैग उठाया और चलने के लिए उठ खड़ी हुई।

मेरा हाथ पकड़कर मुझे बिठाते हुए वह बोला, "अब कॉफी तो तुम्हें पीनी ही पड़ेगी, इसे पीये बिना तुम कैसे जा सकती हो!" मैंने केवल इतना ही कहा, "क्यों, यह क्या ज़बरदस्ती हुई भला?" मोहसिन खान धीमे से हँसा, अपनी आदत के विरुद्ध क्योंकि उसकी हँसी तो छतफाड़ होती थी और बोला, "अभी नहीं, कभी समझ जाओगी। अभी तो चुपचाप बैठकर कॉफी पियो। मुझे भले ही उसका वह सारा व्यवहार अच्छा लग रहा था। लेकिन मैंने अपनी भावना को समेटते हुए उससे इतना ही कहा, "मोहसिन खान! तुम हद से बाहर जा रहे हो।"

"अच्छा तो अब मेरी हद मुझे तुम बताओगी?"

"नहीं, मैं अपनी हद में तुम्हारी घुसपैठ नहीं होने देना चाहती।"

"वह तो कब की हो चुकी है।" कहने के साथ ही वह दूसरी कॉफी लेने चला गया। उसने मुझे साधिकार वहाँ बैठने के लिए मजबूर कर दिया था। हम फिर जाने कितनी देर साथ-साथ रहे। लेकिन मुझे उसकी यह बात समझ में नहीं आ रही थी कि वह हर काम को ज़बरदस्ती हर किसी से क्यों करवाना चाहता है! उस दिन हम दोनों के बीच बहुत से शब्दो की नदियाँ बही थीं लेकिन इतना सब होने पर भी वह मुझसे चाहता क्या है, मेरी समझ से यह बात बाहर ही रही। दूसरी कॉफी पीते हुए उसने मुझसे पूछा था कि क्या मैं कभी पच्चीस सेक्टर गयी हूँ। मेरे इनकार करने पर वह बोला था, मैं गया हूँ। मैं उस समय यह नहीं समझ पायी थी कि मुझसे यह सब क्यों पूछ रहा है। मेरे पूछने पर वह इतना ही बोला था—"चाहता हूँ तुम भी एक दिन मेरे साथ चलो।"

"क्यों?"

"क्योंकि मैं चाहता हूँ।"

"तो!"

"तो क्या, बस चलो।"

"तुमने कहा और मैं चल दी, वाह!"

"हाँ, यही मैं चाहता हूँ कि मेरी कही किसी बात को तुम नकारो मत, जो कहता हूँ, वह बस करती जाओ।"

उसकी बात से मैं और भी चिढ़ गयी थी कि यह कैसी धाँधली है। यह सुनकर उसने यही कहा था—"तुम मेरी बात को कैसे भी समझो, भले ही इसे तुम धाँधली

ही कहो लेकिन मैं चाहता हूँ कि तुम मेरे साथ चलो बस। हर क्यों का जवाब नहीं होता केतकी! मैं चाहता हूँ कि तुम जो अपनी आँखों से दुनिया देखती रही हो, दुनिया वही नहीं है कुछ और भी है यहाँ, जिसे तुम देखना नहीं चाहती। वही मैं तुम्हें दिखाना चाहता हूँ क्योंकि वह है जीवन का सच। उस सच को जाने बिना तुम रंगमंच की दुनिया में कैसे समा सकती हो? उसे जानो, उसे समझो तभी थियेटर को तुम भली-भाँति जान सकोगी।''

''कभी-कभी तुम्हारी यह बिना सिर-पैर की बातें मेरी समझ से बाहर होती हैं।''

'इसीलिए तो कहता हूँ कि मेरी बातें आँखें बन्द करके मानती चली जाओ, फिर देखो।''

''फिर क्या?''

''फिर तुम जान जाओगी कि तुम सच्चाई और यथार्थ से कितनी दूर हो।''

''किसे उल्लू बनाने की कोशिश कर रहे हो मोहसिन खान?''

''नहीं, एक उल्लू को हंस बनने की कोशिश कर रहा हूँ।'' मोहसिन खान की बात सुनकर देर तक मैं उसका मैं मुँह देखती रह गयी। मैंने उसे चुप कराने के लिए कहा, ''मतलब की बात करो।'' तब उसने कहा, ''क्या तुम समझ रही हो कि मैं बकवास कर रहा हूँ? तो तुम बिलकुल ग़लत सोच रही हो। मैं सही व्यक्ति को सही बात समझाने की कोशिश कर रहा हूँ।'' मैंने अपनी बात फिर दोहरा दी कि मुझे तो अभी तक यही नहीं पता चला कि तुम मुझसे कह क्या रहे हो। उसके बाद उसकी छतफाड़ हँसी वहाँ के पूरे माहौल को भिगो गयी और तब जाने कितनी जोड़ी आँखें उठ गयी थीं हमारी ओर, मुझे उसका यूँ हँस पड़ना अच्छा नहीं लगा था। जिसे मोहसिन खान को समझने में देर नहीं लगी। बोला था—''बस यही बात... यही बात... यही बात तुम्हें समझाना चाहता हूँ कि इस दुनिया को मत देखो। यह सच नहीं है। वह देखो जिसे मैं तुम्हें दिखाना चाहता हूँ।''

उस दिन मैं उखड़ गयी थी।

जब से मैं लन्दन से चंडीगढ़ वापस आयी हूँ। तब से मन ने रिवर्स गियर में चलना शुरू कर दिया है। यूँ यह बड़ी सहज-सी बात है। जिस जगह पर बचपन-जवानी के खूबसूरत दिन बिताये हों वह ज़ेहन में कही न कहीं छिपे ज़रूर रहते हैं और जब उसी वातावरण में लौट आओ तो जाने क्यों उन्हीं क्षणों को फिर से जीने का मन चाहने लगता है जो बीते दिनों में जी आये थे। मन वही स्थितियाँ, वैसे ही दिनों को चाहने लगता है। लेकिन जब वह नहीं मिलते तब पिछले दिन ही साकार हो आपके

सामने आ खड़े होते हैं और मन उन बातों को, उन स्थितियों को, उन रास्तों पर पहले की ही तरह जब तब फोर्थ गियर में दौड़ना शुरू कर देता है। क्या करूँ, यह फोर्थ गियर आगे नहीं, पीछे लग गया है। जब-तब उसे पकड़ कर सीधी-सपाट सड़क पर लेकर आती भी हूँ। लेकिन क्या करूँ गियर तो रिवर्स का ही लगा हुआ है। एक-एक बात उसी तरह मन में दौड़ रही है जैसे बरसों बाद किसी डिब्बे में बन्द पड़ी सीडी कम्प्यूटर में फिट हो गयी हो।

उन दिनों माँ बीमार चल रही थी और मेरे परीक्षा के दिन चल रहे थे। न चाहने पर भी मुझे कभी-कभी कैम्पस से घर जाने में देर हो ही जाती। माँ कुछ कहती नहीं थी परन्तु रोज़-रोज़ बुखार आने की वजह से वह पीली पड़ती जा रही थी। डाक्टर ने कुछ टेस्ट करवाने के लिए कहा था। मुझे इतना समय नहीं मिल पा रहा था कि मैं माँ के टेस्ट करवा सकूँ। सोचती हूँ कि एक दिन विभाग न जाऊँ, तभी काम हो सकेगा। मैं माँ की बीमारी को अन्दर-ही-अन्दर महसूस रही थी। मेरे दिल के किसी कोने में यह डर भी बैठा हुआ था कि डाक्टर जाने क्या कह देगा जिसे मैं सुनना नहीं चाहती थी। हो सकता है मैं उस बात का सामना करने से डर रही थी और इसीलिए माँ के टेस्ट करवाने की बात को टालती जा रही थी। उस दिन जब डाक्टर ने कहा कि यदि टेस्ट नहीं हुए तो दवाई और देनी सम्भव नहीं होगी, जितनी जल्दी हो सके टेस्ट करवा लीजिए। तब मैंने माँ की बीमारी की गम्भीरता को महसूसा।

मैं नहीं चाहती थी कि माँ की बीमारी या फिर और किसी भी वजह से मेरे मुँह पर मायूसी छाई रहे और हर कोई मुझसे पूछता फिरे कि मुझे हुआ क्या है और झूठी-सी सहानुभूति के चन्द शब्द उछाल कर दूसरे ही पल किसी दूसरे के साथ कहकहों में डूब जाएँ इसलिए उन दिनों अपने विचारों को मैं धकिया कर मुस्कुराने की चेष्टा सदा करती रहती।

उस दिन विभाग में छुट्टी जैसा ही माहौल था कुछ। अभी पहला पीरियड ही था जो लगा नहीं था। मैं सोच रही थी कि यदि इस बात का पहले पता होता तो मैं घर से ही न आती लेकिन किया ही क्या जा सकता था। मैं चुपचाप बैठी सोच रही थी कि यदि दूसरा पीरियड भी न लगना हो तो मैं घर ही चली जाऊँ। मैं ऐसा सोच ही रही थी कि जाने कहाँ से मोहसिन खान मेरे सामने आ खड़ा हुआ और बोला—"आज अभिनय की तुम्हारी क्लास शायद नहीं होगी क्योंकि सोनम मैम आज आयी नही हैं। यहाँ क्यों बैठी हो, चलो कैंटीन चलते हैं।"

"तुम जाओ मोहसिन खान!"

"और तुम यहाँ बैठ कर क्या कर रही हो?"

"नहीं, मैं घर जा रही हूँ।"

"तुम हर समय घर की बात क्यों करती रहती हो?"

मैंने मोहसिन खान की बात का जवाब देने की आवश्यकता महसूस नहीं की और चुपचाप बाहर जाने लगी। मोहसिन खान भी मेरे साथ-साथ चल रहा था। मैंने उसे कहा था—"तुम्हें चाय की तलब हो रही है तो तुम जाओ कैंटीन, मुझे घर जाना है, कुछ जरूरी काम है।"

"वह ज़रूरी काम क्या है? क्या मैं कुछ मदद कर सकता हूँ? सुबह से देख रहा हूँ कि तुम कुछ उलझन में हो। लाख छिपाने की कोशिश करो लेकिन मेरी आँखों को तुम धोख़ा नहीं दे सकती। बताओ क्या परेशानी है?" मैंने मोहसिन की तरफ देखा और हँस दी, कुछ बोली नहीं। मोहसिन खान ही फिर बोला, "देखो यह सूखी-सी हँसी हँस कर तुम मोहसिन खान को उल्लू नहीं बना सकती भले ही कोई और उल्लू बनता फिरे।"

"ऐसी कोई बात नहीं है, तुम समझते क्यों नहीं हो।"

"वही तो मैं कह रहा हूँ कि तुम मुझे समझाओ तो तुम्हें हुआ क्या है?"

मुझे लगा था कि मोहसिन खान बेवजह मुझसे उलझ रहा है। जाने क्या चाहता है मुझसे। उसने यह जानने की बहुत कोशिश की थी कि मैं नॉर्मल क्यों नहीं हूँ? क्या दुख है जो मुझे अन्दर-ही-अन्दर खाये जा रहा है। मेरे लाख समझाने पर भी कि मुझे कुछ नहीं हुआ है, वह अपनी बात पर अड़ा रहा था। तब हार कर मैंने कहा था—"जान कर करोगे क्या?"

"शायद कुछ मदद कर सकूँ।" मैं क्या कहती उसे! कुछ दर्द नितान्त निजी होते हैं। सुनने भर से कोई क्या जान सकेगा कि दर्द कितना गहरा है! दर्द की पहचान भी उसी को हो सकती है जो उस दर्द से स्वयं गुज़रा हो। जाने कितनी देर चिरौरी करता रहा था वो कि मैं उसे अपने-आप से परिचित करवा दूँ! मुझे उसका पूछना जहाँ बेतुका लगा था, वहीं कहीं भीतर तक इस बात ने मुझे सन्तुष्टि भी दी थी कि कोई तो है जो समझता है कि मैं परेशान हूँ। मेरे इनकार करने पर कि मुझे कोई कष्ट नहीं है, तब वह काफी निराशा से बोला था कि—"अब तुम झूठ बोल रही हो। वैसे केतकी, मैंने तुम्हारे जैसा झूठा और कोई नहीं देखा।" उसकी बात सुनकर मुझे हँसी आ गयी थी। जाने मैं बेमतलब कितनी देर हँसती रही थी। वह मेरी ओर मूर्खों की तरह देखता रह गया था। मैं उसे उसी स्थिति में छोड़ कर अपने घर की ओर मुड़ने लगी थी, लेकिन उसने कहाँ जाने दिया था मुझे, बोला था—"मैं भी चलता हूँ तुम्हारे साथ?" अब मूर्ख बनने की मेरी बारी थी। कितनी ही देर उसकी ओर देखती रही थी। अविश्वास मेरे रोम-रोम से बाहर गिर रहा था। मैंने उसकी बात को ख़ारिज करते हुए कहा, "क्या बात करते हो तुम भी, मुझे कुछ काम है। तुम जाकर क्या करोगे मेरे साथ?" वह उसी विश्वास से बोला था—"वही जो तुम करोगी। तुम्हारे काम में सहायता करूँगा। मैं खाना भी अच्छा बना लेता हूँ। लेकिन केतकी एक बात

मेरी समझ से बाहर है कि तुम मुझे घर ले जाने की बात हमेशा टाल क्यों देती हो?'' उसकी आवाज़ में छिपी दृढ़ता से मैं घबरा ज़रूर गयी थी। अपनी घबराहट को छिपाते हुए मैं बोली थी—''नहीं मोहसिन खान! ऐसी कोई बात नहीं है। रही खाने की बात तो जिस दिन मुझे खाना बनाना होगा उस दिन तुम्हें साथ ले जाना नहीं भूलूँगी। लेकिन आज मुझे कुछ काम है इसलिए तुम मेरे साथ जाकर क्या करोगे?'' वह हँसा था और बोला था—''मैं तुम्हारे लिए खाना बनाऊँगा, खाऊँगा और क्या करूँगा, तुम अपने काम निपटाती रहना।''

मैं जान गयी थी कि मोहसिन मेरे साथ जाये बिना मानेगा नहीं इसलिए मैंने उसे कहा, ''तुम काफी बेशर्म किसम के आदमी हो। खाना ही खाना है तो चलते हैं स्टूडेंट सेंटर, वहाँ तुम्हें मैं दोसा खिला सकती हूँ।'' उसने नाक सिकड़ा था और कटाक्ष करता-सा बोला था—''लेकिन घर का खाना नहीं खिला सकतीं?''

मैं बेदिली से घर की ओर न जाकर स्टूडेंट सेंटर की ओर मुड़ गयी थी, जिसे देख वह फिर बोला था—''तुम्हें अच्छा नहीं लग रहा न मेरे साथ जाना इसलिए जाने दो, मैं तो तुम्हारे घर जाना चाहता हूँ, स्टूडेंट सेंटर तो कभी भी जाया जा सकता है।'' इतना कह वह 'हो...हो...हो...' कर हँस पड़ा था। मुझे जाने क्यों उस पर गुस्सा आ गया, उसके हँसने पर या फिर उसकी साथ चलने की ज़िद पर मैं एकदम बोल पड़ी—''अब तुम मुझसे मार खाओगे! चुपचाप अब चलो लेकिन मेरे घर नहीं स्टूडेंट सेंटर ही। मेरे साथ घर जाने का ख़्वाब लेना अब बन्द करो। जब ले जाना होगा, मैं तुम्हें खुद ही ले चलूँगी। फ़िलहाल तो स्टूडेंट सेंटर जाकर दोसा खाकर ही सन्तुष्ट होना पड़ेगा तुम्हें। वह भी कब रुकने वाला था। फिर हम दोनों स्टूडेंट सेंटर पहुँच गये थे। उस दिन उस पर जितना गुस्सा आया था, न तो उससे पहले कभी आया था और न कभी बाद में ही।

उस दिन जब मैं घर पहुँची तो माँ को काफी तेज़ बुखार आ रहा था। पड़ोस की तेजी मौसी पास बैठी सिर पर ठंडे पानी की पट्टियाँ रख रही थी। मैंने पूछा कि डॉक्टर आया था कि नहीं तो मौसी ने न में सिर हिला दिया। मैंने घड़ी देखी। अभी दो नहीं बजे थे डॉक्टर ने दो बजे आने का समय दिया था। फिर भी मैंने डॉक्टर को फोन मिलाया उसे याद दिलाने के लिए। डॉक्टर ने फोन पर ही माँ का हाल जाना और कहा था कि अभी दवाई बदलने की आवश्यकता नहीं है। पहले वाली दवाई ही रिपीट कर दूँ इसलिए मरीज को देखकर भी क्या करूँगा। पहले पूरे टेस्ट करवा लो फिर ही देखेंगे कि आगे करना क्या है। रात तक माँ की हालत में सुधार आना शुरू हो गया था और सुबह बुखार नहीं था।

जाने मेरी हालत कैसी होती जा रही थी। मोहसिन खान की उपस्थिति मेरे अन्दर घर कर चुकी थी। मुझे लगने लगा था कि मोहसिन खान मेरे लिए वह आदमी है जो

मेरी सारी कठिनाइयाँ दूर करने में मेरा सहायक हो सकता है। मैं एक ओर उसका साथ चाहने लगी थी तो दूसरी ओर मेरा मन उससे उतना ही दूर भी भागने लगता क्योंकि मेरे ज़ेह्न में एक मुसलमान की छवि जो बसी हुई थी, वह थी कि यह लोग भले ही बहुत अच्छे हों लेकिन औरतों के प्रति इनकी सोच के दायरे बड़े संकुचित हैं। न उन में सांस्कृतिक संवेदना होती है और न ही वह औरत की स्वतन्त्रता के पक्षधर ही होते हैं। पर्दा प्रथा को मानने वाले और औरत को अपने से कम आँकने वालों की कौम है यह। जो केवल शरीयत को ही सब कुछ मानती हैं। उनके लिए औरत की स्थिति एक गुलाम से अधिक कुछ नहीं होती। मैं मन में सोचती, यदि मोहसिन खान थोड़ा प्रगतिवादी विचार रखता भी होगा तो कितना? उनके घर में क्या वह स्वतन्त्रता किसी को मिल भी पाएगी, जिस तरह से मुझे मेरे घर में मिली हुई है? जिस स्वतन्त्र माहौल में मैं पली बड़ी हुई हूँ। क्या वैसा माहौल उस घर में भी होगा?जैसा खान दिखता है। ऐसे कुछ विचार मेरे मन पर हावी थे। जो मुझे सदा मोहसिन खान से दूर ले जाते। लेकिन जाने क्या बात थी कि उसका आकर्षण मुझे उससे दूर भी नहीं होने देता था। एक पूर्ण पुरुष के रूप में मोहसिन खान मेरे दिल में अपना घर बना चुका था।

लेकिन जब-जब मैं अपने को मोहसिन खान के साथ जोड़ कर कुछ भी बुनने लगती तब-तब पूर्वाग्रह मुझ पर हावी हो जाते, सोचती उनके लिए औरत का वजूद बच्चा जनने की मशीन से अधिक कुछ नहीं होगा क्योंकि ऐसी बातें मोहसिन खान को भी तो संस्कारों में मिली ही होंगी। जैसा वह दिखता है वह अन्दर से भी वैसा ही होगा क्या कहा जा सकता है?

मेरे सामने सबसे अहम मुद्दा यह था कि क्या सारी ज़िन्दगी उस आदमी के साथ निकाली जा सकती है जिस आदमी का सामाजिक स्तर पर कोई वजूद ही नहीं है। न पैसा और न ही कोई रुतबा। ज़िन्दगी जीने के लिए इन दोनों की अपनी विशेष भूमिका रहती है।

काफी दिनों से मैं इस दोहरी मानसिकता में जीती रही थी और मोहसिन खान की ओर झुकते हुए अपने मन की डोर कस कर मैंने थाम ली थी। मैं नहीं चाहती थी कि मेरा मन बिना सोचे-समझे मोहसिन खान की ओर झुकता ही चला जाये। जहाँ केवल मज़हब ही सब कुछ है। जहाँ प्रगतिवादी विचारों की कोई भूमिका ही नहीं है। मेरे मन में मोहसिन खान की दो तरह की छवियों का प्रतिबिम्ब बनता और बिगड़ता रहता कभी वह औसत दर्जे का धर्मभीरू मोहसिन खान बन जाता तो कभी प्रगतिवादी रंगकर्मी। कभी मैं सोचती कि जब मेरे दिल में किसी भी सम्प्रदाय के प्रति कोई दुराग्रह नहीं है फिर मैं यह सब क्यों सोचती हूँ। लेकिन यदि मोहसिन खान के घर के अन्य लोगों में सकारात्मक सोच का आभाव हुआ तो वह कैसे एक हिन्दू लड़की को कबूल कर लेंगे? यदि कबूल कर भी लिया तब इसकी क्या गारंटी है कि मुझे उनकी

धार्मिक कट्टरता कचोटेगी नहीं? मैं भी कब इस विचार से पूरी तरह मुक्त हुई हूँ कि मुस्लिम भी प्रगतिवादी विचारधारा को मानने वाला हो सकता है।

अपने मन को कई तरह से समझाने के बावजूद भी मेरा झुकाव मोहसिन के प्रति कम नहीं होता, लगता शायद यही प्रेम है, शायद मैं मोहसिन को चाहने लगी थी। इस लिए अपनी हर शंका का कोई-न-कोई तोड़ निकाल ही लेती। जब-जब अपने मन को समझाती, तब-तब मैं पाती कि मेरे मन में मुसलमानों को लेकर अनेक प्रकार के दुराग्रह हैं। मैं चाहे आपने को लाख प्रगतिवादी मानूँ कहीं-न-कहीं मैं भी प्रतिक्रियावादी ही हूँ। जो रूढ़ विचारों को अपने पर हावी होने देती हूँ और एक अच्छे भले आदमी को बिना कुछ जाने उसे उसी ढाँचे में ढ़ाल कर देखने लगती हूँ जो मुझे मेरे संस्कारों ने दिये हैं।

जाने कितनी देर अपने को मोहसिन के साथ जोड़ कर देखती, मन मोहसिन खान से दूर होने की कल्पना भी नहीं कर सकता था और दिमाग़ मोहसिन खान को कबूल करना नहीं चाहता था। दिल और दिमाग़ की लड़ाई चलती जा रही थी और मैं दोहरी मानसिकता की शिकार होती जा रही थी।

यूँ भी हमारी सोच के सूत्र तो अतीत में ही होते हैं। और मेरी माँ जब लाहौर के बारे में बात करती है तब उसके आँसू थमने का नाम ही नहीं लेते। मेरे नाना की मौत दो कौमों के बटवारे के हादसों के बीच हुई थी। ऐसा माँ का कहना था और नानी का उन हादसों के बाद दिमाग़ी सन्तुलन बिगड़ गया था। बड़े मामा का तो आज तक कुछ पता ही नहीं चला था और छोटा मामा माँ से चार बरस छोटा था। माँ उस समय दस बरस की थी और मामा तीन बरस के लेकिन नानी को कुछ पता ही नहीं था अपने बेटे का और माँ इतनी छोटी थी कि वह अपने भाई की देखभाल उस तरह नहीं कर पायी थी जैसी उसे चाहिए थी और कैम्प में ही उस नन्ही जान की बिना परवरिश के ही मौत हो गयी थी। अब माँ और नानी ही रह गयी थीं अकेली। मेरे नाना का छोटा भाई यानि माँ का एक चाचा था, जिसने उन दोनों यानी कि नानी और माँ को उस समय सँभाला था। चाचा ने जब देखा कि नानी ठीक नहीं है और वह नीमपागलों की तरह बर्ताव करने लगी है तो फिर वह उन्हें अस्पताल भर्ती करा आये थे और फिर उसके बाद माँ ने कभी नानी को नहीं देखा। माँ फिर चाचा के पास ही रही थीं। नानी की सारी ज़मीन-जायदाद का जो भी क्लेम मिला था, वह सारा चाचा को ही मिला था। माँ अपनी ज़मीन, अपने घर और वहाँ के अपने रहन-सहन को ले जब तब बात करती तो वह ख़्यालों में खो जातीं, उस समय उनकी आँखों में छाये दर्द से पूरा वातावरण भीगे बिना नहीं रह पाता। माँ की आँखें अपने खोये बड़े भाई को ढूँढ़ती रहती हैं। वह इस बात को मानने के लिए तैयार ही नहीं थी कि उन हादसों में शायद उसकी भी मौत हो गयी हो। यदि वह कहीं होता तो अब तक ज़रूर मिल गया होता। उन दिनों

की बातें सुन-सुन कर मेरे मन में अजीब से विचार उमड़ने-घुमड़ने लगते। कभी मैं सोचती कि कैसे कोई लाशों के बिछे जंगल में अपना महल खड़ा कर सकता है। पाकिस्तान बनने की बातें माँ से सुन-सुन कर मेरा दिल अजीब तरह की दहशत से भर जाता और मैं उस वक्त की तसवीर अपने ज़ेह्न में बुनने लगती और सोचती पाकिस्तान का बनना किस की ग़लती का परिणाम है? धीरे-धीरे बड़े होने के साथ साथ राजनीति को समझने की थोड़ी ताक़त मुझमें आयी। जिस आम आदमी ने उस सारी त्रासदी को भोगा था, उसका तो इस बात से कोई लेना-देना ही नहीं था। आज भी उनके बीच भाईचारा है। नफ़रत का बीज तो चन्द राजनीतिज्ञों ने ही बोया है। जो आज तक बोते चले जा रहे हैं। एक कौम को दूसरी कौम से लड़ाएँगे नहीं तो शासन कैसे चलेगा इन लोगों का, मैं मन-ही-मन सोचती रहती कि यह सब क्या है? आदमी कैसे एक-दूसरे की जान लेने की कल्पना कर लेता है?

जब से मेरी ज़िन्दगी में मोहसिन खान का दख़ल हुआ है तब से मेरे मन में अनेक प्रकार के विरोधी विचार भी पैदा होने शुरू हो गये हैं। कभी मुझे सारा दोष ही मुस्लिम संस्कृति में दिखाई देने लगता है तो कभी मैं हिन्दुत्व को ही सारे फसाद की जड़ मानने लगती हूँ। इतना होने पर भी मोहसिन खान का मेरे दिलोदिमाग़ पर क़ब्ज़ा कसता जा रहा था। मैं उसे अपने दिल से निकालने की पूरी कोशिश करती लेकिन बीच रास्ते ही मेरी कोशिशें चूर-चूर हो जातीं। सोचती कि यदि माँ को इस बात की ज़रा-सी भी भनक लग गयी तो वह तो इस बात को बिलकुल भी सहन नहीं कर पाएँगी। उनके वे सारे ज़ख़्म जो पाकिस्तान बनने पर उन्हें मिले थे, हरे हो जाएँगे, जिन पर अब समय की धूल बिछ चुकी है और मैं यह कभी नहीं चाहूँगी कि एक बार फिर से माँ उन सारी स्थितियों में से गुज़रे। लेकिन मैं क्या करूँ, चाह कर भी मैं मोहसिन खान को अपने से अलग नहीं कर पाती।

इन्ही दिनों मोहसिन खान ने अपना एक नाट्य मंडल स्लम बच्चों को लेकर बनाया 'अक्स'। शाम उसकी फिर उन बच्चों के साथ कटनी शुरू हो गयीं। मैं नियमित रूप से उनकी रिहर्सल में जाती रही, लेकिन उतना वक़्त नहीं दे पाती थी जितना खान चाहता था क्योंकि माँ की जैसी हालत थी उसे देखते हुए मैं बहुत देर तक बाहर नहीं रह सकती थी।

उन्हीं दिनों मोहसिन खान ने एक नुक्कड़ नाटक 'राजा और रंक' तैयार कर उसे स्टूडेंट सेंटर की खुली जगह में पेश भी कर दिया। बच्चों ने इतना बढ़िया काम किया कि जिसने भी वह नाटक देखा, वह उसकी तारीफ़ किये बिना नहीं रह सका और फिर उसके थोड़े अरसे बाद ही कुछ ज्वलन्त मुद्दों को लेकर इस ग्रुप ने एक के बाद एक नुक्कड़ नाटक पेश करके रंगमंच की दुनिया में अपना नाम दर्ज करा लिया।

अब मेरा कोई ऐसा दिन नहीं होता, जिस दिन मैं मोहसिन खान के नाट्य मंडल

'अक्स' के साथ न होती। अब हम सब काम एक दूसरे से मिलकर करने लगे। इतना होने पर भी मैं राजीव और मोहसिन खान के आपसी सम्बन्ध की गहराई को नहीं पहचान पायी। मुझे लगता रहा कि मोहसिन खान और राजीव में कुछ ग़लत किसम का रिश्ता है।

मोहसिन खान जिन दिनों 'रंग अभियान' में था और मैं रिसर्च कर रही थी। उन्हीं दिनों ही भरत नाट्यम नृत्य का एक कार्यक्रम हुआ। सौदामिनी मित्रा नाम था नृत्यांगना का, उसे चंडीगढ इतना पसन्द आया कि वह फिर यहीं की हो कर रह गयीं। मुझे लगा जैसे उसे भगवान ने मेरे लिए ही यहाँ भेजा हो। उसने जब नृत्य की क्लासें लेने का ऐलान किया तब सबसे पहले मैं ही उसके पास गयी। मेरी दबी हुई इच्छा की इस तरह कभी पूर्ती होगी, यह मैंने कभी सोचा भी नहीं था। इसके साथ ही मैं मोहसिन खान के नाट्य मंडल में भी सक्रिय रूप से शामिल हो गयी।

हमारे विभाग में अनेक तरह की समस्याएँ दिन-प्रतिदिन बढ़ रही थीं। टी.वी. ने सबको अपनी गिरफ्त में ले लिया था। जैसे-जैसे चैनलों का विस्तार हो रहा था वैसे-वैसे सब अपनी प्रतिभा को कैश करने के जुगाड़ में जुटे हुए थे। क्या पढ़ने वाले और क्या पढ़ाने वाले। सब का एक पाँव दिल्ली होता तो एक पाँव चंडीगढ़। कुछ निर्माता अपने कार्यक्रमों के लिए आये दिन प्रतिभाओं की खोज में चंडीगढ़ आते रहते। पढ़ने-पढ़ाने में सबकी रूचि कम होती जा रही थी। मैं भी इससे अछूती नहीं थी। मुझे भी एक पंजाबी फिल्म के लिए वस्त्र-विन्यास का काम मिला। मुझे इस बात पर आश्चर्य और खुशी दोनों एक समान ही हुई क्योंकि मैंने तो इस काम के लिए कोई प्रयत्न ही नहीं किया था। फिर यह सब कैसे सम्भव हुआ? यह मेरे सामने एक पहेली ही थी। लेकिन इस काम को लेकर मेरे अन्दर एक उत्तेजना थी। इस के साथ ही मैंने यह भी अनुभव किया कि विभाग में मुझे पहले से कुछ अधिक ही सम्मान मिलना शुरू हो गया।

जिस फिल्म के लिए मुझे वस्त्र-विन्यास की कल्पना करनी थी वह फिल्म राजस्थान की ऐतिहासिक पृष्ठभूमि को लेकर लिखी गयी एक प्रेम कहानी थी। इसके लिए मुझे इतिहास के साथ-साथ राजस्थान के कल्चर को जानना भी ज़रूरी था। हालाँकि इन दिनों मैं माँ को लेकर चिन्तित थी। मैं अपने सिर पर और किसी प्रकार की भी ज़िम्मेदारी लेना नहीं चाहती थी। फिर भी मैं इस ऑफर को अस्वीकार भी नहीं कर पायी। इन सारी स्थितियों के बीच मुझे एक प्रश्न बेचैन करता रहा कि मुझे ऐसा कौन-सा व्यक्ति जानता है जिसकी वजह से मुझे यह काम मिला। मेरे आगे यह प्रश्न बहुत दिनों तक नहीं रहा। कुछ ही दिनों बाद ही मुझे पता चल गया था कि इस काम के पीछे मोहसिन खान का ही हाथ है। मैं क्या कर सकती थी अब क्योंकि मैं 'हाँ' कर चुकी थी। अब तो काम करने के अतिरिक्त मेरे पास कोई चारा ही

नहीं था।

मेरी अब दिनचर्या में एक बात और शामिल हो गयी थी। मैं डिपार्टमेंट से लौटते वक़्त घर जाने से पहले म्यूज़ियम जाती और राजपूतों के समय का अध्ययन और उस समय के फोटोग्राफ-पेंटिंग्ज़ देखती ताकि उस समय की सामाजिक परिस्थितियों, उस समय के रहन-सहन और आम आदमी की रोज़मर्रा के जीवन से मैं परिचित हो सकूँ।

मेरे लिए यह काफी कठिन समय था। माँ की हालत बिगड़ती जा रही थी और मोहसिन खान के ग्रुप को कई कठिनाइयों से गुज़रना पड़ रहा था। उधर 'रंग अभियान' के लिए भी नये नाटक का चुनाव करना था। मोहसिन खान नहीं चाहता था कि कोई भी खेला हुआ नाटक फिर से किया जाये। उसका कहना था कि 'आधे अधूरे' के बाद अब कोई ऐसा नाटक होना चाहिए जो केवल 'रंग अभियान' का ही सृजन हो। उसने यह बात बड़े सामान्य ढंग से मुझसे की थी। उसकी बात सुनकर मैंने मोहसिन खान से कहा था कि क्यों न नाटक हम खुद ही लिख लें। मोहसिन खान को मेरी बात पसन्द आयी। वह कोई ऐसा नाटक करना चाह रहा था जो स्त्री-विमर्श पर केन्द्रित हो। लेकिन मेरी उस विषय पर उसे सहमति नहीं मिली। मेरा मानना था कि विषय भी ऐसा हो जिस पर आज तक किसी की नज़र ही न गयी हो। खान को मेरी बात अच्छी लगी और उसने इस विचार को छोड़ दिया कि नाटक स्त्री-विमर्श पर ही हो।

नये नाटक पर काम करना आसान बात नहीं थी, इसके लिए भी हमें अलग तरह से तैयारी करने की आवश्यकता थी क्योंकि हमारे कटघरे में खड़े थे प्रेमचन्द क्योंकि हमने उन्हीं के पात्रों को लेकर एक नाटक तैयार किया था। वह कुछ ऐसा था कि प्रेमचन्द के सृजित पात्र उन्हीं से जिरह करते हैं कि प्रेमचन्द ने उनके साथ इतना अन्याय क्यों किया? क्यों उन्हें इतनी घृणा का पात्र बना दिया? कि वह बुरी बातों के पर्याय ही बन गये। नाटक अपनी तरह का अछूता नाटक था। लेकिन इस नाटक की सृजन-यात्रा के अनेक पड़ाव थे। पहले तो प्रेमचन्द के उपन्यास, कहानियों के अध्ययन करने की ज़रूरत थी। फिर उन पात्रों के अनुकूल ही नाटक को लिखना था। तय हुआ कि जब तक सोचे हुए नाटक की स्क्रिप्ट तैयार नहीं होती तब तक किसी अलग-अलग नाटकों के अलग-अलग दृश्यों को लेकर ही कुछ काम कर लिया जाये। 'रंग अभियान' के लिय इस प्रकार कार्यक्रम तय किया गया।

इन्हीं दिनों भ्रूण हत्या को लेकर मोहसिन खान ने एक ड्राफ्ट तैयार किया था और वह अपने ग्रुप 'अक्स' के साथ उस पर काम भी कर रहा था। इस ग्रुप के काम करने का यही तरीका था कि वह रिहर्सल के दौरान ही इम्प्रोवाइज़ करते जाते। बस उनके पास एक लाइन होनी चाहिए कहानी की, नाटक तो रिहर्सल के दौरान ही लिखा

जाता। मेरे कन्धों पर इस समय दो तरह का बोझ था, एक प्रेमचन्द के पात्रों को लेकर लिखे जाने वाले नाटक का, दूसरा राजपूतों के समय की सामाजिक स्थितियों को जानने-समझने का। दोनों कामों के लिए समय चाहिए था। यह काम मेरे लिए किसी यज्ञ को पूरा करने जैसी ही बात थी क्योंकि मैंने 'गोदान' के अतिरिक्त प्रेमचन्द का अभी और कोई उपन्यास पढ़ा ही नहीं था। ख़ैर, मरता क्या न करता जैसी स्थिति हो गयी थी मेरी, और सबसे बड़ी बात थी कि मुझे किसी ने नहीं कहा था कि अपने चढ़ने के लिए उस पहाड़ को चुनूँ जिसकी एकदम सीधी चढ़ाई और पगडंडी ऊबड़-खाबड़ थी जिस पर चढ़ते समय हर क्षण यही डर लगता रहे कि अब गिरे कि तब गिरे। लेकिन जब तय हो ही गया था तब पीछे कैसे रहा जा सकता था!

प्रेमचन्द के पात्रों को लेकर नाटक को लिखने की ज़िम्मेदारी मुझे देने के लिए मैं खान की शुक्रगुज़ार भी हूँ क्योंकि यदि मैं इस नाटक पर काम न करती तो शायद मैं प्रेमचन्द को इस तरह कभी न पढ़ पाती। समय तो लगा लेकिन जब नाट्यालेख तैयार हुआ और फिर उसके मंचन की तैयारी शुरू हुई तो यह अपनी तरह का अलग ही नाटक साबित हुआ। इसलिए यह लाज़मी ही था कि नाटक की चर्चा प्रशंसा आम से कुछ अधिक होती लेकिन यह सब तो तब होता जब नाटक मंच तक पहुँच पाता उसका तो बीच रास्ते में ही क़त्ल हो गया और फिर मोहसिन खान का 'रंग अभियान' से मोहभंग हो गया और उसने 'रंग अभियान' को छोड़ कर अपना सारा समय अपने नाट्यमंडल 'अक्स' के लिए सुरक्षित कर लिया।

उस दिन उसका 'रंग अभियान' में अन्तिम दिन था। हम दोनों साथ-साथ बाहर निकले थे। मैंने कुछ देर बाहर रुक कर मोहसिन खान से विदा लेते हुए कहा, "अच्छा फिर शाम को मिलते हैं, अभी तो मैं साइबर कैफे जा रही हूँ।" वह मेरी बात की ओर ध्यान दिये बिना ही मेरे साथ-साथ चलने लगा और जब मैं 15 सेक्टर की ओर मुड़ने लगी तो वह बोला, "क्या बहुत ज़रूरी है साइबर कैफे जाना?"

"हाँ, है तो ज़रूरी ही।"

"तुम अपना कम्प्यूटर क्यों नहीं ले लेतीं?"

"सोच रही हूँ ले ही डालूँ परन्तु पहले मैं स्कूटर लेना चाह रही हूँ।"

"दोनों चीज़ें एक साथ ही क्यों नहीं ले लेती। यह जो हर रोज़ साइबर कैफे जा कर इतना पैसा और समय बरबाद करती हो, यह मेरी समझ से बाहर की बात है। फिर हर रोज़ वहाँ क्या काम होता है, यह भी मेरी समझ में नहीं आता।"

"तुम्हें समझने की ज़रूरत भी नहीं है और न तुम समझ ही पाओगे क्योंकि जिस आदमी को अपने से बढ़ कर और कोई दिखाई ही न दे उसे यह जानने की ज़रूरत ही क्या रहती है कि दुनिया में क्या हो रहा है! लोग कहाँ से कहाँ पहुँच गये हैं। मोहसिन खान, तुम जिस दिन समझ पाओगे इंटरनेट की दुनिया को, तब तुम्हें अपना यह काम

बहुत छोटा दिखाई देने लगेगा। ख़ैर, छोड़ो... मैं क्यों तुमसे यह सब कह रही हूँ। अब मैं चलती हूँ।''

''ठीक है, शाम को रिहर्सल पर तो आ रही हो न?''

''हाँ, आना ही पड़ेगा।''

''अगर मजबूरी समझ कर आ रही हो तो मत ही आना, कैसे-कैसे लोग थियेटर करना चाहते हैं, हिश।''

मैंने फिर उसकी बात का जवाब देना ज़रूरी नहीं समझा और उसे विदाई का हाथ हिला कर चल पड़ी। आज मुझे इंटरनेट से माँ की बीमारी के बारे में जानकारी हासिल करनी थी।

मोहसिन खान के नाट्य मंडल में दो-तीन बच्चे बहुत ही प्रतिभावान थे जिनके सिर पर उसके नाटकों को निरन्तर सफलता मिलती जा रही थी। इन्हीं दिनों मोहसिन खान ने कुछ ऐसे बच्चों को भी अपने नाट्य मंडल में शामिल किया जो गरीबी की रेखा से कहीं ऊपर थे। भले ही आभिजात्य नहीं थे लेकिन जिन्हें उच्च-मध्यवर्ग से आया हुआ तो कहा ही जा सकता है भले ही उनके घरों में किसी किस्म की तंगी नहीं थी लेकिन वह बुरी संगत में फँस चुके थे। राजीव तो पहले ही आ चुका था।

यह बच्चे नशे के तो शिकार थे ही, साथ ही इनमें जुए और चोरी जैसी आदतें भी थीं। चोरी ऐसी-वैसी भी नहीं, कोई कार चोर था तो कोई स्कूटर का। हाँ, एक-दो बच्चे साइकिल चोर थे तो कुछ बच्चे घरेलू सामान की चोरी में शामिल थे। लेकिन कार और स्कूटर चोर तो अच्छे घरानों से यानी कि सम्पन्न घरानों के बच्चे थे। इन बच्चों को लेकर मोहसिन खान अधिक ही उत्साही था, उसका कहना था कि इन बच्चों को यदि थियेटर का रंग चढ़ गया तो और सब रंग स्वयं उतर जाएँगे। थियेटर इन बच्चों के लिए एक थेरेपी की तरह काम करेगा।

इन्हीं बच्चों के साथ मोहसिन खान ने नशे को विषय के तौर पर लेते हुए एक नाटक लिखा और जब उसे मंचित किया गया तो दर्शकदीर्घा में बैठा हर व्यक्ति अपनी आँखें पोंछता दिखाई दे रहा था। कुछ लोगों ने इस नाटक को मेलोड्रमा की भले ही संज्ञा दी हो परन्तु नाटक एक सीमा तक बच्चों के लिए प्रेरणा का स्रोत भी बना।

इन्हीं बच्चों के बीच एक-दो बच्चे ऐसे भी थे जो इन बच्चों की तरह साधन संपन्न नहीं थे लेकिन नशा और चोरी-चकारी में पूरी तरह उन्हीं की तरह लिप्त थे। ऐसे बच्चों के बीच एक बच्चा जिसका नाम भोला था, वह कुछ सबसे अलग था। सबसे पहले उसने ही नशे से निजात पायी थी। अब वह आगे पढ़ना चाहता था

लेकिन उसके पास साधन नहीं थे आगे पढ़ने के लिए। उसने बताया कि उसका बाप नहीं है और माँ कपड़े सिलती है। घर-खर्च पूरा नहीं होता। वह लोग 22 सेक्टर में एक कमरे के घर में रहते हैं और एक दिन 22 सेक्टर की रेहड़ी मार्किट में हुई एक चोरी के शक़ में पुलिस उसे पकड़ कर ले गयी और उसका अब नाम दर्ज है पुलिस के रजिस्टर में, जबकि उसने चोरी की ही नहीं थी लेकिन उसकी इस बात पर कौन भरोसा कर सकता था? भरोसा यदि उस पर किसी को था तो वह केवल उसकी माँ ही थी। लेकिन यह सदमा उसके लिए जानलेवा सिद्ध हुआ। कुछ दिन बीमार रही और फिर मर गयी। अब इस भरी-पूरी दुनिया में न उसका कोई रिश्तेदार रहा और न ही कोई मित्र।

उसकी कहानी सुनकर मन जाने कैसा हो गया। यह लड़का उस गुनाह की सज़ा भोग रहा है, जो इसने किया ही नहीं और आज वह अकेला इस दुनिया में उस जुर्म के साथ जी रहा है। एक भोला, दूसरा बृजेश एक ही तरह के जुल्म के शिकार हुए। क्या इस प्रकार यह पुलिस एक अच्छे नागरिक को अपराधी नहीं बना रही?

जाने मुझे यह सवाल अन्दर ही अन्दर कब तक सालता रहा। जाने कहाँ से ढूँढ़-ढूँढ़ कर ऐसे बच्चों को मोहसिन खान लेकर आता है। मुझे आश्चर्य के साथ-साथ दुख भी होता था। मैं भोला को यह आश्वासन देकर घर ले आयी थी कि उसकी पढ़ाई का ज़िम्मा अब मेरा है। मैं उसे अपने घर तो ले आयी थी लेकिन मन के किसी कोने में उसके प्रति शक़ भी था कि सच में ही यदि यह बच्चा चोर हुआ तो? बड़ी मुश्किल से मोहसिन खान ने उसे पुलिस के चंगुल से छुड़वाया था लेकिन मैं उस पर सहज ही विश्वास नहीं कर पायी थी। उसके प्रति एक डर हमेशा मेरे मन में बना रहता और जब उसकी सूचना मैंने पुलिस को दी कि यह लड़का मेरे घर में है तब एक डर और मेरे मन में बैठ गया कि खुदा-न-खास्ता मेरे अगल-बगल में कहीं भी चोरी-चकारी की यदि कोई वारदात हुई, तब सबसे पहले सब का शक़ सहज ही भोला पर जाएगा। भोला के साथ ही डर भी मेरे साथ मेरे घर में आ चुका था। जिसने मुझे अपने क़ब्ज़े में ले लिया था। माँ इस बात से बिलकुल अनजान थी।

भोला को देख कर माँ समझ रही थी कि मैं उसे घर के काम के लिए लेकर आयी हूँ। जब उसे मैंने स्कूल में भरती करवाना चाहा तो माँ के अतिरिक्त भोला ने भी इस बात का विरोध किया और बोला था—"पढ़ कर क्या करूँगा।" मुझे उसकी बात समझ नहीं आयी थी। घर आने पर इसने यह कैसी पलटी खाई है। जबकि इसका मेरे घर आने का मक़सद पढ़ाई ही था। कुछ दिन मैंने उसे कुछ नहीं कहा और उसका जायज़ा लेती रही। इस बीच मैंने दस के मॉडल स्कूल में उसके दाख़िले को लेकर बात की लेकिन मुझे क़ामयाबी नहीं मिल पायी। सब उसकी हिस्ट्री जानकर उसे अपने स्कूल में लेने से इनकार कर देते। मेरी परेशानी बढ़ती जा रही थी। इसी

बीच भोला ने यह बात कहकर कि वह पढ़ना ही नहीं चाहता, मुझे चौंका दिया था।

मैंने एक दिन हिम्मत कर, उससे पूछ ही लिया कि वह अब इस तरह क्यों बोल रहा है। जबकि वह तो मेरे साथ इसीलिए आया था कि वह आगे पढ़ना चाहता है। मेरी बात के जवाब में उसने जो कहा उसे सुनकर मेरा पसीज जाना स्वाभाविक ही था। वह बोला—''केतकी, एक माँ मैं खो आया हूँ अब दूसरी माँ मैं खोना नहीं चाहता। माँ जी इतनी बीमार हैं, उनके पास किसी को तो होना ही चाहिए।'' उसकी बात सुनकर जाने मेरे अन्दर कैसी खलबली मच गयी। माँ की बीमारी की गम्भीरता को जानते हुए भी मैंने अपने किसी काम को कभी पोस्ट न किया था जिससे मेरे अन्दर अपराधबोध का जन्म हुआ था कि सच में ही माँ की सेवा जिस तरह से होनी चाहिए, मैं उस तरह से नहीं कर पा रही। इस बात के बाद मैंने भोला को घर में ही पढ़ाने का निश्चय किया। और मैं अपने मिशन में क़ामयाब भी हुई। वह माँ की सेवा करने के साथ साथ दसवीं में भी अच्छे नम्बरों से पास हुआ। मैं उसे आगे पढ़ाना चाहती थी लेकिन वह अब नौकरी करना चाहता था। उसका कहना था कि वह किसी पर बोझ नहीं बनना चाहता। मेरे लाख समझाने पर भी वह अपनी ज़िद पर अड़ा रहा था। हार कर मैंने उसे कहा था कि वह जो यहाँ मेरे घर में काम कर रहा है, वह भी तो एक प्रकार की नौकरी ही है। हाँ, ग़लती मुझसे हुई है मुझे तुम्हें काम के एवज में कुछ पैसे देने चाहिए थे ताकि तुम्हें एहसास होता कि तुम नौकरी कर रहे हो। भोला रो ही तो दिया था उस दिन। उसे मेरा ऐसा कहना अच्छा नहीं लगा था। उसका कहना था कि यहाँ वह एक नौकर की हैसियत से नहीं रह रहा। यह तो उसका अपना घर है। लेकिन उसे उस दिन मेरी बात सुनकर यह एहसास हुआ कि वह यहाँ एक नौकर की हैसियत से ही रह रहा है, इससे अधिक उसका यहाँ और कोई वजूद नहीं है। उस दिन फिर मेरे लाख समझाने पर भी वह सामान्य नहीं हो पाया था। मुझसे बड़ी भारी भूल बात करने में हुई थी लेकिन बात तो निकल ही चुकी थी उसे वापस लेना कठिन था और भोला जैसा भावुक बच्चा जल्दी से उस बात से बाहर नहीं निकल सकता था। यह भी मैं बखूबी जानती थी लेकिन इन सभी बातों को वहीं छोड़ कर मैंने हिम्मत कर फिर उससे कहा, ''देखो चुपचाप मेरे पास रहकर बी.ए. कर लो फिर मैं तुम्हारी नौकरी भी कहीं-न-कहीं लगवा दूँगी। और एक बात और सुन लो, नौकरी करोगे तो थियेटर के लिए समय कहाँ से निकाल पाओगे?''

''मेरे जीवन का लक्ष्य थियेटर है नही ही नहीं केतकी।''

''क्या बात कर रहे हो भोला, तुम्हारे मुँह से ऐसी बात सुनना मेरे लिए नयी बात है।''

''हाँ तुम्हारे लिए नयी बात ही है केतकी! लेकिन तुम नहीं जानती कि मेरी माँ कभी न मरती यदि मेरे पास पैसा होता तब किसकी हिम्मत होती कि कोई मुझे चोर

कहता? पुलिस भी यह जानती है कि हम जैसों के आगे-पीछे कोई नहीं है। तभी हम लोगों पर ऐसे जुल्म होते हैं। जो काम मैंने किया ही नहीं उसकी सज़ा मैंने काटी हैं केतकी! तुम्हारे सामने तो दो आदमी ऐसे हैं एक मैं और दूसरा बृजेश। हम दोनों का कसूर तो यही है न कि हमारे पास न कोई रुतबा है और ना पैसा ही। तुम तो समझ सकती हो कि गुरबत में रहने से कैसी-कैसी आपदाएँ झेलनी पड़ती हैं। मैं यह भी जानता हूँ कि मैं यहाँ थियेटर करते हुए कोई बड़ा एक्टर नहीं बनने वाला हूँ और मैं छोटा आदमी रहकर मरना नहीं चाहता। मैं बड़ा आदमी बनना चाहता हूँ और चाहता हूँ कि वह त्रासदी जो बरसों से मैं भोगता आ रहा हूँ उससे निजात पाऊँ।''

मैं भोला को उसके बाद कुछ नहीं कह पायी थी केवल उसकी पीठ थपथपा कर रह गयी। उस दिन के बाद भोला हमारे घर का सदस्य बन गया। उसके सिर से नौकरी के भूत को उतारने के लिए मुझे काफी जद्दोजहद करनी पड़ी थी लेकिन उस भूत को तो उतरना ही था सो उतर भी गया।

माँ की हालत दिन प्रतिदिन बिगड़ती जा रही थी। अब उसे आये दिन बुखार आता था। मेरी समझ में कुछ नहीं आ रहा था कि माँ की बीमारी क्या है! इस बार बुखार आने पर डॉक्टर ने कई टेस्ट करवाने के लिए कह दिया था। मेरा मन सशंकित हो उठा था। हो न हो माँ को कोई गम्भीर बीमारी है। मन चिन्ता ग्रस्त हो उठा। बेचैनी थी जो मेरे चारों ओर लिपटती जा रही थी। मैं न तो ठीक तरह से लाइब्रेरी में ही पढ़ पाती और न घर में ही। अकसर लाइब्रेरी जाते हुए मोहसिन खान मेरे साथ होता। जब भी वह साथ होता तब स्टूडेंट सेंटर से होकर ही लाइब्रेरी जा पाती। उस दिन भी जब मैं विभाग से निकली तो सामने मोहसिन खान मिल गया। देखते ही बोला, ''कहाँ जा रही हो, घर?''

''नहीं, लाइब्रेरी।''

''अच्छा, मैंने तो सोचा था आज तुम्हारा घर ही देख लिया जाये।''

''इस बात को भूल जाओ, मेरा घर है ही कहाँ? जहाँ मैं तुम्हें ले जा सकती हूँ पहले घर तो बन जाये फिर ले जाऊँगी। मैं तो अभी खुद ही बेघर हूँ। जब कभी मेरा अपना घर होगा तो सच कह रही हूँ मोह! उस घर में पहला प्रवेश तुम्हारा ही होगा। यह तो माँ का घर है और माँ के घर में तुम्हारा स्वागत होगा इसमें मुझे सन्देह लगता है और मैं तुम्हारा अपमान सहन नहीं सकूँगी इसलिए क्या यह बेहतर नहीं होगा कि तुमने जो मेरे घर जाने का सपना अपने ज़ेह्न में सँजो कर रखा हुआ है, उसे मिटा दो और भूल जाओ कि निकट भविष्य में कभी मैं तुम्हें अपने घर लेकर जा भी पाऊँगी।''

''कब तक ऐसा कहती रहोगी तुम केतकी?''

''जब तक तुम यह कहना नहीं छोड़ोगे कि मैं तुम्हारे घर जा रहा हूँ।''

''तुम जब तक मुझे अपने घर ले नहीं जातीं तब तक तुम्हें यही सुनने को मिलेगा।''

''फिर तुम तब तक यही सुनते रहोगे और मैं तुम्हें घर के स्थान पर किसी न किसी कैफेटेरिया में कॉफी पिलाती रहूँगी।'' इतना कहने के साथ ही हम डिपार्टमेंट से बाहर आ गये थे मैंने बाइक की चाबी पर्स से निकाली और मोहसिन खान से कहा, ''बैठो,'' वह पीछे बैठते हुए बोला, ''वाओ, यह कब लिया? यह तो कमाल हो गया। वाह, क्या बात है! माँ ने लेकर दिया?''

''हाँ, और कौन लेकर दे सकता है?''

''माँ को अपनी बेटी पर आखिर तरस आ ही गया।''

मैंने उसकी बात का कोई जवाब नहीं दिया और बाइक को स्टूडेंट सेंटर की ओर मोड़ दिया। मैंने मोटर साइकिल पार्क किया और स्टूडेंट सेंटर की सीढ़ियाँ चढ़ने लगी कि मोहसिन खान ने कहा नहीं नीचे ही बैठते हैं। उसने मुझसे पूछे बिना ही कॉफी का आर्डर दे दिया। मुझे उस दिन मोहसिन खान कुछ परेशानी में लगा। विभाग से चलते वक़्त तो मैंने इस बात को लक्ष्य नहीं किया था, यहाँ आते ही मुझे एहसास हुआ कि आज वह कुछ अस्त-व्यस्त-सा है, सो पूछ बैठी—''क्या बात है, आज तुम उखड़े हुए क्यों लग रहे हो?''

''नहीं तो, मैं तो ठीकठाक हूँ, आज तो जेब भी भरी हुई है इसलिए कोई बात हो हीं नहीं सकती। यहाँ तो परेशानियों की एक ही वजह होती है जिसे तुम से बढ़कर और कौन जान सकता है?''

''देखो बात को उड़ाओ नहीं, बताओ मुझे कि अब तुम्हें कौन-सी परेशानी घेरे हुए है?''

''आज की बात याद रखना। समय आने पर बता दूँगा। अभी मत पूछो केतकी! अभी बताना मेरे लिए मुमकिन नहीं होगा।'' इसके बाद हमारे बीच बातचीत का सिलसिला 'हाँ हूँ' तक सीमित रह गया।

इन दिनों माँ ने मेरे लिए दो अच्छे काम किये—एक मुझे मोटरसाइकिल दिलाई और दूसरा कम्प्यूटर लेकर दिया। उसे अपनी बेटी पर इन दिनों प्यार शायद फिर से उमड़ आया था। मेरा थियेटर में प्रवेश लेने पर आया आक्रोश शायद अब समाप्त हो गया था। यूँ भी हर बात की एक तो सीमा रेखा होती ही है। मैंने आज इस बात को जाना। माँ कितने दिन मुझसे रूठी रह सकती थी? वह फिर से घंटों मेरा हाथ थामे बैठी रहती चुपचाप, कुछ भी बोलती नहीं। उसके शब्द मेरे लिए अभी लौट कर नहीं आये थे। मेरी आँखें प्रश्न बन उसके चेहरे का सफ़र करती रहतीं। शब्द मन-ही-मन उमड़ते-घुमड़ते रहते। होठों तक आने के सफ़र से वह शायद घबराकर फिर अन्दर ही दफ़न हो जाते। इस तरह माँ-बेटी में कुछ दिनों से आया दूरी का फ़ासला कम तो हो

रहा था परन्तु अभी जाने कितने अबोले क्षण उन्हें भोगने थे।

इन दिनों मैं माँ को लेकर काफी परेशान थी और मैं अपनी परेशानी अपने में लपेट पाने में असमर्थ होती जा रही थी। इंटरनेट पर भी माँ की बीमारी की सही जानकारी तभी मिल सकती थी जब माँ के सारे टेस्ट हो जाते। मैं अपनी ही परेशानी में घिरी हुई कभी-कभी आश्चर्य से मोहसिन खान को देखती कि यह शख़्स कैसा है, इसे मेरी परेशानी दिखाई नहीं देती या फिर यह इस बात से नाराज़ है कि मैं इसे अपने घर लेकर नहीं जाती लेकिन यह क्यों नहीं मेरी परेशानी समझता?

मैं अपनी ही उलझनों में उलझी हुई थी। मैं भूल चुकी थी कि मोहसिन खान की परेशानी मुझसे अधिक हो सकती है। उसके 'रंग अभियान' का छूटना माने उसकी नौकरी का छूटना था। इसके साथ ही उसे रहने की समस्या ने भी घेर लिया। यह अलग बात है कि उसने कमरा किराये पर लेकर अपनी समस्या का हल तो निकाल लिया था लेकिन अपनी आदत के चलते कुछ ही दिनों में मकान मालिक से झगड़ा हो गया और उसे वह घर भी छोड़ना पड़ा। फिर जाने उसके मन में क्या आया कि उसने 25 सेक्टर की कुम्हार बस्ती में अपनी एक झुग्गी डाल ली। झुग्गी क्या डाली एक मकान ही खड़ा कर लिया। इस तरह उसने अपनी सारी समस्याओं का हल निकाल लिया। अब उसे कहीं किसी के पास जाने की आवश्यकता नहीं पड़ती, उसका थियेटर भी भली प्रकार चलने लगा।

लेकिन स्थितियाँ सदा एक जैसी नहीं रहतीं। जहाँ हम बड़े नाटक करने की सोच रहे थे और हमने फुललैंग्थ प्ले के लिए 'जिन लाहौर नईं वेख्या...' नाटक को चुन भी लिया था और उसकी रिहर्सल शुरू करने के साथ ही कई अन्य समस्याओं से हम घिर भी गये थे। मुझे थीसिस पूरा करना था और इन्हीं दिनों मोहसिन खान की अम्मी मोहसिन खान को अपने साथ बरेली ले जाने के लिए आ गयीं। यह तो थी हमारी मुश्किलें लेकिन इसके साथ ही बाहरी परेशानियाँ भी कुछ कम नहीं थीं। टी.वी. अलग से रंगकर्मियों के आकर्षण का केन्द्र बना हुआ था। हमारे ग्रुप के कई सदस्य अब पंजाबी टी.वी. चैनलों के लिए काम करने लगे थे। इससे भी काफी परेशानी हमारे लिए खड़ी हो गयी थीं।

मेरा झुकाव मोहसिन खान की ओर लगाातार बढ़ रहा था। जानती थी कि यह सब राजीव को अच्छा नहीं लगता है परन्तु उसका मोहसिन खान की निजी ज़िन्दगी में दख़ल देने का हक़ भी क्या है, ऐसा मैं उन दिनों सोचती थी। 'जिन लाहौर नईं वेख्या...' की रिहर्सल के दिनों में मेरी और मोहसिन खान की लम्बी बहसें चलतीं मुझे लाहौर की पंजाबी नहीं आती थी उसे सीखने के लिए मुझे काफी जद्दोजहद

करनी पड़ी थी परन्तु इस नाटक ने मुझे मोहसिन खान के और अधिक करीब ला दिया था परन्तु मेरी सोच दो दिशाओं की ओर बराबर चलती रही ,एक मन मोहसिन खान को शिद्दत से चाहता तो दूसरा मन उतनी ही शिद्दत से उसे नकार भी देता।

मेरे मन की, दिमाग की और यहाँ तक की मेरी रूह की भूख मोहसिन खान के सम्पर्क से शान्त होती थी। जाने क्या था, उसका साथ मुझे हमेशा पूर्णता का एहसास करवाता परन्तु मेरे सामाजिक परिवेश में मोहसिन खान एक अजनबी की तरह ही था और मैं यह अच्छी तरह जानती थी कि उसका साथ मुझे उस मंज़िल में बाधक तो हो सकता है जिसे मैं पाना चाहती हूँ। वह कभी मेरे लिए सम्बल नहीं बन सकता और मैं यह भी नहीं चाहती थी एक ग़ैरज़रूरी आदमी की मौत मैं मर जाऊँ। ज़िन्दगी में कुछ बनके और कुछ करके ही मैं मरना चाहती थी। मुझे मेरे बच्चों के ज़रिये ही जाना जाये यह मुझे गवारा नहीं था। कुछ ऐसा काम मैं करके इस दुनिया से विदा लेना चाहती थी कि उस काम के ज़रिये ही लोगों में मेरी पहचान बने और मेरे जाने के बाद भी लोग मेरे काम को याद करें, ऐसा मैं सोचती थी और यह सब मोहसिन खान के साथ जुड़ कर होना सम्भव नहीं था। उसका लंगड़ा थियेटर कितने दिन साँस ले पाएगा इसका भी कोई ठिकाना नहीं था। जो वह करना चाहता है उसके साधन उसके पास नहीं हैं। भूखा व्यक्ति कितने दिन जी सकता है और मोहसिन खान को यह छोटी-सी बात समझ में नहीं आती थी।

गरीब और मेहनतकश बच्चे जिन्हें रोज़ ही अपने पेट की आग के लिए ईंधन जुटाना पड़ता हो, वे बिना पैसे के कब तक मोहसिन खान का साथ देंगे और जिसकी अपनी ही रोटी का कोई ठिकाना न हो वह दूसरे का पेट कैसे भर सकता है? बस उसको यही एक बात समझानी कठिन थी। अपने रंगकर्म को ज़िन्दा रखने के लिए जितना कुछ करने की आवश्यकता थी मोहसिन खान वह सब नहीं कर पा रहा था। जाने कैसा वह जीवट था! वह नाटक करने तक ही अपने काम की इतिश्री समझता था। उसका और मेरा झगड़ा इसी बात को लेकर रहता था कि थियेटर एकांगी नहीं है यह एक समावेशी कला है और इसके सभी अवयवों की ओर जागरूक होकर बराबर ध्यान देने की हर रंगकर्मी को आवश्यकता होती है। तभी हम थियेटर को ज़िन्दा रख सकते हैं। यदि एक नाटक तैयार करना है तो उसके लिए पैसे के जुगाड़ के साथ-साथ उसका दर्शक वर्ग भी तैयार करना उतना ही आवश्यक है परन्तु यह बात मोहसिन खान के दिमाग़ में घुसती नहीं थी। मेरी इन बातों का उत्तर उसके पास हमेशा एक ही होता कि उसका काम नाटक को मंच तक लेकर जाना ही है बस, बाकी काम उसका नहीं है और उसे यह कौन समझाये कि बिना पैसे से कब तक वह मंच तक नाटक लेकर जा सकता है? और दर्शक के बिना नाटक करने का औचित्य ही क्या है? यह दोनों ही बातें उसकी पकड़ में कभी नहीं आयी। इसी बात को लेकर एक दिन मेरा

उससे काफी झगड़ा भी हो गया था और फिर तय यह हुआ था कि मोहसिन खान केवल नाटक तैयार करवाएगा उसके बाद की सारी ज़िम्मेदारी अन्य सदस्यों की रहेगी।

इस बात के तय होने पर हमने 'अक्स' के सदस्य बनाने शुरू कर दिये। इस प्रकार हमारे पास नये नाटक के मंचन के लिए समुचित पैसा भी इकट्ठा हो गया। परन्तु 'जिन लाहौर नईं...' नाटक का फ़लक इतना बड़ा है और उसके मंचन को लेकर मोहसिन खान की कल्पनाशीलता तो चरमसीमा को छू रही थी। नाटक के सेट-डिज़ाइन की जिस प्रकार की कल्पना हमने की थी उस पर लगभग अस्सी हज़ार का खर्चा बैठ रहा था। उसे देख खान बोला था—"हाँ, बोलो केतकी, तुमने कितने सदस्य बना लिए हैं, अपने 'अक्स' के लिए?" मैंने बड़े उत्साह से कहा था कि—"दस"। मोहसिन खान ने मेरी बात सुनी और वह इस प्रकार हँस दिया मानो मैंने कोई बड़ी बेतुकी बात कह दी हो। मैं इस अप्रत्याशित-सी हँसी से ठगी-सी रह गयी थी और बेचारगी में मेरी आँखें मोहसिन खान के चेहरे का सफ़र करने लगी थीं। थोड़ा हँस लेने के बाद वह बोला—"तो तुम समझ रही हो कि इन दस मेम्बरान के सिर पर हम नाटक को पेशकश तक ले जा सकते हैं?" मेरे पास इस बात का कोई उत्तर नहीं था। मैं चुप रही थी।

इन दिनों नाटक के मंचन को लेकर मोहसिन खान वैसे ही काफी परेशान और चिड़चिड़ा-सा रहने लगा था। हर छोटी-सी बात को लेकर घंटों उसकी पत्तियाँ दर पत्तियाँ उधेड़ता रहता। मैं नहीं चाहती थी कि वह किसी बात को लेकर घंटों बहस करता रहे। इसलिए हर छोटी-बड़ी बात के लिए मैं सतर्क रहती कि वह बात बहस तक न पहुँचे।

नाटक की रिहर्सल करते हुए हमें काफी दिन हो गये थे परन्तु मोहसिन खान को सन्तुष्टि नहीं हो पा रही थी। हम सब उसकी कल्पना में ठीक नहीं उतर रहे थे। मेरे उच्चारण को लेकर वह परेशान था। तो मौलवी बने राजीव के अभिनय को लेकर वह निराश हो उठता। उसी तरह कवि के किरदार को निभाते हुए उसे सलीम जँच नहीं रहा था। यदि कोई उसकी कल्पना के अनुसार ठीक उतर रहा था तो वह केवल वह कलाकार थे जो प्रोफेशनल थे— जैसे पहलवान के किरदार को निभा रहा सुनील। वह इस बात को मानने के लिए तैयार ही नहीं था कि प्रोफेशनल के साथ शौकिया रंगकर्मियों का क्या मुकाबला। हम सबमें उसे बृजेश भी पसन्द था जो चाय वाले का क़िरदार निभा रहा था। हम सब इस बात को लेकर खूब आपस में मज़ाक करते कि—"बीरू और कर भी क्या सकता है चाय बनाने के सिवा।" कभी-कभी मोहसिन खान इतना निराश हो जाता और कह देता कि—"क्यों न नाटक को ही बन्द कर दिया जाये, यदि किसी ने कोई सही ढंग से काम ही नहीं करना है तो...।" मुझे उसकी

ऐसी बातें सुनने की आदत-सी हो गयी थी जब उसे अधिक ही निराशा अपने में लपेट लेती तब अकसर मैं उस स्थिति को सहज करने के लिए हँस पड़ती लेकिन ऐसा हर बार नहीं होता। कभी-कभी जब वह बहुत ही निराशापूर्ण बातें करने लगता तब न चाहते हुए भी मुझे कोफ़्त घेर लेती और उसका अन्त होता हम दोनों के झगड़े से।

राजीव बृजेश और नन्दिता को डायलॉग याद करवाता था। न तो नन्दिता ही पढ़ सकती थी और न ही बृजेश। कभी-कभी मुझे उनके नामों को लेकर एक उलझन-सी होती थी क्योंकि यह नाम उनके साथ मेल ही नहीं खाते थे। एक दिन मैंने नन्दिता से पूछ ही लिया कि—"यह नाम तुम्हारा किसने रखा है?" नन्दिता थोड़ा शर्माई, फिर बोली—"मैंने खुद रखा है। मेरा नाम यूँ तो चमकी है। तुम ही बताओ दीदी! चमकी कोई नाम हुआ भला?" मुझे नन्दिता की बात सुन सन्तोष हुआ कि मोहसिन खान की शिक्षा का ही असर है यह, जो यह लोग भी अपनी ओर से जागरूक होना शुरू हुए हैं।

उस दिन मोहसिन खान काफी उदास था, नाटक की रिर्हसल को लेकर, उसके प्रदर्शन के दिन थोड़े ही रह गये थे और न तो उसके संगीत का कोई ठिकाना था और न ही बच्चों को उसके डायलॉग याद हो रहे थे। यूँ हर रोज़ रिहर्सल करते हुए रात हो जाती घर पहुँचते-पहुँचते कभी नौ तो कभी दस बज जाते। उस दिन ईद थी और मोहसिन खान की अम्मी ने हम सबको हुक्म सुना दिया था कि आज रिहर्सल जल्दी ख़तम कर दी जाये। सबके लिए सिवइयाँ बनाई गयी हैं और मेरे लिए उनका हुक्म था कि मुझे ईद के चाँद को देख ही घर जाना होगा। मुझे काफी हैरानी हुई थी उनकी बात पर। परन्तु मैं रुकी थी और फिर उस रात उन सबके साथ खाना खाने के बाद ही मैं घर लौटी थी। जाते वक़्त भेंट में अम्मी ने मुझे साड़ी भी दी थी। मैं हैरान-सी देखती रह गयी थी। तब अम्मी बोली थीं कि—"इनकार मत करना, यह तुम्हारी ईदी है बस!"

मैंने साड़ी ले ली थी। आज भी वह मेरे पास सुरक्षित पड़ी है। उस समय तो मैं नहीं समझ सकी थी कि उनके प्यार के पीछे क्या भावना काम कर रही थी परन्तु कुछ दिनों बाद ही सब स्पष्ट होता चला गया। अकसर अम्मी ने मेरे लिए सबसे अलग कुछ-न-कुछ चाय के साथ खाने को बना के रखा होता और बड़े लाड भरे आग्रह से खिलातीं और कहतीं कि—"देखो तो ज़रा केतकी, कैसा बना है?" कभी-कभी राजीव अपना अधिकार-सा जताते हुए कह भी देता कि—"अम्मी, हम लोग भी हैं और स्वाद के मामले में कोई बुरा टेस्ट नहीं रखते!" अम्मी मुस्कुरा देतीं, कभी-कभी जवाब में कहतीं भी—"तुम केतकी का मुकाबला करना छोड़ दो, इसी में तुम्हारी

भलाई है।''

अम्मी का मेरे प्रति अतिरिक्त झुकाव कभी-कभी पहेली बन मेरे सामने आ खड़ा होता। कभी मैं सोचती कि कहीं अम्मी मेरे दिल की बात तो नहीं समझ गयीं। लेकिन ऐसे विचारों को मैं अपने पर हावी नहीं होने देना चाहती थी और फिर इन दिनों हम सबका ध्यान केवल नाटक के मंचन पर ही था। यह दिन हमारे लिए काफी कठिनाई के दिन थे। पैसे का जुगाड़ कहीं से हो नहीं रहा था और प्रायोजित शो की तारीख़ निकट आ रही थी। इस शो के हमें केवल पाँच हज़ार रुपये ही मिलने वाले थे जबकि खर्चा एक लाख से कहीं ऊपर का बैठ रहा था। फिर भी शो तो हमें उन्हें देना ही था।

यह वह दिन थे जब मेरी नृत्य की रिहर्सल ज़ोरों पर थी क्योंकि हमारे नृत्य ग्रुप के लिए कई शो प्रायोजित हुये थे। उसके लिए तैयारी चल रही थी। जिस वजह से मैं अधिक समय 'अक्स' को नहीं दे पा रही थी। लेकिन बीच-बीच में मैं नृत्य की रिहर्सल के बाद नाटक की रिहर्सल के लिए समय निकाल ही लेती थी। एक दिन जब मैं वहाँ पहुंची तब सब बच्चे जा चुके थे। मैंने बैठते हुए मोहसिन खान से पूछा, ''एक बात जो मैं कई दिनों से तुमसे पूछना चाह रही थी...,'' इतना कहने के साथ मैंने मोहसिन खान की ओर देखा तो पाया उसकी आँखें प्रश्न बन मेरे चेहरे को पी रही थीं। उस समय मोहसिन खान एक अबोध बच्चे की तरह मुझे लगा। जिसे देखकर मैं सोचने लगी कि मेरे मन में जो बात है, कहूँ या कि नहीं। कई क्षणों तक मुझे चुप बैठा देख वह मुझे देखते हुए ही बोला, ''पूछो न, जो पूछना चाह रही हो?''

मैं उसकी बात सुनकर और भी सकुचा गयी। लेकिन अपने को नियन्त्रित करते हुए मैंने कहा, ''एक बात जो मेरे दिल में कई दिनों सें उमड़-घुमड़ रही है और जिस का सही जवाब केवल तुम्हारे पास ही है इसलिए आज तुमसे कहने की हिम्मत जुटा रही हूँ लेकिन...,'' इतना कह मैं फिर चुप हो गयी।

कई लम्हे फिर चुप्पी को समर्पित हो गये। मोहसिन खान के चेहरे पर बेचैनी की रेखाएँ उभरती हुई स्पष्ट दिखाई देने लगी थीं और मैं कहूँ या न कहूँ की दुविधा में फँस चुकी थी। मेरी ऐसी हालत देख वह बोला था कि—''मुझसे बात करने के लिए तुम्हें इतना सोचना पड़ सकता है, मुझे मालूम नहीं था। तुम्हें मुझ से ख़ौफ़ खाने की क्या ज़रूरत है? तुम हर मौजूं पर मुझसे बेधड़क गुफ़्तगू कर सकती हो। तुम मुझे हर हालत में अपना मददगार ही पाओगी। अब कह डालो जो तुम्हारे मन में है।''

मोहसिन खान की बात सुनकर मैं और भी सकुचा गयी थी। कैसे कहूँ! मेरा एक दिल चाह रहा था कि पूछूँ और दूसरा दिल उतनी ही शिद्दत से मुझे रोक रहा था बात

करने के लिए। फिर मैंने सोचा कि अगर मैं न भी कुछ कहूँ तो हर्ज ही क्या है लेकिन उत्सुकता थी सब जानने की। मैंने फिर उस दिल पर क़ब्ज़ा किया जो दिल नहीं चाहता था कि मैं कुछ भी कहूँ और दूसरे दिल के हवाले अपने-आप को कर मैं एकदम बोल गयी—"मैं जानना चाहती थी कि तुम लोग पाकिस्तान क्यों नहीं गये?" मेरी बात सुनकर मोहसिन खान एकदम से हँस पड़ा और उसके ठहाकों से कमरा गूँजने लगा मैं भौचक्की-सी उसकी ओर देखती रह गयी थी। मुझे कुछ फिर सूझा नहीं कि मैं क्या कहूँ क्योंकि मुझे नहीं लगता था कि मैंने ऐसी कोई बात की है जिससे ऐसी हँसी आ जाये जिस पर क़ाबू ही न पाया जाये। मैंने बड़े ही संयत स्वर से उसे कहा, "रहने दो खान! तुम कुछ कहना नहीं चाहते तो तुम रहने ही दो। मैंने तो यूँ ही पूछ लिया था। यूँ मेरी बात इस तरह हँसने वाली तो नहीं थी। मैंने ऐसा तो कुछ भी नहीं कहा था।"

मोहसिन खान फिर भी हँसता रहा और हँसता ही चला गया। फिर बोला, "तुम ने यह सवाल ग़लत आदमी से किया है इसलिए मुझे हँसी आ गयी। तुम जानती हो कि पाकिस्तान बने हुए भी आधी सदी से अधिक समय हो गया है और मैं तो अभी सदी का एक चौथाई हिस्सा भी नहीं पार कर पाया। मैं अपने से पहले होने वाली घटना का कैसे सटीक जवाब दे सकता हूँ, बताओ तो भला? यूँ भी मेरे लिए तो यह देश उतना ही प्यारा है जितना शायद तुम्हें हो। इस धरती पर मैंने चलना सीखा है, इस धरती ने ही मुझे मेरे होने का पाठ पढ़ाया है। मैं इस धरती का कर्ज़ाई हूँ केतकी! मुझे कभी नहीं लगा कि मेरा देश कोई दूसरा है। ख़ैर छोड़ो इसे, पहले तुम बताओ कि तुम्हारे मन में यह बात आयी क्यों?"

"यूँ ही पूछ बैठी उसके आगे पीछे कोई बात नहीं है।" कहकर मैंने बात ख़ारिज करने की कोशिश करनी चाही। लेकिन मोहसिन खान बात को ऐसे ही ख़तम नहीं करना चाहता था, शायद इसलिए बोला, "यूँ ही कुछ नहीं होता। हर 'यूँ' ही के पीछे कुछ ऐसा छिपा होता है जिसे बताने की हिम्मत नहीं होती और तुम कब से मुझसे डरने लगीं? कहो जो कुछ भी कहना चाहती हो और पूछना चाहती हो बेधड़क होकर पूछो और इतमिनान रखो मुझे किसी बात से गुस्सा नहीं आएगा। इतना तुम जान लो!"

खान के इतना कहने पर भी मैं फिर कुछ बोल नहीं सकी। मुझे अपने कहे पर शर्मिन्दगी महसूस होने लगी थी लेकिन खान तो उत्तेजित हो चुका था। उसका कहना था कि ऐसी बात आगे से कभी किसी से भी न करूँ। इन बातों से अलगाव की बू आती है और वह सारे ख़तरनाक दिन जिन्हें याद कर बड़े-बूढ़े लोगों के आज भी आँसू थमने का नाम नहीं लेते, उसकी आँखों के आगे घूम जाते हैं। तब उसने बताया था कि उसकी अम्मी अमृतसर की हैं और जब पाकिस्तान बना तो उनके वालदेन और

उनके भाईजान यानी की खान के मामू ने तय कर लिया था कि वह पाकिस्तान नहीं जाएँगे। अलबत्ता वह बरेली चले जाएँगे जहाँ चचाजान का कारोबार था लेकिन हमारे साथ रहती फूफीजान और भी जाने कितने ही रिश्तेदार और उनके सगे-सम्बन्धी जब पाकिस्तान जाने वाले जत्थे के साथ अपने घर-बार छोड़ कर जा रहे थे तब कहते हैं कि वह पूरा काफिला ही क़त्ल कर दिया गया था और उनकी आँखों के सामने ही उनके घरों को भी जला दिया गया था।

तब मैंने खान का हाथ पकड़कर उससे क्षमा माँगी थी और विश्वास दिलाया था कि इस बात के आगे-पीछे कुछ नहीं है। मैं भी माँ की बातें सुन ऐसा बोल गयी। मैं भी क्या जानूँ उन दिनों की बातों को, सब सुना-सुनाया ही है। हम लोगों का भी कराची में घर था, वहीं से हम लोग आये थे। उस दिन हम दोनों महसूसते रहे थे कि अपने घरों को छोड़ना कैसे लगता होगा?

तब खान ने कहा था कि अब इस तरह के सवाल ही नहीं करने चाहिए। कितने बरस बीत गये पाकिस्तान बने! तुम उन लोगों से जो लोग उधर से इधर आये हैं या फिर इधर से उधर गये हैं, उनको कुरेदो तो उनके भीतर तुम्हें दर्द के पहाड़ दिखई देंगे। तुमसे ज़्यादा इस बात को कौन महसूस कर सकता है? जब तुम्हारी माँ अपने बीते दिनों को याद करती होगी तो तुम्हें कैसा एहसास होता होगा? अपनी जड़ों से कट जाना कितना दुखदायी होता है, कुछ तो उस दर्द के आगे टूट ही जाते हैं।

मोहसिन खान के भी बहुत से परिजन पाकिस्तान में हैं। वहाँ वह रच-बस भी गये हैं परन्तु यहाँ को भुला नहीं पाये। आज भी कभी-कभार जब उनमें से कोई मिलने आता भी है तो अपने घरों को अपने यहाँ के दिनों को याद कर उनकी आँखें आज भी नम हो जाती हैं। वह अपने घरों को ढूँढ़ने की कोशिश करते हैं लेकिन कहाँ हैं उस वक़्त का माहौल! क्या उसी तरह उन्हें अपने घर दिखाई दे सकते हैं?

उस दिन मुझे एक पत्र निकालना था 'जिन लाहौर नईं...' के लेखक के नाम। उससे इजाज़त लेनी थी नाटक के मंचन की। जबकि रिहर्सल तो कब की शुरू भी कर ली गयी थी। यदि लेखक ने इनकार कर दिया तो... और इस 'तो' का हम सबके पास कोई उत्तर नहीं था। मोहसिन का कहना था कि नाटक की रॉयल्टी साथ ही भेज दो। मेरा कहना था कि दौ सौ रुपये रॉयल्टी के मायने ही क्या हैं! असल बात है लेखक का सम्मान। उससे पहले पूछ कर उसे मान्यता तो दो। अनमने मन से मोहसिन खान ने मेरी बात मान ली थी और यह काम भी मेरे हवाले कर दिया था और मैंने भी तैश में आकर कहा था कि उनसे स्वीकृति तो अवश्य लेनी ही है चाहे इसके लिए मुझे दिल्ली ही क्यों न जाना पड़े और यदि नहीं दी तो नाटक के मंचन का कोई

औचित्य ही नहीं रह जाता। मैंने चिठ्ठी तैयार कर ली थी और फिर रिहर्सल में जाने का भी मन भी बन गया था क्योंकि चिठ्ठी पर साइन तो मोहसिन खान के लेने ही थे।

मैं जब वहाँ पहुँची तो वहाँ चाय चल रही थी। मेरी हँसी निकल गयी। सबकी आँखें मुझे सवाल करती-सी मेरे चेहरे पर थीं। मुझे थोड़ा अस्वाभाविक-सा लगा। इस पूरे माहौल से निजात दिलाई बीरू ने, बोला, ''आओ केतकी! तुम्हारी चाय तुम्हारी प्रतीक्षा कर रही है।'' मै उसकी ओर देखते हुए बोली, ''ठीक है, आप लोग तो समझ ही चुके थे न कि अब मैं नहीं आने वाली हूँ।''

''सच कह रही हो केतकी क्योंकि तुम तो जानती हो देर से आने का मतलब क्या होता है!'' मोहसिन खान की आवज़ में घुली रुखाई को कोई भी महसूस कर सकता था। लेकिन मैंने उस ओर ध्यान न देते हुए बड़े यत्न से मासूमियत की चादर ओढ़ते हुए कहा, ''तुम्हारा ही काम कर रही थी।'' और चुपचाप चिठ्ठी उसकी ओर बढ़ा दी। ''यह क्या है?'' कहते हुए मोहसिन खान ने काग़ज़ पकड़ लिया। मैं चुपचाप चाय पीने लगी जो लगभग ठंडी हो चुकी थी। चिठ्ठी पढ़कर मोहसिन खान ने शंका ज़ाहिर की थी कि अगर लेखक ने इजाज़त न दी तो? मेरा कहना था कि—''यह बात पहले सोचनी चाहिए थी, आपने यह कैसे तय कर लिया कि लेखक को पूछे बिना ही इस नाटक का मंचन करना सम्भव हो सकता है!'' मेरी बात के उत्तर में राजीव बोला था—''सुना है कि कुछ लेखक तो मुकदमा तक ठोक देते हैं यदि उन की स्वीकृति न ली जाये तो।''

''मैं तो कहती हूँ ऐसे लोगों को तो शूट कर देना चाहिए जो बिना लेखक की इजाज़त से नाटक को मंचित करने की हिमाकत करते हैं।''

''अरे छोड़ो! ऐसा कुछ नहीं होने वाला असगर भाई ऐसे नहीं है।'' मैंने मोहसिन खान की बात को ख़ारिज करना चाहा और हँसकर बोली, ''अच्छा वह ऐसे नहीं हैं हमें तो यह मालूम ही नहीं था। तुम कहो, उनके साथ कब से लंच-डिनर ले रहे हो? अरे भाई वो अच्छे हैं तो उनकी अच्छाई का नाजायज़ फ़ायदा तो मत उठाओ! मैं यह चिठ्ठी भेज रही हूँ, आगे रब्ब राखा?'' मोहसिन खान मेरी बात सुनकर कुछ नहीं बोला। उसकी आँखें एक अजीब तरह से इधर-उधर घूमने लगीं। मैंने ही फिर कहा, ''देखो इजाज़त तो हमें लेनी ही है, यह उन पर निर्भर करता है वह दें या न दें।''

'जिन लाहौर नईं वेख्या...' नाटक उबड़-खाबड़ रास्ते तय करते हुए आख़िर में उसे उसकी मंज़िल मिल ही गयी और मंच पर साकार होकर जिस क्षितिज को उसने प्राप्त किया उसका आभास भी हमें नहीं था। हम यह जानते थे कि नाटक अब तक

के सभी मंचनों से भिन्न है। क्या उसने नाटक की आत्मा को अपने में समाहित किया है? यह नहीं जानते थे। परन्तु मंचन के बाद उसे जो सफलता मिली वह हम सबको अत्यधिक प्रसन्नता दे गयी। इस नाटक के मंचन के साथ ही मेरी ज़िन्दगी का एक नया अध्याय भी शुरू हुआ था। यह एक ऐसा अध्याय था जो मेरे लिए बिलकुल अपरिचित था मानो नाटक का कोई दुरूह पात्र मेरे अपने जीवन में स्वयं उपस्थित हो कर कह रहा हो कि मुझे अपने में धारण कर लो। अब उस दुरूह पात्र को अपने में समाहित कैसे किया जा सकता था जबकि उस पात्र के कोई लिखे-लिखाये संवाद नहीं थे। सब अपने-आप ही इम्प्रोवाईज़ करना थे। ऐसी स्थिति में जब नाटक का पात्र जीवन के आगे आकर उपस्थित हो जाये लेकिन वह कल्पना में उतर ही न रहा हो और यह आभास होने लगे कि इस रोल को करने के तो मैं क़ाबिल ही नहीं हूँ। ऐसी स्थिति में उस रोल को करने के लिए किसी और के लिए वह स्थान खाली कर देना नाटक में जितना आसान हो जाता है, क्या ज़िन्दगी के नाटक के किसी पात्र को ख़ारिज कर देना क्या उतना आसान होता है? जितना किसी नाटक के पात्र के लिए अपने-आप को उपयुक्त न जान कर उससे अलग हो जाना?

अभी मैं अपनी इस दोहरी मानसिकता में जी रही थी कि खान ने मेरा रास्ता आसान कर दिया निर्णय लेने के लिए। खान के घर जो औरत अपनी लड़की को छोड़ गयी थी यह कहकर कि वह उसके घर में सुरक्षित नहीं है उसे मैं अपने घर ले आयी थी और मैं यह सोच कर सन्तुष्ट ही हुई थी कि माँ के पास अब सारा दिन कोई-न-कोई होगा। लेकिन मेरी इस खुशफ़हमी ने भी थोड़े ही दिन मेरा साथ दिया। कुछ महीनों के बाद ही उसकी माँ आकर उसे ले गयी थी क्योंकि अब वह पहले आदमी के साथ नहीं रह रही थी। उसे उसने छोड़ दिया था। अब वह जिसके साथ रह रही है वहाँ उसकी बेटी को कोई ख़तरा नहीं है। मैं सोचती रह गयी कि हमसे अधिक तो यह लोग ही स्वतन्त्र हैं। इन्हें न समाज का भय है और न ही कोई कानून की अड़चन। उस दिन भोला ज़रूर उदास हो गया था लेकिन मैंने इस ओर ध्यान नहीं दिया था। 'जिन लाहौर नईं...' के मंचन के साथ ही मेरे जीवन का एक नया अध्याय शुरू हो गया था। मेरा प्यार परवान चढ़ा था और मैंने मोहसिन खान से निकाह कर लिया।

मोहसिन खान से निकाह करने के बाद मैं माँ से क्या कहती, यह मेरे सामने कोई मुद्दा नहीं था और न ही ही इस बात की मुझे कोई चिन्ता ही थी। माँ को अपने इरादे से परिचित कराना और उसकी स्वीकृति लेना मेरे लिए कोई कठिन काम भी नहीं था। निकाह के बाद ही जाना जिस शख़्स को मैं अपने लिए पूर्ण पुरुष समझ रही थी वह तो पहले से ही बँटा हुआ है। उसके साथ रहना, उसके साथ पूरी ज़िन्दगी निकाल देना एक छद्म को जीने के बराबर ही था, ऐसा उससे निकाह करने के एकदम बाद

शिद्दत से मुझे एहसास हो गया था। लेकिन यह भी सच है कि मैं मोहसिन खान की बेगम की भूमिका अदा करने में अपने-आप को असमर्थ पा रही थी।

मुझे आश्चर्य हुआ था मोहसिन खान पर कि उसने इस शादी के लिए हाँ क्यों की। क्या मजबूरी थी उसे? वह तो अपने-खुद को अच्छी तरह पहचानता था। उसने अपने और राजीव के रिश्ते के साथ मेरे साथ जीवन जीने की कल्पना भी कैसे की, यही मेरी समझ से बाहर की बात थी।

निकाह के दिन ही मुझे मालूम हो गया था कि मैंने आज जीवन की सबसे बड़ी बाजी हार दी है। जिस खान के साथ जुड़कर मैं अपनी सारी ज़िन्दगी जीना चाहती थी वह खान तो मेरा हो ही नहीं सकता। वह तो पहले से ही किसी का हो चुका है। मुझे इस बात की इतनी तक़लीफ़ हुई कि मैं खान के घर एक पल भी और रुकना नहीं चाहती थी।

कभी-कभी सोच के दायरे कितने स्वार्थी हो जाते हैं, यह मैंने उस दिनों जाना था। मैं जो चाहती थी जैसा चाहती थी वैसा ही देखती थी। मुझे एहसास ही नहीं था कि मैं किसी ग़लत दिशा में सोच रही हूँ। कहाँ मैं सोचती थी कि मोहसिन खान से जुड़कर मैं भले ही और कोई मुकाम हासिल कर सकूँ या न कर सकूँ लेकिन रंगमंच के आसमान पर अपना नाम दर्ज अवश्य करवा सकूँगी। लेकिन उस घर का तो माजरा ही और था। यह मैं उस दिन अच्छी तरह पहचान गयी थी कि खान तो अपनी बेगम को बुर्के में ही देखना चाहता है। वह अपनी ज़िन्दगी में एक आम पुरुष की तरह ही था। वह औरत को गुलाम बनाने में ही अपनी मर्दानगी समझता था। मुझे इस बात की हैरानी हुई थी कि मर्द लोग दूसरी औरत के साथ जिस तरह पेश आते हैं यदि वही दूसरी औरत बीवी के रूप में उन्हें मिल जाती है तो कैसे गिरगिट की तरह रंग बदल लेते हैं।

खान का यह कहना कि अब तुम्हारा मुझसे निकाह हो गया है, अब तुम्हें मेरी मर्जी से ही रहना होगा। मुझे उस हद तक बुरा नहीं लगा था जितना मुझे उसका यह कहना बुरा लगा था कि अब मुझे डांस क्लास छोड़ देनी होगी। मैं खान की एक-एक बात को सुनती जा रही थी और हैरान होती जा रही थी। जिस केतकी को वह इस लिए पसन्द करता था कि उसमें बला की शक्ति है नयी बातों को सीखने की। उसी केतकी के लिए वह सीमाएँ निर्धारित कर रहा था। उसकी कुछ बातें तो मेरी समझ से बिलकुल बाहर थी। राजीव का और उसका सम्बन्ध कैसा है, यह भी कुछ स्पष्ट नहीं था। मेरा दम घुटने लगा था कुछ घंटों में ही। मुझे लगा कि मैं यदि यहाँ अधिक देर रुकी तो धीरे-धीरे मेरा वजूद ख़त्म होता जाएगा और इस भय से ही मैंने उसी रात खान से अलग होने का निर्णय भी ले लिया था। अब मैं तो सारी उम्र केतकी होकर जीना चाहती थी, किसी की बेगम होकर नहीं। मेरे लिए किसी की बेगम या फिर

पत्नी बनना तो कोई विशेष बात नहीं थी। मेरे लिए खान की निकाह के बाद की बातें समझ से बाहर थीं। मेरी समझ में यह बात नहीं आ रही थी कि जो आज तक मेरी बातें खान को लुभाती आ रही थीं चन्द घंटों में ऐसा क्या हो गया कि उन्हीं बातों से उसे घोर नफ़रत हो गयी।

मेरी पहली रात इसी उधेड़बुन में निकल गयी थी कि मुझे अब करना क्या है! तब मुझे यही ठीक लगा था कि यह रिश्ता जैसे जुड़ा था उसी तरह समाप्त कर देना चाहिए, लेकिन यह क्या इतना सरल था? क्या चन्द घंटे इतने बरसों की मेरी सँजोयी हुई सम्पत्ति को नष्ट करने में क्या कामयाब हो जाएँगे? और फिर मैंने उसी रात यह निर्णय भी ले लिया था कि मैं पहले की तरह रिहर्सल में आती रहूँगी लेकिन खान का साथ बस आज रात भर का ही रहेगा, मेरे जीवन में एक भूल की तरह। मैंने खान को छोड़ा है, रंगमंच को नहीं। मेरी बातें अन्दर तक मोहसिन खान को दुख ज़रूर दे गयी। लेकिन उसका अपने पर बला का नियन्त्रण था। मेरे निर्णय को जान कर उसने अपेक्षा के विपरीत शान्तभाव से ही मुझे भयमुक्त कर दिया था कि वह मेरी खुशी चाहता है मैं जिस तरह खुश रह सकती हूँ उसी तरह रहने का मुझे पूरा हक़ है, वह मेरी खुशी में किसी तरह की अड़चन नहीं बनेगा और इस बात का उसने पास भी रखा। मुझे मेरे इस विचार से काफी ताक़त मिली और मैं फिर वापस घर यानी कि माँ के घर वापस भी आ गयी।

माँ कुछ नहीं जानती है इसलिए वह क्या कह सकती थी! उसे नहीं मालूम कि मेरे जीवन में कितना बड़ा तूफान आकर गुज़र गया है। ऐसा तूफान जिसे मैंने अपने-आप अपनी गिरफ़्त में किया और फिर उसी से भयभीत भी हो गयी। यूँ भी इन दिनों उसने मुझसे प्रश्न करने छोड़ दिये थे। शायद उसके लिए यह साधारण-सी बात ही हो मेरा कुछ दिन बाहर रहना। वैसे भी इन दिनों उसकी हालत कुछ भी सोचने लायक नहीं थी।

इन्ही दिनों मेरे जीवन में डॉ. राघवन सुब्रमण्यन का प्रवेश हुआ, डॉ. राघव लन्दन में डॉक्टर के पद पर कार्यरत है और वह मेरे पिता के मित्र का बेटा है उन दिनों वह भारत आया हुआ था और वह घर माँ से मिलने आया था। माँ की हालत देखकर राघवन ने चिन्ता जताई थी और माँ की सारी डॉक्टरी रिपोर्ट मुझसे माँगी थी।

सब कुछ जान-समझ कर डॉ. राघवन ने कहा था कि यदि हो सके तो मैं माँ को लन्दन ले जाकर उनका इलाज सही ढंग से करवाया जाये। उस समय मुझे राघवन पर गुस्सा भी बहुत आया था कि यह आदमी समझता क्या है कि मैं माँ का इलाज सही नहीं करवा रही। डॉ. राघवन का कहना था कि यहाँ उनके इलाज में वह अपनी कोई राय नहीं दे पाएगा। लेकिन लन्दन में वह माँ का सही उपचार करने के साथ-साथ उनका पूरी तरह से ध्यान भी रख सकेगा। अब डॉ. राघवन माँ को देखने रोज़ घर आने

लगा, भले ही कुछ कर नहीं पाता था लेकिन माँ के डॉक्टर से मशविरा करने से भी नहीं चूका था। उसका माँ के प्रति प्यार को देखकर मैं अन्दर तक पिघल गयी।

राघवन के लन्दन जाने का समय नज़दीक आ रहा था। उसने मुझसे कहा था कि मैं अपना और माँ का पासपोर्ट तैयार रखूँ, वह जाते ही हमें वहाँ बुला लेगा और जब उसे मालूम हुआ कि मेरा और माँ का पासपोर्ट बना हुआ ही है तो उसने इतमिनान की साँस ली थी। इस बीच एक दिन माँ ने मेरा हाथ पकड़ते हुए पूछा था कि मुझे रघु (माँ डॉ. राघवन को इसी नाम से पुकारती थीं) कैसा लगता है? मैं माँ के चेहरे की ओर देखती रह गयी थी। माँ ही फिर बोली थी मैं जानती थी कि तुम मेरी बात का विरोध नहीं करोगी। कल ही मैंने तुमसे बिना पूछे ही विनीता से बात की थी कि रघु मुझे तुम्हारे लिए पसन्द है और उसे ने भी तुम्हें बहू के रूप में पसन्द कर लिया है और आज रघु ने भी हाँ में ही उत्तर दिया है। अब मैं तुम से पूछती हूँ। मैंने कुछ अटपटा-सा महसूस किया। जब सब कुछ मुझसे पूछे बिना ही तय हो गया तो अब मुझे बताने की भी क्या आवश्यकता है लेकिन मैं चुप ही रही और मेरी इस चुप्पी को माँ ने हाँ के रूप में मान लिया और मेरी शादी राघवन से तय कर दी गयी। मैंने विरोध भी नहीं किया जब मैं माँ की खुशी के लिए सब कर रही हूँ तो फिर क्या पसन्द और क्या नहीं और जब खान से मेरी शादी की बात माँ को पता ही नहीं है तो वह ऐसा कुछ भी सोच सकती है और फिर मैं माँ को इस बात का सदमा देना नहीं चाहती थी कि मैंने शादी कर ली है। मैं माँ की हर इच्छा पूरी करना चाहती थी इसलिए चुपचाप उनकी बात को मान लिया मोहसिन खान से निकाह की बात मैंने दिल की गहराइयों में छिपा ली किसी धरोहर की तरह।

भोला को जब इस बात का पता चला तब उसे यह सब बहुत ही अजीब लगा था उसने मुझसे कहा भी था—"क्यों कर रही हो केतकी यह सब?" मैं उसे क्या कहती? वही फिर बोला, "तुम माँ से कहती क्यों नही कि तुमने शादी कर ली है।"

कैसे कह दूँ उससे वह सब जो मैंने किया है? क्या वह सब कुछ जान कर उसे सहन कर पाएगी? उस निकाह का क्या जिसे मैंने कबूल करने के चन्द घंटों के बाद ही नकार भी दिया। मेरी बात सुनकर भोला कुछ देर चुप रहा फिर बोला, "यही तो बात मेरी समझ में नहीं आ रही कि पहले शादी की और फिर छोड़ भी आयीं, ऐसी नासमझ तो तुम नहीं हो, फिर यह सब क्या है?"

"तुम नहीं समझोगे इन सारी बातों को इसलिए तुम्हारे लिए बेहतर यही होगा कि इस चैप्टर को बन्द ही रहने दो।"

"मैं कुछ नहीं पूछता तुमसे केतकी परन्तु कोई और ऐसे ही प्रश्न जब तुमसे करेगा तब क्या जवाब दोगी?"

"मेरी ज़िन्दगी है, मैं उसके साथ मनमाना खिलवाड़ करने में स्वतन्त्र हूँ भोला!

मैं किसी को भी यह इजाज़त नहीं देती कि वह मुझसे अनाप-शनाप प्रश्न करता फिरे और न ही मैं हर किसी को जवाबदेह ही हूँ।''

''लेकिन कहीं खान भाई ने कुछ उलटा कर दिया तो? इसलिए मैं सोचता हूँ कि यह सब तो ठीक नहीं है जो तुम कर रही हो!''

''ठीक क्या है और क्या ग़लत है, मैं कुछ नहीं जानती भोला! इस समय तो माँ की हर तरह की इच्छा पूरी करना ही मुझे ठीक लग रहा है। मैं कुछ सोचना भी नहीं चाहती। और मैं यह अच्छी तरह से जानती हूँ कि खान कुछ नहीं करेगा। वह इस हालत में ही नहीं है कि वह मेरा विरोध करे और विरोध किस दम पर करेगा। दोगले आदमी क्या हिम्मत रखते हैं? ऐसा करने के लिए तो हिम्मत चाहिए, वह कहाँ से लाएगा खान? अगर खान ने कुछ उलटा-सीधा किया तो उस समय देखा जाएगा।''

''परन्तु यह जो तुम कर रही हो वह सही नहीं है केतकी! यह सब खान बर्दाश्त नहीं कर पाएगा। उस हालत में जब तुम्हारी शादी हो रही होगी कुछ उलटी बात हो गयी तो क्या माँ उस समय सह पाएगी?''

''ठीक है, लेकिन अब मैं ऐसा कुछ सोचना नहीं चाहती। इस समय तो मेरे सामने माँ पहले है वह जिस तरह खुश रह सकती है वही मुझे करना है लेकिन इस बात की तुम तसल्ली रखो कि मोहसिन खान ऐसी-वैसी कोई हरकत नहीं करेगा ऐसा विश्वास है मुझे।''

''लेकिन सोचना होगा तुम्हें, तुम अपनी ज़िन्दगी से और खान की ज़िन्दगी से खिलवाड़ नहीं कर सकतीं।''

''यह मेरा और मोहसिन खान का मसला है। तुम इसके बीच में ना ही पड़ो तो ठीक है। इतनी बात तुम जान लो कि मोहसिन खान जब सब जान भी लेगा, तो भी वह मुझे कुछ नहीं कहेगा। इतना विश्वास है मुझे उस पर।''

''उस विश्वास को तुम चोट पहुँचा रही हो केतकी।''

''ऐसा कुछ नहीं है। तुम अभी नहीं समझोगे मेरी बात। जब समझ जाओगे, तब तुम्हें इतना बुरा नहीं लगेगा जितना अब लग रहा है। बस अब और प्रश्न नहीं।'' मेरी बात सुनकर भोला मेरा मुँह देखता रह गया, बोला कुछ नहीं लेकिन उसके चेहरे पर जैसे भाव आ-जा रहे थे उससे स्पष्ट दिखाई दे रहा था कि वह मेरे इस फ़ैसले से खुश नहीं है। मैं यह अच्छी तरह जानती थी कि मेरी समस्या क्या है इसे कोई नहीं जान सकता।

मेरी शादी राघवन से तय होने की ख़बर जब राजीव और बृजेश को मिली तब वह अपने में नहीं रहे थे। तब भोला ने मुझे बताया कि वह राघवन की जान के प्यासे हो गये हैं। मुझे मोहसिन खान पर इतना भरोसा था कि वह ऐसी सारी बातों को सहज में ही निपटा देगा परन्तु 'अक्स' के सदस्यों के इस गुस्से ने मुझे कहीं सन्तोष भी

दिया। उनकी यह बात मुझे एहसास दिला गयी कि वह अपने गुरु को कहाँ तक प्यार करते हैं कि उसके लिए वह किसी भी हद को पार कर सकते हैं।

मेरी शादी राघवन से हो गयी, अनेक प्रकार की कठिनाइयों को पार करते हुए। और फिर कुछ दिनों में ही मैं माँ को साथ लेकर लन्दन भी पहुँच गयी थी। माँ की बीमारी का सारा प्रबन्ध राघवन ने कर दिया था। लाख कोशिशों के बाद भी हम माँ को बचा नहीं पाये थे। शायद माँ की जीने की इच्छा ही ख़त्म हो गयी थी, वह तृप्त हो गयी थी अपनी बेटी के सुदृढ़ भविष्य को देखकर। दामाद क्या हुआ यदि पंजाबी नहीं है उसके अनेक गुणों को जान-समझ कर माँ अपनी बेटी के भाग्य को देख अपने सब अभावों को भूल-सी गयी थी। इस तरह वह अपने सब-सब दायित्वों से मुक्त हो गयी समझने लगी थी।

इन सारी बातों के बीच जो सबसे बड़ा परिवर्तन माँ में हुआ था, वह मेरे लिए सुखकर नहीं था। हालाँकि मैं माँ के साथ ही अब सारा समय गुज़ारती थी लेकिन मैं माँ की अपनी बीमारी की ओर से लापरवाह हो जाने की आदत को बदल नहीं पायी थी। वह मेरी शादी के बाद इतनी सन्तुष्ट हो गयी थी कि वह अब ऑपरेशन करवाने के पक्ष में भी नहीं थी। वह कभी-कभार कह भी देती थी कि—''मुझे तेरी ही चिन्ता थी। मुझे क्या पता था कि तेरे भाग्य में भगवान ने इतना अच्छा सब कुछ रच कर डाला हुआ है!'' उसकी जीने की चाह जैसे ख़त्म-सी हो गयी थी। अपार सन्तुष्टि उनके चेहरे से झलकती थी। बड़ी कठिनाई से वह ऑपरेशन के लिए यह कहकर मानी थी कि मैं रघु के लिए करवा लेती हूँ ऑपरेशन भी। ऑपरेशन हुआ भी लेकिन हम माँ को बचा नहीं पाये।

माँ का जाना मेरे लिए एक अध्याय की समाप्ति था। मैं भारत को उसके साथ ही बहुत पीछे छोड़ आयी थी। वहाँ के सब परिचित-अपरिचित सगे-सम्बन्धियों से मैंने मानो नाता ही तोड़ लिया था परन्तु जिसके साथ मेरा नाता जुड़ गया था वह भी मेरा अपना कब बना! मैं सब बातों के बावजूद उससे पत्नी का वह दर्जा हासिल नहीं कर पायी थी जिसकी चाह हरेक पत्नी को होती है। मैं भले ही अब अपने नाम के साथ केतकी सुब्रमण्यम लिखने लगी थी लेकिन 'सुब्रमण्यम' मेरे लिए एक शब्द से अधिक कोई महत्त्व नहीं रखता था क्योंकि इस शब्द के साथ अभी तक मेरा कोई रिश्ता नहीं जुड़ पाया था।

मुझे जिस पहचान की तलाश थी वह तो मुझसे चार कदम और आगे खिसक गयी थी। रघु माँ के चले जाने के बाद अपनी दुनिया में फिर से खो गया था। उसका मुझ पर सबसे बड़ा एहसान शायद यही था कि यह बात जानकर भी कि मैं उसके बच्चे की माँ नहीं बनने जा रही हूँ, उसने इस विषय पर कोई बात नहीं की थी। उसकी यह बात उस समय मेरे लिए हैरानी का सबब ज़रूर बनी थी।

फिर धीरे-धीरे जब इस बन्द कली की पँखुड़ियाँ खुलने लगी तब उसका रंग और रूप स्पष्ट होने लगा। तब यह बात भी मेरे सामने आयी कि जिसे मैं और मेरी माँ एक नायाब फूल समझ रही थीं वह तो जंगल में उगने वाला वह फूल था जो किसी भी स्थान पर किसी भी मौसम में अपने-आप उग आता है। जिसकी परवरिश करने की भी आवश्यकता नहीं होती। उसकी सारी फ़ितरत जानकर मैं नहीं समझ पायी थी कि मैं अपने भाग्य पर रश्क करूँ या कि आँसू बहाऊँ। हाँ, इतनी सन्तुष्टि ज़रूर मुझे मिली कि माँ के जीते जी किसी बात का खुलासा नहीं हुआ। इतना ही मेरे लिए काफी था।

माँ चली गयी थी और अनेक प्रश्नों को छोड़ गयी थी। हम कभी किसी को पूरी तरह समझ नहीं पाते। जाने कितने और कैसे रहस्य हमसे छुपे रह जाते हैं, ऐसा ही कुछ माँ की मृत्यु के बाद कई पर्तें उनके जीवन की भी खुली थीं।

माँ की मृत्यु ने मेरे अन्दर काफी परिवर्तन ला दिये थे। अब मुझे कोई भी बात उस तरह कष्ट नहीं दे पाती थी जैसे पहले मैं छोटी-छोटी बातों से त्रस्त हो जाती थी। अब मेरी लड़ाई किसी से नहीं थी। अब मेरी लड़ाई खुद अपने-आप से है क्योंकि बाहरी दुनिया के दरवाज़े एक-एक कर सब बन्द होते चले गये थे। मोहसिन खान को मैंने यूँ तो छोड़ दिया था परन्तु वह आज भी मेरे दिलोदिमाग़ पर उसी तरह शासन कर रहा है और राघवन में वह विचार ही नहीं था जो मुझे अपने साथ बाँधे रखता। उसका पेशा उसे और कुछ सोचने की इजाज़त ही नहीं देता था। पता नहीं राघवन ने मेरे साथ शादी क्यों की, यह बात मैं आज तक नहीं समझ पायी।

जाने कैसा था राघवन वह मेरे नृत्य को देखकर ही मेरे नज़दीक आया था लेकिन लन्दन में उसे देखने की, उसकी चर्चा करने की उसने कभी कोशिश ही नहीं की थी। मेरे नज़दीक एक शून्य का घेरा बनता जा रहा था और मैं उस घेरे में घूमती जा रही थी। मुक्ति का कोई रास्ता मुझे दिखाई नहीं दे रहा था। मैं अपनी पहचान खोती जा रही थी। एक पहचान जिसकी मुझे चाहत और तलाश थी वह मुझसे कोसों दूर होती जा रही थी।

यूँ तो मैं उन्मुक्त थी परन्तु कभी-कभी शक़ होता कि क्या जिस स्वतन्त्रता की मुझे तलाश है वह मैंने पा ली है? कभी मुझे लगता कि मैंने वह मंज़िल प्राप्त कर ली है जिसकी मुझे चाहत थी। तभी लगता कि नहीं 'माउस' ने ठीक जगह क्लिक ही नहीं किया है मुझे जो साइट चाहिए थी यह वह नहीं है। भले ही मैं राघवन से शादी कर लन्दन भी चली आयी और जैसा मैं सोचती थी कि राघवन के साथ जुड़कर मैं उन बुलन्दियों को छू लूँगी जिन्हें मैं छूना चाहती हूँ लेकिन मेरा ख़्वाब ख़्वाब ही रह गया। उसके साथ जुड़ने के साथ ही मेरी रंगमंच की दुनिया भी मुझसे उतनी ही दूर हो गयी थी, जितनी भारत से लन्दन की दूरी है। लन्दन की दूरी को तो हवा में उड़

कर दूर कर भी लिया जाता है लेकिन रंगमंच की दूरी... ? मेरे अन्दर एक टीस उभरती और एक हूक-सी उठती कि मेरे रंगकर्म में जो खाई बढ़ रही है उसे कौन पाट सकेगा! मैं लन्दन आकर कहीं की नहीं रही, न यहाँ मैं रच-बस सकी और न भारत ही लौट सकती हूँ। यह कैसी विडम्बना थी मेरे जीवन की। इस ग़म की कोई पूर्ति नहीं थी।

हम दोनों माने मैं और राघव साथ-साथ दो समानान्तर चलने वाली सड़कें थीं। जो आपस में कभी एक नहीं होतीं। उसके बगल में लेटे हुए भी मैंने कभी उसे अपने अन्दर महसूस नहीं किया। यूँ राघव हमेशा उस समय मेरे पास आता जब मैं अपने को पूरी तरह नींद के अगोश में समर्पित कर चुकी होती। एक उसका प्रोफेशन उसे अधिक समय घर नहीं रहने देता था। दूसरे वह जिस प्रकृति का व्यक्ति था उसके चलते उससे अधिक आशा भी नहीं की जा सकती थी। उसके लिए मैं एक औरत से अधिक कुछ नहीं थी। वह कभी मुझे पत्नी का दर्जा दे ही नहीं सका।

मैं चाहती थी कि राघव जब मेरे पास आये तो वह अपने दिन भर की व्यस्तता की बातें मुझसे करे। अपना दुख-सुख मुझसे बाँटे। मैं चाहती थी कि वह कुछ मेरी सुने कुछ अपनी सुनाए, लेकिन वह जिस करवट सोता फिर सुबह होने पर ही उसकी उस मुद्रा में परिवर्तन होता था।

कभी-कभी वह अस्पताल से जल्दी भी आ जाता था। तब मेरा दिल होता कि हम देर रात तक बातें करें परन्तु राघवन को मेरी चाहत ही कहाँ थी! उसके लिए मैं केवल मादा थी और वह उस मादा के नंगे शरीर से जितनी देर खेलना चाहता, खेलता। फिर उसे एक और धकेल कर जाने किन स्वप्नों में खो जाता और मादा उसके बगल में ही उसकी दी हुई एक अजीब-सी ज्वाला में लिपटते हुए अपने-आप से जूझती हुई सुबह की बाट जोहती रहती।

यह भी सच है कि ऐसी कितनी ही अजीब-सी रातों में मेरी लाश के साथ राघवन खेलकर सो जाता और मैं उन एकान्त पलों को मोहसिन खान के साथ चुपचाप शेयर करती क्योंकि देह-सुख तो मुझे मोहसिन खान से ही मिला था। राघवन ने तो देह-सुख के स्थान पर मुझे पीड़ा ही दी है। फिर मैं उसी पीड़ा से बार-बार क्यों गुज़रूँ क्योंकि मैं यह भी अच्छी तरह से जानती हूँ कि यह ज़रूरी भी नहीं है, जिसे तुम अपने पास महसूस करते हो वह सच में ही वहाँ मौजूद भी हो। मैंने हरदम हर साँस में मोहसिन खान को अपने इर्द-गिर्द महसूसा है जबकि राघवन पास होते हुए भी मुझसे बहुत बहुत दूर था।

उस दिन, रात के अभी दस ही बजे थे और मैं अभी बिस्तर में दुबकी ही थी कि मेरे मन पर अभी मोहसिन खान ने क़ब्ज़ा नहीं जमाया था कि राघवन ने अपनी घुसपैठ करनी चाही। अपने पति होने के अधिकार के साथ उसका बेजान हाथ मेरे शरीर का सफ़र करने लगा, मुझे लगा मानो कोई कीड़ा मेरे जिस्म पर रेंग रहा हो,

उसके हाथ का स्पर्श मेरे लिए बेमानी था फिर भी मैंने उसका हाथ अपनी दोनों हथेलियों के बीच दबा दिया और कहा कि यह हाथ ऑपरेशन करते-करते शायद औजार ही हो गये हैं। राघवन को मेरी बात बुरी नहीं लगी। सुरमई रोशनी में उसका चेहरा और भी गहरे रंग का लग रहा था और मुस्कराने से उसके सफेद दाँतों की सफेदी चमकने लगी थी। मुझे बहुत अजीब-सा लग रहा था उस समय उसे देखना। उसने अपना सिर उठाकर मेरे वक्ष पर रख दिया, मैंने उसे सहलाते हुए पूछ ही लिया था कि क्या बात है आज क्या तुम्हारी कोई माशूक तुम्हारे साथ नहीं है? चलो छोड़ो यही बता दो, मेरे इस शरीर में तुम अपनी किस माशूक को महसूस कर रहे हो। राघवन को मानो बिजली की नंगी तार छू गयी हो। एक सरसराहट उसके पूरे शरीर में दौड़ गयी फिर जिसकी सिहरन मुझे भी छू गयी। मैं मुस्कुराये बिना न रह सकी। राघवन आँखे मूँदे-मूँदे ही बोला कि तुम किस फेर में पड़ी हो, अपने हिस्से आता प्यार भी तुम्हें लेना नहीं आता।

राघवन की बात सुनकर मेरा मन हुआ कि उसे कहूँ कि ऐसा प्यार तुम अपने पास ही रखो। मुझे सीने पर बोझ का अनुभव होने लगा। वह इससे बेजान कितनी देर यूँ ही पड़ा रहा। मेरा ज़ेहन् मोहसिन खान को उसमें ढूँढ़ने की नाकाम कोशिश करता रहा। हारकर मैंने उसके सिर को तकिये के हवाले करते हुए कहा, ''जानते हो राघवन, मैं माँ बनने वाली हूँ?'' और मुझे हैरान करते हुए वह बोला था—''जानता हूँ कि तुम भारत की सुगन्ध अपने साथ यहाँ तक ले आयी हो!'' मैं हतप्रभ हुई थी और मेरे मुँह से इतना ही निकला था कि—''जानते हुए भी तुमने...!' तब मेरे होंठों पर अंगुली रखते हुए उसने मुझे चुप रहने का संकेत किया था। मेरे आगे राघवन अब एक पहेली से कम नहीं रह गया था। राघवन चुप रहा था इस बात को सुनकर। मेरे आगे आज उसका कद थोड़ा ऊँचा होना चाहिए था लेकिन ऐसा हुआ नहीं। जाने क्यों मेरा मन उससे और भी दूर हो गया और चाहने लगा कि उसे एक ओर धकेल दूँ और ज़ोर से कहूँ—नपुंसक। लेकिन मैं ऐसा कुछ नहीं कर सकी और इस प्रश्न से जूझती रही कि राघवन को इस बात का गुस्सा क्यों नहीं है? क्यों जानते-बूझते भी उसने मुझसे शादी की, कैसी मजबूरी थी उसकी? मेरे सामने बार-बार यह प्रश्न उभरता रहा था कि जानते-बूझते राघवन यह बात कैसे पचा गया और क्यों पचा गया जब कि वह छोटी से छोटी ग़लती को भी माफ़ करने वालों में से नहीं है? क्या इस बात के पीछे उसका कोई स्वार्थ छिपा है? लेकिन मेरे आगे मेरा प्रश्न ही रहा, उत्तर तो जीवन भर नहीं मिल सका इस बात का।

मैं जिस रास्ते को मन से छोड़ आयी थी उसी रास्ते की लम्बी सड़क पर मैं फिर से चलने लगी थी। भले ही गति उसकी मन्थर ही थी लेकिन मैंने तो उस सड़क को उसी दिन छोड़ दिया था जब राघवन से मेरी शादी हो गयी थी और मैंने अपने उस

रास्ते को भी छोड़ दिया था, जिस रास्ते से मेरी मंज़िल साफ़ दिखाई दे रही थी और फिर राघवन के लिए ऊबड़-खाबड़ सड़क पर चलना शुरू भी कर दिया था, बिना यह जाने कि वह सड़क कहाँ तक जाती है। क्या उस पर चलते हुए मुझे मेरी मंज़िल मिलेगी भी कि नहीं? सड़क कब चौराहे में बदल गयी, इसका इल्म भी मुझे नहीं हुआ और यकायक मैंने अपने को चौराहे पर खड़ी पाया और फिर अनजाने में ही मैं पीछे की और मुड़ गयी। जब होश आया तो अपने को पाया कि मैं बीच रास्ते में फिर से खड़ी हो गयी हूँ। आगे की तरफ बढ़ती हूँ तब भी मंज़िल मिलना मुश्किल है लौट कर उसी रास्ते पर पहुँचती हूँ जिसे छोड़ कर इस पगडंडी को चुना था तो लगता है शायद मेरे पाँव अब सीधी-सपाट सड़क पर चलने के आदी ही नहीं रहे। जाने कब तक बीच रास्ते में खड़ी होकर मैं सोचती रही कि मुझे किस ओर जाना है, मेरी मंज़िल मुझे किस रास्ते से मिलेगी!

अब राघवन को बिस्तर में हर रोज़ नयापन चाहिए था। वह कहता था कि जो ऊष्णता और जो ताज़गी उसे मुझसे पहले स्पर्श के बाद मिली थी वह ताज़गी उसे कुछ दिन मिली और अब उसे मेरे स्पर्श से न तो कोई ताज़गी और न ही किसी प्रकार की ऊष्णता मिलती है इसलिए यह बात यदि मेरी समझ से बाहर है तो इसमें उसका क्या दोष है इसलिए जो सुकून चाहिए वह कहीं दूसरी जगह से यदि वह हासिल कर लेता हूँ तो इसकी मुझे तक़लीफ़ नहीं होनी चाहिए। क्योंकि वह मेरी सभी प्रकार की इच्छाओं-आवश्यकताओं की पूर्ति बड़ी ईमानदारी से करता है इसलिए मुझे उसके एवज में उसकी यह एक छोटी-सी इच्छा की पूर्ति होने का कष्ट नहीं होना चाहिए। अपनी सफाई में वह यह कहना भी नहीं भूलता था कि उसकी यह इच्छा मेरा कुछ लेती भी नहीं है और कौन वह किसी दूसरी औरत को मेरे सिर पर बिठाने के लिए ले आया है? वह कहाँ जाता है और उसके साथ कौन होता है, इसका लेखा-जोखा रखने की मुझे ज़रूरत ही क्या है? जब तक कोई और मेरे घर पर अधिकार न जमा ले तब तक मुझे शान्ति रखनी चाहिए।

उसका इस तरह का प्रलाप जब शुरू होता तो घंटों चलता रहता। कभी कहता कि उसकी समझ में यह बात कभी नहीं आयी कि भारतीय औरतें देह-शुचिता को इतना महत्त्व क्यों देती हैं? उसे जो सुख एक औरत से मिलता है शायद वह दूसरी औरत उस तरह का सुख न दे सके और सच बात तो यह है कि अब उसे मुझसे वह सुख नहीं मिल रहा था जैसा उसे चाहिए था और यदि उसे वह सुख दूसरी औरत से मिलता है और यदि वह किसी दूसरी औरत से वैसा ही सुख हासिल कर लेता है तो इसकी मुझे तक़लीफ़ नहीं होनी चाहिए। वह यह यह कहना भी नहीं भूलता था कि इस बात का मुझे गर्व होना चाहिए कि उसने कभी मुझसे झूठ नहीं बोला। वह किसी के साथ कहीं गया भी है, या फिर सोया है, उसने सब तरह की ख़बर मुझे दी है।

इतना क्या कम है मेरे लिए!

मैं केवल इसलिए राघवन को सहती रही कि उसने मेरी उस बात की रिस्पेक्ट की है जिसे कोई पुरुष स्वीकार ही नहीं करता लेकिन राघवन ने कभी मेरे गर्भ धारण करने की बात का ताना तो क्या ज़िक्र तक नहीं किया। उसने उसे कैसे बर्दाश्त किया, नहीं जानती, लेकिन कभी-कभी इस बात को लेकर भी मेरे मन में शंकाओं कुशकांओं का जंगल उग आता कि इतनी बड़ी बात वह क्यों पचा गया? लेकिन उसका दूसरी औरतों के साथ सम्पर्क और उसके औरतों के प्रति अजीब से विचारों को जब देखती-सुनती तो उसके प्रति अजीब-सा गिलगिलापन मेरे अन्दर पलता जो मुझे मोहसिन खान के और नज़दीक ले जाने की भूमिका अदा करता। धीरे-धीरे राघवन से मैं फिर दूर होती जा रही थी। राघवन इस बात से बेख़बर औरतों का गुलूकन्द खाने में मग्न रहता। लन्दन मेरे लिए और भी पराया होता चला गया। ऐसी मानसिकता के बीच कबीर ने आकर अपने नन्हें हाथों का स्पर्श दे मुझे नयी रोशनी दी। यहीं से मेरी ज़िन्दगी का दूसरा अध्याय शुरू हुआ।

राघवन ने यूँ तो कभी कबीर को लेकर कुछ नहीं कहा लेकिन वह कबीर को एक बाप का प्यार भी नहीं दे सका और न ही उसमें मुझे छोड़ने की हिम्मत ही थी। हम दोनों के बीच घना जंगल उग आया था, वह जगंल जो आग की गिरफ़्त में आ गया हो। हम उस जंगल की आग से बचते-बचाते उसी दबे-घुटे वातावरण में किनारे ढँढ़ते हुए अपने लिए रास्ता बना रहे थे परन्तु घने जंगल में लगी आग के धुएँ में रास्ते की तलाश करना, मृगतृष्णा ही तो है। इसी घने धुओं से बचते-बचाते जाने हम कब रास्ते से भटक गये और हमारे रास्ते ऐसे अलग-अलग हुए कि फिर नदी के किनारों की तरह दोनों समानान्तर तो चलते रहे परन्तु कभी आपस में एक नहीं हो सके।

कबीर के पैदा होने के बाद मैंने अपने डांस की प्रैक्टिस फिर से शुरू कर दी। जाने यह कैसा परिवर्तन था राघवन में कि उसने इस बार मेरे डांस को लेकर कोई बावाल खड़ा नहीं किया अपितु उसने मेरे कई डांस प्रोग्राम इधर उधर प्रायोजित भी करवाये। मुझे केवल इस बात की सन्तुष्टि हुई थी कि चलो राघवन को मेरा डांस करना अच्छा लगा और शायद इसी वजह से हम दोनों के बीच पैदा हुआ धुओं से भरा जंगल साफ हो जाये और वहाँ फिर से वहाँ उगे हरे-भरे पेड़ पौधे हमें दिखाई दे जाएँ। इस विचार के चलते ही मैंने फिर पूरी लगन से अपना काम करना शुरू कर दिया।

मैं लन्दन रहते हुए रंगमंच के लिए तो कुछ नहीं कर पायी परन्तु नृत्य के क्षेत्र में अनेक बुलन्दियों को मैंने छू लिया, यदि वह बुलन्दियाँ थीं तो। यूरोप के अनेक देशों में मैंने अपने नृत्य कार्यक्रम दिये इसके साथ ही मैंने भारतीय शास्त्रीय नृत्य को सिखाना भी शुरू कर दिया और खुद उनके नृत्य को थोड़ा बहुत जानने-समझने की कोशिश भी की। मेरा एक स्टूडेंट था—रैल्फ। उसने और मैंने भारतीय शास्त्रीय नृत्य

और यूरोपीय शास्त्रीय नृत्य को मिलाकर एक बैले तैयार किया जिसने पूरे यूरोप में धूम मचा दी लेकिन हमसे कहाँ और कैसी ग़लती हुई कि जो राघवन अनेक कठिनाइयों को दूर करता हुआ हमारे कार्यक्रम करवाने में कोई कसर नहीं छोड़ता था वही अब हमारी ओर से उदासीन हो गया था। उसे अब मेरा न डांस सिखाना पसन्द रहा था और न ही कहीं बाहर जाकर मेरा नृत्य का कार्यक्रम देना ही।

इसमें अन्तर यह था कि उसे मेरा अकेले कहीं जाना और कार्यक्रम देना शायद उतना बुरा नहीं लगता था जितना बुरा रैल्फ के साथ कार्यक्रम देना बुरा लगने लगता था। हम दोनों की सफलता से वह खुश नहीं हो सका था लेकिन अब हमें जो कार्यक्रम मिल रहे थे वह मुझे अकेले को नहीं रैल्फ के साथ ही मिल रहे थे। जैसे-जैसे हमारी ख्याति बढ़ रही थी वैसे-वैसे ही राघवन और मुझमें तनाव भी बढ़ रहा था। इसी खिच-खिच में कबीर एक साल का हो गया। बात छोटी-सी थी लेकिन मेरे लिए जहाँ महत्त्वपूर्ण थी वहीं राघवन के लिए वह उतनी ही ग़ैरज़रूरी थी। हमारी लड़ाई की वजह भले ही इस समय कबीर था लेकिन मैं जानती थी कि इस तरह चले आ रहे शीतयुद्ध को मैदान में लाने का राघवन बहाना ही ढूँढ़ रहा था और उसे कबीर के जन्मदिन का बहाना मिल गया था।

मैं उसके पहले जन्म दिन की एक छोटी-सी पार्टी देना चाहती थी। जिसका राघवन ने ज़ोरदार विरोध किया और लड़ाई इस सीमा तक बढ़ गयी कि मैं मन-ही-मन आमादा हो गयी राघवन को तलाक देने के लिए। भले ही मैंने अपना इरादा राघवन को उस समय नहीं बताया था लेकिन उस दिन के बाद हम दोनों के जीवन के रेगिस्तान में रेत के जो कई पहाड़ उग आये थे वही रेतीले पहाड़ कब ठोस हो गये और उन पर कब जंगली झाड़-फूस उग आये, हम दोनों में से कोई नहीं जान सका था। जो हम दोनों जान सके थे वह इतना भर ही था कि उन जंगली झाड़ियों को अब साफ करना मुमकिन नहीं रह गया था फिर ठोस पहाड़ की बात तो दरकिनार थी।

राघवन अपने अड़ियल स्वभाव के चलते मुझसे दूर होता चला गया। दूर भी इतना कि वह मुझसे और मैं उससे, अजनबियों की तरह ही कभी-कभार एक-दूसरे को यहाँ-वहाँ दिखाई पड़ जाते। कबीर उसका न होते हुए भी हम दोनों में एक कड़ी ज़रूर था। भले ही राघवन कबीर को प्यार नहीं दे पाया था लेकिन उसने कभी उसकी ज़रूरत की चीज़ों से आँखें भी नहीं चुराई थीं। वह कबीर के लिए ढेरों खिलौने और यहाँ-वहाँ की आवश्यकता की वस्तुएँ लेकर आता। कबीर के खाने-पीने की चीज़ों का पूरा ख़्याल रखने के साथ-साथ उसकी सेहत के बारे भी उसकी जद्दोजहद रहती। किस आयु में उसे क्या शुरू करना चाहिए, उसकी डाईट क्या होनी चाहिए, इस बात को लेकर कभी-कभी वह मुझसे झगड़ पड़ता। जाने वह इस बात से कौन-सी सन्तुष्टि लेना चाह रहा था। मुझे इस बात का सन्तोष होना चाहिए था कि वह

कबीर की देखभाल एक पिता की तरह ही कर रहा है परन्तु मुझे उसका ऐसा व्यवहार कोफ़्त से भर जाता था। मेरे लिए राघवन की इस दोहरी मानसिकता को समझ पाना सरल नहीं था। यदा-कदा इसी बात को लेकर हमारा एक-दूसरे से वाक् युद्ध भी हो जाता था। तब राघवन कहता—''किस मिट्टी की बनी हो तुम, तुम्हें छत दी है मैंने, तुम्हारे इस बास्टर्ड को पुत्र की पदवी का गौरव प्रदान किया है और तुम हो कि...।'' और इसके साथ ही उसके मन में कबीर के लिए उतनी ही घृणा भी बाहर गिर-गिर पड़ती थी। जितना वह उसकी ज़रूरतों का ध्यान रखता था। जाने वह कैसे एक ही स्तर पर दो बातों को जी लेता था, यही उसकी बात मेरी समझ के बाहर थी। कुछ समय बाद मैंने देखा कि हम दोनों के बीच जो एक महीन-सी न दिखाई देने वाली पानी की धारा बह रही थी उसका रुख दूसरी ओर मुड़ गया था। तब मुझे लगा था कि अपनी पहचान के लिए मुझे किसी भी लाठी की ज़रूरत नहीं होनी चाहिए। वह लाठी तो मुझे अपने अन्दर से ही ढूँढ़नी होगी।

राघवन का यदा-कदा यह कहना भी मेरी समझ की चहारदीवारी के बीच कभी घुस नहीं पाया था कि—'मैंने तुम्हें छत दी है।' क्या उसने मुझसे शादी कर, मुझ पर एहसान किया था? मैं उसके इस एहसान को उसी तरह उतार फेंकना चाहती थी जिस प्रकार रात को सोते समय ली गयी चादर बिस्तर से निकलने के बाद अपना महत्त्व खो देती है।

कभी-कभी मैं सोचती हूँ कि इसमें राघवन का इतना दोष नहीं है जितना मैं अपना कह सकती हूँ परन्तु मैं क्या करूँ मोहसिन खान की याद मैं अपने दिल से निकाल नहीं पायी। यह अलग बात है कि मैंने उससे शादी करने के बाद उसे छोड़ दिया परन्तु आज भी वह मेरे उतना ही नज़दीक है जितना शादी के समय था। राघवन हर समय मुझे यह एहसास कराता रहता था कि मैं उसके रहमोकरम पर ज़िन्दा हूँ। यूँ राघवन की ज़िन्दगी का कोई पक्ष भी तो मुझसे छिपा नहीं था। उसने अपने बारे में सब कुछ स्पष्ट रूप से शादी से पहले ही मुझे बता दिया था। इसलिए मुझे भी ऐसा एहसास हुआ था कि मुझे भी राघवन को अपने बारे में सब बता देना चाहिए।

मुझे लगने लगा था कि हमारी शादी एक समझौता ही तो नहीं है क्योंकि मेरी माँ और राघवन की माँ यह चाहती थीं कि हम दोनों शादी कर लें। मैं माँ के अन्तिम दिनों में उसकी पीड़ा को और अधिक नहीं बढ़ाना चाहती थी। इसलिए मैंने राघवन से शादी करने का फ़ैसला किया था लेकिन इस बात में केवल यही सच्चाई नहीं थी कि राघवन से शादी करने के पीछे मेरा भी स्वार्थ छिपा था। मुझे लगा था कि मैं जिस मुकाम को पाना चाहती हूँ वह मंज़िल मुझे राघवन के साथ जुड़कर तो मिल सकती है, लेकिन खान मुझे वैसा रुतबा कभी नहीं दिला सकता। सामाजिक स्तर पर मुझे राघवन के साथ शादी करना ही ठीक लगा था। पैसा, रुतबा सब तो था राघवन के

पास। मैंने उस समय माँ की इस बात की हर कोने से पड़ताल की थी कि राघवन के साथ शादी करना मेरे हित में कितना रहेगा? और मुझे लगा था कि राघवन से बढ़कर मेरे लिए और कोई जीवन साथी हो ही नहीं सकता। मैंने भले ही खान से प्यार किया है लेकिन जीवन की गाड़ी केवल प्यार से तो चल नहीं सकती, उसके लिए और भी बहुत कुछ चाहिए और वह 'और बहुत कुछ' राघवन के पास भरपूर था लेकिन राघवन की मुझसे शादी करने की कोई मजबूरी नहीं थी फिर उसने मुझसे शादी करने का फ़ैसला क्यों लिया यह मेरी समझ में नहीं आया।

कभी-कभी मुझे यह भी एहसास होता कि राघवन के दिल में शायद मैं एक भारतीय नारी की तरह पतिपरायण साबित हाऊँगी जो पति को परमेश्वर से कम नहीं आँकती, उस तरह की कोई भावना काम कर रही हो और वह समझ रहा हो कि मैं एक औसत भारतीय नारी की तरह ही उसी को अपना परमेश्वर मान कर आँखें मूँद कर उसकी हर बात को मानती चली जाऊँगी और मेरे लिए तो और भी ज़रूरी बात उसे लगती थी कि मैं उसकी ग़ुलाम बन कर रहूँगी क्योंकि मुझ पर वह एहसान जो कर रहा था। लेकिन उसकी यह धारणा तो शादी के कुछ दिनों बाद ही चकनाचूर हो गयी थी। जब मैंने उनकी किसी भी रस्म को मानने से इनकार कर दिया था।

राघवन की माँ जहाँ निराश हुई थी। वहीं राघवन कितने ही दिन मुझ से रूठा रहा था। जब मैंने राघवन से कहा कि वह इस भ्रम में न रहे कि मैं आँखें बन्द कर उसकी हर बात मानती चली जाऊँगी। उस दिन राघवन को शायद लगा होगा कि उसने मुझसे शादी करके ग़लती की है लेकिन उसने फिर मुझसे कुछ कहा भी नहीं। हम दोनों में मानो उस दिन मूक समझौता हो गया कि मैं राघवन को कुछ नहीं कहूँगी और राघवन मुझे कुछ नहीं कहेगा और फिर यह सिलसिला चलता रहा। मोहसिन खान की तरफ से तो मैं पहले दिन से ही बेफ़िक्र थी, भले ही हमने पूरे रीति-रिवाज़ के मुताबिक ही निकाह किया था लेकिन मैं यह जानती थी कि मोहसिन खान मेरे विरुद्ध कोई बात नहीं कहेगा। उसकी फ़ितरत में ही यह बात नहीं है, वह मुझे कोई नुकसान कतई नहीं पहुँचाएगा। ऐसा मेरा विश्वास था और यह बात उस समय साबित भी हो गयी थी जब मेरी शादी की बात सुनकर उसने किसी किस्म का कोई हंगामा नहीं किया।

और राघवन को जैसा मैंने समझा था उससे वह बिलकुल उलट निकला। अब वह साधिकार मुझ पर शासन चलाने लगा था। वह अपने लिए जैसी छूट चाहता था, दूसरे के लिए वह रत्ती भर भी छूट देना नहीं चाहता था। जहाँ मैंने उसके जीवन की हर अच्छी-बुरी बात को नज़रअन्दाज़ कर दिया था, वहीं वह मेरी छोटी-से-छोटी बात को जब-तब मेरे ऊपर लागू करने लगता था। इस शादी से न राघवन खुश रह सका था और न मैं ही। लेकिन यह पहेली मेरे आगे सुलझी नहीं थी कि राघवन मुझसे

शादी करने के लिए मान कैसे गया जब कि मैंने अपने बारे में सब कुछ पहले ही बता दिया था। तब राघवन मुझे फ़रिश्ते से कम नहीं लगा था लेकिन समय बीतने के साथ-साथ इस फ़रिश्ते का क़द मेरे आगे छोटा होता चला गया। लेकिन मैं सब सहती चली जा रही थी क्योंकि भीतर-ही-भीतर मेरे अन्दर अपराधबोध बढ़ता जा रहा था। मैंने अपने स्वर्थों की पूर्ति के लिए राघवन को सीढ़ी की तरह इस्तेमाल किया है। उस हीनभावना के चलते मैं राघवन की हर तरह की ज़्यादती सहती चली जा रही थी। कभी-कभी मैं मोहसिन खान को लेकर भी असहज हो जाती, कभी उससे शादी के अपने फ़ैसले को लेकर, कभी उसे छोड़ने के फ़ैसले को लेकर मैं अपने को कोसती कि कैसे मुझसे वह सब हो गया। मैंने मोहसिन से प्यार किया है। आज तक मैं उसे ही चाहती हूँ लेकिन उसकी कई बातों से मैं समझौता नहीं कर पायी इसलिए मैंने उसे अपने बन्धन से मुक्त कर दिया लेकिन मैं कहाँ मुक्त हो पायी? कहीं-न-कहीं आज भी मेरी बन्द आँखों के सामने वही होता है अपनी इस दोहरी मानसिकता से आज़ाद हो पाना मेरे लिए उतना सहज नहीं था जितनी सहजता से मैं मोहसिन खान को छोड़ पायी। शायद इसके पीछे भी उस पर मेरा बेहद विश्वास था। मैं जानती थी कि मेरी वह सारी अच्छी-बुरी बातों को सहज स्वीकार कर लेगा। शायद मैं तब अधिक ही स्वार्थी हो गयी थी। लेकिन एक बात तय थी मैं यह भी बखूबी जानती थी कि मेरी सोच पर किसी का भी अधिकार नहीं है मैं अपने लिए जो चाहती हूँ वह मैं स्वयं करने के लिए स्वतन्त्र हूँ, इस बात को अच्छी तरह मोहसिन खान जानता-समझता था। लेकिन वह घर, और उस घर की मान्यताओं के बीच मेरा साँस लेना कठिन था, यह मैं शादी के कुछ घंटों बाद ही अच्छी तरह समझ गयी थी और मोहसिन खान राजीव के सामने कितना लाचार था, इसकी कल्पना मैं कभी कर ही नहीं पायी थी शादी से पहले। यूँ भी उससे अलग होना मेरे लिए उतना ही सहज था जितना उससे शादी करना।

रिश्ते तो मन के होते हैं। मेरे और राघवन के रिश्ते के साथ मन कहीं से किसी का भी जुड़ा हुआ नहीं था। दिखावे के हम बहुत अच्छे पति-पत्नी थे। हमने आदर्श जोड़े की कई प्रतियोगिताओं में पहला स्थान भी प्राप्त किया था परन्तु हम दोनों के बीच फैले रेगिस्तान की बालू ने किसी की भी आँख में किरकिरी पैदा नहीं की थी। यहाँ तक की हमारे साथ-साथ चलने वाली हमारी माँओं के पैरों तले को भी इस रेत ने कभी नहीं चूमा। दोनों इस खुशफ़हमी में जीती रहीं कि हमारे आस-पास फल-फूलों से लदे-फदे पेड़-पोधे झूल रहे हैं और ख़्वाबों में ही उनकी सुगन्ध से दोनों महिलाएँ सराबोर होती रहीं। मेरी माँ इस काल्पनिक सुगन्ध को अपने में सहेजे हुए अनन्त में विलीन हो गयी और मुझे मेरे रेगिस्तान के जंगल में भटकने के लिए छोड़ गयी और राघवन की माँ सब कुछ जानते हुए भी चुप रहीं। मैं उन सबके लिए 'माउस' से

अधिक कुछ नहीं थी।

माँ के जाने के बाद राघवन मेरे साथ उतना भी सहज नहीं रहा था, जितना माँ के रहते हुआ करता था। अब रोज़ उससे होने वाले झगड़े कहीं मेरे अन्दर शून्यता भरते जा रहे थे। कबीर को लेकर वह सदा मुझे हीन करता रहता। जिस तरह उसने कबीर को स्वीकार कर अपने खुले विचारों की धाक मुझ पर जमाई थी वह एक-एक कर सब ढहते हुए मुझे दिखाई देने लगे थे। मैं विस्मित-सी उसकी उन बातों को सुनती रही थी जो वह मुझे कहता था। उसे अब मेरा नृत्य सिखाना या फिर कार्यक्रम देना भी अच्छा नहीं लगता था। धीरे-धीरे मेरा उस घर में दम घुटने लगा और मैं उस सारे तनाव से मुक्त होने के लिए छटपटाने लगी।

जब भी मैं अपने मन में यह सोचती कि मैं राघवन से अलग होकर कहीं दूसरी जगह रहना शुरू कर दूँ, तब मेरे आगे मासूम-सा कबीर आ खड़ा होता। मैं फिर उसी तनाव भरे घर में साँस ले रही होती। इन्हीं दिनों राघवन कई कई दिन घर से ग़ायब रहने लगा था। कहाँ जाता है, क्या करता है, मुझे वह अब यह सब बताना ज़रूरी नहीं समझता था। और मैं भी उससे कुछ भी जानना जरूरी नहीं समझती थी। मेरी कबीर को लेकर चिन्ता बढ़ती जा रही थी। यदि ऐसे ही चलता रहा तो कबीर पर इसका क्या असर पड़ेगा, मैं यह सोच-सोच कर पागल हुई जा रही थी लेकिन इस बात की चिन्ता राघवन को नहीं थी। उसे होती भी क्यों, कबीर उसका बेटा नहीं है, यह बात वह अच्छी तरह जानता है। मेरे आगे यह प्रश्न मुँह बाये हर समय खड़ा रहता था कि राघवन इस शादी के लिए तैयार ही क्यों हुआ था, और यह प्रश्न आज भी उसी तरह से मेरे आगे अपना अस्तित्व लिये हुए है। मुझे आज तक कोई वाजिब जवाब नहीं मिल पाया था। कभी सोचती कि वह शायद अपनी माँ को निराश नहीं करना चाहता था, कभी सोचती जिस तरह की वह ज़िन्दगी जी रहा था उसमें मुझसे बढ़कर उसके लिए क्या कोई दूसरी स्त्री हो सकती थी? मैं उसकी किसी भी अय्याशी का विरोध कैसे कर सकती थी? करती भी तो वह झट मेरे सामने कबीर को ला खड़ा करता। इन दिनों मुझमें तनाव का एक बड़ा कारण कबीर को लेकर भी था। यदि कभी राघवन ने कबीर को उसके जन्म की सच्ची बात कह दी तो क्या होगा, यह डर मेरे अन्दर कई तरह के प्रश्न पैदा कर रहा था।

मैं अपने इस तनाव से निजात पाना चाहती थी। कबीर मेरे प्यार की पवित्र निशानी था। उसके बारे में मैं कोई भी घटिया बात सुनने को तैयार नहीं थी और इस हालत में तो कतई भी नहीं जब कि मैंने राघवन को शादी से पहले ही सब बता दिया था यदि उसे यह सब क़बूल नहीं था तो शादी करने से इनकार कर सकता था। लेकिन उसने ऐसा नहीं किया और न ही वह मुझे पूरी तरह से स्वीकार ही कर सका और न ही छोड़ सका। इस सारी जहालत के चलते फिर मैंने राघवन को छोड़ने का फ़ैसला

कर लिया है। उसे छोड़ने के कई कारण भी मैंने तलाश कर लिये थे। सबसे बड़ा कारण तो यही था कि उसके साथ रहते हुए मुझे हमेशा एक प्रकार की गुलामी का एहसास बराबर बना रहता था। एक लड़ाई मेरे और उसके बीच निरन्तर चलती रहती थी। मैं उसे जड़ से ख़तम कर देना चाहती थी। उसके साथ मैं पब जा सकती थी उसके साथ बैठकर दारू और सिगरेट भी पी सकती थी परन्तु मैं उसके घर में रहकर अपनी तरह सोच नहीं सकती थी, जी नहीं सकती थी। मेरा उससे यहीं पर मतभेद था। वह मुझे सिगरेट और दारू के लिए रोकता तो शायद मुझे इतना बुरा न लगता लेकिन उसे मेरी इच्छा-अनिच्छा का तनिक भी ख़्याल नहीं था। वह केवल यह चाहता था कि मैं बस उसके इशारों पर नाचूँ यदि वह चाहता है तो मैं उसकी दारू में भी साथ दूँ लेकिन अपनी मर्जी से अपने कपड़े भी नहीं पहन सकती थी। वह मुझे इतने कंट्रोल में रखता कि यदि मैं कभी उस स्थान पर नृत्य करना चाहती, जहाँ उस ने मेरा कार्यक्रम तय न किया होता, तो मुझे इसकी इजाज़त नहीं होती मैं उसी जगह कार्यक्रम दे सकती थी जहाँ वह चाहता था। किस्साकोताह यह कि मैं अपनी तरह से उसके घर नहीं रह सकती थी। खाने-पीने से लेकर ओढ़ने-रहने तक की मुझे आज़ादी नहीं थी। मुझे हर बात उसकी इच्छानुसार ही करनी पड़ती थी और मुझे पल-पल यह एहसास होता जा रहा था कि मेरे पास वह आसमान नहीं हैं जिस आसमान पर मैं स्वतन्त्रता से उड़ान भर सकूँ। उस माहौल में मेरा दम घुटना शुरू हो गया था। लोगों के लिए मैं आज़ाद पंछी थी परन्तु मैं एक तरह की गुलामी मे ही जी रही थी। और एक दिन मैंने उस ओढ़ी हुई गुलामी की चादर को उतार कर फेंकने का फ़ैसला कर ही लिया और मैं भारत लौट आयी।

माँ के बिना घर, घर ही नहीं लगता है। भोला तो पहले ही घर छोड़कर अपने उस क्वार्टर में चला गया था जो उसे अस्पताल की तरफ से मिला था। मैं घर माली रामचन्द्र के हवाले कर गयी थी। जो हमारे आउट हाउस में रहता था लेकिन अब भोला उस क्वार्टर को भी छोड़कर कहीं दूसरी जगह चला गया था जिसका रामचन्द्र को भी पता नहीं था। उसने ही मुझे बताया था कि वह कभी-कभी यहाँ आता है। वह मोहसिन खान के बारे में इतना भर ही जानता था कि वह लोग आजकल 24 सेक्टर में कहीं हैं लेकिन कहाँ है, यह उसे नहीं मालूम था। अब मेरे पास भोला की प्रतीक्षा करने के सिवा और चारा भी क्या था?

और जब भोला आया, तो मेरी हैरानी का ठिकाना नहीं रहा। उसके साथ उसकी बीवी भी आयी थी। वह कोई और नहीं मुन्नी ही थी। मुझे हैरान देख भोला बोला,

"क्यों केतकी, मुन्नी को देखकर हैरानी हुई?"

"नहीं, अच्छा लगा।" भोला मेरी बात सुनकर उत्याहित हुआ और बोला, "जानती हो केतकी! अब यह पढ़ रही है। दसवीं की परीक्षा में बैठेगी इस बार।" मुझे अच्छा लगा उसकी बात सुनकर। भोला भी मोहसिन खान के बारे में कुछ नहीं जानता था कि अब वह लोग कहाँ है उसे भी उतना ही पता था उनके बारे में जितना रामचन्द्र को पता था।

25 सेक्टर की वह झुग्गी-झोपड़ियाँ वहाँ से हटा दी गयी थीं। वहाँ कैम्पस के मकान बन रहे थे। स्कूल भी अब वहाँ नहीं रहा था। कौन कहाँ है, किसे कहाँ ढूँढ़ूँ यह एक बड़ी समस्या थी मेरे आगे। चंडीगढ़ मेरे लिए अजनबी हो गया था। कुछ ही वर्षों में इतना परिवर्तन हो जाएगा, नहीं जानती थी। अब मेरे सामने सबसे बड़ी कठिनाई थी कबीर को लेकर। उसे यहाँ एडजेस्ट भी कर पाऊँगी क्या? मोहसिन खान का पता चलता तो मेरी कुछ कठिनाई शायद कम हो सकती थी। मैं उसका साथ तो नहीं चाहती थी, न उस पर अपना कोई अधिकार ही जताने आयी हूँ। और न ही उसे यह बताना चाहती हूँ कि कबीर से उसका कोई नाता है लेकिन फिर भी जाने क्यों उसकी उपस्थिति का एहसास मन करना चाहता था। मन चाहता था कि वह कहीं मेरे आसपास ही रहे। लेकिन अब यह कैसे सम्भव था? कभी-कभी समय और स्थान की दूरियाँ दिलों को इतना दूर कर जाती हैं कि फिर उस खाई को भर पाना आसान नहीं होता।

मेरे अन्दर जाने कैसे-कैसे प्रश्न पैदा हो गये थे जिनकी मैंने इससे पहले कभी कोई कल्पना भी नहीं की थी। मैं यह सोचने को मजबूर हो गयी गयी थी कि भारत लौटना कहीं मेरी ग़लती तो नहीं साबित होगा। लेकिन दूसरे ही क्षण मैं अपने मन को यह कहकर तसल्ली देती रही कि कभी न कभी मुझे यहाँ आना ही था, फिर अभी क्यों नहीं? अभी तो कबीर छोटा है। बड़े होने पर आती तो और भी कठनाई होती, और फिर कभी-न-कभी उन लोगों का पता मिल ही जाएगा क्योंकि नाटक तो वह करते ही होंगे।

कई दिन ऐसे ही बीत गये, मुझे किसी की कोई ख़बर नहीं मिली। उस दिन के बाद भोला भी नहीं आया जबकि वह कहकर गया था कि वह पता लगा कर मुझे बता जाएगा, सब कुछ।

इन दिनों मैं अपने को नितान्त अकेला महसूस करने लगी थी। लन्दन जाने के बाद यहाँ पर मैंने किसी से भी सम्पर्क नहीं रखा था उसी का मैं अब खामियाज़ा भुगत रही थी। जिस किसी से भी फोन से सम्पर्क स्थापित करने की कोशिश करती तब जवाब मिलता 'यह नम्बर मौजूद नहीं है'। जब सब ओर से निराश हो गयी तो मैंने एक दिन राघवन को ही ई मेल किया, जिसका जवाब केवल उसने चन्द शब्दों

में ही दिया— 'लौट कर आना चाहती हो तो भले ही आ जाओ लेकिन अब मेरे पास तुम्हारे लिए उस तरह का समय नहीं है', मुझे पढ़कर हँसी आयी थी कि पहले ही कब समय था उसके पास जो अब होगा, मैं भी कब लौटना चाहती थी।

अब मेरी सब्र का प्याला भर गया और किसी से कोई सम्पर्क नहीं हुआ तो एक दिन मैं खुद ही 24 सेक्टर के लिए निकल पड़ी, सोचा हो सकता है इस तरह ही उन लोगों का कुछ पता चल जाये।

24 सेक्टर जाने पर मेरे आश्चर्य का ठिकाना नहीं रहा जब मैंने मेन रोड पर ही एक बोर्ड 'चिल्ड्रन होम' का पढ़ा। उस बोर्ड को देखकर मेरी खुशी का ठिकाना नहीं रहा क्योंकि मोहसिन खान का 'चिल्ड्रन-होम' बनाने का सपना था और हो सकता है कि यह उसी का होम हो। मैंने ऑटो को वहीं रुकने के लिए कहा और कबीर को लेकर उस ओर बढ़ी। मेरी नज़रें जैसे उस साईन बोर्ड पर चिपक गयी हों और पाँव मानो गेट पर। मैं कितनी देर उसके पास खड़ी रही। मुझे यह भी ध्यान नहीं रहा कि मेरे साथ कबीर भी है और गर्मी की धूप को वह सहन नहीं कर पाएगा। मेरी चेतना तब लौटी जब उसने 'मम्मा' कहकर मुझे पुकारा। उसके पास ही ऑटो वाला भी खड़ा था वह पैसा माँग रहा था। मैंने उसे पैसे दिये और फिर कबीर को लेकर अन्दर चली गयी। अभी मैं सोच ही रही थी कि कोई परिचित चेहरा दिखाई दे जाये तो मैं उससे कुछ पूछूँ कि इतने में एक बच्चा मेरे पास आया और बोला, "मैडम जी, आपको किससे मिलना है?" मैं थोड़ी देर उसकी ओर देखती रही। फिर बोली, "इस स्कूल के प्रिंसिपल से।" वह मुझे उस इमारत के पिछली ओर ले गया और एक दरवाज़े पर उसने दस्तक दी। दरवाज़ा एक महिला ने खोला जिसकी गोद में बच्चा था। उसने हमारी ओर देखा। उन आँखों मे कई प्रश्न तैर रहे थे। मेरे साथ आये बच्चे ने उससे पूछा, "सर हैं घर?" इतने में अन्दर से आवाज़ आयी, "सादिया, कौन है!" मुझे पहचानने में तनिक भी देर नहीं लगी, वह मोहसिन खान की ही आवाज़ थी, मैंने इतमिनान की साँस ली। साथ आये बच्चे ने ही उस आवाज़ का जवाब दिया, "सर जी, मैं हूँ राजू। आपसे मिलने कोई आयी हैं।" मोहसिन खान यह कहता हुआ बाहर आया, "अरे यार, दफ़्तर में बिठाना था, यहाँ क्यों ले आये?" और जब उसने बाहर आकर मेरी ओर देखा तो देखता रह गया। हैरानी से उसका मुँह खुला रह गया। उसकी आँखें मेरा चेहरा बन गयीं। कुछ देर वहाँ उसी तरह खड़े-खड़े मन के भीतर मचे हड़कम्प में ही हमने उन ख़ामोश पलों को जिया, जाने कितने ही क्षण। फिर एकाएक खान बोल पड़ा—"अरे केतकी तुम?" उसकी हैरानी शब्दों के साथ बाहर गिर रही थी। "अरे आओ, भीतर आओ," मैंने एक बार भरपूर नज़रों से उसकी ओर देखा, मुझे खान पहले से मोटा लगा। पैसा भी क्या चीज़ है, अपने साथ अन्य सामान की तरह चर्बी भी साथ लेकर आता है। मेरे होंठ पर यूँ ही मामूली-सी

हँसी ने क़ब्ज़ा जमाने की कोशिश की। जिसे मैंने बरबस ही अन्दर धकेल दिया और खान के साथ उसके पीछे-पीछे चल पड़ी, उसके साथ खड़ी औरत कुछ बोली नहीं, चुपचाप हैरानी से देखती रही। उसकी बडी़-बड़ी आँखें उसका पूरा चेहरा बन गयीं, धीरे-धीरे फिर उन्होंने अपने घेरे को तोड़ा और मेरे चेहरे का सफ़र करने लगीं। मैं भी कुछ बोलने के काबिल अपने को नहीं पा रही थी। शायद मैं खान के उलटवार से डर रही थी। मेरी नज़रें इधर-उधर भटकती रहीं और देखती रहीं कि झुग्गी से निकलते ही खान की पूरी संस्कृति ही बदल गयी है। लगता है कि खान, झुग्गी की संस्कृति को वहीं छोड़ आया है। इस घर को देखकर कोई यह अनुमान भी नहीं लगा सकता कि उसकी जिस झुग्गी में जाते ही, अपने बैठने के लिए जगह तलाशने लगते थे हम सब लोग, जहाँ ज़मीन पर एक-दो छोटी-छोटी दरियाँ कभी बिछी होती थीं, कभी वो भी नदारद होतीं, और इधर-उधर ढूँढ़ने पर बैठने लायक कभी-कभी कुछ भी नहीं मिलता था और दूसरे कमरे में अगर कुछ दिखाई देता भी था तो वहाँ होते इधर-उधर बिखरे कपड़े, जिन्हें कभी-कभी बीरू ही तरतीब देता था। अस्तव्यस्तता में व्यस्तता की बातें होती थीं उस घर में। लेकिन आज खान का यह घर देखकर कोई कल्पना भी नहीं कर सकता उन सारी बातों की। मेरी आँखें देख रहीं थी कि अब दरी की जगह भले ही कॉरपेट ने नहीं ली थी लेकिन कामदार दरी से नज़रें हटाना आसान नहीं था। वह इतनी लुभावनी थी कि देखते ही बनता था। सोफासेट पर उम्दा गाढ़े नीले रंग का कपड़ा चढ़ा था और उन पर रखे रँग-बिरँगे कुशन होम मेकर की दाद दे रहे थे। दरवाज़ों पर हल्के नीले, और हल्के गुलाबी रंग के पर्दे टँगे थे। घर की इस साज-सज्जा को देख कर लगा था कि मोहसिन खान ने किसी इंटीरियर डेकोरेटर से शादी की है। मैं अभिभूत थी कमरे की साज-सज्जा देखकर। यहाँ तक कि दीवारें भी अलग-अलग रंगों से आच्छादित थीं। अजब संसार था उस कमरे में रंगों का।

अब मेरे कान सुन रहे थे, खान अपने पास खड़ी औरत से कह रहा था—"सादिया! जाओ भाई, कुछ चाय-वाय का इन्तज़ाम करो, देख नहीं रही केतकी आयी है। जाओ तो राजू इनके साथ।" राजू और वह औरत जिसे खान ने सादिया नाम से पुकारा था वह वहाँ से चले गये। मुझे समझते देर नहीं लगी कि मोहसिन खान ने दूसरा निकाह कर लिया है और यह औरत उसकी दूसरी बेगम है। खान ने कुछ इस तरह से मेरा नाम लिया मानो सादिया मुझसे परिचित हो, लेकिन खान के चेहरे पर आश्चर्य मिश्रित मुस्कान अभी तक उसी तरह बैठी हुई थी। जिस तरह यकायक मुझे अपने सामने देख उसके होंठों पर विराज गयी थी। खान ने मेरा परिचय भी सादिया से करवाने की ज़रूरत नहीं समझी। लेकिन सादिया के चेहरे पर आड़ी-तिरछी रेखाओं को साफ पढ़ा जा सकता था शायद उसे मेरा यकायक आना किसी अनहोनी का संकेत लगा हो।

इस बीच कबीर ने पानी माँगा, खान राजू को आवाज़ देता उससे पहले ही मैंने बैग से पानी की बोतल कबीर को थमा दी। कबीर पानी लेकर सन्तुष्ट नहीं हुआ। वह लगातार मेरी शर्ट खींच रहा था। शायद उसे यहाँ अच्छा नहीं लग रहा था। मैंने उसे मैंने कबीर को फिर बिस्किट निकाल कर देने की कोशिश की लेकिन उसने नहीं लिया वैसे ही चूं चूं करता रहा। एक-दो बार खान ने कबीर को अपने पास बुलाने की कोशिश की लेकिन नाकामयाब रहा। कबीर चेहरा नीचे किये हुए आँखें ऊपर उठा कर उसे देखता भर रहा और मेरे साथ और भी चिपक गया। मन हुआ कहूँ कि जाओ बेटा यह तेरे अब्बा हुज़ूर हैं। लेकिन मेरे मन की यह बात एक मुस्कान बनकर होठों पर अठखेलियाँ करती रही और हाथ कबीर की पीठ को सहलाते रहे। खान की कोशिश के बावजूद भी कबीर उसके पास नहीं गया। मन ने सोचा कि बेटा किसका है, अपनी बात पर अड़ेगा नहीं तो अपने बाप का बेटा कैसे कहलाएगा।

हमारे बीच कई ख़ामोश पल पसरे रहे, अन्दर मचे कोलाहल को दबाये हुए। मुझे अहसास होता रहा नहीं शायद हम दोनों को ही ऐसा लगता रहा होगा कि उसने मुझसे कुछ कहा है क्योंकि दोनों की बेचैन आँखें पल-दो पल के बाद एक दूसर की आँखें बनकर लौटती रहीं। प्रश्न थे जो अन्दर ही अन्दर उमढ़-घुमढ़ रहे थे लेकिन ज़ुबान पर आ नहीं रहे थे।

इस स्थिति से हमें राजू ने ही बाहर निकाला। उसकी गोद में बच्चा था जिसे पहले सादिया ने उठाया हुआ था। राजू पूछ रहा था "सर जी मैं जाऊँ?" खान ने उसे जाने के लिए हामी भरी लेकिन बच्चे को उससे ले लिया। मैंने खान की ओर देखा और पूछ ही लिया—"कितना बड़ा है?"

"बड़ा नहीं, बड़ी है, बस साल भर की ही है। पिछले महीने ही इसका पहला जन्मदिन मनाया गया था।"

"क्या नाम रखा है?"

"नाहीद!

"तुम्हारे बच्चे का क्या नाम है?"

खान की बात सुनकर मन ने एक बार कहा, मेरा बच्चा! क्या तुम्हारा नहीं? आँखें यूँ ही उठ गयीं खान की तरफ प्रश्न बनकर, लेकिन मुँह से शब्द इतने ही झरे—"कबीर"! ख़ामोशाी के सफ़र में थोड़ी-सी ही सेंध लगी, लेकिन उसका सफ़र जारी रहा मैं यही सोचती रही कि खान कुछ कहे लेकिन खान तो ऐसे चुप रहा जैसे सर्दी के मौसम में मॉर्निंग गिलौरी अपनी कमसिन पत्तियों के साथ उसी घास में छिप जाती है जिसमें वह उगी हो। मेरा मन इस श्मशान चुप्पी में उखड़ने लगा था। मन जाने कैसा-कैसा हो रहा था! कभी कहता चलो उठो और भाग लो यहाँ से, लेकिन भागने को तैयार भी न होता। बेचैन आँखें इधर-उधर का सफ़र करती रहीं। कमरे के रंगों में

अपने जीवन के सार को पकड़ने की कोशिश करती रहीं लेकिन एक बार जब पौधा सूखने लग जाये तो कितना भी उसे खाद–पानी देते जाओ वह हरा नहीं होता। विचारों की हवाई–यात्रा अन्दर–ही–अन्दर उड़ रही थी। बातों का सूत्र कहीं से भी पकड़ में नहीं आ रहा था। मन सोच रहा था सादिया ही आ जाये, वह इतनी देर क्यों लगा रही है। नाहीद चुपचाप खान की गोद में मुँह में अंगूठा डाले बैठी हुई थी। थोड़ी–थोड़ी देर बाद खान अंगूठा बाहर निकालता और नाहीद फिर फिर मुँह में डाल लेती। यह सिलसिला चलता रहा, जाने कितनी देर कबीर अपने बिस्किट के पैकट से खेलता रहा मेरी गोद में ही। मन ने यह भी सोचा कि खान! जानते हो तुम्हारी यह नाहीद क्यों अंगूठा मुँह में डालती है, उसे प्यार चाहिए, वह उसे दो तब इसकी यह आदत छूटेगी, इस तरह नहीं जैसे तुम कर रहे हो। लेकिन ऐसा मन सोचता रहा और मुँह बन्द ही रहा कान खान की आवाज़ सुनने को तरसते रहे। जब यह स्थिति असह्य हो गयी तब मेरा ही मुँह खुला और मैंने ही पूछा, ''कब बना यह होम?''

''पिछले साल ही।''

''राजीव कहाँ है?''

''मुम्बई।''

''तब से वहीं है?''

''नहीं बीच में आया था, होम की ज़मीन की फॉरमैल्टी पूरी की और चला गया।''

''क्यों, उसका तो यह सपना था।''

''हाँ, लेकिन उससे भी बड़ा उसके लिए एक और काम था। उसे ही पूरा करने का मिशन रह गया है अब उसका।''

''क्या मैं जान सकती हूँ कि उसका अब क्या मिशन है?''

''कभी मिलेगा तो उसी से पूछ लेना।''

मेरा मन हुआ कहूँ कि उसके बिना तुम कैसे रह लेते हो? लेकिन मैंने दूसरी बातों की तरह इस बात को भी मन में ही रहने दिया। खान फिर चुप हो गया। मुझे अचानक साक्षी की याद आ गयी और मैंने उसके बारे में पूछा। खान थोड़ी देर मेरी ओर देखता रहा फिर बोला, ''मज़े में है साक्षी! आजकल तो वह अपने टीवी सीरियलों में व्यस्त है। इन दिनों भी उसके दो सीरियल टेलीकास्ट हो रहे हैं।''

''अच्छा!! फिर उसका सपना पूरा हो गया सीरियल का निर्माण करने का?''

''हाँ, दो अभी ख़त्म हुए है और दो चल रहे हैं। अब तो उसकी बेटी भी उसी के साथ काम कर रही है।''

''सुनकर अच्छा लगा। उस जैसी हिम्मत कम ही औरतों में देखने को मिलती है। सबके विरोध के बावजूद वह सफलता की सीढ़ियाँ चढ़ती ही गयी, हिम्मत नहीं

छोड़ी।''

''हिम्मत की क्या बात है केतकी! पैसा होना चाहिए सब काम फिर अपने आप होते चले जाते हैं और हिम्मत भी आ जाती है।''

''अभी तक तुम्हारी पैसे को लेकर सोच उसी घेरे में चक्कर लगा रही है? वही लम्बी साँसें और वही निराशा तुम्हारे चेहरे से क्यों टपक रही है? अब तो तुम्हें भी पैसे की कोई समस्या नहीं दिखाई देती।''

मेरी बात के जवाब में खान चुप ही रहा। एक बार उसकी आँखों ने मेरी आँखों को चूमा और फिर अपने-आप में सिमट गयीं। ख़मोशी थी जो हमारा साथ छोड़ने को शायद तैयार नहीं थी। इस बीच सादिया चाय लेकर आ गयी थी ढेरों चीज़ों के साथ। कबीर को नींद आ रही थी। वह मेरी गोद में लगभग सो ही गया था।

उस दिन के बाद मैं फिर मोहसिन खान से मिल नहीं पायी थी। कई समस्याएँ थीं। कबीर अभी बहुत छोटा था, उसको साथ-साथ लेकर कहाँ-कहाँ मैं जा सकती थी। रामचन्द्र और उसकी बीवी इस हालत में नहीं रहे थे कि वह घर को सँभाल सकते। मुझे कबीर के लिए एक आया की तलाश थी। मैंने उस सोसाइटी से सम्पर्क स्थापित किया था जो घर के काम आदि के लिए सूटेबल व्यक्ति उपलब्ध करवाते थे। मेरी समस्या सुनकर उन्होंने मुझे आश्वासन दिया था कि एक हफ़्ते के भीतर मुझे वह गवर्नेस का इन्तज़ाम कर देंगे और आज वह आ भी गयी थी। पैसे की टर्म से लेकर उसका व्यवहार तक मुझे अच्छा लगा था और मैंने इतमिनान की साँस ली थी कि कबीर उसके हाथों में सुरक्षित रहेगा। यह अलग बात थी कि कबीर की दोस्ती अभी उससे नहीं हुई थी। लेकिन वह जल्द ही उसका दोस्त बन जाएगा, मुझे ऐसी आशा उस औरत को देखकर हुई थी। मेरी सारी टेंशन उस दिन समाप्त हो जाएगी जिस दिन कबीर का दिल नयी गवर्नेस जीत लेगी। यूँ वह साफ-सुथरी पढ़ी-लिखी, पच्चीस से तीस साल के बीच की महिला थी, जिसे सुन्दर कहा जा सकता था। उसे देख मैं मन-ही-मन हँसी थी कि यदि राघवन मेरे साथ होता तो... ? इसके आगे मैंने सोचने से अपने-आप को रोक लिया।

आज मुझे गाड़ी की डिलीवरी भी लेनी है और सोच रही थी कि तभी मैं मोहसिन खान के 'चिल्ड्रन होम' भी होती आऊँगी। उस दिन के बाद उन लोगों से मिल नहीं पायी थी, और उस दिन भी कुछ अधिक बात नहीं हो पायी थी। उस दिन मैंने महसूस किया था कि मोहसिन खान कुछ उखड़ा-उखड़ा-सा है, उसने मुझसे कुछ पूछा ही नहीं था कि मैं लन्दन में कैसे रही, क्या करती रही, राघवन के साथ मेरी ज़िन्दगी कैसे चल रही है, या फिर यही पूछा हो कि हमारी शादी कैसे चल रही है?

अनेक प्रश्न थे जो उसे मुझसे पूछने चाहिए थे लेकिन वह तो ऐसे ख़ामोश बना बैठा रहा था जैसे उसका मुझसे महज़ थियेटर का ही रिश्ता हो। या फिर उसने मुझे अपना 'चिल्ड्रन होम' दिखाने की ही बात की हो। मुझे उसके पास जाकर काफी अजीब-सा महसूस हुआ था। मैं तय नहीं कर पा रही थी कि वह इस तरह का व्यवहार क्यों कर रहा है! क्या वह पत्नी से डर रहा है या फिर मुझ से नाराज़ है! अगर वह मुझसे नाराज़ ही है तो नाराज़गी ही ज़ाहिर करता लेकिन वह तो गुमसुम बना बैठा रहा था। उसकी पत्नी भी केवल मुझे घूरती ही रही थी। कुछ बोली नहीं। मुझे लगा था मैं यूँ ही वहाँ चली गयी। लेकिन मैंने भी तो उससे कुछ जानने की हिम्मत नहीं की थी और जैसे गयी थी वैसे ही लौट भी आयी। प्रश्न थे जो अन्दर ही अन्दर उमड़ते-घुमड़ते रहे। उसके बाद आज तक उससे दोबारा मुलाकात नहीं हो पायी थी। उसने भी मुझसे मिलने की कोशिश नहीं की।

मैं, कबीर और उसकी गवर्नेस शीला जब गाड़ी लेकर लौट रहे थे तब हमेशा की तरह मेरे दो मन हो रहे थे—एक मन चाह रहा था कि मैं सीधे घर चली जाऊँ और दूसरा बड़ी शिद्दत से 'चिल्ड्रन होम' जाने की बात कर रहा था, पहले पर दूसरे की विजय हुई और मैं 16 सेक्टर जाने के बजाये 24 सेक्टर 'चिल्ड्रन होम' की ओर मुड़ गयी। जब मैं वहाँ पहुँची तब घड़ी की सूईयाँ तीर-कमान की तरह सीधी तनी हुई थीं। शाम के सुरमई रंग में हरा रंग जज़्ब हो रहा था। अँधेरे और उजाले के बीच हर शै अपने असली रंग में नहीं दिखाई दे रही थी फिर भी धूसर रंग में अटे-पटे कुछ लड़के-लड़कियाँ झुंड बनाकर उस खुली धरती पर अपना अस्तित्व दर्ज कर रहे थे। मैंने कार पार्क की शीला और कबीर को वहीं रहने की हिदायत दे मैं उस झुंड की ही बढ़ गयी। धूसरित रंगों में एक झक सफेद रंग कुछ अलग दिखाई दे रहा था, यह मोहसिन खान था। मुझे हैरानी हुई थी सफेद सलवार कमीज़ में उसे देखकर सिर पर यदि लुगी लगा ले तो पूरा पठान लगे, मन ने सोचा। कहाँ उसका पिचका हुआ चेहर कहाँ अब भरा हुआ गोलमटोल लाल चेहरा देखकर कोई अनुमान भी नहीं लगा सकता है कि यह वही खान है जो कभी खुद भी एक झुग्गी का ही रहवासी था। किसी को भी मेरे आने की आहट नहीं लगी। मुझे लगा शायद वो लोग किसी प्ले की रिहर्सल के लिए शायद तैयार हो रहे हैं।

सब से पहले खान की ही नज़र मुझ पर पड़ी। मुझे देखते ही बोला, "आओ केतकी! लो भाई, हमारी पेशोपेश अब ख़त्म हो गयी समझो। हमारी बेग़म आ ही गयी हैं तो हमें दूसरी बेग़म तलाश करने की क्या ज़रूरत है?" मैं हैरान-सी खड़ी खान को देखती रही थी कि वह कह क्या रहा है। मेरी हैरानी उसी तरह बनी रही थी कि खान ही फिर बोला, "इस तरह हैरान होने की ज़रूरत नहीं है। हम लोग फिर से 'जिन लाहौर नईं...' नाटक का मंचन कर रहे हैं।" मोहसिन खान इतना कहने के

साथ थोड़ा रुका और एक लम्बी साँस लेने के साथ ही उसकी आँखें मेरे चेहरे को टटोलती-सी उसका सफ़र करने लगी। मैंने उस थोड़े से आये अन्तराल को भरते हुए कहा, "और चाहते हो कि मैं फिर से तुम लोगों के साथ काम करने लगूँ?"

मेरी बात सुनकर खान के चेहरे पर दिलकश मुस्कान अठखेलियाँ करने लगी। थोड़ी देर रुक कर बोला, "ठीक कह रही हो केतकी।" इस बार मैंने खान की बात पर कोई प्रतिक्रिया नहीं कि और शीला को आवाज़ देकर कहा कि—"जाओ कबीर को थोड़ी देर घुमा लाओ कहीं!" कबीर ने मेरे पास आने की ज़िद की लेकिन जब शीला ने कहा, "चलो चॉकलेट लेकर आते हैं", तो वह एकदम मान गया। खान ने शरारत से कहा, "बदमाश! लालची।" और ज़ोर से हँस दिया। फिर उसे जाते हुए देखता रहा, जब तक आँखों से ओझल नहीं हुआ। मेरा मन हुआ, कहूँ कि वह बदमाश भी है और लालची भी क्यों न हो, अपने बाप पर गया है। लेकिन मैं चुप रही। इस बीच खान के आस-पास जो भीड़ जुटी हुई थी वह वहाँ से खिसकने लगी और खान ने भी किसी से कुछ नहीं कहा। फिर चुपचाप चार पाँव उस ओर बढ़ने लगे जिधर खान का घर था। आसमान में छाये सुरमई रंग में चिड़ियों का स्वर कुछ अलग रंग भर रहा था तो दूर से आती बच्चों की आवाज़ें किसी दूसरे रंग के स्ट्रोक्स लगा रही थीं। बीच-बीच में पेड़ों पर झूमते पत्ते अपनी अलग तरह से उपस्थिति दर्ज करवा रहे थे, लेकिन दो प्राणी बिलकुल मौन थे। मानो उनके सारे रंग सूख गये हों। यकायक एक बदरंग से रंग ने उन सारे रंगों को अपने में लपेट लिया। अचानक आयी इस आवाज़ ने मुझे चौंका दिया और रंगों से सम्मोहित होने से पहले ही मुझे उसने यथार्थ से रूबरू करवा दिया जिसे मैंने समझा था कि उस समय खान जो कह रहा था वह सब मज़ाक था लेकिन वह तो उसी सूत्र को पकड़े हुए था और कह रहा था, "हाँ, फिर केतकी तुमने जवाब नहीं दिया तुम रोल कर रही हो न?"

"नहीं खान! अब नहीं होगा, यह सब मेरे से।" मैंने मायूसी से जवाब दिया।

"क्यों नहीं हो सकता केतकी! जब तुम यहाँ हो और हम फिर से वही नाटक कर रहे हैं, तो क्यों नहीं कर सकती काम तुम? तुम्हारा पति इस बात की तुम्हें इजाज़त नहीं देगा, क्या तुम्हें इस बात का डर है?"

"नहीं ऐसी कोई बात नहीं है।"

"फिर क्या बात है?"

मैं क्या कहती, कि तुम्हें छोड़ कर मैंने राघवन के साथ शादी की लेकिन आज मैं उसे भी छोड़ आयी हूँ। मैं चुप रही। अब हम लोग कमरे में थे।

मोहसिन खान ने सादिया को आवाज़ दी। लेकिन जाने क्यों मेरा मन वहाँ से उखड़ चुका था और मैं पछता रही थी कि कबीर को ख़ामख़ा शीला के साथ बाहर भेज दिया। वह यहाँ होता तो मैं बाहर से ही इजाज़त लेकर वापस लौट सकती थी।

जितनी शिद्दत से मैंने गाड़ी 24 सेक्टर के लिए मोड़ी थी, अब उतनी ही शिद्दत से मैं घर लौट जाने के लिए उतावली हो रही हूँ। मेरे अन्दर कई प्रश्न उमड़-घुमड़ रहे थे। हो सकता है खान के भीतर-ही-भीतर कई तरह के प्रश्न पैदा हो रहे हों कि हम दोनों से शायद अब शब्द रूठ चुके थे। मैं सोच रही थी कि खान मुझसे कबीर के बारे में क्यों नहीं कुछ पूछ रहा? और शायद मोहसिन खान सोच रहा हो कि केतकी अब क्यों नहीं काम करना चाह रही? जहाँ हम दोनों के रास्ते बदल चुके थे। सोच के दायरे भी अलग-अलग दिशाओं में बनने लगे थे जिसे मैं शिद्दत से महसूस कर रही थी।

इस बीच खान की बीवी सादिया हमारे पास आकर बैठ गयी, उसकी गोद में नाहीद थी। उसने कुछ इस तरह से मेरी ओर देखा जिससे मैं सहज नहीं रह सकी उसकी उपस्थिति के बीच। हालाँकि उसकी खूबसूरती का आलम यह था कि हम भी उसके दीवाने हो गये थे। उसने उस श्मशान चुप्पी को तोड़ते हुए कहा, "मैं आप से छोटी हूँ आपा, कुछ ग़लत बोल जाऊँ तो मुआफ़ी चाहती हूँ। लेकिन हमारी समझ में यह बात नहीं आयी कि आप सीधे यहाँ क्यों नहीं चली आयीं?" सदिया की बात सुनकर मुझे लगा कि इसका मतलब है कि खान ने अपने बारे में सादिया को सब कुछ बता दिया है।

मैंने थोड़ी देर चुप रहने के बाद कहा, "ठीक कहती हो तुम ,मुझे आना तो यहीं था लेकिन माँ का घर इतने सालों से बन्द पड़ा था। मैंने सोचा पहले उसे ही ठीकठाक करवा दूँ। फिर मैंने हँसते हुए कहा, "तुम तो ठीक कह रही हो सादिया लेकिन मैं आती कहाँ?" मेरी बात सुनकर सादिया ने गहरी नज़र से देखा मेरी ओर, जैसे कह रही हो, क्यों जानती नहीं थी यहाँ का पता।

खान यह कहकर हम दोनों के बीच से उठ गया था कि मैं देखूँ वह लोग क्या कर रहे हैं। और फिर अपनी बेग़म को आदेश देता-सा बोला कि बाहर चाय भिजवा देना। सादिया ने बैठे-बैठे ही कहा, "चाय बाहर भेज दी गयी है।" खान जब चला गया तो सादिया एकदम बोली, "आपा! मेरी समझ में एक बात बिलकुल नहीं आयी, कि वह कौन-सी बात थी जिस बात की वजह से आपने निकाह के दूसरे ही दिन अपने शौहर को छोड़ दिया!" इतना कहने के साथ ही उसकी आँखें मेरे चेहरे पर चिपक गयीं। उसने छोड़ दिया पर अधिक ही ज़ोर दिया। मुझे लगा शायद मेरी उपस्थिति से कहीं वह अन्दर तक डर-सी गयी है, हो सकता है यह मेरा वहम ही हो लेकिन असुरक्षा का भाव उसके चेहरे पर साफ़ पढ़ा जा सकता था। मेरा दिल हुआ ज़ोर से हँस दूँ। लेकिन मैंने ऐसा नहीं किया। मन हुआ कहूँ कि डरो नहीं मैं तुम्हारे शौहर को हथियाने नहीं आयी हूँ। वह तुम्हारा शौहर है, तुम्हारा ही रहेगा। हमने तो भई, तुम्हारे शौहर से पाक मुहब्बत की है और करती रहूँगी। मैं उसे पति नहीं बनाना चाहती। वह मेरा प्रेमी है और प्रेमी ही रहे। यदि मैं उसकी बेग़म बनकर इस घर में

रहने के लिए आ जाती, तो क्या मेरी मुहब्बत इतनी पाक रह पाती? मोहसिन खान को हासिल करने के तुरन्त बाद जिन विचारों ने मुझे जकड़ा था उसमें सबसे प्रमुख कारण तो यही था कि मुहब्बत सिर्फ मुहब्बत होती है उसकी प्राप्ति तो उसकी समाप्ति है, बीवी बन कर क्या प्रेयसी वाला प्यार बरकरार रह सकता है? मैं तो इतना जानती हूँ कि बीवी बनकर उस प्यार को हम होम कर देते हैं। जो एक प्रेमी और प्रेयसी दोनों ने अपने-अपने भीतर एक दूसरे के लिए सँजोया होता है। विवाह की बेदी में हम उस प्यार की ही तो आहुति डालते हैं। मुझे अपने निकाह के तुरन्त बाद इस बात का आभास हो गया था कि जिस पूर्ण पुरुष को पाने के लिए मैंने इस सारे खेल को रचा था वह तो मृगतृष्णा ही निकला। वह पूर्ण पुरुष तो पहले से ही बँटा हुआ है। वह और राजीव एक जान हैं। मैं यह कैसे बर्दाश्त कर सकती थी। तब मैंने निकाह को ही ख़ारिज करना मुनासिब समझा था। और फिर मेरे इस विचार की भी इस बात से पुष्टि ही हुई थी कि बीवी और प्रेयसी कभी एक नहीं हो सकती। ऐसे अधिकार का क्या महत्त्व रह जाता है जो अधिकार उसी चीज़ को खा जाये जिसकी वजह से वह अधिकार पाया गया था, लेकिन क्या यह सब बातें मैं सादिया से कर सकती थी? यदि मैं कुछ कहती भी तो क्या सादिया उसे उसी तरह महसूसती और समझ पाती? मैं अपने ही विचारों में खोई हुई चुपचाप कई क्षणों तक उसकी तरफ देखती रही। सादिया ने जब देखा कि मै कुछ बोल ही नहीं रही तब वह फिर बोली, "हमें सब मालूम है आपा, हम यह भी जानती हैं कि हमारे शौहर ने आपसे तलाक नहीं लिया है। यह घर आपका भी उतना ही है जितना हमारा। आप यहाँ आइए, हमें बहुत अच्छा लगेगा।" मुझे सादिया की बात पर इतनी हैरानी नहीं हुई क्योंकि मैं जानती हूँ कि खान किस मिट्टी का बना है। मेरा मन हुआ कि कहूँ कि क्या तुम्हारा मज़हब अब मुझे स्वीकार करेगा? क्या मैं अब उन की नज़रों में दूषित नहीं हो गयी? क्या तुम्हारा शौहर अब मुझे उसी तरह कबूल कर पाएगा? लेकिन मैं चुप रही थी, कुछ बोली नहीं थी लेकिन सादिया लगातार बोलती जा रही थी, अब वह कह रही थी, "देखिए आपा! हम सही कह रहे हैं न। हमारे शौहर के दिल पर आज भी आप ही राज कर रही हैं। हम इनके दिल पर आपके लिखे नाम को साफ नहीं कर पाये और अब हम चाहते हैं कि आप उन्हें वह सुकून दें जिसके वह हक़दार हैं। इसके साथ ही सबसे बड़ी बात आपा आप भी मानेंगी कि नाहीद और कबीर दोनों एक साथ रहेंगे तो उनके लिए अच्छा रहेगा। जितने भी दिन आप यहाँ हैं आप हमारे साथ ही रहें, हमें अच्छा लगेगा।"

इस बीच खान फिर हमारे बीच आकर बैठ गया। कुछ देर के लिए फिर तीनों के बीच चुप्पी का आलम रहा। मेरा मन हुआ कि कहूँ हमारे इस शौहर के दिल पर राज करने वाला तो कोई दूसरा ही है। तुम उसे नहीं पहचान पायी। सच भी है यह, हम

किसी की भी अन्दर की दुनिया को पूरी तरह से कहाँ जान पाते हैं? वहाँ कितनी नदियाँ, कितने पहाड़, कितने रेतीले मैदान, कितने शहर और कितने गली-कूचे पसरे हुए होते हैं! क्या हम उन सबको ढूँढ़ पाते हैं? मैं अपने ही विचारों में खोई हुई थी कि सादिया खान को देखते हुए बोली, "क्या आज रिहर्सल नहीं है?"

"नहीं रिहर्सल तो चल रही है। लेकिन अभी तक हमारे नाटक के लिए पूरे अदाकार ही नहीं मिल पा रहे। जितने हैं वह भी अभी पूरे नही आये हैं।" इतना कहने के साथ ही खान की नज़रें मेरे चेहरे पर टिक गयीं। मैं उन नज़रों की भाषा को न समझने का नाटक करती रही जबकि मैं जान चुकी थी कि वह मुझसे क्या चाहता है। मैंने उसकी बात की गम्भीरता की गहराई को नज़रअन्दाज़ करते हुए कहा, "सब कुछ पहले की तरह ही हो रहा है। आज भी वही बात, मैं जानती हूँ जब हम लोगों ने इस नाटक को शुरू किया था तो कितनी बार कास्ट में तब्दीली करनी पड़ी थी।" मोहसिन खान चुप रहा, कुछ नहीं बोला लेकिन सादिया चुप नहीं रही, बोली, "आप आपा से कहिए न कि जैसे वह पहले काम करती थीं अब भी करें! जितने दिन वह इधर हैं, कम-से-कम उतने दिन तो करें!" खान सादिया की बात का जवाब देते हुए बोला, "तुम्हारी यह आपा आज तक अपने दिल की करती आ रही हैं। मेरे तुम्हारे कहने से कुछ नहीं करेंगी। इनके दिल में अगर कोई बात आ गयी फिर इन्हें कोई रोक नहीं सकता उस काम को करने से।" बोलते हुए खान की आवाज़ में ताज़गी की गन्ध मुझे नहीं मिली। एक उदास लम्बी साँस उसके अन्दर से मुझे छूती हुई निकल गयी। लेकिन मै उस ओर ध्यान दिये बिना ही खान की बात सुनकर हँस दी। थोड़ी देर चुप रहने के बाद वह फिर बोला, "देखो केतकी! हँसने से काम नहीं चलेगा। पहले तो तुम यह बताओ कि तुम यहाँ कितने दिन हो?"

मैं खान की बात के जवाब में यह नहीं कह सकी कि मैं अब यहीं हूँ और मैं राघवन को छोड़ आयी हूँ। मैंने इतना ही कहा, "बताओ, अभी मैं हूँ यहाँ।"

"ठीक है केतकी! यदि तुम यहाँ हो तो पूरे एक महीने के बाद हमें अपना नाटक पेश करना है। मैं चाहता हूँ कि तुम इस बार भी हमारे साथ काम करो लेकिन मेरी ओर से यह कोई ज़बरदस्ती नहीं है। हाँ, यह मेरी अन्दरूनी ख़्वाहिश ज़रूर है और जहाँ तक मैं तुम्हें जानता हूँ तुम्हारी भी बहुत ख़्वाहिश रही है, थियेटर की दुनिया की बुलन्दियों को छूने की। मैं नहीं जानता तुमने वहाँ क्या किया! लेकिन इतना तो जानता ही हूँ कि वहाँ भी तुमने अपनी ख़्वाहिशों को प्राथमिकता दी ही होगी।"

"ठीक ही कह रहे हो मोहसिन खान तुम! लेकिन जिस मंज़िल की मुझे तलाश थी। उसे पाने के लिए मैं आज तक बैसाखियाँ ढूँढ़ती रही। भले ही मुझे बैसाखियाँ मिलीं भी, लेकिन उनके सहारे मुझे मेरी मंज़िल मिल सकती थी क्या? मुझे यह बात बहुत देर बाद समझ आयी कि अपनी मंज़िल खुद ही तलाश करनी पड़ती है। उसके

लिए बैसाखियाँ तलाश करने की ज़रूरत नहीं होती और जब यह बात मेरी समझ में आ गयी कि मुझे अपना क्षितिज स्वयं तलाशना है, तब वह कब और कितना मिलता है इसकी चिन्ता नहीं है मुझे। लेकिन यह सच है कि कभी मेरे क्षितिज के घेरे में रंगमंच रहा है, अब भी है लेकिन उसके लिए मैं फिर से की हुई भूमिका ही करूँ यह सम्भव नहीं है और न ही ज़रूरी भी है मेरे लिए। यूँ भी मैं फिर से वह सब नहीं दोहराना चाहती जिन्हें मैं बहुत पीछे छोड़ आयी हूँ। तुम उसी नाटक को दोहरा रहे हो जान कर अच्छा लगा। लेकिन ज़िन्दगी का ड्रामा फिर से क्या कोई दोहरा सका है?''

मुझे एहसास हुआ कि मेरी बात सुनकर खान की बेचैन नज़रें मेरे चेहरे का सफ़र करने लगीं लेकिन मेरी आँखें खान की नज़रों को पकड़तीं, उससे पहले ही सादिया की बड़ी-बड़ी स्वप्निल आँखें मुझसे टकरा गयीं। मैं कुछ और कहती कि शीला कबीर को लेकर आ गयी। मैंने इतमिनान की साँस ली। कबीर के हाथ में दो चॉकलेट थी। शीला के कहने पर उसने एक चॉकलेट नाहीद की ओर बढ़ा दी।

□□□